HEYNE <

W0470291

Das Buch

Deutschland zur Zeit des Dreißigjährigen Krieges: Das Land versinkt in grausamen Schlachten. Hunger und Seuchen fordern ihre Opfer – und auch die Adeligen und Wohlhabenden bleiben nicht verschont. Der Schwarze Tod macht keine Unterschiede. Diese bewegte Zeit nutzen uralte Geheimbünde aus Werwölfen, Hexen und Bletzern, um epochale Veränderungen vorzubereiten. Und es ist vor allem Hagen von Stein, der seine finsteren Pläne umsetzen will. Denn der ehemalige Gotteskrieger wurde zu einem unsterblichen Leben als Diener der Wariwulf verdammt, und er hat nicht vor, die Ewigkeit unter dem Joch zu verbringen.

Deutschland im Jahr 2007: Der moderne Inquisitor Georg von Vitzhum, der in den Besitz der Chroniken des Hagen von Stein gelangt ist, begibt sich auf die Jagd nach den finsteren Kreaturen. Die Menschheit ahnt nichts von den verborgenen Zusammenhängen. Doch Georg macht sich auf, die größte Verschwörung aller Zeiten aufzudecken …

DIE CHRONIKEN DES HAGEN VON STEIN

1. Roman: Hexenmacher
2. Roman: Teufelshatz
3. Roman: Wolfsfluch

Der Autor

André Wiesler, geboren 1974, machte sich nach seinem Studium der Literaturwissenschaften einen Namen als Autor von *Shadowrun*- und *DSA*-Romanen. Nach einer Karriere als Comedy-Autor für TV-Produktionen wie »RTL-Samstag Nacht« arbeitet er inzwischen als Übersetzer und leitet als Chefredakteur das Rollenspiel »LodlanD« sowie das Magazin *Envoyer*. André Wiesler lebt mit seiner Familie in Wuppertal.

Mehr zu Autor und Werk unter: www.andrewiesler.de

André Wiesler

TEUFELSHATZ

DIE CHRONIKEN DES HAGEN VON STEIN

Zweites Buch

Originalausgabe

WILHELM HEYNE VERLAG
MÜNCHEN

FSC
Mix
Produktgruppe aus vorbildlich bewirtschafteten Wäldern und anderen kontrollierten Herkünften

Zert.-Nr. SGS-COC-1940
www.fsc.org
© 1996 Forest Stewardship Council

Verlagsgruppe Random House FSC-DEU-0100
Das FSC-zertifizierte Papier *München Super* für Taschenbücher aus dem Heyne-Verlag liefert Mochenwangen Papier.

Originalausgabe 04/2008
Redaktion: Angela Kuepper
Copyright © 2008 by André Wiesler
Copyright © 2008 dieser Ausgabe by
Wilhelm Heyne Verlag, München,
in der Verlagsgruppe Random House GmbH
Printed in Germany 2008
Umschlaggestaltung: Animagic, Bielefeld
Umschlagillustration: Dirk Schulz
Satz: Greiner & Reichel, Köln
Druck und Bindung: GGP Media GmbH, Pößneck

ISBN: 978-3-453-52325-8

www.heyne.de

Für Johannes.
Gold ist zu leicht, um deine Freundschaft aufzuwiegen.

INHALT

WAS BISHER GESCHAH …

Anfang des 15. Jahrhunderts

Hagen von Stein wächst auf der Burg Aichelberg zum jugendlichen Ritter heran. Dabei hat er nicht nur Probleme mit seinem Ziehbruder Albrecht, sondern auch wegen seines geheimen Erbes: Er ist ein sogenannter Wariwulf, ein Werwolf, einer der heiligen Krieger Gottes. Doch davon dürfen nur auserwählte Personen etwas erfahren, die *Mitewist*.

Albrecht tritt in die Dienste König Wenzels von Böhmen. Unterdessen lernt Hagen die Werwolfgestalt nach Belieben anzunehmen und wird in die heilige Gemeinschaft der Wariwulf aufgenommen. Durch den Ritter Heinrich von Augsburg kommt er in die Dienste König Sigmunds. Nach einem gescheiterten Auftrag des Königs flieht Hagen nach Prag.

Dort treffen die Brüder einmal mehr aufeinander, denn Albrecht ist auf der Suche nach einer heilenden Reliquie, um den siechenden König Wenzel zu retten. Dabei vergreift er sich an einem Freund Hagens und tötet den Wariwulf beinahe.

Hagen will Albrecht bei der Reliquie zuvorkommen, diese ist jedoch bereits von einem unbekannten Dritten gefunden worden. Während Hagen sich in Prag ein neues Leben als Oberst der Stadtwache aufbaut, hetzt Albrecht dem wundertätigen Gegenstand hinterher. Als er ihn Jahre später endlich in den Händen hält, stirbt Wenzel jedoch, bevor er ihn erreichen kann. Er schwört Hagen Rache, den er für alles verantwortlich macht.

Die Gelegenheit kommt, als Hagen die schöne Kristyn heiraten möchte. Der Aufstand der Hussiten verhindert die Hochzeit, und Albrecht tötet die junge Frau. Hagen gerät darüber so in Wut, dass er zahlreiche Aufständische tötet, die er für schuldig am Tode Kristyns hält.

Um dafür zu büßen, zieht er sich in ein Kloster zurück, wo er Ulda trifft, eine von Visionen geplagte Frau. Sie schickt ihn zu einer Pilgerreise auf den Jakobsweg, wo er nach langen Wochen der Wanderschaft auf den Johanniterritter Marius trifft, der ihn wieder zu den Waffen ruft.

Hagen kehrt zum Kloster zurück. Schreckliche Missverständnisse sorgen dafür, dass Ulda sich von Hagen benutzt und verlassen fühlt und so in die Fänge von Wenke gerät, der früheren Amme und Geliebten Albrechts.

Albrecht zieht aus, um König Sigmund zu töten, die Tat auf die Wariwulf zu schieben und damit seine Rache zu vollenden. Hagen erfährt über eine frühere Vision Uldas davon und tötet Albrecht in einem dramatischen Kampf.

Hagen erkennt, dass er nur mit Ulda glücklich werden kann, doch als er bei ihr eintrifft, ist sie vom Schmerz und von Wenkes Einflüsterungen so verrückt, dass sie Hagen ohne dessen Wissen seinen eigenen Sohn als Mahl vorsetzt. Wegen des Verzehrs von Menschenfleisch wird er in einen Bletzer verwandelt, einen untoten Diener der Wariwulf. Allein sein treuer Freund Eberwin, selbst Bletzer und früher sein Diener, steht ihm in diesem schweren Schicksal bei.

Deutschland im Jahre 2007

Georg von Vitzthum ist als Mitglied der *Correctores Haereticorum*, einer von der Inquisition gegründeten Organisation, auf der Jagd nach übernatürlichen Wesen. So sieht er es als großes Glück an, als er in den Besitz der »Chroniken des Hagen von Stein« gelangt. Hagen von Stein ist ihm als mächtiger Vampir bekannt, und Georg erhofft sich von dem Folianten wichtige Hinweise darauf, wie er zu besiegen ist.

Wenig später muss Georg erfahren, dass die Hagr umgebracht wurde. Im Verdacht steht eine Hexe im Dienste des Vampirs Carteaumois, der rechten Hand Hagen von Steins.

Als Georg und sein treuer Kollege Rigel ein von Kultisten betriebenes alchimistisches Labor ausheben, treffen sie dort auf Dräger, einen sadistischen Werwolf, der sich ebenfalls in Carteaumois' Diensten befindet. Dräger kann entkommen.

Wenig später stellen Rigel und Georg die Hexe Carteaumois', die nach einem Kampf jedoch ebenfalls fliehen kann.

Dräger überrascht Georg in dessen Wohnung und fordert ihn auf, sich mit seinem Herrn Carteaumois zu treffen. Dabei erniedrigt er Georg und bedroht seine Eltern. Die Korrektoren statten Georg mit der heilenden Reliquie aus, um die bereits Hagen und Albrecht stritten, sowie mit dem Schwert Balmung, das auch Werwölfen bleibende Wunden schlägt. Derlei ausgerüstet, begibt sich Georg mit Rigel zu seinem Treffen mit dem zweitmächtigsten Vampir des Landes …

DRAMATIS PERSONAE

17. Jahrhundert

Anelma – Eine sadistische Hecetisse

Carteaumois, Edgard Perceval Modeste – Französischer Soldat, später untoter Diener Hagen von Steins

Eberwin – Bletzer, treuer Freund und Gehilfe Hagens

Hagr (Die Alte vom Wald) – Uralte Hagr, die Hagen von Steins Leben begleitet und ihn schließlich zum Bletzer gemacht hat

Roser – Vogt, aufbrausender Besitzer von Hagen und Eberwin

Roser, Emma – Tochter Rosers

Upuaut – Orientalischer Ingredienzienhändler

Volpert, Melchior, Gerd von Grabhausen, Peter Staller, Jürgen Linsheimer, Jeronimus – Bletzer in den Diensten Hagen von Steins

Von Stein, Hagen – Ehemals Wariwulf und Ritter, nun Bletzer

Von Stettler, Egon Ludwig – Wariwulf, Intrigant und Ränkeschmied

Von Stettler, Gesche – Tochter Egon Ludwigs, weibliche Wariwulf

Von Stettler, Richard Maria – Sohn Egon Ludwigs

2007

Acheloos – Ein exzentrischer Seher, lebt in der Kanalisation
Carteaumois – Vampir, rechte Hand Hagen von Steins
Dräger – Werwolf im Dienste Carteaumois'
Germann – Vorgesetzter Georg von Vitzthums
Jasper – Computerexperte der *Correctores Haereticorum*
Karl – Ermordeter Kollege Georg von Vitzthums.
Leandra Siegen – Eine Hagr
Pater Liegnitz – Exorzist, Kollege Georg von Vitzthums
Rigel – Soldat der Inquisition, Kollege Georg von Vitzthums
Von Stein, Hagen – Bletzer, Anführer der Vampire
Von Vitzthum, Georg – Inquisitor, Mitglied der *Correctores Haereticorum*
Wernicke – Zwielichtiger Reliquienhändler mit magischen Fähigkeiten

PRÄLUDIUM: NOBLESSE OBLIGE

Hostiwitz, nahe Prag, anno Domini 1618, 11. April, zur Abenddämmerung

Anne Grete von Haugwitz blickte mit Abscheu auf die Quelle des Schweißgestanks herab, der ihr durch das Fenster der Kutschentür in die Nase gestiegen war. Kurz war sie versucht, die hochgereckte Hand des Wirts abzuweisen, die er ihr wie zum Tanz aus einer halben Verbeugung darreichte, und die ausgeklappte Leiter ohne Hilfe hinabzusteigen. Aber da verfing sich ihr ausladendes Hüftpolster in der engen Tür, und als sie den Ruck mit dem Oberkörper ausgleichen wollte, kam ihr das Gestänge ihres Mieders in die Quere. Schnell griff sie nach der Hand, um nicht vornüber auf den mit Schweinedreck übersäten Hof zu fallen, und verwandelte den Sturz in einen hurtigen Ausstieg.

Der raue Ärmelrock des Mannes, ohne Weste getragen, und die schmale Hose über nackten Waden und Füßen unterstrichen seinen niederen Stand. »*Bonjour, Madame*«, versuchte er sein heruntergekommenes Etablissement mit etwas Französisch zu vergolden, doch da er es »Bock-Schur, Matt-Hamm« aussprach und die Worte auf einem Schwall sauren Zwiebelgestanks reisten, stellte er in Annes Augen nur die geringe Qualität seines Gasthofs heraus. »Wollen Matt-Hamm noch etwas speisen?«, setzte er hinzu, und Anne musste ihm die Hand förmlich entreißen, was jedoch wegen der sämigen Schicht aus altem Schweiß und Dreck nicht schwerfiel. Sie zog ein Tuch hervor, um sich die feinen, mit zahlreichen Ringen geschmückte Hand abzuwischen, und richtete dann mit geübter Geste Mieder und Hüftpolster unter dem weit ausladenden Rock. Da ihr »Gastgeber« noch immer halb gebückt stand, was wohl seinem krummen Rücken zuzuschreiben war, musste sie sich vorbeugen, um ihn an der weißen Wölbung ihrer wie zu Eisen gestärkten Kröse vorbei überhaupt sehen zu können, als sie ihm antwortete: »*Non, merci*. Ich gedenke mich sofort zur Ruhe zu legen.«

Sie fragte sich einmal mehr, was ihren zukünftigen Gemahl Jost Hermann von Hrobschitz geritten hatte, sie auf ihrer Reise von Leipzig nach Prag nur in den übelsten Kaschemmen logieren zu lassen. Und erneut war die Antwort ebenso offensichtlich wie unangenehm: der Geiz.

»Wie Matt-Hamm wünschen!«, sagte der Mann und bedeutete dem Kutscher, ihre Truhen abzuladen. Das entnervte Stöhnen, das sie an diesem wortkargen Kerl, ihrem einzigen Begleiter in den vergangenen Tagen, zu hassen gelernt hatte, lief ihr wie ein Schauder über den Rücken und fachte die Wut an, die sie, ganz Dame, stetig mit kühler Disziplin zu verlöschen pflegte.

Auch ihre Einsamkeit, wegen der zahlreichen Räuber auf den Straßen des Reiches überaus riskant, war der engen Öffnung der Geldkatze ihres Gemahls geschuldet. Ihre treue Freundin und Zofe Johanna, wie sie selbst kaum zwanzig Jahre alt, hatte sie entlassen müssen, da ihr Zukünftiger darauf bestand, bereits »genug Bedienstete für jede Gelegenheit« zu besitzen.

Während Anne sich mit gerafftem Rock dem Fachwerkhaus näherte, in dem die Räumlichkeiten untergebracht waren, und dabei den schwarzen Schweine- und, *mon Dieu*, Menschenklecksen auswich, polterten hinter ihr die Truhen aufs Pflaster. Zum Glück hatte ihr zukünftiger Gatte bereits alles Empfindliche ihrer Mitgift überstellen lassen, es dabei jedoch deutlich besser schützen lassen als sie selbst. Hätte ihr Herr Vater ihr nicht einige Kreuzer mitgegeben, sie hätte womöglich noch bei trockenem Reiseproviant darben müssen, was ihrer ohnehin zu schlanken Gestalt sicher nicht gutgetan hätte.

Das stickige Innere des Gasthofs war trotz der frühen Abendstunde gut gefüllt. Offenbar waren derzeit einige Reisende auf den Straßen Böhmens unterwegs. Es mochte mit dem Aufruhr der protestantischen Stände zusammenhängen, der in aller Munde war, doch Anne interessierte sich nicht genug für Politik, um zu wissen, warum das Volk sich erhob. Ihr Leben war von feinen Versammlungen und gesellschaftlichen Veranstaltungen bestimmt gewesen, bei denen es wichtiger war, den höfischen Knicks richtig zu verüben, als die Frage zu erörtern, vor welchem Herrscher man da knickste.

Die Gäste aber passten zu ihrer Vermutung, waren es doch zur Gänze einfache Männer und wenige Frauen in schlichter Kleidung. Anne ließ den Blick durch die Schankstube wandern. Das Mobiliar wirkte, als habe der Besitzer jeden Tisch und Stuhl hereingeschleppt, den er günstig erstehen konnte. Einfache Hocker fand man ebenso wie Bänke unterschiedlicher Länge und sogar den einen oder anderen Lehnstuhl. Runde und eckige Tische standen nebeneinander und in einem erkannte sie sogar ein kostbares Stück aus kunstvoll geschnitztem Nussholz. Inzwischen war es jedoch mit Bier- und Soßenflecken überdeckt, ebenso wie die verschiedenfarbigen Dielen am Boden. Alles hier wirkte ärmlich und dreckig.

Mit einem Mal wurde ihr Blick von dem Schmutz abgelenkt, in die Ecke zu einem Tisch nahe der Stiege. Dort saß ein Edelmann von vornehmer Blässe, der hier ebenso fehl wirkte, wie sie sich fühlte. Im von der Dämmerung rot gefärbten Licht der Sonne, das durch die schmalen, glaslosen Fenster auf ihn fiel, sah er aus wie in Blut getaucht.

Sein Anblick schien jedoch aus dem Zwielicht zu drängen, als nähere sie sich ihm an. So erkannte sie deutlich das schulterlange schwarze Haar, das ein kantiges Gesicht mit gepflegtem Spitz- und Schnurrbart umrahmte. Die starken Muskeln an Brust und Arm bewegten sich unter einem blauen Ärmelwams, als er nun nach einem Becher griff und ihn mit einem sanften Lächeln zum Gruße hob. Er nahm einen Schluck, und als er den Becher wieder senkte, blieb Annes Blick an einem einzelnen Tropfen Wein auf seinen Lippen haften. Ein wohliges Schaudern durchfuhr sie, als der Fremde die rubinrote Perle noch immer schmunzelnd mit der Zungenspitze einfing.

Erst als der Gastwirt sich in einer Zwiebelwolke an ihr vorbeidrängte, bemerkte sie, dass sie dümmlich lächelnd und einer Dame gänzlich unwürdig im Raume stand, und fuhr den Wirt an: »Mein Zimmer, aber *vite, vite!*«

Der krumme Rücken des Wirtes bog sich noch weiter auf die schmutzigen Bohlen zu, dann eilte er wie ein taumelnder Säufer zur Treppe und hinauf. Anne folgte gemessenen Schrittes und zwang sich, nicht noch einmal zu dem Fremden zu sehen. Ihr war heiß und kalt zugleich, und das Mieder schien ihr stärker als sonst das Atmen zu erschweren.

Als sie die erste Stufe erreichte, entwanden sich ihre Augen jedoch den Zügeln, zuckten zum Tisch in der Ecke, und Annes Herz setzte einen Schlag aus, als ihr Blick auf die dunklen Augen des Edelmannes traf und für einen Moment darin versank. Was war nur mit ihr los? Im Gegensatz zu ihren Schwestern und Cousinen hatte sie nicht die Angewohnheit, den Männern hübsche Augen zu machen und womöglich das Lager mit ihnen zu teilen. Sicher, auch sie hatte schon, ganz im Verborgenen, die Freuden körperlicher Liebe gekostet und genossen, doch sie lief den Männern nicht nach wie eine läufige Hündin den Rüden. Schnell riss sie sich los und eilte, ganz undamenhaft auf der Flucht vor diesem ungewohnten Gefühl, mit gerafftem Rock die Stufen hinauf.

Oben angelangt, führte sie der Gastwirt in ein kleines Zimmer unter dem Dach, dessen zwei schmale Bettgestelle sich an die Wände drückten, als wollten sie nichts miteinander zu tun haben.

»Für Sie ganz allein, Matt-Hamm! Sie sollten den Riegel vorlegen!«, verkündete er und streckte unbescheiden die Hand vor.

Anne nickte, drückte ihm gedankenverloren einen Kreuzer in die Hand, schob unmittelbar hinter ihm die Tür zu und legte in derselben Bewegung den Riegel vor. Dann sank sie auf eines der harten Betten, das wenig mehr als Stroh auf einer Pritsche war, und musterte es skeptisch. Wegen ihrer ungewöhnlich hochgewachsenen Gestalt würde sie so eben hineinpassen.

Sie würde den Kutscher anweisen lassen müssen, ihr die Sachen für die Nacht zu bringen. Von allein würde er sich nicht daran entsinnen, dachte sie und betrachtete die roten Streifen auf dem Holz, die von der abendlichen Sonne durch die Rillen der Schlagladen dorthin gemalt wurden.

Ihre Augen hielten sich daran fest, und ihre Hände glitten ordnend über das Obergewand, prüften schließlich die aufgesteckten Haare. Doch ihre Gedanken taumelten bei diesen gewohnten Handlungen weiter. Welch ein schöner, edler Mann, beinahe wie ein junger Kaiser Matthias, nein, noch stärker, noch … mannhafter. Sie schüttelte den Kopf und verlachte sich einmal kurz und hell, aber nicht sehr überzeugend. Sie hatte den Kaiser bisher nur ein Mal auf einem Gemälde gesehen, und auf die gleiche Weise hatte sie auch ihren Zukünftigen erst einmal gesehen. Selbst wenn sie sich der irrigen Hoffnung hingab, der Künstler habe ihren Jost nicht nach gängiger Praxis geschönt, sondern sei der Natur aufs Genauste gefolgt, war er kaum ansehnlich zu nennen. Zu schmal die Brust, zu klobig das Kinn, zu erkerhaft die spitze Nase zwischen tief liegenden Augen.

Nun fanden ihre Finger die Falten des Rockes und das ausladende Polster. Wie gern hätte sie selbst mit einem formschön ausladenden Gesäß zu dieser Pracht beigetragen, aber die Natur hatte sie mit schlankem Becken und flacher Brust gestraft. Ihr Gesicht wurde häufig für seine zarten Formen und die warmen Augen gelobt, doch das reichte den meisten Männern nicht. Ihre Gedanken fanden, wie von einer Spur aus Brotkrumen geleitet, wieder den Weg zu jener stattlichen Gestalt dort unten. Ob er sich wohl mit ihren mangelnden Rundungen begnügen würde?

Sie stellte sich vor, wie es wäre, dieses feine, dunkle Haar zu berühren, die Muskeln zu spüren; ahnte, auch wenn sie nicht wusste, warum, dass er weder nach Schweiß noch nach Bier stinken würde wie all die anderen Männer. Wieder schüttelte sie den Kopf, um diesen unverschämten Wunsch aus ihrem Kopf zu vertreiben, und blickte erstaunt auf den nun streifenlosen, dunklen Boden. Die Sonne war längst untergegangen. Sie konnte doch unmöglich so lang hier gesessen und törichtem Wunschdenken nachgehangen haben? Das Tagträumen war doch sonst nicht ihre Art. Ihr lief ein Schauer über den Rücken, denn es war ihr, als habe man ihr wertvolle Stunden der Freiheit gestohlen, bevor ihr die Fesseln der Ehe angelegt wurden. Sie wollte eine gute und damit auch treue Ehefrau sein – im Gegensatz zu zahlreichen ihrer Verwandten –, und so erschien ihr die Verlockung wie eine Verheißung, vor dem Ehegelöbnis noch einmal …

Es klopfte, und sie zuckte so stark zusammen, dass sie beinahe von der Kante des Bettes gerutscht wäre. Ihr Herz klopfte schnell wie der Flügelschlag einer Libelle, und Hitze stieg ihr in die Wangen.

»Wer ist da?«, fragte sie mit zitternder Stimme, kam sich ertappt vor und war zugleich ängstlich.

»Verzeihen Sie die Störung, edle Dame«, sagte eine dunkle, volle Stimme durch die Tür. »Bernhard von Grat mein Name.«

Von, dachte Anne, und ihr wurde schwindelig vor Aufregung.

Sie hatte bisher nur eine Person im Haus gesehen, die sich wie ein Adeliger kleidete.

»Ich dachte mir«, fuhr der Mann fort, »dass Sie sicher von der Reise hungrig und durstig sind, aber es ist Ihnen selbstredend nicht zuzumuten, mit dem gemeinen Pack in einer schmutzigen Schankstube zu speisen. Darum …«

Die Tür schwang auf und offenbarte den Fremden davor, ein hölzernes Tablett mit Braten, Kuchen und Wein in der Hand. Hatte sie nicht den Riegel vorgelegt? Sie musste es wohl in ihrer Erregung vergessen haben.

Er war noch größer und stattlicher, als er im Sitzen gewirkt hatte. Die Kleidung war gepflegt und teuer, aber er trug entgegen der allgemeinen Sitte keinen Schmuck. Ihr Blick wanderte zu den Beinen, doch von ihrer zu vermutenden Wohlgestalt war wegen der kniehohen Stiefel und der weiten Hose kaum etwas zu erahnen.

Er trat ungebeten, aber auch ungehindert ein und vollendete seinen Satz: »… möchte ich Ihnen in aller Bescheidenheit meine Anwesenheit nebst Mahl, wenn auch frugalem, anbieten.«

Sein Schatten, vom heraufscheinenden matten Licht der Schankstube geworfen, bewegte sich über den Boden, schien den ihren zu liebkosen, ihre Füße zu umschleichen wie eine sanfte Sommerbrise – oder doch wie ein gieriger Wolf?

Dann war er bei ihr, und sie roch nicht den üblichen ranzigen Gestank, sondern nur eine kaum wahrnehmbare Note von Männlichkeit. Mit starker Hand, deren raue Haut bewies, dass er auch zupacken konnte – o ja, wie gern dürfte er zupacken! –, ergriff er ihre Finger und führte sie an seinen Mund. Der Bart war weich und gepflegt, seine Lippen heiß auf ihrer kalten Haut; sie ließen einen glühenden Strom ihren Arm entlanggleiten, der in ihrer Brust ein lohnendes Ziel fand.

Das Tablett, das er während einer vollendeten Verbeugung auf der Hand balancierte, schob er auf das Bett und lächelte sie dann fragend an.

Sie sollte ihn des Zimmers verweisen, hinter ihm verriegeln und sich schlafen legen. Morgen schon, allerspätestens übermorgen würde sie unter dem Dach ihres künftigen Ehegatten schlafen, wäre wenig später bereits mit ihm vermählt.

Ihr Blick verlor sich in seinen tiefen Augen, als er nun den Kopf schräg legte. Morgen schon … dies mochte ihre letzte Chance sein, in den Armen eines echten Mannes zu liegen. Und wenn sie sich schon einem Fremden hingeben wollte, dann doch am besten einem, der am nächsten Tag schon nicht mehr da wäre; ihren Namen vermutlich nicht einmal kannte; in ihr eine lohnende Eroberung sah, nur leise ahnend, dass in Wirklichkeit er die Eroberung war.

Was denkst du da?, fragte sie sich, verweigerte sich aber selbst die Antwort, als auf einen weiteren Blick seinerseits hin ein warmes Gefühl ihren Kopf erfüllte. Sie nahm neben dem Tablett auf dem Bett Platz. »Ich danke Ihnen, Herr von Grat«, sagte sie mit belegter Stimme.

Aus dem Krug schenkte sie Wein in die einfachen Tonbecher ein, um irgendetwas zu tun, außer ihn anzustarren, nahm einen Schluck und hätte ihren Becher beinahe fallen lassen, als der Mann sich mit unverhohlener Dreistigkeit nah neben sie setzte und ihr mit wohlriechendem Atem zuhauchte: »Bitte, für Sie Bernhard.«

»Was …«, stammelte Anne, und ihr Körper konnte sich mit einem Mal in dem engen Mieder nicht weit genug ausdehnen, um die benötigte Luft zu atmen. »Was glauben Sie, was Sie da tun?«

Statt einer Antwort lächelte der Mann, griff nach ihrer Hand und legte dazu den Arm um sie. Die Muskeln unter dem Stoff spannten sich, als er den Becher gegen ihren sanften Widerstand an ihrem Gesicht vorbei zu seinen Lippen führte. Sein Kinn ruhte fast auf ihrer Schulter – wo war ihr steifer Kragen geblieben? –, und als er nun mit feuchten Lippen ihren Hals entlangglitt, gab sie schaudernd jeden Widerstand auf. Schwer atmend ließ sie sich gegen ihn sinken, lag an seiner Brust und spürte die wohlige Leidenschaft über ihre Haut zu den Brüsten und Lenden wandern.

In einem letzten Aufwallen von Scham blickte sie zur Tür, doch die war verschlossen und der Riegel vorgelegt. Sie konnte sich nicht entsinnen, wann er dies getan hatte.

»Unwichtig …«, summte Bernhard an ihrem Ohr. Seine Stimme schien in ihrem Kopf nachzuhallen, jeden anderen Gedanken auszulöschen und durch wohlige Schauder zu ersetzen.

Er hatte recht, es war unwichtig. Wichtig war nur, dass er hier war, dass sie hier war. Sie konnte nicht anders, musste dem inneren Zwang folgen und den Kopf seinen Lippen nähern, aber er schob sie ein Stück von sich.

»Braten!«, sagte er, und sie schüttelte verwirrt den Kopf, sah auf das Tablett.

»Ein Stück Braten!«, wiederholte er und flüsterte dann: »Sie sollten sich stärken … vorher.«

Die Benommenheit in Annes Kopf nahm zu, und tatsächlich spürte sie nun einen nagenden Hunger. Sie richtete sich lächelnd auf, nun von aller Scham befreit und entschlossen, den Abend bis zur Neige auszukosten. Neckend sagte sie: »Du bist ein sehr bedachter Mann, Bernhard.«

Er lächelte ebenfalls, vorfreudig, gierig fast, und seine Augen schienen dunkler als zuvor. »Ich bin darauf bedacht, dass Sie bei guter Gesundheit sind, wenn es beginnt.«

Sie kicherte wie ein albernes Mädchen, schnitt sich mit dem scharfen, kurzen Messer ein Stück Braten ab, verfehlte aber im ersten Versuch ihren Mund, als sei sie volltrunken. Überrascht bemerkte sie, dass ihre Hand zitterte. Dann biss sie zu, und das feste, salzige Fleisch schmeckte köstlich.

»Noch ein Stück!«, schlug der Mann vor, der noch immer erregend nah bei ihr saß, dessen Berührung sie jedoch durch die Röcke und das Polster kaum spüren konnte. Sie musste aus diesem vermaledeiten Kleid heraus!

»Schneiden Sie sich nicht«, mahnte Bernhard, als sie erneut ansetzte, und ihr schwindelte kurz. Sie schloss die Augen, da durchfuhr sie ein stechender Schmerz. »Au!«, sagte sie, aber die eigene Stimme klang ihr fern und sanft wie in Samt gehüllt.

Blinzelnd sah sie auf ihren Unterarm, an dem sich der Stoff des Kleides rot färbte, und mit einem Mal war das Mieder endgültig zu eng. Sie schnappte nach Luft, aber Schmerz und Atemnot waren zu viel. Sie sank vornüber, spürte, wie starke Arme sie auffingen, hörte noch Bernhards summende Stimme: »Schlaf jetzt.« Dann wurde es schwarz um sie.

Ein lautes Poltern weckte sie. Matt schlug Anne die Augen auf und sah sich um. Sie lag, nur mit einem Unterrock bekleidet, im unbequemen Bett des Gasthauses. Neben ihr am Boden stand ein Tablett mit kaltem Braten, trockenem Kuchen und einem leeren Weinkrug in der grellen Morgensonne. Woher kam dieses Tablett? Richtig, jemand hatte es ihr gebracht. Aber wer? Und hatte sie gar den ganzen Wein allein getrunken?

Es klopfte erneut so laut an die Tür, dass sie die Augen zusammenkniff, weil jeder Schlag in ihrem dumpfen Schädel nachhallte. Als sie die Hand an die Stirn legte, durchzuckte ein Schmerz ihren Unterarm. Sie blickte darauf und sah einen durchgebluteten Fetzen darumgebunden. Er stammte von einem ihrer Unterröcke. Dann erinnerte sie sich: Sie hatte sich geschnitten. Wie ungeschickt von ihr!

Sie richtete sich auf und sah den Übeltäter, das blutige Messer, neben dem Tablett auf dem Boden liegen. Wieder klopfte es, und wütend schnappte sie: »Ja, doch!«

»Wir müssen los«, plärrte ihr Kutscher und setzte mit langer Verzögerung nach, als wolle er ihr die höfliche Anrede eigentlich vorenthalten: »Meine Dame. Sonst erreichen wir unser Ziel nicht vor Sonnenuntergang.«

»Ich komme«, sagte Anne, die das vage Gefühl hatte, als sei ihr in der vergangenen Nacht etwas entgangen, auf das sie sehr erpicht gewesen war. Zögerlich setzte sie sich auf und merkte, dass sie kaltschweißig und zittrig war. *Nie wieder solche Mengen Wein auf nüchternen Magen*, versprach sie sich, und verlor damit die letzte Erinnerung daran, dass sie am gestrigen Abend nicht allein gewesen war.

INTERLUDIUM: HIC HABITANT MONSTRA

Georg von Vitzthum löste den Blick von der vorbeiziehenden nächtlichen Straße vor dem Fenster des Mercedes. In fast allen Häusern brannte noch Licht, und nur das erinnerte ihn daran, dass neben Rigel und ihm auch andere Menschen da draußen lebten – normale Menschen. Früher einmal hatte er sich selbst zu dieser Gruppe gezählt. Sogar nachdem er den *Correctores Haereticorum* beigetreten war, damit der Inquisition diente und seinen ersten Werwolf in Aktion erlebt hatte, war er der Meinung gewesen, die Welt habe sich zwar verändert, aber er sei noch immer derselbe. Heute wusste er es besser: Die Berührung mit dem Übernatürlichen zog jeden in die dunkle Welt hinter dem Spiegel.

Wie sehr wünschte er sich, nun dort oben in einem der Häuser zu sein und auf einer durchgesessenen Couch ein stumpfsinniges Fernsehprogramm über sich ergehen zu lassen. Dazu vielleicht ein kaltes Bier … Stattdessen musste er sich mit kaltem Schweiß begnügen, der ihm auf die Stirn trat, als er sich vor Augen rief, was ihr Ziel war. Sein Spiegelbild in der Windschutzscheibe, das auftauchte, wann immer draußen die Dunkelheit die Überhand gewann, sah entsprechend nervös aus. Die fingerlangen blonden Haare nahmen das matte Blau des Armaturenlichts auf, und die eigentlich braunen Augen blickten unter den gefurchten Brauen wie Onyx in die Nacht. Georg fuhr nachdenklich die beiden vom Schattenspiel tiefer erscheinenden Falten nach, die sich wie Schnitte von seiner Nase bis zum Mundwinkel zogen. Sie schienen sich mit jeder übernatürlichen Begebenheit weiter in sein Gesicht zu graben und verschärften seine Züge.

Carteaumois, der Vampir-Gehilfe des einflussreichsten Blutsaugers im Lande, hatte ihn zu einem Treffen »geladen«, und lediglich die vom Vatikan geschickten mächtigen heiligen Gegenstände sorgten dafür, dass er nicht vor Panik aus dem fahrenden Wagen sprang. Doch auch sie konnten die Chancen, dass er diese Nacht überlebte, nur verbessern.

Die dumpfen R'n'B-Bässe aus dem Radio verklangen und wurden durch die Stimme einer jungen Frau ersetzt, die Queens berühmte Rockballade zu seichtem Popgeträllere verwässerte: »*Who wants to live forever …*«

Georgs Blick ruckte zum Bedienteil des Autoradios, um sich zu vergewissern, dass dieses höhnisch klingende Lied wirklich über den Äther geschickt wurde und nicht von der CD stammte. »Eins Live«, verkündete die Anzeige den Namen des Radiosenders. Hatte Rigel also doch nicht plötzlich einen Sinn für Humor entwickelt.

Das hätte Georg bei dem großen, durchtrainierten Soldaten auf dem Fahrersitz auch gewundert, dessen kantige Gesichtszüge wie in Stein gemeißelt wirkten. Er arbeitete nun schon eine Weile mit dem wenig älteren Mann zusammen und konnte die Gelegenheiten, zu denen der kampferprobte Kerlinger einen Scherz gemacht hatte, an einer Hand abzählen. Ebenso viele Finger würde er brauchen, um anzuzeigen, wie oft der Mann ihm schon das Leben gerettet hatte …

Das Schicksal hingegen bewies Sinn für Humor, denn die Künstlerin sang nun: »*There's no chance for us – it's all decided for us.*«

Alles vorherbestimmt? Wirklich? Keine Chance? Er zog die Lederhandschuhe aus und strich mit den nackten Fingerspitzen über die verbogene, schartenübersäte Klinge, die auf seinen

Oberschenkeln ruhte. Sie drückte sich tief in den dunkelblauen Anzugstoff, und kurz befürchtete Georg, sie könne hineinschneiden.

Balmung – das Schwert Siegfrieds, des Drachentöters. Eine der wertvollen, äußerst seltenen Waffen, mit der man Werwölfen bleibende Wunden schlagen konnte.

Ein stechender Schmerz fuhr durch seinen Finger, als er sich an einer der Scharten schnitt. Sofort drang eine wohlige Wärme von der Brust aus in seinen Körper, schien kurz zu zögern und erfüllte dann seinen Finger. Der Schnitt verschwand, noch bevor sich der erste Blutstropfen hatte lösen können.

Wer will schon ewig leben, wenn die Liebe sterben muss? Eine gute Frage von Queen – echte Alltagsphilosophie. Vielleicht eine Frage, die er Carteaumois stellen sollte, dem verdammten Vampir!

Andächtig legte Georg die Hand auf die Brust, dorthin, wo die mächtige Reliquie ruhte. Ein goldenes Kreuz, in das ein Dorn der Krone Jesu eingearbeitet worden war. Solange er diesen Beweis für Gottes Macht am Körper trug, würde jede Wunde, gleich welcher Art, auf wundersame Weise heilen.

Er würde vielleicht nicht ewig leben, aber mit dieser geheiligten Ausrüstung standen zumindest die Aussichten nicht schlecht, dass er die Nacht überstehen würde.

»*Who waits forever anyway?*«, beendete die unbekannte Sängerin ihr Lied, und Georg wurde bewusst, wie alt er geworden war – sogar diese Cover-Version war bald schon wieder ein Oldie. Eigentlich ein lächerlicher Gedanke mit Anfang dreißig …

Carteaumois würde jedoch keinesfalls ewig warten, und so beugte sich Georg vor, zog Mantel-, Anzug- und Hemdsärmel beiseite, um eine Minute vor Mitternacht von seiner Breitling abzulesen, und fragte Rigel: »Wie weit noch?«

Der deutlich größere Mann saß wie eine Statue auf dem Fahrersitz; nur seine unnatürlich blauen Augen regten sich bei der Fahrt über die gerade Talstraße. Jetzt zuckte der Zeigefinger, um die Lautstärke des losplappernden Radiosprechers mittels der Knöpfe am Lenkrad zu verringern.

Wie eine dieser Plastikfiguren, die Frauen neben sich auf dem Beifahrersitz platzieren können, wenn sie allein unterwegs sind, schoss es Georg durch den Kopf, und die Anspannung formte daraus einen kurzen Trailer für sein Kopfkino: *Kaufen Sie jetzt einen Rigel, dann erhalten sie einen zweiten für die Couch kostenlos dazu.* Georg unterdrückte ein Kichern.

»Zwei, vielleicht drei Minuten«, antwortete Rigel mit heiserer Stimme, die ihn eher wie einen Triebtäter als einen Frauenbeschützer klingen ließ. »Er wird auf Sie warten.«

Natürlich würde er das. Der Bletzer würde kaum seinen widerwärtigen Schoßhund Dräger zu einem Besuch bei Georg schicken, um ihn und seine Familie zu bedrohen, ein Treffen vereinbaren und dann wegen einer Verspätung von zwei Minuten beleidigt davonstürmen.

Es war wahnwitzig viel geschehen in den letzten Tagen. Vom Beobachter war Georg durch einen Kopfsprung in die dunklen Fluten des Übernatürlichen zu einem aktiven Mitspieler in den Ränken der Unsterblichen und Gestaltwandler geworden. Seit die uralte Hagr ihm vor dem Kölner Dom – kurz bevor eine andere Hexe ihr den Tod gebracht hatte – die »Chroniken des Hagen von Stein« in die Hand gedrückt hatte, hatte sein ohnehin seltsames Leben noch eine Schippe Wahnsinn nachgelegt. Ein Buch, das sich jeder Digitalisierung widersetzte, grausame Morde, Kämpfe auf Leben und Tod mit Carteaumois' Schergen … all das verbesserte seinen Nachtschlaf nicht wirklich.

Georg ließ sich wieder in den Sitz sinken, und mit einem Mal wurde der Drang beinahe unerträglich, Rigel anzuschreien, er möge sofort umdrehen, Gas geben, und so viel Abstand wie möglich zwischen sie und den grausamen Vampir bringen. Die Bilder seiner Opfer, blutleer und verdreht, viele vor dem Tode noch missbraucht und gefoltert, stiegen vor seinem inneren Auge auf; plötzlich sah er auch sich dort liegen, als blasses Polaroid-Foto auf Rigels Schreibtisch.

Georg schloss die Augen, faltete die zitternden Hände zum Gebet und suchte, wie so oft, Kraft in der Nähe zu Gott. Die vertrauten Worte des achten Psalms glitten durch seinen Geist, und die Silben verwandelten sich in Pfosten, an denen er sich in den Gezeiten einer grausamen Welt festklammern konnte. *Herr, unser Herrscher, wie herrlich ist dein Name in allen Landen …*

Sicher, es fiel leichter, voll und ganz an den Allmächtigen zu glauben, wenn eine heilende Reliquie seine Existenz bewies – aber warum sollte ihm nicht auch einmal etwas leichtfallen?

»Vitzthum«, grollte Rigel, und als Georg die Augen öffnete, warf der Ex-Soldat ihm ein Mikrofunkgerät zu. »Der Chef will, dass Sie eines tragen.«

»Aber …«, wollte Georg einwenden, doch Rigel schüttelte nur kurz den Kopf und klopfte sich aufs Ohr, in dem ebenfalls ein kleiner Knopf ruhte. Zum ersten Mal fiel Georg auf, wie unförmig die Ohrmuschel unter dem millimeterkurzen Haar wirkte, verquollen, auf dem besten Weg zum charakteristischen Blumenkohlohr eines erfahrenen Nahkämpfers, der mit harten Bandagen trainierte. Darunter schimmerten weiß die Klebepflaster über den Kratzern, die er von Carteaumois' Hecetisse verpasst bekommen hatte, als sie die für den französischen Vampir arbeitende Russin in ihrem unscheinbaren Einfamilienhaus gestellt hatten. Der Mann war glimpflich davongekommen – Georg erinnerte sich schaudernd an den verunstalteten Leichnam der alten Hagr, die Carteaumois' Helferin in die Finger gefallen war.

»Nutzen wir jeden Vorteil, so lange es geht!«, sagte Rigel, und Georg war einmal mehr froh darüber, dass er diesen unerschütterlichen Mann an seiner Seite wusste – zumindest so lange, bis er den Wagen verlassen musste, denn Carteaumois war eindeutig gewesen: Er wollte Georg allein treffen.

Seufzend ließ Georg das Schwert zwischen seine Füße gleiten, öffnete Mantel und Jackett, schob den Pullover hoch und zog das Kabel durch den Kragen, um dann das Gerät an seinen Gürtel zu stecken und den Knopf in sein Ohr. Ein durchsichtiger Klebestreifen hielt das Mikrofon an seiner Kehle und ziepte an den Stoppeln des Dreitagebarts. Wenn er das überstehen sollte, würde er sich erst einmal mit Junk-Food vollstopfen, ausschlafen und sich dann wieder in ein ansehnliches Exemplar Mann verwandeln. In dieser Reihenfolge. Gleich nachdem er sichergestellt hatte, dass es seiner bedrohten Familie gut ging.

»…zeit von einer, vielleicht zwei Minuten«, hörte er Kohlmann noch sagen, als er das Gerät einschaltete. Der erfahrene Kerlinger hatte die Leitung des Einsatzteams inne. »Näher können wir nicht heran, ohne dass er uns bemerkt.«

»Sie werden sich schön fernhalten, Kohlmann. Egal, was passiert«, sagte Georg mit einer Entschlossenheit, die er nicht empfand. »Sind die Einsatztruppen am Haus meiner Eltern?«

»Gesichert«, gab Kohlmann zurück. Er war Profi genug, um solche John-McLane-Sprüche zu ignorieren, vor allem, wenn sie von Georg stammten, einem Mann ohne die militärische Ausbildung, auf welche die kämpfende Truppe der Inquisition so stolz war. Zudem vermutete er, dass Kohlmann vorrangig den Auftrag hatte, die Reliquien sicherzustellen, wenn das Gespräch für Georg unglücklich verlief.

»ETA eine Minute«, gab Rigel durch.

Also noch eine Minute bis zur Ankunft. Georg nahm das Schwert und klammerte sich an dem mit Leder umwickelten Griff fest. Weniger als sechzig Sekunden …

Da passierten sie auf der höher gelegenen Straße ihren Zielort, und Georg konnte durch das Fenster auf den neben den Bahnschienen liegenden Schrottplatz hinabschauen. Autoleichen waren wie verkrümmte tote Insekten aufeinandergestapelt und bildeten labyrinthartige Gänge mit genug Schatten, um ein ganzes Rudel Werwölfe darin zu verstecken. Das einzige Licht stammte von den wenigen noch erhellten Fenstern, die einige Meter über dem Schrottplatz wie die Grenze zu einer anderen, besseren Welt die Nacht erleuchteten.

Rigel bog ab, folgte der Straße in einer engen Kurve, die sie endgültig hinab zur Talsohle brachte, und ließ den Wagen schließlich vor der kurzen Zufahrt des Schrottplatzes ausrollen.

Das eiserne Tor stand offen. »Ich bin in der Nähe«, sagte Rigel, und Georg nahm es mit einem Nicken zur Kenntnis. Wenn Carteaumois ihn tot sehen wollte, war selbst Händchenhalten nicht nah genug.

Georg wagte nicht zu antworten, denn seine Stimme schien sich wie ein Einsiedlerkrebs in seiner Kehle verkrochen zu haben. Stattdessen drehte er das Schwert um, stieg aus und warf die Tür schnell wieder hinter sich zu, bevor er es sich anders überlegen konnte. Sofort fuhr der Wagen an, beschleunigte zügig, und während Georg noch mit dem Schwert rang, um es in die Scheide an seiner Hüfte zu bekommen, verschwand er um die Ecke.

»In der Nähe, hm?«, murmelte Georg und atmete einmal tief durch.

»Wir haben eine Sichtung«, gab Kohlmann durch. »Drei Personen – sie sind von einem Schleier umgeben, der Satellit kann sie nicht klar erfassen.«

Drei?, fragte sich Georg. Carteaumois, dazu natürlich Dräger, sein Hof-Werwolf und Lieblingsmeuchler … aber wer war der Dritte?

»Ich gehe jetzt rein«, funkte er und schaffte es, sich selbst so weit davon zu überzeugen, dass seine Beine sich in Bewegung setzten.

Schon kurz hinter dem Eingang ragten die ersten Autoberge auf. Das Licht reichte gerade aus, dass er nicht über eines der zahlreichen Hindernisse stolperte, die in den Gassen lagen. Alte Reifen, gehäutete Sitze, ein klobiger Motorblock, eine fast dadaistisch anmutende Ansammlung von verchromten Stoßstangen, die man für einen späteren Abtransport mit Draht zusammengebunden hatte.

Als er einen kleinen Platz betrat, in dessen Mitte ein Gabelstapler mit Stahlrahmen um den Sitz stand, erklang Kohlmanns Stimme erneut: »Achten Sie darauf, sich …«

Plötzlich herrschte völlige Stille in seinem Ohr, und das war schlimmer als statisches Rauschen oder wimmerndes Klopfen unsauberer Frequenzen. Er war von der Außenwelt abgeschnitten. Für einen Augenblick war alles, was er hörte, das leise Klicken seiner unerschütterlichen Breitling. Da wusste er, wer die dritte Person war: Carteaumois' Hecetisse!

»*Monsieur* von Vitzthum«, klang Carteaumois' Stimme gut gelaunt durch die Gänge, hallte von den stählernen Kadavern wider und wurde von ihnen zerstreut, sodass Georg nicht genau wusste, wo sie herkam.

Hinter ihm knarrte es. Sofort wirbelte er herum, doch da war nichts. Plötzlich sauste etwas Großes, Schweres durch die Luft und landete mit metallischem Krachen auf dem Korb des Gabelstaplers. Eine riesige, viehische Gestalt stand dort witternd, blutrotes Fell bedeckte struppig einen nur entfernt wolfsartigen Leib, dessen Muskeln wulstig und dicht gepackt waren.

Die rudimentären, krallenbewehrten Finger des Wesens, dessen Schulterhöhe bald zwei Meter betragen musste, schlossen sich um den Stahlrahmen. Mit schrillem Kreischen glitten die rot angemalten Krallen über das Metall. Der riesige Kopf mit dem breiten Maul bewegte sich in der Nachtluft lauernd hin und her, und gelblicher Geifer troff durch das Gitter auf das Armaturenbrett des Gefährts.

»*Monsieur* Dräger kennen Sie ja schon«, sagte da Carteaumois' trügerisch warme Stimme unmittelbar hinter ihm. Wieder wirbelte Georg herum, und der Bletzer stand kaum einen Meter entfernt. Er trug wie immer ausschließlich weiße Kleidung, heute einen langen Mantel über Stoffhosen und in akuter Geschmacksverirrung weiße Slipper. Sogar das kurze Haar und die Augenbrauen waren weiß gefärbt, doch die Farbe der Unschuld versickerte im Halbdunkel zu einem matten Grau.

Georg unterdrückte den Impuls, das Schwert herauszureißen und Carteaumois in den Leib zu rammen. Dräger hätte ihn zerfetzt, bevor er die Waffe ganz gezogen hätte, und auch wenn der Vargr ihn im ersten Ansturm dank der Reliquie hoffentlich nicht töten würde, wollte Georg doch erfahren, warum der Bletzer diesen ganzen Aufwand betrieb.

»Danke, dass Sie es so kurzfristig einrichten konnten. Mir ist bewusst, dass Sie gerade in diesen Tagen viel zu tun haben bei den Korrektoren«, sagte sein Gegenüber nonchalant, als ginge es um ein Geschäftsessen.

Eine bösartige kleine Stimme meldete sich in Georgs Kopf zu Wort: *Vielleicht bist du ja beides – das Geschäft und das …*

»Ich glaube, es ist an der Zeit, dass wir uns einmal unterhalten.« Der Mann sprach ohne den geringsten französischen Akzent. *Er hatte ja auch vierhundert Jahre Zeit, ihn sich abzugewöhnen*, erinnerte sich Georg und ging langsam zur Seite, um beide Gegner im Blick zu haben. *Genauso wie seine Menschlichkeit.*

Es war schwer zu glauben, dass dieser sportliche junge Mann mit der modischen Kurzhaarfrisur und der makellos weißen Kleidung für einige der grausamsten Verbrechen wider die Nächstenliebe verantwortlich war, die das junge Jahrtausend schon hatte mit ansehen müssen. Und das waren nur die, von denen Georg erfahren hatte, weil sie seine Arbeit unmittelbar betrafen. Das Aktenregal für den Buchstaben »C« im Keller des Büros der *Cor-*

rectores Haereticorum war beinahe so gut gefüllt wie das für den Buchstaben »S«.

Carteaumois wartete einen Augenblick, das auch nach modernen Maßstäben gut aussehende Gesicht in einem höflichen Lächeln gefangen und die Hand aufmunternd vorgestreckt, aber Georg ergriff sie nicht.

»Nun gut«, sagte Carteaumois und warf einen Blick über seine Schulter auf die Kante der Wrackmauern. Dort stand, erfasst von einem Wind, der nur für sie wehte, Carteaumois' russische Hexe. Die vollen roten Lippen lächelten nicht, und so wirkte das hübsche Gesicht kalt wie eine Maske.

Georg suchte ihre schlanke Gestalt, die nun in ein wogendes rotes Sommerkleid gehüllt war, nach Spuren des Schusses ab, mit dem Rigel sie durch die Panoramascheibe ihres Unterschlupfes geschleudert hatte – es gab natürlich keine. Sie war immerhin eine Hecetisse …

Sie nickte Carteaumois zu und wischte sich das wehende blonde Haar aus dem Gesicht. Georg sah eine Plane unmittelbar neben ihr aus einem der Wagen hängen – das milchigweiße Plastik regte sich nicht.

»Dann werde ich dieses Gespräch wohl einseitig bestreiten«, sagte Carteaumois und verschränkte die Hände hinter dem Rücken, wie ein Lehrer, der zu einem längeren Vortrag ansetzte, und dabei – *liebe Kinder* – nicht gestört werden wollte. »Das ist mir ohnehin am liebsten.« Der Untote schmunzelte.

Aus dem Augenwinkel sah Georg, wie sich Dräger zum Sprung duckte. Seine gedrungene, hündische Vargr-Gestalt mit den verdreht wirkenden, wulstigen Gelenken und Muskeln hatte kaum etwas mit der tödlichen, aber eleganten Tiergestalt eines reinen Wariwulf gemein.

Das Monstrum stieß sich vom Gabelstapler ab, wobei es das schwere Gefährt auf die Seite schleuderte. Dräger segelte über sie beide hinweg, landete krachend auf dem Kies des Platzes und schlitterte aus.

Während Carteaumois sprach, umschlich Dräger sie, den massigen Leib nah am Boden, die im Halbdunkel glühenden Augen unverwandt auf Georg gerichtet. Doch zu seiner Verwunderung verspürte Georg eher Wut als Furcht vor der riesigen Kreatur – als menschliches Wesen konnte und wollte er Dräger nicht bezeichnen. Der Vargr witterte, und schnaubte wütend, als er keine Angst in der Luft fand. Knurrend schob er sich weiter um sie herum, bereit, sich beim geringsten Zeichen seines Herrn auf Georg zu stürzen.

»Hören Sie mir eigentlich zu?«, fragte Carteaumois scharf, und Georg bemerkte, dass er zu sehr von Drägers Imponiergehabe gefangen gewesen war, um den Worten des Vampirs zu lauschen.

»Nein«, gab er zu und brachte ein Achselzucken zustande.

Für einen winzigen Moment, in dem sich Carteaumois' Augen verengten, spürte Georg, dass sich das unberechenbare Temperament des Mannes auf der Kante drehte wie eine angestoßene Münze, die auf beiden Seiten zur Ruhe kommen konnte. Dann lachte sein Gegenüber auf.

»Gratuliere, *Monsieur* von Vitzthum. Ich sehe nun, warum man so große Stücke auf Sie hält. Sie haben Schneid.« Carteaumois kam einen Schritt näher und streckte die Hand aus, um Georg auf die Schulter zu klopfen, aber der wich den perfekt manikürten Fingern aus.

»Kein Körperkontakt beim ersten Date«, stieß er hervor und behielt den Abstand bei, auch wenn er Dräger in seinem Rücken spürte.

Das Lachen verschwand, und Carteaumois nickte mit geringschätzigem Blick. »Sie wissen natürlich, dass ich Sie dazu bringen könnte? Und zu mehr?«

Georg schaffte es, das Erschaudern in sein Inneres zu saugen, es wie einen Aufschrei zu unterdrücken. Stattdessen nickte er, wie er hoffte, leichthin. »Sicher – aber Sie haben mich nicht hergerufen, um mich zu demütigen.« *Oder dazu zu zwingen, geliebten Personen Schreckliches anzutun, zu dem ich mich nicht fähig wähne*, hoffte er in Gedanken.

Der Bletzer ließ die Hände wieder nach hinten schwingen, legte sie in der Beuge seines Rückens zusammen und sagte, mit einem kurzen Seitenblick auf das Monstrum, das sie immer noch umkreiste: »Was ich soeben meinte: Sie, *Monsieur* von Vitzthum, und mit Ihnen die erlesenen Korrektoren, und meine Wenigkeit – wir verfolgen die gleichen Ziele: Ruhe, Frieden, Stabilität … und natürlich ein ungestörtes Zusammenleben.«

Georg spürte Wut in sich aufsteigen, und sie brach sich in einer trotzigen Antwort Bahn: »Da haben Sie etwas missverstanden. Unser Ziel ist es, Kreaturen wie Sie mit Stumpf und Stil auszurotten, den Boden mit Salz zu bestreuen und darauf zu hoffen, dass Mutter Natur niemals wieder etwas so Widernatürliches hervorbringt.«

Dräger blieb stehen und grollte lauter. Seine Lefzen bebten und offenbarten lange, scharfe Reißzähne, die in unnatürlich versetzten Winkeln und zwei Reihen das Maul zierten.

»Wirklich – Schneid!«, sagte Carteaumois und legte den Kopf lachend in den Nacken.

Plötzlich verstummte das Lachen, und bevor Georg auch nur mit der Wimper zucken konnte, hatte der Vampir die wenigen Schritte zwischen ihnen überbrückt, riss Georg zu Boden und landete schwer auf ihm.

Die Luft wurde Georg aus den Lungen gepresst, und seine Rippen knackten, aber die heilende Wärme des Amuletts blieb aus. Ein Schreck durchfuhr ihn, körperlich fühlbar, und schlimmer als der Aufprall: Konnte es sein, dass die Hecetisse die Macht der Reliquie unterband? Oder war nur die Verletzung zu gering, um die Wirkung zu spüren?

»Oder eher: Dummheit!«, schnarrte Carteaumois, presste Georgs Arme mit einer Stärke, die seine Gestalt Lügen strafte, auf den Boden und zog die Lippen hoch. Darunter befanden sich nicht mehr die blütenweißen runden Zähne, die ein so trügerisches Lächeln bilden konnten; zweiunddreißig Reißzähne hatten sie ersetzt, scharfkantig und schief wie das Gebiss eines Hais.

»Bedenken Sie, *Monsieur* von Vitzthum, wen Sie hier vor sich haben!« Blut lief an den Zähnen herab, da sie sich aus dem Zahnfleisch und über die nun dahinter verborgenen menschlichen Varianten geschoben hatten, und tropfte Georg ins Gesicht. Es war nur lauwarm.

Georg war wie gelähmt, er hörte sein Herz hämmern, als führe ein Zug auf den nahen Gleisen vorbei, fürchtete, der Vampir könne das schreckliche Gebiss in sein Fleisch rammen und ihn aussaugen. Da ließ der Untote von ihm ab, katapultierte sich zurück auf die Beine und reichte ihm die Hand. Georg ignorierte sie und richtete sich auf.

Es wäre wohl besser, wenn er seine Abscheu nicht zu sehr auf der Zunge trüge – was Carteaumois auch anbieten wollte, es war ihm offensichtlich wichtig genug, um sich zusammenzureißen. Also würde auch Georg das versuchen.

Langsam beruhigte sich sein Herz wieder, und sein Geist fand zu alter Klarheit zurück. Sein Widersacher brauchte ihn also lebend – jetzt musste er nur dafür sorgen, dass es so blieb.

Carteaumois klopfte verärgert den Staub von seinen Ärmeln, und als er weitersprach, lag eine deutliche Schärfe in seiner Stimme: »Wir sind uns doch einig, dass ein gewisser Machtfaktor in dieser Stadt, ich möchte nur ungern seinen Namen laut aussprechen, ein erhebliches Ärgernis darstellt? Zudem eines, das für Sie und Ihre Männer gänzlich unerreichbar ist und bleibt – sofern Sie nicht Hilfe von innen erhalten.«

Georg brauchte einen Augenblick, bis er das Ausmaß dieses

Vorschlags völlig erfasste. Carteaumois bot mehr oder weniger unverholen an, seinen Boss an die Korrektoren zu verraten.

»Was ist für Sie drin?«, fragte Georg misstrauisch.

»Nun, sagen wir: ein Nichtangriffspakt. Sie lassen mich in Ruhe, und ich lasse Ihre Schäfchen in Frieden. Es muss kein Krieg herrschen zwischen den Menschen und … uns.« Carteaumois schenkte ihm ein Lächeln, das in seiner Wärme und scheinbaren Aufrichtigkeit auf den blassblauen Lippen dieses Monsters gänzlich unpassend wirkte – daran änderten auch die nun wieder runden, menschlichen Zähne nichts.

Georg schnaubte. »Sie meinen, wir räumen Ihren Boss aus dem Weg, den Einzigen, der in der Hierarchie derzeit über Ihnen steht und Sie im Zaume halten kann, und dürfen Ihnen dafür noch freie Hand lassen, bis es zu spät ist, um Ihre Pläne zu durchkreuzen?« *So viel zum diplomatischen Ansatz.*

Der Bletzer seufzte theatralisch. »Nun, sehen Sie es so: Wenn Sie den Platzhirsch nicht erledigen, werden sich zwei Lager bilden. Es wird einen Bruderkrieg geben, und er wird auf dem Rücken der Menschen ausgetragen werden. Wollen Sie das wirklich? Fernsehberichte über Werwölfe und Vampire? Menschen im Blutrausch, den wir Ihnen eingepflanzt und zur Blüte getrieben haben? Verbrechen ohne jeden Hinweis auf den Täter? Opferungen in grausamen Hecetissen-Ritualen?« Er ließ seinen Worten einen Augenblick Zeit, damit sie in Georgs Geist zu schrecklichen Bildern werden konnten, dann fuhr er fort: »Ich verspreche Ihnen, dass die Menschen, die ein geschätzter Teil der Gesellschaft sind, in Frieden leben werden. Versuchen Sie solch ein Angebot einmal von ihm zu bekommen.«

Georg schüttelte wütend den Kopf. Nein, er würde nicht das kleinere zweier Übel wählen, würde keinen Pakt mit Beelzebub eingehen, um Satan auszutreiben.

»Hier ist kein Pakt für Sie zu holen! Wir werden unsere heilige

Mission nicht aufgeben. Die Bastion der Blutsauger wird fallen, und egal, ob wir der giftigen Schlange zuerst den Kopf abschlagen oder uns Stufe für Stufe die Pyramide hinaufarbeiten müssen – unsere Truppen werden siegen!« Georg fragte sich, ob es an der Reliquie lag, dass er Reden schwang wie ein fanatischer Freiheitskämpfer.

»Der Sieg über den Teufel, hm?«, erwiderte Carteaumois, und seine Stimme bohrte sich mit der Kälte und Schärfe eines Fleischermessers in Georgs Ohren. »Vielleicht werden Ihre Truppen diesen epischen Sieg eines Tages davontragen ... aber Sie werden dann nicht mehr dabei sein!«

Georg kniff die Augen zusammen. *Will er mich jetzt doch umbringen?*, fragte er sich in Gedanken.

»Nein«, beantwortete der Blutsauger seine stumme Frage. »Ich mache mir die Hände nicht an einem Korrektor schmutzig!«

Carteaumois wandte sich ab und machte eine wegwerfende Geste. Dräger, der seine Kreise ununterbrochen fortgesetzt hatte, grollte und sprang ansatzlos auf Georg zu.

Noch während der riesige Leib der Kreatur in der Luft war, warf sich Georg zur Seite, fand den Schwertgriff, aber bevor er die Klinge gezogen hatte oder gelandet war, befand sich Dräger über ihm. Sein Hinterlauf krachte gegen Georgs Brust und schleuderte ihn aus dem Fall hart auf den Boden. Die Luft wurde aus seiner Lunge gepresst, und er rutschte weiter, drehte sich dabei auf den Bauch, verlor aber den Griff um das Schwert.

Der eisenharte struppige Leib des Vargr landete, wirbelte herum und war bereits wieder im Sprung, bevor Georg ganz zur Ruhe kam. Mit einem keuchenden Atemzug stemmte er sich hoch und zur Seite weg, rollte weiter. Neben ihm donnerte Drägers gewaltiger Leib auf den Boden, wobei alte Schrauben und Unterlegscheiben wie in einem Regenholz davonrauschten.

Georg sprang auf und zog das Schwert, aber da schoss Dräger

schon wieder auf ihn zu. Diese verdammten Wölfe, egal, ob Wariwulf oder Vargr, waren schnell wie schlechte Angewohnheiten – wo man auch hinkam, sie waren schon da.

Dann krachte Drägers schwarze, verformte Nase in Georgs Magen, riss ihn von den Füßen, schleuderte ihn gegen die aufgetürmten Autowracks, die keinen Zentimeter nachgaben. Stählerne Kanten bohrten sich in seinen Rücken, und mit einem Knirschen, dem erst stechender Schmerz und dann völlige Gefühllosigkeit von der Hüfte abwärts folgte, brach ein Wirbel.

Georg wollte sich mit einem Schritt abfangen, als er von den Wracks abprallte, aber seine Beine gehorchten ihm nicht. Er klatschte auf den Boden wie ein Kind, das eben erst Laufen lernte, und konnte gerade noch den Arm hochreißen, als Drägers gewaltige Pranke ihn in den Magen traf und über den schmutzigen Kies schleuderte.

Georgs kraftlose Beine wurden mitgerissen, flogen unkontrolliert herum. Doch während er über den Hof rollte und die Kiesel, Scherben und Schrauben ihm das Gesicht aufrissen, vernahm er ein beinahe melodisches, an- und abschwellendes metallisches Klingen, das ihm bewies, was er dem Gefühl in seiner Hand nicht hatte glauben wollen – er hielt das Schwert noch immer umklammert.

Von seiner Brust breitete sich ein warmes Prickeln aus, das die winzigen Wunden in seiner Haut verschloss und nun auch den zerstörten Wirbel richtete, sodass Georg seine Beine wieder spürte. Sein Bauch war unversehrt, also hatte Dräger die Krallen nicht eingesetzt, sondern mit den rauen schwarzen Flächen seiner Pfote zugeschlagen – er spielte mit ihm!

Mit einem wütenden Grunzen stoppte Georg seine Bewegung und stemmte sich so mühelos, als sei er gerade nach einer erholsamen Nacht aus dem Bett geklettert, auf die Beine.

Der verdrehte Wolf grollte verwundert, als Georg nun mit dem

Schwert auf ihn zeigte und mit einer Ruhe fragte, die unmittelbar unter seiner Haut endete: »Bist du zum Herumtollen hier? Oder zum Kämpfen … Miezekätzchen?«

Georgs eigene Gedanken gingen in dem ohrenbetäubenden Brüllen unter, das Dräger nun ausstieß. Das gewaltige Monstrum, groß wie ein Stier und doppelt so schwer, riss das Maul auf und präsentierte die messerscharfen Fänge, die wie tödliche Stalaktiten unter den schwarzen Lefzen hervorragten. Geifer flog auf den Kies und färbte sich im Schmutz grau. Die gelben Augen rollten und verengten sich zu Schlitzen.

Auch Georg brüllte und stürmte auf das riesige Monstrum los. Wenn er diese Nacht überleben wollte, durfte er Dräger nicht die Initiative überlassen.

Einen Atemzug lang war der Vargr zu verblüfft, um zu handeln, und diese Zeit reichte Georg für einen Hieb in die Schulter des Gegners aus, obwohl der ihm im gleichen Augenblick mit einem Krallenhieb die Brust eindrückte.

Als die Rippensplitter sich bei Georgs Landung in die Lunge bohrten, hätte er dies gern einen guten Tausch genannt, aber die Schmerzen ließen es nicht zu. Er rollte sich auf den Rücken, und da bog sich der zertrümmerte Brustkorb unter warmen Wellen wieder auf. Der Schmerz war vorüber, nein, mehr: Er war vergessen!

Georg erhob sich auf ein Knie und folgte Dräger mit den Augen. Der Vargr umkreiste ihn nun wieder, wohl darauf wartend, dass sich der Schnitt in seiner Schulter schloss. Doch das tat er nicht, und so zuckten die Raubtieraugen immer wieder zur Blutspur, die das Fell verklebte. Der Schnitt war lächerlich klein, aber er war ein Anfang!

Kurz ließ Georg den Blick wandern, suchte Carteaumois und die Hexe, doch sie waren nicht zu sehen.

Dräger brüllte auf und zog damit Georgs Aufmerksamkeit wieder auf sich. Bei allem viehischen Instinkt, von dem sich der Vargr in seiner vierbeinigen Gestalt leiten ließ, wusste Georg doch, dass er ihn mit dem gleichen Trick nicht noch einmal kriegen würde. Also wartete er, auf einem Knie, das Schwert in beiden Händen, und genoss den Luxus des unbeschwerten Atmens.

Die Angst verschaffte sich, gedämpft durch den warmen Segen der heilenden Reliquie, dennoch Gehör, flüsterte leise: *Du wirst sterben – trotz Kreuz und Schwert.* Irgendwann würde Dräger begreifen, dass es nur die Waffe war und nicht Georg selbst, die ihm unheilbare Wunden zufügte, und dann …

Dräger sprang, das gewaltige Maul aufgerissen, und Georg katapultierte sich ihm entgegen, hielt das Schwert dicht an der Brust, aber die Spitze der Waffe ausgestellt, und schaffte es, knapp unter dem Kiefer des Angreifers wegzutauchen. Das Schwert traf die Brust, bohrte sich hinein und krachte auf einen Knochen. Das Monstrum jaulte gequält auf.

Von der plötzlichen Wucht des Stoßes wurde Georg die Schulter aus dem Gelenk gerissen und er selbst von den Füßen gefegt. Dräger sprang wütend weiter, und Georg klammerte sich verzweifelt am Schwertgriff fest. Er wurde an der im Leib seines Gegners steckenden Klinge über den Boden mitgeschleift, während Sturzbäche stinkenden Blutes sich seinen Arm entlang bis auf Gesicht und Brust ergossen.

Dann glitt die Klinge aus dem Körper des Untiers. Georgs Schulter glitt schnalzend zurück in die Gelenkpfanne, und er stemmte sich auf die Beine, wechselte das vom Blut glitschige Schwert in die Rechte und wischte sich mit der Linken den heißen Lebenssaft aus dem Gesicht.

Dräger lief wie ein eingesperrter Löwe auf und ab und zog dabei unter sich rote Spuren in den Kies. Man sah dem Killer an, dass er es nicht gewohnt war, den Waffen seiner Gegner entgehen zu müssen.

Ein Hochgefühl durchströmte Georg, als er erkannte, dass er gewinnen konnte. Dräger musste Verletzungen vermeiden. Er, Georg, nicht.

Laut lachend, über die Maßen berauscht von der göttlichen Macht, die seinen Körper unzerstörbar, nein, unsterblich machte und die Angst verdrängte, stürmte er auf Dräger zu und lachte noch lauter, als der Vargr sich duckte, als wolle er zurückweichen.

Im Lauf drehte er die Klinge in der Hand, sodass die Spitze nach unten zeigte, packte sie mit beiden Händen und sprang ab, den Körper weit durchgebogen, um Schwung zu holen.

Dräger ruckte vor und erwartete ihn mit aufgerissenem Maul. Die Fänge schlossen sich mit der Macht einer Hydraulikpresse um Georgs Brustkorb, zerfetzten das Fleisch und zermalmten seine inneren Organe.

Herr, lass mich nicht ohnmächtig werden, flehte Georg, dessen Lachen erst in einen Schrei und dann in ein Röcheln überging. Die Schmerzen waren übermächtig, und er fühlte sich, als hinge sein Körper nur noch am Bauchmuskel zusammen. *Die Reliquie*, schoss es ihm durch den Kopf. *Wenn er sie verschluckt…*

Dräger schüttelte Georg wie ein Wolf eine gefangene Ratte, doch sein Opfer war bereits über den Status hinaus, in dem der Schmerz noch schlimmer werden konnte. Georgs Blut schoss bei jedem Atemzug als Nebel aus seinem Mund, während seine Gliedmaßen wie die einer Puppe hin- und hergeschleudert wurden. Sein Kopf krachte auf den Boden, und kurz wurde ihm schwarz vor Augen.

Dann konnte Dräger die Wunden nicht mehr schneller schlagen, als die Reliquie sie heilte. Georg zog Kraft aus der sonnigen Berührung des heiligen Gegenstands, krümmte den schlaffen Körper und stieß mit dem Schwert zu.

Ein instinktives Zucken des Vargr ließ Georg das Auge verfehlen, aber die Klinge glitt am dicken Schädelknochen ab, und die

Spitze stach tief in den wulstigen Nacken, wie der Todesstich eines Toreros.

Dräger riss jaulend den Kopf hoch, schleuderte Georg in einem blutigen Geiferregen in die eine und das aus seinen Händen gerissene Balmung in die andere Richtung.

Georg flog sich überschlagend durch die Luft und spürte den warmen Segen der Reliquie durch seinen geschundenen Leib fließen. Sie zog sanft, aber unnachgiebig wie eine strenge Mutter an seinen Knochen und fügte Gelenke zusammen. Sein Herz schlug kräftiger, als wieder Blut seine beinahe ausgetrockneten Adern füllte. So gelang es ihm, den Aufprall in ein einigermaßen glimpfliches Ausrollen umzuwandeln.

Das heisere, von den hohen Mauern aus Autoleichen widerklingende Winseln bewies, dass Dräger noch lebte. Ohne das Schwert war Georg verloren …

Stärke zeigen, ermahnte er sich, sprang auf die Beine und sah sich nach der Waffe um. Gehetzt zuckte sein Blick über den schmutzigen Boden, durchmaß die einzelnen, von den Häusern über dem Platz hinabgesandten matten Lichtflecken ebenso wie die dunklen Schatten der Autowracks, spürte Panik in sich aufwallen, als sich die verkratzte Klinge nirgendwo zeigte. Dräger stand gut fünf Meter entfernt, den großen Kopf gesenkt, und das Winseln verwandelte sich in ein wütendes Knurren. Blut lief wie ein Kragen von seinem Nacken über die Schultern bis zu den Vorderpfoten. Auch die Wunde an seiner Brust hatte nicht aufgehört zu bluten, und immer wieder zuckten die Muskeln darum, als wollten sie sich von diesem Makel des Körpers entfernen.

»…lung, er hält nicht mehr lange durch«, klang es da plötzlich in Georgs Ohr. Aufgeputscht vom Adrenalin, hätte er sich beinahe nach der Quelle der Stimme umgesehen. Der Schleier der Hexe war gelüftet, sie hatte sich zurückgezogen, darum empfing er den Funkverkehr wieder. Er sah sich um, vergewisserte sich, dass die

Hecetisse oder Carteaumois nicht doch spöttisch lächelnd zwischen den Wagen standen. Offenbar hatten sie die schmutzige Arbeit vertrauensvoll ihrem Schoßhund überlassen.

Dräger kam einen schwankenden Schritt auf ihn zu, und plötzlich war sich Georg nicht mehr sicher, wer hier nicht mehr lange durchhalten würde. Dann sah er das Schwert – es steckte wenige Schritte vor ihm zwischen den pechschwarzen Rundungen eines Reifenberges wie ein modernes Excalibur im Stein.

»Bringen wir es zu Ende!«, forderte er und zuckte herausfordernd mit dem Kinn. Dräger knurrte, und es lief Georg eiskalt über den Rücken. Doch dann wirbelte der gigantische Wolf plötzlich herum, sprang auf den umgestürzten Gabelstapler und von dort auf einen niedrigen Autostapel.

»Nein!«, brüllte Georg wütend, zog das Schwert aus den Reifen und lief ihm hinterher. »Nein! Du feiges Schwein!«, rief er verzweifelt. Wenn Dräger entkam, müsste Georg sich ernste Gedanken über die Grabinschrift seiner Eltern machen. Bei der Vorstellung kroch Eis in seinen Magen.

Dräger wandte sich noch einmal grollend um, aber dann sprang er weiter und landete auf dem höchsten Autostapel. Georg suchte nach einem Weg hinauf, wollte ihm folgen, aber es war zwecklos. Selbst schwer verletzt würde ihn Dräger mühelos abhängen.

Ein Güterzug raste hinter Georg auf den Schienen vorbei, und er zuckte kurz zu dem lauten Rattern herum. Als er wieder nach vorn sah, bäumte sich der riesige Werwolf plötzlich auf, wie ein scheuendes Pferd. Seine zuckende, massige Gestalt zeichnete sich dunkel vor der Kulisse der absurd normalen Mehrfamilienhäuser am Hang ab, und sein klagendes Heulen übertönte sogar den Lärm des Zuges.

Dann erkannte Georg, was geschah, als mit Nachtsichtgeräten bestückte Soldaten auf den Autowracks erschienen. Mündungsfeuer tanzte auf den Läufen ihrer MPs, unaufhörlich wie Wetterleuchten, und Dräger fiel. Sein schwerer Leib segelte weit herab, mattschwarze schimmernde Blutfäden hinter sich herziehend, noch immer heulend. Endlich krachte er auf den Boden. Das Heulen verstummte, und auch die Mündungsfeuer verloschen wie das ersterbende Glitzern einer Wunderkerze.

Georg rannte los, wartete nicht auf die Soldaten, die sich nun abseilten. Dräger wand sich am Boden, und die Kugeln rollten wie silberne Tränen seinen Körper hinab, wo sie von der heilenden Kraft des Vargr-Körpers ausgestoßen wurden. Georg kam neben dem gewaltigen Kopf des Wesens zum Stehen und erhob das Schwert, die Spitze nach unten gerichtet.

Als der letzte Wagon des Güterzuges vorbeigefahren war, konnte er aus dem heiseren Röcheln des Vargr ein Wort heraushören: »Gnade!«

Er starrte zu Dräger hinab – der Vargr wäre nur der erste Schritt. Er zögerte; schüttelte den Kopf. Dann stieß er zu, rammte dem Wolf das Schwert in eines der aufgerissenen gelben Augen, und als er den Widerstand des Schädelknochens spürte, lehnte er sich mit vollem Gewicht auf die Parierstange, bis die Klinge knackend weiterglitt.

Er taumelte rückwärts, stolperte, ließ sich fallen und blieb benommen sitzen. Jetzt war es so weit … er hatte zum ersten Mal getötet.

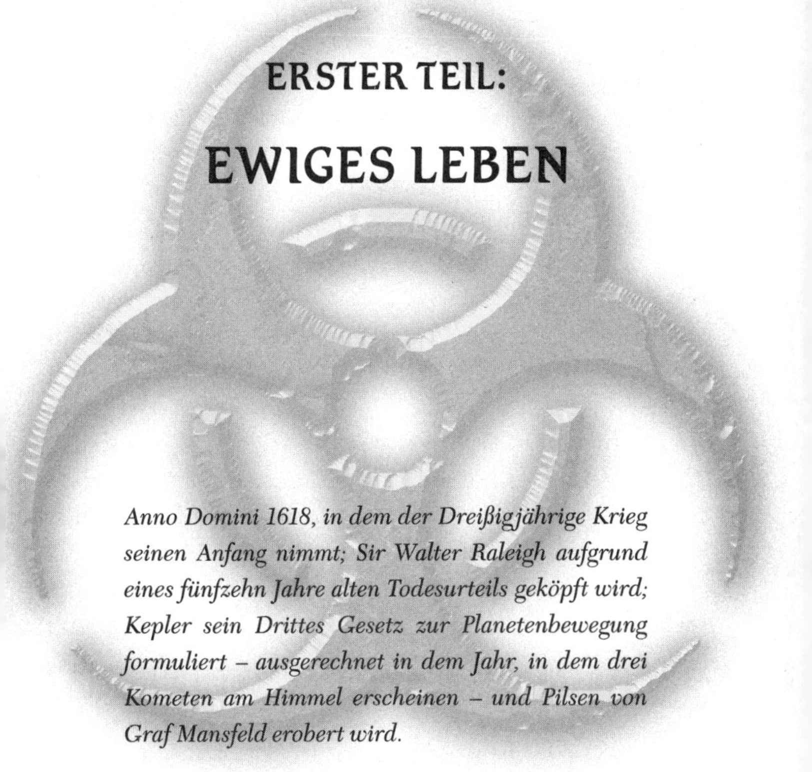

ERSTER TEIL:

EWIGES LEBEN

Anno Domini 1618, in dem der Dreißigjährige Krieg seinen Anfang nimmt; Sir Walter Raleigh aufgrund eines fünfzehn Jahre alten Todesurteils geköpft wird; Kepler sein Drittes Gesetz zur Planetenbewegung formuliert – ausgerechnet in dem Jahr, in dem drei Kometen am Himmel erscheinen – und Pilsen von Graf Mansfeld erobert wird.

WES' BROT ICH ESS' …

Hagen stieß die niedrige Tür des Fachwerkbaus hinter sich zu und löschte damit seinen lang gezogenen Schatten mit der blutroten Aura aus, den ihm die Morgensonne beschert hatte. *Sonnenaufgang in Prag*, dachte er und verzog das Gesicht, als ihn ein entfernter Schmerz daran erinnerte, wie gern er diesen einst beobachtet hatte. Bei gutem Wetter erst ein mattes Schimmern am Horizont, dann das rote Glühen, bis sich der aufgedunsene Leib der Himmelsscheibe über den Horizont wuchtete und Prag in eitles Gleißen hüllte.

Er hatte den Sonnenaufgang seit seinem Tod so oft gesehen, dass nichts Mystisches mehr daran war. Doch war sein Tod vielmehr ein Mord gewesen … man hatte ihn ermordet für ein Verbrechen, zu dem er verleitet worden war; ihn, den stolzen und aufrechten Krieger Gottes, umgebracht und dann zu einem Leben als Knecht der Wariwulf wiedererweckt. So viele Jahre waren vergangen seit jener Nacht, in der er sich aus ungesegneter Erde gegraben hatte und nur mehr Eberwin, seinen treuen Freund, auf seiner Seite fand. Sein Gefährte war zu seinem Mentor geworden, hatte ihn in das Leben als Bletzer eingeführt, ihm die ersten, schweren Schritte erleichtert, und Hagen war ihm bis heute dankbar dafür. Ohne ihn wäre er vielleicht nie in der Lage gewesen, seinen Stolz in sein Inneres zu verlagern und ihn dort vor all den niederen Diensten zu verbergen, die er als Knecht der Wariwulf erdulden musste. Und es war auch Eberwin gewesen, der ihm gezeigt hatte, welche Wonnen selbst das untote Leben bereithielt …

Er schritt den engen Flur entlang, machte einen Bogen um die offen stehende Tür zum Keller, aus dem leises Rumoren drang, und lächelte noch immer traurig über den Sonnenaufgang. Bis in seine Erinnerung hatten sich die vergangenen zweihundert Jahre gefressen; sie nagten an den Augenblicken, die ihm einst Freude gebracht hatten, und zogen sie in den Schatten seiner untoten Existenz, wo sich Verbitterung wie Schimmel über sie legte.

»Guten Morgen, Hagen«, unterbrach Hilda in der kleinen Küche ihr fröhliches Lied und wischte sich die kurzen, dicken Finger an der noch blütenweißen Schürze ab. Über den Tag würden zahlreiche Flecken sie färben wie das Hemd eines Feldschers. Ein silbernes Tablett mit halb verzehrtem Brot und Kompott bewies, dass Stettler, der Herr des Hauses, sein Frühstück schon hinter sich hatte. Eines musste man dem Mistkerl lassen, er begann seinen Tag früh.

Hagen nickte ihr zu und fragte dann: »Wo ist er?«

Hilda lachte, als habe er einen gelungenen Scherz gemacht; dabei hüpfte ihr runder Bauch wie ein schwimmendes Fass auf den Wellen. »Wo soll er schon sein?«

Hagen lächelte sie kurz an, aber es war nur eine einstudierte, leere Geste. Tatsächlich bohrte sich die überbordende Lebensfreude der Köchin wie ein Stachel in sein Herz, denn sie zeigte ihm, was man ihm genommen hatte – und was er sich nur auf eine Weise zurückholen konnte. Verstohlen berührte sein Finger kurz seine Lippen, schmeckte er in Gedanken der süßen Wonne nach.

Dann stieg er die knarrende Treppe hinauf. Er machte sich keine Sorgen darum, was er seinem Herrn berichten, wie er seine Verspätung von einem ganzen Tag rechtfertigen sollte. Das Lügen war ihm so in Fleisch und Blut übergegangen, seit Eberwin ihm die ersten Geheimnisse der Bletzer offenbart hatte, dass er selbst manchmal überlegen musste, wie die Wahrheit aussah.

Die schmucklose Tür des Schlafgemachs und das kleine Stadthaus unweit des mit Jesuiten vollgestopften Klementinums täuschten absichtlich über den Reichtum Egon Ludwig von Stettlers hinweg, eine List, um die Feinde, deren Zahl Legion war, über den wahren Einfluss des Intriganten hinwegzutäuschen.

Hagen klopfte und trat ein. Stettler – Hagen konnte es nicht über sich bringen, diesem Feigling in Gedanken einen Ehrentitel zuzugestehen, und so starb das »von« einen kläglichen Tod – saß wie so oft voll bekleidet im Bett, die Decke trotz der Hitze über die dürren Beine gebreitet. Da Oberdecke und Laken den gleichen blassblauen Ton hatten, wirkte es auf den ersten Blick, als habe man den Mann knapp unter dem ausladenden, prallen Bauch abgehackt.

»Hagen?«, sagte er, und seine näselnde Stimme trug diesen etwas überraschten Tonfall, mit dem er sich stets zu wundern schien, wie jemand seine Anweisungen missachten konnte, ja, wie das Volk es wagen konnte, nicht nach seinen Wünschen zu fragen.

Hagen verneigte sich und trat auf Stettlers Wink einige Schritte näher, bis er direkt neben dem ausladenden Bett stand. Die Vorhänge waren an den mit Putten und Rankenkrautschnitzereien verzierten Pfosten festgebunden, doch der Geruch, in vielen Nächten und Tagen angesammelt, war noch nicht abgezogen. Es schien heutzutage die Art der feinen Leute zu sein, möglichst viel Zeit im Bett zu verbringen. Hagen war froh, dass er nur gelegentlich Atem zu holen brauchte, und er achtete darauf, diesen durch den Mund einzusaugen.

»Bericht«, forderte Stettler barsch, aber der ewige Schnupfen, der sich seiner Nase bemächtigt hatte, ließ es wie *Bedicht* klingen.

Hagen brauchte nicht darauf zu warten, dass Stettler ihn mit einem ungezwungenen Klopfen auf die Überdecke einlud, sich zu ihm aufs Bett zu setzen. Dieses Privileg war den engen Freunden des Hausherrn vorbehalten und stand dem Inventar nicht zu. Da

Hagen die kleinen, huschenden Punkte auf der Überdecke deutlich sah, die sich von dem Baldachin nicht hatten abhalten lassen, war er darüber nicht böse. *Blutsauger*, ging es ihm durch den Kopf, und er hätte beinahe geschmunzelt. »Wie Sie wünschten, hat die Dame Franz Bernhard in ihr Bett gelockt und dafür gesorgt, dass es bemerkt wird«, sagte er stattdessen leise. »Sie bat mich auszurichten, damit sei ihre Schuld Ihnen gegenüber abgegolten.«

Stettler winkte ihn enerviert näher zu sich heran, denn sein Gehör war nicht mehr das beste; es war geschwunden wie die Farbe aus seinem schütteren Haar und das Fleisch auf seinen Wangen. So schien nichts an dem Mann wirklich zusammenzupassen: das Gesicht eingefallen und schlaff, der Bauch prall, die Beine wiederum storchenhaft dürr. Dieser gemischte Eindruck wurde von dem engen dunklen Wams und der weit ausladenden, blendendweißen Kröse unterstützt, die Stettler zu drei dicken Kissen im Rücken zwang, wollte er sich nicht den brettharten gefalteten Kragen am Bettgestell umbiegen oder ins eigene Gesicht drücken.

»Warum hat das so lang gedauert?«, wollte Stettler näselnd wissen und zupfte an seinen ausgestellten Ärmeln.

»Das Pferd starb mir weg.« Hagen konnte sich sicher sein, dass Stettler sich niemals selbst in den Stall begeben würde. Er konnte sich ebenso sicher sein, dass sein eigener Aufzug nicht weniger lächerlich war als der seines Herrn. Der blaue Ärmelrock war zu ertragen, ebenso wie die Stiefel, auch wenn sie bis zum Knie reichten. Die Seidenstrümpfe aber darunter, die ausgewölbten Hosen und die zum Glück kleine Kröse, die ihm wie das Eisen seiner Sklaverei um den Hals lag, waren eine Qual. Hagen trug sie nur in Stettlers Nähe, ebenso wie das breite spanische Barett mit der geckenhaften weißen Feder darauf. All das war ein Kompromiss, den er eingegangen war, um das schulterlange dunkelbraune Haar zu retten, wo sich doch alle Welt seit einiger Zeit kurz zu scheren pflegte.

»Du darfst gehen«, entließ ihn Stettler. »Aber halte dich verfügbar, hörst du? Ich erwarte hohen Besuch, danach werden deine Dienste benötigt. Verstanden?«

Berstanden? Hagen nickte, verbeugte sich erneut und war einmal mehr überrascht, wie leicht es ihm fiel, seinen Stolz so zu ignorieren. All seine Instinkte drängten ihn, sich auf Stettler zu stürzen und ihm für die Schande, die er den Wariwulf durch seine Feigheit und Hinterlist machte, das Hirn mit der selten benutzten Waschschüssel aus dem Kopf zu schlagen. Doch er war geduldiger geworden, ruhiger ... Wie pflegte Eberwin zu sagen: »Wir sind wie das Meer – die Küste mag sich ändern, doch die Wellen nie.«

»Und sag Hilda, mich gelüstet nach Nusskuchen!«, rief Stettler ihm nach.

Hagen verließ den Raum und musste über sich selbst schmunzeln, als ihm durch den Kopf schoss, dass er seinem intriganten und verschlagenen Ziehbruder Albrecht im Tode ähnlicher war, als er es im Leben je hätte werden können. Indes: Hieß es nicht, der Mensch lebe in den Erinnerungen an ihn fort? Dann hatte es Albrecht geschafft, in Hagens Kopf immerhin schon zwei Jahrhunderte zu überdauern.

Er kehrte in die Küche zurück und sagte zu Hilda, die sich eben zum Rübenkorb bückte und dabei ihr rund gewordenes Hinterteil in die Luft reckte: »Er will Nusskuchen.«

Die Köchin richtete sich mit einem Laut des Erschreckens auf. Anfangs hatte Hagen geglaubt, es läge an der Lautlosigkeit seiner Schritte, die er mit der Verwandlung vom Wariwulf zum untoten Bletzer erlernt hatte, dass die Menschen sich so oft vor ihm erschreckten. Heute wusste er: Sie bemerkten es instinktiv, wenn ein lebendes Wesen den Raum betrat. Starrte ein Mensch einen anderen nur lange genug an, wurde er schließlich bemerkt. Doch ihnen, den Bletzern, fehlte das regelmäßige Atmen, der Herzschlag, die Wärme des Körpers, das Rauschen des Blutes.

Und wenn diese fehlende Menschlichkeit noch nicht ausreichte, um sie zu verbergen, hatten die Bletzer andere Möglichkeiten … doch diese taten hier nicht not und wollten für Wichtigeres bewahrt werden.

»Hilf Eberwin im Keller mit der Kohle«, forderte die Köchin barsch, wie so oft wütend, wenn sich eine Gefahr als harmloser Schreck entpuppte. »Aber mach dich nicht dreckig!«

Hagen nickte nur. Früher einmal hatte er gern gesprochen, aber heute … Er hatte längst das Gefühl, alles, was er jemals als Antwort auf einen solchen Befehl erwidern könnte, von äußerstem Trotz bis zu tiefster Untertänigkeit, bereits zu einem anderen Zeitpunkt gesagt zu haben. Wie viel schlimmer musste dieses Gefühl erst für Eberwin sein, der beinahe viermal so alt wie Hagen war!

Die Tür zum Keller stand noch immer offen, aber Hagen zog sie hinter sich zu, als er sich an den Abstieg machte. Unten angekommen musste er sich bücken, um nicht an die tragenden Balken der Decke zu stoßen. Die einzige Beleuchtung war eine trübe Glaslaterne, aus der sich der harzige Geruch von Rüböl mit dem der Kohle verband. Doch ihm reichte es – tote Augen brauchten kein Licht.

Die schwarzen, unförmigen Kohlen lagen über den Boden verteilt, vom Lieferanten achtlos hier ausgekippt, weil es im Hause Stettler nie ein Handgeld gab. Eberwin stand gebückt darüber und las die größeren Brocken in einen Eimer auf, um diesen dann zum Holzverschlag zu tragen und dort auszuleeren. Eine stumpfe, unendlich erscheinende Arbeit, wie geschaffen für Bletzer.

Ein winziges Zögern Eberwins war Zeichen genug dafür, dass er Hagens Anwesenheit bemerkt hatte. Nach Jahrhunderten der Kameradschaft brauchte es nicht mehr, wartete keiner der beiden mehr auf ein Grußwort oder eine Willkommensgeste. Man begrüßte ja auch den Regen nicht, wenn er unvermeidlich aufs Neue fiel.

Hagen musterte seinen Freund, der längst ein Bletzer gewesen war, als Hagen zu diesem Schicksal verdammt wurde. Bleich und dünn wie eh und je hatten auch diese weiteren zwei Jahrhunderte es nicht geschafft, seine Schultern zu beugen. Die Falten im Gesicht, so wusste Hagen heute, hatte er schon zu Lebzeiten getragen, doch das Weiß der Haut sowie die Unermüdlichkeit und Kraft des Leibes waren dem Tod geschuldet – so wie auch bei ihm selbst die Farbe der Haut zunehmend verblasste.

Wie oft schon hatten sie gemeinsam so stumpfes Tagwerk verrichtet! Früher, als er ein stolzer Ritter und Krieger Gottes gewesen und als Wariwulf gegen die Heiden gezogen war, hatte sein Herz so heiß gebrannt, dass ihm sogar das Striegeln des Pferdes eine zu lange, gleichförmige Arbeit gewesen war. Doch dann hatte die alte Hagr ihn verflucht, war sein Herz im Tode kalt geworden, und nun bemerkte er kaum noch, wenn sein Körper das immer Gleiche tat. In solchen Augenblicken blieb ihm umso mehr Zeit, seine Pläne zu vervollkommnen.

Hagen hängte den Rock und die Ärmel des Wamses neben Eberwins Kleidern an einen Haken an der Treppe. Dann beugte er den Rücken, der wie der Rest seines Körpers keine Ermüdung und kein Verkrampfen mehr kannte, und füllte mit seinem Mentor und Freund gemeinsam das Behältnis.

So war auch ihr Vorhaben beschaffen: Stück für Stück hinzufügen, jedes einzelne kaum bemerkenswert, doch wenn erst alle Teile an der richtigen Stelle waren …

Es dauerte drei Eimer voll, bis Eberwin sagte: »Was war es diesmal?«

Hagen warf einen besonders großen Brocken in das Holzgefäß. »Anat Segensmann ist schwanger. Die Hebamme und die Knoblauchprobe haben es bestätigt.«

Eberwin hob den Kopf und ließ die Augen, die im Dunkeln wie die einer Ratte leuchteten, kurz auf Hagens Gesicht ruhen.

Die unausgesprochene Bedeutung dieser Aussage hing schwer in der Luft. Der »ehrenwerte« Herr von Stettler hatte es wieder einmal geschafft, eine seiner zahlreichen Geliebten in Schwierigkeiten zu bringen. Dass es in diesem Fall eine Jüdin war, deren Familie Stettler nur durch seinen Einfluss davor bewahrt hatte, aus Kwietnitz vertrieben zu werden, machte die Lage noch prekärer – gerade für einen so vehement katholischen Mann, der keine Gelegenheit ausließ, die Tugenden zu preisen, die ihm beinahe allesamt fehlten.

»Doch er bringt es zu gutem Nutzen«, sagte Hagen, und die Abscheu drohte die Kohle zu tränken, so voll lag sie in seiner Stimme. »Er hängt es Franz Bernhard an.«

»Von Thurn?«, fragte Eberwin, und als Hagen stumm nickte, seufzte der Bletzer leise: »Öl ins Feuer« und zeigte damit, dass er die Hintergründe durchschaute.

Franz Bernhard war der rund zwanzigjährige Sohn des Grafen Heinrich Matthias von Thurn, einem der wichtigsten Vertreter der Protestanten in Prag. Wenn es gelänge, die Welt glauben zu machen, sein Sohn habe einen Bastard mit einer Jüdin, würde das Ansehen des Grafen erheblichen Schaden nehmen.

Wieder füllten sie schweigend die Eimer, bis nur noch der Staub übrig blieb. Eberwin richtete sich mit der selbstverständlichen Geschmeidigkeit einer Katze auf und holte Besen und Schaufel.

Auch Hagen richtete sich auf, so weit es die Decke erlaubte, und als sein Mentor aus dem dunkleren Bereich des hinteren Kellers trat, trafen sich ihre Blicke.

»Du hast dich an einer Frau genährt – schon wieder!«, stellte Eberwin ruhig fest, aber unter der Stimme, die so glatt und kalt wie ein Kiesel im Gebirgsbach war, spürte Hagen die Schelte.

»Ja«, sagte er unwillig. Immerhin war niemand zu Schaden gekommen.

»Du erntest zu oft, zu hastig. Die Macht, die du durch das Blut der Menschen schon jetzt in dir trägst, ist zu viel. Eine Hecetisse wird es bemerken, oder, Gott bewahre, eine Hagr.«

Hagen holte Luft, um ein wütendes Schnauben hören zu lassen.

»Blähe die Nüstern, so viel du willst«, sagte Eberwin und legte Schaufel und Besen ab, um zu Hagen zu treten und ihm die Hand auf den nackten Oberarm zu legen. Sein Tonfall wurde drängender: »Hagen, mein Junge …«

Hagen löste sich. »Nenn mich nicht Junge!«

»Denk an das große Ziel!«, mahnte Eberwin.

»Das große Ziel?« Hagen spürte Wut in sich aufwallen, und obwohl er wusste, dass es am Blut lag, das er von der reisenden Dame in dem kleinen, von Schweinemist übersäten Gasthof genommen hatte, genoss er das Gefühl. Wie eine warme Suppe am eisigen Winterabend breitete es sich in ihm aus und gaukelte ihm vor, am Leben zu sein. »Du meinst jenes, das ich geformt habe? Sprichst du von dem Ziel, das unseresgleichen landauf und landab, ja sogar über die Grenzen hinweg Hoffnung gibt? Mein Ziel, nach dem ich seit mehr als drei Menschenleben strebe?«

Eberwin blickte ihn nur stumm an, abwartend wie ein Fels, der den Sturm aussaß.

Hagen seufzte. Er brauchte Eberwin nicht zu erklären, dass er durch das Blut, den heiligen Lebenssaft, Macht über die Menschen erlangte; dass der rote Nektar ihn den schlafenden Wolf in seinem Innern wieder spüren ließ, jenen treuen Gefährten, den er jahrzehntelang tot gewähnt hatte. All das wusste Eberwin, denn auch er war ein Bletzer.

Aber er wusste nicht, dass Hagen kaum eine wache Stunde verbrachte, in der er nicht an die Ekstase dachte, die der heiße Strom in ihm hervorrief. Nur darum hatte er damals, einige Jahre nach seiner Verwandlung, begonnen, in den späten Nachtstunden zu lesen. Wenn Herren und Gesinde ruhten und nur Eberwin und er noch wach waren, weil der Schlaf ein Privileg der Menschen war, wenn sie leise Arbeiten verrichteten, bis auch diese erledigt waren und es nichts mehr zu tun gab, dann nahm er sich die Schriften vor. Anfangs die Bücher Albrecht von Thumbs im Schloss Aichelberg, dann die im Schloss Stettenfels, wohin Konrad Thumb von Neuburg fast ein Jahrhundert nach Hagens Tod sie mitnahm. Später las er die Schriften im Anwesen der von Gleichen, in deren Besitz Eberwin und er geschenkt worden waren. Schließlich wurden daraus die Bücher der Freiherren von Greifenclau, die Bletzer und Vermögen geerbt hatten, und nun die von Stettler, der eine umfassende Bibliothek sein Eigen nannte.

Welche Erleichterung hatte es für Hagens getriebenen Geist bedeutet, als Gutenbergs Technik sich wenige Jahrzehnte nach seinem Tod weit genug verbreitet hatte, so dass bezahlbare Bücher in höherem Maße verfügbar waren! In jener Zeit hatte er begonnen, seine Herren zu bestehlen, erst wie ein ängstliches Kind, das Kirschen stibitzte, bald aber mit der Erfahrenheit eines Verwalters, der zum Zehnt der Kirche auch einen Zehnt an sich abführte.

»Wir müssen wagemutig sein, wenn wir Erfolg haben wollen«, erklärte er Eberwin.

Der öffnete den Mund, wollte einmal mehr zur Geduld mahnen, nickte dann aber und sagte, kaum hörbar: »Die Zeit ist reif – die Gelegenheit günstig.«

Nun legte ihm Hagen die Hand auf den Oberarm. »O ja, Eberwin, das ist sie! Wir werden auf dem Krieg der Kirchen in die Schlacht reiten und den Sieg davontragen!«

DÉJÀ-VU

Hagen blickte die abschüssige Straße hinab, die im letzten matten Schimmer des verregneten Maitages jede Farbe verloren zu haben schien. Graue Häuser ragten über grauem Pflaster auf, und sogar die Leute, die auf der Straße unterwegs waren, hatten die Farbe staubiger Kiesel angenommen.

Die dahineilenden Bürger zeigten deutlich, dass wieder einmal ein Umschwung in der Luft lag. Manchmal, so hatte Hagen in den vergangenen Jahrzehnten aus seinen Beobachtungen gelernt, deuteten sich Veränderungen in der Sprache der Menschen an, manchmal in ihrem Verhalten. Diesmal war es die Kleidung und dabei vor allem die Kröse, die auf den Wandel der Zeit hinwies. Die steinharten Halskrausen, die seit einigen Jahrzehnten weiß wie ausgebleichte Knochen um die Hälse von Mann wie Frau lagen und im Lauf der letzten Jahre Wagenrad-Größe erreicht hatten, waren nun auf dem Rückzug. Bald würde die Zeit vorbei sein, in der man die Löffelstiele verlängern musste, damit die Hand sie über die Krause hinweg zum Mund führen konnte. Heute trugen mehr und mehr Leute nur eine kleine Krause oder gleich einen schlaffen Kragen.

Hagen schlenderte die Goldene Gasse an der Prager Burg hinab; er fühlte sich zwischen den zahlreichen niedrigen Fachwerkhäusern, selten mehr als ein Stockwerk hoch, wie ein Riese. Bei vielen könnte er das Dach berühren, ohne sich strecken zu müssen. Einst wohnten in den bunt bemalten Häusern die Armen, jetzt hatten zahlreiche Goldschmiede sich hier niedergelassen.

Hagen hatte fast Mitleid mit ihnen. Manche Gesindekammer, die er sich mit Eberwin geteilt hatte, war deutlich größer gewesen.

Er ging weiter, beobachtend, und wurde dabei wie so oft kaum bemerkt. Sicher, hier und da warf ihm eine Frau einen neugierigen oder ein Mann einen geringschätzigen Blick zu, aber die Leidenschaft beider verging schnell, denn ihre Seele hallte bei seinem Anblick nicht wider, wie sie es bei einem Menschen täte.

In den Fachwerkhäusern wurden jetzt die ersten Lichter entzündet, und Hagen stellte fest: Wären die Leute nicht gewesen, es hätte wieder das Prag sein können, in dem er mit Kristyn glücklich gewesen war. Bis sein Ziehbruder Albrecht sie getötet hatte.

Die Gesichter alter Freunde und Gefährten traten ihm vor Augen und hoben sich in ihrer lebendigen Farbenpracht vom grauen Prag der Wirklichkeit ab: der gedrungene Kajetan, sein Schwertlehrer auf der Burg Aichelberg, der ihm beigebracht hatte zu kämpfen; Freya, seine erste und unerfüllte Liebe, bei der er hatte lernen müssen, dass Menschen selten mit der Last der Wariwulf leben konnten; Crippin, der kauzige Einsiedler, bei dem er sein Erbe anzunehmen und zu kontrollieren gelernt hatte; Heinrich von Augsburg natürlich, der Wariwulf und Ritter, durch den er in die Dienste König Sigmunds gelangt war; Sophie von Bayern, die wunderschöne Gattin von Wenzel, dem königlichen Bruder Sigmunds, mit der er die körperliche Liebe in all ihren Spielarten erforscht hatte; Marius, der Ritter, durch den er in den Orden der Johanniter gelangt war, um auf dem Schlachtfeld dem Ruf des Herrn zu folgen und wie jeder aufrechte Wariwulf seine heilige Pflicht zu tun, für Gott und die katholische Kirche.

Und dann waren da natürlich Kristyn, mit der er hier in Prag glücklich hätte werden können, und Ulda, mit der er glücklich gewesen war – bis sie ihm, unter dem Zauber einer bösartigen Hecetisse stehend, sein eigenes Kind zum Mahl vorgesetzt und ihn so zu einem nicht enden wollenden Leben als Bletzer verdammt hatte. Sie alle waren tot, seit weit über einhundert Jahren, und doch schmerzte die Erinnerung an ihre rosigen, freundlichen Gesichter so sehr, dass Hagen sich davor verbarg.

Doch Ulda fand ihn immer wieder, vor allem in den Augenblicken, in denen er allein im Dunkel der Bibliothek einen neuen Band öffnete. *Siehst du,* schien sie dann stolz lächelnd zu sagen. *Da hast du doch noch Freude am Lesen gefunden!*

Hagen wich einem schwer beladenen Burschen aus, der in einer Kiepe rote Äpfel die Steigung hinaufschleppte.

Wenn er nur wüsste, was aus ihr geworden war. War sie unter der Obhut der Hagr wieder gesundet? Hatte sie eine Familie gegründet? War sie friedlich von dieser Welt gegangen? Er wünschte es sich sehr, hätte dafür gebetet, doch er wusste: Gott hörte die Stimmen der Bletzer nicht.

Endlich war die Stunde des farblosen Zwielichts vergangen, und die Nacht malte mit dunklen Tönen ihre Siegel in die Straßen. Als wäre dies eine Mahnung, bewegten sich die Menschen schneller, wollten heim, in die trügerische Sicherheit ihrer vier Wände.

Dann hatte er die Goldene Gasse hinter sich gelassen und erreichte sein Ziel, das vor Kurzem bezogene neue Haus derer von Lobkowicz. Wie alle Bauwerke dieser Jahre war es von ausufernder Pracht, mit kleinen Erkern, Verzierungen, Türmchen versehen. Die Butzenscheiben in den Fenstern verrieten den gewaltigen Reichtum der Kanzlergattin.

Als er den schweren löwenkopfförmigen Klopfer betätigte und ein Junge von kaum zwölf Jahren in einfacher Kleidung öffnete, forderte er: »Melde mich Frau von Lobkowicz, ich habe dringende Nachricht für sie«, und trat ein. Da er hier kein Unbekannter war, nickte der Bursche nur und verschwand.

Hagen fiel es schwer stillzustehen, und er ließ den Blick schweifen. Im Gegensatz zum prächtigen Äußeren fand er im Innern niedrige Decken und einen engen Flur vor. Er musste sich zwingen, nicht auf und ab zu laufen. Es war der Grund für diese Botschaften Stettlers, der ihn plagte. Wie schon zu seinen Lebzeiten stritten Protestanten und Katholiken um die Vorherrschaft in Böhmen. Diesmal erhoben sich evangelische Stände gegen die katholischen Landesherren, vor allem gegen Kaiser Matthias und König Ferdinand von Steiermark.

Aber dieser Streit war kein offener Kampf mehr, so wie früher. Sicher, Ränke hatte es immer gegeben, doch wenn es daran ging, die Dinge zu ändern, dann waren es tapfere Männer mit Schwertern gewesen, die eine Entscheidung herbeigeführt hatten, und in vorderster Reihe die Wariwulf.

Heute aber gab es allerorten Wariwulf wie seinen Herrn, die den Tag im Bett verbrachten, wie eine feiste Spinne im Netz die Fäden ihrer Intrigen woben und dafür sorgten, dass andere ihre Schlachten schlugen. Dabei war ihnen keine Hinterlist zu verschlagen und keine Intrige zu heimtückisch, wenn sie nur der Sache diente. Doch auch diese »Sache« hatte ihre Gestalt geändert. War es früher die Gnade Gottes gewesen, die verteidigt und in die Welt hinausgetragen werden sollte, ging es heute um Pfründe, politische Macht und Reichtum. Auf diesem Götzenaltar wurde das einfache Volk geopfert, dessen Schutz eigentlich die Aufgabe der Adeligen sein sollte.

»Die Dame lässt bitten«, verkündete der Junge, der nun einen Kerzenleuchter trug. Er ging voran, vorbei an großen Räumen mit niedriger Decke, deren Wände mit Bildern und Porträts gespickt waren. Fast glaubte Hagen, er werde einmal mehr an ein Bett geführt, um Meldung zu machen, aber da betraten sie den Salon. Eine junge Amme von gewaltigen Körpermaßen, an der das Oberteil des schwarzen Kleides nach spanischer Machart eng wie eine Wurstpelle saß, hielt ein weinendes Kind auf dem Schoß. Der

Junge mochte an die zehn Jahre sein und trug schon sein Nachtgewand, wollte aber wohl nicht zu Bett.

Offenbar nutzte der Spross des Hauses die Abwesenheit seines Vaters, der mit dem König in Wien zu Verhandlungen weilte, um sich Freiheiten zu erstreiten. Neben dem Paar stand, mit einem nachgiebigen Lächeln um den sonst so harten Mund, die Frau des Kanzlers.

»Frau von Lobkowicz«, sagte Hagen, wartete, bis sie sich umwandte, und verneigte sich dann tief. Als er wieder aufblickte, winkte die Dame der Amme, die umgehend mit dem Kind den Raum verließ.

»Ich höre«, kam sie sogleich zur Sache. Trotz ihrer über fünfzig Jahre war ihre Haut beinahe faltenlos, und etwas von ihrer einst als makellos beschriebenen Schönheit schimmerte im Licht des Kamins in ihren Zügen. Wie immer, wenn Hagen sie besuchte, wanderte ihre Hand unwillkürlich zu dem goldenen Kreuz, das ihr fast bis auf den Bauch hing. Als Dame alter Schule trug sie eine breite Kröse und ebenfalls ein enges spanisches Kleid mit langen Armschürzen, doch ihres war in Weiß gehalten. Goldene Knöpfe schmückten die Mittellinie, und ihr Glanz wurde von goldenen Kämmen aufgenommen, die ihr Haar unverrückbar aufgebauscht hielten, wie die Hörner eines Widders.

»Mein Herr lässt bestellen, er habe nun einen Vertrauten im Hause Jindřich Smiřickýs«, erklärte Hagen und starrte die feine Dame eindringlich an, ohne zu blinzeln. So nährte er ihre Angst vor ihm, die sie sich nicht erklären konnte, denn sie war keine Mitewist.

Die Frau schüttelte den Kopf: »Noch nicht.«

Und damit war alles gesagt, ohne dass viel gesagt worden war. Hagen wurde beinahe übel dabei, denn natürlich hießen die Worte seines Herrn nichts anderes, als dass einmal mehr ein Mörder in eine der führenden evangelischen Familien eingeschleust worden war. In diesem Fall sollte es den schwachsinnigen Bruder des Albrecht Jan Smiřickýs von Smiřice treffen, weil man an Albrecht selbst nicht herankam.

»Sag deinem Herrn«, befahl die Dame, »er möge sich gedulden. Wir sind im Begriff, ein besseres Unterpfand zu beschaffen, mit dem der Abtrünnige auf unsere Seite gezwungen werden kann. Es wird justerdings eine Vermählung mit Elisabeth von Hanau angetrieben, und jene Dame … nun, sagen wir: Sie läuft uns im Geschirr.«

»Ich werde es ausrichten«, sagte Hagen und wandte sich ohne weiteres Wort ab. Ihm war, als müsse er der Frau ins Gesicht speien, wenn er weiter mit ihr im Zimmer bliebe. Sie hatte etwas von Wenke an sich, der verdorbenen Hecetisse, die gemeinsame Sache mit seinem Ziehbruder Albrecht gemacht hatte.

Wenke, dieses durchtriebene, vermaledeite Miststück, hatte ihm alles genommen, was ihm das Leben bedeutet hatte – sein Wariwulf-Erbe, seine Liebe, sein Kind, seine Freiheit –, und er hätte nicht übel Lust, sämtliche Frauen dieser Art vom Antlitz der Erde zu tilgen. Aber Wenke war schon lange tot, und ohne die Wut des Wolfes sah sein Verstand zu deutlich die Konsequenzen einer solchen Tat voraus. Eberwin hatte recht: Er durfte das große Ziel keiner kleinen Befriedigung opfern.

Das leise Aufatmen, das sich bei seinem Entfernen kaum hörbar von den Lippen der Dame löste, würde ihm Lohn genug sein müssen für den Moment.

Die Nacht war schon wieder auf dem Rückzug, als er alle ihm von Stettler aufgetragenen Botendienste erledigt hatte. Das lag nur zum Teil an den Strecken, die er quer durch Prag zurückzulegen hatte, um zur richtigen Stunde der Nacht am richtigen Ort zu sein: von der Kleinseite durch die Neustadt, zurück zum *Hradschin*, dem Burgberg, in die Altstadt. Und immer wieder musste er Nachrichten überbringen und andere entgegennehmen, von denen natürlich keine aufgeschrieben werden durfte. Aber sein Gedächtnis war durch all die Studien seit seinem Tode geschult worden, denn natürlich hatte er sich keine Notizen zu den schwarzmagischen Schriften machen können, die ihm in die Hände gefallen waren. Er wäre verblüfft, wenn es eine Hecetisse oder Hagr in Böhmen gäbe, die mehr Wissen über die dunklen Künste besaß als er. Doch als Bletzer fehlte ihm das Leben, und ohne Leben konnte er keines der finsteren Rituale wirken.

Der wahre Grund für sein langsames Vorankommen war die beinahe fühlbare Spannung in der Stadt, die sich bei den Prager Bürgern in übermäßiger Vorsicht und übertriebenem Misstrauen niederschlug. Erhebliche Erschütterungen des bestehenden Machtgefüges lagen in der Luft, das spürte Hagen, vielleicht, weil sein eigenes Schicksal so sehr mit dem der Stadt verbunden war.

Hagen strebte nun wieder durch den Stadtteil *Hradschin* der Burg zu, wo er seine letzte Nachricht für den heutigen Tag abliefern wollte, doch als er den Ludvig-Flügel hell erleuchtet vorfand, verlangsamte er seine Schritte. Warum war dort so früh am Morgen bereits Licht? Leute überholten ihn und strömten aus allen Richtungen zu dem Gebäude.

Hagen wandte sich vom Eingang ab und strebte stattdessen den hellen Fenstern des ausladenden Gebäudeflügels zu. Lag hinter diesen Fenstern nicht die Hofkanzlei?

Auch an dieser Seite der Burg hatten sich schon einige Schaulustige versammelt, die von Bürgern mit Musketen aufmerksam beobachtet wurden. Lang vergessen geglaubte Instinkte kribbelten in Hagens Nacken, und er dachte unvermittelt wieder wie ein Hauptmann. Die Bewaffneten trugen keine Uniformen, gehörten also nicht zur Palastwache, und da die Lunten an ihren Waffen noch nicht glommen, erwarteten sie wohl auch so bald keinen Ärger. Das konnte nur bedeuten, dass ihr Vorhaben bereits geglückt war.

Kaum hatte er das gedacht, schrie eine Frau neben ihm plötzlich auf und deutete nach oben, zu den äußeren Fenstern des Flügels. Hagen, der sich bewusst am äußersten Rand der wachsenden Menschenmenge hielt, folgte ihrem Fingerzeig und sah im zweiten Stock Gestalten am Fenster.

Zum zweiten Mal in dieser Nacht erlebte er, was die Franzosen ein *Fausse reconnaissance* nannten – ein falsches Wiedererkennen. Mit einem Mal kam es ihm so vor, als habe er all dies schon einmal erlebt, und als nun verzweifelte Schreie von den geöffneten Fenstern erklangen, wusste er, warum.

Er sah Jaroslav von Martinic am Fenster, den Statthalter des Kaisers, gegen die für Mai ungewöhnlich kalte Nacht durch einen dicken Mantel geschützt. Dann wurde der füllige Mann aus dem kleinen Fenster gezwungen. Er konnte sich noch einen Augenblick schreiend am Sims festhalten, doch dann wurden ihm aus dem Innern mit Musketenschäften die Finger zertrümmert, und er stürzte beinahe zwanzig Meter in die Tiefe.

Für einen schrecklichen Augenblick sah Hagen anstelle des Statthalters den Stadtrat Adelman fallen, Kristyns Vater, und wähnte sich wieder dort, als die Frau starb, die er an diesem Tag eigentlich hätte heiraten sollen. Der Wolf brüllte in seinem Innern auf, doch sein Wüten war gedämpft, klang aus einer anderen Zeit herüber.

Der Aufschlag des Statthalters auf die Schräge des Palasts holte Hagen in die Gegenwart zurück. Martinic rutschte an den regennassen Steinen herab, in seinen Mantel verwickelt, und krachte in den Graben. Da erklang schon der nächste Schrei. Ein weiterer Mann, der unförmige Wilhelm Slavata mit dem Birnengesicht, wurde nach draußen gezwungen.

Hagen wollte etwas tun; hinzuspringen, die Stürzenden abfangen oder die Aufrührer in die Schranken weisen. Aber er hielt inne, denn er musste zu seiner eigenen Verwunderung bemerken, dass ihn dieses Schauspiel nur wegen der Ähnlichkeit zu seinem eigenen grausamen Schicksal anrührte. Auch wenn hier gegen den wahren Glauben gestritten wurde, es war schon lange nicht mehr sein Kampf. Die Gemeinschaft der Wariwulf hatte ihn ausgestoßen und damit auch die heilige römische Kirche. Da sollte es sie nicht wundern, wenn er nicht mehr bereit war, den Kopf für sie hinzuhalten.

Auch Slavata landete im Graben, und ein weiterer, Hagen unbekannter Mann erschien auf dem Sims. Es scherte ihn nicht. Menschen starben eben; ob jetzt oder in zwanzig Jahren, ob von der Hand ihrer Feinde oder dem Alter hingerafft, machte für ihn kaum einen Unterschied.

Hagen wandte sich ab und ging zurück in Richtung Moldau. Es würde bald hell, und er wollte wieder im Hause der Stettlers sein, bevor die Sonne aufging. Den dritten ängstlichen Schrei und das Feuern von Musketen im Anschluss daran nahm er wahr wie alles Leben der Stadt: als Unbeteiligter.

Noch versteckte sich die Sonne hinter dicken Wolken und überließ so der Nacht den frühen Morgen. Vor sich sah Hagen schon den hohen Turm der Steinbrücke. Im Dunkel konnte er die Gestalten nur erahnen, die bei seinem letzten Aufenthalt in der Stadt noch nicht am Brückenturm geprangt hatten. Er wandte den Blick ab, auf das gewaltige Bauwerk am Fuß des Turmes, das die Moldau überspannte. Für heute hatte er genug von der Vergangenheit gesehen, da musste er nicht ins Antlitz seines Kaisers Sigmund oder gar König Wenzels blicken, dem Mentor seines Ziehbruders. Ein ganzes Leben hatte er mit Albrecht gestritten, erst als Kinder im Spaß, dann als Ritter in Taten und am Ende gar auf Leben und Tod. Diesen Streit hatte Hagen gewonnen, doch durch die Hand seiner Hure hatte Albrecht noch aus dem Grab Rache geübt …

Hagen ließ die Vergangenheit mit seinen Schritten auf dem Kopfstein verhallen. Einige wenige Laternen brannten auf der Steinbrücke, angebracht, weil sich immer wieder Händler beschwerten, ihre Fackeln würden vom Wind über dem Fluss gelöscht. Sie beleuchteten den unebenen Boden und das hohe Steingeländer. Obwohl Prag auch des Nachts nicht völlig schlief, war die Brücke leer, bis auf eine einzige junge Frau, die neben einer Fackel stand und in die schwarzen Fluten der Moldau sah. Die Leere war umso bemerkenswerter, als es keinen anderen Weg auf die andere Seite des gewaltigen Flusses gab.

Hagen schritt in der Mitte der Brücke; er interessierte sich nicht für die unendlichen Wassermassen, die unter ihm vorbeiflossen, denn er hatte andere Dinge im Kopf.

Da wurde er sich bewusst, dass er die Frau anstarrte, den Blick über ihren schlanken, zierlichen Körper wandern ließ, der ohne die sonst allgegenwärtigen entstellenden Hüftpolster und die Kröse sehr seinem seit Langem veralteten Geschmack entsprach. Die weiten Ärmel des Kleides flatterten im auffrischenden Wind des frühen Tages, und ihr langes, pechschwarzes Haar, ungebändigt, tat es ihnen gleich. Seit Langem schon hatte keine Frau mehr solche Gefühle in ihm geweckt.

»Ich dachte«, sagte sie da, ohne sich zu ihm umzuwenden, »deinesgleichen könne kein fließendes Wasser überqueren?«

Hagen war nun auf ihrer Höhe angekommen und blieb stehen. Mit erheblicher Willensanstrengung löste er seine Aufmerksamkeit von dem wohlgeformten Hinterteil, das sich unter der Seide abzeichnete, und konzentrierte sich auf sich selbst. Schnell bemerkte er den Druck, wo sich ihr Zauber stahlriemengleich um seinen Geist gelegt hatte. Ruhig, aber mit der Unaufhaltsamkeit der anbrandenden Flut sprengte er die Fäden und streifte das täuschende Netz ab. Die Hexe ließ es ohne Gegenwehr geschehen.

Die Gestalt, die vor ihm auf dem Geländer der Brücke lehnte, war nun weit weniger anziehend. Sie war noch immer schlank und auch wohlgestalt zu nennen, zumindest von hinten, aber sein Blick wurde nicht mehr wie magisch von ihr angezogen.

»Alles Ammenmärchen«, antwortet Hagen auf ihre Frage. »Wir gehen, wohin wir wollen!«

Nun wirbelte sie herum und zeigte ein bleiches, fast mädchenhaftes Gesicht, in dem große blaue Augen unter langen Wimpern blitzten.

Die Frau lachte und huschte mit schnellen, tänzelnden Schritten zu ihm: »Wohl gesprochen, edler Mann. Und eine so ganz und gar schamlose Lüge, denn folgt ihr Bletzer nicht vielmehr nur den Anweisungen eurer Herren?« Sie wandte sich zur Seite und schimpfte hinab zu einem unsichtbaren Hund: »Pfui, böse! Böse!« Dann lachte sie schallend, und die glockenhellen Laute tanzten über die langsam heller werdenden Fluten der Moldau.

»Was wollen Sie, meine … Dame?«, fragte Hagen und begann damit, den unsichtbaren blutigen Nebel heraufzubeschwören. Dünne Fäden ließ er zu der jungen Frau hinübertreiben, die zweifelsohne eine Hecetisse oder Hagr war oder, wie man heutzutage zu sagen pflegte und sich damit jedes Mittel der Unterscheidung zwischen Gut und Böse nahm: eine Hexe.

Sie senkte den Kopf wieder, lachte dabei weiter, doch die Laute wurden zunehmend schriller, unmelodischer, überschlugen sich beinahe. Dann verstummte sie mit einem Mal und wurde ernst.

Er blickte ihr tief in die Augen, forschte nach ihrem Herzschlag, fand ihn und presste mit jedem Klopfen etwas mehr seines Willens in ihre Adern. Das Blut darin trug ihn mit sich, in den Geist und die Seele der Frau, deren Puppenaugen nun klimperten. Gleich …

»Bravo!«, rief sie da, mit einem Mal wieder lächelnd, klatschte in die Hände und sprang auf der Stelle wie ein freudiges Kind.

Zugleich pressten eisige Stacheln Hagens Einfluss aus ihrem Körper und ließen ihn wie Tau an ihrer makellosen Haut abgleiten.

»Fleißig weiter üben!«, sagte sie lachend und tätschelte seine Wange. »Aber nicht traurig sein! Hexenblut hat besondere Qualität.«

Hagen wischte ihre Hand aus seinem Gesicht und packte die unglaublich leichte Frau an den Oberarmen, hob sie mühelos an, um sie an sich zu ziehen. »Dann sollte ich vielleicht davon kosten!«

Das Gesicht der Hexe verzerrte sich, die Haut wurde grau und brüchig, die Augen färbten sich schwarz, und aus ihrem Mund züngelte eine blaugraue, gespaltene Zunge. »Du wagssst esssss?«, zischte sie, und erschrocken wich Hagen zurück.

Die Hexe sank die Handbreit, die er sie über dem Boden gehalten hatte, sanft herab, das Gesicht wieder zart und lieblich, und auch ihre Stimme hatte jedes Kratzen verloren, als sie fröhlich sagte: »Nun, da wir wissen, *was* wir sind, wird es Zeit zu erfahren, *wer* wir sind. Mein Name ist Anelma.«

Hagen musterte sie misstrauisch. Ihren Ansturm hatte er nicht einmal kommen sehen. Er bildete sich viel auf seine Macht über die Geister Schwächerer ein, und so wuchs seine Ehrfurcht vor dieser Hexe, die so mühelos ihr grausames Spiel mit ihm trieb.

»Hagen von Stein«, sagte er, ergriff die vorgestreckte, weiche Hand der Hexe und deutete einen Handkuss an.

»Ah, von Stettlers Laufbursche. Wer hätte gedacht, dass du von so erlesener Gestalt bist.« Sie packte seine Hand und wirbelte mit einer Drehung eng an ihn heran, presste ihr Hinterteil gegen seinen Schritt und bewegte es langsam hin und her, während sie seinen Arm an ihren festen, fast jugendlichen Busen presste. »Wenn doch bloß noch etwas Leben in dir wäre!«

Diesmal spürte Hagen das Drängen ihres Geistes und konnte sich ihm entziehen. Die aufwallende Lust, die seinen kalten Leib erwärmte und den Wolf unendlich leise knurren ließ, verging, auch weil ihre Bewegungen ruckartiger, zwanghafter wurden, als könne sie nicht mehr damit aufhören.

Dennoch fiel es ihm schwer, sich ihr nicht wieder zu öffnen, denn jede Regung des Wolfes stellte eine willkommene Erinnerung an das dar, was er einst gewesen war.

Er stieß die Frau von sich, und sie wirbelte ans Geländer, um sich schmollend daran zu lehnen. »Sie sind ein Spielverderber, Herr von Stein.«

»Was willst du hier?«, fragte Hagen aus einer Eingebung heraus. Es wäre das erste Mal, dass mit ihm in Prag etwas zufällig geschah.

»Du meinst auf dieser Welt? Oder hier im schönen Prag? Oder gar auf dieser Brücke? Oder vielmehr: in deinem Kopf?« Sie lachte und sprang auf das Geländer, balancierte darauf. Hagen machte wütend einen Satz nach vorn, stieß die Frau vom Geländer und übertönte ihren erschrockenen Schrei mit einem lauten: »Genug!« Erst im letzten Moment packte er zu, ergriff die ausgestreckte Hand und verhinderte ihren Sturz. Mit empörtem Gesicht sah sie zu ihm hoch, und der Schrecken spiegelte sich in Form von Tränen in den großen blauen Augen.

Ruhiger fuhr er fort: »Lass deine Spielchen, Hecetisse, oder bei Gott, ich springe und reiße dich mit mir in die Tiefe. Willst du wetten, wer länger die Luft anhalten kann?«

»Zieh mich schon hoch, du totes Stück Fleisch«, sagte sie, aber ein leichtes Zittern in ihrer Stimme bewies, dass sie nicht über jede Furcht erhaben war.

Hagen folgte ihrem Befehl, und sein untoter Körper bewies erneut immense Kraft und Schnelligkeit, indem er die Frau am gestreckten Arm über sich schwang, am höchsten Punkt losließ und sie an der Hüfte auffing. Mit einem verwegenen Lächeln setzte er sie ab und trat einen Schritt zurück. »Also?«

Die Hexe atmete schwer, presste sich eine Hand auf die Brust und blinzelte einige Tränen weg, die dick und schimmernd über ihre Wangen kullerten. Dann lachte sie auf, streckte ihm die Hand hin und verlangte: »Mach es noch mal!«

»Weib!«, blaffte Hagen. »Bist du irr?«

»Immer nur eine Frage auf einmal«, gab Anelma zurück und richtete ihr Kleid. »Ein Traum.«

Hagen verschränkte die Arme und wartete ab. Er war nicht sicher, warum er sich nicht einfach abwandte und die Frau hier stehen ließ, sie aus seinem Leben verbannte. Doch er glaubte die Gezeiten des Schicksals in diesem Augenblick beinahe körperlich spüren zu können, als stehe Skuld, die Norne des Werdensollenden, zwischen ihnen und spiele auf dem Schicksalsfaden eine wilde Melodie.

Vielleicht hielt ihn aber auch die Tatsache, dass zum ersten Mal seit seinem Tode es jemandem gelungen war, den Wolf in ihm willentlich zu einer Regung zu bewegen.

»Ein Traum«, fuhr Anelma fort, weil Hagen sie unvermindert anblickte, »in dem ich uns beide sah, geeint in glorreicher Zukunft. Wir sollen Großes schaffen, Hagen, das steht deutlich in der Akasha-Chronik geschrieben. Denn wir beide wollen das Gleiche!«

»Und das wäre?«, fragte Hagen, der geneigt war, ihr zu glauben. Seinen eigenen Gedanken misstrauend, spürte er ihnen nach, aber da waren keine magischen Zügel, die sie lenkten.

Sie huschte wieder nah an ihn heran, stellte sich auf die Zehenspitzen, fuhr ihm mit den langen, dünnen Fingern durch das Haar und hauchte zwischen ihren weichen Lippen auf seine: »Diener!«

Hagen erschrak. Wie konnte sie seine Ziele kennen? Hatte sie in seinen Gedanken gelesen?

Knallende Schritte boten eine willkommene Ablenkung. Er blickte über ihren dunklen Schopf hinweg, atmete dabei ein, um ihren Geruch wahrzunehmen, der zart und blumig war, weit entfernt vom schweißigen Odem der anderen Frauen dieser Tage, die der Meinung waren, Wasser im Allgemeinen und das Waschen im Besonderen seien eine Gefahr für die Gesundheit.

Ein junger Mann in der Uniform der Palastgarde, den Rundhelm von der Eile schräg auf dem Kopf, lief über die Brücke, eine Muskete über der Schulter, ein Pergament in der Hand. Obwohl die Brücke breit genug für zwei Wagen nebeneinander war, rief er: »Aus dem Weg.« Seine vermeintlich wichtige Botschaft war ihm wohl zu Kopf gestiegen, und er wollte dieses Gefühl von Macht auskosten, indem er einige Bürger schikanierte. Das konnte Hagen nun gar nicht gebrauchen.

Er ließ den Bewaffneten herankommen, bis er ihn mit seinen Gedanken erreichen konnte. Das schnell schlagende Herz des Mannes pumpte das Blut rauschend durch die Adern, und so gelang es Hagen beinahe mühelos, dem Strom einen neuen Eindruck beizumischen. *Hilferufe!*

Der Soldat blieb stehen, wirbelte herum, und Hagen spürte den Schrecken in dem Mann aufwallen. *Schnell* … Er lauschte in den brandenden Strom der ungeordneten Gedanken. Nein, das waren Erinnerungen an seine Freunde, an seine Familie – da! Sein Name! *Schnell, Robert, schnell, hilf uns!*

Ohne zu zögern rannte der junge Mann los, stürmte die Brücke wieder zurück. Die Gedanken der meisten Menschen sprangen wie wild gewordene Flöhe durch ihren Geist, so aufgepeitscht von Sorgen, Zweifeln und Hoffnungen, dass es ein Leichtes war, sie mit dem geringsten Köder in die gewünschte Richtung zu lenken.

»Oh, fein, ein Wettstreit!«, jauchzte Anelma, trat einen Schritt zurück, und Hagen spürte mächtige Magie in ihr aufwallen. Der Mann verlangsamte seine Schritte, nahm dann die Muskete von der Schulter und machte sich im Knien an ihr zu schaffen.

Hagen versuchte erneut Macht über die Gedanken des Mannes zu erlangen, spürte, dass die Hexe dem Soldaten vorgaukelte, er,

Hagen, sei die augenblickliche Gefahr. *Deine Freunde!*, pflanzte er in den zunehmend verwirrten Geist des Mannes, *sie brauchen Hilfe!*

Da bemerkte er, dass Anelma sich nicht auf einen direkten Kampf mit ihm einließ. Sie verdrehte, ganz Hecetisse, sein Werk, wandte es gegen ihn.

Schnell! Bevor es zu spät ist!, drängte er in den Geist des Mannes, doch die Stränge der Hexenmagie hinderten ihn, mussten mühsam durchtrennt werden und wuchsen beinahe schneller, als ihm dies möglich war. Der Mann erhob sich, wandte sich um und zielte mit der Muskete auf Hagen.

»Eine Kugel bedeutet nichts für mich!«, sagte er durch zusammengepresste Zähne, denn es wurde immer schwieriger, den Mann am Feuern zu hindern. Die Hexe legte scheinbar mühelos noch mehr Macht in ihre Zauber, die an seiner begrenzten Kraft nagten.

Anelma klang aufrichtig überrascht, als sie antwortete: »Das weiß ich doch, Dummerchen. Ich brauch dich schließlich noch.«

Der Lauf explodiert!, presste Hagen unter beinahe körperlicher Qual in den gequälten Geist des Mannes, worauf der seine Muskete sofort erschrocken zur Seite warf. Die glimmende Lunte zog eine Funkenspur über das Pflaster, und das Metall des Laufs klirrte.

Da wandte sich der Mann zur Seite, und Hagen spürte eine Welle der Angst und Verzweiflung in ihm aufwallen. Instinktiv kämpfte Hagen dagegen an, aber in quälendem Stakkato quollen, von Anelma heraufbeschworen, schmerzliche Erinnerungen aus dem Gedächtnis des Mannes, fegten jeden Lebenswillen fort und trieben ihn im Laufschritt auf das Geländer zu, um seiner Existenz ein Ende zu setzen. Die Hecetisse wollte ihn umbringen.

Zu Boden!, befahl Hagen da instinktiv, griff auf einen der stärksten Impulse in jedem Menschen zurück: den Überlebenswillen. Der Mann warf sich hin, rutschte vom Schwung seines Laufes getragen über das Pflaster und stieß mit dem Kopf gegen das Geländer. Sein Bewusstsein erlosch wie eine Kerze im dunklen Raum.

Hagen sank auf ein Knie, krümmte sich vor Anstrengung. Dieses Duell hatte ihn seine ganze Kraft gekostet, er fühlte sich leer und dumpf, und die dünne Suppe, die er am Abend gegessen hatte, stieg ihm in den Hals.

»Spielverderber«, maulte Anelma und ging neben ihm in die Hocke. »Siehst du's jetzt ein?«

Hagen nickte. Eine Verbündete von solcher Macht konnte er nicht ziehen lassen. Das große Ziel, das wusste er schon lange, konnten die Bletzer nicht allein erreichen. Ob Anelma die richtige Verbündete für sein Vorhaben war, würde sich herausstellen müssen. Hagen würde sie führen wie ein störrisches Pferd: mit geduldiger, aber starker Hand. Und sie dabei nie aus den Augen lassen. Die Hexe mochte mächtiger sein als er. Gerissener aber war sie sicher nicht, also würde er sie benutzen, so lange es von Vorteil war.

DIE WANZE IM EIGENEN BETT

Mit vorsichtigen Schlägen klopfte Hagen den neuen Zapfen in die Kufe des Schaukelpferds, prüfte den Sitz und drückte das gebogene Holzstück dann an den rot und blau bemalten Pferdekörper, um es dort ebenfalls sorgsam festzuklopfen.

»So«, sagte er, stellte das Pferd auf und wippte es probehalber hin und her. »Das hätten wir.«

»Au fein, ich will es ausprobieren!«, rief Richard Maria von Stettler vom viel zu großen Bett aus. Der Fünfjährige schlug die schwere Decke zurück und wollte bereits herausklettern, aber Hagen schüttelte den Kopf, musste über die Begeisterung des liebenswerten Jungen jedoch ein seltenes Schmunzeln unterdrücken. »Nein, Sie werden sich bis zum Morgen gedulden müssen, Richard. Sie wissen, was Ihre Frau Mutter über die Nachtruhe denkt.«

Der Junge murmelte trotzig eine Entgegnung und glitt zurück in das Bett, an dessen Kopfende ausladende Putten sich aus dunklem Holz hervorlehnten und dabei beinahe so groß waren wie das Kind.

Richard zog die Beine an und spielte mit den schmutzigen Füßen herum. Wäre er Hagens Sohn … der Gedanke erstarb im selben Moment, in dem er aufkeimte, denn Hagen hatte sichergestellt, dass auf dieses Stückchen Erde in seinem Geist kein fruchtbarer Samen mehr fiele. Er würde niemals einen Sohn haben – Tote konnten nun einmal kein neues Leben schaffen –, und das einzige Kind, das seinen Lenden entsprungen war, war der Anlass für das Ende seines Daseins als Wariwulf gewesen.

Er wandte sich ab, sammelte das Werkzeug ein und steckte es in dem ledernen Tuch mit den Riemen fest, damit der Junge die Wut nicht sah, die ihn bei dem Gedanken an den grausamen Verrat nach wie vor erfasste. Er wollte ihm keine Angst machen. Hagen wusste nicht genau, was an Richard ihn dazu verleitet hatte, sein Herz zu öffnen. Es war schon lange nicht mehr seine Art, sich an die Lebenden zu binden. Sie wollten es nicht, und wenn er selbst es dennoch tat, starben sie schon nach wenigen Jahrzehnten weg. Dieser Knabe aber, dieser Sohn eines Wariwulf … vielleicht waren es die sanften Dankesworte, mit denen er jeden, selbst das niederste Gesinde bedachte. Möglicherweise auch das Schimmern in seinen Augen, wenn er von Ruhm und Ehre sprach.

Als Hagen sich wieder unter Kontrolle hatte, sammelte er noch einige Splitter ein, die neben das ausgelegte Tuch gefallen waren, und musterte die hölzernen Ritterfiguren, jede gut handhoch, die in Reih und Glied auf dem niedrigen Tisch aufgestellt waren. Als wollten sie im nächsten Moment losziehen, um den Ketzern den wahren Glauben zu bringen. Einst war auch er in solcher Schar gezogen, damals, zur Lebenszeit …

Er schüttelte die Vergangenheit ab wie eine alte Decke und erhob sich, in der einen Hand das Werkzeug, in der anderen das Tuch mit den Spänen und dem restlichen Holz.

»Sie sollten nun bald ruhen, Richard«, sagte er und wies auf die Ritter: »Diese Männer brauchen einen ausgeschlafenen Anführer, wenn es morgen früh gegen Jerusalem geht.« Er schenkte dem Jungen ein Lächeln, das dieser unsicher erwiderte.

Hagen griff nach dem Kerzenleuchter, der ihm bei seiner Arbeit Licht gespendet hatte, und wandte sich der Tür zu.

»Hagen?«, fragte Richard da mit leiser, zitternder Stimme, und als Hagen über die Schulter zu ihm sah, stand ihm äußerste Sorge ins schmale, fast maushafte Gesicht geschrieben. »Wenn … also, kannst du ein Geheimnis bewahren?«

Hagen legte das Werkzeug beiseite, stellte den Leuchter ab und setzte sich nach kurzem Zögern auf die Bettkante. »Bis in den Tod.«

Der Junge wusste nicht, dass Hagen bereits gestorben war, auch nichts über das Erbe, mit dem sein Vater gesegnet war und das dieser so sträflich brachliegen ließ. Wenn nur ein Elternteil Wariwulf war, konnte es wie bei schwarzen und hellen Haaren passieren, dass einige Söhne den Segen erhielten und andere nicht. Richard war einer dieser anderen.

Der Junge sah ihn kurz an, dann wieder auf die Decke, und dabei wippte sein strohiges kurzes Haar auf dem Kopf. »Ich … da sind Stimmen.«

Hagen wartete ab, drängte den Jungen nicht, war einfach da und würde es sein, so lange es nötig wäre.

»Sie sprechen zu mir, wenn ich allein bin«, stammelte der Junge nun, verstummte dann aber wieder. Hagen legte seine vom Holzstaub raue Hand auf die Finger des Jungen und wartete, geduldig wie die Zeit selbst.

»Sie sagen … die Bibel … ich soll sie in den Kamin werfen!« Tränen stiegen dem Jungen in die Augen, und er warf einen flehenden Blick auf Hagen. »Ist das der Teufel?«

Hagen krallte die dem Jungen verborgene Hand ins Laken, als er erkannte, was hinter den Stimmen steckte, und atmete einmal tief durch. Das Geräusch klang in seinen eigenen Ohren unvorstellbar laut. Zu dem Jungen aber sagte er ruhig: »Richard, manchmal erscheinen uns die eigenen Gedanken wie Stimmen. Für den Fall, dass es aber wirklich der Teufel ist, der Sie versuchen will, bringe ich Ihnen ein Gebet bei, das Sie schützt.«

Der Junge nickte und glitt, die Augen Hilfe suchend auf Hagen gerichtet, neben dem Bett auf die Knie. Seine dünnen Gliedmaßen unter dem schmutzigen Nachthemd hoben sich bleich von den dunklen Bodendielen ab; auf ihnen prangten zahlreiche blaue

Flecken in verschiedenen Entwicklungsstadien. Der Junge war kränklich und behielt vom kleinsten Stoß ein solches Andenken zurück. Er legte die gefalteten Hände auf die schmutzige Decke.

»Herr«, sagte Hagen, und der Junge schloss eilig die Augen, senkte die Stirn auf die Hände und murmelte es nach. »Schütze mich vor den Einflüsterungen des Teufels, denn mein Herz ist rein, und also will ich es behalten. Bewahre mich vor bösen Gedanken. Amen.«

Der Junge blickte zweifelnd auf, sobald er geendigt hatte. »Und das reicht?«, fragte er. Hagen nahm ihn hoch, setzte ihn sich auf den Schoß und nickte.

»Wenn Sie es aufrichtig meinen, wird es helfen, Sie werden sehen.« Hagen dachte an Richards Vater, der dem Jungen wenig gab außer Spielzeug, und an die Mutter, die sich lieber herausputzen und auf Empfänge gehen wollte, als ihren Kindern Gottes Wort zu vermitteln. Darum fuhr er fort: »Aber der Kampf gegen den Teufel muss an allen Fronten geschlagen werden. Böse Gedanken, die zu bösen Taten führen. Neid, der uns Böses sagen lässt. Und die Gier, die zum Diebstahl führt. Handeln Sie jeden Tag so, dass Gott stolz auf Sie sein kann, und der Teufel hat keinen Einlass!«

Hagen hielt die zerbrechliche Gestalt des Jungen einen Augenblick länger in den Armen. Es wäre so leicht, von ihm zu trinken oder ihm den dürren Hals umzudrehen, und Stettler so, mit dem Tod seines einzigen Sohnes, für die Demütigungen zu bestrafen, die er Eberwin und ihn selbst, Hagen, erleiden ließ; ihn an Stelle all der anderen Wariwulf und Mitewist zu strafen, die Hagen all die Jahrzehnte behandelt hatten, als sei die Todsünde seine eigene Schuld gewesen. Aber das war sie nicht, verdammt! Und doch hatte man ihn gestraft.

»Au!«, protestierte der Junge, und als Hagen die verkrampften Finger öffnete, sah er mit Bedauern, dass seine Hand einen weiteren Bluterguss auf dem dünnen Kinderarm hinterlassen hatte.

»Dieser Fleck soll Sie daran erinnern, dass Gottgefälligkeit oft nur unter Schmerzen zu erlangen ist«, erwiderte er, um sein schlechtes Gewissen zu überspielen.

Richard nickte, gähnte dann und kletterte von seinem Schoß auf das Bett. Rasch schlüpfte er unter die Decke und rieb sich, nicht ohne Stolz, den Arm.

»Schlafen Sie jetzt.« Hagen stand auf und blies mit den Kerzen die einzige Lichtquelle im Zimmer aus. Die schweren Vorhänge hielten das Licht des Mondes ab, und so war es stockduster.

Richard fragte leise, vor Müdigkeit verschliffen in die Dunkelheit: »Und wenn er nachts kommt? Wenn ich schlafe?«

Hagen unterdrückte ein Auflachen. Von allem, was nachts durch dieses Haus wandelte, war der Teufel der geringste Grund zur Sorge. Doch er schmeckte die tiefe, schutzlose Angst der Kinderseele in den Worten des Jungen und versprach darum: »Ich gebe gut auf dich acht! Ich verpasse dem Gehörnten eine Abreibung, wenn er das noch einmal tut!«

Hagen hörte, wie sich Richard auf die Seite drehte und murmelte: »Dann ist gut.« Er wartete noch einige Augenblicke, bis der ruhige Atem des Jungen verriet, dass er eingeschlafen war. Schlaf, dieses völlige Loslassen von allen Ängsten, Sorgen und Gedanken. Und das Träumen, wandeln in anderen, fernen Welten … glücklichen Welten. Manchmal vermisste Hagen es.

Er tastete sich zur Tür, schlüpfte hindurch und schloss sie leise hinter sich. Dann huschte er weiter, öffnete schließlich eine andere Tür und glitt hinein. Es wurde Zeit, dem Teufel die Hammelbeine lang zu ziehen.

Anelma saß auf dem Bett, ein dünnes weißes Nachthemd an, unter dem sich ihre dunklen Brustwarzen abzeichneten. Sie senkte die Bürste, mit der sie eben durch ihr langes, pechschwarzes Haar gefahren war.

Die Gouvernante der Stettler-Kinder war schwer erkrankt – zweifelsohne nicht zufällig –, kaum dass sie vor mehr als drei Monaten den Plan gefasst hatten, Anelma zwecks besserer Absprachen in Hagens Nähe unterzubringen. Die Alte war zur Erholung mit einem guten Handgeld zu ihrer Familie aufs Land geschickt worden. Anelma danach als neue Hauslehrerin einzuführen, war ein Kinderspiel gewesen.

»Hagen, willst du mir nun doch beweisen, dass du ein echter Mann …«

Weiter kam sie nicht, denn Hagen sprang sie an, packte ihr Gesicht und schlug ihr den Kopf gegen den Pfosten. Im letzten Augenblick konnte er sich bremsen, sodass ihr Schädel nur schmerzhaft auf die Riffelung pochte.

»Nicht die Kinder!«, presste er hervor und betonte jedes Wort.

»Was meinst du?«, fragte Anelma, vorgeblich verwirrt.

Mit einem drohenden Knurren packte er sie fester.

»Schon gut, schon gut. Ich wollte doch nur ein bisschen Spaß haben«, erwiderte sie und rollte mit den Puppenaugen. »Wenn du wüsstest, wie markerweichend öde …«

Hagen spannte die Muskeln, erhöhte den Druck auf ihren Kopf leicht und ignorierte ihr protestierendes Winseln. »Nicht die Kinder!«, wiederholte er, kam ganz nah an ihr Gesicht, das nach Wachs und Blumen duftete, und setzte hinzu: »Irgendwann musst du schlafen, Hecetisse, und ich schwöre bei Gott, wenn du deine dreckige Magie nicht von den Kindern fernhältst …«

Anelma machte eine schnelle Bewegung, und plötzlich hielt Hagen den Pfosten statt ihres Gesichts in der Hand. Sie glitt aus dem Bett und blieb einige Schritte entfernt stehen.

»Was dann? Für jemanden, der seine Herren und alles, wofür sie stehen, verrät, hast du erstaunlich viele Skrupel!« Sie stemmte die Hände in die Hüften. »Und überhaupt, was wolltest du mir wohl anhaben?«

Hagen ließ den Pfosten los und stemmte sich gegen das Bett, das knarrend verrutschte und einen mit Kreide gezeichneten Drudenfuß voller Sternensymbole darunter offenbarte. Hagen spuckte auf eine der Linien und verwischte sie mit dem Schuh. »Ich kenne all deine kleinen Schutzzauber!«

Anelma lachte schrill, zu lang, als könne sie ihr eigenes Lachen nicht mehr einholen, um es zu ersticken. Dann sagte sie scharf: »Aus deinen Büchern, Bletzer? Aufgeschnapptes, Erdachtes, Erfundenes, das irgendwer irgendwann auf Pergament gebannt hat. Wertloses Zeug, das nicht einmal die Hälfte dessen wiedergibt, was eine Hexe schon in der Jugend erfährt. Der Teufel, weißt du, Toter, ist kein Mann der Schrift!«

Hagen dachte an die Gräueltaten Anelmas und ihres Hexenkreises, die seine Spitzel in den vergangenen Wochen ausgegraben hatten – manchmal im wortwörtlichen Sinne. Und eine solche Hecetisse, die er früher bekämpft oder zumindest gemieden hätte, hatte er sich nun ins Haus geholt, wenn auch nicht in sein eigenes. Der Zweck heiligte so vieles, manchmal sogar Mittel wie dieses.

Aber er würde nicht zulassen, dass sie ihm auf der Nase herumtanzte. Hagen kam drohend auf sie zu, da hob sie beschwichtigend die Hände: »Gut, wenn es dein Wille ist, Hagen, werde ich die Kinder von nun an verschonen. Bedenke stets, du brauchst unsere Macht ebenso sehr, wie wir dich brauchen.«

Hagen lächelte schmal: »Bedenke du stets, dass von Stettler gute Kontakte zur Inquisition unterhält! Wenn er wüsste …«

Wieder lachte Anelma schrill und wirbelte den Kopf dabei so schnell im Kreis herum, dass ihre Haare aufflogen. »Diese Schwarzröcke? Bei denen ist es doch schon ein Versehen, wenn sie zur Abwechslung mal eine echte Hexe verbrennen!«

Hagen ließ sie einen Augenblick gehässig kichern, dann sagte er: »Komotau« und sah die Freude aus ihren Augen verschwinden, in Angst umschlagen, bevor sie den Schleier wieder umlegte.

In dieser Stadt hatte die Inquisition vor wenigen Jahren einen Hexenzirkel ausgehoben und fünf Frauen auf dem Scheiterhaufen verbrannt. Es wären noch mehr gewesen, wenn nicht der Henker drei weitere hätte entkommen lassen. Unter anderem eine Frau von Steilberg, die dem Protokoll nach sehr große Ähnlichkeit mit dieser Hexe da vor ihm hatte.

»Glaubst du, ich hole mir eine Schlange wie dich ins Haus, ohne ihr die Zähne zu ziehen?«, fragte Hagen und genoss die Macht, die ihm sein Wissen verlieh, ebenso sehr wie dereinst die Macht des Schwertes.

»Ha«, lachte sie. »Du wüsstest nicht einmal, wo du die Zange dafür findest. Außerdem war das alles ein Missverständnis.«

Hagen kniff die Augen zusammen, als wolle er verhindern, dass die Wut zwischen seinen Lidern hervordrang und die Hexe zu Staub verbrannte. »Missverständnis? Die Abtreibungen? Die Flüche auf den reichen Händler und die Amme? Das blutige Ritual, in dem der Kutscher ermordet wurde?«

Sie öffnete kurz den Mund, vielleicht um zu fragen, wie er dies alles erfahren hatte, aber dann klappte sie ihn wieder zu, machte einige tänzelnde Schritte, drehte sich und fing an, ihre Bewegungen mit leisem »Bamm, bamm, bamm« zu untermalen.

Hagen schüttelte den Kopf, machtlos ihrem Irrsinn gegenüber. Er dachte kurz daran, die Hände um ihren Hals zu legen und ihr ein Ende zu machen, aber dann wandte er sich zum Gehen. So verrückt das Weib auch sein mochte, bot es dennoch die beste Aussicht auf Erfolg, die er hatte.

Sie tanzte ihm in den Weg, ließ sich gegen ihn sinken, glitt an ihm herab und umklammerte für einen Augenblick sein Bein, bevor sie auf dem Boden zum Liegen kam und mit ernstem Gesicht zu ihm aufblickte: »Wir brauchen mehr Blut!«

Hagen nickte wortlos, und flink wie eine Spinne drückte sie sich auf die Füße, huschte zu einer Truhe und verstreute den Inhalt – Kleider, eine Bürste, ein besticktes Kissen – achtlos auf dem Boden. Mit vor Vorfreude zitternden Händen holte sie schließlich eine silberne Schüssel mit Gießnase und eine Phiole hervor.

Hagen zog seine Jacke aus, schob den Ärmel des Wamses hoch und löste den Verband, den er um die Wunde gewickelt hatte. Es kniff etwas, als er das verkrustete Tuch vom Arm löste, aber von dem tiefen Schnitt, den er sich am vergangenen Abend zugefügt hatte, war kaum noch etwas zu sehen. Der Wolf mochte schlafen, doch er tat seine Arbeit noch – wenn auch zögerlicher. Wunden, die er als Wariwulf schon Augenblicke später wieder vergessen hatte, blieben ihm als Bletzer Stunden, manchmal Tage erhalten. Aber sie heilten schließlich alle. Zumindest alle Wunden des Körpers.

»Komm her«, forderte er, und als sie die Schale unter seinen Arm hielt, zog er einmal mehr sein kurzes Messer aus der Scheide am Gürtel und schnitt sich in den Arm. So wie er es in den letzten Wochen alle paar Tage hatte tun müssen, um den Hexen genug Blut für die Rituale zu geben.

Die kalte rote Flüssigkeit lief nur tröpfelnd, da kein Herzschlag sie mehr herauspresste, den Arm entlang, und sie roch schal. Als der Boden der Schüssel mit dem fahlroten Saft bedeckt war, sagte Anelma: »Genug!«

Er drückte das Tuch wieder auf die Wunde, zog mit den Zähnen den Knoten um den Arm fest und ließ den Stoff des Wamses darübergleiten.

Anelma füllte unterdessen die wie erkaltender Siegellack schimmernde Flüssigkeit in das Glasfläschchen, schob den Korken hinein und nahm eine der Kerzen aus dem Ständer, um es mit heißem Wachs zu verschließen.

»Ich will Ergebnisse sehen«, verlangte er. »Bald drei Monate und nichts bisher!«

Anelma wickelte Schale und Phiole über die Truhe gebeugt in

ein schmutziges Tuch und wackelte dabei mit ihrem Po wie eine läufige Hündin. »Geduld, Herr von Stein. Das sagt man euch Bletzern doch nach, oder? Was sind drei Monate, um ein Geheimnis zu entschlüsseln, das die verdammten Hagr seit Jahrhunderten bewahren?«

»Habt ihr den Wolfsbann gemischt, wie ich es euch befahl?«, wollte Hagen wissen.

Anelma richtete sich ruckartig auf und wirbelte herum. Die blauen Augen blitzten unter den fliegenden schwarzen Strähnen. »Oh, jetzt befiehlt er schon, der saubere Herr von Ungeduld. Aber ja, wir haben es gemischt, und wir haben es den Tieren verabreicht, und sie haben gekotzt, mehr nicht. So viel zu dieser brillanten Idee. Wenn du noch mehr davon hast, immer heraus damit.«

Hagen winkte ab und zog seine Jacke wieder an, doch im Innern traf der Vorwurf ins Ziel. Er hatte sich zu sehr vom Augenblick fangen lassen. Solange der Streit der Kirchen auf so heißem Feuer kochte, wäre die Gelegenheit günstig, sein Vorhaben in die Tat umzusetzen. Aber selbst wenn die Hexen noch in dieser Nacht das ersehnte Ritual fänden und ihm so die benötigten Kräfte geben könnten, würde es Wochen, wenn nicht Monate dauern, bis dieses Wissen an alle Beteiligten verbreitet wäre. *Also: Geduld!*, ermahnte er sich.

»Glaub mir, Hagen, auch wir wollen das Geheimnis um die Bletzer lüften, wollen endlich über unsere eigenen unsterblichen Diener verfügen. Oh … wie gern. Aber es braucht Zeit«, gurrte Anelma und schmiegte sich an ihn. »Zeit, die wir uns doch angenehmer …«

Hagen stieß sie von sich, sodass sie rückwärts taumelte und auf das Bett fiel. Dabei glitt ihr Kleid bis zum buschigen Dreieck in ihrem Schritt hoch. »Diese Freuden sind für die Lebenden«, milderte er seine Ablehnung, denn er wusste, dass er sie nicht zu sehr verärgern durfte.

»Benimm dich wie eine Gouvernante, Anelma, oder willst du wieder von Haus zu Haus ziehen und dir mal hier, mal da Unterschlupf erschleichen?«

Die Hexe richtete sich auf, schlang ein nacktes Bein um den Bettpfosten und rutschte heran, um den Schritt gegen den Pfosten zu drücken. Dann begann sie, mit leisem Stöhnen das Becken daran auf- und abzugleiten zu lassen, während ihre Zunge die dunklen Verzierungen umspielte. Hagen bemerkte verwundert, dass ihr Gebaren nicht ohne Wirkung auf ihn blieb. In seinen Lenden kribbelte es.

»Ja, das gefällt dir«, brachte Anelma schwer atmend hervor und zog sich das Nachthemd über den Kopf. Schweiß lag wie ein feiner Schimmer auf ihrer Haut, lief an ihrer rechten Brust zu einem Tropfen zusammen. »Willst du dich nicht wieder einmal lebendig fühlen? Ich kann dafür sorgen.«

Es kostete Hagen große Kraft, sich abzuwenden und den Raum zu verlassen. Für solche Dinge war kein Platz in seinem Unleben, auch wenn er vermutete, dass Anelma ihr Versprechen wahr machen könnte.

Uldas roter Haarschopf, nass vom Morgentau und Schweiß, kam ihm in den Sinn, als sie sich auf der Viehwiese geliebt hatten, die neugierig herüberblinzelnden Ziegen nicht beachtend. Das war ein Augenblick gewesen, in dem er sich lebendig gefühlt hatte, und keine magische Macht auf der Welt konnte ihm dieses Gefühl zurückbringen. Ihm blieb nur, das zu bewahren, was er davon noch im kalten, schweigenden Herzen trug.

Und dafür, ihm dies alles genommen zu haben, würden sie bitter zahlen!

ODEM DES LEBENS

Das Murmeln der Hexen durchdrang die eisige Januarkälte, die sich als Reif auf die unbehauenen Steine des Raumes gelegt hatte und an der Decke in der aufsteigenden Wärme der Becken und Leiber zu zögerlichen Tropfen schmolz. Silben einer rauen, groben Sprache hallten in dem ausladenden Gewölbe wider und wurden nur von dem gelegentlichen Rumpeln eines Wagens untermalt, der schräg über ihren Köpfen die Straße entlangpolterte.

Hagen musterte die sechs Frauen in der Mitte des »verlorenen Zimmers«, wie die Prager all die Keller und Vorratskammern nannten, die irgendwann nach einem Brand, einem Krieg oder einer Flut überbaut und dann vergessen worden waren.

Fünf von ihnen hatten sich in dunkle Roben gekleidet, unter denen sich ihre Gestalt nur undeutlich abzeichnete. Die Gesichter waren hinter verzerrten Schandmasken versteckt, damit niemand sie wiedererkennen konnte; das gegenseitige Vertrauen hatte noch keine allzu dicken Wurzeln ausgetrieben. Aus den Vogelschnäbeln und lang gezogenen Schweinerüsseln der eisernen Gesichter, durch die sonst kochendes Pech oder Gülle in den Mund eines Verurteilten geschüttet wurde, drangen nun dumpf die unheiligen Worte des Rituals.

Nur Anelmas Stimme erhob sich deutlich und melodisch aus dem dunklen Murmeln, stand sie doch trotz der eisigen Kälte nackt in der Mitte des Drudenfußes. Ihre schlanke Gestalt dampfte von Schweiß und dem Blut ihres Opfers. Sie umtanzte den gefesselten Mann zu ihren Füßen mit langsamen, aber kraftvollen Bewegungen.

Hagens Blick zuckte zu dem Wolfskadaver, der ebenfalls noch dampfend in der Ecke des Raumes lag. Sein Brustkorb war geöffnet worden, und die mit gerinnendem Blut gefüllte Höhlung zeigte, wo das Herz fehlte. Hagen presste die Lippen aufeinander. *Wie wechselhaft doch das Gemüt ist*, dachte er. Es machte ihm nicht allzu viel aus, dass der grobschlächtige Kutscher dort auf dem Boden vor Angst und Schmerzen wegen der unzähligen kleinen Stiche, die ihm Anelma mit einem schlanken Messer zufügte, beinahe verrückt wurde. Er hatte den Kerl von einem Mädchen heruntergezogen, das kaum älter als zehn Jahre gewesen sein konnte.

Der Wolf hingegen dauerte ihn, und Anelma hatte sich ausgiebig darüber lustig gemacht, dass er Gegnern im Kampf den Kopf von den Schultern gerissen, es aber nicht über sich gebracht hatte, dem Tier den Garaus zu machen.

»Fasti, sagwja, uzbeitan«, rief Anelma nun mit kehliger Stimme und stieß dem Mann das Messer in die Brust. Der Gefesselte brüllte gegen seinen Knebel an und wand sich, aber die Stricke saßen fest. Tränen und Speichel hatten seinen struppigen Bart genässt und waren darin festgefroren. Hagen blickte dem Mann in die panisch rollenden Augen, und er verspürte einen Hauch von Mitleid in sich aufsteigen, warm und faulig wie der letzte Atemzug eines Sterbenden. Doch er vertrieb das Gefühl mit dem Gedanken an das leise Wimmern des Mädchens, das sich tief in sein Gedächtnis eingegraben hatte. Ihr zerrissenes Kleid hatte auf dem eisigen Boden gelegen wie das gespreizte Gefieder eines toten Vogels. Der Mann war ihr eigener Onkel.

Die Bewegungen des Mannes erschlafften. Mittlerweile dampfte seine vom Blut rot gefärbte Brust ebenso sehr wie die Kohlebecken, die zu Füßen der verhüllten Hexen standen und den beißenden Gestank verbrannter Kräuter verbreiteten.

»Es gilt, Schwestern!«, kreischte Anelma, die sich mit einer blutverschmierten Hand erregt über die Brust fuhr und dabei rote Schmierspuren auf ihre bleiche Haut zeichnete.

Die Hexen lösten, ohne in ihrem Gemurmel innezuhalten, die Nackenbänder ihrer Roben und ließen sie zu Boden gleiten. Darunter waren auch sie nackt. Hagens Blick zuckte nur kurz über die Leiber der Frauen. Es war nicht ihre nackte Haut, die ihn unruhig machte – es war die sich spürbar sammelnde Macht. Die schweren, knospenden oder erschlafften Brüste der Frauen unterschiedlichen Alters konnten ihn nicht erregen, aber das kurze Stocken im unendlichen Takt des Schicksals, das wie eine selige Versprechung im Raum hing, ließ ihn vor Erwartung erschaudern.

Anelma setzte sich mit einem Mal in Bewegung, tanzte von Frau zu Frau und zog, ohne Gnade oder Zögern, die schlanke Klinge über die Haut der Hexen. Tiefe Schnitte klafften auf Bäuchen und Brüsten, und Anelma hielt nur kurz inne, um ihre Hand mit dem Blut ihrer Schwestern zu benetzen und es sich dann über den Körper zu schmieren. Die Hecetissen selbst gaben keinen Schmerzenslaut von sich; sie wichen den Hieben nicht aus, sondern wankten nur wie weggetreten vor und zurück und murmelten unablässig die Worte des Rituals vor sich hin.

Hagen sog Luft durch die Nase ein und ließ sich kurz vom köstlichen Geruch frischen Blutes gefangen nehmen. Welch eine Verschwendung es war, all diesen wertvollen Saft von den nackten Körpern auf den Boden tropfen zu lassen.

»*Herton, Wundra, Wulfa*«, rief Anelma jahrhundertealte Worte. Ihr Oberkörper war nun fast gänzlich braunrot gefärbt, und sie bückte sich zu der bronzenen Schale, in der sich das Wolfsherz widernatürlich noch immer in regelmäßigem Schlagen zusammenzog. Ohne Zögern nahm sie es heraus und rammte mit einer Kraft, die einer schlanken Frau nicht gegeben sein konnte, die andere Hand in den Brustkorb des Mannes, wobei die Rippen krachend wichen.

»*Hwurfti*!«, keuchte sie und riss mit einem Ruck das Herz des Mannes aus dessen Brust. Obwohl es vom Messer durchbohrt worden war, schlug auch dieses noch. Die Hexe ließ das Stück Fleisch achtlos auf den Boden fallen, wo es wie ein auslaufender Weinschlauch in sich zusammensank, ging in die Hocke und stieß die Hand mit dem kleineren Wolfsherz in den Brustkorb des Mannes.

Mit einem Stöhnen warf sie den Kopf in den Nacken, dann nahm sie die kleine Phiole auf, in der sich Hagens behandeltes Blut befand. »*Knewabedo!*«, forderte sie, und die Hexen sanken in den Lachen ihres eigenen Blutes auf die Knie.

Hagen wurde vom Geruch des Lebenssaftes ganz schwindelig. In seinem Kopf rauschte es, und er stellte sich vor, sich die nächste der maskierten Hexen zu packen und seine Lippen auf den Schnitt knapp über ihrem schweren, runden Busen zu pressen, um den heißen Saft in sich aufzusaugen. Wie hatte es Anelma ausgedrückt? *Hexenblut hat besondere Qualität.* Sein Blick folgte dem roten Strom die Haut hinab; er konnte das Blut beinahe auf der Zunge spüren und schaffte es gerade noch, ein leises Stöhnen zu unterbinden, während er wohlig schauderte.

»*Gabindan!*«, rief Anelma nun befehlend und leerte Hagens silbrig-schwarz gewordenes Blut aus der Phiole in die offene Brust des Mannes. »*Gabindan!*«, wiederholte sie. Mit einem Mal wurde es in dem Keller noch kälter. Doch es war nicht der Frost, der Hagens toten Körper erzittern ließ, auch wenn er nun sogar den Schweiß auf der Haut der Hexen ergriff. Es war die Gewissheit, dass der eisige Hauch der Vorbote grausamer Flüche war.

Der schnelle Atem der Hexen malte knisternde Wolken in die Luft, und unkontrollierbare Schauder zuckten über die nackten, blutigen Leiber. Ihre Zähne schlugen aufeinander und zerhackten die Worte, die sie noch immer in unendlicher Wiederholung murmelten.

Anelma taumelte, und Hagen wollte schon vorspringen, um ihren Sturz zu verhindern, aber er erinnerte sich an ihre deutliche Anweisung, dass er den Bannkreis nicht betreten dürfe, bevor das Ritual beendet war. Sie fing sich wieder und nahm eine dünne silberne Kette von ihrem Hals. »*Waldan!*«, fauchte sie und ließ die Kette in die aufgerissene Brust fallen. Das silberne Band blieb an einem Knochensplitter am Rand der Wunde hängen, und sie löste es geziert mit dem Fingernagel ihres Zeigefingers. Die tiefe Höhle verschluckte den Schimmer und schien etwas von dem Licht des Raumes mit sich zu nehmen.

Plötzlich zuckte der Körper des Mannes. Seine gebrochenen Augen glitten wie bei einem Blinden umher, fanden dann wieder einen Blick. Ein gequältes Winseln drang am Knebel vorbei, und er stemmte sich erneut in die Fesseln.

»*Daujan! Ferhwa! Nedaujan!*«, kreischte Anelma triumphierend und so laut, dass Hagen befürchtete, man könne es auf der Straße über ihnen hören. Dann stieß sie ein lang gezogenes Jaulen aus, nahm das Messer wieder auf und rammte es in das schlagende Wolfsherz in der Brust des Mannes.

Hagen zuckte beinahe zusammen, als die Klinge in das mit dicken Adern überzogene, dunkelrote Fleisch schnitt. Der Mann bäumte sich erneut auf, und Hagen sah, wie sich die silberne Kette wie von Geisterhand geführt um das nun erschlaffende Herz schlang.

Jetzt sank Anelma auf die vom Blut roten Steine und blieb mit geschlossenen Augen liegen. Immer wieder erschauderte ihr Körper leicht, und schon diese geringe Anstrengung ließ sie aufstöhnen.

Hagen löste den Blick von ihrer weißen Haut, auf der wie bei einer zarten Leinwand ein grausiges rotes Bild aufgebracht war, und musterte gespannt den toten Kutscher.

Die dunkle Flüssigkeit in seinem offenen Brustkorb dampfte in der grausigen, unnatürlichen Kälte des verlorenen Zimmers.

»Es ist vollbracht«, flüsterte Anelma und rollte sich auf die Seite, um dem Toten zärtlich über die Wange zu streichen. Ihre großen Augen warfen das rote Glimmen der Kohlebecken zurück.

Als wäre dies eine Erlaubnis gewesen, sanken auch die übrigen Hexen zu Boden, wobei ihre Schandmasken metallisch klirrten. Hagen sah sich um. Die Hecetissen waren geschwächt, einige sogar ohnmächtig, ihre Geister zermürbt von der großen Magie, die sie gewirkt hatten. Es gäbe wohl niemals wieder eine solche Gelegenheit … Sein Blick wanderte über die dampfenden Leiber, er hörte ihren schnellen Herzschlag, roch das Blut, dem eine Note beilag, die er nicht zuzuordnen wusste. Er könnte sie trinken, alle, und so zu einer Macht aufsteigen, die noch nie ein Bletzer …

»Denke nicht einmal daran!«, sagte Anelma mit einem spitzen Lachen, stemmte sich mühsam zum Sitzen hoch und hauchte dann lüstern: »Sieh lieber her!«

Sie wies auf den Brustkorb des Mannes, wo sich die Ränder der Wunde nun bewegten, als hätten sie ein Eigenleben. Haut wuchs zur Mitte hin nach, die zersplitterten Rippen hoben sich knirschend.

»Es beginnt«, sagte Anelma ungewohnt ruhig. Dann bäumte sich der Kutscher auf, und mit einem Knallen rissen die Fesseln. Unnatürlich scharfe Zähne, die sich über seine natürlichen schoben, zerfetzten den Knebel, und der Mann richtete sich auf. Blut schwappte dabei aus der Wunde, die sich stetig weiter schloss.

»Durst!«, hustete der Mann aus, und der fahle Blick zuckte über die Hexen am Boden.

Schrecken und Freude über ihren Erfolg rangen in Hagen miteinander. Es war geglückt, das Ziel erreicht! Und doch, bedeutete dies nicht, dass der Mann niemals ein Gericht sehen würde? Statt des Stricks erwartete ihn nun ein ewiges Leben …

Da jaulte der Kutscher mit einem Mal auf, als sich weitere scharfe Zähne in wilden Winkeln durch seinen Unterkiefer und die Lippen schoben. Die Wunde schloss sich nicht weiter, und mit einem Mal stieg Rauch aus seiner Brust auf. Kreischend sackte der Mann auf die Knie und zerfetzte mit zu Klauen geformten Fingernägeln die frische Haut auf seiner Brust. Die noch maroden Rippen brachen nach innen weg, und Hagen sah, dass sich die Silberkette in das Tierherz brannte, als glühe sie. Der Mann wollte hineingreifen, sich Kette und Herz herausreißen, aber er kam nicht mehr dazu. Plötzlich verstummte sein Schmerzensschrei, und er fiel wie ein nasser Sack vornüber aufs Gesicht. Einige der unnatürlichen Zähne splitterten zur Seite weg.

Anelma kreischte schrill und nervenzermürbend. Sie kämpfte sich hoch, trat dem Toten in die Seite und zerrte an seinem Arm, um ihn auf die Beine zu bringen. Doch sie musste erkennen, dass in dem Mann kein Funken Leben mehr steckte, und so ließ sie sich kniend auf den Leichnam fallen und blickte mit tränengefüllten, großen Augen zu Hagen auf, das Gesicht eine Maske kindlicher Verzweiflung.

Hagen beachtete sie nicht weiter; er hatte sich an ihr irrsinniges Gebaren schon zu sehr gewöhnt und kämpfte selbst gegen die Enttäuschung.

»Ich könnte etwas Trost brauchen«, sagte Anelma flehentlich und streckte ihm die Hand hin. Tatsächlich rannen dicke Tränen aus ihren Puppenaugen und zogen Spuren in das Blut auf ihren Wangen.

Hagen blickte auf die blutigen Finger, die noch vor Kurzem die beiden schlagenden Herzen umfasst hatten, und diese Erinnerung half ihm, die Erstarrung abzuschütteln, die ihn angesichts des grausigen Schauspiels erfasst hatte. Er wandte sich zu der kleinen Luke, die über einen versteckten Gang aus einem verlassenen Haus hierherführte. Er wusste selbst nicht recht, ob es an der Enttäuschung, dem blutigen Ritual, das auf dem Papier so viel harmloser gewirkt hatte, oder Anelmas bösartiger Unberechenbarkeit lag, dass er so verärgert war.

»Sorge dafür, dass es funktioniert!«, forderte er barsch. »Sonst gnade dir Gott!«

»Pah!«, spie Anelma aus. »Es ist genauso deine Schuld!«

Damit hatte sie recht. Hagen hatte ebenso an dem Ritual gearbeitet wie sie. Lange Nächte hatte er in seinem Gedächtnis und den Büchern gesucht, während sie auf die Erfahrung ihres widernatürlich langen Lebens zurückgriff. Es war von Magie geschaffen worden und mit Magie erfüllt gewesen.

Aber im Augenblick war er nicht bereit, Verantwortung für dieses Blutbad zu übernehmen – konnte es nicht, denn es würde bedeuten, sich auf eine Stufe mit der Hexe zu stellen.

Reiß dich zusammen, mahnte er sich. *Du bist jetzt Teil einer anderen Welt. Einer Welt, die bald neuen Regeln folgen wird – deinen eigenen!*

»Sorge einfach dafür!«, wiederholte er und glitt durch die Tür in den schmalen Gang dahinter. Der Tag war nicht mehr fern, das spürte er deutlich. *Bald!*, versprach er sich und versuchte sich damit einzureden, dass sein Ziel diesen Preis – jeden Preis – wert war. »Lass mein Volk gehen, Pharao!«, murmelte er der kalten Luft zu.

INTERLUDIUM: WUT UND TRAUER

Georg saß seitlich auf dem Beifahrersitz des Mercedes, die Füße auf dem Asphalt, und starrte vornübergebeugt in den Plastikbecher mit dem Kaffee. Es nützte nichts, die schwarze Flüssigkeit wurde weiterhin vom Zittern seiner Hand in Bewegung gehalten, und wenn er den Blick von ihr löste, um aufzusehen, erfasste ihn Übelkeit. Er hatte noch immer den gewaltigen Wolfsschädel vor Augen, der mit leeren, anklagenden Augen in einer Blutlache auf den ölverschmierten Kieseln lag und langsam zusammenschrumpfte, während das Fell sich in die Haut zurückzog. Und dann lag da ein Menschenkopf, die Muskeln auf die Haut tätowiert, als wäre ebendiese ihm abgezogen worden.

Georg unterdrückte ein Würgen und stellte den Kaffee vorsichtig in den Halter der Mittelkonsole. Als er zugestoßen hatte, war göttliche Gewissheit sein Antrieb gewesen, die Erkenntnis, dass Dräger ihn nicht verschont hätte – dass er niemanden verschont hätte. Doch jetzt, wo der Adrenalinspiegel sank und das High-Noon-Gefühl mit sich nahm, war ihm bewusst, dass er getötet hatte. Darüber konnte er sich auch nicht mit coolen Sprüchen hinwegretten. Was allerdings nicht hieß, dass er es nicht versuchen würde, schon um vor den anderen nicht als Weichei dazustehen.

Plötzlich wurde das grelle Licht des Einsatzwagens, das vom Schlachtfeld – oder eher Tatort? – herüberschien, von einem dunklen Schatten verdeckt.

»Ah, Sie haben schon einen Kaffee«, hörte er Pater Liegnitz' angenehme Stimme und blickte auf. Der katholische Priester lächelte ihn an und hielt ihm einen weiteren Plastikbecher hin. »Aber der hier ist mit Milch und Zucker.«

Georg schüttelte den Kopf. »Schwarz wie die Lunge des Marlboro-Mannes.«

Liegnitz zuckte mit den Schultern und nippte selbst an der hellbraunen Flüssigkeit. Er musterte Georg eindringlich, dann sagte er: »Sie haben getan, was getan werden musste.«

Georg lächelte matt und nickte. Sicher hatte er das. Er tat seit Jahren nichts anderes, und nur die Gewissheit, dass Gott wohlwollend auf ihr Werk blickte, hielt ihn auf den Beinen. Er war stolz darauf, die letzte Bastion gegen das Wirken des Teufels auf Erden zu sein – aber im Augenblick sehnte er sich in eine Zeit zurück, in der seine größte Sünde gewesen war, im Priesterseminar eine Flasche Messwein zu stehlen und sie gemeinsam mit Rita Mundinger zu leeren.

»Es war Notwehr«, sagte der Pater, und Georg lachte laut auf, was einen irritierten Ausdruck auf das ausgemergelte Gesicht mit der hohen Stirn zauberte. Einige Stücke alter, trockener Haut lösten sich von der Flechte im geröteten Gesicht des Mannes, und als eines davon in dessen Kaffee landete, vertrieb erneute Übelkeit Georgs nervösen Frohsinn.

»Sind Sie jetzt Anwalt geworden, Pater? Sieht Gott das auch so? Notwehr?« Er wollte den Mann am liebsten packen und schütteln, ihm ins Gesicht schreien, dass er einen Menschen getötet hatte, aber er konnte sich einfach nicht dazu aufraffen.

Als wolle er auf Georgs Gedanken antworten, sagte Liegnitz: »Das war kein Mensch, Georg. Vergessen Sie das nicht. Das war eine Kreatur des Bösen.«

»Und dann ist es okay?«, erwiderte Georg, denn es fühlte sich nicht so an, als habe er einen Teufel zurück in die Hölle geschickt, auch wenn sein Kopf ihn davon zu überzeugen versuchte, dass er keine Wahl gehabt hatte.

Liegnitz blickte ihn verwundert an. »Aber natürlich! Als gute Christen ist es unsere Pflicht, diese Monstren von der Erde zu tilgen.«

Er sah den Priester eine Weile stumm an. In Georgs Familie war es Tradition, dass mindestens einer aus jeder Generation der Inquisition beitrat, und das schon beinahe so lange, wie es sie gab. Bisher hatte er geglaubt, dass diese Organisation – die nichts mit der harmlosen Fassade zu tun hatte, welche in »Glaubenskongregation« umbenannt worden war – sich auch moralisch-ethisch weiterentwickelt hatte. Er lag wohl falsch, auch heute noch war die Welt der Kirche schwarz und weiß, und es wurde nicht lange gefackelt, wenn erst einmal das vermeintlich Böse entdeckt worden war.

»Ein Schwert habe ich ja schon«, sagte er spöttisch und tätschelte die Scheide an seiner Seite, an der das Blut klebrig geworden war. »Und Feuer kriege ich sicher auch noch irgendwoher.«

Der Priester war wohl lang genug im Geschäft, um zu wissen, dass man so einen akuten Anfall von Zynismus nicht mit Worten heilen konnte, und nippte darum nur schweigend am Hautflocken-Kaffee. Schließlich sagte er: »Wenn Sie mit jemandem reden wollen …«

»Sicher«, antwortete Georg, löste das Schwert von der Seite und schwang die Beine ins Auto, denn Rigel kam zügigen Schrittes vom Einsatzwagen zurück. »Ich habe ja Ihre Piepernummer.« Damit zog er die Tür zu und starrte nach vorn auf die im grellen Scheinwerferlicht überraschend farbenfrohen Autowracks. Aus den Augenwinkeln sah er Liegnitz zu ihm hinabblicken, dann wandte der Priester sich ab.

Georg starrte auf die Waffe in seiner Hand, und er war versucht, das uralte Schwert ein Stück aus der Scheide zu ziehen, um sich damit zu schneiden. Noch einmal dieses warme, alle Zweifel davonschwemmende Gefühl der heilenden Reliquie erfahren, diese Berührung Gottes. Das würde die Last sicher lindern.

Da ging die Tür auf, und Georg zuckte ertappt zusammen, als Rigel sich auf den Fahrersitz fallen ließ.

»Sie schmieren Blut auf das Polster«, sagte er ruhig, aber der Vorwurf blitzte aus seinen unglaublich blauen Augen.

»Das Wichtigste zuerst, was?«, meinte Georg und verzog die Lippen zu einem verächtlichen Grinsen.

Rigel fuhr los und passierte die dunklen Einsatzwagen. »Ihre Eltern wurden in Sicherheit gebracht. Sie erreichen in Kürze ein Kloster in den Alpen, abgelegen, gut zu sichern, erfahrene Werwolf- und Vampirjäger vor Ort.«

Georg nickte und wartete auf die Erleichterung, aber sie wollte sich nicht einstellen. Eine Weile fuhren sie schweigend die leeren nächtlichen Straßen entlang, und das Autoradio spielte *Right Next Door to Hell* von Guns'n'Roses. *Kann das verdammte Ding Gedanken lesen?*

»Warum?«, fragte Rigel.

»Wirklich, Sie müssen aufhören, mich die ganze Zeit zuzutexten, ich verstehe ja meine eigenen Gedanken nicht mehr.«

Rigel sah ihn kurz an, nahm damit den kläglichen Versuch eines Scherzes zur Kenntnis und fragte: »Warum dieses Angebot?«

Das war eine gute Frage. Warum wollte sich Carteaumois, ein *Bluotvarwes*, der fast vierhundert Jahre lang damit zufrieden gewesen war, hinter seinem Erschaffer auf Platz zwei der Rangliste zu stehen, plötzlich mit dem Feind verbünden? Entweder war das Ganze eine Finte – aber warum dann Dräger von der Leine lassen und damit jede Möglichkeit für einen Deal verderben? Oder …

»*Er* plant etwas Großes!« Georg musste nicht erklären, wen er meinte. »So groß, dass Carteaumois es verhindern will.«

Rigel wandte kurz den Kopf, und ihr Blick traf sich. Der Wagen wurde schneller.

»Was?«, fragte Rigel.

Georg dachte während des nächsten Popsongs über diese Frage nach; beziehungsweise versuchte er es, denn seine Gedanken wanderten immer wieder zu Dräger und dem Moment, in dem er ihm, um sicherzugehen, den Kopf von den Schultern getrennt hatte – und das mit einer der Waffe zu verdankenden Leichtigkeit, als schnitte er Brot. Er hatte getötet!

Als das Lied der fröhlichen, aber mitten in der Nacht nicht sehr überraschenden Verkündigung wich, es seien keine Staus auf Deutschlands Straßen zu vermelden, fragte Georg, ohne seinen Kollegen anzusehen: »Wird es mit der Zeit leichter?«

Rigel blickte ihn an, fuhr gefährlich lange Sekunden, ohne die Straße zu beachten, dann wandte er die Augen wieder nach vorn und antwortete bedauernd: »Ja, wird es …«

Rigel hielt mit der Hand die Fahrstuhltür auf. »Kommen Sie schon.«

Georg erwartete fast, dass er »Killer« hinzusetzte, aber der große Kerlinger bewies überraschendes Fingerspitzengefühl.

»Man muss sich seinen Ängsten stellen!«, forderte er, und sein Gesicht verzog sich zu einem aufmunternden Lächeln. Georg erwartete fast, seine Gesichtsmuskeln bei dieser ungewohnten Bewegung knarren zu hören.

»Ein anderes Mal«, sagte Georg und steuerte die Treppen an. Er hatte für diese Nacht genug Ängste besiegt, da musste er sich nicht auch noch beweisen, dass er seiner Abneigung gegen Fahrstühle gewachsen war. Rigel zuckte die Achseln und ließ die Tür zugleiten.

Während er Absatz um Absatz erklomm, ohne dass sein Herz schneller pochte oder er außer Atem geriet, dankte er Gott in Gedanken dafür, dass er ihn in dieser Nacht beschützt hatte. Wie viel schwerer musste es für jemanden ohne Glauben sein, mit der Erkenntnis klarzukommen, dass dort draußen wirklich das Böse in personifizierter Form herumlief?

Georg hatte immer schon gewusst, dass es den Teufel gab, und es war ihm nicht schwergefallen zu akzeptieren, dass er keine Bocksbeine und keinen Dreizack besaß, sondern Fell und Fänge. Wenn aber die Welt sicher und normal erschien, wie groß musste dann der Schock sein, eine solche Kreatur zu sehen? Kein Wunder, dass die Menschen beim Anblick eines Werwolfs oft ohnmächtig oder verrückt wurden. Die Vampire hingegen hatten gelernt, ihre Spuren zu verwischen …

Er erreichte den sechsten Stock. *Damenunterwäsche, magische Bibliothek und Einläufe vom Chef,* dachte er, und das lockte ein Schmunzeln auf seine Lippen. Dann bog er im Laufschritt um die Ecke und war verblüfft, Rigel eben erst aus dem Aufzug steigen zu sehen. Dieser Vorsprung war ausschließlich der Reliquie geschuldet.

Georg sah in den Augen des Soldaten Verwunderung aufblitzen, aber der Mann war zu abgeklärt, um Georgs plötzliche Fitness zu kommentieren, und wandte sich stattdessen dem langen Gang zu.

Georg reihte sich neben ihm ein. Gemeinsam passierten sie die Panzerglastür, die sich ihren Fingerabdrücken öffnete, die Sicherheitsschleuse, in der es schon Stimmmustervergleiche sein mussten, um weiterzukommen, und wandten sich schließlich dem Hochsicherheitstrakt zu, wo ein unangenehm helles Licht ihre Retina scannte.

Georg fragte sich nicht zum ersten Mal, warum man nicht einfach das ganze Haus sicherte, statt bestimmte Bereiche jedes einzelnen Stockwerks abzusperren. Aber vermutlich wollte man so viele verschlossene Türen wie möglich zwischen sich und die äußere Welt bringen. Je mehr Türen, umso mehr Bannsprüche konnten in die Rahmen graviert werden.

Endlich waren sie vor dem Büro des Chefs angekommen, der es sich seit seiner Scheidung zur Angewohnheit gemacht hatte, jeden

Einsatz von der Zentrale aus zu überwachen. Rigel klopfte mit der einen Hand, als Vollzugsmeldung sozusagen, denn er öffnete mit der anderen bereits die Tür, und trat ein. Georg folgte ihm auf dem Fuße und war wieder einmal von dem vollkommenen Bruch der Klischees beeindruckt. Statt schwerer Möbel mit einem Bronzeschild darauf saß Germann an einem Ikea-Schreibtisch mit eingebauter Tastaturklappe. Was anderen Chefs ihre Büsten und Kunstgegenstände waren, waren ihrem Vorgesetzten Aktenstapel und Türme von Kopien.

Die aus Geiz nicht entspiegelten Brillengläser warfen das Licht einer einzelnen, sicher nicht augenschonenden Schreibtischlampe zurück. Der große Computerbildschirm, der eine Hälfte des solariumgebräunten Gesichts verdeckte, war zur Abwechslung einmal dunkel.

Nun zog ein zufriedenes Lächeln die Mundwinkel des Chefs auseinander, und er rutschte zur Seite, um sie richtig sehen zu können. »Von Vitzthum, Rigel, setzen Sie sich doch!«

Georg legte einige Akten vom dunklen Plastikstuhl auf den Boden und nahm Platz.

»Gute Arbeit«, fuhr Germann geschäftsmäßig fort. »Wirklich ganz hervorragende Arbeit, vor allem von Ihnen, Vitzthum. Nehmen Sie sich erst mal einen Tag frei, dann erwarte ich Ihren Bericht.«

»Das wird nicht nötig sein«, widersprach Georg. Er würde nicht jetzt, wo sich endlich einmal etwas bewegte in der ganzen verworrenen Machtstruktur, nach Hause gehen und sich ins Bett legen; vor allem, weil er befürchtete, Drägers Leiche würde auf ihn warten, sobald er die Augen schloss.

Der Chef kam um den Schreibtisch herum, lehnte sich wagemutig an einen hohen Aktenstapel und klopfte Georg linkisch auf die Schulter. »Vitzthum ... Georg ... Sie haben heute Nacht einiges durchgemacht. Ruhen Sie sich aus! Morgen können Sie sich dann in aller Ruhe mit Frau Isell unterhalten. Nehmen Sie sich so viel Zeit, wie Sie …«

Georg stand auf. »Hören Sie, Chef, das war nicht mein erster Einsatz, also behandeln Sie mich bitte nicht wie einen Frischling. Ich weiß, dass wir da einer großen Sache auf der Spur sind, und ich bleibe dran. Danach ist immer noch genug Zeit, um mit der Psychologin an der internationalen Ausscheidung im Gruppenweinen teilzunehmen!«

Germann schnalzte mit der Zunge und zuckte die Achseln. »Wie Sie meinen, Vitzthum, aber klappen Sie mir da draußen nicht zusammen, verstanden?«

Georg nickte und wandte sich zum Gehen, aber der Chef hielt ihn an der Schulter auf. »Moment, Sportsfreund. Das Arsenal bleibt hier.« Er wies zur Seite, wo der Reliquienkoffer wackelig auf einem Feld aus unterschiedlich hohen Kopienstapeln lag.

»Sicher. Welcher Kollege kriegt sie als Nächstes?«, fragte Georg und öffnete den Gürtel des Schwertgehänges, das er wie selbstverständlich wieder umgelegt hatte, als sie den Wagen verlassen hatten.

Er trat zum Koffer und wollte das Schwert gerade hineinstecken, als der Chef sagte: »Niemand, die gehen per Sicherheitstransport wieder zurück nach Rom.«

Georg ließ das Schwert sinken. »Was?«

Germann lachte auf. »Ja, schätzen Sie sich glücklich, Vitzthum. Irgendwer da oben mag Sie.« Er wies mit dem Zeigefinger zur Decke, führte aber nicht weiter aus, ob er mit »oben« die höheren Befehlsebenen meinte oder eine himmlische Macht. »Die Dinger waren nur Leihgaben, um Sie am Leben zu halten.«

»Aber wir haben Hexen in der Stadt, die sich gegenseitig umbringen, Carteaumois ist besorgt genug über die Zukunft, dass er sich an uns wendet, und ich bin sicher, die Vargr und Werwölfe werden den Aufruhr nutzen, um ihre eigenen Ziele zu verfolgen.

Wir können Balmung nicht zurückschicken. Und was das angeht, das Kreuz auch nicht!« Georg bemerkte selbst, dass er immer lauter geworden war, konnte sich aber nicht bremsen. Zu deutlich stand ihm vor Augen, wie hilflos die Korrektoren ohne die Reliquien wären – wie verletzlich er selbst. »Das geht nicht!«

Germann schüttelte bedauernd den Kopf. »Die Anweisungen sind eindeutig.«

»Scheiß auf die Anweisungen!«, rief Georg. »Sollen noch mehr Leute sterben? Wenn Karl …«

»Vitzthum!«, unterbrach ihn Germann harsch und baute sich zu voller Größe auf, sodass er Georg bis ans Kinn reichte. »Es gibt eine Menge Dinge, die wir brauchen könnten. Aber wir dürfen Gottes Geschenke nicht benutzen wie eine Mikrowelle. Es sind einmalige, unersetzliche Gaben …«

»Verdammt, wofür hat er sie uns denn dann geschenkt? Ganz sicher nicht, damit sie in irgendeiner Bleikammer des Vatikans Staub ansetzen! Das hier ist eine Waffe, und sie ist dafür gedacht, das Böse zu bekämpfen!«

»Wollen Sie riskieren, dass die Vampire dieses Kreuz in die Finger kriegen? Wie würde es Ihnen gefallen, wenn der nächste Bletzer, auf den Sie treffen, über den Pflock im Herzen lachen würde? Wäre das eine tolle Überraschung, hm?« Auch der Chef wurde jetzt lauter.

Georg ballte die Fäuste um die Schwertscheide. »Das ist der Grund? Weil sie uns vielleicht jemand wegnehmen könnte, setzen wir diese Waffen Gottes nicht öfter ein?«

»Es gibt viele Gründe. Abgesehen davon habe ich meine Befehle«, sagte der Chef abschließend und trat wieder hinter seinen Schreibtisch.

»Befehle«, murmelte Georg wütend, wollte das Schwert in die Kiste werfen, aber die Ehrfurcht gewann die Oberhand, und er legte es vorsichtig hinein. Während er das Kreuz abnahm, sagte er: »Nur Befehlen zu folgen hat Deutschland schon mal weit gebracht.«

Germanns Kopf ruckte zu ihm herum, und ein wütender Blick traf auf seinen. »Raus, Vitzthum, und reißen Sie sich zusammen, wenn Sie nicht in alle Ewigkeit Akten stempeln wollen!«

Georg war noch nicht fertig mit dem Chef, holte Luft, um ihm zu sagen, was er von dieser Dummheit hielt, aber da stand Rigel auf, stellte sich vor ihn und blendete so den Chef durch pure Körpermasse aus. Er nickte mit dem Kopf in Richtung Tür, und Georg gab den Widerstand auf, der ohnehin aus dem Trotz der Hilflosigkeit geboren war.

Mit unendlicher Willensanstrengung öffnete er die Hand und ließ Kreuz und Kette in den Koffer gleiten. Es war, als müsse er das Wertvollste aufgeben, das er je besessen hatte, wenn auch nicht auf eine materielle Weise.

Dann ließ er sich von Rigels muskulöser Gestalt aus dem Raum treiben. Der Soldat nickte durch die offene Tür dem Chef noch einmal zu, schloss sie hinter sich und blickte Georg lange an. Schließlich sagte er: »Ich fahre Sie nach Hause.«

»Ich will noch nicht nach Hause«, widersprach Georg.

»Wie Sie wollen. Ich hole Sie dann morgen früh um neun ab, also in«, ein Blick auf die Uhr, »knapp fünf Stunden.«

Georg sah Rigel fragend an, dann erinnerte er sich: die Beerdigung! Mit einem Mal war seine ganze Wut verraucht, und ein Bleimantel legte sich um sein Herz. »Fahren Sie mich nach Hause«, sagte er und wandte sich der Treppe zu. Er hatte einen Werwolf besiegt, aber der härteste Kampf stand ihm noch bevor – der mit seinen Schuldgefühlen.

Georg blickte hoch. Obwohl der Himmel düster und drohend über ihnen hing, konnten sich die Engel wohl nicht dazu durchringen, um Karl zu weinen. Auch der Rest der um das Grab versammelten Trauergemeinde geizte mit Tränen, aber das war nicht weiter verwunderlich. Der Großteil bestand immerhin aus Korrektoren, harten Männern und Frauen, die keine Tränen um diejenigen vergossen, die im Heiligen Krieg gefallen waren. Vorgeblich auch, weil sie ja wussten, dass ihre Gefährten so sicher wie das Amen in der Kirche in den Himmel fuhren.

Georgs Blick fraß sich kurz an dem prächtigen Kranz fest, den Karls Kollegen und damit auch er gestiftet hatten. Auf der Schärpe stand der Sinnspruch: »Durch Glauben ruhen wir in Gott.«

Komm schon, dachte Georg, *reiß dich zusammen. Du bist jetzt auch einer der harten Männer, hast deine erste Kerbe im Gewehrkolben.* Aber der Kloß im Hals und das Brennen in den Augen wollten nicht weichen.

Wenigstens konnte Karl jetzt den alten Disput selbst überprüfen: Waren die Wariwulf Streiter Gottes und kamen in den Himmel? Oder waren sie, wie es für den Vatikan feststand, Kreaturen des Teufels und brieten in der Hölle? Wobei – wenn sie Gotteskrieger waren, würden dann sie, die Korrektoren, sich nicht der Sünde schuldig machen, wenn sie die Wariwulf bekämpften? *Darum heißt es Glauben und nicht Wissen …*

Der Priester beendete sein letztes Gebet, und der Elektromotor summte los, um den mit Blumen geschmückten Sarg ganz ohne menschliche Hilfe in den dunklen Boden herabzusenken. Das letzte Geleit wurde heute also, in letzter Konsequenz, auch auf Maschinen abgewälzt. Karl hätte es gefallen – er war ein technikverliebter Narr gewesen, der stets die neuesten Spielereien hatte haben müssen.

Als die letzte Blume den mit grünem Plastik abgedeckten Grabrand passierte, spürte Georg plötzlich einen Druck in der Brust, eine klaustrophobische Enge, und er wollte den rotgesichtigen Helfer beiseitestoßen, wollte ihm das klobige Steuerkästchen der Winde aus den Händen reißen und Karl wieder ans Licht holen.

Ihr könnt ihn doch nicht lebendig begraben, wie einen Bletzer! Das ist Karl, verdammt!, schrie es in seinem Kopf. Doch nach draußen drang nur ein heiseres: »Verdammt!«

»Wir kriegen diesen Scheißkerl«, sagte Rigel leise und gepresst. »Das schwöre ich bei Gott. Ich werde erst ruhen, wenn Phillip DeWulfens Leiche in den Ofen gewandert ist.«

Georg blickte ihn an, musterte das unbewegte, kantige Gesicht, die noch deutlich sichtbaren Narben auf der Wange, wo ihn Carteaumois' Hexe mit ihrem Zauber getroffen hatte, als sie beide das Weib gestellt hatten. Für einen kurzen Augenblick brandete eine irrationale Wut auf Rigel in ihm auf. Karl war Georgs Freund gewesen. Wenn es irgendjemandem zustand, solche Schwüre zu tätigen, dann ihm. *Aber wie immer bist du zu feige für so was!*, warf er sich vor, und die alten Selbstzweifel sickerten hervor, dunkel und schlammig wie der Matsch am Boden des Grabes, in den sich der Sarg nun senkte.

Der Elektromotor verstummte, und einige Herzschläge lang war nur das Rascheln des auffrischenden Windes in den hohen Tannen rechts und links des Kieswegs zu hören. Bald würden dicke Tropfen vom Himmel in das Grab fallen. *Zu spät, Freunde – jetzt nimmt euch die Krokodilstränen auch keiner mehr ab*, flüsterte Georg den Engeln in Gedanken zu.

Der Priester sprach noch einige tröstende Worte von einer besseren Welt, die jedoch Georgs Trauer irgendwie verfehlten. Dann war es an der Zeit, Erde auf den Sarg zu werfen, und Georg wurde sich bewusst, dass alle auf ihn blickten. Karl hatte keine Familie mehr gehabt, seit sein Vater vor einigen Monaten an Darmkrebs gestorben war.

Wenn ich abtrete, dann soll es schnell und schmerzlos und im Dienste des Herrn sein, hatte Karl nach dem Begräbnis seines alten Herrn gesagt.

Georg trat an den Rand des Grabes, wollte nach der kleinen

Schaufel greifen, nahm die Erde aus der Schale dann aber doch mit der Hand. Beim letzten Abschied von einem Mann, der ihm Freund, Mentor und nicht zuletzt spirituelle Stütze gewesen war, wollte er sich wenigstens die Hände schmutzig machen. Die Erde traf mit einem leisen, dumpfen Klopfen auf den Sarg, in dem Karls aufgerissene Leiche lag, sicher schön hergemacht, aber doch nicht gut genug, um einen offenen Sarg zu erlauben.

Zwei von drei ist auch nicht schlecht, hm?, fragte er Karl in Gedanken. *Nur mit dem »schmerzlos« hat es nicht so recht geklappt.* Er sah auf seine mit feuchtem Dreck verklebte Hand und erinnerte sich daran, wie er mit eben dieser versucht hatte, das offen liegende Herz seines Freundes am Schlagen zu halten, im warmen Blut kniend, das als grausame Rohrschachmuster auch auf die Wand vor ihm gespritzt war. Das ohrenbetäubende Kreischen seines Freundes war ihm damals wie ein Segen vorgekommen, denn es hatte gezeigt, dass er noch lebte. Heute wünschte er sich, es niemals gehört zu haben, denn das Quietschen einer Autobremse oder eines Messers auf Porzellan reichten aus, um die Erinnerung in seinem Geist explodieren zu lassen.

Wir sehen uns!, versprach er Karl, dann wandte er sich ab. Nach ihm kamen, wie immer in strikter Hierarchie, die anderen Korrektoren, allen voran Germann, der in seinem Sonntagsanzug wie ein anderer Mensch wirkte. Er nickte Georg kurz zu, als der an ihm vorbeiging. Seine verkniffenen Züge zeigten echtes Bedauern. *Gott,* dachte Georg erschrocken, *ich habe diesen Ausdruck schon viel zu oft gesehen!* Doch er war sich nicht sicher, ob dies bei Germann nicht nur ein erlernter Reflex auf den Tod eines seiner Untergebenen war.

Und in einigen Tagen würde er diesen Ausdruck erneut sehen, auf der Beerdigung des verstorbenen Soldaten, an dessen Namen er sich nicht einmal mehr erinnern konnte. Dräger hatte ihn getötet, als sie bei einem Zugriff auf einen Kult auf den Vargr getroffen waren. War das wirklich erst vor wenigen Tagen gewesen?

Er hatte dem Kerlinger beim Sterben zugesehen und konnte sich nicht einmal mehr daran erinnern, wie der Mann hieß! Was machte dieser Beruf mit ihm?

Er brachte es nicht fertig, sich noch einmal zum Sarg umzudrehen. Dann würde er heulen müssen, und auch wenn er sich dafür schämte, nicht einmal ein paar Tränen um seinen Freund vergießen zu können, ohne sich um das zu scheren, was die anderen von ihm dachten, wollte er stark sein. Ein gutes Vorbild sein … Wenn er sich jetzt auf die Trauer einließ, würde sie sich zudem in dunklen Nachtstunden in Furcht verwandeln, in Angst vor dem, was ihm selbst zustoßen könnte.

Da draußen lief ein weiterer mordgieriger Vargr herum, und Georg würde ihn sich holen, auch ohne Balmung. Rigel war nicht mehr der Einzige, der eines von diesen Monstren erledigt hatte!

Sein Blick wanderte über die wogenden Tannen und traf plötzlich auf eine Frau, die einen wagenradgroßen schwarzen Hut trug. Das Gesicht war weitgehend von einem Schleier verdeckt, aber die vollen Lippen und das Kinn wirkten jung. Die Rundungen unter ihrem Kleid ließen ihn an die junge Sophia Loren denken – schmale Taille, runder Po, voller Busen.

Doch dann bemerkte er, dass der Wind an der Frau vorbeizuwehen schien. Obwohl die Tannenzweige hinter ihr wild wippten und sein eigener Mantel ihm gegen die Beine gepresst wurde, regten sich der gewaltige Hut und ihr schwarzer Samtmantel nicht im Geringsten.

Georg nahm die Hände aus den Manteltaschen und lief los, achtete nicht mehr auf die Menschen hinter sich. Die Frau bemerkte ihn, er spürte ihren Blick durch das dunkle Netz des Schleiers auf seinem Gesicht, dann machte sie einen einzelnen Schritt zurück, der sie wie auf Schienen zwischen zwei Tannen hindurchtrug. Georg sah ihre dunkle Gestalt hinter einem Stamm verschwinden, wollte ihr folgen, aber mit einem Mal wanden sich die Äste der Tannen im Wind umeinander, bildeten einen grünbraunen Zaun.

Georg musste abbremsen, lief die Baumreihe weiter entlang, sprang zwischen zwei anderen Tannen hindurch und blickte sich um – nichts. Schnell machte er einige weitere Schritte, um von dem ungepflegten Grab herunterzukommen, auf dem er zum Stehen gekommen war. *Entschuldigung, Herr und Frau Mayer*, dachte er nach einem flüchtigen Blick auf den Grabstein und unterdrückte ein Fluchen. Er wusste, dass er Alarm geben sollte. Eine Hexe, die sich für Versammlungen der Korrektoren interessierte, war nie eine gute Neuigkeit. Aber seine Instinkte hielten ihn davon ab. Vielleicht wollte er nicht, dass Karls Begräbnis durch eine Hexenjagd im wörtlichen Sinn entehrt wurde. Vielleicht war es auch Zeichen genug für ihre guten Absichten, dass sie zugelassen hatte, bemerkt zu werden. Es bestand immerhin die Möglichkeit, dass sie eine Hagr war. Aber was sollte eine solche Hexe bei Karls Beerdigung wollen? Jedes übernatürliche Wesen wusste, dass man nicht einfach so bei den Korrektoren auftauchen durfte, das wurde nur zu gern als kriegerischer Akt angesehen. So oder so – die Zeit, die er hier mit eitlen Gedanken verplempert hatte, reichte für jede Hexe, die etwas auf sich hielt, um zu verschwinden – wieder im wörtlichen Sinne.

Er ging den Weg hinunter, wollte nicht über ein weiteres Grab laufen, wenn es nicht nötig war, und blickte sich immer wieder um.

Am Ende des kiesbestreuten Weges sah er die Trauernden, die zum Parkplatz gingen. Einen Leichenschmaus – was für ein schreckliches Wort – würde es nicht geben. Karl hatte ihn in seinem Testament ausdrücklich untersagt.

Was war das für ein Beruf, in dem ein kaum Vierzigjähriger

sein Testament fertig im Schreibtisch liegen hatte? *Kein Beruf, eine Berufung*, erinnerte sich Georg und schloss zu Rigel auf, dem Schlusslicht der Prozession. Der Soldat blickte ihn nur kurz an, stellte aber keine Fragen. Ob er, Georg, auch sein Testament schreiben sollte?

Jetzt lösten sich die ersten Regentropfen aus den tief hängenden Wolken.

ZWEITER TEIL:

DIE SCHLACHT AM WEISSEN BERG

Anno Domini 1620, in dem beim Veltiner Mord in einem Aufstand der Katholiken mehrere hundert Protestanten getötet werden; die Mayflower *mit den Pilgervätern in Amerika landet; in Altenberg sechsunddreißig Zinnerzgruben bei einem gewaltigen Pingenbruch einstürzen und Johannes Kepler seine Mutter in Württemberg endlich von dem Vorwurf der Hexerei reinwaschen kann.*

SO REIHT EUCH EIN

Hagen blickte zum Nachthimmel hinauf, sah aber nur Wolken, durch Hunderte Fackeln und Lampen erhellt. Es waren noch Stunden bis zum Tagesanbruch, doch von nächtlicher Ruhe konnte bei dem gewaltigen, marschierenden Heer der katholischen Liga nicht die Rede sein. Der Lärm von Zehntausenden Soldaten aus aller katholischer Herren Länder – böhmische, mährische, schlesische, wallonische, spanische, toskanische, niederösterreichische und viele mehr – erfüllte die kühle Novembernacht. Die Luft war schwer vom kalten Schweiß der erschöpften Soldaten und abgemühten Pferde, vom schwachen Nachhall des Schwarzpulverrauchs, der sich bei früheren Schlachten in die Haare und Kleidung der Kämpfer gebrannt hatte, und vom billigen Branntwein, der die Truppen mehr schlecht als recht bei Laune hielt.

Obwohl immer wieder Gelächter über die marschierenden Kolonnen hinweg zu hören war, war die Stimmung angespannt. Die meisten Männer stapften grimmig über den aufgewühlten Boden, darauf bedacht, vor lauter Müdigkeit nicht vornüberzufallen. Nur wenige hatten zusätzlich mit Verletzungen zu ringen, was nicht daran lag, dass die Schlachten bislang glimpflich ausgegangen wären. Wer zu schwer verletzt war, hatte den Gewaltmarsch Richtung Prag schlichtweg nicht überstanden.

Doch die Zahl der Verletzten würde bald wieder auf das übliche Maß ansteigen. Allen war bewusst, dass der Krieg vor seiner entscheidenden Schlacht stand. In Prag hatte er mit dem von

Hagen miterlebten Fenstersturz seinen symbolischen Anfang genommen, als die böhmischen Stände sich erhoben und die kaiserlichen Statthalter aus dem Fenster geworfen hatten. In Prag wollte man den Krieg nun beenden. Darum war die schicksalhafte Stadt endlich zum Angriffsziel erklärt worden.

Die Soldaten waren zutiefst erschöpft, selbst die Berittenen hielten sich oft nur noch dank der Aussicht auf dem Pferderücken, dass dieser irrsinnige Krieg bald vorüber sein würde. Die Heerscharen der Protestanten, die man seit dem Sommer vor sich hertrieb, hatten kaum Vorsprung, und sie wären sicher nicht ausgeruhter als die eigenen Truppen.

Eberwin berührte Hagen kurz an der Schulter, und als er ihn ansah, ruckte sein Blick nur eine Winzigkeit zur Seite. Hagen marschierte ein paar Schritte weiter, dann wandte er sich um. Sein Blick glitt über die böhmische Kavallerieeinheit, die das Pech hatte, unter Stettlers Führung zu stehen. Die gerüsteten Reiter, halb vornübergesunken auf den nicht weniger müden Pferden, kamen ihm vor wie Mondsüchtige. Er gönnte sich ein verhaltenes Kopfschütteln – ausgerechnet von Stettler in die Schlacht geführt zu werden, war, als wolle man auf einem Stein heil über den Rhein rudern. Der feige Wariwulf hatte sich nur durch Druck von Seiten seines Vorgesetzten und seiner nicht weniger intriganten Kameraden dem Heer angeschlossen, und es stand zu hoffen, dass in der Schlacht andere die Entscheidungen für ihn treffen würden.

Hagen ließ den Blick über die langen Reihen Berittener und weiter zu der dicht gepackten Menge Soldaten gleiten, die sich wie eine Wand aus bunten Leibern, gekränzt von den Spitzen der Piken und Lanzen, hinter ihm erstreckte. Schließlich fand er die gesuchte Infanterieeinheit: An der Seite des stattlichen österreichischen Kommandanten mit dem schlohweißen Haar lief der drahtige Oswald von Hohenpühel. Hinter ihm teilten sich die Truppen und gaben einen kurzen Blick auf das wilde Gewimmel des nacheilenden Trosses frei. Es waren bald mehr Tenderer, Huren, Krämer und Waisen als Soldaten beim Heer. Dann schloss sich die wogende Formation wieder, und Hagen blickte unverwandt zu von Hohenpühel.

Der österreichische Bletzer fing seinen Blick auf und hob kurz die Hand ans Kinn. Hagen sah zu Stettler, der im Halbschlaf vorgesunken im Sattel hing. Ohne von Hohenpühel noch einmal anzusehen, nickte er kurz – ja, er wollte mit ihm reden. Dann fuhr er sich mit den Fingern der rechten Hand durchs Haar und ließ kurz die geschlossene Faust im Nacken verweilen – sofort. Die Zeichensprache der Bletzer, seit Jahrhunderten nur an ihresgleichen weitergegeben, erlaubte mit Alltagsgesten einfache, teilweise aber auch erstaunlich komplexe Dinge darzustellen.

Hagen blickte zu Eberwin, der seinerseits Hohenpühel im Auge behielt. Dann trat er an Hagen vorbei, um dessen Platz an der Seite Stettlers einzunehmen und den faulen Herrn zu stützen. Dabei wisperte er: »Bei den bayrischen Kürassieren.«

Hagen wandte sich ab und schlenderte durch die Reihen der Soldaten, ohne auch nur mit einem von ihnen zusammenzustoßen. Viele stapften erschöpft einher, liefen nur ihrem Vordermann nach, ganz darauf konzentriert, sich auf den Beinen zu halten. Hagen fragte sich im Stillen, ob es das Wesen des Menschen war, einem Schaf gleich einer Führung zu folgen, oder ob man es den Soldaten während ihrer Ausbildung eingebläut hatte. Vermutlich traf von beidem etwas zu.

Das Meer der Gesichter und Leiber wogte träge um ihn herum, während er sich einen Weg hindurch suchte. Die von unzähligen Füßen und Hufen aufgewühlte Erde erschwerte das Vorankommen, doch seine unermüdlichen Muskeln hatten keine Schwierigkeiten, die Unebenheiten auszugleichen.

Er wich einem Pferd aus, dessen feuchtes Röcheln darauf hinwies, dass es seinen schlummernden Reiter nicht mehr lange tragen würde. Die Standarte, die der Mann auf seinem Sattel abstützte, hatte schon bedenkliche Schräglage, und Hagen musste sich unter dem rot-grünen Stoff hindurchducken.

Immer wieder blitzte ein vertraut wirkendes Gesicht in der Menge auf, ein Soldat oder häufiger ein Söldner, der ihn an einen vergangenen Kampfgefährten oder jemanden erinnerte, der dereinst Teil seines Lebens und später Unlebens gewesen war. Wenn man wie er so viele Menschen überlebt hatte, war es nur natürlich, in einer so unglaublich großen Menge Ähnlichkeiten zu entdecken. Ein dicker Bursche vor ihm zog geräuschvoll die Nase hoch und rotzte auf den Boden, bevor er dem Bletzer aus dem Weg trat.

Aus dem Augenwinkel sah Hagen, wie der Wariwulf-Kommandant der Österreicher seinen Bletzer wegschickte – sicher nicht aus eigenem Antrieb. Der Geist der Wariwulf war so einfach zu beeinflussen wie der eines Menschen, solange keine Hagr in der Nähe war.

Hagen ließ sich Zeit. Er wollte, dass von Hohenpühel bereits vor Ort wäre, wenn er ankam, wollte ihn daran erinnern, wer der Befehlshaber war. Er wich einem auf der miserablen Straße polternden Wagen aus und sah dann die schwer gerüsteten Kürassiere vor sich, die unter der Führung Gottfried Heinrichs von Pappenheim stritten. Geschwärzte Harnische reichten bis zu den Oberschenkeln, und die Feuchtigkeit der Nacht hatte sich auf die stolzen Sturmhauben gelegt. Vorweg ritt, recht kläglich dreinblickend und den Spitzbart am Kragen seiner Rüstung zausig gerieben, Pappenheim selbst. Der Mann mit der hohen Stirn und der schmalen Statur wirkte nicht eben wie ein herausragender Krieger, aber was man von ihm hörte, besagte das Gegenteil.

Doch Hagen war nicht wegen der Herrscher hier; es war ein zur Unsterblichkeit verfluchter Diener, ein Bletzer wie er selbst, den er treffen wollte. Durch die sechs Mann breiten Reihen sah er von Hohenpühel auf der anderen Seite der passierenden Kürassiereinheit warten. Das flackernde Licht und die Schatten der Reiter sorgten dafür, dass sein hohlwangiges Gesicht nur noch stärker an das eines Nagers erinnerte. Geduldig standen sie sich gegenüber und ließen die trabenden Pferde passieren, trafen dann hinter ihnen aufeinander und folgten den Reitern. Hier, im Windschatten der zügig vorankommenden Schar, wären ihre Worte von den Geräuschen der Hufe und Sättel, der Rüstungen und Wimpel hinreichend vor anderen verborgen.

»Bruder«, grüßte der andere Bletzer und wies sich damit als Mitglied des Kreises aus.

»Wie stehen die Dinge?«, fragte Hagen geradeheraus. Es waren einige Hagr niederer Macht anwesend, vorrangig im Tross, aber auch im Gefolge hoher Herren, da galt es keine Zeit zu verschwenden.

»Berheim und von Alvensleben sind für unsere Sache gewonnen. Sie stehen bereit und erwarten Befehle. Wie geht es voran?«

Hagen wusste, dass gerade die jüngeren Bletzer, einige nur wenige Jahrzehnte alt, darauf brannten loszuschlagen. Aber bevor sie nicht in der Lage waren, weitere Soldaten im Kampf gegen die Wariwulf aufzustellen, war das Vorhaben eitel. Selbst mit dem Überraschungsmoment auf ihrer Seite war jeder Wariwulf gut für drei Bletzer, und von daher mussten sie verhindern, dass genug übrig blieben, um gezielte Vergeltungsmaßnahmen durchzuführen. »Wir sind auf dem richtigen Weg«, sagte er darum ausweichend.

Der Krieg hatte die Wariwulf-Familien weit über das Land verstreut. Es würde Wochen dauern, bis alle erführen, dass die Bletzer sich erhoben hatten, und viele würden fallen, ohne zu wissen, woher der Klingenstoß kam. Doch sie brauchten Fußtruppen, Kanonenfutter, um den Ansturm derjenigen zu bremsen, die den ersten Angriff überlebten. Hagen hoffte, dass der Krieg die Wariwulf noch eine ganze Weile binden würde, lang genug, damit Anelmas und seine Saat aufgehen konnte.

»Es heißt«, sagte von Hohenpühel und nahm das Vertrösten stoisch hin, »Chrodobertus solle im Gefolge Frederiko von Breganzas zum Heer stoßen und die portugiesischen Truppen verstärken.«

Das verblüffte Hagen so sehr, dass er aus dem Tritt kam und aufholen musste. Chrodobertus war eine Legende, mit eintausend Jahren der älteste Bletzer, von dem Hagen je gehört hatte. Zu Lebzeiten war er der Berater König Dagoberts gewesen. Es hieß, der *Referendarius* und nicht sein König sei es gewesen, der aus Liebesgier Notburga, der Tochter Dagoberts, den Arm abgerissen und sie damit zur Märtyrerin gemacht habe. Wenn man ihn gewinnen könnte, ihn, der die alte Riege der Bletzer verkörperte wie kein anderer, würden die ehrwürdigen Alten in Scharen an seine Seite eilen …

»Doch er gilt als *Dienestbietære*«, mahnte sein Gegenüber.

Hagen wunderte sich, wie fremdartig das alte Wort heute in seinen Ohren klang. Mit ihm bezeichneten die geheimnistragenden Bletzer diejenigen ihrer Leidensgenossen, die sich in ihr Schicksal gefügt hatten, es sogar als gerechte Strafe für ihre Todsünde der Anthropophagia ansahen, des Verzehrs von Menschenfleisch.

Wie sehr hatte sich die Sprache in nur zwei Jahrhunderten geändert! Und wie unbemerkt hatte er sie angenommen, sie gelernt, wie er Französisch, Latein, Spanisch, Griechisch, Hebräisch und Italienisch gelernt hatte. *Mit ausreichend Zeit lernt auch ein tumber Narr die hohe Kunst,* wie sein Schwertlehrer Kajetan einst zu sagen pflegte.

»Wir werden sehen. Gebt mir Bescheid, wenn er eintrifft«, sagte Hagen und wandte sich ab. Während er mit schnellen, aber gleichmäßigen Schritten zurück an die Seite seines Herrn ging – er knirschte mit den Zähnen bei diesem Gedanken –, überschlug er im Geiste die Bilanz. Seit Stettler im Sommer durch seine Verpflichtungen gezwungen worden war, sich zum Sturm auf Böhmen in das Heer einzureihen, hatten sie ihre Zahl beinahe verdoppelt. Mit dem Krieg vor Augen, der alle Bletzer an alte Ehren erinnerte, die sie heuer als ausgestoßene, erniedrigte Knechte nicht mehr erringen durften, war es ein Leichtes, ihren Zorn anzufachen. Und vor die Wahl gestellt, auf ewig zu dienen oder in Freiheit zu sterben, dachten viele wie Hagen.

Eberwin schob Stettler mühelos wieder richtig in den Sattel, als Hagen neben ihn trat. Eberwin nickte kurz und deutete damit an, dafür gesorgt zu haben, dass niemand seine Abwesenheit bemerkt hatte. Hagen legte ihm kurz die Hand auf die Schulter und flüsterte: »Chrodobertus!«

Eberwin nahm diese Neuigkeit hin wie alle zuvor: gelassen und ohne erkenntliche Regung im faltigen Gesicht. Die einzige Bewegung stammte von seinen langen weißen Haaren, die im Nachtwind wogten.

Hagen aber spürte ein vorfreudiges Kribbeln im Nacken, als streiche ihm die Vorsehung über den Kopf; und sie war nicht hier, um die kaiserlichen Truppen zum Sieg zu führen – sie war wegen der Bletzer gekommen!

SANTA MARIA!

Hagen trat vor, füllte den Becher des schmalgesichtigen Heerführers Tilly mit verdünntem Wein und zog sich dann wieder zurück, um den hohen Herren des Kriegsrates nicht im Wege zu stehen. Seit Stunden diskutierten sie nun schon hitzig, versuchten zu ergründen, was mit dem böhmischen Heer zu tun sei, das Stellung am Weißen Berg in der Nähe des Schlosses Stern bezogen hatte und nur darauf zu warten schien, dass die Kaiserlichen angriffen. Die Truppen waren bereits vor dem Hügel aufgestellt, ein Teppich aus bald dreißigtausend Soldaten, zwischen denen der zertretene Boden kaum noch zu sehen war. Man war dem Feind um beinahe zehntausend Mann überlegen.

»Mit der Barmherzigkeit der Geschütze werden wir durchbrechen!«, verkündete Feldmarschall Tilly und hob den Becher wie zum Trinkspruch. Das halbe Dutzend andere Herren im Zelt fing an, wild durcheinanderzurufen.

Es hatte Hagen einige Mühen gekostet, als Mundschenk ins Zelt zu gelangen, aber er spürte, dass die Schlacht unmittelbar bevorstand, und er musste in Erfahrung bringen, wann die Heeresführer losschlagen wollten, um seine Pläne darauf abstimmen zu können. Doch all das in fremde Gedanken Drängen und Schleichen, um unauffällig an diesen Ort zu kommen, forderte seinen Tribut. Er konnte sich nur noch mit Mühe auf den Beinen halten – körperliche Lasten vermochten seinen Körper nicht mehr auszulaugen, aber die geistigen schlürften die Kraft aus seinen Gliedern. Er brauchte dringend Ruhe, ein unangenehmes Gefühl.

De Longueval, Comte de Bucquoy und Befehlshaber eines Großteils des Heeres, hob die Hand, und die Männer verstummten langsam. »Die Verluste«, erklärte er zum wiederholten Male, »wären zu groß!« Er rückte auf dem Stuhl herum, wegen seiner bei Rakonitz vor einigen Tagen erlittenen Wunde als Einziger sitzend. Sein Blick aus den stets weit aufgerissenen Augen, die ihn fortwährend überrascht wirken ließen, wanderte durch den Raum und schien kurz voller Neid auf Maximilian zu ruhen, dem Herzog von Bayern und einzigen Wariwulf im Zelt. War der Comte etwa ein *Mitewist*?

»Warum«, fuhr der Mann nun fort, »sollten wir uns hier mit einer Horde von Protestanten schlagen, wenn wir den Hügel umgehen und Prag in Kürze erreichen können?«

Hagens Blick wurde von der Plane angezogen, die vor dem Eingang des eilig errichteten Zeltes hing und den aufdringlichen Nebel abhielt, der sogar jetzt, zur Mittagsstunde, noch in der Luft hing. Sie wurde zur Seite geschlagen und ein Mönch trat ein. Der lange weiße Kapuzenmantel über der braunen Kutte wies ihn als einen der Karmeliter aus, die das Heer als Seelsorger begleiteten. Unter seinem Arm trug er ein gerahmtes Bild von Foliantengröße.

Er schob die Kapuze nach hinten und offenbarte so einen kahlen Kopf und eine große, gewölbte Nase, die sein Gesicht einem Kolkraben ähneln ließ. Sein Blick zuckte zielsicher zu Maximilian, dann zu Hagen, und sofort spürte der Bletzer das warme Kribbeln, mit dem der Mönch sein wahres Wesen gewahrte. Hagen trieb seine Gedanken zusammen, sperrte sie hinter einen Schutzzaun, der sie vor dem Mann verbarg. Sollte er ruhig erkennen, dass Hagen ein Bletzer war. Doch seine Absichten würde er nicht entschlüsseln können.

War der Mönch ein Inquisitor? Oder eine männliche Hexe, wie sie in den letzten Jahrzehnten häufiger aufgetaucht waren?

Der Mann ließ seinen Auftritt einen Augenblick wirken. »Weil

Gott es will«, beantwortete er dann mit starkem spanischem Akzent die Frage des Comte de Bucquoy und hielt das Bild hoch. »Weil er seine Engel senden wird, um an unserer Seite zu streiten, wenn wir die Protestanten für diesen und andere Frevel strafen!«

Das Bild zeigte die heilige Familie, aber die Augen von Josef und Maria waren durchstochen. Die Stimme des Mönchs war wohltönend und voller Gefühl, aber das war es nicht, was den Männern um Hagen – und in geringerem Maße auch ihm selbst – ins Herz fuhr. Es waren die unsichtbaren Fäden der Magie, die auf seinen Worten ritten und das Zaudern wegwischten. Der Mönch hatte Glück, dass keine der Hagren in der Nähe war – oder hatte er gar irgendwie dafür gesorgt?

»Ich sage euch: Die Gottlosigkeit der Ketzer muss bestraft werden, und darum hat der Herr uns an diese Stätte geführt. Das Zögern muss ein Ende haben! Im Namen der einzig seligmachenden Kirche wollen wir kämpfen! Santa Maria! Santa Maria!« Der Mönch riss die Faust in die Luft, und wie eine Windböe fegte seine Magie die letzten Zweifel aus dem Zelt. Sogar Hagen, der sich vor der Beeinflussung zu schützen suchte, spürte den Drang, in den Ruf mit einzustimmen, der bei der dritten Wiederholung aus allen Kehlen im Zelt erklang: »Santa Maria!«

»Morgen früh greifen wir an!«, beschied der Comte und erhob sich trotz seiner Verletzung.

Hagen lächelte grimmig. Während das Heer gegen die Protestanten stritt, würde er einen weiteren Grundstein für seinen eigenen Krieg legen.

WO GEHOBELT WIRD …

Der Donner der Kanonen und Musketen trieb auf einer nach Schießpulver stinkenden Wolke vom Hügel herunter. Hagen blickte zu den Heerhaufen hinüber, die am Weißen Berg aufeinandertrafen. Dreißigtausend Kaiserliche gegen zwanzigtausend Böhmen, doch Letzteren half die von bunten Uniformen übersäte Steigung. Soeben krachte die spanische Kavallerie des Gegners auf einen Wald aus Piken. Noch stritt man mit Musketen und Speeren, aber schon bald hieße es Mann gegen Mann im Nahkampf, mit Schwertern und Knüppeln und was die Kämpfenden sonst zur Hand hatten, so, wie es statthaft war. Wie gern wäre er dort, in vorderster Front, würde den Ketzern und Ikonoklasten beibringen, Gottes Wille zu ehren und nicht den eines dicken Mönchs, der zufälligerweise genug Latein beherrscht hatte, um die Bibel zu übersetzen.

Mittlerweile erdreistete sich dieses Pack schon, den Katholiken die Ausübung ihres Glaubens zu verbieten und schickte sich an, den Protestantismus zu höchsten Ehren als alleinige Landesreligion zu führen. Aber diese Suppe würde die katholische Liga ihnen gründlich versalzen. Mochten Sie sich Prag genommen haben, was Hagen schwer genug traf, bis Wien würden sie es niemals schaffen.

Wie gern stritte er mit. Stattdessen war er dazu verdammt, wie die Frauen und Kinder des Trosses hinter der Kampflinie zu bleiben und auf die Rückkehr der Soldaten oder die Ankunft der Gegner zu warten. Alle Bletzer waren dazu, im wahrsten Sinne des Wortes, verdammt.

Hagen drehte sich zu dem guten Dutzend Untoter um, das sich im Zelt versammelt hatte. Keiner von ihnen trug eine Uniform, die meisten nur einen einfachen Ärmelrock und dreiviertellange Hosen über flachen Schuhen; einige waren gar barfuß.

Ein geduldiges Schweigen herrschte. Da Bletzer nur wenig Nahrung benötigten, entfiel das bei den Menschen übliche Essen und Trinken, und auch das belanglose Geplapper über die Nichtigkeiten des alltäglichen Lebens – vor allem Frauen und Geschäfte – fehlte bei ihnen völlig.

»Kommt er denn?«, fragte der feingliedrige, nervöse Lorenzo Spinola, der stets ein wenig an einen Weberknecht erinnerte. Mit kaum dreißig toten Jahren war er der jüngste Anwesende.

»Er kommt«, beruhigte Hagen ihn. Die unmenschliche Auffassungsgabe des alten Bletzers hatte die Frage überflüssig gemacht, ob man ihn einweihen wolle. Chrodobert hatte in nur einem Tag im Heer erkannt, dass etwas bei den Bletzern im Gange war und begonnen, herumzuschnüffeln. Nicht lange, und sein scharfer Geist und die übernatürlichen Sinne des uralten Kriegers hätten genug Hinweise zutage befördert, damit er jemanden darüber informierte.

Nun, wo jeder Wariwulf und magisch Begabte inmitten der aufbrandenden Schlacht war und so niemand ihre Versammlung erspüren konnte, war die Zeit gekommen, ihm die entscheidende Frage zu stellen.

Wenig später schlug Eberwin die Plane beiseite; er blinzelte einmal langsam, um Hagen mitzuteilen, dass er nicht allein war, und der sagenumwobene Chrodobert trat ein. Er war überraschend klein, reichte Hagen gerade bis zum Brustbein, war dabei aber von kräftiger Gestalt. Durch den breiten Kiefer und die heruntergezogenen Mundwinkel wirkte er wie ein Bonddog.

Er trug ein einfaches Hemd und eine Hose aus dickerem Stoff. Nur der Überwurf mit den bayrischen weiß-blauen Rauten und dem goldenen Löwen darauf machten deutlich, welch edler Gefolgschaft er sich zuzählen durfte.

Er blickte einmal schweigend und missmutig in die Runde und traf auf neugierige, aufmerksame Blicke.

»Chrodobert«, sagte Hagen nun, etwas enttäuscht über das Auftreten des berühmten Bletzers, und trat zu ihm. »Gut, dass du da bist.«

»Was ist das hier?« Die Stimme des uralten Bletzers grollte in tiefer Lage. »Warum die Versammlung?«

Hagen musterte den Krieger, der vor tausend Jahren gestorben war, und beschloss, dass Aufrichtigkeit das Maß der Dinge war. »Wir bereiten uns darauf vor, das Joch abzustreifen.«

Das durch die hellen Stoffbahnen dringende Mittagslicht ließ Chrodoberts Pupillen klein und tiefschwarz werden, als sie sich in Hagens Blick festfraßen. »Unfug«, beschied er sodann.

Hagen musterte das Gesicht, aber die eintausend Jahre hatten es wie in Granit gemeißelt. Kein Zucken verriet, ob der Bletzer sein Vorhaben für unmöglich oder nicht erstrebenswert hielt.

»Wir schaffen Soldaten«, ergänzte Hagen. »Eine neue Generation Bletzer. Unter unserem Befehl, nicht dem der Wariwulf.«

Chrodobert schüttelte langsam den Kopf. »Ihr seid Narren. Selbst wenn euer Plan gelingen könnte, selbst wenn ihr euch befreien könntet … wohin dann?«

Hagen lachte leise. »Du denkst in zu kleinen Schritten, ehrwürdiger Alter. Wir fliehen nicht! Es geht nicht darum, ein Dutzend Bletzer aus der Knechtschaft zu befreien. Wir werden sie alle befreien. Jeder einzelne Bletzer in Deutschland und in den angrenzenden Ländern wird frei sein.«

Der Alemanne wich einen Schritt zurück, und mit einem Mal zeigte sich eine deutliche Regung in seinem Gesicht: Wut. »Das ist Wahnsinn. Ihr wollt euch anmaßen, die seit Jahrtausenden währende Ordnung umzuwerfen? Wollt Gott ins Gesicht speien?«

Nun spürte auch Hagen Zorn in sich aufwallen. »Wir haben lang genug gebüßt!«, sagte er scharf.

Chrodobert lachte ohne Freude auf. »Ist das so?«, er schob seine stämmige Gestalt zu Spinola, und Hagen spürte, wie der Alte den Geist des Jüngeren ertastete, wie er mit unnachgiebiger Gewalt in das tote Blut eindrang. »Wie lange büßt du, Junge? Ein paar Jahrzehnte?«

Der junge Italiener nickte zögerlich.

»Und du?«, fragte Chrodobert den nächsten. »Ein Jahrhundert?«

Dann trat er wieder zu Hagen, um zu fragen: »Zwei?« und wandte sich direkt Eberwin zu: »Sieben? Glaubt ihr, das genügt, um euch von der Todsünde zu befreien? Den fauligen Gestank abzuwaschen, der an uns klebt, seit wir vom Fleisch Adams fraßen? Ich diene seit einem Jahrtausend, und doch weiß ich: Wenn dereinst dieser Leib vergeht, wird der Teufel bereitstehen, um meine Seele in die Hölle zu zerren. Es gibt keine Buße, die groß genug wäre, um unsere Sünde zu tilgen.«

Eberwin senkte den Kopf, als werde er von großer Last heruntergedrückt. Hagen musterte ihn überrascht, versuchte diese Ehrbezeugung dem Alten gegenüber zu verstehen, dann erkannte er erschüttert, dass es kein ehrfürchtiges Nicken war – es war Scham! Sein treuer Gefährte wurde von der Rede des Alten angerührt. Dachte er insgeheim genauso? Würde Hagen sich Sorgen um seinen Rücken machen müssen, den Eberwin bisher so tadellos freigehalten hatte? *Unfug*, schalt er sich. *Kümmere dich um das Augenblickliche!*

»Genug!«, sagte Hagen und trat nah an Chrodobert heran. »Wir wollen dein *Dienestbietære*-Geschwätz nicht hören.«

»Du wagst es, so mit mir zu sprechen?«, erwiderte der kleinere Bletzer wütend. »Was glaubst du, gibt dir das Recht …«

Hagen spürte den Geist des Alten gegen seinen drücken und

fand zu seiner eigenen Verwunderung die Stärke, ihm standzuhalten. Die Wut über die Unterwürfigkeit, über die unverrückbare, sklavische Treue dieses einstmals so großen Kriegers zu seinen Unterdrückern gab ihm die nötige Kraft. Wenn der legendäre Chrodobert nicht für sie war, war er eben gegen sie.

»Schweig! Du bist ein Diener – wir hingegen sind keine mehr. Also gehorche: Niemand wird von dem erfahren, was in diesem Zelt gesprochen wurde. Sprich den ewigen Schwur, auf den Fluch, der uns alle verbindet!«

Chrodobert blickte von Hagen zu den anderen Bletzern, die nun einen Kreis um sie bildeten. Für einen Augenblick spürte Hagen Chrodoberts Unglauben, dann Trotz.

»Niemals! Ich werde nicht zulassen, dass ihr Gottes Gesetze mit Füßen tretet.« Er wandte sich zum Gehen. Auf ein kaum merkliches Nicken Hagens hin sprangen zwei der Bletzer vor, packten Chrodobert bei den Armen und wirbelten ihn zu Hagen herum. Der Alte brauchte einen Augenblick, um die Lage zu erkennen, und einen weiteren, um einen seiner Wächter mit einem wuchtigen Ruck des Armes zur Seite zu werfen und den anderen mit einer geistigen Attacke zurückweichen zu lassen.

Hagen holte den Pflock unter dem Wams hervor, zog den Arm über die Messerklinge, die Eberwin ihm hinhielt, und presste das angespitzte Holzstück in sein eigenes Blut.

Chrodobert stand nun vorgebeugt, seine Augen ruckten herum und kamen schließlich auf dem dunklen, angespitzten Holzpflock zur Ruhe. »Was willst du tun? Mich mit diesem Aststück stechen?« Chrodobert lachte spöttisch.

Hagen lächelte grimmig und trat einen Schritt näher. »Mit einem Pflock, geschnitzt aus dem Holz der Buschart, von der jener Dorn in deinem Herzen stammt. *Rubus Ardens*, Aschwurz, gehüllt in das Blut des Angreifers!« Es war schwer gewesen, einen Strauch zu finden, dessen Äste dick genug gewachsen waren.

Er trat einen weiteren Schritt näher, und Chrodoberts Erheiterung verschwand. Seine Hand wanderte auf die breite Brust, und er kniff die Augen zusammen, als der Dorn in seinem Innern sich regte.

»Er spürt sein Gegenstück. Wird es anziehen …« Hagen umfasste den Pflock fester. Chrodobert ahnte seine Absicht und wich zurück, aber die anderen Bletzer schlossen den Kreis, und so blieb ihm nur, zur Seite auszuweichen. Hagen behielt ihn im Blick, wartete auf die Gelegenheit, den Streiter anzugreifen, und so umschlichen sie sich, geduckt, aufmerksam, wie zwei Wölfe.

»So machen sie es also …«, hauchte Chrodobert leise.

Hagen nickte. »Ja, so machen sie es.« Das Wissen zu erlangen, wie die Hagr Bletzer zur Hölle schickten, die sich selbst für ein Leben in Buße als zu minderwertig erwiesen hatten, hatte fast ein Jahrhundert der Suche bedurft.

»Ihr wollt einen der euren töten?«, fragte Chrodobert, doch es lag kein Flehen in seiner Stimme. Das dunkle Dröhnen vibrierte vor Abscheu und Wut.

»Du bist keiner der unsrigen«, sagte Hagen ruhig und rammte seinen Geist in den des uralten Bletzers. In Jahrhunderten errichtete Mauern ließen seinen Ansturm abgleiten, doch unter der Wucht geriet Chrodobert ins Taumeln.

Hagen sprang vor, der alte Bletzer riss einen Arm hoch, um den Angriff abzuwehren, aber Hagen schlug ihn beiseite und rammte die Waffe mit der sicheren Hand des Kriegers zwischen zwei Rippen hindurch in das Herz des Alten. Das untote Fleisch war zäh, und es floss kein Blut.

»Wir dulden keinen Verrat!«, hauchte Hagen dem vor Schreck und Schmerz erstarrten Bletzer ins nahe Gesicht. Dann riss er den Pflock wieder heraus.

Chrodobert taumelte einige Schritte zurück, starrte dabei auf die Spitze des Holzstücks, in dem nun ein einzelner schwarzer

Dorn steckte. Der Anblick ließ Hagen erschaudern, denn er erinnerte sich daran, wie die Hagr ihm selbst einen solchen Dorn ins Herz gesandt hatte, um ihn damit zu töten und den Wolf in seinen gnadenlosen Schlummer zu senden.

»Sünder!«, keuchte Chrodobert und schaffte es noch, sich mit anklagendem Fingerzeig einmal im Kreis zu drehen, bevor seine Haut pergamenten wurde und die Beine wie trockenes Holz unter ihm wegbrachen. Als sein stämmiger Leib auf dem Boden aufschlug, zerplatzte er wie nasser Sand, und seine Bestandteile lösten sich zusehends in Staub auf.

Bedrückte Stille hing im Zelt, nur unterbrochen vom Donnern der Kanonen in der nahen Schlacht. Hagen zog den Dorn aus dem Pflock. »Wir dulden keinen Verrat!«, wiederholte er ernst und nahm sich die Zeit, seine Mitstreiter nacheinander anzusehen. Jeder Einzelne nickte, nur Eberwin duckte sich unter seinem Blick weg und verkündete, indem er den Staub des Toten vom feuchten Gras in ein Tuch auflas: »Wir sollten ihn heimlich zerstreuen – es gibt zu viele *Mitewist* und Wariwulf in den Heeresreihen.«

Hagen ließ den Blick auf Eberwin ruhen; das Grollen der Schüsse spielte die Untermalung zum schnellen Schritt seiner Gedanken.

Dann betrachtete er den Pflock in der Hand. Das war viel zu einfach gewesen. Wenn es zur letzten Schlacht kam, musste er seine Leute mit Brustpanzern ausstatten.

INTERLUDIUM: FREMDE ZUNGEN

Georg verzog das Gesicht, als sie das Ende der Treppe erreichten. In der kalten Nachtluft lag die leichte Andeutung eines würzigen Duftes. Während Rigel vor ihm die schwarze Tür öffnete, wurden daraus dichte Rauchschwaden. Eine Mischung aus Räucherstäbchen, Zigaretten, Weihrauch, Bier, Patschuli und Hasch erwartete sie im Innern. Dann trat eine abgestandene, fahle Note aus dem Geruchsmischmasch hervor, als hinge sie schon Jahrhunderte unter der niedrigen Decke. Georg übertrat die Schwelle und glaubte einen Hauch Schwefel zu riechen.

Der Teufel will uns abhalten, dachte er kurz und unterdrückte ein Schaudern. Orte wie diesen betraten Korrektoren auf eigene Gefahr.

Der graue Dunst umfing sie und erschwerte die im matten Halbdunkel der Kneipe ohnehin schlechte Sicht, sodass die Konturen weiter entfernter Gestalten wie aufgelöst wirkten.

Sie blieben einen Augenblick in der Tür stehen und sahen sich um. Dies war der kritische Moment, in dem sich die Spreu vom Weizen trennte. Die meisten Gäste blickten, wenn sie ihre Ankunft überhaupt bemerkten, kurz auf und wandten sich dann wieder ihrem Gespräch zu. Einige aber, die Begabten, erkannten sie als Korrektoren, musterten sie länger, wurden nervös.

»Junger Mann in der Ecke, gelbes Hemd«, verkündete Rigel leise über eine düstere Ballade von *Nightwish* hinweg, und Georg spähte ins Halbdunkel. Die helle Kleidung ließ den Mann deutlich aus der Menge der vorrangig in Schwarz gekleideten

Gäste hervorstechen. Er interessierte sich jetzt vorgeblich für sein Weinglas, während er sie durch wild ins Gesicht fallende, blonde Strähnen musterte. Kurz zuckten seine Augen hinter dem Haar unkontrolliert hin und her, schneller als die Muskeln es zulassen dürften. Dann verschwanden sie hinter blassen Lidern.

Georg ließ den Blick über die mit Silberschmuck behangenen Waver wandern. Menschen, die mit dem Tod kokettierten, waren Georg schon immer etwas suspekt gewesen. Vielleicht lag es an seiner Arbeit, dass er eher das Gefühl hatte, sich am Leben festklammern zu müssen. Bei dem Großteil der Gruftieszene hatte er zudem die Vermutung, dass sie wie jeder andere vernünftige Mensch schreiend weglaufen würden, wenn der Schnitter ihnen wirklich einmal von Angesicht zu Totenschädel gegenüberstünde. Der Biss eines Vampirs war in Wirklichkeit nicht annähernd so romantisch wie in einem Anne-Rice-Roman. Sein Blick blieb an einer Frau mit Netzstrümpfen hängen.

»Schwarzes Mieder, silbernes Haarnetz, an der Bar«, verkündete Georg seine Entdeckung. Die dickliche Frau, deren gewaltiger Busen von dem Mieder hochgedrückt wurde, hatte sich auf dem Barhocker umgedreht und musterte sie mit unverhohlener Abscheu. Eine dicke Warze auf ihrer Oberlippe zitterte im Takt der Atemzüge.

»Wernicke«, sagte Rigel und setzte sich in Bewegung, um den grauhaarigen, untersetzten Mann mit Halbglatze abzufangen, der gerade von der Toilette kam. Der Kopf des Mannes ruckte hoch, und er zog eine Grimasse.

Die Bedienung, eine junge Frau, der das bauchfreie Hard-Rock-Café-Shirt wegen bleicher Orangenhaut nicht sonderlich gut stand, versperrte Georg für einen Moment den Blick – und Wernicke war weg.

Georgs Herz schlug schneller. Nein, da saß er an einem der hinteren Tische, mehrere Meter von der Toilettentür entfernt, und winkte sie resignierend zu sich.

»Hat wohl ein paar neue Tricks gelernt«, knurrte Rigel und bahnte sich einen Weg an einem Tisch mit New-Age-Jüngern in naturbelassener Kleidung vorbei. Sie nippten an Tassen mit starkem grünem Tee, dessen blumig-bitterer Geruch sogar die Rauchschwaden kurz überwand. Vorgeblich waren sie entspannt, aufgeschlossen, doch die Art, wie sie auf einer Seite des Tisches zusammengerückt waren, zeigte deutlich, dass sie die Anwesenheit der Raubtiere wahrnahmen.

Einige Menschen hatten ein Gespür für das Dunkle, das unter ihnen wandelte, und sie wurden im wahrsten Wortsinn wie magisch davon angezogen. Die Grufties, Esoteriker, Ufo-Gläubigen, sie alle kamen, ohne den Grund dafür zu kennen, immer wieder her, um in dieser Kneipe den Hexen und Medien nah zu sein.

Doch auch die Raubtiere der Nacht wurden von der Schicksalhaftigkeit des Ortes angezogen. Und so mischten sich gelegentlich auch Wölfe in Menschengestalt unter die ahnungslose Menge. Hier suchten die Vampire sich ihre nächsten Opfer, und manch ein Todesjünger hatte in einer dunklen Seitengasse oder sogar in seiner eigenen Wohnung miterleben müssen, wie sich seine Hoffnung in einen Albtraum verwandelte.

Hagen erschauderte; zum einen, weil er sich vorstellte, dass sich unter der Haut eines der harmlos wirkenden Gäste ein Monstrum verbergen mochte, und zum anderen, weil ihm das handgemalte Bild auf der Rückseite des Lokals an den Grund für diese unheilvolle Anziehungskraft erinnerte. Es zeigte eine hübsche junge Frau, deren zarter, nackter Leib von den Flammen eines Scheiterhaufens verzehrt wurde. Ihr Kopf wurde dabei von nekrotischen Fingern liebkost, die zu einer dämonischen Teufelsfratze gehörten, welche den Betrachter unmittelbar anstarrte.

Georg wandte den Blick ab und konzentrierte sich auf sein Ziel, doch seine Gedanken ließen nicht so schnell los. Genau hier hatte vor fast vierhundert Jahren die Kölner Hecetisse Henoth eine

Gastwirtschaft für Postkuriere betrieben. Eines Tages aber fiel auf, dass regelmäßig Gäste samt Kutsche verschwanden. Die Gefährte fanden ihren Weg in einen nahen Wald, um einige Monate später von den Schergen Henoths verkauft zu werden. Die Kutscher aber fand man, teilweise von menschlichen Zähnen angenagt, teilweise bis zum Irrsinn vergiftet und misshandelt, im Keller der Gastwirtschaft. Georg wusste es so genau, weil sein Vielfach-Ur-Großvater Mitglied des Tribunals war, das die Hexe ins Feuer schickte.

Sie erreichten den Tisch, und Wernicke schob mit dem Fuß einen Stuhl zurück, auf den Rigel sich sinken ließ, und dann einen weiteren für Georg.

»Ist eine Weile her«, sagte Wernicke, und das S presste sich gelispelt an seinen gewaltigen Schneidezähnen vorbei. »Hatte schon gehofft, ihr hättet ins Gras gebissen.«

Wernicke sah auf und zwang die Bedienung, in seine Richtung zu sehen. Sie nickte und wandte sich zur Bar um, nicht ahnend, dass ihr die Bestellung nicht laut zugerufen worden war. Der Kopf des nervösen Blonden ruckte zu ihnen herum, und er erhob sich eilig, um zu gehen.

»Wie laufen die Geschäfte?«, fragte Georg ruhig und stoppte seine Hand auf dem Weg zu dem kleinen gläsernen Salzstreuer. Die Unruhe, die ihn quälte, sollte nicht dadurch offenbar werden, dass er mit der Einrichtung spielte.

»Zufriedenstellend, danke!«, sagte Wernicke und lächelte halbseiden. Der Reliquienhändler hatte während der Millenniumspanik sein Geschäft massiv ausbauen können und beschäftigte inzwischen sogar Angestellte. Da der Reliquienhandel streng genommen keine Sünde war, duldeten die Korrektoren seine Arbeit und hatten sich mehr als einmal schon als seine Kunden wiedergefunden.

»Aber ihr seid nicht hier, um etwas zu kaufen. Um das zu erkennen, muss man kein Psycho sein!«

Georg schmunzelte kurz über den Slangausdruck für jemanden, der genug Hexenblut geerbt hatte, um die Gedanken und Gefühle anderer zu erspüren. Oft geschah das auf unterbewusster Ebene, und diese »einfühlsamen« Menschen ahnten zeitlebens nicht, dass ihre liebe Oma nur deswegen so viele süße Kätzchen durchgefüttert hatte, um sie unter dem Vollmond zu opfern. »Richtig. Irgendwas ist im Gange.«

Die Bedienung kam an den Tisch und stellte drei doppelte Whiskey on the Rocks darauf, wobei ihr Bauch wie eine Ziehharmonika Falten warf. Georg griff in die Tasche, zog aus dem Bündel einen Schein hervor und reichte ihn der jungen Frau. Es war ein Zwanziger. »Stimmt so«, sagte er, um sie schnell loszuwerden.

»Von wegen«, konterte sie spitz, und nach kurzem Zögern legte er noch einen Zehner nach.

»Danke!«, sagte sie mit rauchiger Stimme und ging, bevor er es sich anders überlegen könnte.

»Auf das Schicksal«, verkündete Wernicke, wartete, bis auch sie ihre Gläser erhoben hatten, und leerte den Inhalt in einem Zug. Georg nippte nur – irgendein billiger Verschnitt, der so abgestanden wie der Rauch schmeckte.

Rigel hatte da weniger Skrupel, schob sein geleertes Glas mit klirrenden Eiswürfeln zur Tischmitte. »Komm schon!«

Wernicke lächelte und beugte sich verschwörerisch vor: »Wenn etwas im Gange wäre – und ich sage nicht, dass dem so ist –, dann ginge es sicher um Reliquien. Der Markt brummt in den letzten Tagen, immer wieder kommen Gesuche herein, und viele Exemplare, die lange im Angebot standen, verschwinden spurlos, ohne dass herauszufinden wäre, wer sie gekauft hat.«

Georg beugte sich ebenfalls vor, ein aus der Urzeit überlieferter Instinkt. Doch die Raubtiere, vor denen sie sich heutzutage fürchten mussten, brauchten keine Ohren, um zu hören, und vermieden den Umweg der Gedanken über die Schallwellen. »Etwas Bestimmtes?«

Wernicke schüttelte den Kopf, wies fragend auf Georgs Whiskey und kippte diesen auf sein Nicken hin ebenfalls herunter. »Kleinkram«, verkündete er dann. »Aber das ist wie bei einem Tsunami. Erst kommt das leichte Beben, und dann, wenn man schon glaubt, es überstanden zu haben … Kaplatsch!« Er ahmte mit der Hand eine Welle nach, die auf den Tisch klatschte. Am Nebentisch hob ein bedröhnter Goth den Kopf und ließ die Pupillen suchend über der schwarzen Linie seines Lidschattens tanzen.

Georg lehnte sich mit einem Seufzen zurück. Es war wie verhext, und seine Laune war mittlerweile so schlecht, dass ihn der unbeabsichtigte Wortwitz nicht einmal schmunzeln ließ.

Wernicke war nicht der Erste, mit dem sie in dieser Nacht sprachen. Das Gefühl, dass im Dunstkreis Hagen von Steins große Umwälzungen anstanden, wuchs in Georg zur Gewissheit heran, obwohl es kaum Nahrung bekam. Niemand hatte mehr als Ahnungen zu bieten. Einig waren sie sich nur in einem Punkt gewesen: Es lag ein Sturm in der Luft.

»Wer kauft da?«, fragte Rigel.

Wernicke zuckte mit den Schultern. »Du weißt, dass ich dir das nicht sagen kann. Aber die üblichen Verdächtigen.«

Sie schwiegen und ließen die wimmernden Töne eines Wave-Liedes zwischen sich hindurchschwingen. Es klang fast wie das Wimmern einer Hexe auf dem Scheiterhaufen. Dann sagte Wernicke: »Aber wenn es euch interessiert: Ich habe gehört, Balmung sei dieser Tage auf Reisen gegangen!«

Georg lächelte kurz, fragte dann aber: »Wohin denn?«

»In unser schönes Deutschland. Ihr wisst nicht zufällig etwas darüber?«

»Unverkäuflich«, knurrte Rigel und stand auf. »Wenn du etwas hörst …«

»Werde ich einen Teufel tun, es euch zu verraten. Ich hab so ein Gefühl, dass mir das nicht gut bekommen würde.« Wernicke zwinkerte ihnen zu.

Rigel beugte sich drohend zu ihm hinunter: »Überlege dir gut, was mehr Ärger bedeutet!« Dann wandte er sich um und ging auf den Ausgang zu.

Wernicke schmunzelte. »Immer noch ganz Eastwood, unser Rigel, was?«

Georg schmunzelte ebenfalls und stand auf. »Mag sein. Aber denk dran: Der Vatikan könnte vielleicht auf die Idee kommen, wegen des verschwundenen Zeigefingers des heiligen Stephanus mal bei uns nachzufragen … und wer weiß, möglicherweise haben wir dann ja einen heißen Tipp für sie. *Quid pro quo*, Wernicke!«

Der Mann verdrehte die Augen und seufzte. »Ich melde mich, falls ich was erfahre. Aber dafür will ich Vorkaufsrecht!« Auf Georgs fragenden Blick setzte er hinzu: »Auf Balmung!«

Georg nickte, sicher, dass die Waffe niemals veräußert würde, und wandte sich ruckartig zum Gehen. So wie es aussah, würde sie so schnell nicht einmal mehr eingesetzt werden. Er unterdrückte das Verlangen, einen Barhocker aus dem Weg zu treten.

Rigel wartete bereits in der Tür. Als Georg an der Bar vorbeiging, stand plötzlich die Frau im schwarzen Miederkleid vor ihm.

»Geh mir aus dem Weg, Korrektor«, verlangte sie mit überraschend heller, schneidender Stimme.

Georg ließ sich auf ein kurzes Blickduell mit ihr ein, spürte ihre Wut wie Körpergeruch von ihr ausdünsten, die Blicke der Umstehenden zu ihnen herüberwandern. Angezogen wie von einem Blitz, warteten sie auf den Donner. Doch er trat mit einem schmalen Lächeln beiseite. »Aber gerne doch.«

Die Frau schnaubte, und eine Wolke aus Wein- und Zigarettengestank hüllte Georg ein. Dann ging sie an ihm vorbei, aber obwohl genug Platz war, wollte sie ihn mit der fleischigen Schulter anrempeln. Georg wich aus und lenkte sie mit der Hand ab. Als seine Finger ihre Haut berührten, durchzuckte ihn etwas wie eine starke statische Entladung. Für einen Augenblick traten der Raum und seine Geräusche in den Hintergrund, hörte er nur das Schlagen ihrer beiden Herzen. Es schien, als wären sie unter Wasser gedrückt worden, die Bewegungen verlangsamten sich. Georg fürchtete, die Frau könne eine Hexe sein, glaubte sie in seinem Kopf zu spüren … doch dann stürzte sie zu Boden und riss einen leeren Hocker um.

Georg wich einen erschrockenen Schritt zurück. Sie wand sich, ihre Glieder schlugen wild hin und her, wie bei einem epileptischen Anfall. Mit wildem Kreischen spie sie Schaum aus, und ihre Augen waren mit einem Mal blutrot.

»Rigel!«, rief Georg, und der kräftige Kerlinger stürmte zu ihm, schob erste Schaulustige beiseite und lehnte sich mit seinem ganzen Gewicht auf den massigen Körper der Frau, während Georg nach einem Stapel Bierdeckel griff. Er wollte sie ihr in den Mund stecken, damit sie sich die Zunge nicht abbiss, aber da sprach sie plötzlich. Ihr Körper erschlaffte, nur noch der Kopf zuckte ruckartig hin und her und schien dabei ein unnatürliches Echo zu besitzen, zog Schlieren in die Luft. Ihrer Kehle entrangen sich tiefe, gutturale Laute. Georg ließ die Bierdeckel fallen und holte sein Handy heraus, um die fremdartigen Silben aufzuzeichnen. Einige erinnerten ihn an die wenigen Brocken Aramäisch, die er im Rahmen seiner Ausbildung gelernt hatte, meist als Teil bösartiger Zaubersprüche.

Jetzt zog sich, unvermeidlich wie auch auf den fröhlichsten Tag eine finstere Nacht folgt, der Kreis der Schaulustigen zusammen, und schon nach wenigen fremdartigen, hervorgewürgten Sätzen waren sie von einer Mauer besorgter Gesichter umgeben. Die üblichen gut gemeinten Ratschläge und Fragen ergossen sich über sie, aber Georg ignorierte die Umstehenden, bis die Frau mit einem letzten Stöhnen erschlaffte.

Die Zeit schien stillzustehen, und Georg hatte das Gefühl, als zöge eisige, raue Haut an seinem Gesicht vorbei. Dann verging das Gefühl, und er rief dem Wirt über den Tumult hinweg zu: »Krankenwagen!«

Als er Rigels Blick auffing, nickte er in Richtung Tür. Der Soldat verstand und bahnte ihnen einen Weg hinaus. Die kühle Luft schien Georg wie eine erneute Taufe, als wasche sie auf seinem Weg die Treppe hinauf alle Spuren der Sünden ab, die sich im Lokal an ihn geheftet hatten.

Sie erreichten den Wagen, der im absoluten Halteverbot vor einer Ausfahrt stand, und noch im Einsteigen wählte Georg Jaspers Handynummer.

Es klingelte noch immer, als Rigel die schwere Limousine bereits auf die Straße hinaussteuerte und Georg vergeblich versuchte, nicht mit den Fingern auf dem Oberschenkel den Takt seiner rasenden Gedanken zu klopfen.

»Ja?« Der Leiter der IT-Abteilung klang verschlafen, was morgens um fünf kein Wunder war.

»Jasper!«, rief Georg. »Ich habe hier etwas, das ich dringend übersetzt haben muss!«

Es war einen Augenblick still, dann seufzte der Mann am anderen Ende der Leitung und sagte: »Ich spare mir jetzt die Frage nach deinem Geisteszustand, ob du mal auf die Uhr geguckt hast und ob es nicht der Nachtbereitschaftsdienst machen kann?«

»Es ist wahrscheinlich Aramäisch«, erklärte Georg die nächtliche Störung. Jasper war einer der wenigen Menschen, die gesprochenes Aramäisch verstanden – oder sechs Partien Blindschach gleichzeitig spielen konnten.

»Schick's rüber, ich ruf dich zurück«, sagte Jasper schicksalsergeben. Georg bedankte sich, legte auf und sandte die Datei als verschlüsselte E-Mail heraus. Es war wirklich fantastisch, wozu die modernen »Sprechknochen« alles in der Lage waren.

»Was war das?«, fragte Rigel und bremste den Wagen erst kurz vor der roten Ampel ab. Ein Golf mit laut plärrendem Türkpop kreuzte ihren Weg, ein legerer Gruß aus dem fernen Orient.

»Eine Prophezeiung. Vermutlich wilde Magie, die in einem Schicksalsknoten kulminierte. Vielleicht aber auch …« Er zögerte, fand die Idee mit einem Mal selbst sehr weit hergeholt, doch dann setzte er hinzu: »Vielleicht auch die Henoth … Wie dem auch sei, ich sage es doch: Etwas Großes steht bevor.«

»Weibliche Intuition, hm?«, fragte Rigel mit dem Hauch eines Lächelns auf den Lippen und beschleunigte wieder. Nach einer Weile hielt Georg die Stille nicht mehr aus und schaltete das Radio ein – klassische Musik erklang.

Georg holte das Handy hervor und starrte darauf, als könne er den Anruf herbeizwingen. Aber es vergingen weitere schweigende Minuten, in denen er versuchte, sich selbst einige der Worte in Erinnerung zu rufen und eine Übersetzung zu versuchen. Natürlich vergeblich. Dann endlich leuchtete das Display auf. Noch bevor der erste Klingelton endete, hatte er abgenommen.

»Das meiste war wirres Gestammel ohne Sinn, Silben zusammenhanglos aneinandergereiht«, erklärte Jasper ohne Begrüßung. »Aber ein paar Sachen konnte ich herausholen: ›Der durstige Fürst‹ … ein unendliches Leben wird endlich … fünfundzwanzig von drei im Eibenheim, zehn mal zehn … vom Blut der Mutter.«

»Finde ich immer noch ziemlich wirr«, erklärte Georg enttäuscht. »Gibt es dazu was in den Chroniken? Wie weit seid ihr überhaupt?«

Es blieb eine Weile still, und Georg glaubte schon, die Leitung sei unterbrochen, darum fragte er: »Bist du eingeschlafen?«

Jasper seufzte leise und fuhr schließlich entschuldigend fort: »Die meisten Leute sind von den Chroniken abgezogen.«

»Abgezogen?«, rief Georg. »Abgezogen?«, wiederholte er dann ruhiger. »Warum?«

»Das ist eigentlich Verschlusssache«, sagte Jasper, fuhr dann aber beinahe ohne zu zögern fort: »Wir hatten in den letzten vier Nächten fast ein Dutzend nachweisbarer Vampirangriffe, allesamt im Umkreis von einhundert Kilometern. Alle verfügbaren Kräfte arbeiten daran.«

Georg schüttelte den Kopf, um den anstürmenden Fragen Herr zu werden. Warum hatte ihm niemand davon berichtet? Warum waren die Bletzer so unvorsichtig? War es ein Täter, oder waren es mehrere? Hatte das alles etwas mit Hagen von Stein zu tun? Fanden sich in den Chroniken vielleicht Antworten?

»Wieso erfahre ich davon erst jetzt?«, wollte Georg wissen.

»Tut mir leid!«, sagte Jasper ausweichend. »Ich muss auch noch eine Runde schlafen, ich habe Frühdienst …«

»Sicher«, sagte Georg. »Danke!« Dann legte er auf.

Rigel warf ihm einen kurzen Blick zu, aber Georg ignorierte ihn. Eine Weile fuhren sie schweigend, bis Georg sich zu der Entscheidung durchgerungen hatte, die er schon seit einiger Zeit vor sich herschob. »Setzen Sie mich bitte am nächsten Taxistand ab«, sagte er. »Es wird Zeit, dass wir etwas unternehmen, und wenn die Truppe anderweitig gebunden ist …« Er ließ den Satz unvollendet.

»Wieso anderweitig gebunden?«, fragte Rigel, aber Georg antwortete nicht darauf. Er war mit seinen Gedanken schon viel weiter … weiter unten.

Der große Mann kniff kurz die Augen zusammen: »Was haben Sie vor?«

Georg lächelte verwegen. »Wenn Sie an Ihrer Karriere hängen, wollen Sie das gar nicht wissen!«

DRITTER TEIL:

SIECHENBLÜTEN

Anno Domini 1634, in dem Albrecht von Wallenstein die Kommandantur über die kaiserlichen Truppen im anhaltenden Dreißigjährigen Krieg entzogen und er wenige Tage später durch Aufspießen ermordet wird; der Tulpenwahn von den Niederlanden ausgehend ganz Europa erobert; eine große Sturmflut, die »zweite grote Mandränke«, an der Nordseeküste Tausende das Leben kostet und der Schwarze Tod wieder einmal sein schreckliches Haupt hebt.

ABSCHIED

Das leise Kratzen der Mäuse in den Wänden bildete einen beruhigenden Klangteppich, auf dem Hagens Gedanken zur Ruhe kommen konnten. Das matte, rote Licht des ersterbenden Feuers reichte ihm, um die dunklen Buchstaben des Buches auf seinem Schoß lesen zu können. Es war neu, kaum zwei Jahre alt und ungelesen, sodass er mit einem sanften Ruck die Bindung hatte anbrechen müssen. Die Seiten knirschten noch leise, wenn er umblätterte.

Hagen blickte nicht auf, als sich die Tür öffnete. Nur kurz hielten die Mäuse – vielleicht waren es sogar Ratten – in den Wänden inne, lauschten, witterten, dann huschten sie weiter. Sie hatten die Bletzer als Geschöpfe der Nacht erkannt, von denen ihnen keine Gefahr drohte.

Eberwin trat zu dem zweiten Lehnsessel, die beide auf den Kamin ausgerichtet waren, und ließ sich darauf sinken. Hagens Blick huschte weiter über die Seiten, bis er in einem Abschnittsende den willkommenen Anlass fand, um sich Eberwin zuzuwenden.

»*Dialogo di Galileo Galilei sopra i due Massimi Sistemi del Mondo Tolemaico e Copernicano*«, erklärte er.

»Die unzensierte Ausgabe?«, fragte Eberwin.

»Selbstredend … Die Erde dreht sich um die Sonne.«

Eberwin schwieg einen Augenblick; seine weißen Haare schimmerten im Licht des versiegenden Feuers rötlich wie eine Aura.

»Macht es einen Unterschied?«, fragte der Bletzer dann, und Hagen musste schmunzeln.

»Nein, sie geht weiterhin auf und unter, als wäre sie es, die den Weg hinter sich bringen muss.« Einen Augenblick wartete Hagen noch, doch als der Blick Eberwins sich im Feuer verlor und er den stockgeraden Rücken an die Lehne sinken ließ, klappte er das Buch wieder auf und wandte sich den Zeilen zu. Wenn Eberwin etwas mit ihm bereden wollte, hätte er es nun zur Sprache gebracht.

Hagen erinnerte sich an unzählige dieser Stunden, in denen sie mal am Feuer, mal in dunklen Stuben oder gar Kellern gesessen und die »leeren Stunden«, wie Bletzer die Zeit ohne eine Aufgabe nannten, herumgebracht hatten. Es war vor allem diese Zeit gewesen, in der Hagens Entschluss gereift war, sich der Sklaverei nicht zu ergeben. Wenn er grübelnd dagelegen hatte, in den ersten Jahren noch vergeblich auf den Schlaf wartend, hatte er sich sein Leben wieder und wieder vor Augen gerufen. Er war oft vom rechten Weg abgekommen, bis hin zum Mord, und er war stets bereit gewesen, aufrichtig zu büßen. Doch die eine Sünde, wegen der er verflucht worden war, konnte er auch nach zweihundert Jahren nicht bereuen. Wie hätte er wissen sollen, dass seine geliebte Ulda ihm das eigene Kind zum Mahl vorgesetzt hatte? Sie hatten ihn nicht einmal angehört, bevor sie ihm einen verhexten Dorn ins Herz gerammt, damit seinen Wolf getötet und ihm jede Möglichkeit genommen hatten, sich zu verwandeln.

Dann hatten sie ihn wie Unrat in ein tiefes Loch geworfen und darauf gewartet, dass er sich hinauswühlte, nur um ihm dann in einem unendlichen Leben – oder besser: Unleben – die niedersten Aufgaben aufzutragen. Demut war eines; sich ungerechter Strafe zu unterwerfen ein anderes.

Hagen bemerkte, dass er denselben Abschnitt schon dreimal gelesen hatte, ohne die Worte wirklich wahrzunehmen. Er konnte sich einfach nicht richtig konzentrieren, wenn über ihm ein Freund im Sterben lag …

Hagen blickte auf, und als Eberwin sich erhob, um die restliche Glut mit dem Schürhaken zusammenzuschieben, fiel ihm auf, dass er von ihm, diesem uralten Freund, der nicht sterben würde, bis heute nicht wusste, was er eigentlich verbrochen hatte. Er schnaubte ungläubig, und als Eberwin den Blick vom Feuer hob, schüttelte Hagen den Kopf über sich selbst. Zweihundert Jahre, und ihm war nie in den Sinn gekommen, danach zu fragen …

Er klappte das Buch zu und fragte: »Was war dein Verbrechen, alter Freund?«

Eberwin drehte sich nicht zu ihm um, aber einen Wimpernschlag lang verharrte er in der Bewegung. Diese Frage bedurfte keiner Erläuterung, nicht unter ihresgleichen. Dann sagte der Bletzer ins Feuer: »Ich fraß das Fleisch eines Feindes … bei Brezalauspurc. Es war das Ende des Großmährischen Reichs, und es war das Ende meines Lebens.«

Als Eberwin sich umwandte, waren seine blauen Lippen aufeinandergepresst. Er erriet Hagens Gedanken, las sie ganz ohne Magie, nur mit Hilfe der langen Zeit, die sie sich kannten. »Nur ein gewöhnlicher Krieg, Hagen. Wir hatten keinen Hunger leiden müssen, und die Schlacht fand weitab meiner Heimat statt, es war keine Rache. Ich habe es einfach getan.«

Die Erinnerung an die Tat ließ die glatte, raue Stimme noch schwerer im stillen Raum lasten, und während Eberwin wieder Platz nahm, flatterten seine Augenlider leicht und schnell wie eine Kerzenflamme im Wind.

Hagen nickte einmal und wusste nichts zu sagen. Eberwin war der Todsünde schuldig, und Hagen wünschte sich beinahe, er hätte nicht gefragt. Er spürte, wie die Lehren seines vergangenen Lebens sich regten, wie er einen Anflug von Abscheu für Eberwin verspürte, der des Menschen Fleisch verspeist und damit Gottes Schöpfung gelästert hatte. Doch Hagen wusste auch, wie weit der Zorn der Schlacht einen vom menschlichen Geist entfernen konnte, vor allem, wenn man die Wolfsgestalt trug. Eberwin büßte seit siebenhundert Jahren für einen Augenblick der Schwäche. Der liebende Gott konnte nicht wollen, dass ein Mensch über seine ihm zugedachte Lebenszeit hinaus als Sklave gehalten wurde. Nicht, wenn diejenigen, die sich als Richter aufspielten, selbst Sünder ohne Maß waren, so wie Stettler.

Eberwin öffnete den Mund, um noch etwas zu sagen, doch dann hielt er inne und lauschte. Auch Hagen drehte den Kopf zur Wand. Das Fiepen der Nager war verstummt, nur um dann hektisch und in einer höheren Tonlage wieder einzusetzen. Das Kratzen verwandelte sich in ein schabendes Stakkato, als wollten die Tiere der Wand entrinnen.

Die Blicke der Bletzer trafen sich. »Der Tod kommt«, sagte Eberwin, und Hagen erhob sich sofort und reichte seinem Gefährten das Buch, auf dass er es in dem Versteck hinter den Bohlen ihrer Kammer verstaue.

Dann eilte er leise ins obere Stockwerk, wo alles schlief. Er schob die Tür zu Richard Maria von Stettlers Zimmer auf und huschte hinein. Der Junge lag unbedeckt im verrauchten Zimmer, nur ein feucht verklebtes Hemd verdeckte die schwärenden Beulen an seinem Leib. Der Anteil an Wariwulfblut in Richards Adern hatte ihn lange durchhalten lassen, aber das vom Bett her dringende feuchte Röcheln zeigte Hagens erfahrenem Ohr deutlich, dass es zu Ende ging.

Hagen trat neben den Sterbenden, doch er sah nicht das verquollene Gesicht, den blutigen Schorf auf den Lippen und die entstellenden Beulen, als er die verschwitzte Hand ergriff. Für ihn war Richard noch immer der gut aussehende junge Mann, der vor kaum einem Jahr an der Katholischen Universität zu Prag das Studium aufgenommen hatte, dem das Weibsvolk in Scharen nachlief und der mit dem Degen ebenso geschickt focht wie mit Worten.

»Es … tut weh«, röchelte Richard.

Während Hagen das Tuch aus der kleinen Schale mit dem von Blut und Eiter verschmutzten Wasser holte und ihm die Stirn abtupfte, sagte er beruhigend: »Es ist gut, Richard. Bald hast du keine Schmerzen mehr.«

Hagen blickte vorwurfsvoll auf den leeren Stuhl in der Ecke, auf dem eigentlich die Magd Grethe sitzen und über den Jungen wachen sollte. Sie schlich sich voller Angst vor der Pest aus dem Zimmer, wann immer sie konnte. Hagen mochte ihr keinen rechten Vorwurf deswegen machen. Wenn man nicht eben ein Bletzer oder Wariwulf war, so war die Pest ein ständiger Schrecken in diesen Tagen. Es war unverantwortlich, dass Stettler seinen Sohn im Hause behalten und nicht in eines der Spitaler hatte bringen lassen. Doch so stark war der Wolf in ihm dann doch noch, dass er das Verlangen spürte, sein Rudel um sich zu haben.

»Hagen?«, fragte Richard matt, und sein glasiger Blick rollte im Halbdunkel umher. Hagen griff hinter sich, entzündete eine weitere Kerze und stellte sie auf den Tisch mit der Wasserschale, damit der Junge ihn sehen konnte.

»Ich bin hier«, sagte er und ging neben dem Bett in die Hocke, um Richard näher zu sein. Dabei hielt er unablässig seine Hand, auch als eine Beule am Handgelenk aufbrach und sich dunkler Eiter über seine Finger ergoss.

»Meine Bücher. Ich brauche meine Bücher«, verlangte Richard fiebrig und versuchte sich aufzurichten.

»Ich lasse nach ihnen schicken. Aber jetzt ruh dich ein wenig aus, du bist schwer krank.« Hagen spürte dem siechenschweren Blut nach, das zäh durch Richards Adern floss, drang ein. Es war, als greife er in klebrigen Ausfluss, aber dann erreichte er den Geist des Zwanzigjährigen. Er drängte den Fieberwahn beiseite und sorgte dafür, dass der Junge seine letzten Augenblicke nicht im Delirium verlor.

»Ich wünschte, ich könnte mehr tun«, sagte er leise. Seine

Magie war Lug und Trug, sie gaukelte vor, aber heilen konnte sie nicht. Er beherrschte das Blut, doch er wusste es nicht zu reinigen. Im Bestreben, Richard zu helfen – er wusste selbst nicht recht, warum –, hatte er sogar vom Blut einer Kranken genommen. Doch statt ihm die Kraft zu geben, heilende Magie zu wirken, hatte der widerwärtige Trunk außer einem Tag voller Schmerzen und Wahnvorstellungen keine Wirkung gezeitigt.

Die Hagren hatten alle Hände voll zu tun, und selbst Stettler hatte es mit all seinem Einfluss nicht geschafft, eine herzubefehlen. Hagen hatte sogar Anelma gebeten, den jungen Mann zu retten, doch sie behauptete, es nicht zu können. Mit der Pest verfluchen, das sei keine Mühe, doch sie zu heilen widerspräche ihrer Magie.

Das Einzige, was Stettler hatte auftreiben können, war eine suspekte Kräutermischung, die nun Tag und Nacht in Richards Raum verräuchert wurde. Ob sie half, vermochte Hagen nicht zu sagen, vermutlich ebenso wenig wie die Kräuter, die man sonst überall abbrannte, aber der scharfe, würzige Duft überdeckte den fauligen Krankheitsgeruch recht gut.

»Ich sterbe«, erkannte Richard, nachdem Hagen seinem Geist Klarheit wiedergebracht hatte. Beinahe zärtlich machte sich der Bletzer daran, wie Daunen aus einem Kissen die Schmerzen aus dem Körper des Mannes zu zupfen.

»Ja«, sagte Hagen ruhig.

Tränen stiegen Richard in die Augen und färbten sich vom verklebten Eiter trüb, bevor sie über die Wange rannen. Eine kleine schwarze Beule auf seinem rechten Jochbein lenkte sie ins Ohr um. Hagen zog ein sauberes Tuch aus der Tasche und tupfte sie weg.

»Ich wollte noch so vieles tun …«, sagte Richard matt.

Hagen fiel keine Erwiderung darauf ein. Was für eine Pein es für ihn war, dass er sich über die Last der Jahre beklagte, die man ihm unerwünscht auferlegt hatte, und der Sterbende sehnte sich nach spärlichen vierzig oder fünfzig weiteren Jahren. Wo war da die viel gepriesene Gerechtigkeit der Hagren?

Richard weinte schweigend eine Weile, dann hob er die dürre, verfärbte Hand und wischte sich selbst über die tränennasse Wange. Dabei riss er die Beule auf, aus der blutige Klumpen flossen. Hagen wischte auch diese mit dem Tuch weg. Ekel empfand er nur vor seiner eigenen Hilflosigkeit.

»Komme …«, brachte Richard hervor, wurde dann jedoch von einem Hustenanfall unterbrochen. Hagen hob das Laken vor den Mund des Jungen, und als das röchelnde Keuchen aufhörte, war es rot gefärbt.

»Komme ich in den Himmel?« Richards Worten waren atemlos.

»Ja«, sagte Hagen nachdrücklich. »Ja, das wirst du.«

»Wie kannst du dir da so sicher sein?«, fragte Richard, und die Pausen zwischen den Worten wurden länger, weil die röchelnden Atemzüge nicht mehr genug Luft brachten.

»Weil du ein guter Junge bist«, sagte Hagen und spürte zu seiner Verwunderung, dass ihm eine Träne über die Wange rann. Er wischte sie nicht weg, und sie blieb ein einsamer Zeuge seiner Trauer. »Weil du es verdient hast!«

Richard lächelte schwach, und die verschorften Mundwinkel rissen dabei auf. »Dann sehe ich Mutter wieder.«

Hagen nickte stumm. Das Fieber drängte sich übermächtig zurück in Richards Geist, und er musste nachgeben, wollte er die Kraft des Jungen nicht in einem unnützen Kampf verbrauchen. Ein erneuter Hustenanfall schüttelte Richard, und Hagen richtete ihn auf, damit der dunkle Ausfluss nicht wieder in seinen Hals rann.

»Ich möchte …«, keuchte Richard. »Ich möchte wirklich gern mit meinen Rittern spielen.«

Hagen strich dem Jungen über den verschwitzten Kopf. »Ich bin hier«, sagte er leise, doch er glaubte nicht, dass Richard es noch bemerkte. »Ich bleibe bei dir.«

Jetzt würde es nicht mehr lange dauern.

PESTHAUCH

Hagen drehte den Kopf zur Seite, um am beißenden Rauch vorbei einen Atemzug zu tun. Dann wandte er sich wieder dem brusthohen Leichenhaufen zu, der mittlerweile fast in den aufsteigenden schwarzen Schwaden verschwunden war. Nur wenn der Wind in die dunkle Masse aus Rauch fuhr und sie wie Soldaten vor Berittenen beiseitewich, konnte er das bleiche Gesicht Richards sehen; die blauen Lippen und die getrockneten Reste des schwarz-roten Auswurfs darauf, mit dem er Stück für Stück sein Leben ausgehustet hatte.

Hagen wollte den Blick abwenden, brachte es aber nicht über sich, nicht einmal, als die Haut des Jungen – er dachte an den über Zwanzigjährigen noch immer als Knaben – sich dunkler färbte und in der Hitze spröde wurde.

»Halt keine Maulaffen feil!«, rief von hinten der Küster, den das schwere Los traf, vor den Toren Prags über die Beseitigung der Leichen zu wachen. »Da warten noch mehr auf deine Dienste!«

Hagen antwortete nicht, hielt Richard im Blick, bis die schwarzen Wolken ihn zurück in die Dunkelheit zogen, in der er von nun an hausen musste. Der Bletzer wollte ihn als den kleinen, fröhlichen Jungen in Erinnerung behalten, der auf dem Bett saß und sich über den Hund freute, den Hagen ihm geschnitzt hatte; aber er wusste, dass es dieses Bild hier wäre, das ihn bis in alle Ewigkeit verfolgen würde: der magere, von der Pest zerfressene Leib, die glasigen, in der Hitze des Feuers einfallenden Augen …

Hagen hatte ihn nach oben gelegt und die Leichentücher aufgerissen, damit er den Nachthimmel noch einmal sehen konnte, wo er ihn doch so geliebt hatte. Aber jetzt wünschte er sich fast, es nicht getan zu haben.

Die aufgehende Sonne färbte den Horizont langsam heller, und als der Küster nun erneut rief: »Heda! Bist du taub?«, drehte sich Hagen mit einem Ruck um und stapfte an dem in dicke Tücher gehüllten und mit einer eisernen Gesichtsmaske versehenen Mann vorbei. Aus dem langen Schnabel der Maske sickerte dünner weißer Rauch, und als Hagen nun einen weiteren Atemzug tat, roch er Weihrauch und Essigwolle. Diese Mixtur sollte vor der Pest schützen.

Solcherlei Dinge hatte Hagen nicht nötig – die Pest befiel seinen toten Leib ebenso wenig wie andere Krankheiten.

Er trat an den letzten Leichenkarren, der Prag für heute verlassen würde – nur in den Stunden der Dunkelheit durften die Toten herausgekarrt werden – und machte sich daran, die unansehnlichen Leiber zum bereits aufgeschichteten Holzhaufen zu tragen. Er vermied es, zu Richard zu blicken. Er hatte das Gefühl, als verginge mit dem Jungen das Letzte, was ihn mit der lebenden Welt verbunden und ihm Gehorsam ihr gegenüber abgerungen hatte.

Schweigend schichtete er Leiche über Leiche, wie man es bis vor Kurzem auch in gewaltigen Gräbern getan hatte, doch die Zahl der Toten war längst zu groß für die Friedhöfe.

»Danach kannst du gehen!«, verkündete der Küster und machte sich selbst eilig auf den Weg zurück in die Stadt. Gewissenhaft beendete Hagen seine Arbeit, dann aber wandte er sich dem Pestacker zu, wie man den neu angelegten Friedhof nannte. Er musste jetzt etwas Schönes sehen …

Als Hagen die alte Kastanie mit der ausladenden Krone passierte, an der sich schon lange niemand mehr vorbeitraute, sah er Eberwin am Boden knien, umgeben von einem Meer aus Tulpen. Die schlanken Gewächse ragten aus dem verfilzten Gras des Pestackers und hielten ihre Blüten noch fest verschlossen. Fast wirkte Eberwin, aufrecht und dünn, selbst wie eine seiner geliebten Blumen.

Es war ein Risiko, die wertvollen Pflanzen hier zu züchten, in aller Öffentlichkeit sozusagen, aber die Angst vor der Pest hatte die Stadt so fest im Griff, dass kaum jemand sich hierherwagte. Zu groß war die Gefahr, den Schwarzen Tod von solch einem Besuch bei den Toten mit ins eigene Haus zu tragen.

Eberwin blickte kurz zu Hagen auf und nickte ihm zu, dann zog er eine ausgegrabene Tulpe aus der Erde und klopfte sie vorsichtig sauber. Die rot-weiße Blüte verriet, dass es sich um eine *Semper Augustinus* handelte, eine der seltensten Sorten. Bisher hatte noch niemand ergründen können, wie es kam, dass einige der Tulpen schlicht rot blühten, andere aber dieses faszinierende Streifenmuster aufwiesen und dadurch horrende Preise erzielten.

Es war Instinkt gewesen, das Erspüren eines weiteren Wahns der Menschen, das Hagen vor rund fünf Jahren einige Tulpensamen hatte erstehen lassen. Schnell stellte sich heraus, dass Eberwin ein Händchen für die Blumenzucht hatte. Manchmal wirkte es fast, als könne Eberwin seine Bletzermagie auf die Pflanzen ausdehnen, könnte sie mit Versprechungen und Liebkosungen aus der Erde locken und sie im Versuch, seine Liebe zu erringen, zu immer neuer Farbenpracht treiben. Bei ihm gedieh, was bei anderen verging, und der alte Bletzer hatte in den Blumen das Leben gefunden, das ihm selbst fehlte.

Als dann alle Welt verrückt nach Tulpen wurde, hatten sie schon eine erkleckliche Zahl an blühenden Zwiebeln gezogen. Während die Menschen der Stadt von der Pest heimgesucht wurden, hatte sich um sie herum vielgestaltige Schönheit aus dem Boden geschoben.

Wirklich erfolgreich wurde ihre Zucht aber erst, seit sie von dem Hausgarten der Stettlers auf den Pestacker umgezogen waren. Hagen wusste nicht, warum, aber hier, zwischen all den Toten, mitten im ungeziefer- und unkrautverseuchten Gewächs, verwandelte sich eine unfassbar große Zahl der normalen Tulpen in gefleckte und damit viel wertvollere Varianten.

Mittlerweile hatte Hagen an verschiedenen Stellen einige tausend Gulden hinterlegt, Geld, das ihnen beim Aufstand sehr zupasskommen würde – und die Gier der Menschen kannte keine Grenzen. Täglich stiegen die Preise, ein Ende war nicht in Sicht.

Als Hagen ihn erreichte, schnitt Eberwin gerade mit geschickten Fingern die Blume von der Zwiebel und legte die Tulpe in eine Holzpresse, um sie zu plätten und für den zukünftigen Käufer zu bewahren. Dann teilte er die Zwiebel sorgsam in der Mitte, nahm eine andere von niederem Wert, durchtrennte auch diese und presste je eine Hälfte beider Zwiebeln aneinander, bis sie hafteten.

Wortlos sank Hagen neben ihn, nahm eine der beiden neu geschaffenen Zwiebeln entgegen und vergrub sie eine Handbreit neben der nächsten Blüte. Er pflanzte sie Richard zum Gedenken. Sicher, es war kein Baum, die Blume würde keinen Bestand haben. Aber er wollte mit etwas Schönem an den Verstorbenen erinnern. Es genügte, wenn er selbst der Zeit trotzte.

Eberwin tat es ihm gleich, und dann saßen sie dort schweigend, eine ganze Weile. Hagen spürte dem Schmerz um Richard nach, der von der Hülle aus den Jahrzehnten seiner Existenz abgeschwächt wurde. Er hatte schon so viele verloren … und doch schon lange niemanden mehr, der ihm so nahestand. Sanft umfasste er eine der Blüten und erfreute sich an der zarten Berührung der Blätter.

Es war nicht nur das Geld, das Hagen an den Tulpen faszinierte. Hier, zwischen den unterarmlangen Blumen, deren Blüten in allen Farben leuchteten, konnte er den Geist ruhen lassen. Die feinen Muster, die glatten oder gefransten Blätter, die mal schlichten, einfachen, mal vielblättrig verspielten Blüten schienen seine Gedanken zu streicheln und friedfertig werden zu lassen.

Besonders einer Tulpe aber war er zugetan: Sie stach dunkel wie die Nacht aus dem Farbenmeer heraus. Ein einziger roter Streifen zog sich durch das Pechschwarz der Blätter, und Hagen erschien es, als stünde diese Blume für sein Leben. Düsterste Verzweiflung und nur ein schmaler Hoffnungsschimmer – natürlich ein blutroter.

»Sobald du die Ingredienzien hast, wollen sie es erneut versuchen«, sagte Eberwin unvermittelt. Er wusste, dass tröstende Worte Hagen nicht helfen würden, und so tat er, was er am besten konnte: die Aufmerksamkeit auf das Wichtige lenken.

Hagen nickte und wandte sich dann dem bleichen Gesicht seines Gefährten zu. »Ich treffe Upuaut heute Nacht.«

Wieder fiel Stille über sie wie ein angenehm kühles Tuch. Worte waren eine so große Last, wenn auch manchmal eine süße. Eberwin fuhr noch einmal mit den trügerisch dünnen Fingern durch die Erde, dann erhob er sich. »Wir sollten gehen. Die Nonnen werden ärgerlich, wenn wir zu lange nach Sonnenaufgang erscheinen. Und wer wütend ist, pflegt nicht gut.«

Hagen nickte. Eberwin wollte, so wusste er, vor allem deswegen aufbrechen, damit die Sonne sie nicht überraschte. Aber es war Hagen recht – je länger er den Tod zum Gefährten hatte, umso unangenehmer brannte die Sonne auch auf seine Haut und sein Gemüt. Also erhob er sich, berührte noch einmal kurz die schwarze Blüte und wandte sich dann zur Stadt.

OPFERGABEN

Vor den verhängten Fenstern des Siechenhauses war die Frühlingssonne bereits wieder hinter dem Horizont verschwunden, aber hier drin machte das kaum einen Unterschied. Das Stöhnen und Klagen der Kranken auf den unzähligen einfachen Pritschen war tags wie nachts ein ständiges grausiges Konzert. Hagen blickte auf seine Hände, die mit Blut und Eiter befleckt waren, und war dankbar dafür, dass er nur dann und wann den üblen Gestank nach Fäule, Exkrementen, Krankheit und Tod einatmen musste.

Obwohl alle Schriften betonten, dass Reinlichkeit das oberste Gebot beim Umgang mit Pestopfern und vor allem danach sei, sah die Allgemeinheit Waschen noch immer als Unsitte und Gesundheitsgefährdung an. Wasser, der lebenspendende Quell der Reinheit, war verpönt.

Hagen lauschte über den grausigen Chor nach den Glocken und hörte sie zehnmal schlagen. Bald müsste er aufbrechen. Mit einem Seufzen beugte er sich wieder über den kräftigen Mann vor ihm und schnitt mit dem kleinen, spitzen Messer tief in die pralle Eiterbeule.

Ein schwerer Hustenanfall schüttelte den Mann, und dunkler Auswurf sickerte aus seinem Mundwinkel. Hagen richtete sich auf und seufzte erneut. Der Mann würde sterben. Er hatte genug Menschen leiden und vergehen sehen, um zu wissen: Wenn sie die Pest aushusteten, war jede Hoffnung verloren. Er musterte die Glieder des Mannes – die blau geschwollenen, teils eitrigen Beulen prangten auf einem starken Körper. So musste Hagen wenigstens nicht weitersuchen. Er hob den Kopf und blickte zu Eberwin hinüber, der gerade auf einer Bettkante saß und einer jungen Frau Brühe einflößte. Zwischen zwei Schlucken musste er absetzen, damit die zitternde Frau ihre Schmerzen mit einem Aufstöhnen oder tiefen Keuchen herauslassen konnte.

Hagen blickte ihn so lange an, bis der Bletzer den Kopf hob, sah dann etwas länger auf den Mann vor sich und danach zur Tür. Eberwin nickte und stand auf, um die einzige noch wache Nonne abzulenken. Schwester Benedikta war klein und zierlich, aber die Inbrunst verlieh ihr große Kräfte, und so hatte Hagen sie schon oft die schwarzen Ärmel ihrer Kutte hochschieben und Männer vom Doppelten ihres Gewichts ins Bett hieven sehen. Jetzt wandte sie sich ihm mit dem sanften Lächeln zu, das sie für jeden bereithielt. Wären nur alle Nonnen wie sie …

Mit ruhigen Bewegungen schlug Hagen das weiße Betttuch um den Mann, spürte durch den dünnen Stoff die Hitze des fiebrigen Körpers, hob ihn sich auf die Schulter, wobei er sein schmerzerfülltes Stöhnen ignorierte, und trug ihn gemächlich aus der Tür, ohne dass die Schwester dessen gewahr wurde. Eberwins Ablenkung umfasste all ihre Sinne auf eine übernatürliche Weise, die sich auch durch den stärksten Glauben nicht abhalten ließ. Es schien, als habe Gott nichts dagegen, dass die Sünder sein Ebenbild mit falschen Gedanken trogen. Aber er ließ ja auch den Teufel gewähren …

Auf den beinahe leeren Straßen dachte sich niemand etwas dabei, Hagen einen vermeintlich Toten tragen zu sehen. Die Pest war bereits zum festen Teil des städtischen Lebens geworden, speiste als unsichtbarer Gast mit am Tisch, saß in den Kirchenbänken und legte sich nachts ins Bett.

Er ging ruhigen Schrittes zwischen den hohen Fachwerkhäusern entlang, in denen mittlerweile vielzählige Lichter brannten.

Ihr gelber Schein wurde von den Scheiben gebrochen und färbte die dunklen Holzfronten, als wären sie von Honig überzogen. Am klobigen Eckhaus, dessen Erker sich zur Straße vorwölbte wie eine dunkle Pestbeule, waren dunkle Tücher vor die Tür und die unteren Laden gehangen – eine der üblichen Warnungen vor der Krankheit, die man allerorten vorfand.

Der Mann auf seinen Schultern regte sich stöhnend, als fürchte er lebend auf einen der Pesthaufen geworfen zu werden. Hagen griff in seinen fiebrigen Geist und bändigte die Angst des Verwirrten.

Es waren schwere Zeiten für die Prager. Der Krieg tobte als äußerer Feind und half damit den inneren Gefahren – Hungersnöten, Siechen und Unruhen. Doch die stolze Stadt selbst zeigte sich davon wenig beeindruckt. Noch immer prangte sie wie eine für die Ewigkeit errichtete Trutzburg an der Moldau und würde nach dieser wohl noch viele weitere Unbilden ertragen.

Endlich hatte er das verlassene Haus erreicht, bog die Bretter an der vernagelten Tür zur Seite und trat ein. Angst vor Beobachtern hatte er nicht, denn er spürte Anelmas Schleier schwer an seinen Geist branden.

Im Innern saß die Hexe, nur mit einem bis zu den Oberschenkeln hochgezogenen Nachthemd bekleidet, breitbeinig auf einem wackeligen Stuhl. Sie ließ keine Gelegenheit aus, ihren Körper herzuzeigen, und merkte dabei nicht, dass sie ihm so jeden Reiz nahm. In der Hand hielt sie einen Becher, den sie eben aus einem Weinkrug nachfüllte.

»Du bist früh dran«, sagte sie mit einem süßen Lächeln und zwinkerte ihm zu. »Willst du mit mir das Jubiläum feiern?« Sie wies mit dem Becher zu dem Mann hinüber, den Hagen nun auf den Boden legte; etwas Wein schwappte auf ihre Oberschenkel, lief daran herunter. »Der da macht das Dutzend voll!«

Hagen blickte auf den Mann, der sich im Fieberwahn wand. Er

würde sterben; wenn aber das Ritual erfolgreich war, erwartete ihn ewiges Leben. Dennoch – dass es wirklich schon zwölf Männer waren, die er der Qual der Prozedur anheimgegeben hatte, erschreckte ihn ein wenig.

Er sah zu Anelma auf, die mit äußerster Konzentration den Wein mit dem Finger von ihrem Oberschenkel wischte, den Tropfen auf der Kuppe balancierte und dann zwischen die feuchten Lippen schob. Sie sah keinen Tag älter aus als vor sechzehn Jahren.

Sechzehn Jahre voll bitterer Enttäuschungen und grausiger Opfer, und noch immer hatten sie ihr Ziel nicht erreicht! Die Pest hatte sich als Glücksfall herausgestellt, wenn man so etwas zu denken wagte. Es herrschte kein Mangel an Todgeweihten, die Hagen in die Fänge der Hecetissen übergeben konnte, lockte doch ewiges Leben statt eines grausamen Todes. Ein jeder von ihnen hätte sich mit Freuden für das Erstere entschieden, und doch fiel es Hagen schwer, sie aus dem Totenbett zu tragen.

Sie machten große Fortschritte, aber noch immer scheiterte die Verwandlung an ihrem großen Widersacher: dem grimmen Schnitter. Die missglückten Versuche warf Hagen auf einen der Leichenhaufen.

»Hast du die Sachen?«, fragte Anelma und stand auf, um mit einer angeekelten Grimasse auf den Pestkranken hinabzusehen.

»Ich gehe jetzt zu Upuaut, um sie zu holen.«

Anelma nickte abwesend und ging in die Hocke, ließ ihre Hand knapp über dem verquollenen Gesicht dahingleiten. »Ich kenne diesen Mann!«, sagte sie aufgeregt. »Das … das ist mein Sohn!«

Hagen runzelte erschrocken die Stirn, aber da platzte Anelma schon vor Lachen heraus und wies mit dem Finger auf ihn. Mit ihrer dürren Gestalt und den großen Augen wirkte sie wie ein erfreutes kleines Mädchen. »Gib's zu, kurz hast du es geglaubt!«

Hagen schwieg, zog die Jacke aus, um sie nach Flecken abzusuchen, fand aber keine. Als er sie im Gehen wieder anzog, hörte er Anelma dem Mann zuwispern: »Streng dich an, Junge, damit Mama stolz auf dich sein kann!«

Hagen musste das Verlangen unterdrücken, zurück in den Raum zu stürmen und den Mann wieder mitzunehmen, ihn auf natürliche Weise sterben zu lassen, ihn wenigstens vor der grausamen Magie der Hexen zu schützen und damit seine Seele zu retten. Aber dann wischte Anelma seine Bedenken mit einem geflüsterten Satz weg: »Und Papa soll doch endlich die bösen Werwölfe besiegen, nicht wahr?«

Hagen genoss noch die kühle Nachtluft, atmete einige Male durch, um den in seiner Nase lauernden fahlen Gestank der Seuche zu vertreiben, dann betrat er den Gasthof *Zum grünen Ochsen* und schritt durch den großen Empfangsraum hindurch direkt zur Treppe, um in den ersten Stock hinaufzusteigen. Das vom Salon heraufscheinende Licht reichte ihm, um sicheren Tritt zu finden. Früher einmal hingen hier auf dem Flur Porträts von wichtigen Persönlichkeiten der Stadt, doch der Krieg und die Pest sorgten für so raschen Wechsel, dass man sie durch Landschaften ersetzt hatte.

Die schwere Tür schwang unter seiner Hand auf, als Hagen klopfte. Im Innern des geräumigen Zimmers stand ein großes Himmelbett, doch es war wie üblich unangetastet. Die dicken Kissen waren auf dem Boden verteilt, und in der Mitte schimmerte die Glut einer Wasserpfeife mit dem grimmigen Rot des heruntergebrannten Kaminfeuers um die Wette. Das Licht fiel auf die kleine, aber muskulöse Gestalt Upuauts und ließ die scharfen Gesichtszüge, den prächtigen schwarzen Bart und den großen goldenen Ohrring besonders hervortreten. Der Mann legte das Mundstück der Wasserpfeife beiseite und erhob sich, um eine Verbeugung anzudeuten. Eine Wolke beißend-süßlichen Geruchs stieg mit ihm auf und wies darauf hin, dass berauschender Mohn in der Pfeife brannte.

»Hagen von Stein, ehrenwerter Unendlicher, ich begrüße Sie in diesem meinem Quartier!« Upuaut richtete sich wieder auf, und seine lange dunkle Robe mit den prächtigen Stickereien und aufgebrachten Halbedelsteinen fiel bis auf den Boden.

Hagen war aufs Neue überrascht, wie tief und voll die Stimme des kleinen Mannes klang und wie mühelos sein Mund das Französische formte. »Ich danke Ihnen«, antwortete er ebenfalls in dieser Sprache. Dann trat er zu den Kissen und wartete ab, bis sich Upuaut wieder gesetzt und seinen prächtigen Turban gerichtet hatte.

»Bitte, nehmen Sie Platz!«, forderte er Hagen auf.

Es war ein Wunder, dass der Orientale Prag selbst in diesen schweren Zeiten so mühelos bereisen konnte. Das verängstigte Volk war nur zu gern bereit, einen Sündenbock für die Pest und die Kriegsleiden zu strafen, wie die Juden der Stadt schmerzlich erleben mussten. Aber Upuaut blieb gänzlich unangetastet.

»Bitte, gewähren Sie mir die Ehre, die *Shisha* mit mir zu teilen. Sie schmeckt um so viel besser, wenn man sie mit einem Mann von Verstand und Geschmack genießt!« Höflich reichte der dunkelhäutige Mann ihm das Mundstück mit beiden Händen an, und Hagen nahm einen tiefen Zug, hielt den Rauch in der Lunge und reichte das fein geschnitzte Stück Elfenbein zurück. Der Mohn stieg ihm langsam in den Kopf, ließ ihn leichter und weniger sorgenvoll werden, was bemerkenswert war, weil Wein und Schnaps diesen Effekt nicht mehr zu erreichen vermochten.

Upuaut nahm ebenfalls einen tiefen Zug, wobei seine zahlreichen goldenen Ringe leise auf das Elfenbein klirrten. Erst jetzt ließ Hagen den Rauch wieder entweichen, und sein Gegenüber schmunzelte. »Wahrlich, ein Genießer, wie ihn sich ein Gastgeber nur wünschen kann! Sie haben einen langen Atem!«, verkündete er, und nun zuckten auch Hagens Mundwinkel.

Der Orientale reichte ihm das Mundstück erneut und zwirbelte den buschigen Schnurrbart hoch, bevor er ein kleines Kästchen aus einem mit spiegelnden Bronzestücken und klingenden Glöckchen bestickten Beutel holte, um es neben der Pfeife auf den Boden zu legen.

Die kleine Truhe war ein echtes Kunstwerk, wie Hagen als erfahrener Holzbearbeiter erkannte. Winzige Stücke verschiedenfarbigen Holzes waren im Rautenmuster aneinandergesetzt, und hier und da waren auch Perlmutt und Gold eingearbeitet worden.

Hagen nahm einen Zug und erkundigte sich: »War Ihre Reise angenehm?«

Der Mann nickte und nahm das Mundstück entgegen. »Ihr Land hat mich wieder einmal mit dem großen Herzen aufgenommen, das ich so zu schätzen gelernt habe. Selbst der einfachste Mann kann in diesem Lande noch staunen, selbst die einfachste Frau hat noch ein Lächeln für einen alten und unansehnlichen Mann wie mich übrig«, untertrieb Upuaut und drehte das Mundstück in der Hand. »Ich bin jedoch betrübt über das schwere Leid, das herrscht. Solch aufrechte Menschen sollten nicht von Siechen und Krieg heimgesucht werden.«

Hagen zog nun einen prallen Beutel voller Münzen aus seiner Manteltasche hervor und legte ihn auf der anderen Seite der Wasserpfeife ab. »Die Böhmen sind das Leid gewöhnt – sie sind ein starkes Volk.«

Upuaut nickte und nahm einen weiteren Zug.

»Sind Sie nicht besorgt wegen der Pest?«, fragte Hagen und nahm das Kästchen auf, um es vorerst auf den Schoß zu legen. Über den Handel zu reden, wäre zu unhöflich gewesen.

Der Mann beugte sich vor und sagte mit tiefer Stimme, die, wohl wegen des Mohns, zu hallen schien: »Wir sind uns ähnlicher, als Sie ahnen, ehrenwerter Hagen von Stein! Es gibt Dinge, über die wir uns keine Sorgen machen müssen, und andere, die nur Männer wie uns … um den Schlaf bringen.«

Hatten seine Augen rot aufgeleuchtet? Oder war das nur das Feuer gewesen? Hagen versuchte die Worte seines Gegenübers zu ergründen. In den Jahren seiner Forschungen hatte er erfahren, dass auch jenseits der Grenzen Europas übernatürliche Wesen lebten. Oft war kaum zu ergründen, ob all die Geschichten über Widergänger, Dämonen in Menschengestalt, asiatische Bletzer, die ihren Kopf vom Körper trennen konnten, und unzählige andere Kreaturen Legende oder Wahrheit waren. Doch er war naturgemäß geneigt, im Zweifel an ihre Existenz zu glauben, bewies er ja selbst, wie groß der wahre Kern solcher Legenden oft war.

Da lachte Upuaut, als wolle er diese grüblerischen Gedanken vertreiben, und wies auf die Kiste. »Bitte, öffnen Sie. Sie werden erkennen, dass die Waren vollständig vorhanden und durchweg von hoher Qualität sind.«

Hagen folgte der Einladung, schob den kleinen silbernen Riegel beiseite und klappte das Kistchen auf. Im Innern ruhten ein goldener Skarabäus und der Finger einer Mumie. Zwar konnte man Mumie, am Stück oder als Pulver, heutzutage in jeder besseren Apotheke erstehen, doch dies war, wie bestellt, der Finger eines echten ägyptischen Königs. Wirklich wichtig aber war die kleine Glasphiole, deren Korken mit mattgelbem Wachs versiegelt war. Im Innern bewegte sich eine dunkle, zähe Flüssigkeit.

»Es stammt von einem stolzen Löwen, wie Sie gewünscht haben, ein junges Tier mit prächtiger Mähne und gesundem Nachwuchs. Das geborene Raubtier!«

Hagen nickte zufrieden und verstaute alles wieder sorgfältig in der Kiste.

Upuaut sah Hagen tief in die Augen. »Ich frage mich, wie wohl ein solcher Herr der Wüste im Kampf mit einem Raubtier Ihres Landes abschneiden würde. Beispielsweise einem … Wolf?«

Hagen fing seinen Blick auf, bemühte sich, in den leichten, dahingesagten Worten des Mannes keine Drohung zu sehen. Er wusste nicht, was Upuaut über ihn in Erfahrung gebracht hatte, aber das war gefährlicher Grund, darum sagte er mit Nachdruck: »Ich danke Ihnen sehr.«

»Es war mir ein Vergnügen«, antwortete Upuaut und bot Hagen erneut die Wasserpfeife an, aber der lehnte mit einer knappen Geste ab. Die Lust am Schwatzen war ihm vergangen.

»Ich bedaure es sehr, schon wieder aufbrechen zu müssen, aber dringende Angelegenheiten harren meiner«, entschuldigte sich Hagen und erhob sich. Einen kurzen Augenblick drehte sich alles um ihn, dann fand er sein Gleichgewicht wieder.

Auch sein Geschäftspartner hatte sich erhoben und verbeugte sich erneut. »Ich bin jetzt noch einige Tage in der Stadt, kehre dann jedoch wohl erst im nächsten Jahr hierher zurück. Wenn Sie also noch etwas brauchen …«

Hagen verbeugte sich ebenfalls. »Wir werden bald große Mengen Löwenblut brauchen.« *Wenn alles gut geht*, setzte er in Gedanken hinzu, vertrieb die Zweifel aber sofort wieder. Sie mussten bald Erfolg haben, denn mit jedem Tag, der verging, wurde die Gefahr größer, dass die Wariwulf von ihrem Plan erfuhren.

Von meinem Plan, verbesserte er sich mit einem grimmigen Lächeln.

INTERLUDIUM: DÜSTERE ERINNERUNGEN

Georg rümpfte die Nase und blinzelte den Abwasserkanal hinunter. Das einzig verfügbare Licht stammte von der Straßenbeleuchtung, die alle paar Meter einen trüben Schein durch Kanalschlitze warf. Sogar das Neonlicht schien hier unten schmutzig grau, aber es reichte, um Konturen aus der Dunkelheit zu schälen. Und Bewegungen: Dutzende, teilweise unterarmlange Ratten huschten quiekend von ihm weg, in so großer Eile, dass sie sich gegenseitig überkletterten und in das knöcheltiefe Abwasserrinnsal stießen.

Wenigstens war der Kanal hoch genug, dass er aufrecht darin stehen konnte. Georg schnaubte, zog das Tuch zurecht, das den bestialischen Gestank eher symbolisch bekämpfte, und lauschte. Er hörte nichts, also hatte Rigel sich wohl an sein Versprechen gehalten, ihm nicht zu folgen. Mit der Spitze der noch glänzenden Halbschuhe prüfte er die Tiefe des Abwassers – viel zu tief, um hineinzutreten – und ging dann los, wobei er die Füße vorsichtig rechts und links neben die stinkende Brühe setzte. Gummistiefel gehörten nicht zu seiner Standardgarderobe, und mitten in der Nacht waren keine aufzutreiben gewesen. Seufzend schob er sich geduldig weiter, musste bei jedem Schritt befürchten, auf dem feuchten und algenbedeckten Boden auszugleiten, und überlegte, ob er die Taschenlampe an seinem Handy anschalten sollte. Aber es schien ihm wichtiger, die Akkuleistung des Geräts zu bewahren, auch wenn er hier unten keinen Empfang hatte.

Je weiter er jedoch in die Kanalisation unter Bonn hineinlief, umso schwerer fiel es ihm, etwas zu erkennen. Hier gab es keine Schlitzkanäle mehr, durch die breite Lichtbalken fallen konnten – nur gelegentlich öffnete sich über ihm ein schmaler, mit Eisensprossen versehener Tunnel zu einem runden Kanaldeckel, dessen Löcher wie gigantische Katzenaugen auf ihn hinabstarrten.

Also doch die Taschenlampe. Das hellblaue Diodenlicht entrang der Dunkelheit unappetitliche Einzelheiten wie in brauner Sicke schwimmende Fäkalien und ein gebrauchtes Kondom, das von einer darin gefangenen Luftblase an der Oberfläche gehalten wurde. *Good bye, children*, dachte Georg und lachte kurz auf.

Der Laut hallte lange nach, wanderte von ihm fort, schien sich durch das ganze Kanalisationsnetz ausbreiten und seine Anwesenheit verkünden zu wollen. Dann erklang, wie ein höhnischer Applaus, das Platschen von Schritten vor ihm, und der Schein einer sich nähernden Taschenlampe wanderte über die Betonwände. Noch schimmerte das Licht hinter einer Biegung, die Georg vor einer Entdeckung schützte.

Das war er! Wer sonst würde mitten in der Nacht durch die Kanalisation streifen? *Nicht darüber nachdenken*, ermahnte sich Georg. *Das ist sicher Acheloos.*

Es stimmte wohl, was man sich erzählte: Man suchte ihn nicht, man ließ sich von ihm finden! Eilig schaltete Georg seine Taschenlampe aus.

Die Schritte waren nun deutlicher zu vernehmen – der Urheber war fast an der Biegung angekommen. Die Angst, hier unten doch einem Wesen mit übler Absicht zu begegnen, drängte ihn zum Handeln. Er sprang hoch und zog sich einige Sprossen weit in einen der Kanaltunnel. Über ihm blinzelten die Lichtaugen, als ein weiterer Wagen über den Kanaldeckel hinwegschoss, während unten das kalte Licht der Taschenlampe den Gang füllte.

Dann kam eine gebeugte Gestalt in sein Blickfeld, in mehrere Lagen Kleidung gehüllt. Die oberste bestand aus einer schwarzen

Anglerhose und einem neongrünen Regenmantel. Der Schatten schlurfte bis unter den Tunnel und leuchtete dann zu Georg hinauf.

»Kommst du? Oder willst du da oben für Olympia trainieren?«, krächzte der Alte und winkte.

Georg kam sich ertappt vor und ließ sich langsam wieder herab. Dabei versuchte er sich breitbeinig in den engen Tunnel zu stellen, rutschte aber ab und konnte sich gerade noch fangen, bevor er fiel. Dafür stand er jetzt mit beiden Füßen und bis über die Knöchel im Bonner Abwasser.

Der Alte kicherte, wobei die langen, fettigen Strähnen seines Bartes und seines Haars wie Tentakeln wogten, und sagte: »Es könnte schlimmer sein … könnt dir bis zum Hals stehen!« Dann wurde sein Blick nachdenklich, wanderte an Georg hinab. »Oh, das tut es ja!«

»Was meinen Sie damit?«

Der Alte, dessen Aufzug stark an einen Obdachlosen erinnerte, trat plötzlich einen Schritt auf Georg zu und stach ihm den Zeigefinger fast ins Auge, so vehement gestikulierte er. Der Geruch billigen Fusels und maroder Zähne hüllte ihn ein.

»Ihr Zeichen ist auf dir, ihre Wut hat dich berührt, ihr Blut ist an dir … sie haben dich in ihren Reigen gezogen! Und jetzt bist du hier und willst das größte Opfer bringen, Korrektor! Warum?«

»Ich muss wissen, was er vorhat.«

Der Alte schnaubte; ein Rotzfaden floss dabei aus seiner knolligen Nase in den struppigen Schnurrbart, wo er sich mit Speiseresten verband. Er wischte ihn mit der Hand weg. »Willst ihn töten, was? Den Vampir.«

»Wenn es sein muss«, sagte Georg und erkannte überrascht, dass er wirklich im Stillen hoffte, er könne derjenige sein, der den untoten Ritter zur Strecke brachte.

Der alte Mann musterte ihn einige Augenblicke schweigend,

dann wandte er sich ab und ging davon. Georg sah ihm unentschlossen nach, glaubte schon, er sei als nicht würdig erachtet worden. Zögernd stand er dort, unwillig, so schnell aufzugeben. War er der Gaben Acheloos' nicht würdig?

Da rief der Mann, ohne sich umzusehen: »Kommst du, Korrektor, oder was?«

Georg zögerte einen Augenblick. Wenn er ihm jetzt folgte, gäbe es kein Zurück mehr. Er dachte an Karl, an den toten Soldaten, an die Omen, die auf großes Unheil hinwiesen. Dann nickte er entschlossen und folgte dem Mann. Es war seine Pflicht – sein Schicksal. Als er ihn eingeholt hatte, sagte er: »Mein Name ist Georg von Vitzthum.«

»Oh, ein Adeliger beehrt uns«, erwiderte der Alte und gackerte so laut, dass der Tunnel von beinahe fühlbaren Echos erfüllt wurde. »Soll ich jetzt einen Knicks machen?«

»Und wie heißen Sie?«, fragte Georg, der sichergehen wollte, den richtigen Halbirren vor sich zu haben.

Nun blieb der Alte stehen und musterte ihn verblüfft. »Das hat mich lange keiner mehr gefragt. Mal sehen, ob er mir noch einfällt, mein Name. Namen geben Macht, wusstest du das? Kennst du den Namen eines Menschen, kannst du in seine Seele blicken, Inquisitor.«

Georg wartete geduldig.

»Nenn mich Alter, Penner, Tippelbruder, He-du, oder Weg-da, ich habe gelernt, auf all das zu hören.«

»Ich möchte Ihren Namen wissen. Ihren richtigen Namen«, bestand Georg.

»Das Wort, das ein Priester durch seine messweinverwöhnten Lippen gepresst hat, während er heiliges Leitungswasser über meinen Säuglingsschädel goss und sich dabei fragte, wann ich alt genug sein würde, seinen Schwanz zu lutschen, das willst du wissen? Nein. Auch den Namen, den man in das Dokument gestempelt hat, ohne das ein Deutscher kein Mensch ist, nicht existiert, auch den werde ich dir nicht verraten. Soll es der Kosename sein, mit dem meine Mutter mich rief, wenn sie nüchtern war? So gut will ich dich nicht kennenlernen!«

»Schon gut!«, unterbrach Georg die Litanei des Alten. »Ich wollte nur wissen, wer Sie wirklich sind.«

Es war einen Augenblick still, dann sagte der Alte: »Nenn mich Acheloos, denn das bin ich wirklich – der den bitteren Tausch durchführen muss.«

Mit diesen Worten setzte sich der Mann zügig wieder in Bewegung, ohne noch einmal zurückzusehen.

Sie waren nun fast eine Viertelstunde schweigend unterwegs. Jeden Versuch Georgs, ein Gespräch zu beginnen, hatte Acheloos mit einem »Pscht!« unterbunden. Jetzt aber winkte er ihn zu sich heran und wies auf eine enge Nische, in die eine Metalltür eingelassen war.

»Und siehe, sprach der Herr, ich zeige dir das verlorene Reich«, tönte er und stieg vorsichtig die glitschigen Stufen zur Tür hoch, schob sie auf und drückte sich durch den Eingang.

Georg folgte ihm, dachte kurz an eine Falle, verwarf den Gedanken aber gleich wieder und zwängte sich durch die Tür. Dahinter empfing ihn ein penetrantes Duftgemisch. Künstlicher Tannen- und Erdbeergeruch verband sich mit den Fäkalien des Ganges zu einem Übelkeit erregenden Potpourri. In dem kleinen Raum hinter der Tür, in dem er Acheloos unfreiwillig auf die Pelle rücken musste, verliefen hinter Drahtkörben uralte Strom- und Wasserleitungen. Der Boden war mit Kunststofffußmatten bedeckt, auf denen getrocknete Klopapierfetzen und andere, unappetitlichere Dinge hafteten. Die gemauerte Rückwand des Raumes war durchbrochen worden, und ein schmutziges, mit Winnie-Pooh-Bildern bedrucktes Betttuch verbarg die gezackte Öffnung.

»Zieh die Schuhe aus!«, forderte Acheloos und schälte sich aus seiner Anglerhose, um sie dann an einen Haken in der Wand zu hängen. »Und die Hose auch. Es reicht, dass du den Gestank von zehntausend Scheiterhaufen an dir trägst. Du musst mir nicht auch noch den Scheißeduft ins Wohnzimmer tragen.«

Georg wollte protestieren, aber nach einem Blick auf seine vom Abwasser durchtränkten Schuhe und Hosenbeine stimmte er dem Alten im Geiste zu und streifte beides ab.

»Hui, das sind mal stramme Schenkel«, säuselte Acheloos und lachte erneut los, als Georg ihn erschrocken anblickte. Der Alte schlug das Betttuch beiseite und offenbarte einen großen Raum mit gemauerten Wänden. Der Boden war mit Kartons vollgestellt, einer neben dem anderen, zwischen denen Wege verliefen. Einer von ihnen führte in die Nische, wo auf einem Stapel Pappe ein zerschlissener Schlafsack lag, und ein zweiter zur anderen Ecke, in der Acheloos nun im Licht seiner am Boden liegenden Taschenlampe zwei Starthilfekabel an eine blanke Stromleitung klemmte. Funken sprühten, dann glommen mehrere im Raum verteilte Weihnachtslichterketten auf, und aus einem Radio klang die gelangweilte Stimme einer Journalistin, die Verkehrsnachrichten verlas.

Auch an der niedrigen Decke waren einige Leuchtschnüre angebracht, und jetzt bemerkte Georg, wo der süßliche Geruch herstammte: An unzähligen kleinen Nägeln und Haken in den Mörtelfugen der Ziegeldecke baumelten Duftbäumchen, wie man sie zur Abwehr von üblen Gerüchen in sein Auto hängte.

»Willkommen in meinem kleinen Heim«, sagte Acheloos, als Georg sich vorsichtig unter dem hochgehaltenen Winnie-Pooh-Laken hindurchduckte. »Fließend Wasser gibt es nur an den Wänden, dafür hat man immer Gesellschaft.« Acheloos wies auf einige Ratten, die sich ungeniert durch einen der Kartons nagten. »Leider ist das Klo auf halber Treppe«, fügte er hinzu, zeigte in Richtung Kanalisation und lachte wieder.

»Was ist das hier alles?«, fragte Georg, während Acheloos die Ratten mit Tritten verjagte und sich nach einer angenagten Plastiktragetasche bückte.

»Meine Aussteuer«, gab der alte Mann zurück und entnahm der Tüte eine ebenfalls angenagte Hartwurst. »Setz dich endlich.« Mit einem stumpfen Küchenmesser sägte Acheloos das von den Ratten gekostete Stück ab und warf es nach einer der schwarzgepelzten Plagen, die sich duckte und die am Karton abprallende Wurst rasch zwischen den Zähnen wegtrug. Acheloos hielt ihm den Rest der Salami hin.

Georg, der unterdessen auf der muffigen Schlafstatt Platz genommen hatte, schüttelte angeekelt den Kopf.

»Dein Pech«, behauptete Acheloos und biss herzhaft in die Wurst. Auf beiden Backen kauend, setzte er sich neben Georg und sagte: »Hast mich gesucht, willst tauschen. Aber willste's wirklich?«

Georg nickte und sagte: »Ich weiß, dass mein Schicksal mit dieser Sache verbunden ist. Carteaumois hat es bewiesen.«

Der alte Mann hielt einen Augenblick im Kauen inne, und seine Augen suchten Georgs Blick, als wolle er sich vergewissern, dass sein Gegenüber nicht scherzte. Dann schluckte er.

»Die Zecke im Maßanzug, der schönheitsoperierte Nosferatu, der Dandy der Blutsauger, auf den selbst Dracula und Casanova neidisch wären?«

Georg antwortete nicht darauf, fragte sich vielmehr, warum er überhaupt so viel preisgab.

»Kennst du den Preis und willst ihn zahlen?«

Georg zögerte.

»Na?«, fragte Acheloos und biss erneut ab. Es knirschte laut, und er verzog das Gesicht, griff sich dann in den Mund. Zusammen mit einer Portion Salamibrei zog er einen abgebrochenen Zahn hervor. »Da geht ein weiterer den Weg allen Irdischen.«

Er zuckte mit den Schultern, ließ den Zahn zu Boden fallen und schob sich den Rest der ekeligen Masse wieder in den Mund. »Also?«

»Woher wussten Sie, dass ich ein Korrektor bin?«

»Die Hörner an deiner Stirn haben es mir verraten.« Der Alte lachte wieder los, sprühte Fleischbrei in die Luft, und es dauerte eine Weile, bis er aufhörte und noch etwas länger, bis er wieder genug Luft hatte, um weiterzureden. »Nenn es einfach meinen Fluch. Ich sehe es euch an. Blutsaugern, Wölfen, Kinderschändern, Hexenverbrennern, Drogendealern … für mich tragt ihr alle ein großes Schild vor euch her, auf dem eine Zimmernummer in der Hölle steht.«

Georg runzelte die Stirn. Abgesehen davon, dass er sich in diese Aufzählung ganz sicher nicht einreihen wollte, immerhin stritt er für Gott und das Gute, musste eine solche Gabe doch unbezahlbar sein. Den Menschen ihre Verbrechen und Fehler anzusehen …

»Du fragst dich, warum ich meine Fähigkeit nicht zum Guten einsetze. Warum ich nicht dafür sorge, dass all die Schweine hinter Schloss und Riegel kommen?«

Georg nickte zögerlich.

»Denk nach, oder hat die Kirchenpropaganda dein Gehirn schon in Grütze verwandelt?«, forderte Acheloos und biss erneut ab, beugte sich dann vor und zog eine abgeschabte Mineralwasserflasche heran, aus der er einen tiefen Schluck trank.

»Weil Ihnen keiner glauben würde«, sagte Georg und erinnerte sich an seinen ersten und einzigen Versuch, seiner damaligen Lebensgefährtin von der Arbeit zu erzählen. Seitdem war er wieder Single und würde es vermutlich auch für alle Zeit bleiben.

»Bingo! Und ganz ohne Publikumsjoker«, sagte Acheloos und hielt ihm die Flasche hin. Wieder lehnte Georg ab. »Ich hab's trotzdem versucht, mehr als einmal.« Acheloos hing eine Weile seinen unliebsamen Erinnerungen daran nach.

»Wann hat es angefangen?«, fragte Georg.

Acheloos sah ihn lange an, dann sagte er mit brüchiger Stimme: »Das weiß ich nicht.« Mit einem Mal sprang er auf und rief: »Das weiß ich nicht, du Arschloch! Das ist doch das Problem!« Der Alte packte einen Karton und schleuderte ihn wütend gegen die Wand. Bunte Tüten mit Fertigsuppen fielen heraus und ergossen sich auf andere Kartons. »Das ist doch das beschissene Problem!«

Georg zuckte erschrocken zusammen, machte sich bereit aufzuspringen, falls der Alte ihn angehen wollte, aber da sank Acheloos schon wieder schwer atmend auf das Lager. Er stützte seinen Kopf auf die Hände und wiederholte leise: »Das ist doch das Problem.«

Georg saß betroffen da, sah auf den Alten und überwand schließlich seinen Widerwillen, hob die Hand und wollte ihm tröstend auf den Rücken klopfen.

»Pack mich nicht an«, kreischte Acheloos und rückte weg. Ärgerlich wischte er sich einige Tränen aus dem Gesicht und ruckte herausfordernd mit dem Kinn: »Biste hier, um mir Löcher in den Bauch zu fragen, oder bringen wir es endlich hinter uns? Hattest sicher eine gute Kindheit. Kann ich 'n bisschen was von brauchen!«

Georg schwieg lange, dann nickte er langsam. Er sah dem Alten zu, wie er wieder aufstand, durch den Raum ging und nach einigem Suchen mit einer Flasche billigem Strohrum wiederkam. Diesmal bot Acheloos ihm die Flasche nicht einmal an, sondern nahm nur selbst einen tiefen Schluck daraus und stellte sie dann zur Seite.

»So, dann wollen wir mal ein bisschen was Sinnvolles in deinen Schädel prügeln, Kreuzritter! Wenn wir zwischen all den Mordgedanken noch einen Platz finden, an dem keine Unschuldigen brennen.«

Georg spürte Wut aufwallen. Langsam hatte er die Nase voll davon, wie der Alte auf der Kirche herumhackte. Immerhin war sie die letzte Verteidigungslinie gegen das Übernatürliche. Tag für Tag entkamen die Menschen nur knapp einem grausigen Schicksal. Jede dunkle Gasse konnte zu einer Todesfalle werden. Jede Disko war ein potenzieller Werwolfjagdgrund, jede Bushaltestelle ein mögliches Vampir-Buffet, und die nette ältere Dame von nebenan braute vielleicht in ihrem Schnellkochtopf Tränke und keine Suppen. Und das waren nur die Dinge, von denen er wusste, mit denen er regelmäßig zu tun hatte. Wären Leute wie er nicht Tag und Nacht im Einsatz, hätten die unmenschlichen Wesen schon längst die Macht an sich gerissen.

»Für Sie ist das alles ein großer Scherz, was?«, fragte er darum laut und erhob sich. »Macht es Ihnen Spaß, mich zu verhöhnen?«

Acheloos starrte ihn ausdruckslos an. Dann nickte er, und als er sprach, troff der Sarkasmus förmlich aus seiner Stimme: »Ja, es macht mir Spaß. Und es ist das Einzige, was mir geblieben ist. Es macht Spaß, sich stets zu fragen, ob nicht im nächsten Augenblick ein Vampir oder ein Werwolf durch dieses Loch gesprungen kommt, weil sie mich als gefährliche Informationsquelle ansehen, die sie zum Versiegen bringen wollen. Es ist ein großer Jux, aus dem Schlaf hochzuschrecken, aus Träumen, in denen nicht einmal mehr die Kinder unschuldig sind, nur um zu bemerken, dass es kein Traum war. Und ich kriege mich kaum noch ein bei der Erinnerung an all die Freunde und Verwandten, vor allem, wenn ich dann erkenne: Dies sind nicht meine eigenen Erinnerungen, und obwohl ich sie kenne, würden sie mich doch unerkannt wegscheuchen wie einen räudigen Hund. Manchmal mache ich mir vor all meinen gut aussehenden Verehrerinnen in die Hose, weil ich mich so verdammt gut amüsiere!«

Georg sah dem Alten nicht in die Augen, als er sich nun wieder setzte. Aber eine Entschuldigung brachte er auch nicht über die Lippen, also saßen sie erneut eine Weile schweigend auf dem klammen Schlafsack.

»Na gut«, sagte Acheloos dann und stand auf. »Ich muss hier irgendwo noch etwas haben.« Er fing an, sich durch diverse Kartons zu wühlen und dabei allerlei Absonderliches hervorzuholen: alte Zeitschriften, Puppenköpfe, ein kleines Rad, Garnknäuel, aber auch eine Handvoll billiger Kreuzanhänger, einen angespitzten Billardqueue und ein rostiges Rambo-Messer.

»Ah!«, verkündete er schließlich und kam mit einer kleinen, mit mehreren Gummibändern verschlossenen Plastiktüte wieder zu Georg herüber. »Gib mir mal den Topf da«, verlangte er und wies auf einen kleinen Campingtopf mit rotem Griff.

Georg reagierte nicht sofort.

»Na! Wird's bald?«, forderte Acheloos, der unterdessen einen Tauchsieder hervorgeholt hatte.

»Willst du einen Tee machen?«, fragte Georg irritiert, bemerkte, dass er zur vertraulichen Anrede übergewechselt war, aber Acheloos schien es egal.

»Mann, tu, was ich dir sage!«, rief er erbost. »Sonst kannst du sehen, wo du bleibst!«

Also reichte Georg den Topf hinüber.

»Geht doch.« Der Alte löste die Bänder von der Tüte und entnahm ihr einen Tiefkühlbeutel mit reifen schwarzen Beeren, die bereits dunklen Saft abgesondert hatten.

»Tollkirschen«, erkannte Georg besorgt, aber Acheloos kommentierte die Aussage nicht. Stattdessen zählte er zehn Beeren ab und zerquetschte sie mit einer verbogenen Gabel. Dann goss er Wasser aus der Flasche darauf und steckte den Tauchsieder hinein.

»Du willst Tollkirschen kochen?«, fragte Georg und schämte sich dafür, wie ängstlich seine Stimme klang. »Was kommt noch rein? Arsen?«

»Quatsch«, lachte Acheloos und zog aus einer Hemdtasche in der dritten Lage seiner Kleidung eine kleine Tüte mit einigen dunkelbraunen Bruchstücken hervor, die Georg am Geruch als Hasch erkannte, als der Mann sie nun ebenfalls in den Topf schüttelte.

»Das wird dich umbringen!«, mahnte Georg.

Acheloos stand auf, zog den Stecker des Radios aus der Verlängerungsschnur und unterbrach damit den Redeschwall des Sprechers. Dann steckte er stattdessen den Tauchsieder ein. »Uns; wird *uns* umbringen. Stimmt aber nicht! Vertrau mir. Muss jetzt erst mal eine Weile einkochen. Und dann: gluck, gluck!« Er ahmte mit abgespreiztem kleinem Finger ein Nippen an einer Teetasse nach.

»Woher weiß ich«, wollte Georg wissen, nahm dabei aber wieder Platz, »dass du mich nicht umbringen willst?«

Acheloos stand auf und ging zu einem Karton in der Mitte, während das Wasser langsam anfing zu kochen. »Weil ich eine Seele von Mensch bin«, sagte er, bückte sich kurz und zielte dann plötzlich mit einem kurzläufigen Revolver auf Georg. »Und weil ich dich hiermit leichter um die Ecke bringen könnte.«

Georgs Herz setzte einen Schlag lang aus, dann polterte es wie wild in seinem Brustkorb. Eisiges Adrenalin pulsierte durch seine Adern, und während sein Körper noch in Panik erstarrt war, analysierte sein Instinkt bereits die Chancen. Konnte er den alten Mann erreichen, bevor er schoss? Oder seine eigene Waffe ziehen?

Acheloos ließ die Waffe am Abzugsbügel um seinen Finger herunterrutschen und warf sie lachend beiseite. »War eh nicht geladen.«

Georg starrte ihn fassungslos an.

»Als wenn die mir irgendwas nützen würde«, sagte er kopfschüttelnd. »Das brauche ich dir doch nicht zu erklären, Korrektor!«

Georg zwang sich, ruhig durchzuatmen, aber das Adrenalin in seinen Adern ließ den Raum enger und dunkler erscheinen, während sein Blick auf Acheloos geheftet blieb. Der Mann rührte eine Weile in der bitter riechenden Flüssigkeit und hob dann die Flasche an, um einen großzügigen Schuss Schnaps hineinzuschütten. »Für den Geschmack!«, verkündete er mit einem Grinsen, füllte den dunkelroten Sud in einen Campingbecher aus Blech und reichte ihn Georg. »Wohl bekomm's – sieben kleine Schlucke!«

Georg nahm den Krug vorsichtig am verbeulten Griff und spürte die Hitze des Gebräus aus dem Becher strahlen. Wollte er das wirklich tun? Ja – aber warum? *Hinterfrage dich stetig, dann hat der Teufel keine Handhabe,* hatte man ihm während seiner Ausbildung eingebläut. Seiner Karriere wäre das hier kaum zuträglich, und was seine Eltern dazu sagen würden, wenn er sich an seine eigene Kindheit nur noch bruchstückhaft erinnern könnte, mochte er sich gar nicht vorstellen. Von den gesundheitlichen Gefahren eines solchen Gebräus ganz zu schweigen. Warum also?

Seine Gedanken glitten zu Karl, zu dem jungen Mädchen, das Carteaumois suchen ließ, zu Hagen von Stein. Die Unruhe, die ihn bei allen drei Bildern vor seinem geistigen Auge erfasste, das Aufbrüllen all seiner natürlichen und erlernten Instinkte verriet ihm, warum: weil Gott ihm diesen Weg wies, ihn in diese Schlacht schickte. Weil es sein Schicksal war.

Entschlossen nippte er an dem Becher und zählte sorgfältig die kleinen Schlucke der bitteren Mischung, die er herunterwürgte. Als er beim siebten angekommen war, durchflutete bereits eine unsägliche Hitze seinen Körper. Schweiß trat ihm auf die Haut, das Rascheln der Ratten klang dumpfer, und sein Herzschlag hörte sich seltsam feucht an. Nein, das war nicht sein Puls – irgendwo tropfte Wasser auf den Boden. Mit einem Mal war der Becher verschwunden, und als Georg ihn verwundert suchte, lockte ein schallendes Lachen seinen Blick auf einen bartumwundenen, zahnlosen Mund. Wie unter einer Lupe sah er die Speichelfäden, die sich zwischen den spröden Lippen spannten wie Spinnenseide. Dann verschwanden sie hinter einem abgeschabten Becherrand, und der Raum begann sich zu drehen. Die winzigen bunten Lichter an der Decke wankten und wurden zu Sternen weit, weit über ihm, als er nach hinten sank. Sein Kopf schlug gegen die gemauerte Wand, aber der Schmerz erreichte sein Bewusstsein nicht, wurde von watteartigem Gespinst abgefangen und beiseitegeschoben, um für wichtige Dinge Platz zu machen. Zum Beispiel die Erektion, die sich an die Innenseite seiner Unterhose drückte, obwohl es in diesem stinkenden Loch nicht das Geringste gab, das ihn erregen könnte.

Plötzlich beugte sich ein verformtes Gesicht über ihn. Ein dichter, schmutziger Bart umgab die faltigen Züge, und er bewegte sich. Die Haare rangen miteinander, wogten wie Seegras in den Wellen. Seine Atemzüge schienen Georg schrecklich laut. Er wandte den Blick von den kämpfenden Barthaaren ab und sah in die Augen des Mannes, die plötzlich keine Pupillen mehr hatten. Sie waren glatt und silbern, und Georg sah deutlich seine Reflexion darin. Er musterte sich kurz in diesem lebendigen Spiegel, da krachte es plötzlich in seinem Kopf, und er sah, wie sich zwei dünne, gedrehte Hörner aus seiner Stirn schoben. Über ein entferntes, schrilles Kreischen sagte der Alte: »Es beginnt.«

Dann war sein Gesicht wieder verschwunden. Erst jetzt bemerkte Georg, dass er es war, der schrie. Er versuchte damit aufzuhören, aber es gelang ihm nicht. Seine Kehle gehorchte einem anderen Herrn. Entsetzt hob er die Hand, um nach den Hörnern zu tasten, aber da packte der Mann Georgs Arm und band mit flirrend schnellen Bewegungen seinen eigenen daran fest, Handgelenk über Handgelenk.

Auf dem breiten Papierband, das er dazu verwendete, waren winzige Zeichen geschrieben, die vor Georgs Blick verschwammen. Mit tiefer, dröhnender Stimme fragte der Mann: »Was bietest du?«

Georg musste sich lange besinnen, bevor er wieder darauf kam, warum er hier war. »Kind… Kindheit«, brachte er dann mit Mühe hervor.

»Das ist ein großes Opfer. Was willst du?«

»Hagen … von …«, Georg lauschte dem unendlich erscheinenden Echo seiner Stimme nach, die in seinem Kopf wieder und wieder zurückgeworfen wurde. Dann sagte er laut, wie man in eine Höhle hineinrief: »Stein!«

»Es gilt!«

Der faulige Atem war die einzige Warnung, die Georg bewusst wahrnahm, dann lagen plötzlich die rauen Lippen des Alten auf Georgs und pressten ihm saure Luft in die Lungen.

Georg weinte, denn er hatte sich einzig und allein He-Man gewünscht; keine Karl-May-Bücher, keinen neuen Tintenfüller und ganz sicher keine Socken. Und doch lag unter dem weit ausladenden Weihnachtsbaum kein Geschenk mehr für ihn.

Georg lachte, denn sein Vater warf ihn immer wieder in die Luft, und da war dieses warme Gefühl völligen Vertrauens.

Georg öffnete langsam die Augen und sah seine Mutter, die sich über ihn beugte und mit leiser Stimme sagte: »Aufstehen. Wir fahren in den Urlaub!«

Ein leises Bellen war das Erste, was Georg von dem Lebewesen hörte, das für mehr als ein Jahrzehnt sein treuester Freund sein sollte.

Georg wehrte sich. Nicht Leopold! Er wollte sie nicht hergeben, die Erinnerung an die erste Begegnung mit dem Wolfshund, denn sie zählte zu den Dingen, die ihm durch schwere Tage halfen. Aber es war zu spät. Schon als er dem Nachhall der Erinnerung nachspürte, war da nur Leere. Er wusste, dass er einen Hund gehabt hatte, aber wie er ihn bekommen hatte – das war wie so vieles im Morast der Jahre versunken.

Weitere Kindheitserinnerungen wurden aus ihm herausgesogen; Acheloos schlürfte sie mit jedem Atemzug in sich hinein, aber mit jedem Luftstoß, der Georgs Lungen wieder weitete, floss anderes dafür zurück. Bilder, Gefühle, Erinnerungen, die erst noch zur Ruhe kommen mussten, die wie dickflüssiger Sirup die in seinen Geist geschlagenen Lücken füllten.

Ein kurzer Moment der drohenden Vorahnung, dann traf Georg eine Welle der Erinnerungen, wie sie von einem vertrauten Geruch ausgelöst werden konnten.

Georg befand sich inmitten eines Heeres von seltsam geformten Menschen. Die Köpfe waren zu groß, die Glieder zu kurz – nein, das waren Kinder, doch weil er selbst auch eines war, klein und schwach, wirkten die Proportionen verzerrt. Die Kinder waren missgestaltet, was umso besser zu erkennen war, als sie nun nackt durch den Wald liefen. Bei einigen waren Gliedmaßen verkümmert. Bei anderen sah Georg Buckel und offene Rücken, weiche, aufgedunsene Schädel, deformierte Gesichter. Dann wurde er sich gewahr, dass er mit ihnen zusammen etwas auf Händen trug. Eine Phiole, von der warme, göttliche Macht ausging, wie er sie unlängst schon einmal gespürt hatte. Dies war eine Reliquie!

Es fing an zu regnen, doch der Regen war warm und klebrig – Georg sah nach oben und erschrak vor pelzigen Armen, die gewaltig im dunklen Nachthimmel hingen und aus denen Blut auf sie hinabfloss.

Jetzt war ihr grausiger Zug in der Stadt angekommen – Hochhäuser umragten sie – und hielt an. Das unvermindert über sie fließende Blut sammelte sich in einer Pfütze zu ihren Füßen, und mit einem Mal drängte sich etwas durch die rote Oberfläche. Ein Wolf schob sich aus der Flüssigkeit, schüttelte sich, und als das Blut von seinem drahtigen Fell lief, erkannte Georg einen dunklen Strich auf dem Rücken des Tieres.

Dann zerfloss diese Erinnerung, tauchte hinab in den Wust aus

Dingen, die einem dann und wann einfielen, und Georg spürte den Schlaf näher kommen.

»Ja!«, hörte er im Wegdämmern noch die Stimme des Alten. »Jetzt erinnerst du dich … an das, was sein wird!«

Georg richtete sich auf und wartete, bis der Schwindel so weit nachgelassen hatte, dass er wieder laufen konnte. Er wusste nicht, wie er die Kanalisation verlassen hatte oder wo er hier war. Eine Schrecksekunde lang glaubte er sogar, nicht mehr zu wissen, wer er war. Aber dann verging dieses Gefühl der Entfremdung, und er schaffte es, sich bis zu einer Straßenlaterne zu schleppen. Schwer atmend entspannte er sich, lockerte die Muskeln und hob den Kopf, um das Straßenschild zu lesen, da traf ihn die nächste Vision.

Ein gewaltiges, helles Monstrum stürzte auf ihn zu, groß sogar für einen Wariwulf, und landete auf einem Toyota, der krachend unter dem Gewicht zusammenbrach. »Sancta Maria!«, grollte das Wesen und riss das Maul zu einem gewaltigen Brüllen auf. Für einen Augenblick schien Georg aus dem tiefen, dunklen Schlund das entsetzte Gesicht eines jungen Mannes anzuflehen – erschrocken erkannte er, dass es sein eigenes Gesicht war. Dann krachten die Fänger aufeinander.

Georg lag auf den Knien, den Laternenpfahl umklammert, und schüttelte den Kopf. Was hatte er sich nur dabei gedacht? *Wenn das so weitergeht …*, überlegte er, wusste aber nicht, was er dann tun sollte. *Erst mal nach Hause.*

Also stemmte er sich wieder hoch und taumelte die Straße entlang. Langsam ließ der pochende Schmerz im Kopf nach, und er fand wieder sicheren Tritt. Die angenehm kühle Nachtluft klärte seine Gedanken, die jedoch, wie Fußabdrücke im nassen Sand, gleich wieder vollliefen. Er versuchte die Traumbilder zu deuten, aber es gab so viel, das keinen Sinn ergab.

Er hielt kurz an einem Schaufenster an, in dem Indianerschmuck, Wasserpfeifen, Zippos, Lederarmbänder und derlei mehr lagen. Ein gläserner Totenkopf, der im Sekundenabstand in verschiedenen Farben aufleuchtete, stellte die einzige Beleuchtung dar. Wenn er erlosch, spiegelte sich die Bushaltestelle vor dem kleinen Park auf der anderen Straßenseite im Glas des Schaufensters. Hell, dunkel, hell, dunkel. Der hypnotische Wechsel zog Georg in seinen Bann.

Dann sah er in der Spiegelung zwischen den dichten Büschen hinter der Haltestelle einen riesigen, deformierten Wolfskopf auftauchen. Der Schreck ließ ihn zurücktaumeln, aber statt sich umzudrehen, wartete er entsetzt darauf, dass der Totenkopf erlosch. Wieder sah er für eine Sekunde die Haltestelle, aber da war nichts. Endlich fand er die Kraft, sich den in einer leichten Brise wogenden Büschen zuzuwenden. Seine Augen durchsuchten die Schatten zwischen den mattgelb angeleuchteten Pflanzen, ohne etwas zu finden.

Mit einem Mal fiel ihm auf, dass die Bonner Straße verwaist dalag. Die noch erleuchteten Fenster konnte er an einer Hand abzählen, und es war unnatürlich still, weil in Hörweite kein einziges Auto fuhr. Da legte sich ein dunkles Knurren über die Stille, und es kam von oben!

Georg warf den Kopf in den Nacken und sah vor dem dunklen Nachthimmel, im Dunkel des Flachdachs, riesige rote Augen aufglühen. Er schrie nicht auf, sah sich nicht weiter um, sondern rannte sofort los. Auf der anderen Straßenseite erklang ein bellendes Lachen, schrill wie von einer Hyäne, und Georg erkannte, dass sie zu zweit waren. Er rannte so schnell er konnte, überzeugt davon, dass sie ihn mühelos einholen würden. Sie hetzten ihn, spielten mit ihm – oder wollten ihn an eine bestimmte Stelle treiben. Wie kam es nur, dass alle Welt ihn so leicht finden konnte?

Aus dem Augenwinkel sah er etwas Großes auf seiner Höhe

durch den Bewuchs des Parks laufen. Äste knackten und Büsche raschelten, aber Georg sah nicht hin, wollte nicht wissen, wie der Vargr aussah, der ihn zerreißen würde. Das Vieh wurde schneller und sprang auf die Straße. Im grellen Licht der Straßenlaterne wirkte seine geduckte, klobige Gestalt seltsam unwirklich – wie eine computergenerierte Figur aus einem Horrorfilm. Doch dieser Vergleich schmolz dahin, als das Wesen sich knurrend mit langsamen, kraftvollen Schritten auf ihn zubewegte. Dies war kein Film, kein Regisseur würde »Schnitt« rufen …

Hinter ihm krachte etwas auf den Asphalt. Georg brauchte sich nicht umzudrehen, um zu wissen, dass es der andere Vargr war. Ansatzlos, so hoffte er, rannte er auf den Park zu, vorrangig, weil es der einzige Fluchtweg war.

Sein Atem ging stoßweise, und das Adrenalin trieb seinen maltrātierten Körper zu Hochleistungen an, die er später bereuen würde – wenn er das hier überlebte.

Werde ich nicht, erkannte er, als er durch einen Busch sprang und zeitgleich rechts und links von sich Rascheln hörte. Und tatsächlich, als er auf der andere Seite ankam, schlitterten die Vargr dort auf der feuchten Wiese schon zu einem Halt. Der eine gedrungen, mit eingedrückter Schnauze, die eher an einen wütenden Eber erinnerte, der andere räudig, mit dickem, knochigen Rückgrat, das in einer Schlangenlinie verlief. Sie wandten sich ihm zu, zum Sprung geduckt, und der Schweinsköpfige lachte sein Hyänengebell.

Georg erkannte, dass dies sein Ende war, also blieb nur eines zu tun: Er schloss die Augen und betete.

VIERTER TEIL:

SILBERSTREIF

Anno Domino 1637, in dem der Tulpenwahn endet; Kaiser Ferdinand II. stirbt; sein Sohn Ferdinand III. den Thron besteigt und René Descartes seine »Grundlagen der analytischen Geometrie« veröffentlicht.

VERWANDTSCHAFT

Hagen öffnete die Tür und verbeugte sich, eine Geste, die mit zunehmender Zeit immer schwieriger wurde, als wollten sich die Muskeln wieder an den stolzen, aufrechten Gang eines Wariwulf gewöhnen statt an das Kratzbuckeln eines Bletzers. Doch noch war dieser Tag nicht gekommen.

Stettler blickte ihn nicht einmal an, als Hagen ans Bett trat. Der Familienvater war ein alter Mann geworden, nun gänzlich ohne Haar, und sein einst runder Bauch war einer rachitisch erscheinenden Brust gewichen. Nur die Nase prangte ausladend wie eh und je im aschfahlen Gesicht. Obwohl das lichterloh flackernde Kaminfeuer das Zimmer unangenehm aufgeheizt hatte, zitterte Stettler.

Erst als Hagen zu berichten begann, ruckte sein Kopf zu ihm hoch. Selbst Stettler trug nun keine Kröse mehr, nur noch einzelne edle Damen hielten an diesem unsinnigen Kleidungsstück fest. Andererseits trug Stettler ohnehin seit beinahe einem Monat immer nur das gleiche Nachthemd.

»Der Kaiser ist in Wien verstorben, Herr«, sagte Hagen ohne jede Regung. Es war Ferdinand II. und vor allem dem vor zwei Jahren errungenen Prager Frieden zu verdanken, dass zwischen den Katholiken und Protestanten im Lande wieder einigermaßen Ruhe herrschte.

Doch Frieden war in Deutschland deswegen noch lange nicht eingekehrt – die Schweden und Franzosen hielten den Krieg auf deutschem Grund und Boden am Leben, stritten gegen den Kaiser und würden auch gegen seinen Sohn streiten, der nun den Thron innehatte.

»Wen schert's?«, fragte Stettler matt und blickte wieder zum Fenster, wo vor den großen Butzenscheiben der Schnee sanft herniedersank.

Seit Wochen war er so teilnahmslos, seit ausgerechnet am Weihnachtstag seine zweite, deutlich jüngere Frau im Kindsbett gestorben war und auch der neugeborene Knabe nicht überlebt hatte. Hinzu kamen die gewaltigen Verluste, die Stettler vor wenigen Tagen erlitten hatte, als der Tulpenhandel in sich zusammengestürzt war.

Hagen hatte den Absprung Ende letzten Jahres rechtzeitig geschafft, als die Preise utopische Höhen erreicht hatten. Ihm war klar gewesen, dass selbst die törichten Menschen dieser Epoche irgendwann erkennen mussten, dass eine Blume, egal, wie selten oder wie hübsch anzusehen sie war, nicht solche Summen wert sein durfte. Das Geld, das Eberwin und er mit ihren seltenen Tulpensorten verdient hatten, mehrere hunderttausend Gulden, lag sicher verwahrt bei der Bank. Lediglich ein Dutzend Tulpenzwiebeln hatten sie behalten, die allesamt fast schwarze Blüten hervorbrachten, der Freude wegen, die ihnen diese Blumen bereiteten.

»Landhofmeister von Matrinic lässt anfragen, ob Ihr zu seinem Umtrunk am morgigen Abend erscheinen wollt.« Es war der ehemalige Statthalter, den Hagen beim inzwischen zweiten Fenstersturz mit eigenen Augen aus dem Fenster der Hofkanzlei hatte fliegen sehen. Als wolle Fortuna ihn für diesen Absturz entlohnen, hatte er nunmehr einen steilen Aufstieg hinter sich, und wenn seine Intrigen weiterhin so florierten, wohl auch noch vor sich.

Stettler blickte Hagen kurz an, und die unendliche Traurigkeit in seinen Augen tat Hagen beinahe leid. Der Mann war nun ganz allein in Prag. Hagen erinnerte sich nur zu gut an dieses Gefühl, diese Verzweiflung. Auch er hatte verloren, was ihm das Leben bedeutet hatte … doch Stettler verdiente sein Mitleid nicht. Wenigstens war Hagen jetzt weitgehend der Herr im Haus, und das ermöglichte ihm, seine Pläne zügig voranzutreiben.

»Ich sage ab«, schlug er vor, und Stettler nickte matt. Hagen wartete noch einen Augenblick, ob er weitere Befehle bekäme, aber als Stettler sich seufzend auf die Seite drehte und wieder dem fallenden Schnee zusah, verließ er den Raum. Er gab Stettler noch einen Monat, dann würde ihn der Gram zerfressen haben.

Hagen schloss die Tür hinter sich und ging eben die Stufen hinab, da klopfte es an der Eingangstür. Weil er trotz der neu gewonnenen Freiheiten die Fassade des Dieners aufrechterhalten musste, öffnete er. Vor der Tür stand eine junge Frau im knöcheltiefen Schnee. Ihr langer Mantel mit der spitzen Kapuze war weiß von winterlichen Flocken.

»Lass mich ein«, forderte die Frau, und Hagen trat beiseite. Kaum im Innern, löste sie die Schnalle des Mantels und ließ ihn in Hagens Hand gleiten, raffte das am Saum nasse, hellblaue Kleid und trat die Männerstiefel ab, die knapp über dem Knie zu Stulpen gerollt waren. Der Schnee fiel in kleinen Brocken auf die Dielen. Die schlanke Gestalt, die nach neuer Mode gänzlich auf Hüftpolster verzichtete, bewegte sich so selbstsicher, als sei sie hier zu Hause. Und da erkannte Hagen sie: Es war die erwachsen gewordene Gesche von Stettler, das einst runde Mädchengesicht zu noch immer vollen böhmischen, aber liebreizenden Zügen ausgewachsen. Wie sie jetzt den langen Ärmel des Kleides etwas zurückstreifte, um die langen, gepuderten Haare zu richten, und ihn dabei abwartend musterte, wirkte sie wie ein Welpe auf ihn.

»Willst du meinem Vater nicht melden, dass ich da bin, Hagen?«, fragte sie verwundert.

»Er ruht gerade, Gesche, vielleicht solltest du …« Weiter kam er nicht, denn die Frau kam einen wohl bemessenen Schritt näher und knurrte drohend. Ihre Augen glommen gelb, die Augenbrauen, dünn gezupft, sprossen buschig hervor, und an den Fingern zeigten sich hornige Klauen.

»Zum einen hast du zu gehorchen, Bletzer!«, stieß sie grollend zwischen verlängerten Reißzähnen hervor. »Zum anderen heißt es für dich Freiherrin von Enzberg. Ich bin kein Kind mehr, das du mit deinem Süßholz ködern kannst. Hast du mich verstanden?«

Ohne auf eine Antwort zu warten, stürmte sie die Treppe hinauf.

Hagen starrte der Frau fassungslos nach. Noch während ihre Schritte auf der Treppe polterten, trat Eberwin aus der Küche und murmelte: »Wisse, wo dein Platz ist, Knecht.«

»Sie«, stammelte Hagen, in seiner Weltsicht erschüttert, und starrte der Frau nach. »Sie ist eine Wariwulf!« Er wusste nicht, was ihn mehr erschreckte: dass er es nicht gemerkt hatte oder dass er gerade einen weiblichen Wariwulf gesehen hatte.

Eberwin nickte unbeeindruckt. »Ja, heute lässt man sie am Leben.«

Nun blickte Hagen seinen ehemaligen Mentor und heutigen Komplizen an. Mit einem Achselzucken erklärte dieser: »Früher hat man sie nach der Geburt ertränkt, sobald die Hagr das Erbe in ihnen erkannte. Es war allgemein bekannt, dass die Last eines Wariwulf zu schwer für schmale Frauenschultern war. Heute denkt man anders. Wer weiß«, Eberwin zeigte ein schmales Lächeln, »vielleicht haben wir in Kürze auch die ersten Bletzerinnen.«

Hagen fasste sich, warf noch einen kurzen Blick die Stiege hinauf und ging dann in die Küche, um dort mit einem kleinen Messer Rüben zu schälen. Es war merkwürdig, aber seit seinem Aufenthalt im Kloster, noch zu Lebzeiten, fand er Ruhe in so einfachen Tätigkeiten. Vielleicht, weil sie zu verrichten ihn an Ulda erinnerte – an die lebensfrohe Frau, die sie einst gewesen war, bevor die schlimmen Dinge Einzug in ihr gemeinsames Leben gehalten hatten.

Es vergingen einige Stunden, in denen die Köchin die Bletzer für allerlei Arbeiten einspannte, dann erst kam Gesche – *Freiherrin von Enzberg*, korrigierte sich Hagen in Gedanken – wieder die Stufen hinab.

»Eberwin, Hagen«, rief sie, noch bevor sie den Fuß der Treppe erreicht hatte. Ihr Tonfall war befehlsgewohnt, und natürlich gehorchten sie beide und erwarteten sie im Flur.

»Meinen Mantel«, verlangte sie, und während Eberwin ihr hineinhalf, sagte sie zu Hagen: »Ich bin eine Weile in der Stadt, habe Angelegenheiten zu regeln. Ihr achtet mir darauf, dass mein Vater alles Nötige hat und es ihm gut geht. Höre ich auch nur ein Wort der Klage, so gnade euch der Herrgott!«

Hagen nahm die Anweisung mit zusammengebissenen Zähnen entgegen, konnte sich dann aber doch eine Erwiderung nicht verkneifen. Was glaubte dieses kaum zwanzigjährige Küken sich erlauben zu dürfen? Nur weil sie eine Wariwulf war …

»Das Herz Ihres Vaters ist gebrochen. Ich fürchte, er …«

Ein wuchtiger Hieb riss Hagen von den Füßen, dann traf ein ebensolcher Tritt seine Seite und brach ihm zwei Rippen, kaum dass er aufschlug. Während er sich im Schmerz krümmte, stand die Frau über ihm, die Faust drohend erhoben. »Wenn ich deine Meinung hören will, Bletzer, frage ich.«

Hagen blinzelte zu ihr hinauf und spürte, dass Angst und Schuldgefühle ihrem Vater gegenüber sie plagten. Er wusste, er sollte lieber den Mund halten, aber ihre selbstgerechte Art und das viele Blut, das er in den letzten Wochen zu sich genommen hatte, fegten seine Bedenken weg. »Glauben Sie, nur weil Sie Ihren Vater besuchen, das erste Mal in bald sechs Jahren, wird er wieder genesen?«

Der Aufschrei warnte Hagen, sodass er noch schützend die Arme vors Gesicht heben konnte, dann traf ihn ein Schlag, riss mit langen Krallen Stoff und Haut von seinem Arm, und ein weiterer warf ihn gegen die Wand. Zwar schwollen die Muskeln an ihren Gliedern an, reckten sich die Arme, krümmte sich der Rücken und spross Fell aus ihrer Haut, doch verwandelte sich die junge Frau nicht völlig, was eine bemerkenswerte Selbstbeherrschung verriet.

Sie sprang zu Hagen, und weitere Treffer prasselten, begleitet von Gesches rasselnden, heiseren Atemstößen, auf ihn ein. Durch die Schmerzen und die Erschütterungen des Angriffs nahm Hagen die Witterung von Eberwins Beeinflussung auf. Sein Freund ließ Ruhe in den Geist der Wariwulf sickern, zähmte den Wolf, der heiß und lebendig aus ihr strahlte, und sorgte schließlich dafür, dass ihre wie Musketenschüsse krachenden Schläge abebbten.

Schwer atmend wirbelte sie herum und war zur Tür hinaus, bevor Hagen noch ganz zu sich gekommen war. Eberwin schüttelte vorwurfsvoll den Kopf und reichte Hagen die Hand, an der dieser sich auf die Beine zog. Zahlreiche Knochen waren gebrochen, und jede Bewegung schmerzte. Wunden klafften blutleer auf, aber insgesamt war es nichts, was ihn lange behindern sollte.

»So dürfen sie nicht mit uns umgehen«, presste er trotzig hervor.

»Doch«, widersprach Eberwin. »Noch dürfen sie es.«

Hagen nickte grimmig. »Noch!«, wiederholte er.

BLUTIGE GEBURT

Hagen ließ den Blick über die Ingredienzien gleiten, die in einem eisenbeschlagenen Koffer bereitlagen. Sie waren mehr als erlesen, und wenn diese Variante des Rituals funktionierte, würde es kein Leichtes sein, sie in großer Menge zu besorgen. Löwenblut, die Knochen eines zu Unrecht Gehängten, dazu Profaneres wie Muskatnuss und Alraune …

Die täglichen Besuche der Freiherrin hatten die Vorbereitungen für ein weiteres Ritual – das fünfundzwanzigste – sehr erschwert, aber endlich war alles beisammen. Die Pest war zurückgegangen, wurde von vielen nur noch als eines der alltäglichen Ärgernisse angesehen. Wie grausam musste das Leben den Menschen mitgespielt haben, dass sie einige Dutzend Tote pro Woche nicht mehr beachtenswert fanden? *So lange, bis es einen ihrer Lieben trifft*, dachte Hagen grimmig.

Doch so gab es zumindest genug Opfer zu stehlen und genug Gräber, um sie loszuwerden, wenn es nicht klappte.

Aber diesmal musste es einfach funktionieren. *Das hast du bei den letzten zehn Versuchen auch gedacht*, erinnerte er sich.

Hinter ihm stimmte Anelma den Ritus an und übertönte damit das fiebrige Stöhnen des Bäckergesellen, den Hagen aus der Siechenhalle geholt hatte.

Mittlerweile konnte er selbst die Worte mitsprechen, und auch wenn sich bei jedem Versuch Kleinigkeiten änderten, hatte er das Ritual klar im Kopf. Längst erschreckte es ihn nicht mehr, Knochen splittern zu hören, das Ersterben des schlagenden Herzens.

Er wandte sich den Hexen nicht zu, deren Blöße für alle Zeiten weit davon entfernt war, ihn zu erregen, sondern blickte weiter auf die wichtigste Zutat des Rituals. Die Idee zu dieser war ihm gekommen, als er sich am syphilitisch-fauligen Blut einer Wanderdirne gelabt hatte. Wie sollte Gott es zulassen, dass man einen Bletzer erschuf, ohne dass dieser die achte Todsünde, das Verzehren des Menschen, begangen und somit die Unsterblichkeit als schrecklichste Strafe verdient hatte?

So strich er nun sanft das dunkelbraune, struppige Haar aus der hohen Stirn der jungen Frau, die er erst vor wenigen Stunden vor den Toren der Stadt dabei erwischt hatte, wie sie sich dem gefährlichen Broterwerb der Pestleichenfledderei hingegeben hatte. Noch waren ihre Achseln frei von blauen Beulen, aber es war nur eine Frage der Zeit, bis sie sich dabei ansteckte. Darum hatte Hagen mit ihr einen Handel geschlossen, indes im Stillen und ohne ihr eine Wahl zu lassen: Sie würde ihm dazu dienen, seine Hypothese zu überprüfen, und dafür würde er ihr ein sorgenfreies Leben in bescheidenem Wohlstand ermöglichen.

Die Frau regte sich im Schlaf, als der zukünftige Bletzer kreischend schrie. Hagen streckte seinen Geist aus und streichelte ihr Bewusstsein wieder zur Ruhe. Das schmale, ausgehungerte Gesicht zuckte, dann spannte ein Lächeln die spröden Lippen. Dankbar hob sich ihr Geist der Sorglosigkeit entgegen, die Hagen ihr zu schenken vermochte, und er gefiel sich in der Rolle des Segenspenders so sehr, dass er über diese beinahe väterliche Liebkosung die Zeit vergaß.

»Daujan! Ferhwa! Nedaujan!«, hörte er Anelma rufen, und ruckte hoch. Im eröffneten Brustkorb des Mannes am Boden zog sich das Wolfsherz unregelmäßig, wie unter Hieben, zusammen.

Die Hexe ließ schwer atmend den Kopf sinken und das Messer aus der Hand gleiten. Dann strich sie sich die langen, vom Blut tollkirschrot schimmernden Haare aus dem Gesicht und sah ihn mit großen Augen an, deren Pupillen jedoch zu winzigen Nadelstichen zusammengezogen waren. »Versuchen wir es auf deine Weise!«

Hagen nickte und nahm die junge Frau vorsichtig auf, trug sie in den Drudenfuß, dessen Linien nunmehr mit Gold in den Boden eingelegt waren. Er ging auf ein Knie, lehnte den Oberkörper der Frau gegen sein angewinkeltes Bein und hob ihren Arm. Er hielt ihn über den Mund des röchelnden Toten – denn so oder so, der Mann starb jetzt.

Dann nahm er das vom Blut rutschige Messer auf und schnitt in die sonnengebräunte Haut am Unterarm der Frau. Das Blut lief zum Handgelenk hinab und tropfte von dort als stetiger dunkler Faden in den Mund des Gesellen. Vor der schlaffen Zunge sammelte es sich zu einer kleinen Lache, bis der Raum ausgefüllt war und es in seinen Rachen überlief.

Hagen hielt den Blick auf das Wolfsherz gerichtet, das unter gebrochenen Rippen nun zunehmend schneller schlug. Mit einem Mal schluckte der Mann das Blut und stöhnte dabei wohlig. Seine blauen Lippen zitterten, und er riss die von gelblichem Sekret verklebten Augen so heftig auf, dass zahlreiche Wimpern ausrissen und in der Kruste hängen blieben.

Dann hielt das Wolfsherz mit einem Mal inne. Hagen starrte es an, wartete auf den nächsten Schlag des schlaffen, blutigen Organs, doch er kam nicht. Anelma trat zu ihm und stützte sich mit blutigen Händen auf seiner Schulter ab, atmete ihm schwer ins Ohr und sagte leise: »Gleich! Gleich, mein Lieber!«

Hagen schüttelte leicht den Kopf, wagte nicht zu hoffen und doch auch nicht zu fürchten. Der Mann war tot … aber tot auf welche Weise?

INTERLUDIUM: GIRLPOWER

G*ütiger Herrgott, ich habe dir stets treu* …, betete Georg, und das Knurren der Vargr vor ihm vibrierte in seinem Magen. Weiter kam er nicht, denn plötzlich riss ihn etwas zurück. Ein Schrei entrang sich seiner Kehle, und als er die Augen öffnete, schlugen vor ihm Äste zusammen.

»Hier lang!«, rief eine Frauenstimme, und ihr wohnte eine solche Befehlsgewalt inne, dass Georg gar nicht auf die Idee kam, sich zu widersetzen. Er lief los und hob die Hand zum Schutz vor den Ästen, die ihm auch den Blick auf seine Führerin versperrten.

Hinter ihnen ertönte das Krachen schwerer Körper, die sich durch den Busch arbeiteten, und es klang beängstigend nah.

Dann waren sie plötzlich auf der Straße, und er konnte seine Retterin erkennen. Sie trug einfache Jeans, dazu einen engen schwarzen Rollkragenpullover und Turnschuhe, die für den Sprint deutlich besser geeignet waren als Georgs dreckverschmierte Halbschuhe.

Sie warf einen Blick über die Schulter; dabei löste sich eine Strähne aus ihrem streng nach hinten gekämmten, vom Gel dunklen Haar und fiel ihr in die Stirn. Passend zur Chansonette-Frisur hätte das Gesicht vom Titelblatt der französischen *Cosmopolitan* stammen können, wobei vor allem die vollen, knallrot geschminkten Lippen hervorstachen, die nun leicht geöffnet waren, um dem schnellen Atem Raum zu geben.

Hinter ihnen scharrten Krallen auf dem Asphalt und hatten im

Nu einen regelmäßigen und viel zu schnellen Rhythmus erreicht. Georg wagte nicht, sich umzusehen, glaubte aber den heißen Atem der Raubtiere im Nacken zu spüren.

Dann passierten sie eine Plakatwand. Die Frau lief daran vorbei und riss ihn dahinter grob herum, wobei sie beide fast gestürzt wären.

ZU TODE GEPRÜGELT. ZU PELZ VERARBEITET, verkündete das Plakat in dem großformatigen schwarzen Werbekasten, der quer zur Fahrtrichtung mitten auf den Bürgersteig gepflanzt worden war. Darunter lag eine ihm unbekannte, nicht sehr attraktive nackte Dame, deren Beine in einen Robbenschwanz verwandelt worden waren. Georg unterdrückte ein nervöses Kichern. Offensichtlich hatte sich die gesamte Medienwelt verschworen, um ihn zu verhöhnen – erst Rigels Radio, jetzt die Plakatwand.

Kaum hatte er dies gedacht, stieß ihn die Frau gegen den Plakathalter, und er konnte sich gerade noch herumdrehen, um nicht mit dem Gesicht auf die Plastikscheibe zu schlagen. Sie drängte sich eng an ihn und breitete die Arme aus, als wolle sie ihn an der Flucht hindern.

»Still!«, hauchte sie ihm ins Ohr, und ihr Atem roch leicht nach Lakritz. Sie schloss die Augen, legte den Kopf schräg, und für einen winzigen Augenblick glaubte Georg, sie wolle ihn küssen, aber ihr Mund näherte sich ihm nicht. Dann sprangen die Vargr zu beiden Seiten an dem Plakat vorbei. Das Schweinsgesicht kam sofort schlitternd zum Stehen, der andere machte noch einige weite Sätze, dann bemerkte auch er, dass ihre Opfer nicht mehr zu sehen waren.

Das ist Wahnsinn, dachte Georg. Die Frau, deren Brüste sich voll und heiß an seinen Brustkorb drückten, konnte doch unmöglich glauben, die Vargr würden einfach an ihnen vorbeilaufen.

In diesem Moment pendelte der Kopf des Näherstehenden auch schon herum und sah sie genau an. Gelbliche Augen zogen sich in der Beleuchtung des Plakats zusammen, und ein langer Geiferfaden troff auf den Boden.

Georg musste sich zusammennehmen, um nicht loszulaufen oder, um ehrlich zu sein, wie ein kleines Mädchen zu kreischen. Das riesige Raubtier schnaubte wütend, die Ohren bewegten sich hin und her, und dann hob es die gewaltige schwarze Nase in die Luft, um zu wittern.

Georg traute seinen Augen kaum, als nun auch das andere Monstrum direkt auf sie zulief, sie aber offenbar nicht wahrnahm. Ein Tropfen Schweiß rann an der Schläfe der Frau hinab, und ihr Atem ging stoßweise, was nicht eben half, die wilden Assoziationen seiner vom Stress und den Tollkirschen aufgepeitschten Libido zu bremsen. Dann endlich holte sein Wissen die von Erregung und Angst vertriebenen Gedanken ein: ein Schleier. Die Frau war eine Hexe und verbarg sie vor den Sinnen der Vargr.

Die Hyäne schnüffelte den Boden unmittelbar vor ihnen ab, berührte mit der triefnassen Nase beinahe den festen, runden Po der Frau und hob dann den Kopf zu einem frustrierten Aufheulen, das in ein Grollen mündete.

Der andere Vargr umkreiste die Plakatwand, dann wirbelte er herum und stürmte die Straße weiter hinab. Er sprang auf das Dach eines der zahlreichen geparkten Wagen, dessen Bodenblech unter dem Gewicht auf den Asphalt gepresst wurde, was die heulende Alarmanlage auslöste. Der Wolf heulte erneut, als wolle er dem Auto antworten, und sprang dann weiter auf die Straße, doch der Wagen hob sich nicht wieder.

Der Schweinskopf schlug heiser an, dann stürmte er hinter seinem Gefährten her. Mit langen Sätzen liefen sie die Straße hinab.

»Noch nicht, noch nicht«, keuchte die Frau vor ihm tief aus der Kehle, und mit der Erleichterung, die Feinde abziehen zu sehen, spürte Georg, wie die Erregung in seinem Körper Oberhand gewann. Ihr Schweiß hatte die blumige Note eines Deos erweckt, die sich mit dem leichten Kokosnussduft des Haargels vermischte. Ihre heißen Atemstöße landeten, da sie einen Kopf kleiner war, in seiner Halsbeuge und riefen dort Gänsehaut hervor.

»Noch nicht«, keuchte sie erneut, und Georg musste den Drang unterdrücken, ihren Po zu umfassen, der sich unter der schmalen Taille präsentierte wie bei … *Sophia Loren*, erkannte er mit einem Mal. Diese Frau war die Hexe von Karls Beerdigung!

»Jetzt!«, rief die Frau, riss die Augen auf und packte ihn wieder am Arm, um ihn zurück zur Bushaltestelle zu zerren. Da die Vargr in die andere Richtung verschwunden waren, folgte er ihr bereitwillig. Im Laufen zog sie einen Autoschlüssel hervor, an dem eine kleine Figur baumelte, drückte darauf und entriegelte damit die Tür eines Audi R8. Der Wagen in Silbermetallic lauerte breit und bullig zwischen den Mittelklassewagen wie ein Löwe unter Antilopen.

»Schnell!«, mahnte ihn die Frau, also sprang Georg auf die Motorhaube und rutschte darüber auf die andere Seite. Gleichzeitig stiegen sie ein, und in dem schwarzen Armaturenbrett erwachten die Anzeigen zum Leben, als sie startete. Die kleine Figur stellte sich dabei als Hartgummipuppe von Bibi Blocksberg heraus.

Sie zog den Wagen geübt auf die Straße, und er gab ein gedämpftes Brüllen von sich, als sie das Gaspedal kurz durchtrat und die Beschleunigung sie in die Sitze presste. Georg duckte sich, um in den Außenspiegel spähen zu können, aber es waren keine Vargr zu sehen. Trotzdem schnallte er sich an, und sie tat es ihm nach.

»Danke!«, sagte er dann, noch immer schwer atmend, und sah zu ihr hinüber. Sein Blick wurde ungebührlich lang von dem Anschnallgurt angezogen, der zwischen ihren Brüsten lag und deren Form und Umfang zur Geltung brachte – deutlich mehr als eine Handvoll. Dass auch sie tief durchatmete, machte es nicht leichter.

»Mein Name ist …«

»Georg von Vitzthum«, sagte die Frau, und die Andeutung eines Lächelns zuckte um ihre Mundwinkel, die schon von Natur aus leicht nach oben wiesen.

Nachdem Georg sie eine Weile schweigend und misstrauisch angesehen hatte, setzte sie hinzu: »Karl war ein Freund meines Vaters.«

»Er hat Sie nie erwähnt«, sagte Georg, dessen Paranoia im Akkord arbeitete.

»Komisch. Wo er doch sonst so eine Klatschbase war, gerade was sein Privatleben anging.« Der Spott in ihrer Stimme war überdeutlich. »Sie hat er erwähnt; eigentlich ständig. Hielt Sie wohl für einen würdigen Nachfolger.« Trauer ließ das Lächeln verschwinden und ihre Stimme belegt klingen. »Jetzt können Sie beweisen, ob das stimmt.«

Georg blickte auf die nächtliche Straße, die von teuren Bonner Villen gesäumt wurde, und schwieg. War es möglich, dass Karl Kontakt zu einer Hexe gehabt hatte? Wenn das stimmte, war es nicht weiter verwunderlich, dass er es nicht jedem auf die Nase gebunden hatte. Georg hätte seinen Ausbilder und Freund jetzt gern um Rat gefragt …

»Leandra Siegen«, stellte sich die Hexe vor. »Aber nennen Sie mich Lea.«

Mit einem weiteren Blick auf ihr hübsches Profil, in dem die fein geschwungene Nase nicht zu groß, aber auch nicht zu klein für ihre Lippen und die flache Stirn war, erkannte Georg, dass er eindeutig der Ältere war. Lea mochte Mitte zwanzig sein. Damit fiel ihm die Last zu, das »Du« anzubieten.

»Ich bin Georg«, sagte er und hoffte, dass seine Intention klar wurde und er nicht als Idiot dastünde, der sich zweimal vorstellte.

»Der Bruderschaftskuss muss noch etwas warten«, sagte sie schmunzelnd, und Georg lächelte ebenfalls, jedoch eher in der verwunderlichen Hoffnung, es könnte einen solchen Kuss wirklich geben.

»Ich würde vorschlagen, wir fahren zu mir – da dürften Sie …« Lea wandte ihm den Blick zu, und erst jetzt, da ihr Gesicht vom mattblauen Leuchten der Armaturen angestrahlt wurde, zeigte sich, dass ihre Augen unterschiedliche Farben hatten. »… dürftest du im Augenblick am sichersten sein.«

Nach kurzem Zögern setzte sie mit einem Lächeln hinzu: »Außerdem stinkst du nach Scheiße!«

Als er hinter ihr die Wohnung betrat, barfuß, die stinkenden Schuhe und Socken in der Hand, stieg ihm als Erstes der Geruch von angebranntem Essen in die Nase, der im langen, aber schmalen Flur hing. Bis auf eine einfache Garderobe, die von unzähligen Jacken und Mänteln umfassend belegt wurde, war er leer.

»Ganz geradeaus durch. Handtücher sind im hohen Schrank unten. Ich bringe dir gleich was zum Anziehen«, rief sie und eilte in die Küche, aus der dicke schwarze Schwaden drangen.

Im Vorbeigehen sah Georg in spärlich eingerichtete Zimmer, deren einzige Zier zahlreiche, meist im Schneidersitz dahockende Holzfiguren waren: der elefantenköpfige Ganesha, fette Buddhas, aber auch die vielarmige Kali und hier und da eine Maria oder – wie er schaudernd bemerkte, zumeist aus Plastik und knallbunt – ein Jesus. Er schmunzelte, als ihm auffiel, dass die Gottheiten der Fremde sitzen durften, die heilige Familie hier aber stets stand.

Im Bad lächelte ihn eine leuchtende Maria von der Wand an, das dicke, rosige Jesuskind im Arm. Er schämte sich, die Kleidung unter den Augen der Gottesmutter abzulegen, aber dieser Moment verging schnell. Die Jungfrau würde ihm sicher nichts weggucken.

Er knüllte die Kleidung so, dass die saubersten Teile nach außen zeigten, legte sie ins Waschbecken und stieg dann über den

Rand der Badewanne. Der blickdichte Duschvorhang, von dem ihm das in einem Dreieck gefangene Auge der Vorsehung vielgestaltig zusah, klebte ein wenig zusammen.

Während er das Wasser anstellte und wartete, bis es die richtige Temperatur hatte, fragte er sich, wie es zu dieser Profanisierung heiliger Symbole kommen konnte. Früher, weit vor seiner Geburt, hieß es: Wo ein Kreuz ist, da ist Gott nicht weit. Heute müsste man sagen: Wo ein Kreuz ist, ist auch ein Trottel nicht weit, der es sich durch unschickliche Körperteile piercen lässt, weil es »geil aussieht«. Und das allsehende Auge kannten die Leute heute meist nur noch als Illuminatensymbol auf dem Dollarschein.

Er suchte unter den zahlreichen Duschgels und Shampoos vergeblich nach etwas, das nicht mit Honig oder Aloe angereichert war oder wenigstens nicht penetrant nach Blumen roch. Dann ergab er sich in sein Schicksal und schäumte sich mit »dem Duft der Frische« ein. Es war eher der Duft von Ananas und etwas Limette. Na ja, Obst war immerhin besser als Blumen.

Er hörte, wie sich die Tür öffnete, und kurz hoffte er, dass Leandra den Vorhang beiseiteschlagen und zu ihm unter die Dusche steigen würde. Dieser freudige Gedanke sorgte schlagartig dafür, dass er mehr Körperoberfläche einzuseifen hatte, und das wiederum wurde von einem leichten Schwindelgefühl begleitet. Er musste sich an der Wand abstützen.

»Ich lege dir hier eine Trainingshose und ein Sweatshirt hin. Müsste dir passen.«

Georg sah sich in Gedanken in einer hautengen rosa Aerobikuniform und musste kichern. *Verdammte Drogen!*

Es stellt sich heraus, dass die Trainingshose und das T-Shirt schwarz waren und tatsächlich gut passten. Das waren definitiv nicht Leas Sachen. Er wischte sich noch einmal die in den letzten Wochen recht lang gewordenen Haare aus dem Gesicht und überprüfte sein Spiegelbild. *Eitelkeit*, dachte er schmunzelnd und zuckte mit den Schultern – sie hatte ihn in Scheiße gebadet aufgelesen, und es war wohl kaum sein hübsches Gesicht gewesen, das sie dazu veranlasst hatte. Lea war sicher nicht auf einen One-Night-Stand aus. *Also hör auf, sie dir nackt vorzustellen!*, ermahnte er sich. *Das ist doch sonst nicht deine Art.*

Der gute Vorsatz schmolz dahin wie ein Schneeball in der Hölle, sicher auch auf dem Feuer der Tollkirschen, als er sie in ihrem Wohnzimmer auf einer Liegewiese aus Kissen hingegossen wiedersah. Sie trug jetzt einen weiten Strickpullover, der eine ihrer Schultern und den Ansatz ihrer Brust offenbarte, und einen halblangen schlichten Rock, der bis zum Knie hochgerutscht war. Zwischen den unzähligen Kissen stand ein kleiner Tisch, und darauf wiederum dampfte eine Kanne Tee.

»Na, auch schön hinter den Ohren gewaschen?«, fragte sie ihn schmunzelnd und wies auf die Kissen. »Tee?«

Georg nickte lächelnd und ließ sich auf einem dicken Ungetüm von Kissen nieder, auf dem er überrascht Swastika und andere heilige indische Symbole entdeckte. In Deutschland ein »Hakenkreuzkissen« herumliegen zu lassen war heikel, egal, wie segensbringend das Symbol jenseits der Nazi-Annektierung war. Wieder so ein Beispiel für den Missbrauch eines heiligen Symbols.

Der blumige Darjeeling rann angenehm seine Kehle herunter, und der kleine Tonbecher wärmte seine Hände, die sich trotz der heißen Dusche noch klamm anfühlten.

»Danke«, sagte er dann. »Für den Tee und … alles.«

Sie winkte ab. »Wir Guten müssen doch aufeinander achten«, meinte sie mit einem Zwinkern und nippte selbst an ihrem Tee.

Sie schwiegen, und Georg sah sich um. Ein ausladender Altar an der Längswand nahm den Platz ein, der bei anderen Menschen dem Fernseher zugedacht wäre. In ihm waren unzählige kleine Figuren versammelt, von denen Georg nur die Hälfte erkannte. Indische Gottheiten aus mit Gold verziertem Holz, Maria in verschiedenen Versionen aus Plastik, heidnische Fruchtbarkeitsgöttinnen mit ausladenden Körperformen aus dunklem Stein, an Voodoopuppen gemahnende Gebilde aus Stroh oder Stoff, ägyptische Götter mit Tierköpfen aus bemaltem hellen Stein und verschlungene Maori-Schnitzereien.

»Ein beachtliches Pantheon«, sagte er, sah sie wieder an und stutzte kurz. Ihr halblanges dunkles Haar hing in einer kurzen Prinz-Eisenherz-Frisur um ihr hübsches Gesicht. War das nicht gerade noch betonhart festgegelt gewesen?

»Ich mag die Auswahl«, sagte sie und zuckte mit der Augenbraue. Anzüglich? *Obacht!*, mahnte sich Georg. Sie wäre nicht die erste Hexe, die ihre erotische Ausstrahlung nutzte, um ein Ziel zu erreichen.

Aber als sie sich jetzt ausgiebig streckte, musste er sich auf die Seite legen, um die Auswirkung dieser vorgeblich harmlosen Geste zu kaschieren. Er kam sich vor wie ein Pubertierender im Hormonrausch …

»Und du kanntest Karl?«, fragte Georg. Der Gedanke an seinen verstorbenen Freund erleichterte es ihm, die Contenance zu halten, wenn auch zu einem bitteren Preis. Er vermisste den bulligen Kerl sehr.

»Onkel Karl war mein Taufpate.« Sie ließ diese Aussage wirken, dann sagte sie: »Na frag schon.«

Georg zuckte die Achseln und tat ihr den Gefallen: »Wusste er …«

»Ja«, unterbrach sie ihn. »Meine Mutter ist die siebte Nachfahrin von Maria Beyel. Der letzten …«

»Hexe von Idstein«, unterbrach Georg sie nun seinerseits, worauf sie schmunzelte.

»Hast deine Hausaufgaben gemacht, was?«, fragte sie und schenkte ihm Tee in die noch halb volle Tasse nach. »Jedenfalls war man sich ziemlich sicher, dass ich die Hexengabe geerbt habe, und Onkel Klaus hat mir geholfen, bei ordentlichen Hagren ausgebildet zu werden.«

Georg nickte stumm und musterte sie. Wie viel von diesem hübschen Gesicht, von dieser knisternden Anziehungskraft war echt und wie viel Magie? Und war das überhaupt eine Frage, die man sich stellen musste? Waren Brustimplantate echter als der Schleier einer Hexe?

»Ich bin eine artige kleine Hagr«, sagte sie mit einem Augenaufschlag und legte sich den Zeigefinger an den gespitzten Mund, in sündiger Imitation eines unschuldigen Kindes.

Georg schwieg noch immer. Er bemerkte entsetzt, dass er Karl insgeheim den Vorwurf des Verrats machte. Er hatte gemeinsame Sache mit »denen« gemacht, hatte sogar vor Gott geschworen, eine Hexe, zugegebenermaßen eine Hagr, an Kindes statt anzunehmen, wenn den Eltern etwas zustieße. *Nein*, dachte er. *Eigentlich bist du nur eifersüchtig.* Darauf, dass Karl ihm nichts davon erzählt hatte, obwohl Georg sich für seinen besten Freund gehalten hatte.

»Du bist eher der schweigsame, brütende Typ, was?«, fragte sie und rollte sich auf den Rücken, legte die Hände hinter den Kopf, wodurch ihre vollen und straffen Brüste besonders gut zur Geltung kamen. Lächelnd nickte er.

»Ich würde dir was zu essen anbieten, aber das Risotto ist angebrannt. Hab's auf dem Ofen vergessen, als ich los bin. Und sonst habe ich nichts im Haus. Wir könnten Pizza bestellen?«

Der Gedanke an Essen verursachte Georg Übelkeit, und so hob er abwehrend die Hand. »Warum?«, fragte er dann.

»Warum was?«, wollte Lea wissen, drehte sich auf die Seite und stützte sich auf den Ellenbogen auf. Dadurch pressten sie ihre Brüste zwischen den Armen zusammen, und …

Hör verdammt noch mal auf, ihre Titten anzustarren!, rief sich Georg innerlich zur Ordnung.

»Warum bist du risottoverachtend losgerannt, um mich vor diesen Kötern zu retten?«

Ihre verschiedenfarbenen Augen, eines braun, eines blau, wie bei einem Husky, fingen seinen Blick ein, und er spürte sein Herz schneller schlagen. Wie konnten Augen verlockender sein als Brüste? *Man lernt doch nie aus …*

Sie setzte sich auf in einen mühelos erscheinenden Schneidersitz, zog den Rock über die Beine und blickte ihn ernst an. »Weil ich DeWulfen den Kopf abschneiden und diesen auf die Zinnen des Kölner Doms stecken will.« Hass loderte in ihren Augen auf und vereinte die unterschiedlichen Farben zu einer gemeinsamen: Pechschwarz.

Georg erschauderte, riss sich aber zusammen und sagte: »Da wirst du dich hinten anstellen müssen. Das wollen eine Menge Leute.«

Sie kniff die noch immer dunklen Augen zusammen. »Aber wie viele davon haben einen geliebten Menschen an seine blutgierigen Klauen verloren?«

Georg spürte die Trauer und die Wut des Verlusts aufs Neue aufwallen, und er stellte den Tee ab, denn seine Hand begann zu zittern.

»Ich schaffe es nicht allein, ich habe keine Erfahrung mit Attacken. Man hat mich zeitlebens in der Verteidigung geschult. Du musst mir helfen!«, forderte sie mit fester Stimme.

Georg verzog das Gesicht. Auch er wollte DeWulfen kriegen, und er wäre nicht böse drum, wenn man ihn nicht erst vor ein Tribunal stellen müsste, um ihm seinen Vargr-Schädel vom Körper zu trennen. Auch wenn er nicht wusste, ob er noch einmal die Kraft fände, so ein Urteil selbst zu vollstrecken.

»Die Korrektoren können nicht …«, setzte er an.

»Ich meine nicht die Korrektoren«, unterbrach sie ihn unwirsch. »*Du* sollst mir helfen! Du – Karls Freund!«

Georg spürte die Schuldgefühle auf sich niedersinken wie schweren feuchten Schnee, der sich an jedem Haar und jeder Kleiderfaser festklammerte.

»Im Augenblick …«, setzte er an und zögerte. Er durfte ihr nicht zu viel verraten, auch wenn er sich ihr sehr verbunden fühlte. »Ich glaube nicht, dass ich darauf Zeit verwenden kann.«

Sie sprang empört auf. »Was?«

»Wir sind da einer Sache auf der Spur …«, verteidigte sich Georg.

Lea beugte sich zu ihm herunter, und obwohl er dadurch einen prächtigen Blick auf ihre Brüste hätte erhaschen können, sah er ihr in die wütend funkelnden Augen. »Du lässt Karl links liegen, weil du irgendwelche Aufträge erfüllen musst?«

Jetzt stand auch Georg auf und zwang sie damit zu einem unsicheren Schritt rückwärts über die Kissen. »Karl ist tot!«, sagte er fest und musste die Fäuste dabei ballen, um den Schmerz darin einzuschließen. »Und so gern ich DeWulfen den Garaus machen will, gibt es jetzt doch wichtigere Dinge als Rache.«

»Und wenn er noch mehr Menschen tötet?«, rief sie, aber er merkte deutlich, dass dies nur ein Köder war, mit dem sie ihn auf ihre Seite ziehen wollte.

»Das wird er. Zweifellos.« Die Unausweichlichkeit dieser Tatsache und dass Lea ihn zwang, sie auszusprechen und sich damit zu vergegenwärtigen, machte Georg wütend. »Aber wenn mein Bauchgefühl nicht lügt, ist diese andere Sache eine noch größere Gefahr. Karl hätte das verstanden.«

Lea verschränkte die Arme und legte den Kopf schief, die Augen zusammengekniffen: »Wohl kaum. Immerhin war von seinen Innereien nicht mehr genug vorhanden, um ihm ein Bauchgefühl zu ermöglichen.«

Georg erschauderte, verscheuchte das aufsteigende, blutige Bild von Karls Überresten und rief, um nur keine anklagende Stille aufkommen zu lassen: »Was willst du von mir? Soll ich alles stehen und liegen lassen, um einen einzigen Vargr zu jagen, wenn da draußen ein größenwahnsinniger Vampir sein Unwesen treibt und seine Pläne Tausende oder mehr Menschen betreffen mögen?«

»Einen Rudelführer der Vargr«, sagte sie mit zitternder Stimme. »Einen verdammten menschenfressenden Anführer!«

Georg schwieg, denn er traute seiner Stimme nicht mehr. Er war nun so wütend, dass ihm der Schweiß ausbrach und sein ohnehin schon malträtierter Kreislauf Amok lief.

»Wenn du mir nicht helfen willst …«, sagte Lea, aber dann wurde ihre Stimme durch das laute Brüllen eines sterbenden Menschen übertönt. Mitten in ihrem Wohnzimmer hockte mit einem Mal ein bis aufs Blut ausgepeitschter Mann, mit Stacheldraht an einen Steinblock gekettet. Ein blutig schmieriger Nebel lag in der Luft und erschwerte Georg das Atmen.

Er fiel auf die Kissen und spürte, wie sein Körper krampfte. Mit aller Macht versuchte er die Erinnerung an die zukünftigen Qualen dieses gesichtslosen Mannes zu verdrängen.

Mit einem Mal kniete Lea neben ihm. Ihre kühle Hand legte sich auf seine Stirn, und sie flüsterte: »Nein, kämpfe nicht dagegen an. Lass es zu. Du bist nur der Kanal!«

Georg bäumte sich auf, sah die Hexe durchscheinend vor einem hellen, fast weißen Vargr, der über einen kreischenden Mann gebeugt stand. Er hatte dieses Monstrum schon einmal gesehen – in einer früheren Vision. Er wollte das alles nicht erleben.

»Ich weiß, was du brauchst«, sagte Lea mit lasziver, beinahe gutturaler Stimme. Dann verschwand sie in dem blutigen Regen, der die Leinwand für Georgs heranstürmende Erinnerungen an das Kommende bildete. Als sie wiederkam, hielt sie ein blitzendes Gurkhamesser in der Hand, prüfte mit dem Finger die Schärfe der nach innen gebogenen Klinge und behauptete düster: »Ich weiß, was du brauchst!«

FÜNFTER TEIL:

FLEISCH UND BLUT

Weiterhin im Jahre 1637, in dem die Christen im japanischen Kyushu den Aufstand wagen; in Connecticut der erste Krieg gegen die Indianer begonnen wird; Kardinal Harrach nach Rom zitiert wird, um ein Reformprojekt zur Erneuerung der böhmischen Kirchenverhältnisse zu erarbeiten, und die Kaiserlichen exempli gratia *das hessische Städtchen Grebenstein dem Erdboden gleichmachen.*

INSANABILIS

Hagen kniete auf dem eisigen Boden, den Arm der jungen Frau, ihres Opfers, haltend, und starrte auf das erschlaffte Wolfsherz in der Brust des Mannes. Er spürte, wie seine Hoffnungen in gleichem Maße an Kraft verloren wie dieser Muskel. Die Zeit dehnte sich ins Unendliche, und das Atmen der Hexen war ihm zu laut. Er wollte darauf lauschen, ob das Herz wieder schlüge, ob er aufsteigende Gedanken, losen Fäden gleich, einsammeln könnte. Doch da war nichts. Das Ritual war wieder gescheitert …

Das kann nicht sein, widersprach er dem Offensichtlichen. Er spürte, dass sie alles richtig gemacht hatten, konnte die Magie noch immer, wie erkaltenden Rauch, in der Luft schmecken. *Es darf nicht schon wieder schiefgegangen sein*, flehte er, doch er wusste nicht, ob zu den Heiligen hinauf oder zu den Teufeln hinab.

Dann ging ein Ruck durch den Leib des Toten. Er richtete sich mit einem unverständlichen Knurren auf und rammte die sprießenden Fänge in den Arm der Frau.

Sie riss die Augen auf und kreischte so schrill, dass Hagen die Ohren klangen. Gleichzeitig roch er ihr junges Blut, sah es zu beiden Seiten aus dem Mund des Mannes sickern, während er tiefe Schlucke von ihrem Hals nahm. Sein Brustkorb fügte sich wieder zu makelloser Haut zusammen, die frei von Beulen und Verfärbungen war; schneller, als es einem Bletzer möglich sein sollte.

Es funktioniert!, dachte Hagen, und Freude erfüllte seinen Körper, köstlich und erfrischend wie klares Quellwasser, und er begrüßte diesen lang vermissten Freund mit ganzem Herzen. Die Frau zerrte an ihrem Arm, versuchte den Kopf des Mannes von sich zu stoßen, aber sie war zu schwach. »Gott!«, kreischte sie nun unablässig und riss Hagen damit aus seinem Freudentaumel.

Er sprang vor und warf sich auf den neugeborenen Bletzer, um ihn von der Frau wegzuziehen, aber der Mann war stark! Mit einem wütenden Grollen schleuderte er Hagen beiseite, der sich erst nach einigen Schritten auf dem dunklen Pflaster des verlorenen Raumes fangen konnte.

»Nicht mit den Händen, du Narr!«, lachte Anelma ihn aus, die mit einem Satz bei der Frau war, sie zu sich zog und auf den Boden presste. Die Masken der anderen Hexen, die nun an die Strapazen gewöhnt und darum noch bei Bewusstsein waren, waren auf ihn gerichtet.

Ich bin wirklich ein Narr, dachte er wütend und sandte die Fäden seines Geistes aus, schlang sie um den Widerhall seines eigenen Blutes in den Adern des Bletzers vor sich und griff zu. Er musste sich durch einen ekstatischen Blutdurst kämpfen, aber dann beugte sich der taumelnde Untote seinem Befehl und wandte sich ihm zu. Hagen betrachtete das breite, teigige Gesicht, dessen tief liegende Augen dem Mann nun, ohne die Zeichen der Krankheit, ein gemeines und stumpfsinnig wirkendes Starren aufdrängten.

»Es lebt!«, strahlte Anelma, ließ die Frau los und umschritt ihre Schöpfung. Hagen wollte ihr beipflichten, in ihre Freude einstimmen, aber sein Gespür hielt ihn davon ab. Etwas stimmte nicht mit diesem stämmigen, nun unglaublich starken Mann.

»Was lassen wir ihn zuerst tun?«, fragte Anelma und klatschte in die Hände. Eine Weile betrachtete sie den Mann nachdenklich, und Hagen nutzte die Zeit, zu der verletzten Frau zu treten und seinen Geist auf sie hinabsinken zu lassen. Er sickerte in die angsterfüllten Gedanken des Opfers und umwand sie, schwächte sie ab, drängte sie hinaus, bis ihr Kopf leer genug war, um die Flucht in eine gnädige Ohnmacht zu erlauben.

»Tanze!«, forderte Anelma und klatschte erneut in die Hände, um einen schnellen Takt vorzugeben. »Na?«

»Er ist kein Spielzeug!«, warnte Hagen mit schneidender Stimme und blieb schützend vor der bewusstlosen Frau stehen, für den Fall, dass der verwirrt dreinblickende Mann seiner Blutgier doch nachgeben wollte.

Aber als Bletzer, also als Büßenden, konnte man dieses Wesen nicht bezeichnen, denn seine einzige Schuld lag darin, sich der Pest nicht erfolgreich erwehrt zu haben. Außerdem brauchte man eine eindeutige Bezeichnung, um die geheime Berichterstattung mit anderen Bletzern zu vereinfachen.

Der Mann hob die Hand und fing an, sich das Blut aus dem Gesicht zu wischen. »Wo … bin ich?«, stammelte er, nun wieder mit runden Menschenzähnen.

Hagen blickte auf die rot schimmernde Haut und nickte lächelnd, als ihm ein passender Begriff in seiner Muttersprache einfiel: *Bluotvarwes* sollten sie genannt werden, *die von Blut Gefärbten*.

»Bei Freunden«, sagte Anelma melodramatisch und trat vor den Mann hin, der sie jetzt erst zu bemerken schien. Sein Blick wanderte über den nackten Körper der Hexe, und er schluckte schwer, als sie die Arme ausbreitete, wie um ihn zu umarmen.

Mit einem Mal keuchte der Mann auf. Hagen unterdrückte den Impuls, vorzuspringen und Anelma zu schützen. Sollte die grausame Hecetisse doch die Früchte ihres irrsinnigen Verhaltens selbst ernten.

»Da stimmt etwas nicht«, rief eine der Hexen mit von der metallenen Maske ausgehöhlter Stimme. Anelma trat einen Schritt zurück. »Seine Haut!«

Jetzt bemerkte auch Hagen, dass die Pestbeulen auf dem nackten Oberkörper zitternd anschwollen. Mit einem Mal krümmte sich der Mann, fiel auf die Knie, und schwarz-rotes Blut ergoss sich aus Mund und Nase auf die Brust. Die röchelnden Schmerzlaute wurden von der pestverseuchten Flut erstickt, und nun platzten auch die faustgroß gewachsenen Beulen auf. Verrottetes Fleisch wurde von stinkenden Körperflüssigkeiten herausgespült.

»Es geht kaputt! Hagen!«, rief Anelma empört, wie ein kleines Mädchen, das seinen Willen nicht bekam.

Doch auch Hagen wusste nicht, was vor sich ging, und kannte keine Abhilfe. Mit einem letzten Stöhnen brach der *Bluotvarwes* zusammen. Nur der Dampf bewegte sich noch, der von der faulig stinkenden Lache am Boden in die kalte Luft aufstieg. Dann trat Hagen neben ihn, ging vorsichtig in die Hocke, wobei er darauf achtete, dass seine Rockschöße nicht in die Flüssigkeit hingen, und musterte den Mann eingehend.

»Sein Körper wollte die Krankheit austreiben«, fasste er seine Erkenntnisse zusammen. »Und war nicht stark genug, um es zu überleben.«

Anelma lachte auf und verkündete aufgeregt: »Na, wenn es weiter nichts ist … dann hol uns eben einen gesunden Mann!« Ihre Worte wurden zunehmend schneller, als treibe sie die Gier mit unaufhaltsamer Macht aus der Kehle. »Und einen hübscheren, wenn es recht ist. Jemand, der ewig leben soll, muss gefälligst einer sein, der dem Auge schmeichelt.«

Sie hockte sich ebenfalls neben den Mann, sodass sie Hagen die blutig verklebten Haare zwischen ihren Beinen präsentierte, und tröstete den Verstorbenen: »Nichts für ungut.«

Hagen erhob sich und wandte sich zur Tür.

»Wo willst du hin?«, fragte Anelma und tätschelte das mit blutigen Kratern übersäte Gesicht, wie um den Toten zu wecken.

»Ich mache das zweite Teufelsdutzend voll«, sagte er, und seine Stimme spiegelte die Schwere seiner Seele wider.

IN SOLD UND BROT

Hagen nippte am starken Branntwein und genoss den erdigen, scharfen Geschmack auf der Zunge. Da kein Gebrannter der Erde ihn mehr in einen Rauschzustand bringen konnte, nahm er kleine Schlucke und badete statt im Nebel des Alkohols in Erinnerungen.

Untermalt wurde dieses Reminiszieren vom lauten Grölen der übrigen Gäste, die alle restlichen Tische belagerten. Das war in der kleinen Gaststube mit gerade mal vier Holztischen jedoch nicht weiter schwer.

Die raubeinigen Gestalten waren gekleidet, wie man es von kampferprobten Recken erwarten konnte, die ihre zerrissene Kleidung auf dem Schlachtfeld direkt vom Leib des erschlagenen Gegners zu ersetzen pflegten. Keine zwei hatten das Gleiche an, auch wenn sie generell derbes Zeug trugen, Stiefel mit dicker Sohle, kräftige Beinkleider und dicke, der aktuellen Mode des feinen Mannes ferne Socken. Ihre Hemden waren bunt in den unterschiedlichsten Farben, als hätte sich ein Regenbogen über den Tisch gelegt, dabei aber verwaschen und blass. Die bunten Tücher, die man auf dem Schlachtfeld an Söldnerarmen fand, um die Zugehörigkeit zu signalisieren, fehlten nun natürlich, denn die Streiter waren ohne Herr. Allen gemein waren nur der breitkrempige Musketierhut mit einer einzelnen, schwarz glänzenden Rabenfeder und das Kreuzbandelier, an dem die Patronentasche und die Pistole getragen wurden. Im Moment aber lagen letztere, ebenso wie die Degen und Säbel, zwischen den Resten eines regelrechten Gelages auf den Tischen. Die Musketen standen an die Wand gelehnt, und zwischen ihnen ragten einige Karabiner auf, leichtere Gewehre, die von Reitern genutzt wurden.

Hagen blickte auf den eigenen Tisch und schmunzelte. Sein schlichter Degen war noch beinahe jungfräulich, gehörte wie Bänder und Spitzenkragen, die zu tragen ihn Gesche von Stettler zwang, wenn er vor die Tür ging, zum Zierrat.

Heutzutage kommt der Tod mit einem Knall, dachte er und berührte den Knauf der Waffe mit einem Anflug von Wehmut. Da knallte es wirklich! Beinahe wäre er zusammengezuckt, aber es war nur ein großer Bierkrug, der mit Wucht auf den Tisch der Söldner geschlagen wurde. Hagen nippte noch einmal an seinem Branntwein und musterte die Söldner an den anderen Tischen unverhohlen.

Der wild gemischte Haufen war, so hatte Hagen es in Erfahrung bringen können, noch vor wenigen Monaten Teil des Heerhaufens des katholischen Feldmarschalls Gallas gewesen. Doch nachdem Gallas seinen alten Widersacher Baner, den Oberbefehlshaber der schwedischen Truppen, von Torgau über Landsberg bis nach Stettin verfolgt hatte, ohne ihn schlussendlich stellen zu können, fand er sich im vom Krieg ausgepressten Pommern wieder. Auf dem Weg ins Winterquartier nach Mecklenburg hatten sich diese rund dreißig Söldner abgesetzt und waren, nur der Himmel wusste, warum, nach Prag gezogen, um hier den Winter zu verleben. Da es mittlerweile Anfang März war, hatten sie dies erfolgreich hinter sich gebracht, und es konnte nicht mehr lange dauern, bis der Trupp sich wieder auf den Weg machte, um sich erneut in die Schlacht heuern zu lassen. Nun, wo Frankreich nicht mehr allein mit Geld, sondern mit eigenen Truppen in den Krieg eingriff …

Apropos Frankreich, dachte er, stellte den Krug ab, und drehte sich etwas weiter weg, um den Mann ins Auge zu fassen, welcher der Grund für seine Anwesenheit war. Er stach unter seinen Gefährten hervor, trug er doch über der zusammengewürfelten Kleidung einen blütenweißen Umhang um die Schultern, den er in den fast zwei Wochen, in denen Hagen die Burschen jetzt schon beobachtete, nur zum Schlafen abgelegt hatte.

Mit der ureigenen Arroganz des Franzosen saß er schweigend am Kopfende des Tisches und betrachtete die anderen. Ob er auch auf seine Landsleute schießen würde? Oder ließe er sich diesmal von der Gegenseite anheuern?

Hagen lächelte grimmig. Er würde dem jungen, muskulösen Mann einen Sold bieten, den abzulehnen er nicht über sich brächte.

»Da! Das soll mir erst mal einer nachmachen!«, prahlte der Bierkrugrandalierer, der eben drei Nössel des gelben Gesöffs in sich hineingeschüttet hatte, und wies auf die Umsitzenden. »Na? Du, Phillip, oder …« Weiter kam er nicht, denn jetzt schlug er sich die Hand vor den Mund und hatte gerade noch Zeit, sich vom Tisch abzuwenden, bevor er sich übergab. Das Gelächter seiner Gefährten übertönte die Würgegeräusche, doch die unmittelbar neben ihm Sitzenden schoben ihn mit angewiderten Gesichtern ein Stück von sich weg.

Hagen nutzte den Tumult, um sein Opfer genauer ins Auge zu fassen, und stimmte sich auf das warme, rauschende Blut des Mannes ein. Sein Auftritt, die ruhige, dabei aber lauernde Art, dazu die Liebe zum Kampf und, wie seine Besuche in der Kirche bewiesen, zu Gott – all das erinnerte Hagen an sich selbst. Es mochte ein vom Lauf der Zeit verklärtes Bild sein, dem er da nachhing, aber seine Erinnerungen waren sein Anker in dieser Welt des Unlebens. Müsste er beginnen, sie zu hinterfragen oder gar anzuzweifeln, würde er endgültig verrückt. Sie waren alles, was ihm an Gutem blieb.

Dieser Mann würde der erste Soldat seiner neuen Streitmacht werden. Hagen verschwendete keinen Gedanken daran, was er täte, wenn das Ritual wieder nicht funktionierte. Zweifel waren eine Schwäche, die er sich abzulegen geschworen hatte. Zudem: Es gab keine andere Wahl, als es wieder und wieder zu versuchen.

Er war schlichtweg wie für Hagens Heer gemacht. Kampferprobt, mutig, gesund – vor allen Dingen dies – und nicht zuletzt ein Mann vom rechten, also katholischen Glauben. Dass er in Frankreich aufgewachsen war, konnte man ihm schwerlich vorwerfen.

Der vom schweren Wein trüb gewordene Geist des Söldners nahm die hineingedrängte Idee dankbar auf: *Es ist spät. Ich bin müde.*

»*Mes amis*«, sagte er, erhob sich und zog den Mantel um die Schultern, sodass er nun wie in eine weiße Glocke gehüllt wirkte. »Es wird Zeit für mich.«

»Unfug!«, brüllte ein dicker Kerl, dessen ledernes Wams an der Vorderseite bereits dunkel vom verschütteten Bier war. »Es ist nicht mal Mitternacht.«

»*Mon cher Tonton* pflegte immer zu sagen: Wenn die Kotze spritzt, entferne dich vom Feste.« Der Franzose schob eine Pistole in das Kreuzbandelier, und auf dem Weg zur Tür ergriff er die Muskete mit den prächtigen weißen Einlegearbeiten im Griff. Sie zeigten, so hatte Hagen bei einer früheren Betrachtung erkannt, eine Jagdszene.

Wie ein Geist schob sich die weiße Gestalt zwischen den Tischen hindurch, stieg über den bitteren, hellgelben Kotzesee seines Gefährten, ohne sich die Stulpenstiefel schmutzig zu machen, und verschwand zur Tür hinaus.

Auch Hagen stand auf, legte ein großzügiges Handgeld auf den Tisch und steckte den Degen ins Gehänge. Dann folgte er dem Mann in die unangenehm kühle Märznacht. Nach dem bitteren Februar schien Petrus noch immer nicht gewillt, sich mit den frierenden Menschen zu versöhnen.

Er zwang den Mann vor der Tür der nahen Pension zu warten, in der ein Teil der Söldner untergekommen war. Sein weißer Mantel leuchtete im Licht der Talglampen, die man vor wenigen Monaten in der Tynska, die Hagen noch als Theyngasse kannte, aufgestellt hatte, und ließ sogar die hellen getünchten Vierecke der umstehenden Fachwerkhäuser matt erscheinen.

Interessiere dich für mich!, befahl Hagen mit der Macht des Blutes, während er auf den Franzosen zuging. Der musterte ihn einen Augenblick, dann sagte er: »So spät noch allein unterwegs, edler Herr?«

Den Eindruck, er sei von gehobenem Stand, musste der Mann wegen Hagens lächerlich kurzer Jacke gewonnen haben. Sie reichte nur bis zur Mitte seines Bauches, ließ das Hemd darunter hervorschauen und war neueste Mode – und als solche für ihn zu tragen. Diese verdammte Gesche nutzte ihn als Spielzeug – so wie sie damals ihre Anelma ähnelnde Puppe eingekleidet hatte, zwängte sie nun Hagen in feinen Zwirn. Er hasste sie dafür, aus tiefstem Herzen, denn sie nahm ihm, was er sich über die Jahrzehnte hinweg erhalten hatte: seine Würde.

»Ich weiß mich meiner Haut wohl zu wehren, auch wenn ich keine Muskete bei mir trage«, gab Hagen zurück.

»Das glaube ich gern.« Sein Gegenüber begann sich sichtlich zu fragen, warum er mit einem Wildfremden plauderte, wo er doch eigentlich ins Bett wollte, und wandte sich halb dem niedrigen Durchgang zum kleinen Pensionshaus zu. Die gewölbte Holzverzierung wirkte auf Hagen wie eine im Sturm erstarrte und dunkel verkohlte Woge.

»Warum trägt man eine solche im friedlichen Prag umher?«, setzte Hagen nach und verfestigte seinen geistigen Griff.

»Friedlich?« Der Mann wiegte den Kopf. »Indes, es ist mein Handwerk.«

»Sie sind Söldner, mein Herr?«, fragte Hagen, trat einen Schritt näher und als der Mann nickte, sagte er: »Dienstfrei?«

»Zurzeit … ja. Doch der Fronten sind viele, und der Sommer naht. Da will man nicht einrosten.« Ein Lächeln präsentierte gesunde Zähne und bewies, dass er es bei den Frauen sicher nicht schwer hatte.

Hagen streckte seine Hand aus, und der Mann ergriff sie, ohne zu zögern, jedoch auch ohne die ledernen Handschuhe auszuziehen. »Hagen von Stein.«

»Herr von Stein.« Der Mann schüttelte die Hand ausgiebig, und Hagen sah seinem Gesicht förmlich den Versuch an zu ergründen, ob er eher zu dem unter Soldaten verpönten Beamten- oder zum echten Adel gehörte. »*Enchanté.* Mein Name ist Edgard Perceval Modeste Carteaumois.«

»Herr Carteaumois«, bestätigte Hagen, dass er verstanden hatte und um der Höflichkeit Genüge zu tun. »Ich möchte die Dreistigkeit besitzen, Ihnen ein Angebot zu unterbreiten. Ich muss mich in Kürze einiger … wenig erfreulicher Angelegenheiten annehmen. Ich befürchte, dass meine Ansichten meine geschätzten Herren und Damen Geschäftspartner echauffieren werden. Darum …«

»Wollen Sie Schutz«, vollendete Carteaumois. »Wie viele Mann brauchen Sie?«

»Wenn Sie selbst sich bemühen würden, könnte ich mich damit bescheiden. Ich muss jedoch …« Hagen sah sich kurz um, als wolle er prüfen, ob jemand sie belauschte. »… sichergehen, dass Sie zum *Äußersten* bereit sind.«

Der Söldner lächelte und ließ den weißen Mantel aufschlagen, um so die Pistole zur Geltung zu bringen. »Herr von Stein!«, sagte er eindringlich.

Hagen war begeistert von der eleganten Weise, mit der Carteaumois vorgab, seine Forderung zu erfüllen, ohne jedoch tatsächlich irgendein Zugeständnis gemacht zu haben. Der Mann wäre ein hervorragender Spion, auch nach dem Tod.

»Bleibt die Frage nach dem Preis«, sagte Carteaumois und steckte die Daumen in den Gürtel.

»Oh, er ist hoch, da bin ich sicher. Aber schlussendlich werden alle Beteiligten ihn gerechtfertigt finden.« Hagen lächelte schmal, legte dem Mann den Arm um die Schulter und führte ihn gegen leichten Widerstand die Straße entlang, wobei ihre Stiefel auf dem dunklen Kopfstein im Gleichtakt klangen, weil ein einzelner Geist beider Schritte steuerte. »Sie werden sehen, mit mir Geschäfte zu machen, ist für alle Seiten lohnend.«

AN KINDES STATT

Hagen musterte Carteaumois, der sich mit misstrauisch verkniffenem Gesicht durch die lockeren Bretter des vernagelten Eingangs duckte. Er war jung und stark, zäh und unverletzt. Es würde gelingen!

»Hier, mein Herr, halten Sie Geschäfte ab?«, fragte er leise und misstrauisch.

Hagen nickte und wies auf die Stufen, die in den Keller führten. »Dort unten«, flüsterte er zurück. »Sie sind sicher schon da!«

Als sich der Soldat der Treppe zuwandte und nach seinem Degen griff, glitt Hagen in seinen Geist, beruhigte die peitschenden Gedanken und ließ Zuversicht in ihn strömen. Er glaubte beinahe, in Carteaumois bereits einen Wolf zu spüren. Die Instinkte waren vorhanden, lagen nah an der Oberfläche, knapp unter der menschlichen Haut verborgen. Sie würden das Raubtier nur ganz hervorlocken müssen. Carteaumois' geistige Gegenwehr war stark, doch Hagen überwand sie, indem er den Eindruck eines behüteten Unterschlupfs erzeugte. Wie leicht doch die Menschen, selbst kampferprobte Söldner, an die Sicherheit glaubten. Die Hand sank wieder, der Stahl verblieb in der Scheide.

»Bitte denken Sie daran: Erst auf mein Zeichen!«, mahnte Hagen und ging vor.

Carteaumois nickte benommen und folgte, die Schritte schlurften etwas auf dem schmutzigen Stein des verlassenen Hauses.

Unten warteten die Hexen bereits um den Kreis verteilt, in dessen Mitte eine junge Frau lag. Sie war gefesselt und geknebelt, und doch wehrte sie sich wimmernd gegen ihre Fesseln. Hagen strich sanft über ihren Geist, und sie schlief ein.

Natürlich hatten die Frauen gespürt, dass er sich näherte. Sie waren in schwarze Roben gekleidet, die das Licht der Kerzen ebenso schluckten wie ihre grausigen dunklen Schandmasken. Sogar Anelma hatte ihre zierliche Gestalt zur Abwechslung in eine solche Robe gehüllt, aber Hagen ahnte, dass sie es kaum erwarten konnte, sich diese vom Leib zu reißen.

Der Geist des Söldners zappelte bei dem Anblick wie ein Fisch, der vom Haken springen wollte.

»Was ist das für ein Teufelszeug?«, brachte er flüsternd hervor, und echte Furcht lag in seiner Stimme. Er wollte sich umwenden, aber Hagen sprach zu seinem Blut und zwang ihn weiter in den Raum.

Die Hexe mit den schweren, vollen Brüsten trat zu dem Mann, um ihn in die Mitte des Kreises zu führen, doch mit einem Mal warf er sich wie ein Rammbock gegen Hagens Kontrolle, brach sie und ließ den Bletzer für einen Augenblick taumeln.

Carteaumois hatte einen starken Geist und eine schnelle Hand. Mit einem sich überschlagenden *»Mon Dieu, non!«* war seine Pistole heraus. *»Tire toi, sorciere!«*, forderte er, wartete jedoch nicht, ob die Hexe seinem Befehl folgte, sondern feuerte. Die Kugel schlug mit einem dumpfen Klingen durch das Metall der Maske, und einige Funken verglommen in der kalten Luft.

Hagen sprang vor, trieb den Mann mit einem wuchtigen Schlag ins Gesicht zurück, der ihn bewusstlos auf den Boden warf, und fing die zusammenbrechende Hexe auf. Sie erschlaffte in seinen Armen, wurde schwerer, als ihre Gestalt vermuten ließ. Das Herz schlug noch einige Male schnell, als müsse es eine bestimmte Arbeit vor dem Tode vorweisen können, dann verstummte es. Sie war tot. Sanft legte er sie auf den Boden. Das Blut, das unter der Maske hervorsickerte, hatte den drängenden Fluss des Lebens verloren.

Auf einmal kam Bewegung in die übrigen Hexen. Sie zogen sich um ihn zusammen, und Hagen spürte ihre Macht anschwellen, den Zauber ankündigen wie ein Blitz den Donner. Die gesichtslose Schar offenbarte ihre spärliche Menschlichkeit im Versuch, eine der ihren zu retten.

»Nein!«, rief Anelma. »Spart eure Kräfte. Für sie ist nichts mehr zu tun.« Die Masken wandten sich ihr zu, und Hagen ahnte ungesprochene Worte. Sie vibrierten hinter seiner Stirn, gerade jenseits seines Bewusstseins, waren drängend, flehend.

»Ich weiß, aber Charon war bereits hier – sie ist fort!«, sagte Anelma und klang eher verärgert als betrübt. Sie drängte sich zwischen ihren Gefährtinnen hindurch, als sie keinen Platz machten. Dann ging sie in die Hocke und löste die Maske vom Kopf der toten Frau. Was darunter zum Vorschein kam, war grau und rot und hatte keine Ähnlichkeit mit einem Gesicht mehr.

»So eine Schweinerei!« Sie wandte sich Hagen zu. »Ich hoffe, du schämst dich.«

Hagen blickte auf die tote Hexe hinab, doch es fiel ihm schwer, Bedauern zu verspüren. Hätte sie noch ein Gesicht gehabt … wäre sie ein Mensch gewesen … Aber eine Hecetisse weniger auf dieser Welt war kein Grund zur Trauer. Er musste fast schmunzeln, als ihm auffiel, wie ähnlich seine Beziehung zu den Hexen der eines Bürgers zu den Huren war. Er brauchte sie, wollte sie zu einem bestimmten Zweck um sich haben, aber eigentlich verabscheute er sie für das, was sie waren. Wütende Augen blitzten ihn durch die Sichtschlitze der eisernen Masken an, als ahnten die Hexen seine Gedanken.

»Kann nicht einmal einen Soldaten im Griff halten!«, fauchte Anelma und stieß ihn von der Hexe weg. »Nimm deine Bletzerfinger von ihr, verdammt!«

Hagen stand auf und sah, noch immer wortlos, nach Carteaumois. Dabei ignorierte er die Hexen so weit, wie er es wagte.

Der weiße Mantel des Söldners hatte sich mit schmutzigem Wasser vom Boden vollgesogen und war nun grau. Aus dem Mundwinkel lief ein kleines Rinnsal roten Blutes über die Wange, aber ansonsten war der Mann unversehrt. Welch ein außergewöhnlicher Geist, welche Entschlossenheit. Er war ein würdiger erster *Bluotvarwes*.

Hinter sich hörte er Anelma befehlen: »Zieht sie da rüber, wir brauchen hier Platz.« Scharren folgte, und als Hagen sich vom Anblick seines zukünftigen Soldaten abwandte, legte man die Hexe eben in der Ecke ab. Sie lehnte vornübergebeugt wie ein ermatteter Säufer an der Wand; Blut und Hirnmasse tropften auf ihre dunkle Robe. Die Hexen wandten sich von ihr ab und schienen schon jetzt mit ihr abgeschlossen zu haben.

Nicht einmal für ihresgleichen empfinden sie Mitleid, fuhr es Hagen durch den Kopf, und er war zufrieden, dass Carteaumois noch vor seiner Verwandlung die rechte Einstellung bewiesen hatte.

»Hagen, komm her!«, forderte Anelma mit sanfter Stimme.

Hagen musterte sie einen Augenblick stumm und machte ihr auf diese Weise klar, dass er keine Befehle von ihr entgegennahm.

»Ich sagte«, flüsterte Anelma und ließ ihre Stimme dann zu einem Kreischen anschwellen: »Komm her, verdammter Leichnam, und nimm ihre Stelle ein. Wir wollen anfangen, bevor noch mehr schiefgeht.«

»Aber ich bin keine Hecetisse«, gab Hagen verwundert zu bedenken.

Anelma trat zu ihm und nahm seine Hand, um ihn daran in eine der Drudenfuß-Spitzen zu ziehen. »Was du nicht sagst. Aber du wirst es wohl fertig bekommen, die Formeln zu sprechen und den Fluss zu stärken. Außerdem stehst du auf der Position des Todes, das passt. Denke einfach, du wollest den jungen Mann verführen.«

Hagen verzog das Gesicht. Er war niemand, der den Männern beilag, und das nicht nur, weil es die Heilige Schrift verbot.

Anelma kicherte, und in ihren großen Augen blitzte es belustigt auf. »Seinen festen Po umfassend, den Mund langsam der harten Rute nähernd, seine Nachkommenschaft in dich aufsaugend.«

Hagen starrte sie schweigend an, schnitt mit seinem Blick in ihren, bis die Erheiterung darin erstarb und sie sich eilig abwandte. Auf dem Weg zu ihrer Position nahm sie den blutigen Tuchbeutel auf, in dem sich das Wolfsherz befand. Seit sie erkannt hatten, dass es zwar frisch sein, aber nicht während des Rituals dem lebenden Tier entnommen werden musste, war die Beschaffung um einiges leichter geworden. Auch in Prag fiel ein lebendiger Wolf den Leuten auf.

»Ihr wisst, wie es geht!«, rief sie und warf die Robe ab, während zwei der Hexen Carteaumois in die Mitte des Kreises schleiften, neben die dort liegende Frau.

Das Ritual begann, ohne dass Hagen sich entkleiden musste, und er fiel, anfangs nur pflichtbewusst, in den Chor der Hexen mit ein. Wieder und wieder leierte er die Worte herunter, doch dann wurde er in den sich wiederholenden Rhythmus hineingezogen. Seine Zunge drängte sich der nächsten Wiederholung entgegen, sein Geist verstummte, bis er nur noch die nächste Silbe zu denken in der Lage war. Jedes Wort, im Chor mit den Hexen gesprochen, hallte in seinem Innern unendlich nach. Seine Haut kribbelte von der übernatürlichen Macht, die ihn durchdrang und die er an Anelma weiterleitete. Es war, in einer verqueren Umkehrung, als sauge sie ihm das Blut aus. Er spürte die Magie, fühlte sie vibrieren und sich zu erahnten Formen fügen, wie Wolken im Wind.

Er wusste nicht, wie viel Zeit vergangen war, als ihn die Erkenntnis traf: Dazu wäre auch er in der Lage. Beinahe hätte ihn diese Offenbarung aus der Trance gerissen, doch er konnte sich fangen, sodass nur ein Stolpern durch die Verbindung ging. Er schob die Schlüsse, die sich aus diesem Wissen ergaben, weit in die abgelegenen Bereiche seines Geistes, in die mit sieben Schlössern versperrte geheime Kammer, in die nicht einmal mehr die Hecetissen blicken konnten. Dort würde die Erkenntnis ruhen, dass er die Hexen nicht länger brauchte.

Das Ritual schritt voran, doch Hagen erkannte es nur am Geruch des Blutes, der ihm in die Nase stieg und seine Instinkte weckte. Jeglicher bewusste Gedanke war nun endgültig im ekstatischen Sturm der Magie verloren. Er schwitzte, seit Jahrhunderten zum ersten Mal wieder, und jede Faser seines Körpers juckte. Nun wusste er, warum die Hexen ihre Magie nackt wirkten – auch er hätte sich liebend gern die Kleidung vom Leib gerissen, doch er brachte es nicht fertig, so sehr war er von dem Ritual gefangen.

Dann grub sich das Geräusch eines schnell schlagenden Herzens in seine Ohren. Wenig später erstarb es schlagartig. Als habe man Seile gekappt, die seinen Körper aufrecht hielten, sackte Hagen auf die Knie und musste sich sogar mit den Händen abstützen.

Nur mit Mühe konnte er den Kopf heben, als lautes Knacken das Sprießen der Fänge verkündete. Anelma hockte über dem nun hochruckenden Carteaumois und hielt ihm das mit dem Messer eröffnete Fußgelenk der gefesselten Frau hin. Der Soldat rammte zwei Reihen scharfer Reißzähne in das Bein, und Hagen hörte ihn feucht schlucken.

Mit einem Mal grollte der Franzose auf, stieß das Bein von sich und stürzte sich, von den Instinkten des Raubtiers getrieben, auf die Kehle der Frau.

Hagen kämpfte sich auf die Beine, wollte sein Blut in Carteaumois befehligen, ihn von diesem Angriff abhalten, aber Anelmas Geist wischte seine schwachen Versuche mühelos beiseite.

Die Frau schrie in ihren Knebel.

»Lass ihn!«, forderte die Hexe lachend und stolz, als habe ihr Kind die ersten eigenen Schritte getan. »Er braucht das jetzt.«

Das würde Hagen nicht zulassen! Keinen Mord an einer unschuldigen Frau. Diesen Preis konnte kein Zweck rechtfertigen! Er machte einen Schritt, doch kaum hob er ein Bein vom Boden, gab das andere unter ihm nach, und er stürzte seitlich auf den Boden.

Hagen hörte das feuchte Saugen Carteaumois' und das langsamer werdende Schlagen des Herzens seines Opfers. Dann, mit einem leisen Keuchen, hauchte die Frau ihr Leben aus. Hagen wollte eingreifen, wollte sich erheben, aber eiserne Ketten der Erschöpfung hielten ihn am Boden, machten es sogar unmöglich, dass er den Kopf drehte. Insgeheim war er dankbar dafür, diese grausame Tat nicht auch noch mit ansehen zu müssen – die Geräusche waren schlimm genug.

Einige Momente noch saugte der Untote an dem leeren Gefäß, dann hörte Hagen Anelma lobend säuseln: »So ist brav! Fein aufgegessen!«

Hagen schloss die Augen, aber als Bletzer war ihm eine segensreiche Ohnmacht verwehrt. Mit einer letzten Anstrengung drehte er sich auf die andere Seite und sah Carteaumois im Kreis sitzen und auf die tote Frau starren. Die Fänge in seinem Mund zogen sich mit leisem Knirschen zurück und verwandelten sein Gesicht wieder in das hübsche Antlitz eines Menschen. Nur das Blut, das an Mund und Hals klebte, verriet, wer die Frau vor ihm so zugerichtet hatte.

Ich habe ein Ungeheuer geschaffen, dachte Hagen entsetzt.

Es dauerte nicht lange, bis sein untoter Körper wieder genug Kraft geschöpft hatte, dass Hagen sich aufsetzen und dann, wenn auch schwankend, erheben konnte. Der Körper der toten Frau begann zu stinken, als sie ihre Exkremente verlor, aber Anelma schien es nicht zu stören. Sie hockte neben dem bleichen Gesicht, aus dem tote, aufgerissene Augen starrten, und strich dem französischen Söldner übers Haar. Der Kopf des Mannes ruhte in ihrem nackten, blutverschmierten Schoß. Dabei summte sie leise ein Kinderlied.

Carteaumois starrte an die Decke, und Hagen spürte Angst und Verzweiflung in ihm, die jedoch von einem Teppich magischen Wohlgefühls zugedeckt waren.

»Ich nehme ihn jetzt mit«, sagte Hagen heiser.

Anelma sah zu ihm auf und nickte. »Eine Mutter muss loslassen können!«

Hagen streckte dem Söldner die Hand hin und sagte: »Komm!«, doch der Mann reagierte nicht. Also sponn Hagen unter größter Anstrengung Fäden, verband sie mit seinem in Carteaumois' Seele vibrierenden Blut. *Komm!*, wiederholte er stumm, und nun ließ sich der Mann von ihm auf die Beine helfen.

Langsam glitt Anelmas geistiger Griff von dem Söldner ab, und Hagen übernahm ihn nahtlos, auch wenn er dabei ein angestrengtes Ächzen nicht unterdrücken konnte. Es wäre so schon schwer genug, den blutverschmierten Mann unbemerkt in Stettlers Haus zu bekommen, da konnte er ihn nicht unkontrolliert auf das reagieren lassen, was hier passiert war.

Hagen verfluchte sich dafür, nicht daran gedacht zu haben, was er nach einem erfolgreichen Ritual tun sollte. In seinem jetzigen Zustand benötigte er Eberwins Hilfe mehr denn je.

Der Triumph schaffte es, die Müdigkeit und den Schrecken des Frauenmordes zu übertrumpfen, und er spürte eine große Vorfreude. Bald würden die Wariwulf die Rechnung für ihre Bigotterie präsentiert bekommen.

Doch ein Schritt nach dem anderen. Jetzt musste er erst mal den stumpf vor sich hin stierenden Söldner zu Eberwin bringen, damit der ihn versorgte, bis er, Hagen, wieder auf den Beinen war.

Er ließ seinen Körper von Carteaumois stützen, wodurch ihm

mehr Kraft blieb, um sich auf die gedanklichen Strapazen zu konzentrieren. Sie hatten die Treppe beinahe erreicht, da stellte sich ihnen Anelma in den Weg.

»Vergiss nicht, Bletzer, jetzt sind wir dran! Einer für euch, einer für uns, so war es ausgemacht.« Sie stemmte die Hände in die Taille und schob die Unterlippe vor. Wäre sie nicht in das Blut unschuldiger Opfer gehüllt, sie hätte putzig wie ein trotziges Kind gewirkt. So vermittelte sie den weitaus treffenderen Eindruck einer irren Mörderin, der Gott im Scherz das Gesicht eines Engels gegeben hatte.

Hagen nickte stumm, und es zerriss ihn innerlich beinahe, als er weitere Kräfte mobilisierte, um seine innersten Gedanken vor Anelmas Sinnen zu verbergen.

»Gib uns Blut! Damit wir alles vorbereiten können.«

Hagen schüttelte den Kopf: »Nicht jetzt. Es wäre zu schwach.«

»Das lass unsere Sorge sein!«, fauchte Anelma und fuchtelte mit dem Messer in der Luft herum.

»Ihr werdet euch gedulden müssen«, stieß Hagen kraftlos hervor. »Heute kann ich nicht mehr geben!«

Sie trat vor, wollte mit dem Messer in seinen Arm schneiden, der um Carteaumois' Schultern lag, aber Hagen zischte sie an und sie hielt inne. »Das Blut eines Bletzers, aus freiem Willen und mit Absicht gegeben«, zitierte er seinen Anteil am Ritual.

Anelma kreischte frustriert auf und wirbelte einmal um die eigene Achse. Dann presste sie sich an ihn, umklammerte ihn wie eine Ertrinkende und fragte bettelnd: »Wann?«

»Beim nächsten Vollmond. Sucht euch einen Auserwählten und ein Opfer. Um Mitternacht werde ich hier sein.« Hagen hustete Anelma ins Gesicht und lehnte sich mit ganzem Gewicht auf den kleineren *Bluotvarwes*. Der schien die Last nicht einmal zu bemerken.

Anelma trat zurück, wischte jedoch die Speicheltropfen, die

beim Husten in ihr Gesicht geflogen waren, nicht weg. »Gut«, beschied sie. »Aber spare deine Kräfte. Du wirst sie brauchen, denn ohne unsere Schwester«, sie wies auf die Tote in der Ecke, »musst du ihren Platz einnehmen.«

Hagen nickte stumm und wies Carteaumois mit einer Geste an, die Treppe zu erklimmen. Als sie das Haus verließen, hörten sie die Hecetissen unten lauthals streiten, wer das Hab und Gut der Toten bekäme.

Hagen stieß ein »Pah!« aus, und mit diesem Laut verließen auch alle Schuldgefühle, die er den Hexen gegenüber noch hegte, seinen Körper. Diese schrecklichen Frauen verdienten, was er über sie zu bringen gedachte.

(UN)HEILIGE BÜNDNISSE

Hagen ließ die Degenspitze kurz sinken und warf Eberwin einen zufriedenen Blick zu. Der alte Bletzer nickte anerkennend zurück, und auch in seinen Augen stand die Hoffnung darauf, dass ihr Plan gelingen könnte.

»*En Garde!*«, forderte Carteaumois erneut und hob die Klinge vors Gesicht, um dann wieder Kampfstellung einzunehmen. Es war bemerkenswert, wie schnell und mühelos sich der Soldat in sein neues Los gefügt hatte. Indes, warum auch nicht? Auf ihm lag nicht der Fluch der Schuld, der die Schultern zum Boden zwang, und die Bletzer hatten ihn in ihrem Kreis als gleichwertig empfangen – zumindest glaubte er dies. Dass hinter dem Offensichtlichen noch viele weitere Schichten versteckt waren, die der junge Mann sich erst erarbeiten müsste, würde man ihn beizeiten ahnen lassen.

Auch Hagen hob den Degen, im Gegensatz zu dem Franzosen nicht in Fechtstellung vorgestreckt und über das Handgelenk anpeilend, sondern fest in einer Hand, vor dem Körper, wie man ein Schwert führte.

Carteaumois stieß vor, führte schnelle Schläge, wechselte die Seiten rasant und ließ die Klinge so mühelos tanzen, als sei es eine Weidenrute. Nur die größere Erfahrung und Ruhe bewahrten Hagen davor, in Stücke geschnitten zu werden. Der Franzose lachte auf und verdoppelte seine Bemühungen. Er übertraf Hagen an Kraft und Schnelligkeit bei Weitem.

Kurz spürte Hagen die Versuchung, den Geist des Franzosen zu vernebeln, um ihn zu besiegen – etwas, das Hagen bei dem jungen Mann sehr leichtfiel, seit Carteaumois sein Blut in sich trug –, aber es ging ihm nicht darum zu gewinnen. Er wollte ihn spüren lassen, welche Macht man ihm geschenkt hatte.

Der Söldner, in eine helle Uniformhose gekleidet, der muskulöse Oberkörper nackt, wurde übermütig, warf sich in einen schwungvollen seitlichen Schlag, den Hagen kommen sah und abgleiten ließ. Dann rammte er dem aus dem Gleichgewicht geratenden Carteaumois die Klinge in den Bauch, trieb ihn damit zurück, bis er auf Armeslänge entfernt stand.

Der *Bluotvarwes* stöhnte auf, aber als er den Kopf hob, lächelte er. Mit einem energischen Keuchen drängte er vor, packte Hagen mit einer Hand im Nacken und zog sich an ihn heran. Dabei schob er Hagens Klinge bis zum Heft in seinen eigenen Leib, und Hagen sah sie knapp unter dem Schulterblatt wieder austreten. Vor Schmerz dumpf stöhnend, hob der Franzose seine eigene Klinge und legte sie Hagen an die Kehle: »Ich gewinne!«

Hagen lächelte, fühlte Stolz aufwallen und erkannte, dass er sich Carteaumois sehr nah fühlte. So nah, wie vielleicht ein Vater seinem Sohn stand; sein eigen Fleisch nicht, aber von seinem Blute!

Richard von Stettler kam ihm in den Sinn, für den er ähnlich gefühlt hatte. Er erinnerte sich an das siechende Fleisch, an das fiebrige Gesicht und die Schmerzenslaute. So etwas wollte er nie wieder bei jemandem erleben, der ihm wichtig war. Bei Carteaumois lief er nicht Gefahr, ihn an eine Seuche oder gar das Alter zu verlieren.

Hagen machte einen Schritt zurück und zog dem Franzosen die Klinge aus dem Bauch. Blut spritzte auf die Bohlen, und Carteaumois krümmte sich mit einem Aufschrei zusammen, aber schon als er sich wieder aufrichtete, schloss sich die Wunde zusehends. Der Wolf war stark in ihm, wurde nicht durch einen bösartigen Hagr-Zauber gelähmt.

Eberwin blickte auf den Boden und sagte mit kaum wahrnehmbarem Tadel: »Das wirst du selbst wegwischen.«

Der junge Mann warf ihm einen empörten Blick zu, aber als Hagen kurz nickte, sagte er: »Natürlich, Eberwin.«

Sie hatten ihm deutlich gemacht, dass dieses Geschenk einen Preis hatte: Gehorsam, Fleiß und Verschwiegenheit.

Hagen säuberte die Klinge mit einem Tuch vom Blut und steckte sie weg. Zum Glück hatte Gesche von Stettler die Stadt verlassen. Sie wäre sicherlich nicht erfreut darüber gewesen, dass man im Salon Fechtübungen veranstaltete. Aber sie war in den Krieg gezogen – man stelle sich vor, eine Frau! – und wurde nicht allzu bald zurückerwartet. Da der alte Stettler an der Schwelle zum Tode stand und das Personal außer ihnen nur noch die Köchin umfasste, deren Geist so leicht zu leiten war wie ein Hund mit einem Wurstzipfel, konnten sie schalten und walten, wie es ihnen beliebte.

Hagen zog seine Taschenuhr hervor, die er vor Kurzem für eine unanständig hohe Summe erstanden hatte. Dennoch: Die Zeit in der Tasche zu tragen erschien ihm als eine so nützliche Neuerung, dass sie ihm den Preis wert gewesen war. Zudem erinnerte er sich noch gut an seine früheren Jahre, in denen man für den Preis einer großen, klobigen und ungenauen Uhr ein schönes Stadthaus bekommen hatte.

»Ich muss mich auf den Weg machen«, verriet ihm der Chronometer, denn es ging auf neun Uhr abends zu. Er warf einen letzten wohlwollenden Blick auf Edgard, der nun mit einem echauffierten Zischen bemerkte, dass seine weiße Hose vom am Bauch herabgelaufenen Blut rot geworden war. Von der Wunde hingegen war keine Spur geblieben.

Hagen lächelte. Es standen den Bletzern große Zeiten bevor, wenn sie mehr *Bluotvarwes* von seiner Art fanden!

Hagen erreichte das Haus der Familie von Schnitz kurz nach neun. Das wiederum war ein deutlicher Nachteil der Uhren – seit jeder immerzu genau wusste, was die Stunde geschlagen hatte, neigte man dazu, jede einzelne viel zu hoch zu schätzen und in Angst zu leben, auch nur eine zu verschwenden. Das galt natürlich umso mehr für die kurzlebigen Menschen.

Hagen wartete, bis eine gemischte Truppe von gehobenem Stand, die sich wohl den Spaß machte, trotz der frischen Nacht zu Fuß der nächsten Festivität zuzustreben, ihn passiert hatte. Die kurzen, an Kinderkleidung erinnernden Jacken der Herren waren bereits wieder auf dem Rückmarsch, aber diese jungen Burschen hielten tapfer daran fest. Die bauschigen Hemden darunter strotzten vor bunten Bändern aus feinen Stoffen, und das Haar trugen sie – da zumindest fand man langsam wieder Vernunft – lang bis auf den Rücken. Da sie es sich jedoch noch vor wenigen Monaten kurz geschoren hatten, mussten nun Perücken Abhilfe schaffen. Schmuck, der noch vor wenigen Jahren ein Muss gewesen war, suchte man heute vergeblich. Wo aber die Männer zur Schlichtheit zurückkehrten, wurden die Kleider der Frauen immer üppiger. Hohe Kragen im Nacken, die vorn das Dekolletee offenbarten, von den Züchtigeren mit Spitze bedeckt, bei den Mutigeren mit Einblick auf pralle Brüste. Schmunzelnd erinnerte er sich an die Frau des italienischen Abgesandten, den er vor einigen Monaten besucht hatte – einer der letzten Aufträge Stettlers – und die sich den Oberkörper mit einer eisernen Platte flachgedrückt hatte, weil man in Italien der Brust nichts abgewinnen konnte.

Die Deutschen hingegen, erkannte Hagen mit einem Schmunzeln, waren schon immer für einen schönen Busen zu haben gewesen, bedeutete er doch unter anderem starke, gesunde Kinder.

Die Gesellschaft passierte nun eine der Laternen, und das Licht brachte das grelle Farbgemisch zum Vorschein. Die Bänder

der Männer und die Unterröcke der Frauen, die durch Schlitze im Kleid sichtbar wurden, leuchteten bunt.

Hagen schüttelte missbilligend den Kopf. Die Mode änderte sich in diesem Jahrhundert so schnell, dass einem schwindelig davon werden konnte. Manchmal warfen hohe Damen Kleider weg, die sie erst Wochen zuvor gekauft hatten. Eine solche Verschwendung hätte es zu seiner Zeit nicht gegeben.

Vorsicht, ermahnte er sich. *Dies* ist *deine Zeit!* So wie es die Burgunderkriege gewesen waren, die Unruhen um Luther und auch als man die Zeit selbst änderte und den Gregorianischen Kalender einführte, war das seine Zeit gewesen. Denn er war ewig!

Endlich war die lärmende Truppe vorbei, und Hagen huschte in die Sackgasse, die zwischen zwei Häusern entstanden war, als das in der Mitte stehende eingebrochen war. Da die Besitzer an der Pest gestorben waren, hatte man Steine und Holz anderweitig verwendet und diese Lücke gelassen. Er klopfte an die Tür in der Rückseite des Hauses am Ende des Sackgasse, die der Wirt der kleinen, aber erlesenen Schenke flugs in die Wand hatte setzen lassen, damit Gäste von beiden Seiten sein Haus besuchen konnten. Ob dies der Standfestigkeit des Fachwerkhauses zuträglich war, mochte dahingestellt sein. Es war auch nicht länger die Sorge des Wirts, denn er war unlängst von einem Pferd totgetreten worden, und seitdem war die Schenke offiziell geschlossen.

Das gedrungene Haus mit dem durchhängenden Dach wirkte, als wolle es sich kleinmachen, um dem durch die Lücke pfeifenden Wind möglichst wenig Angriffsfläche zu bieten.

Eine Klappe in der schmalen Tür öffnete sich, und das runde Gesicht eines Mannes erschien dahinter. Eine tiefe Hasenscharte und unterschiedlich große Augen gaben seinem Gesicht etwas Unfertiges.

»Hö?«, grunzte der Mann.

»Ich werde erwartet«, sagte Hagen.

»Bletzer!«, keuchte der Verunstaltete da. »Bletzer! Bletzer!« Er machte einen Schritt zurück, damit er Platz hatte, um auf die Klappe zu zeigen. Sein Leib war ähnlich unförmig, mit einem Klumpfuß und dem Ansatz eines Buckels.

Hagen fluchte leise. *Der schreit mir noch die ganze Nachbarschaft zusammen.* Langsam ließ er sich auf den rumpelnden Herzschlag des Mannes ein, dem etwas Unruhiges beilag, wie bei einem unrund laufenden Uhrwerk. Er sickerte in sein Blut, nährte den Gedanken, er sei ein Freund … doch er bekam den Geist des Kerls einfach nicht zu fassen. Er entzog sich ihm wie ein glitschiger Aal.

»Schon gut, Alessio«, sagte eine angenehme, aber strenge Stimme aus dem Innern. »Lasse den Herrn herein. Denn er ist ein Herr, hörst du?«

»Ja«, sagte der Mann unterwürfig, schloss die Klappe und öffnete wenig später die Tür. »Herein, Herr«, sagte er mit einer linkischen Verneigung, bei der das einfache Wams über einer haarigen, vorgewölbten Brust aufklaffte. Sein Blick indes blieb misstrauisch.

Hagen nickte ihm zu, noch immer verwundert über die gewaltige Willenskraft des Deformierten. Die Verblüffung musste ihm wohl unbotmäßig im Gesicht gestanden haben, denn nun erhob sich ein Mann deutlich in der sechsten Dekade seines Lebens von einem Stuhl an der Wand und verneigte sich ebenfalls kurz.

»Beachtlich, nicht wahr?«, sagte er dann, nahm wieder Platz und wies auf einen Stuhl auf der anderen Seite des abgenutzten Tisches. »Gottes Wege sind wahrlich unergründlich, dass er ein so armseliges Wesen mit der Macht ausstattet, auf den ersten Blick Wariwulf und Bletzer zu erkennen. Bedauerlicherweise erstreckt sich seine Gabe nicht auf die Hecetissen, sonst wäre meine Arbeit um einiges leichter.«

»Hartmann von Vitzthum«, stellte Hagen fest und nahm Platz.

Kurz ließ er den Blick und die Gedanken durch den verstaubten, schmutzigen Schankraum gleiten, witterte den Geruch schal gewordenen Biers und faulenden Essens, das in schmutzigen Schalen schimmelte, und lauschte. Endlich war er überzeugt, dass kein anderer Mensch im Haus weilte.

»Sie sind mir gegenüber im Vorteil – ich kenne Ihren Namen nicht«, antwortete der Inquisitor und strich sich durch den gepflegten Bart, wobei ein goldener Ring mit dem Löwen vor geflammtem Hintergrund derer von Vitzthum aufblitzte.

»Und so wollen wir es auch weiterhin halten, wenn es recht ist«, sagte Hagen mit einem schmalen Lächeln.

Der Mann stieß die Luft mit einem kurzen Summlaut aus. Dann sagte er: »Vorab, ich bin ein *Mitewist* und darum bereit, aufrechte Wariwulf und ihre Diener gewähren zu lassen, solange sie dem Werk unseres Herrn dienlich sind. Aber glauben Sie bitte nicht, ich sei verblendet. Der Weg zur Sünde ist für die Wolfsblütigen kürzer als für den schwächsten Menschen. *Superbia* ist eure Stammsünde.«

Hagen schmunzelte. »Wirklich? Ich dachte, das wäre eine andere.« Er hob kurz den Zeigefinger, um ihn abzulecken, als hätte er gerade etwas Köstliches gegessen.

Die Miene des Mannes versteinerte sich. Man sah ihm an, wie sehr er um die Beherrschung kämpfen musste. Zu seinem Glück kam in diesem Moment der Diener mit einem Krug und zwei Bechern angehumpelt. Von Vitzthum nutzte die Ablenkung, um sich zu fassen, winkte seinen Bediensteten aber weg, bevor er den Tisch erreichte. Der gewaltige Kerl ließ sich daraufhin neben der Tür auf ein altes Fass sinken und schenkte sich selbst einen Becher ein, ließ sie dabei aber nicht aus dem Auge.

»Ich bringe wertvolle Informationen«, versprach Hagen versöhnlich und musterte den Inquisitor genauer, der so gar nicht wie ein Mann der Kirche aussah. Er trug einen mit wertvollen, bestickten Bändern verzierten Ärmelrock, der bis zum Oberschenkel reichte. Die Hose war ebenso reichlich verziert, und auch das halblange graue Haar und der Spitzbart waren fein säuberlich gelegt. Wie es schien, war dem Inquisitor der Stolz nicht fremd.

»*Quidquid id est timeo Danaos et dona ferentes*«, sagte der Mann und zuckte dabei mit den Schultern. »Wir werden sehen.«

Egal, was es ist, ich fürchte die Danäer, auch wenn sie Geschenke bringen, übersetzte Hagen stumm den Satz aus Vergils *Aeneis*, in dem es um das trojanische Pferd ging. Er schmunzelte. »Ein Holzpferd brauchen Sie in meinem Fall nur, um daraus die Scheiterhaufen für eine Handvoll bösartiger Hecetissen zu fertigen.«

Der Inquisitor beugte sich vor, schwieg aber. Hinter ihm kroch eine langbeinige Spinne aus einem Astloch und zog sich die Wand hinauf.

»Ich kann Ihnen Ort und Zeit ihres nächsten Zusammentreffens nennen, und glauben Sie mir, werter Herr, wenn ich sage: Die Hexen werden dort keinen harmlosen Sud brauen.«

Der Inquisitor verschränkte jetzt die Hände auf dem Tisch. »Und Sie haben davon wie genau Kenntnis erhalten?«

»Warum wollen wir das nicht im Dunkel des gegenseitigen Vertrauens ruhen lassen und schlicht annehmen, dass es gottgefällige Handlungen waren, die mir dieses Wissen beschafften? Vorhersehung, wenn Sie so wollen.«

Sein Gegenüber legte den Kopf schräg, und sein Blick wurde eisern, verriet die aufsteigende Wut. »Für einen Bletzer sind Sie ziemlich anmaßend.«

Hagen begegnete seinem Blick ruhig und sagte, ohne besondere Betonung: »Dito, für einen Menschen.«

Es krachte, als der Kirchenmann aufsprang und die Handflächen auf die Tischfläche schlug, die Stirn in tiefe Zornesfalten gelegt. »Auch Bletzer können brennen!«

Hagen musterte ihn unbewegt. »So wie all die unzähligen unschuldigen Frauen, die lebtags noch keine Hecetisse gesehen haben, aber heuer allerorten die Marktplätze beleuchten?«

»Die Dorfvorsteher maßen sich an, Hexen erkennen zu können, und richten dabei nach Falschaussagen und Vorlieben. Sie wissen so gut wie ich, dass eine echte Hecetisse nicht untätig abwartet, bis ihr der Prozess gemacht wird«, gab von Vitzthum zurück, aber der kalte Guss der Schuldgefühle kühlte sein Gemüt weit genug, dass er sich wieder setzte. »Was wollen Sie für diesen Hinweis?«, fragte er matt.

Hagen tat überrascht. »Was ich will? Ich will Vergebung … das Himmelreich … Erlösung. Aber da ich weiß, dass dies zu geben nicht in Ihrer Macht steht, fordere ich nichts, als dass diese verdammten Hecetissen von Gottes schöner Erde getilgt werden.«

Von Vitzthum sah ihn mit einem seltsamen Ausdruck an, und es dauerte eine Weile, bis Hagen ihn als Mitleid erkannte. Es entspann sich so etwas wie Verständnis zwischen ihnen beiden für die Schuld, die sie jeweils auf den Schultern trugen. Dann erhob sich Hagen ruckartig, was ein wütendes Grunzen des vor der Tür sitzenden Alessio hervorrief.

»Sie treffen sich im Keller des alten Bergerhauses, um Mitternacht, in der nächsten Vollmondnacht. Aber geben Sie Obacht – ihre Anführerin ist Ihnen schon einmal entwischt. Und seien Sie pünktlich, Menschenleben stehen auf dem Spiel.« Damit wandte Hagen sich zum Gehen.

»Wir müssen Sie im Anschluss möglicherweise befragen. Wie trete ich mit Ihnen in Kontakt?«, fragte der Inquisitor. Man merkte ihm deutlich an, dass er die Zügel nicht gern in den Händen anderer sah.

»Gar nicht«, sagte Hagen und öffnete die Tür, um mit einem spöttischen Lächeln hinauszutreten. »Das würde mir zu hochnotpeinlich!«

Als Hagen das dunkle Haus betrat, lag es ruhig und still. Die Köchin schlief in ihrer Kammer, und auch Stettler hatte für die Nacht vorerst Ruhe gefunden. So empfingen ihn nur das leise Rascheln von Papier und das gelegentliche Knarren arbeitenden Holzes, als er die Stube betrat. Eberwin saß aufrecht in einem der Sessel, und sein Blick wanderte über die Zeilen einer Flugschrift, ohne dass sich der Kopf dabei bewegte. Jetzt hob er sich langsam und fragte mit einer gehobenen Augenbraue nach dem Ausgang seines Treffens.

Hagen antwortete stumm in der Zeichensprache der Bletzer und schnitt mit der flachen Hand parallel zum Boden durch die Luft. *Erledigt*.

Eberwin schloss kurz zustimmend die Augen und griff dann neben sich auf einen kleinen Tisch, um Hagen ein Buch zu reichen. »*Prodomus Coptus*«, war mit goldenen Lettern in das Leder des Einbandes geprägt.

Hagen nickte ihm mit einem Lächeln dankbar zu. Mehr brauchte es nicht, denn Eberwin wusste nur zu gut, wie sehr er ein Buch als Geschenk zu würdigen wusste.

»Carteaumois?«, fragte er.

»Ausgegangen … schon wieder.« Der Tadel in Eberwins Stimme war wenig mehr als eine Ahnung.

Hagen nickte und nahm Platz, schlug das Buch auf und begann zu lesen. Die Nacht schritt voran, während er sich den Überlegungen eines deutschen Jesuiten namens Athanasius Kircher widmete, der versuchte, vom Koptischen ausgehend Rückschlüsse auf die Bildschrift der Ägypter zu ziehen. Er war, zumindest bei altägyptischen Namen, recht erfolgreich damit.

Das leise Knarren der Tür war das einzige Geräusch, mit dem Carteaumois seine Rückkehr verriet. Dann stand er auch schon mitten im Raum und wurde im Näherkommen vom ersterbenden Feuer aus der Dunkelheit geschält.

»Wo warst du?«, fragte Hagen mit sachlicher Stimme, las den Satz zu Ende und sah erst dann auf.

Carteaumois hob in einer spöttischen Entschuldigung die offenen Hände und zuckte mit den Schultern. »Hier und da …«

Hagen atmete tief ein, witterte. Der Mann stank nach Wein und dem Schweiß erregter Frauen. Seinen eigenen Geruch hatte er im Tode in dem verlorenen Zimmer abgelegt. Hagen seufzte und legte das Buch beiseite.

»Wie lang soll das noch so weitergehen?«, fragte er streng.

»Wie lang soll was so weitergehen?«, erwiderte Carteaumois trotzig.

Hagen erhob sich und trat näher zu ihm. »Wie lang willst du noch jede Nacht herumhuren und saufen? Zumindest Letzteres sollte dich nicht mehr berauschen.«

»Der Wein schmeckt trotzdem«, sagte Carteaumois und lachte auf. »Und um auf deine Frage zu antworten: für immer!« Er ging um Hagen herum und ließ sich in den Sessel fallen, in dem dieser kurz zuvor noch gesessen hatte.

Hagen wartete einen Augenblick, dann wandte er sich zu ihm um und blickte ihn scharf an. Carteaumois drehte das Buch in der Hand.

»Ich habe dir dieses Geschenk nicht gemacht, damit du deine Zeit damit verschwendest.«

Carteaumois warf das Buch auf den Tisch und stand wieder auf, um zu Hagen zu treten. »Aber ich habe doch genug davon! Ein unendliches Leben, voller Freuden und Macht. Und es erweitert die Auswahl an Frauen gewaltig, wenn einem egal sein kann, ob sie die Pest oder die französische Krankheit in sich tragen.«

Er zwinkerte Hagen lächelnd zu, aber der runzelte die Stirn. »Die Unsterblichkeit …«

»Die Unsterblichkeit ist wertlos, wenn man sie nicht genießt!«, rief Carteaumois. »Das solltet ihr euch auch einmal vor Augen halten.« Er drehte sich so, dass er auch Eberwin im Blick hatte, der dieses Streitgespräch unbewegt mit ansah. »Das Leben ist zum Feiern da!«

Hagen nickte. »Ja, das Leben … Doch wir leben nicht mehr. Du wurdest für eine Aufgabe geschaffen.«

»Und die werde ich erfüllen, mit aller Kraft!«, sagte der Franzose ernst. Doch dann spaltete ein breites Lächeln seine Lippen: »Warum aber sollte man arbeiten, wenn nicht, um zu trinken und zu spielen?«

Hagen musterte den begeisterten Mann schweigend. Er selbst war zum untoten Leben gezwungen worden, nachdem ihm alles genommen worden war. Darum fand er keine Freude daran. Ihn trieb nur seine Pflicht an, denn er wusste, dass er die Bletzer in die Freiheit führen musste. Weil es sonst niemand tat.

Aber durfte er deswegen dem jungen Carteaumois gebieten, auch sein unsterbliches Leben wie ein Sünder zu verbringen?

»Wollen wir nicht gemeinsam auf das Kommende anstoßen? Wollen wir nicht als Brüder feiern?«, fragte Carteaumois und hob die Hand, um sie Hagen auf die Schulter zu legen, aber dann ließ er sie doch wieder sinken.

»Wir feiern, wenn die Aufgabe vollendet ist«, versprach Hagen, ohne selbst daran zu glauben. Zweihundert Jahre unter dem Joch hatten ihm gezeigt, dass sich das Leben nicht durch Wein und Hurerei mit einem anhaltenden Sinn füllen ließ. Nur große Ziele hatten die Macht dazu, und seines war eines der ältesten: Rache!

HEXENBLUT

Hagen löste die Hand vom Degengriff und zwang sich zur Ruhe. Er hatte sich nichts vorzuwerfen; bei Gott, früher hatte er Hündinnen wie Anelma gejagt und zur Strecke gebracht. Heute machte er sich die Hände nicht mehr selbst schmutzig, was galt es? Dafür gab es schließlich die Inquisition und ihre nach dem Magister Walter Kerlinger benannten Soldaten.

Die Hand auf dem Degengriff, spähte er aus der kleinen Nische, die ihn vor neugierigen Blicken verbarg, auf die leere nächtliche Straße. Er war kalt und feucht, denn die für die Jahreszeit ungewöhnlich frostige Nachtluft schlug sich an ihm nieder.

Die Schnitzmuster an den klobigen Fachwerkhäusern – Rosetten, ungeschlachte Holfziguren an den Kanten, Vignetten über den Türen – spiegelten sich in den nachtschwarzen Pfützen. Viele der Häuser waren zugenagelt, seit die Pest wie der schwefelige Hauch des Teufels durch diese Straße gefahren war.

Er sah auf seine Taschenuhr, und die dunklen Zeiger ruhten auf der verschlungenen XII, Mitternacht! Man musste von Vitzthum Respekt zollen – er hatte keine Vorposten ausgeschickt, deren Nervosität die Hecetissen wie Ratten hätten erwittern können. Eine Hexe, und das galt natürlich in noch größerem Maße für einen ganzen Zirkel, musste man wie eine lauernde Schlange schnell und hart packen und dann mit der Wurzel ausreißen, wie Unkraut. Aus diesem Grund schirmte Hagen seine Anwesenheit auf das peinlichste vor der Umwelt ab.

Es widerstrebte ihm trotz allem, die heiligen Truppen des Vatikans allein angreifen zu lassen. Der Sturm würde nicht ohne Opfer vonstattengehen. Keine Hecetisse ergab sich kampflos ihrem Los, war sie es doch gewöhnt, das Schicksal anderer zu schmieden.

Jetzt hörte Hagen zahlreiche Stiefel im schnellen Gleichschritt herankommen, dann sah er eine auf den ersten Blick wie abgerissene Söldner wirkende Truppe, ein Dutzend Mann in zusammengewürfelter Kleidung, mit bajonettgekrönten Gewehren. In ihrer Mitte lief von Vitzthum und hielt trotz seines Alters mühelos mit. Einmal mehr zog Hagen im Geiste den Hut vor ihm.

Der Gleichschritt schon hatte darauf hingewiesen, dass diese Soldaten keine einfachen Söldner waren, und als sie nun schnell und geübt Posten bezogen, vier die Häuserfront im Auge behielten und die übrigen acht an der Seite von Vitzthums hineinstürmten, war bewiesen, dass sie Kerlinger waren, ausgebildete Krieger der Inquisition.

Jetzt erreichte auch der unförmige Alessio den Eingang und hob das breite Gesicht. Der Mann sah mit einem großen und einem kleinen Auge direkt zu Hagen. »Herr«, hörte er ihn murmeln, als müsse er sich an etwas erinnern, dann humpelte er ins Haus, aus dem jetzt die ersten Schüsse zu hören waren.

Hagen trat aus der Nische und verschwand in der dunklen Gasse daneben. Warum war er hier? Er hatte gewusst, dass er sich nicht einmischen würde, und doch hatte er kommen müssen. Auch um sicherzustellen, dass von Vitzthum wirklich angriff. Sollte eine der Hexen überleben, konnte er sich ihr gegenüber darauf berufen, vor den Kerlingern geflohen zu sein. Feigheit würden sie ihm stets zubilligen, denn dieser Wesenszug lag ihnen selbst so nah.

In wenigen Stunden schon würden die Hecetissen auf einem der Pesthaufen zusammen mit verunstalteten Siechenopfern verbrannt werden. Wenn man keine Hagr zum Schutz an seiner Seite hatte, war es besser, keinen anderen Prozess zu machen als den kurzen und die Hecetissen an Ort und Stelle der Hölle zu überantworten. Denn dorthin würden sie zweifelsohne fahren, nach einem Leben voller Selbstsucht und grausamen Spielen, in denen sie die Menschen zu ihrem Vergnügen wie Puppen geführt hatten.

Hagen trat einige Meter weiter auf die dunkle, schmale Treppe, die sich im engen Bogen zwischen zwei prunkvoll verzierten Häusern hinabschraubte, dem Moldauufer zu. Hier hielt er kurz inne und lauschte. Die Anstrengungen der letzten Tage hatten seine Sucht angepeitscht, und so wollte er sich nun nähren, doch die Straßen waren wie ausgestorben. Einige Minuten blieb er auf den oberen Stufen stehen, harrte wie eine Spinne darauf, dass sich etwas in seiner Wahrnehmung verfing, doch dann gab er es auf. Er würde zum Flussufer gehen, wo man die Bordelle und Spielstuben fand. Dort sollte sich eine junge Frau auftreiben lassen, an der er seinen Durst stillen konnte.

Ein scharfkantiges Stück Ziegel, das vor ihm auf den Stufen zersprang, war die einzige Warnung. Sofort warf sich Hagen nach vorn und rollte die steile Treppe hinab, als etwas hinter ihm auf den Boden klatschte. Er kam auf einem Absatz auf halber Höhe zum Halt und zog im Aufstehen den Degen. Gleichzeitig mit ihm baute sich Anelma über ihm auf der Treppe auf, das Puppengesicht zu einer Maske der Wut verzerrt, an der nichts Liebliches mehr war. Ihre großen Augen waren angefüllt mit Mordlust, und sie schnarrte mit unmenschlich tiefer Stimme: »Judas!«

Hagen schüttelte den Schreck ab, sprang sofort vor, denn die Zeit der Worte war vorbei. Aber als er drei Stufen mit einem Satz überwand und zustieß, bog sich die Degenklinge kreischend vor ihrem Bauch um, bis sie nach hinten wies.

»Judas!«, rief Anelma erneut, diesmal schrill und hoch, und stürzte sich auf Hagen, die dünnen Finger zu Klauen gebogen.

Ihre vom Blut nasse Robe war an einigen Stellen zerrissen und an anderen brandig durchlöchert.

Hagen fing sie ab und spürte, wie ihr Geist in seinen drang, seine Abwehr unterbinden wollte, damit sie ihm die Augen herausreißen konnte. Doch der Angriff der Kerlinger hatte die Hecetisse wohl geschwächt, denn Hagen fegte ihre Attacke körperlich wie geistig beiseite. Anelma prallte mit einem wütenden Kreischen gegen die Hauswand neben der Treppe und glitt mehrere feuchte Stufen hinab.

Bevor sie wieder auf den Beinen war, sprang Hagen zu ihr, packte ihre Handgelenke und zog sie hoch, bis ihre Füße über dem Boden baumelten. Sie fing fauchend an zu treten, und so wirbelte Hagen herum, schlug sie mit dem Rücken gegen die andere Wand und drängte sich an sie, sodass sie sich, von seinem Gewicht eingezwängt, kaum noch bewegen konnte.

»Lass mich los, du widerliche Leiche!«, keuchte sie. »Ich werde …«

»Du wirst gar nichts«, sagte Hagen und bog ihre rechte Hand zu ihrem Hals herunter. »Deine Zeit ist abgelaufen.«

»Du mieser, dreckiger …«

»Eigentlich«, unterbrach Hagen ihre Hasstirade, und der eindringliche Tonfall ließ sie verstummen, »wollte ich mir ja etwas Bekömmlicheres suchen … aber du wirst genügen müssen.«

Sie riss die großen Augen noch weiter auf. Er rammte einen ihrer langen, scharfen Fingernägel in ihre Halsschlagader, und während sie noch aufschrie, senkte er den Mund auf die Wunde, um in vollen Zügen ihr Blut zu trinken.

Die ersten Schlucke waren süß und köstlich, doch dann begann ihr Blut auf seiner Zunge und im Hals zu brennen. Aber Hagen konnte nicht innehalten, wollte es nicht, denn mit jedem Mundvoll, der seine Kehle herunterrann, spürte er seine Macht und seine Erregung wachsen. Er hielt kurz inne, als Anelma wie ein Kind zu weinen begann, und sagte hart: »Du hast recht, meine Liebe, Hexenblut hat eine ganz besondere Qualität!«

Er senkte den Kopf wieder, aber da quollen mit einem Mal Maden aus der Wunde, fette, weiße Tiere, die sich mit spitzen Zähnen in alles verbissen, was sie berührten.

Hagen wich zurück, bevor er bemerkte, dass Anelma dieses Trugbild in ihn gezwungen hatte, aber da war es bereits zu spät. Mit einem wütenden Schrei bekam sie eine Hand frei und riss sie dicht vor seinem Körper nach unten. Wo ihre Finger über seine Kleidung fuhren, wurde sie aufgerissen, und auch das Fleisch darunter klaffte auf, wie von einem stumpfen Messer zerfetzt.

Schmerz vermischte sich mit dem Hochgenuss des warmen Hexenblutes, das durch seinen Körper floss, und er taumelte zurück, prallte gegen die andere Umfriedung der Treppe und musste sich vorbeugt abstützen, um nicht zu stürzen. Im Stillen verfluchte er sich für seine Dummheit und erwartete den tödlichen Hieb.

»Du wirst nach deiner Mutter weinen!«, drohte Anelma wütend.

Als Hagen sich endlich wieder aufrichtete, war die Hecetisse verschwunden. Stöhnend lehnte er sich an die Wand und begutachtete den Schaden. Der Riss ging bis auf die Knochen und wäre für einen Menschen tödlich gewesen. Für ihn aber bedeutete er lediglich einige unangenehme Wochen und einen sehr schmerzhaften Heimweg.

Mit der Hand wischte er sich etwas von Anelmas Blut aus dem Bart. Ein köstliches, wenn auch wehrhaftes Wild, auf das er nicht so bald wieder Jagd machen würde. Doch wenn sich die Gelegenheit ergäbe, vielleicht bei einer weniger mächtigen Hecetisse …

Er stieß sich, in Erwartung eines solchen Tages vorfreudig lächelnd, von der Wand ab, doch es verging ihm rasch, als er mühsam und unter Schmerzen seinen verbogenen Degen auflas und sich heimwärts wandte. Er quälte sich die Stufen hinauf, obwohl der Weg hinab so viel leichter erschien. Aber er hatte noch nie den leichten Weg genommen, wenn Mühsal schneller zum Ziel führte.

Ärgerlich war nur, dass dieses Miststück entkommen war. Doch darum würde er sich später kümmern. Jetzt galt es das neu gewonnene Wissen unter seinen Brüdern zu verbreiten, auf dass die letzten Vorbereitungen beginnen mochten. *Bald ist die Gemeinschaft der Bletzer frei*, dachte er triumphierend, doch dann korrigierte er sich: *Bald ist das* Volk *der Bletzer frei!*

HÖLLENGLUT

Ich … ich spüre die Hitze der Hölle«, stöhnte Stettler und versuchte die dicke Daunendecke von seinem ausgemergelten Körper zu ziehen. »Asmodis steht bereit, um mich zu holen!«

Hagen verzog unmerklich den Mund. Sogar beim Teufel wollte sich Stettler nicht mit Gewöhnlichem bescheiden. Für ihn reichte ein Luzifer oder Satan nicht aus.

»Hagen!«, flehte er keuchend, stierte ihn mit fiebrigen Augen an und wies mit einem Arm, der eher an einen vertrockneten Ast gemahnte, zum Fenster. Hagen zögerte einen Augenblick. Der letzte in einer langen Reihe von Ärzten hatte strikte Anweisung gegeben, Luft und Wasser vom Kranken fernzuhalten, damit beides seiner Krankheit keine Nahrung gäbe. Aber der Bletzer spürte, dass es mit dem alten Mann zu Ende ging, spürte die Nähe des Schnitters, der ihm keine Gnade zeigen würde, also trat er zum Fenster und zog es auf.

Der kalte Nachtwind – noch immer kalt, im April! Was war nur mit Petrus los? – fegte an ihm vorbei, und Stettler seufzte auf, als die Luft ihm Linderung brachte. Hagen blieb noch einen Augenblick am Fenster stehen, sah über das nie ganz dunkle Prag hinweg und kämpfte gegen ein leichtes Gefühl der Enttäuschung an. Upuaut würde noch lange Monate nicht nach Prag zurückkehren, und die Verbreitung des Wissens ging schleppend voran. Es sollte ein reißender Strom der Befreiung sein, doch Bewegung erregte die Aufmerksamkeit des Raubtiers, weshalb die Informationen wie ein Rinnsal durch die Reihen der Bletzer sickerten. Hinzu kam, dass kaum einer von ihnen sich mit dem Wesen der Magie befasst hatte. Es mochte Jahre dauern, vielleicht sogar Jahrzehnte, bis alles bereit war.

Hagen sog die kühle Luft ein, um mit einem Seufzen die Sorgen aus dem Körper zu treiben. Trübsal war jetzt fehl am Platz, denn endlich, nach zwei Jahrhunderten, war es nur noch eine Frage der Zeit und nicht der Möglichkeiten.

»Hagen«, winselte Stettler, und der Bletzer wollte sich dem Sterbenden eben zuwenden, als ihm etwas auf dem Fensterbrett ins Auge fiel. Das Gewölle einer Eule baumelte dort im Wind, an einem nicht ganz eingeschlagenen Nagelkopf verhakt. Hagen beugte sich vor, um das gepresste Stück aus Federn, Fell und Knochen genauer zu betrachten. Ein Faden ragte aus dem Innern und gab dem im matten Licht des Raumes wie eine große Larve wirkenden Ballen Halt. Das rund drei Finger dicke Gebilde drehte sich im Wind und offenbarte einen Mäuseschädel, der halb herausragte. Für einen Augenblick schien es Hagen, als steckten in den Augen des toten Nagers rotköpfige Nadeln. Er wollte zupacken und das Gewölle ergreifen, aber da riss der Faden, und es wurde vom auffrischenden Wind auf das Pflaster hinuntergetragen.

Hagen richtete sich auf und starrte nachdenklich in die Nacht. Stettlers Söhne, seine Frauen, sein Geschäft, nun er selbst – war es möglich, dass jemand die Familie verflucht hatte? Feinde genug hatte der Intrigant. Doch dann tat Hagen den Gedanken ab und wandte sich dem Bett zu, in dem Stettler nun ruhiger lag, während der Wind auf dem verschwitzten Gesicht an der letzten Lebenskraft zerrte. Selbst wenn es ein Fluch war, könnte nur eine Hagr ihn brechen, und eine solche würde sich Hagen auf keinen Fall freiwillig ins Haus holen.

Er stellte sich neben den Mann und blickte auf ihn hinunter.

»Ein Priester«, hauchte Stettler.

»Es ist bereits nach ihm geschickt worden«, gab Hagen zurück und wollte sich abwenden, aber da hob Stettler zitternd die Hand, um sie dann zweimal neben sich auf die Matratze fallen zu lassen. Es dauerte einen Augenblick, bis Hagen daraus schloss, dass er eingeladen wurde, sich zu setzen.

Er blieb stehen.

»Hagen«, sagte Stettler so leise, dass er es kaum verstand. »Wird der Herr mir vergeben?«

Hagen starrte in die fahlen, fast blinden Augen des Alten, und es verging eine lange Zeit, bevor er antwortete. Die unzähligen Sünden Stettlers zogen vor seinem inneren Auge vorbei: die Schmach, die er für den Stand der Wariwulf und damit für Gott bedeutet hatte, die feigen Morde, die Lügen, die Hurerei …

Er öffnete den Mund, um nein zu sagen, doch dann kroch aus einem versteckten Winkel seines grauen und toten Herzens das Mitleid hervor, und so hörte er sich sagen: »Gott vergibt alles, wenn es aufrichtig bereut wird.«

»Ich bereue«, beeilte sich Stettler inbrünstig zu versichern. »Ich bereue alles.«

Hagen presste die Lippen aufeinander, um nicht bitter aufzulachen. Einem solchen Schwein war es vergönnt, Vergebung für seine zahllosen, aus bösem Herzen geborenen Sünden zu erlangen, die Absolution zu erhalten und ins Himmelreich einzufahren. Er hingegen …

»Ich habe Angst vor der Dunkelheit«, sagte Stettler da mit erbärmlicher Stimme. »Ist es dunkel im Tod, Hagen?«

Hagen spürte die Hand des Alten an seiner und ergriff sie. Doch er konnte keinen leidenden Greis mehr vor sich sehen, keinen Sterbenden, dem man Mitleid spenden musste. Er sah nur einen Dreckskerl, der sich so lange am Leben festklammern würde, wie es nottat, um sich die Letzte Ölung vom Priester zu erschleichen, wie er sich alles im Leben erschlichen hatte.

»Ja«, sagte er darum und beugte sich zu Stettlers raubvogelartigem Gesicht herunter. »Stockdunkel. Und jeder Moment dehnt sich zu Tagen in der feuchten Erde des Grabes.«

Stettlers Finger umklammerten erschrocken Hagens Hand, und er hauchte, leise wie eine Sommerbrise: »Sag so etwas nicht, Hagen.«

Hagen löste sich von Stettler, und der Arm fiel kraftlos aufs Bett. Dann zog er langsam und ruhig, denn nun wusste er, was zu tun war, das dicke Federbett hoch, bis es Mund und Nase des Mannes bedeckte. Die matten Augen rollten in ihren Höhlen und flehten Hagen stumm an, doch der sagte nur: »Schließe die Augen, alter Mann, und gewöhne dich an die Dunkelheit.« Der Brustkorb unter den dicken Daunen bewegte sich schon langsamer. »Bald schon wird sie dein einziger Begleiter sein!«

Damit wandte er sich ab, und im Vorbeigehen löschte er die einzige Kerze zwischen Daumen und Zeigefinger, ließ den Raum lichtlos zurück und zog die Tür hinter sich zu. Das Letzte, was er von Stettler hörte, war ein ersticktes Wimmern, dann – Stille.

Hagen ging zur Stiege, und ein schmales Lächeln spaltete seine Lippen. Der Priester kam eben die Stufen hinaufgeeilt, das Wams über dem runden Bauch falsch zugeknöpft, den kleinen hölzernen Koffer mit dem Handwerkszeug zur Seelenrettung in der Rechten.

Hagen drängte das Lächeln in sein Inneres und hielt den Pfarrer an der Schulter auf, schüttelte traurig den Kopf und sagte: »Zu spät … leider.«

Stettler gehört dir, Beelzebub. Denk an diese Gabe, wenn wir uns dereinst treffen.

EIGENTUM

Hagen trug auf beiden Händen je eine silberne Platte mit Schweinebraten und Klößen, um sie der fressenden und saufenden Meute im Speisesaal vorzuwerfen, als Hilda zusammenbrach.

Eberwin konnte gerade noch hinzuspringen, mit der einen Hand den heißen Topf auffangen, bevor der wertvolle Fasan auf dem Boden landete, und mit der anderen Hilda. Vorsichtig stellte er den Topf auf den Tisch und ließ Hilda auf einen Stuhl sinken, um dann seine am Topf festgebrannten Finger zu lösen, ohne mit der Wimper zu zucken.

»Geh nur«, sagte er mit leiser, flusskieselglatter Stimme. »Ich kümmere mich um sie.«

Hagen nickte und trat durch die Tür. Hilda hatte seit beinahe zwei Tagen ohne Unterbrechung geschuftet, um alles für Stettlers Totenfeier vorzubereiten. Hagen und Eberwin hatten sie nach Kräften unterstützt, aber drei Angestellte waren einfach zu wenig, um ein Mahl für gut fünfzig Gäste aufzutischen – selbst wenn zwei davon unermüdlich waren.

Indes war, wie Gesche bei der Durchsicht ihres Erbes hatte erkennen müssen, kein Geld da, um mehr Personal anzustellen. Stettler hatte in den letzten Jahren sein durch die Verluste infolge des Tulpenwahns ohnehin mageres Vermögen durchgebracht, woran nicht zuletzt die übermäßig teuren Ärzte schuld gewesen waren. Selbst das Schwein, das Hagen nun an den lärmenden Haupttisch im Speisesaal trug, war auf Pump und guten Namen gekauft.

An der eng gedeckten Tafel fand nur gut ein Drittel der Gäste Platz, der Rest speiste an kleineren Tischen, die man bei den Nachbarn entliehen und im ganzen Haus verteilt hatte. Die Feinen, wenn auch nicht Feinsten der Stadt waren aufgelaufen, und für den unbedarften Betrachter mochte es den Anschein erwecken, dass der Herr von Stettler viele Freunde gehabt hatte. Tatsächlich aber war der Leichenschmaus für die Mächtigen der Stadt nur eine willkommene Gelegenheit, die neueste Mode, wenn auch in Schwarz gehalten, zu präsentieren und über die Verteilung der Macht zu streiten, die Stettler verwaist zurückließ.

Hagen war froh, dass er eine Platte an einen für den heutigen Tag angemieteten Pagen in roter Livree abgeben konnte, der eben mit einem leeren Teller auf dem Weg zurück in die Küche war, und die andere an eine Magd loswurde, die ein Freund der Familie zur Verfügung gestellt hatte.

Er warf einen Blick zu Gesche, die, ganz Dame, am Kopfende des Tisches saß und gelegentlich mit einem ansonsten in ihrem Ärmel residierenden Spitzentaschentuch ihre Krokodilstränen trocknete. Nein, bemerkte Hagen erstaunt, da tat er ihr Unrecht. In diesen Augen ruhte wirkliche Trauer, die auch die Tränen nicht auswaschen konnten.

Nun bemerkte Gesche, dass Hagen sie ansah, und hob die Hand. Er ging mit gemessener Eile zu ihr und beugte sich hinunter, um ihren Befehl entgegenzunehmen.

»Hol noch mehr Wein«, sagte sie mit belegter Stimme. »Bitte.«

Hagen ließ sich seine Verwunderung über dieses nachgeschobene freundliche Wort nicht anmerken, sondern nickte nur. Der Keller ihres Vaters gab nicht mehr viel her, aber er würde Abhilfe zu schaffen wissen. Nicht für Stettler und sicher nicht für die lärmende Meute, die sich bei aller vorgetäuschten Höflichkeit den Wanst so voll wie möglich schlug. Aber für diese traurige junge Frau, die er nicht dem ewigen Hohn preisgeben wollte, auf der

Totenfeier ihres Vaters die Gäste nicht angemessen bewirten zu können. Wie sie dort saß, den Rücken bemüht gerade, die Trauer zurückgebissen, um im hochgeschlossenen schwarzen Kleid eine gute Figur zu machen und die Contenance zu wahren, erinnerte sie ihn an das kleine Mädchen, das mit ernstem Gesicht an seinem kleinen Puppentisch saß und vorgab, eine Dame zu sein. Auch jetzt war sie keine – sie war eine Wariwulf, und wenn die Berichte über ihren Mut nicht übertrieben waren, eine bessere als mancher Mann. Die Zeiten änderten sich eben, dachte Hagen auf dem Weg in den Keller kopfschüttelnd. Früher trug man Weiß zur Trauer, heute Schwarz, früher waren nur Männer Wariwulf und nur Frauen Hagren, heute ging auch das durcheinander. Wenn er den Anschluss nicht verlieren wollte, musste er seinen Geist wohl noch weiter für das Neue öffnen.

Das Fest klang langsam ab, was vor allem daran lag, dass kaum noch jemand aufrecht sitzen konnte. Nach und nach ließ man nach den Dienern oder einer Kutsche schicken, um einigermaßen unbeschadet nach Hause zu gelangen. Gemessen an der Zahl besinnungslos Gesoffener war die Trauerfeier ein voller Erfolg. Wiewohl von Trauer nicht viel zu spüren gewesen war. Hagen machte sich daran, weiteres – zum Großteil ebenfalls geliehenes – Geschirr von den Nebentischen einzusammeln und in die Küche zu bringen. Dabei passierte er den seit Tagen in der Stube auf einem weißen Leinentuch aufgebahrten Leichnam Stettlers und vermied es wohlweißlich, einzuatmen. Der Gestank des verwesenden Körpers wurde auch von den mit Kräutern gefüllten Kissen nicht überdeckt, und es war Hagen ein Wunder, wie die hier Sitzenden überhaupt etwas hatten essen können. Doch es war *chic*, den Toten möglichst lange aufzubahren, denn was den Fürsten recht war, war dem böhmischen Stadtadel billig.

Er blickte auf Stettler hinab, dessen Körper bereits farbige

Flecken in Violett, Grün und Rot aufwies. Der Bauch war von den Fäulnisgasen erheblich aufgebläht, die von einem Stopfen aus Wachs und Flachs zumindest für den Augenblick im Körper gefangen blieben. Die Lippen waren bereits im Grinsen des Todes zurückgezogen. Hagen wandte sich ohne Ekel oder Schuldgefühl ab und ging in die Küche.

Hier stand Eberwin an der Waschschale, die Ärmel von seinem veralteten Wams gelöst und fein säuberlich an die Tür gehängt, und reinigte einen Teller nach dem anderen. Der Schweineeimer zu seinen Füßen quoll bereits über. Unter der bleichen Haut der dünnen Arme bewegten sich geschmeidige Muskeln wie bei einem Windspiel, unermüdlich und trügerisch schlank.

»Wie spät ist es?«, fragte Eberwin, ohne aufzusehen. Hagen stellte die Teller ab und warf einen Blick auf Hilda, die nach weiteren Stunden der wahnhaften Geschäftigkeit nun schlafend auf der Bank zusammengesunken war. Ihre Hände zuckten, weil sie im Traum vermutlich weitere Gänge vorbereitete. Eine flache Welle der Zuneigung erfasste Hagen, und nachdem er einen Blick auf seine Taschenuhr geworfen hatte, schob er der dicken Köchin einige Tücher als Kissen unter den Kopf.

»Bald vier Uhr morgens«, flüsterte er Eberwin dann zu und machte sich daran, die Stapel sauberer Teller zusammenzuräumen, um Platz für das restliche Geschirr zu schaffen.

»Gesche konferiert mit Vogt Roser«, sagte Eberwin, und seine im Halbdunkel rot schimmernden Augen zuckten kurz zur Decke, wo das Arbeitszimmer Stettlers lag. Eberwins sachlicher Tonfall ließ keinen Zweifel daran, dass die beiden tatsächlich etwas besprachen und Gesche nicht Trost in den Armen des Vogtes suchte.

»Schon lang?«, fragte Hagen und nahm den Schweineeimer auf, um ihn hinauszutragen. Aus dem Augenwinkel sah er Eberwin einmal nicken.

Hagen trat durch die kleine Luke in den Hof und blickte zum

klaren Sternenhimmel auf. Mit Nadelstichen wurden sie verglichen, mit freundlich blinzelnden Augen … er sah in ihnen nur weiße Punkte auf dunkler Fläche. Es war einmal anders gewesen, doch ihr Zauber währte augenscheinlich nur *ein* Leben lang.

Als die Essensreste in die große Tonne im Hof klatschten und mit dem Rest darauf warteten, dass der Schweinebauer sie abholte, blickte Hagen zum Fenster des Arbeitszimmers hinauf. Ein Kerzenleuchter erhellte Gesches angestrengtes Gesicht, als sie sich just in diesem Moment erhob und dem kleinen Roser die Hand reichte. Das selbstzufriedene Grinsen auf dem runden Gesicht des Mannes ließ nichts Gutes ahnen.

Als Hagen wieder in die Küche kam, hörte er die langsamen Schritte der beiden Herrschaften die Treppe herunterkommen. Dann trat Roser in die Küche und blickte sich um. Er war so klein geraten, dass sogar Hilda ihm auf den Kopf hätte spucken können, und versuchte das durch weit aufgestellte Hemdsärmel und großes Gehabe auszugleichen. Mit einer besitzergreifenden Geste fragte er: »Das meiste hiervon ist entliehen, nehme ich an?«

Gesche nickte mit zusammengepressten Lippen, wodurch sich das zarte Rosé in bläuliches Weiß verwandelte.

»Gut. Die hier«, er wies gleichzeitig mit je einem Zeigefinger auf Eberwin und Hagen, »nehme ich gleich mit. Den Rest lasse ich morgen holen.«

Wieder nickte Gesche, und Roser verneigte sich, einen Handkuss andeutend, ohne ihre Hand wirklich zu ergreifen. Dabei präsentierte er eine große kahle Stelle auf dem Scheitel, über die einige der dünnen, aber langen Haare gekämmt waren. »*Bonne nuit*, meine liebe Frau von Stettler.«

Er wandte sich an die Bletzer: »Sie packen ihre Sachen, ich warte in der Kutsche. Aber Beeilung, wenn ich bitten darf.« Dann schlenderte er, nicht mehr ganz standfest, zur Tür.

Eberwin warf Hagen einen langen Blick zu, stellte dann den

tropfnassen Teller ab und trocknete sich die Arme. Hagen sah zu Gesche, die Roser nachblickte und sich dann wieder ihnen zuwandte. Befangenheit lag wie Wachs auf ihrem Gesicht.

Während Eberwin seine Ärmel überstreifte und an die Schultern des Hemdes knöpfte, sammelte Gesche den Mut, Hagen in die Augen zu sehen.

»Vater hatte Schulden«, erklärte sie. »Große Schulden.«

Hagen blickte sie weiter unverwandt an. Er spürte keinen Ärger, aber auch kein Mitleid mehr. Seine Gedanken lösten sich bereits von der Familie Stettler und kreisten vorrangig darum, wie er seine geheimen Unterlagen aus dem Haus schaffen konnte, ohne dass Roser es merkte. Sie würden wohl eine Kammer oder Wohnung anmieten müssen.

»Es … es tut mir leid«, sagte sie zu Hagen, blickte dann Eberwin an. »Wirklich! Aber Roser ist ein *Mitewist*. Bei ihm wird es euch gut …«

Sie brachte es nicht über sich, den Satz zu beenden, denn sie wusste so gut wie die Bletzer, dass er eine Lüge gewesen wäre. Roser war ein cholerischer Mann, der mit Gott und dem Schicksal haderte, weil er so klein und dann noch nicht einmal ein Wariwulf war, obwohl das Blut in seiner Familie stark rann.

»Gott beschütze euch!«, brachte Gesche tonlos hervor und wirbelte herum, um die Treppe hinaufzustürmen. Das Gebaren der Kriegerin fiel von ihr ab, und sie wurde zur liebenden Tochter, die alles verloren hatte. Ihr Schluchzen klang nach, bis sie die Tür der Schlafkammer hinter sich zuwarf.

Erneut blickten sich die beiden Bletzer lange an, dann zuckte Eberwin kurz mit der Schulter.

Hagen tat es ihm mit der anderen Schulter nach. »Auf zu neuen Ufern«, sagte er leise und bückte sich, um Hilda aufzuwecken. Er wollte nicht gehen, ohne sich von ihr zu verabschieden. Die wenigen guten Menschen dieser Erde wollten gewürdigt sein.

INTERLUDIUM: LUXURIA

Georg blinzelte verzweifelt, während er sich mühsam daran erinnerte, dass er noch immer auf dem Boden von Leas Wohnzimmer lag und der blutige chinesische Drache, der sich wie ein schleimiger Wurm hinter der Hagr aufrichtete, nur eine grausige Vision war. Doch das Bild blieb, auch als Lea das gebogene Gurkha-Messer erhob, ebenso hartnäckig wie der dunkle, wabernd-neblige Rotton, der über ihrem Wohnzimmer mit dem Heer aus Heiligen- und Götterstatuen lag.

Das Rauschen in seinen Ohren klang wie unruhige Brandung, und plötzlich waren seine eigenen, ausgestreckten Arme vor ihm, schwankend und viel zu lang, um sie sinnvoll einzusetzen.

Lea setzte sich auf seine Oberschenkel und wischte seine Arme beiseite, während der Raum sich um sie beide zu drehen begann. Die zahlreichen Statuen wurden zu Schlieren, aus denen nur unterschiedlich große Augen hervorstarrten.

»Ich weiß, was du brauchst!«, wiederholte sie zum dritten Mal, und als wäre es eine Zauberformel, fand Georg sich bereit, ihr zu glauben.

»Mach, dass es aufhört!«, flehte er leise, doch sie sank auf seine Brust, sodass ihr Mund neben seinem Ohr lag, und wisperte: »Nein! Wehre dich nicht, lass es zu!«

Ihr heißer Atem ließ Gänsehaut an Georgs Hals entstehen. Sie richtete sich wieder auf und zog den Pullover über den Kopf, offenbarte feste Brüste und einen flachen Bauch, die jedoch von einem roten Muster aus dicken, pulsierenden Adern überzogen waren.

»Nein«, keuchte Georg und kniff die Augen zusammen, doch das Bild verschwand nicht, blieb unverändert, als wären seine Augenlider aus Glas. Er riss die Augen wieder auf, und jetzt verschwanden die Adern, und der Anblick der nackten Haut und üppigen Formen fuhr ihm ohne Umweg in die Lenden. Er spürte, wie sein Geist mit vulgären Gedanken geflutet wurde, die Schleusen des Anstands brachen. Er hob die Hand, legte sie auf eine von Leas weichen, großen Brüsten, spürte die Wärme, und sie lehnte sich ihm entgegen.

Die Umgebung kam schlagartig zur Ruhe, doch es war nicht mehr Leas Wohnzimmer – es war ein dunkler Keller voller großer Gläser, in denen Unförmiges in trüber Flüssigkeit schwamm.

»Ja«, stöhnte Lea, und plötzlich war da ein Druck an seinen Lenden, hörte er Stoff reißen und dann umfasste die Hexe sein Glied mit der Hand, bewegte sie leicht auf und ab. Die wollüstigen Schauer, die seinen Körper erzittern ließen, wanderten von ihm weiter über das Bild des Kellerraums. Wie Wellen kräuselte sich seine Wahrnehmung, und dann klärte sich das Bild: verdrehte, verkrüppelte Ungeborene schwammen mit trüben Augen in den gläsernen Bottichen.

Georgs entsetztes Aufstöhnen wurde durch Leas Lippen gedämpft, die sich auf seinen Mund pressten. Ihre Zunge fuhr wohlschmeckend und erregend hinein, und er ließ sich auf das Spiel ein.

Als sie sich erneut aufrichtete, rutschte sie mit einer geschickten Bewegung über seinen Schritt, und er schrie beinahe auf vor Wonne, als er in sie glitt.

Doch dann erfüllte ein anderes Bild seine Wahrnehmung, verdrängte Leas sich rhythmisch bewegenden Körper. Vier Werwölfe, gesichtslos, aber riesig und grausam, hielten ein Kind an je einer Gliedmaße umklammert. Blut lief aus Wunden an ihren Handgelenken und bildete, in der Luft langsam kreisend, eine rote Wolke unter ihnen. Das Kind, zu blau, um am Leben zu sein, krümmte sich unter einem dicken Buckel, und eine der Hände war grotesk vergrößert. Jetzt schrie er tatsächlich, denn das Ungeborene öffnete die Augen und sah ihn an.

»Ja, so ist es gut!«, rief Lea. Wenn er sich konzentrierte, konnte er sie auf sich sitzen spüren, konnte ihre Brüste mit jedem Zucken ihres Beckens wogen sehen, spürte ihre Hitze, die ihn umschloss und unweigerlich auf den Höhepunkt zutrieb.

Über dieser Lust lag das schreckliche Bild der Werwölfe, hinter denen sich nun eine ins Unendliche gehende Reihe anderer Werwölfe, allesamt in der grausamen Tiermenschgestalt, aus dem Dunkel schälte. *Ahnenreihen*, erkannte Georg und musste Leas Becken packen, ihre langsamer werdenden Bewegungen dazu zwingen, schneller und härter zu werden, wollte er nicht dem Wahnsinn verfallen.

Sie stöhnte auf, keuchte und krallte sich mit den Fingernägeln in seine Brust. Der Schmerz ließ die Wollust noch wachsen, und so stieß er zu, wann immer sich Leas Becken senkte, wollte immer tiefer in sie dringen.

Georg spürte den Orgasmus heranrasen wie einen unaufhaltsamen Zug, und dann ergoss er sich mit einem Aufschrei in sie, richtete sich krampfend auf, um nicht in der Körpermitte durchzubrechen; im selben Augenblick gab der Körper des halb geformten Kindes dem Zerren der Werwölfe nach, zerriss mit einem Geräusch wie feuchter Stoff, und ein goldenes Kreuz fiel aus dem verstümmelten Leichnam in den blutigen Teich darunter.

Während Georg zuckend und leise wimmernd hintenüber sank, drehte sich das goldene Kreuz im Strudel des Blutes, löste sich auf und offenbarte eine kleine, mit Eisen umwundene Phiole, die langsam versank.

Der Anblick von Leas Körper wurde wieder klarer. Sie saß, den Rücken nach hinten überstreckt, auf ihm, und das Zucken und ein

Ächzen aus den Tiefen der Kehle wies auf ihren eigenen abklingenden kleinen Tod hin. Er spürte ihre Lust nicht nur körperlich, und erst jetzt bemerkte er erschrocken, dass sie die ganze Zeit in seinem Geist gewesen war, nicht nur auf seinem Körper, sondern auch auf seinen Gedanken geritten war, wie die Hexe auf dem Besen. Sie richtete sich auf, was einen erneuten Schauder durch Georg sandte, und er sah ihre Augen mattgelb flackernd leuchten, als brennten Kerzenflammen dahinter. War das die Droge? Teil der Vision? Oder die Realität?

Er öffnete den Mund, ohne zu wissen, was er sagen wollte, aber sie legte ihm den Finger auf die Lippen und forderte: »Schlaf jetzt!«

Und er schlief.

Als er erwachte – bevor er die Augen öffnete –, wagte Georg für einen Moment zu glauben, dass alles nur ein böser Traum gewesen war.

Doch dann stürmte das Bild des von strahlender Mittagssonne erhellten Pantheons in Leas Wohnung auf seine vorsichtig geöffneten Augen ein und rammte sich wie ein Dolch in seinen Kopf. Übelkeit stieg in ihm auf, als der Schmerz vom Hirn in den Magen übersprang wie ein elektrischer Schlag, und er kniff die Augen wieder zu.

Vorsichtig drehte er sich auf die Seite, und das Ziehen in seinem verklebten Schritt räumte jeden Zweifel aus, dass wirklich gar nichts ein Traum gewesen war. Er wünschte, er wäre bei klarem Verstand gewesen, um seine Sünde wenigstens genießen zu können – die erste dieser Art seit fast einem Jahr. So blieb ihm nur die Hoffnung, dass seine teuer erkaufte Vision ihm den rechten Weg weisen würde.

Gleichmäßig und tief atmend, kämpfte er sich durch die schmerzhaften Phasen des Augenöffnens, vom vorsichtigen Blinzeln bis zu den zusammengekniffenen Lidern. Dann stemmte er sich erst auf alle viere und schließlich auf die Füße.

Es roch nach kaltem Rauch, Tee und Schweiß, was seinem rebellierenden Magen die Selbstbeherrschung nicht leichter machte.

»Lea?«, rief er, und es klang kläglicher, als er beabsichtigt hatte. Keine Antwort.

Als er einen Schritt machen wollte, rutschte die Hose ihm auf die Knöchel. Sie war vom Schritt bis zum Bund aufgeschlitzt. Also trat er heraus und schleppte sich nackt – das T-Shirt lag ebenfalls zerfetzt am Boden – ins Bad.

Am Waschbecken angekommen, wusch er sich kurz mit kaltem Wasser das Gesicht, um wach genug für eine Dusche zu werden. Seine Finger kratzten durch einen ambitionierten Dreitagebart.

Die Dusche beglückte ihn mit warmem Wasser, und während er sich die Spuren des Beischlafs vom Körper wusch, versuchte er seine Gefühle zu ergründen. Verliebt war er in Lea nicht, und nach der letzten Nacht war auch die sexuelle Anziehung, die ihr wohlgeformter Körper ausgestrahlt hatte, deutlich geringer geworden. Er erinnerte sich an das Gefühl der vollen, weichen und dabei doch festen Brust in seiner Hand. Nein, er sollte sich nichts vorlügen. Er fand sie immer noch sehr sexy.

Aber wie würde es mit ihnen weitergehen – wenn überhaupt? Sie war nicht da, was bedeuten konnte, dass sie ihm weit genug vertraute, um anzunehmen, dass er ihre Wohnung nicht in Schutt und Asche legen würde. Vielleicht wich sie ihm aber auch aus und wollte ihm auf diese Weise klarmachen, dass er besser nicht mehr hier wäre, wenn sie zurückkam.

Er füllte den Mund mit Wasser und spülte aus. Die langen Stunden ohne Kontakt mit einer Zahnbürste und die Anstrengungen hatten seine Zähne pelzig werden lassen. Mit dem Zeigefinger und etwas stibitzter Zahnpasta versuchte er Abhilfe zu schaffen.

Wie viel hatte sie von seiner Vision mitbekommen? Und welche

Schlüsse könnte sie daraus ziehen? Viel wichtiger: Welche Schlüsse sollte er daraus ziehen? Er spuckte weißen Zahnpastaschaum in das Waschbecken, spülte sich den Mund aus und stieg unter die Dusche.

Vier Werwölfe, aufgrund ihrer edlen Gestalt vermutlich Wariwulf und keine Vargr, zerrissen ein deformiertes Kind und brachten einen Reliquienbehälter zum Vorschein. Das Ganze musste, wenn Acheloos ihn nicht übers Ohr gehauen hatte, mit Hagen von Steins Plänen zu tun haben.

Kurz schwindelte ihn, als ihm bewusst wurde, dass er gerade allen Ernstes über Halluzinationen nachdachte, die ihm die Zukunft offenbaren sollten. Und doch: Man konnte kein Korrektor sein, ohne das Unglaubliche zu akzeptieren.

Dann fiel es ihm ein! Er glitt fast in der Wanne aus, so schnell riss er den Vorhang beiseite. Vier Wariwulf, die Blut in ein Gefäß füllten; eine Reliquie in einer Phiole, die wiederum in einem goldenen Kreuz aufbewahrt wurde – von Steins Weihe zum vollwertigen Wariwulf! Er hatte davon im mittelhochdeutschen Teil der Chroniken gelesen.

Vorsichtig stieg er aus der Wanne, wartete einen weiteren kurzen Schwindelanfall ab und trat dann zu seiner klammen, stinkenden Kleidung, um das Handy hervorzuholen.

Rigel ging nach nur einem Klingeln dran: »Ja?«

»Rigel, hallo. Ich brauche Ihre Hilfe. Von Vitzthum hier.«

Am anderen Ende herrschte Schweigen, und Georg glaubte im Hintergrund Wasser rauschen und Vögel singen zu hören.

»Jetzt?«, fragte der Soldat, und Georg nahm kurz das Handy vom Ohr, um auf die Uhr zu sehen: kurz nach zehn – morgens, wie er aufgrund des Sonnenscheins schloss.

»Wenn möglich«, sagte er.

»Sie beißen eh nicht«, murmelte Rigel, und es klang kurz so, als schnarre eine Seilwinde.

»Bitte?«

Rigel schnaubte. »Schon gut. Wo sind Sie?«

Georg gab ihm die Adresse durch und wollte schon auflegen, als er sich seiner Blöße bewusst wurde. »Bringen Sie mir bitte etwas zum Anziehen mit.«

Wieder war es einen Augenblick still, aber dann erinnerte Rigel Georg daran, warum er seinen Kollegen so schätzte, indem er nur sagte: »Ich bin in etwa einer Stunde da.«

»Danke. Bis gleich«, sagte Georg und legte auf.

Eine Stunde allein in der Wohnung einer Hexe. Seine berufliche Neugier erwachte und verdrängte das schlechte Gewissen, das er Rigel gegenüber hatte, weil er ihn einmal mehr wie ein Taxi herbeizitierte.

Hier musste sich doch etwas Interessantes finden lassen!

SECHSTER TEIL:

NEUER HERR, NIEMANDES KNECHT

Anno Domini 1638, in dem ein kaiserlich-bayrisches Entsatzheer die Belagerung der Reichsstadt Rheinfelden beendet; selbiges Heer ebenda vom durch Frankreich unterstützten Bernhard von Sachsen-Weimar vernichtend geschlagen wird; genannter Herr die Reichsfestung Breisach erobert; Galileo Galilei unter anderem die Fallgesetze aufstellt und die Schweden bis nach Prag vorstoßen.

UNMUT

Als Vogt Roser mit lautem Schnauben seinen Unmut ausdrückte, blickte Hagen von den Scheiten auf, die er soeben neben dem großen Kamin im Arbeitszimmer des Mannes aufschichtete. Der kleine Mann stand vor der zierlichen Magd Berta, seit Jahren eine treue Seele des Hauses, wenn es nach Hagen ging. Roser stemmte die Fäuste in die Hüften, um größer zu erscheinen, und drängte damit seinen teigigen Bauch noch weiter nach vorn. Er brüllte: »Was ist Sie für ein dummes Ding! Ich sagte, die kommentierten Zeitungen packt Sie mir in den Koffer, die Flugschriften auf den Tisch, und was heute neu eintraf, legt Sie mir sofort vor!«

Hagen musterte das rot anlaufende Gesicht des Mannes, an dessen Hals eine dicke Ader zu pochen begann, und bemerkte einmal mehr, wie unpassend die sanften braunen Augen für einen Mann seines Temperaments waren.

»Ich dachte …«, wisperte Berta und rang die Hände vor der weißen Schürze, als wolle sie etwas Mut aus ihnen pressen. Sie war von zierlicher Gestalt und nur wenig größer als Roser, was jedoch auch am ebenfalls weißen Tuch liegen konnte, dass sie um die Haare gebunden trug.

»Was sagt Sie? Sie spricht lauter!«, blaffte Roser wütend, doch Hagen schmeckte seine Befriedigung satt wie Blumenduft an einem klaren Morgen aus der Luft.

»Ich dachte, der ehrwürdige Herr habe gesagt, er wolle die Flugschriften mitnehmen …«

»Dummes, dummes Ding! Was denkt Sie, solle ich mit Flugschriften bei der Besprechung mit dem Bischof? Soll ich ihm etwas vorlesen? Was? Wie? Sie antwortet!«

In Hagens Griff knackte ein Holzscheit, als sich die Wut dort Bahn brach, die er aus seinem Gesicht und seiner Haltung verbannte. Berta hatte recht. Roser hatte sie ausdrücklich angewiesen, die zahlreichen Flugschriften in den ledernen Koffer einzupacken. Was er damit bei Ernst Adalbert von Harrach wollte, dem Erzbischof von Prag, wusste Hagen auch nicht zu sagen. Immerhin war es als Zensor seine Aufgabe, die Inhalte zu prüfen und unschickliche Anteile herauszusuchen, was bei ungelesenen Schriften schwierig würde. Vermutlich hatte Roser bewusst die falsche Anweisung gegeben. Hagen warf das zersplitterte Scheit so fest in den Kamin, dass es laut polterte.

»Und was macht Er für einen Lärm!«, rief Roser nun, stieß Berta grob beiseite und stürmte durch das große Zimmer zu Hagen. Der erhob sich, drückte den Rücken bewusst durch und zog die Schultern zurück, sodass der Vogt den Kopf weit in den Nacken legen musste, um zu ihm aufsehen zu können.

»Verzeihung«, sagte Hagen.

»Warum ist Er damit noch zugange? Das Feuer hat zu brennen, wenn ich mit der Arbeit beginne.« Der kleine Mann funkelte Hagen an und fuchtelte mit der Rechten herum, die im Gegensatz zur anderen Hand in einem ledernen Stulpenhandschuh steckte. Der andere klemmte unter der viel zu breiten Schärpe, gleich neben der Reitgerte.

Hagen schlug die Augen nieder, sah auf die glänzenden Stulpenstiefel des Mannes, auch wenn es ihm schwerfiel, und brachte sogar so etwas wie Demut in die Stimme. »Ich dachte, der Herr sei heute außer Haus.«

»Sieh an«, höhnte Roser und warf die Arme in die Luft, wobei er sich einmal um die eigene Achse drehte, um den ganzen Raum in seine Geste mit einzubeziehen. »Alle Welt bildet sich heute ein, sie sei des Denkens mächtig. Man hört zu! Wenn ich Befehle gebe, befolgt man sie!«

Er ließ die Arme wieder sinken und zupfte am bauschigen Schulterbereich seines blassblauen Rocks, durch dessen Schlitze das eierschalenfarbene Unterhemd zu sehen war. »Man versteht mich?«

»Ebendies tat Berta«, sagte Hagen und blickte rechtzeitig auf, um Rosers blasierte Ruhe unter dem Ansturm der Wut zerbrechen zu sehen. Hinter ihm schüttelte Berta warnend den Kopf und winkte ab, doch Hagen konnte nicht an sich halten. Zu lange schon ertrug er nun die Ungerechtigkeiten des Vogtes, und wo sie ihm gegen seine Person nichts ausmachten, weil er sich seiner Überlegenheit gegenüber dem schimpfenden kleinen Männchen sicher war, erzürnten sie ihn doch bei anderen, die in diesen schweren Zeiten von ihrer Stellung im Hause des Vogtes abhängig waren.

»Was sagt Er?«, fragte Roser drohend und legte die Hand auf den fein verzierten Griff seines Degens, ein Erbstück seines Oheims, das beinahe auf dem Boden schleifte, wenn das Wehrgehänge nicht richtig saß.

»Der Herr haben Berta gestern angewiesen, die Flugschriften einzupacken«, sagte Hagen ruhig und blickte nun tief in die dunklen Augen. Es wäre ihm ein Leichtes, in die Gedanken des Mannes einzudringen, sodass er sich sogar bei Berta entschuldigte, aber Hagen tat es nicht. Zu groß war die Gefahr, dass die Hagr des Bischofs eine solche Veränderung bemerken würde.

Für einen Moment wurde aus dem Blick ein Duell, verhärteten sich die braunen Augen zur Haselnussschale, doch der Ruhe des Todes hatte Rosers würmisches Gemüt nichts entgegenzusetzen. Er musste den Blick abwenden. Wütend schrie er: »Was!«, und zog die Reitgerte aus dem Gürtel. Mit geübter Hand schlug er sie Hagen durchs Gesicht und rief: »Will Er mich einen Lügner nennen?«

Als Hagen trotz des beißendes Stechens auf der Wange nicht mit der Wimper zuckte, schlug Roser erneut zu, mehrmals, und fragte dabei: »Na? Na? Na? Na?«

Die Schläge zogen brennende Striemen in Hagens bleiche Haut, und beim letzten knallte die dünne Rute quer über sein linkes Auge, sodass Hagen es zischend zusammenkniff. Als Roser mit wild verzogenem Gesicht, aus dem Wut und Freude zugleich sprachen, die Rute sinken ließ und ein letztes Mal fragte: »Na?«, antwortete Hagen ruhig: »Nein. Aber vergesslich.«

Roser trat einen Schritt zurück, so verblüfft über diese Frechheit, dass ihm der Mund für einen Augenblick offen stand. Hagen triumphierte innerlich, berauschte sich an diesem Gefühl der Überlegenheit, das an Rosers prunksüchtiger Fassade zerrte und sie zum Einsturz zu bringen drohte. Hagen führte Roser die eigene Minderwertigkeit vor Augen.

Der Mann ließ die Rute fallen und drängte an Hagen vorbei, um den Schürhaken aus dem eisernen Gestell neben dem Kamin zu reißen.

»Ihm werde ich die Marotten austreiben!«, stieß der Vogt gepresst hervor und schlug zu. Hagen hätte dem Schlag ausweichen können, ihn abwehren, dem kleinen Mann den Kopf auf den Rücken drehen, bevor der Arm die Bewegung ganz vollendet hatte, aber all das wäre ein Zeichen von Schwäche gewesen. Also wartete er regungslos ab, bis ihn die stumpfe Seite des eisernen Hakens in die Kniekehle traf. Hagen stöhnte auf, und das Knie gab unter ihm nach, als der Schmerz bis in den Oberschenkel zog. Der Treffer saß, denn Roser war ein hervorragender Fechter, was verwunderlich genug war, wenn man seine Faulheit bedachte.

»Widerworte dulde ich nicht!«, rief Roser nun und schlug erneut zu. Im letzten Moment konnte Hagen den Arm hochreißen und sich wegdrehen, sodass ihm der Stahl auf die Schulter krachte und nicht auf den Kopf. Der Arm wurde taub und glitt nach unten.

»Hat Er das verstanden?«, wollte Roser wissen, doch er wartete keine Antwort ab, sondern hieb erneut zu. Hagen ließ sich nach vorn sinken, um seinen Kopf zu schützen, und wurde auf den unteren Rücken getroffen. Etwas in seinem Körper gab knackend nach, und der Schmerz brachte Hagen dazu, sich gänzlich zusammenzukrümmen.

»Was wagt Er!«, rief Roser und holte erneut aus. Hagen spannte sich an. Wenn auch dieser Schlag ihn traf, würde er sich nicht mehr zurücknehmen. Hinfort mit der Tarnung, hinfort mit der Überlegenheit ... Er würde aufspringen und dem Mann den Kopf vom Leib reißen! Der Schmerz der Treffer wanderte aufeinander zu als habe er einen eigenen Willen und umhüllte nun beinahe den ganzen Körper.

»Herr!«, flehte da Berta und warf sich ihm in den Arm. Wenige Zentimeter bevor der Haken Hagens Becken traf und damit Rosers Schicksal besiegelt hätte, konnte sie den Hieb aufhalten. »Ihr bringt ihn ja um!«, mahnte die Magd.

Es schien, als wolle der Vogt sich losreißen, doch dann stieß er die Magd nur von sich, ließ den Haken zu Boden poltern und stürmte aus dem Raum.

Die Tür fiel krachend ins Schloss, und einen Augenblick war es still. Dann trat Berta vor und reichte Hagen den Arm. Er berührte ihn dankend, stand aber aus eigener Kraft auf. Sein Rücken zog sich bei jeder Bewegung schmerzhaft zusammen, und auch das Bein würde er eine Weile nicht voll belasten können. »Es geht schon, Berta. Ich danke dir.«

Berta schüttelte tadelnd den Kopf, lächelte dabei aber sanft. »Du sollst dich doch nicht mit ihm anlegen«, sagte sie, doch Hagen spürte, dass sie ihm dankbar war.

»Irgendjemand muss es tun«, sagte Hagen und bückte sich, um den Haken aufzunehmen, kurz in der Hand zu wiegen und dann in den Ständer zu stellen. Für einen Moment ließ er die Finger noch darauf ruhen, wie bei einem alten Freund, dessen Hand man nicht zu schnell wieder loslassen möchte.

Als Hagen in die Küche gehumpelt kam, hob Eberwin nur kurz den Kopf, seufzte und stand auf, um etwas Wasser aus dem Eimer in einen Topf zu füllen. Er schob einen anderen Topf beiseite, in dem bereits die Rüben für das Mittagessen kochten, und stellte das Wasser auf die heiße Platte. Dann verschwand er in der Zeugkammer. Hagen ging zu dem großen Tisch und ließ sich auf einen Stuhl nieder. Als Eberwin mit einem sauberen weißen Tuch wieder hervorkam, kochte das Wasser bereits. Er stellte den Topf auf den Tisch, tauchte das Tuch mit bloßen Fingern ein und drückte einen Großteil der dampfenden Flüssigkeit wieder heraus. Dann machte er sich daran, die Wunden abzutupfen. Zwar entzündeten sich die Schnitte eines Bletzers nicht und eiterten selten, aber auch sie verheilten schneller, wenn sie sauber waren.

Pochende Schritte näherten sich eilig der Küche, und dann erschien auch schon Emma Roser am oberen Ende der drei Stufen, die zum groben Steinboden der Küche hinabführten. Ebenjene überwand sie nun, indem sie ihr dunkles Kleid und die mindestens drei Unterröcke raffte und so schlanke, wohlgeformte Beine und kurze Stiefel mit breiten Absätzen offenbarte.

»Oh, Hagen«, rief sie mit heller, ängstlicher Stimme, und als sie ihn erreichte, erneut: »Oh, Hagen.«

Sie beugte sich vor, wobei das breite rote Tuch, an der Schulter von einer wertvollen Brosche gehalten, beinahe in das heiße Wasser geriet. Sie bemerkte es erst, als Eberwin den Topf scharrend beiseiteschob.

»Eberwin!«, rief sie entsetzt. »Ist das Wasser? Was tust du denn? Willst du ihn umbringen?«

Ihre spitze Nase und der kleine Mund mochten heute als vornehm durchgehen, aber für Hagens Geschmack ließen sie die junge Frau stetig arrogant wirken. Dabei war sie eine nette Person, hatte das Herz am rechten Fleck – verwunderlich bei so einem Vater und einer Mutter, die sich den lieben langen Tag dem Suff hingab. Dafür war wohl der Amme zu danken.

Eberwin zögerte, da nahm sie ihm den Lappen aus der Hand, sog zischend die Luft ein, weil er noch immer heiß war, und schleuderte ihn in den Topf. »Wie oft muss ich es dir sagen? Wasser darf nicht an Wunden kommen! Es bringt Krankheiten mit sich.«

Eberwin blickte Hagen kurz an, und aus dem Schimmern seiner roten Augen las Hagen Verachtung für die Dummheit der Menschen heraus. Schon vor zweihundert Jahren hatte man gewusst, dass Wunden ausgewaschen werden mussten, aber seit man die Hebammen und Kräuterfrauen nun Hexen nannte und anzündete, hatten es sich die Ärzte in den Kopf gesetzt, alles neu und besser zu machen.

Emma schob die Ärmel hoch, weiße Seide, die zu sehen war, weil ihr dunkles Kleid am Ellenbogen endete, wischte eine vorwitzige Strähne des gekräuselten blonden Haars hinter das Ohr und blickte sich suchend um. Dann fand sie den Honig und ging zu dem großen Topf, um ihn neben sich auf den Tisch zu stellen.

»Danke, Eberwin«, sagte das junge Mädchen, das gerade einmal siebzehn Jahre zählte. »Du kannst dich jetzt anderen Dingen zuwenden.«

Eberwin nickte stumm, doch als Emma sich wieder zu Hagen umdrehte, warf der Bletzer seinem Herrn einen mahnenden Blick zu und formte mit der Hand die Geste für Verborgenes. Sie mussten etwas unter vier Augen besprechen, wollte er ihm mit diesem Zeichen aus der geheimen Sprache der Bletzer mitteilen.

Hagen blinzelte langsam, um seine Zustimmung zu signalisieren, also schob Eberwin den Topf mit den Rüben wieder auf die Platte und ging hinaus.

»Ach, Hagen«, sagte Emma und trat unnötig nah an ihn heran,

sodass er das herzförmige Muttermal auf ihrer Wange deutlich erkennen konnte. Er musste die Beine weiter spreizen, damit sie dazwischen stehen konnte. Das warme Pulsieren ihres Blutes, der Duft des Lebens, der von ihr aufstieg, ließ Hagen spüren, wie hungrig er war. Doch diesen Hunger konnte keine herkömmliche Nahrung stillen.

Emma nahm etwas Honig auf die Fingerspitze und strich ihn vorsichtig auf die Striemen. Zumindest diese Arznei war noch nicht in Vergessenheit geraten. Hagen schloss beim schmerzerfüllten Zucken die Beine so weit, dass seine Oberschenkel an denen des Mädchens lagen, und musste ein Lächeln unterdrücken, als sie erschauderte. Anfangs war es ein Spiel gewesen, aus der Langeweile geboren, das junge Ding in seinen Bann zu ziehen. Doch im Laufe dieses Jahres in Wien, wo Roser für den Bischof die Kontakte zum Hof Ferdinand III. pflegte, hatte Hagen erkannt, dass dem Wendehals Roser allein seine Tochter heilig war. Und so hatte er sich in ihr Vertrauen geschlichen, hatte sie nach und nach, mit zarten Berührungen des Körpers und des Geistes zur rechten Zeit, in Liebe zu ihm entbrennen lassen. Noch hatte er es jedoch nicht über sich gebracht, diese feine Haut zu ritzen. Tief atmete er ihren verlockenden Geruch ein und stellte sich vor, wie ihr heißes, dickes Blut seine Kehle herunterrann. Vielleicht bald einmal.

»Hagen, Hagen. Einige Wochen geht es gut, und dann musst du dich wieder mit Vater anlegen.«

Hagen lächelte sie entschuldigend an und zuckte mit den Schultern. Ihr Blick wanderte nervös über seine Lippen und Wangen, dann hielt sie ihm den Finger hin, verschmiert mit Honig und seinem eigenen Blut. »Willst du … ablecken?«

Hagen schüttelte den Kopf und schob sie vorsichtig von sich. »Verzeiht, aber ich habe noch dringende Aufgaben zu erledigen.«

Sie schmollte sichtlich, war es gewöhnt, zu bekommen, was sie wollte. Und wenn Hagen eines wusste, dann, dass man am meisten begehrte, was unerreichbar schien.

Emma wischte sich den Finger an einem Tuch ab und nickte. »Du solltest Vater heute nicht noch mehr verärgern. Seit er erfahren hat, dass der Erzbischof schon wieder nach Prag aufbricht, ist sein Gemüt ohnehin umwölkt.«

»Ich werde mich vorsehen«, versprach Hagen, berührte sie kurz, wie zufällig, an der Hand, als er nach dem Tuch griff und seine eigenen Hände damit säuberte. Emma war von bemerkenswerter Naivität, glaubte an die große Liebe und das Gute im Menschen. Nur dadurch war es auch zu erklären, dass sie sich nie fragte, warum Hagens Wunden so schnell heilten oder warum er immer auf den Beinen war, zu welcher Tag- oder Nachtstunde sie ihn auch traf.

Er lächelte ihr noch einmal zu. Die Tochter des Hauses war ein guter Tropfen, den er noch reifen lassen wollte, bis es etwas zu feiern gab.

JUGENDSÜNDEN

Es wurde Abend, bis Hagen alle Pflichten erfüllt hatte. Vom Hausherrn war noch immer nichts zu sehen, und so machte er sich auf, Eberwin zu treffen. Seit man sie sozusagen umgesiedelt hatte, mussten sie jede freie Minute nutzen, in der Roser, der sich als Stubenhocker mit leichtem Schlaf erwiesen hatte, nicht im Haus war. Noch immer, nach beinahe einem Jahr, hatten sie die Wege nicht wieder völlig aufgebaut und flatterten Stränge lose im Wind, die dereinst schon Teil des Bletzernetzes gewesen waren, mit ihnen beiden im Zentrum, darauf wartend, dass sich die richtige Gelegenheit darin verfing. Stettlers Tod hatte sie weit zurückgeworfen, doch sie gaben nicht auf.

Hagen traf Eberwin in der geheimen Dachkammer an, die sie annektiert hatten, kaum dass sie davon erfahren hatten. Sie war hinter einer doppelten Wand versteckt, und nur die alte Magd Hildegard hatte noch davon gewusst. Sie tat es heute nicht mehr, und selbst wenn es der erheblichen Anstrengung von Eberwin und Hagen gemeinsam bedurft hatte, ihr diese Erinnerung auszutreiben, hatte es sich gelohnt. So hatten sie wenigstens einen Rückzugsort im Haus, an dem sie ungestört planen konnten und doch parat waren, wenn man nach ihnen schickte. Die Tarnung, da waren sie sich einig, musste so lange wie möglich aufrechterhalten werden. Nicht auszudenken, wenn ein Wariwulf in dieser Phase der Vorbereitung Wind davon bekäme.

Eberwin saß über einen Zettel gebeugt auf dem Boden aus krummen Dielen. Die langen bleichen Haare fielen ihm ins Gesicht, und er wirkte beinahe wie ein alter Eremit. Er fuhr mit dem Finger über unruhig gesetzte Druckzeilen, die das Papier bis zu jedem Rand bedeckten. Vor ihm auf dem Boden lagen weitere Blätter, Pamphlete, Flugschriften und Aufrufe, viele von ihnen identisch mit denen, die Roser just in diesem Augenblick zum Bischof von Böhmen trug. Immer wieder schrieb Eberwin Buchstaben mit dem Finger in die leere Luft, um sie sich einzuprägen. Die geheimen Botschaften niederzuschreiben, die andere Bletzer in den Drucken versteckt hatten, oder sie gar auf den Blättern zu umkreisen, wäre bei Weitem zu riskant gewesen. Bei der gewaltigen Menge an Schriften, die tagtäglich in jeder Stadt Europas gedruckt wurden, war es ein Leichtes für die Bletzer, einen der Schreiberlinge zu beeinflussen. Ein solcher Mann drückte seine Gedanken dann mit bestimmten Worten aus, in denen geheime Botschaften verborgen waren. Mit dem richtigen Schlüssel versehen, konnten andere sie dann mühelos herauslesen. So wurde Wichtiges mitgeteilt, ohne dass die unbedarften Menschen etwas davon ahnten.

Eberwin hob den Kopf und sagte: »Berheim hat durch zu große Diebstähle aus der Kasse das Misstrauen seines Herrn erregt und muss warten, bis Gras über die Sache gewachsen ist. Viele andere, auch von Alvensleben, ziehen mit ihren Herren von Schlacht zu Schlacht. Bisher sind nicht einmal zwei Dutzend überhaupt dabei, Kontakt zu den anderen des geplanten Zirkels aufzunehmen, und auch die Zucht des Bergwohlverleihs will nicht in Gang kommen.«

Hagen seufzte und ließ sich ebenfalls auf dem Boden nieder, nahm sich eines der Bücher mit einem schwarzen Einband, zu alt für ein Inhaltsverzeichnis und zu verboten, als dass ein Titel verzeichnet wäre.

»Also warten wir«, sagte er und schlug die Seite auf, die er sicher schon zehnmal gelesen hatte. Noch immer traute er seinen Überlegungen nicht völlig. Um die sieben Hecetissen des Rituals durch sieben Bletzer ersetzen zu können, musste einiges geändert werden. Aber er zweifelte nicht daran, dass es gelingen würde, und so hatte er angewiesen, dass sich die Bletzer zu Zirkeln zusammenfanden – vorerst nur durch Absprache, aber wenn der Zeitpunkt für die Schlacht gekommen wäre, würden sie sich sammeln und Krieger schaffen.

Eberwin senkte den Kopf wieder, doch bevor der Finger seine Luftbuchstaben wieder aufnehmen konnte, ruckten die Köpfe der beiden Bletzer gleichzeitig hoch und sahen auf die kleine Luke im Dach. Sie war mit einem aus bunten Scheiben zusammengesetzten Bleiglasfenster verschlossen, damit keine Feuchtigkeit hereinkam. Jetzt zeigte sich ein dunkler Schatten davor, und dann hörten sie leise die Stimme Carteaumois' flüstern: »*Il y a quelqu'un?*«

Die Frage harrte keiner Beantwortung, denn der *Bluotvarwes* spürte sie ebenso sicher. Hagen stand auf und löste den Riegel, um das Fenster zu öffnen, und so schnell wie eine Maus in ihr Loch, schlüpfte Carteaumois durch die kleine Öffnung.

Kaum hatten seine schmutzigen Stiefel den Boden erreicht, glitt er von der Luke fort, aus dem Licht der untergehenden Sonne ins Dunkle, wo er erleichtert aufatmete und die Kapuze seines dicken schwarzen Mantels zurückwarf. Dabei wurde ersichtlich, dass die Haut an beiden Händen rot war, als habe er sie in kochendem Wasser gebadet.

»Es wird schlimmer«, erkannte Hagen düster, trat zu dem jungen Mann und zog die Hände zu sich, an denen die Rötung schon zurückging. »Wie lang warst du in der Sonne?«

Carteaumois zuckte die Achseln. »Vielleicht eine Viertelstunde.«

Hagen hob den Kopf, um in das Rot des untergehenden Himmelskörpers zu blicken. Das Licht hatte kaum noch Kraft. Wenn ihr Schützling sich zur Mittagszeit hinauswagte, würde die unnatürliche Reaktion auf das Sonnenlicht womöglich bald so schwer ausfallen, dass sein Körper schneller verbrennen würde, als er sich heilen konnte.

»Hast du eine Erklärung gefunden?«, fragte Carteaumois vorwurfsvoll. Hagen blickte ihn lange an, dann nickte er bedauernd. »Mit deinem Tod bist du ein Wesen der Nacht geworden. So wie der Wolf stark in dir ist, ist es auch der Fluch. Noch erinnert sich dein Körper an das Leben, aber bald wird er sich fügen. Dem Ruf des Grabes entgeht man nicht …«

Er ließ den Rest ungesagt, denn er wollte dem Mann keine Angst machen und nicht eingestehen, dass er selbst nicht recht wusste, was genau geschehen würde.

In die unangenehme Stille hinein lachte Carteaumois plötzlich auf. »Egal, es war ein guter Tausch!« Der Franzose machte einen Bogen um das rote Schlaglicht auf dem Boden und ließ sich neben Eberwin nieder. Dabei klaffte der dunkle Mantel auf und offenbarte die schlichte blütenweiße Kleidung darunter.

Eberwin hatte den Söldner die ganze Zeit über gemustert, doch jetzt witterte er auch, und die scharfen Gesichtszüge verfinsterten sich noch weiter. »Du hast schon wieder getrunken.«

Carteaumois nickte und lächelte völlig ohne Schuldbewusstsein. »O ja, eine junge Frau, schlank und schön, eine echte Augenweide.«

»Wenn …«

Hagen schloss das Fenster etwas zu laut. Er hatte keinen Bedarf, erneut eine von Eberwins langatmigen Predigten gegen das Bluttrinken zu hören. Carteaumois war seit Wochen stark genug, um seine Spur zu verwischen, und wenn sich in einer Stadt mit mehreren hunderttausend Einwohnern hier und da einmal jemand verletzte, würde schon niemand Verdacht schöpfen.

Als Hagen sich umdrehte, sah Eberwin ihn an, und in seiner Bewegungslosigkeit wirkte es, als habe er seit Errichtung des Hauses so dort gestanden. Hagen erwiderte den Blick und hielt ihn, für eine lange Weile. Keiner von ihnen wollte nachgeben, in dieser Angelegenheit nicht. Aber Eberwin würde sich daran gewöhnen müssen, dass die Bletzer sich Blut nahmen, wenn sie es wollten.

»Das Beste ist der letzte Schluck«, sagte der Franzose gut gelaunt in die angespannte Stimme, als spräche er über einen besonders gelungenen Wein. »Wenn ihr Widerstand versiegt, wenn ihr Herz die letzten zuckenden Schläge vollbringt – diese allerletzten Tropfen sind wie Ambrosia!«

Jetzt blickte auch Hagen erschrocken zu Carteaumois. »Du … hast sie umgebracht?«

Der Franzose sah ihn verwundert an. »*Naturellement.* Soll ich mich mit einem Schluck zufriedengeben, wenn ich den ganzen Krug leeren …«

Die Wut ließ Hagen handeln, bevor der *Bluotvarwes* den Satz beenden konnte. Mit Gewalt krachte er in seinen Geist, lähmte seine Glieder und stieß ihn auf den Boden, packte ihn am Kragen und zerrte ihn sich vors Gesicht. »Du hast sie umgebracht!«

Er lockerte seinen geistigen Griff, damit der ehemalige Söldner sich erklären konnte. »Beruhigt euch. Niemand wird sie finden. Ich habe sie wie die anderen auch der Schweinerotte des Züchters Kleinschmidt vorgeworfen.«

»Die anderen …«, sagte Eberwin düster, und Hagen war der junge Mann mit einem Mal zu schwer, als zöge ihn die Last seiner Sünden mit Macht in Richtung Hölle. Er ließ ihn auf den Boden fallen und trat von ihm weg, angewidert von seinen Morden.

»Was macht ihr für einen Aufstand?«, fragte Carteaumois und richtete sich wütend auf. »Wenn ihr den Wolf vor euren Karren spannt, dann dürft ihr euch nicht wundern, wenn er die Pferde beißt!«

Hagen ging vor ihm in die Hocke und sagte ruhig, aber umso drohender: »Du wirst keinen Tropfen Blut mehr zu dir nehmen, bis ich es dir ausdrücklich erlaube.«

»Aber …«, erwiderte Carteaumois, doch Hagen unterbrach ihn: »Keinen einzigen Tropfen!«

Der Franzose wirkte, als wolle er ein weiteres Widerwort geben, doch da legte ihm Eberwin warnend die Hand auf die Schulter. Mit einiger Überwindung nickte er einmal, und Hagen ließ von ihm ab.

Er war beruhigt, dass es nicht wieder geschehen würde, aber er gab sich die Schuld, dass es so weit hatte kommen können. Nur zu gut wusste er, wie groß die Gier nach dem Lebenssaft wurde, und dem jungen Mann fehlte die Erfahrung, um sich zu beherrschen. Er blickte auf das bunte Glas, das im schwindenden Licht seine Farben verlor. Er hatte jetzt eine größere Verantwortung. Er war nicht mehr nur Rebell – er wurde zum Heerführer!

»Hast du wenigstens deine Aufgabe erfüllt?«, wollte Eberwin wissen.

Carteaumois stand auf und klopfte sich demonstrativ den Staub von den weißen Kleidern. »Selbstverständlich. Van Houten schickt morgen früh Order an seine Leute, und das nächste Schiff, das nach Trincomalee fährt, hat unsere Bestellung an Bord. Aber was macht euch so sicher, dass die Niederländer Ceylon nicht wieder an die Spanier verlieren?«

»Es steht zu viel für sie auf dem Spiel«, antwortete Hagen. »Geld, Besitztümer, nicht zuletzt die Ehre.«

Carteaumois pfiff durch die Zähne. »Na, da wollen wir hoffen, dass sie genug Zeit finden, um auch noch Löwen zu jagen!«

Hagen sah seine beiden Generäle im Krieg gegen die Wariwulf an. Der eine bleich an Haut und Haaren, der andere an Kleidung. Dieser ruhig und verlässlich wie ein treues altes Ross, jener wild und stark wie ein ungezähmter Araberhengst. Beide würde er am Zügel führen müssen, in gemeinsamem Tritt bringen, damit sie ihn zum Sieg führten. Und das würden sie, daran bestand kein Zweifel!

HUNGER

Als der Bote eine Nachricht für »Herrn Eberwin« am Hause Rosers ablieferte, wusste Hagen, dass Schwierigkeiten in der Luft lagen. Zum Glück war er selbst es, der an diesem Abend an die Tür ging, nachdem es geklopft hatte. Roser war auf Reisen und hatte nicht nur seine Tochter mitgenommen, sondern auch einen Großteil des Personals. Im Auftrag des Bischofs reiste er die umliegenden Besitztümer ab und versuchte für eine friedliche Beilegung des Glaubensstreits zu werben. Oder besser gesagt: Er sollte dafür werben. Er selbst hielt es mit dem Motto der Kreuzritter, dem auch Hagen beipflichtete: Flamme und Schwert für die Ketzer. Wenn die Protestanten sich nicht an die Gesetze des Herrn hielten, sondern sich eigene erfanden und dann auch noch den König angingen, musste man sie eben auf ihren Platz verweisen.

Andererseits war Bischof von Harrachs Motto auch nicht zu verachten: Bekämpft die Ketzerei, nicht die Ketzer. In dieses Horn stieß auch die Priesterschule, die er vor einigen Jahren gegründet hatte. War nicht auch Saulus zum Paulus geläutert worden? Vielleicht bestand dann ja noch Hoffnung.

Hildegard und Berta nutzten ihren ersten freien Tag seit langer Zeit dazu, alte Freundinnen zu besuchen und einmal in Ruhe durch die Stadt zu schlendern. Darum konnte Hagen offen in die Küche treten und Eberwin den kleinen, mit einem ungesiegelten Wachspfropfen verschlossenen Brief reichen.

»Welcher Narr …«, setzte Eberwin an, brach das Siegel und

überflog die engen Buchstaben, die sich wie Ameisenstraßen mäandernd über das gelbliche Papier zogen.

»Odenbrodt … Wenigstens hat er den Brief verschlüsselt«, murmelte der Bletzer, und dann flog wieder der geheime Finger in die Luft und malte die wahre Bedeutung des Schreibens von ihrem Bletzergefährten aus Trier nach.

Hagen wartete geduldig, bis Eberwin den Brief mit einem wütenden Keuchen in den Ofen warf und dann seinen Inhalt preisgab: »Ein junger Inquisitor namens Lothar von Vitzthum macht ihm Schwierigkeiten.«

Hagen hob fragend die Augenbrauen.

»Ein Vetter Hartmanns«, bestätigte Eberwin den Verdacht seines Freundes.

»Steht denn die ganze verdammte Familie bei der Inquisition in Lohn und Brot?«, fragte Hagen grimmig und setzte sich neben Eberwin.

»Der Mann hat Wind bekommen, dass jemand größere Mengen alten Kirchengolds aufkauft … es ist nur eine Frage der Zeit, bis er auf Odenbrodt kommt«, berichtete Eberwin weiter.

Das Gold, auf das die Heiligkeit seiner vormaligen Stätte abgefärbt hatte, benötigten die Bletzer für die Ritualkreise. Wenn der Inquisitor Odenbrodt erst einmal im Verdacht hätte, würde auch sein bemerkenswert tumber Wariwulf-Herr Verdacht schöpfen, Altersblindheit und Verwirrung hin oder her.

Hagen wandte sich Eberwin zu, der ihn abwartend ansah. Als Hagen nickte, erhob er sich, aber Hagen legte dem hageren Mann die Hand auf den Arm. »Ich gehe selbst; frage mich ohnehin, was der Bursche die ganze Zeit tut.«

Sie hatten Carteaumois seit bald einem Monat nicht mehr gesehen.

Eberwin hob die Hand und deutete mit einer kleinen wellenförmigen Bewegung einen schlagenden Flügel an.

»Nein, das glaube ich nicht. Er wird nicht fahnenflüchtig. Du weißt, dass er der Sache und uns treu ergeben ist.«

Eberwin zögerte einen Augenblick, dann sagte er: »Bis jemand einen besseren Preis zahlt.«

Hagen sprang so schnell auf, dass sein Stuhl umfiel und auf den groben Steinboden polterte. Die rund geschnitzte Spitze einer Lehnenseite brach ab und schoss wie eine Musketenkugel hinweg. »Das also denkst du wirklich von ihm?«

Eberwin musterte ihn ruhig und ausdruckslos.

»Du glaubst, dass gleich der Erste, den ich auswähle, ein Verräter ist? Ein Judas, dem dreißig Silberlinge reichen, um seinen …«, fast wollte er »Vater« sagen, »Herrn zu verraten?«

»Die Menschen sind käuflich«, gab Eberwin zurück, noch immer ruhig und unbeeindruckt von der drohenden Pose, die Hagen unwillkürlich eingenommen hatte. Er rückte noch näher, konnte die feinen, blauen Adern unter der bleichen Haut sehen und den fahlen, abgestandenen Geruch des toten Blutes darin riechen.

Hagen knurrte seine Worte beinahe und betonte jedes einzelne: »Er ist kein Mensch mehr!« Dann wirbelte er herum und stürmte in die kühler werdende Abendluft Wiens hinaus. Erst als er schon das Ende der breiten Straße erreicht hatte, an der zu beiden Seiten die Erker hoher Fachwerkhäuser wie monolithische Wächter aufragten, ging ihm auf, warum er so wütend war. Eberwin hatte einmal mehr seine eigenen Befürchtungen erkannt und ihnen mit Worten Form gegeben. Hatte Carteaumois ihn verraten?

Hagen huschte unmittelbar hinter einer jungen Frau in das enge Treppenhaus des schmalen, aber hohen Baus, in dem sie eine Unterkunft für Carteaumois gemietet hatten. Das Haus stand nicht in der besten Gegend, und das vorgewölbte Obergeschoss machte den Eindruck, als werde es jeden Augenblick die schiefen Balken bersten lassen, die es zum Boden hin stützten.

Die Frau stieg, einen schweren Korb mit Brot, Schmalz, Wurst und mehreren Weinflaschen auf der Hüfte abgesetzt, die knarrenden Stufen hinauf. Ihr ausladendes Gesäß schwankte bei jedem Schritt wie die Rückseite eines dahintrottenden Kaltblutes unter dem einfachen sandfarbenen Kleid. Das Hemd, dessen Kragen aus dem tiefen Ausschnitt hervorragte, war einmal weiß gewesen, hatte nun aber vom grießigen Schweiß der Frau hier und da einen gelblichen Ton angenommen. Das dünne hellbraune Haar wand sich strohig bei jeder Stufe weiter unter der grauen Haube hervor, die ihre Schläfen umfasste und hinten wie ein Brachpilz auslud.

In diesem Moment knarrte auch unter Hagens Schritt eine Stufe. Die Frau hielt inne und blickte sich um, aber Hagen strich mit beruhigenden Fäden sanft über ihre Augen, und die Frau sah nur ein leeres Treppenhaus vor sich. Die abgenutzten, in der Mitte schon durchgebogenen Stufen, die weiße Wand, durch die sich, dicken Adern gleich, das Fachwerk zog. Hier und da stach Stroh hervor, wie Haare auf bleicher Haut. Mit unruhigem Blick rief sie heiser: »Heda?«

Der Ruf verklang unbeantwortet, also wandte sie sich eilig wieder um und rannte die Treppe nun förmlich hinauf. Kaum hatte sie die Tür zu einer der kleinen Mietskammern aufgeschoben und war hineingehuscht, erklomm Hagen mit schnellen Schritten die restlichen Stufen bis zum obersten Stockwerk.

Als wären die Kammern nicht winzig genug, hatte der Besitzer mit einfachen Brettern einige von ihnen ein weiteres Mal geteilt, sodass mancher Mieter nur durch die Stube eines anderen in sein Zimmer kam.

Der Riegel im Innern der Tür zum Dachgeschoss war nicht vorgelegt, und so trat Hagen ein und witterte. Ein Übelkeit erregender Fäulnisgestank stieg ihm in die Nase. Den leichten Körpergeruch des untoten Franzosen darunter bemerkte er nur, weil er zu seinem Blut sprach, und die Botschaft war nicht von beruhigender Natur. Schnell ging er weiter hinein. Hier oben waren die Kammern nicht abgetrennt, sondern zu einer Zimmerflucht verbunden. Die wenigen kleinen Fenster, die es gab, waren allesamt mit schwerem schwarzen Tuch verhangen.

Hagen durchschritt die Wohnung schnell, denn uralte Instinkte trieben ihn zu Eile. In der abgestandenen Luft lag beinahe fühlbar das Unheil.

Er fand Carteaumois in der letzten Kammer, am Boden neben dem Bett. Sein Hemd hing nur noch in Fetzen an seinem Leib, der grau und eingefallen wie ein Leichnam war. Sein Gesicht war von den weit ausgefahrenen Fängen verzerrt, die seine Lippen zu Fetzen zerschnitten hatten. Die Wunden rissen bei jedem seiner tonlosen Worte erneut auf.

Auf den dunklen Dielen um das Bett herum, an den Wänden und zwischen den frei stehenden Stützbalken, lagen Lebensmittel vielfältiger Form, von Fleisch und Fisch über Kuchen, Brot und Käse bis zu zerbrochenen Weinflaschen. Das meiste war von grünem und blauem Schimmel überwuchert, der wie das Fell unnatürlicher Tiere wirkte. Dunkle, von pelzigen Wucherungen überzogene Flecken zeigten an, wo Carteaumois sein Mahl an die Wand geworfen hatte.

Hagen eilte zu ihm, kniete sich hin und hob den viel zu leichten Oberkörper an. Ausgetrocknete, mit einem weißen Film belegte Augen sahen erschreckend langsam zu ihm, und die zerstörten Lippen formten ein Wort, doch die Lungen hatten schon lange keine Luft mehr eingesogen, und so blieb es ohne Stimme. Hagen beugte sich vor, presste die Lippen auf den scharfkantigen Mund des Söldners und blies ihm Atem in den Leib. Der eingefallene Brustkorb weitete sich mit einem Knistern wie altes Pergament, dann strömte die Luft zischend wieder aus und trug zwei Silben an Hagens Ohr. »Hun-ger!«

Er hatte genug Menschen sterben sehen, um den Schatten des

nahenden Schnitters zu erkennen. Carteaumois' Körper war im Begriff, den Dienst zu verweigern. Er würde vergehen, und der *Bluotvarwes* wäre nicht mehr. Wo jetzt eine Form von Sein das Leben nachahmte, würde der wahre, endgültige Tod Einzug halten. Er spürte schon die eisigen Knochenfinger auf seiner Schulter, und Hagen konnte sich nicht erklären, warum. Sein eigener Körper brauchte nur wenig Speisung, lebte von der unheiligen Kraft des Fluchs. Doch die *Bluotvarwes* waren bei aller Ähnlichkeit keine Bletzer, und er wusste noch immer nicht genau zu sagen, wie tief diese Unterschiede reichten.

Er griff nach einem Stück harten, aber unverdorbenen Brotes, das neben ihm am Boden lag, doch dann ließ er es wieder fallen. Die Verwüstung des Zimmers zeigte deutlich, dass Carteaumois bereits vergeblich versucht hatte, seinen Hunger mit Nahrung zu stillen. Während Hagen den Blick über die verdorbenen Speisen gleiten ließ, fiel es ihm ein: Nur ein einziges Gut war dem Franzosen durch Hagens Verbot versagt geblieben.

Stolz und Schrecken stritten in seiner Seele miteinander wie eifersüchtige Kinder. Carteaumois war gehorsam geblieben, obwohl er gemerkt haben musste, dass es ihn das Leben kosten würde, und war doch zu stolz gewesen, um Hilfe zu erbitten.

»Ich lasse nicht zu, dass du stirbst!«, sagte Hagen sanft und zog den Mann noch etwas näher an sich heran, legte sich den Kopf in die Armbeuge und strich ihm mit der anderen Hand das Haar aus dem Gesicht. »Ich lasse es nicht zu.«

Dann zog er sein Handgelenk über Carteaumois' scharfe Zähne und ließ sein eigenes, mattrotes Blut in den Mund des Franzosen laufen. Es sickerte aus seiner Haut wie Moorwasser in einen Fußabdruck. Dann schluckte der Söldner, erst schwach, um dann gieriger zu werden, und schließlich richtete er sich stöhnend auf und saugte den roten Saft direkt aus der Wunde, den Unterarm umklammernd wie eine rettende Planke auf hoher See.

Während er seinen Nachkommen am eigenen Fleische nährte, dachte Hagen nach. Konnte er es verantworten, ein Heer von Soldaten zu schaffen, die sich vom Blut der Menschen ernähren mussten?

Auf der Straße hörte er lautes, betrunkenes Grölen näher kommen. Die Männer versuchten sich gegenseitig in einer Kanonade lästerlicher Flüche zu übertreffen. Andere ärgerliche Stimmen antworteten. Schließlich lallte eine tiefe Stimme: »Auf sie mit Gebrüll«, und wurde von vielstimmigem Gelächter beantwortet.

Hagen nickte mit zusammengepressten Lippen einmal und löste den nun heilenden Mund von seinem Arm. Carteaumois ließ es ohne Gegenwehr geschehen, und auf seinem rosiger werdenden Gesicht, das sich wie schmelzende Wachsbrocken glättete, erschien ein Lächeln.

Es gibt genug Menschen, die sich benehmen wie Vieh, dachte Hagen grimmig. *Warum sollte man sie dann anders behandeln?*

INTERLUDIUM: UNDANK IST DER WELTEN LOHN

Wie spät ist es jetzt in Chicago?«, fragte Georg und griff bereits zum Telefon.

»Fünf oder sechs Stunden früher«, antwortete Rigel mit vollem Mund und warf den Rand des matschigen Thunfischsandwichs wieder in die dreieckige Plastikverpackung. Dann wischte er ein paar Krümel von dem Laptop, dass Georg für ihn ans Netzwerk des Büros angeschlossen hatte.

Georg nickte und wählte die lange, mit 001 773 beginnende Nummer. 17 Uhr war eine gute Zeit, um einen seltsamen Anruf zu bekommen.

»Ja?«, fragte eine genervte Frauenstimme nach einigen Augenblicken.

»*Good evening*«, sagte Georg. »*My name's Georg von Vitzthum and I …*«

»Watt is los?«, blaffte die Frau, und Georg konnte seine Verwunderung nicht verhehlen, dass die Gattin von Mr. Bright aus Chicago mit einem Ruhrpottdialekt sprach.

»Ent… Entschuldigung. Spreche ich mit Frau Bright?«

»Gibbet hier nich! Verwählt!«, sagte die Frau grob und legte auf. Georg starrte das Telefon vorwurfsvoll an, dann ging ihm ein Licht auf – die Hausanlage im Büro verlangte eine weitere 0, um hinauszutelefonieren. Diese hatte er vergessen, und so war aus der Nummer in Chicago eine Handynummer in Deutschland geworden. Wie wichtig ein Nichts doch manchmal sein konnte.

Seufzend nippte er an seinem Kaffee und wählte erneut. Der

lange Tag voller Recherchen, Anrufe, Faxe und aktivem Mailverkehr hatte ihn geschlaucht. Wenigstens verschonten ihn bisher die Visionen. Es war beinahe so, als hätte Lea sie ihm ausgesaugt. Er erschauderte, nicht so recht wissend, ob wohlig, und konzentrierte sich auf das lang anhaltende Tuten des Telefons.

»*Bright speaking*«, sagte nun eine belegt klingende Frauenstimme.

»*Good evening. This is Georg von Vitzthum from Germany. May I speak with Mr. Bright please?*«

Es war einen Augenblick still, dann fragte die Stimme, nun noch nasaler klingend: »*Didn't they … tell you?*«

Georg schloss die Augen, denn er ahnte, was kommen musste, auch wenn er nicht wusste, wer »sie« waren, die es ihm gesagt haben sollten.

»*My husband passed away.*«

Mein Mann ist verstorben, übersetzte Georg im Kopf.

»Mein aufrichtiges Beileid«, sagte er auf Englisch und sein Sprachzentrum sprang endlich an, automatisierte den Transfer ins Englische und zurück, und so hätte Georg später selbst nicht mehr mit Sicherheit sagen können, welche Sprache er gesprochen hatte.

Er wartete, während sich die Frau am anderen Ende der Leitung die Nase putzte und sich dafür entschuldigte.

»Wie …«, deutete Georg die Frage an.

Die Frau zögerte einen Augenblick, dann fragte sie: »Woher kannten Sie meinen Mann?«

Georg verkniff das Gesicht und log mit schlechtem Gewissen: »Wir waren zusammen auf dem College.«

Wieder zögerte die Frau, und Georg schickte hinterher: »Wenn Sie nicht darüber …«

»Doch, doch.« Sie atmete tief durch, schniefte und sprach schließlich leise weiter: »Ich fand ihn im Bad. Die Pulsader am

Hals war aufgeschnitten, alles … alles war voll Blut.« Die Frau fing nun an zu weinen.

Georg schluckte schwer, aber eilige, übers Telefon geschickte Worte konnten einer trauernden Witwe nicht helfen. Also fragte er: »Wann?«, und wieder reichte das Fragment, denn auch diese Fragen hatte man ihr sicher schon dutzendfach gestellt.

»Vorgestern. Morgen ist die Beerdigung … wenn Sie kommen möchten?«

Georgs schlechtes Gewissen wuchs. Nun ging sie ganz natürlich davon aus, dass er ihrem Mann die Letzte Ehre erweisen wollte. Dabei hatte er die Telefonnummer einfach in einem Online-Telefonbuch der Stadt gefunden.

»Ich werde sehen, ob ich es einrichten kann«, log er, denn er wollte die Gefühle der Frau nicht verletzen.

»Danke«, sagte sie und nannte dann Friedhof und Uhrzeit. »Er hätte nicht gewollt, dass Geld für Blumen verschwendet würde, darum bitten wir um Spenden an die ACS.«

Dann legte sie auf.

Wie in amerikanischen Filmen, da verabschieden sich die Leute auch nie, dachte Georg und ließ den Hörer auf die Gabel des archaischen Bürotelefons sinken, an dem auch eine Wählscheibe noch passend gewirkt hätte. Er nahm sich vor, wirklich einen kleinen Betrag an die *American Cancer Society* zu spenden.

Bis zu diesem Telefongespräch hatten sie einen langen Weg hinter sich bringen müssen. Der schwierigste Teil war gewesen, die Spur von Goswin, dem Glasmaler, bis zu seinen heutigen Nachfahren zu verfolgen. Wäre der Wariwulf nicht im Jahr 1487 in die Löwenburg eingedrungen und hätte in einer überraschenden Heldentat die Frau des Herzogs von Jülich-Berg erschlagen, eine bösartige Hecetisse, wäre die Suche vermutlich gleich zum Scheitern verurteilt gewesen. So aber war er der Inquisition aufgefallen, die ihn in den stetig wachsenden *Index Observandum* eingetragen hatte, damals eine Sammlung alter Rollen und Bücher, heute längst eine umfassende Datenbank, die von überall auf der Welt zugänglich war, wenn man die geheimen Passwörter kannte.

So konnte man zumindest die Hauptlinien väterlicherseits bis ins 17. Jahrhundert verfolgen. Dann verlor sich die Spur des Wariwulf, der laut der Chroniken einer von vier Paten bei der Aufnahme Hagen von Steins in die Gemeinschaft der Werwölfe gewesen war. Erst als im 19. Jahrhundert ein Wariwulf in Pennsylvania zum Bletzer gemacht wurde, stellte sich heraus, dass einige von Goswins direkten Nachfahren als Familie Bright in der »neuen Welt« zu einigem Vermögen gelangt waren.

Von diesem historischen Punkt an hatten ihnen dann das aufkeimende Hobby der Ahnenforschung und der Drang der Menschen weitergeholfen, alles, was sie im geringsten Maße für interessant hielten, ins Internet zu stellen. Bright war der letzte direkte männliche Nachkomme des Glasmalers gewesen. Ein Volltreffer, wie es schien – aber Georg konnte sich nicht recht darüber freuen, nun, wo er um dessen Tod wusste.

Rigel stand auf, in dem engen Hemd, das unter dem abgelegten Jackett zum Vorschein gekommen war noch muskulöser wirkend, und trug ihre Tassen zu der kleinen, an die Grenzen ihrer Leistungskraft getriebene Kaffeemaschine, um nachzufüllen. »Und?«, fragte er von dort.

»Wir brauchen die Akte vom CPD«, gab Georg zurück und stand ebenfalls auf, um sich zu strecken.

Rigel nickte, stellt ihm die volle Tasse vor, setzte sich und griff zum Telefon, um die Zentrale anzurufen und sich mit dem Korrektorenbüro in Chicago verbinden zu lassen. Das war der große Vorteil, wenn man bei einer internationalen Vereinigung tätig war. Man konnte Arbeit »outsourcen«.

Während sie auf die in Aussicht gestellte Akte warteten, nahm sich Georg nach einem stummen Nicken Rigels die zweite Sandwichhälfte. Sie fühlte sich an wie nasse Pappe, schmeckte aber erstaunlich gut, was wohl auf die Unmengen an Remoulade zurückzuführen war. Ein vorwitziger Tropfen wollte sich auf Georgs Hemd stürzen, aber er konnte ihn gerade noch mit der Handfläche abfangen. Er suchte nach einer Serviette oder einem Taschentuch, fand keines, zuckte mit den Schultern und leckte den Klecks von seiner Hand.

Während er auf dem Toast kaute, betrachtete er Rigel und versuchte zu ergründen, ob der große Mann einfach aus alter Soldatengewohnheit seine »Befehle« befolgte oder ob er ihm tatsächlich so sehr vertraute, um ohne Weiteres anzunehmen, dass Georg schon das Richtige tat. Von seinem Ausflug zu Acheloos, von Lea und seinen Visionen hatte er Rigel noch nichts erzählt; er musste erst einmal selbst Ordnung da reinbringen.

Georg spülte den Rest der kargen Mahlzeit mit einem lauwarmen Schluck Cola hinunter. Es war an der Zeit, die andere Baustelle zu bearbeiten: die deformierten Embryonen aus seiner Vision. Alle themennahen Suchen und Telefonate mit mystischen und medizinischen Fachleuten brachten ihn nicht weiter, sondern führten in der Mehrzahl zu Diskussionen und Berichten über Genforschung. Mystischen Visionen konnte man eben nicht so leicht auf die Spur kommen, zumal er nicht wagte, ihren Inhalt vollständig preiszugeben.

Jetzt holte er sich die interne Liste der Spezialisten erneut auf den Monitor und gab drei aufeinanderfolgende Passwörter ein, die er sich nur wegen seines hervorragenden Gedächtnisses merken konnte. Obwohl er einen Teil seiner Erinnerungen als Opfer auf dem Altar des Guten dargebracht hatte, funktionierte es scheinbar so gut wie eh und je.

Er scrollte durch die Namen angesehener Wissenschaftler, die dreifarbig hinterlegt waren. Rot für die Unwissenden, gelb für die teilweise Eingeweihten und, sehr selten, grün für diejenigen, die vollständig hinter die Fassade des normalen Lebens geführt worden waren. So verwandelten sich die größten Geheimnisse der Welt in eine bunte Excell-Tabelle … Doch Georg fand niemanden mehr, der ihm noch nützlich erschien.

Er stand auf und ging einige Schritte, um seine verspannten Glieder zu lockern. Nachdem er sich ausgiebig gestreckt und verwundert bemerkt hatte, dass Rigel sich bei einer gemütlichen Partie Solitär eine Auszeit gönnte, setzte er sich wieder, starrte diesmal aber nicht auf den Monitor, sondern in die schwarze Oberfläche des Kaffees, den Rigel ihm hingestellt hatte.

Da klingelte sein Handy. Er zog es aus der Tasche und sah auf das Display. »Nummer unterdrückt«, verkündete es. Er ließ es eine Weile klingeln, schloss die Liste und nippte noch einmal am Kaffee. Als er wieder auf das Telefon sah, änderte sich die im Display angezeigte Nachricht. »Geh endlich an dein Scheißtelefon, von Vitzthum. Kaffee kannst du auch später noch trinken!«, bewegte sich als bunte Laufschrift darüber.

Georg war so verblüfft, dass er dem Befehl nachkam.

»Na endlich, glaubst du, ich habe den ganzen Tag Zeit?«, klang die lispelnde Stimme Wernickes aus dem Gerät und machte deutlich, dass der Reliquienhändler keine gute Laune hatte.

»Wie hast du das gemacht?«, wollte Georg wissen und unterdrückte den Impuls, noch einmal auf den kleinen Bildschirm zu blicken.

»Wir sind nicht alle von gestern. Man muss mit der Zeit gehen. Meine Vorfahren haben Pferde beflüstert und später Eisenbahnkessel über jede Vorstellung hinaus erhitzt … Aber egal! Woher wusstet ihr das?«

Georg seufzte leise. Leute wie Wernicke vergaßen gern einmal, dass nicht jeder Gedanken lesen konnte. »Wussten wir was?«

»Das Blut Georg von Kappadoziens.«

Georg machte eine auffordernde Handbewegung, erinnerte

sich dann, dass der Mann ihn nicht sehen konnte – oder? –, und sagte: »Wir wissen nichts darüber, darum habe ich dich ja gebeten, dich zu erkundigen.«

Es klickte am anderen Ende der Leitung, dann blies Wernicke deutlich hörbar Rauch aus. »Mann, das war wie ein Wespennest! Nach der ersten Frage hatte ich eure Freunde am Hals, kein Korrektoren-Fußvolk – Glaubenskongregation, Manager-Level!« Wieder zog der Mann an seiner Zigarette, und mit dem Rauch verließen die Worte seinen Mund: »Irgendjemand hat das Ding gestern Nacht geklemmt!«

»Jemand hat das Blut des heiligen Georg gestohlen? Aus der Kammer der sieben Siegel?« Rigels Kopf ruckte hoch, und er hob interessiert die Augenbrauen, doch da ging mit lautem Klingen eine E-Mail auf dem Laptop ein, und er blickte wieder auf den Bildschirm.

»So sieht es aus. War wohl ein Insiderjob, alles andere haben sie liegen lassen. Wäre vermutlich gar nicht weiter aufgefallen, wenn die heilige Buddel nicht für irgendeine Korrektoren-Vereidigung gebraucht worden wäre. Also, woher wusstet ihr, dass da was faul ist?«, wollte Wernicke wissen.

»Eine Eingebung«, antwortete Georg wahrheitsgemäß. »Melde dich, wenn du mehr erfährst.«

»Einen Teufel tu ich«, war die Antwort, und die Leitung wurde unterbrochen.

Georg musterte das Telefon misstrauisch, dann steckte er es tief in die Innentasche seines Mantels und sah zu Rigel hinüber, der kurz aufblickte, dann schweigend ein paarmal mit der Maus klickte, las und sich schließlich mit einem leisen Pfiff zurücklehnte.

»Bright hat gut vier Liter Blut verloren«, sagte Rigel und drehte das Laptop zu Georg um. Auf dem Bildschirm war das Bild einer männlichen Leiche zu sehen, die an die Wand eines kleinen Badezimmers gelehnt lag. Wie ein grausames Grinsen klaffte ein tiefer Schnitt in seiner Kehle. Der blau-weiß gemusterte Schlafanzug war bis auf den Bauch rot, und das Blut hatte eine kleine Pfütze um das Gesäß des Mannes gebildet.

»Das sind keine vier Liter«, sagte Georg und ließ nicht zu, dass die warme Stimme der Frau dieses Toten ihm in den Sinn kam. Rigel nickte. »Das war kein Mord … das war eine Schächtung.«

Georg fasste zusammen: »Jemand zapft einem Nachfahren Goswins Blut ab, und die Reliquie meines Namensvetters verschwindet. Das ist kein Zufall – von Stein hat irgendetwas vor. Aber was?«

Rigel zuckte mit den Schultern. »Und wie passen die toten Kinder da rein?«, ergänzte er.

Georg setzte sich an den Rechner und ließ die Hände arbeiten, während sein Kopf dachte. Dabei tippte er wilde Wortkombinationen in die Suchmaschine ein, ohne die Ergebnisse wirklich zu beachten. Er versuchte lediglich auf diese Weise die Gewichtung der verschiedenen Begriffe zu erspüren, indem er die Anzahl der Treffer verglich. Fast so sinnlos wie das Gummibärchenorakel …

Plötzlich hielt er inne, klickte auf einen Link, blickte zur Suchzeile. Er hatte »Rom Embryos Genforschung« eingegeben, und bereits der zweite Link verwies auf einen Artikel auf der Internetseite einer Boulevardzeitung mit dem Titel »Krüppelkinder auf Reisen«.

»Wie im Fernsehen«, lachte Georg ungläubig, als er den Artikel überflog und ihn die Erkenntnis traf. Für einen Augenblick konnte er nur auf die Zeilen starren, die ihm mit nachhaltiger Bedrohlichkeit klarmachten, dass seine Visionen nicht nur irre Halluzinationen waren.

»Was?«, klang es von Rigels Seite.

Georg blinzelte einige Male und sah zu ihm hinüber. »Wie im Fernsehen«, wiederholte er wie in Trance, dann schüttelte er kurz den Kopf und fuhr in normaler Geschwindigkeit fort: »Da suchen die Leute auch immer irgendwelchen Unfug im Internet und finden hochgeheime Atombombenpläne.«

»Sie haben Atombombenpläne gefunden?«, fragte Rigel verwirrt.

»Nein, das, was ich hier habe, ist deutlich explosiver! Kommen Sie, wir müssen los!« Georg stand auf.

»Manchmal wünschte ich, Sie wären ein bisschen weniger melodramatisch«, seufzte Rigel, erhob sich aber ebenfalls.

Sie kamen bis zum neongrellen Flur mit der beigen Auslegeware, wo ihnen Germann ungeachtet der späten Stunde entgegenkam. Das Finsen-Braun, wie der Chef seinen Sonnenbankteint selbstironisch nach dem Erfinder der UV-Lampe nannte, war gräulich geworden und seine sonst so schwungvollen Gesten matt. Er schob, wie der Rest der Abteilung, Überstunden wegen der Vampirmorde, die überall in der Region offenbar wurden.

Jetzt nickte er ihnen kurz und ernst zu; den Streit um die Reliquien hatte er augenscheinlich noch nicht vergessen. Als Georg ihn sah, spürte er eine vage Übelkeit aufsteigen, doch es lag nicht an seinem Chef. Er glaubte, sich erbrechen zu müssen, dann gaben mit einem Mal die Beine unter ihm nach. Er spürte noch, wie Rigel ihn geistesgegenwärtig auffing, dann verschwamm das Bild um ihn und wurde durch einen Regensturm ersetzt, der an Georgs Haaren und Kleidern zerrte. Der Flur war verschwunden, nur der Chef stand noch da, die Kaffeetasse in der Hand, den verwunderten Blick auf Georg gerichtet.

»Was ist mit ihm los?«, fragte der ältere Mann, da ließ ihn ein ohrenbetäubendes Brüllen herumwirbeln. Die Tasse fiel zu Boden, brauchte unendlich lange dafür, und in dieser Zeit stürzte sich der weiße Wariwulf, den Georg nun schon viel zu oft gesehen hatte, auf Germann. Der Mann wurde mitgerissen, verschwand mit einem Schrei aus Georgs Blickfeld. Dann zerschellte die Tasse auf dem Boden und verspritzte dampfendes Blut.

Als Georg wieder zu sich kam, hatte er etwas harzig Schmeckendes zwischen den Zähnen. Er musste Tränen wegblinzeln, um Germanns Gesicht zu sehen, das besorgt über ihn gebeugt war. »Wir sollten doch einen Krankenwagen holen.«

Georg hob die Hand und bemerkte, dass er mit den Fingernägeln Fasern aus dem billigen Industrieteppich gekratzt hatte. Das Ding in seinem Mund stellte sich als Rigels lederner Gürtel heraus. Ächzend und von seinem Kollegen gestützt, richtete sich Georg auf.

»Das wird nicht nötig sein!«, widersprach er und reichte Rigel seinen Gürtel. Abdrücke seiner Zähne schimmerten hell in der glänzenden Oberfläche. Mit zitternden Knien stand er auf und murmelte: »Den zahle ich natürlich.«

»Seit wann sind Sie Epileptiker, Vitzthum?«, fragte Rigel.

»Das hat einen anderen Grund.«

Germann musterte die beiden Korrektoren grimmig und wies dann schweigend in Richtung seines Büros.

Nachdem Georg von seinem Besuch bei Acheloos und von seiner Vision bei Lea berichtet hatte, ohne aber die genauen Umstände zu erwähnen, sah ihn Germann eine ganze Weile schweigend an. Die Aktenstapel waren noch höher als sonst und schienen sich drohend auf Georg herabzuneigen. Dann sagte der Chef grob: »Wie bescheuert sind Sie eigentlich, Vitzthum?«

Georg hatte damit gerechnet, dass der Chef nicht sonderlich begeistert sein würde, hatte das Gespräch sogar schon einige Male im Kopf durchgespielt. »Ich habe getan, was ich für nötig hielt«, verteidigte er sich ruhig.

Germann nickte, dann stand er auf, drehte sich zu einem Bild an der Wand, das ihn mit dem momentanen Papst zeigte, und sagte: »Sie sind bis auf Weiteres vom Dienst suspendiert. Halten Sie sich von allen …«

»Bitte?«, rief Georg und stand ebenfalls auf. »Das können Sie nicht tun! Hagen von …«

Nun war es am Chef, ihn zu unterbrechen. »Vitzthum, Sie sind ja besessen von diesem Bletzer! Reißen Sie sich am Riemen.«

»Was werfen Sie mir vor?«, forderte Georg zu wissen.

Germann wandte sich wieder zu ihm um. Das Weiß seiner Augen wirkte zu hell im braunen Gesicht. »Sie haben Ihren Geist freiwillig einem Hagr von mehr als zweifelhaftem Ruf geöffnet. Ohne Genehmigung. Sind Sie sicher, dass er sich nur Ihre Kindheitserinnerungen genommen hat? Was ist mit Passwörtern? Einsatzplänen? Dingen, von denen Sie erst merken werden, dass Sie nicht mehr in Ihrem Oberstübchen sind, wenn sie gebraucht werden … um Ihr Leben oder das Ihrer Kollegen zu retten?«

Georg öffnete den Mund, um zu antworten, musste ihn aber wieder schließen, weil ihm keine Antwort einfiel. Die Last seiner mangelnden Weitsicht drückte ihn zurück auf den Stuhl, und wie benommen sagte er: »Daran habe ich nicht gedacht.«

Der Chef musterte ihn einen Augenblick, dann setzte auch er sich wieder. »Hören Sie zu, Vitzthum, machen Sie erst mal Urlaub. Wenn wir aus dem Gröbsten raus sind, fordere ich eine erfahrene Hagr an, die sich Ihren Dickkopf mal anschaut. Aber bis dahin …« Er streckte mit einem traurigen Lächeln seine Hand aus.

»Was wollen Sie, meine Polizeimarke?«, fragte Georg gereizt.

»Ihnen die Hand schütteln«, sagte Germann mit verkniffenem Gesicht.

»Das können Sie sich sparen, denn ich werde nicht gehen«, sagte Georg und blieb sitzen. Er war sich wohl bewusst, dass er sich aufführte wie ein trotziges Kind, aber selbst wenn er wollte, würde er seinen weichen Knien diesen Kraftakt nicht zumuten wollen. Sein Oberschenkelmuskel zuckte unkontrolliert. »Ich bin wertvoller als je zuvor für diese Abteilung, selbst wenn ich ein Sicherheitsrisiko eingegangen bin.«

Germann nippte an seinem mittlerweile kalten Kaffee, und man sah ihm an, dass er diese gewohnte Handlung nutzte, um sich an seine Selbstbeherrschung zu klammern. Gepresst sagte er: »Weil Sie angeblich Visionen haben?«

Georg wollte Einwände gegen das »angeblich« erheben, aber Germann hob abwehrend die Hand. »Hat sich denn eine Ihrer Visionen schon bewahrheitet? Haben Sie Beweise dafür, dass Sie Acheloos nicht gewaltig ins Hirn gef…« Der Chef verkniff sich den Kraftausdruck. »Ihnen falsche Informationen eingeflößt hat?«

Nun trieb die Wut Georg doch auf die Beine. »Und wie soll ich Beweise finden, wenn ich zu Hause herumhänge?«

Germann zog mit der Hand einen Schlussstrich in die Luft. »Das hätten Sie sich vorher überlegen müssen. Sie sind ab sofort vom Dienst befreit, und ich will Sie hier erst wieder sehen, wenn ich die Bestätigung einer Fachkraft habe, dass in Ihrem Kopf noch der Vitzthum steckt, den ich an Bord geholt habe. Mann, Georg, was ist denn nur los mit Ihnen?«

Die letzten Worte klangen aufrichtig besorgt, und so blies Georg die errichtete Kanonade aus Beschimpfungen ab. Er drehte sich um und ging auf die Tür zu. Als er sie öffnete, sagte er: »Sie machen einen gewaltigen Fehler, Chef!«

Der Mann schüttelte traurig den Kopf: »Nein, Georg, ich versuche nur Ihren Fehler auszubügeln!«

Georg knallte die Tür zu und ging so energisch den Flur entlang, wie es seine zitternden Beine zuließen. Er war wohl der Einzige hier, der wirklich etwas unternehmen wollte. Nur weil von Stein seit Jahrzehnten keine großen Untaten mehr angezettelt hatte – zumindest keine, von denen sie Wind bekommen hatten –, hieß das noch lange nicht, dass er ein zahnloser alter Löwe geworden war.

Georg musste sich an der Wand abstützen, als sein Kreislauf das ewige Auf und Ab mit Arbeitsverweigerung quittierte. Das tinnitusartige Pfeifen auf dem rechten Ohr kehrte zurück, so laut, dass er Rigel erst bemerkte, als er in sein Blickfeld trat. Er blickte ernst auf Georg hinab.

»Wollen Sie mir jetzt auch noch die Leviten lesen?«, fragte er wütend, ging in die Hocke und beugte sich vor, um die hellen, tanzenden Flecken aus dem Kopf sickern zu lassen.

Weit über ihm sagte der Kerlinger: »Wenn Sie mich gefragt hätten, hätte ich Ihnen abgeraten. Sich das eigene Gehirn umkrempeln zu lassen ist keine gute Idee.«

Georg schnaubte, richtete sich mit reiner Willensstärke auf und ging los. Er musste sich ab und an mit der Hand abstützen, was seinen großen Abgang etwas schmälerte, aber wenigstens hatte er Rigel nicht vor die Füße gekotzt. »Dann gehen Sie doch dahin, wo der …«

»Aber!«, unterbrach Rigel ihn und packte ihn unzeremoniell am Arm, um ihn zu stützen. »Jetzt, wo Sie sich die Rübe schon versaut haben, sollten wir Ihre Visionen auch nutzen.«

Georg blickte ihn an, und Rigel nickte einmal, militärisch knapp. Georg wollte sich gerade erlauben, sich besser zu fühlen, da steckte der Chef den Kopf zur Tür raus und rief Rigel zu: »Fahren Sie unsere Diva nach Hause, und dann melden Sie sich bei der SoKo Blutleer! Sie werden den Vampiren Feuer unterm Hintern machen.«

Mit einem Krachen fiel die Tür wieder zu, und wäre die Lage nicht so ernst, Georg hätte beinahe verzweifelt aufgelacht über diesen Klischeeauftritt seines Vorgesetzten. Endlich hatten sie etwas in der Hand, endlich gab es eine Chance, dem grausamen Hagen von Stein auf die Schliche zu kommen, und nun scheiterten sie an Germanns Borniertheit.

»So viel zum ›wir‹«, sagte Georg mit einem freudlosen Lächeln. Rigel schob ihn in Richtung Aufzug und sagte: »Wir bleiben in Kontakt!«

SIEBTER TEIL:

WENN DIE TOTEN SICH ERHEBEN

Anno Domini 1640, in dem Friedrich Wilhelm seinem Vater als preußischer Kurfürst nachfolgt; Portugal sich von Spanien löst; Werner Rolfnick in Jena die staatliche Erlaubnis erhält, Leichen zu sezieren; die Schallgeschwindigkeit mit Hilfe einer Kanone gemessen wird und zum ersten Mal ein künstliches Trommelfell implantiert wird.

FEUEREISEN

Hagen lehnte sich zurück und machte sich nicht die Mühe, das zufriedene Lächeln zu bekämpfen, das sich auf seine Lippen legte. Er fuhr sich in einer Geste, die er schon lange nicht mehr genutzt hatte, weil sie ihn an seine Lebenszeit erinnerte, durch den Spitzbart und blickte zu Eberwin. Sein Freund lächelte nicht, sondern trug die bekannte ausdruckslose Miene zur Schau.

»Wir beginnen«, verkündete Hagen und stand auf. »Jetzt!«

Das Wort hallte in der kleinen Dachkammer kurz nach.

Auch Eberwin erhob sich und wirkte schon Sekundenbruchteile später so, als habe er nie gesessen. »Wir sollten noch warten …«

Hagen unterbrach ihn mit einem scharfen Blick. »Worauf willst du warten, Eberwin? Wir haben Berge an Wolfsbann eingelagert, die Zirkel sind ebenso gefunden wie erste Kandidaten für das Ritual. Die Bletzer stehen mit blanken Waffen bereit, haben ihren Abschied von ihren Unterdrückern vorbereitet. Worauf, um Himmels willen, willst du warten?«

Eberwin sah ihn unverwandt an, aber er hatte auf diese Frage keine Antwort.

Hagen seufzte, legte seinem Mentor und Freund die Hände auf die Schultern und blickte ihm tief in die rot schimmernden Augen. *Die Zeit ist reif!*, sandte er in Eberwins Gedanken und sah mit Stolz das basse Erstaunen in seinen Zügen aufblühen. *Ja …*, sandte Hagen weiter, aber dann wurde die Anstrengung zu groß, und er griff auf die Sprache zurück: »Ich habe gelernt, Worte in den Geist anderer zu denken. Verstehe doch: Die Grenzen, die man uns Bletzern auferlegt hat, die wir uns selbst auferlegt haben, können abgeschüttelt werden; sie müssen es. Und jetzt ist die Zeit, es zu tun! Gemeinsam!«

Eberwin hatte seine Verwunderung überwunden und löste Hagens Griff von seinen Schultern, nur um dann eine Hand in die seine zu nehmen. »Und doch dürfen wir nicht vergessen, dass wir zur Buße geschaffen wurden, nicht zur Herrschaft.«

Hagen riss sich los. »Verdammt, Eberwin. Du klingst schon wie ein *Dienestbietære*.«

»Verzeih«, sagte Eberwin aufrichtig. »Ich wünsche ebenso wie du, die Ketten der Sklaverei abzuwerfen. Aber ich wünsche mich nur aus dem Dienst der Wariwulf zu befreien, nicht aus dem Gottes.«

Hagen kniff die Augen zusammen, denn der Vorwurf klang deutlich aus Eberwins Worten. »Gott hat sich von uns abgewandt, Eberwin, wie sollte er uns da Gleiches vorhalten? Wo war Gott, als man uns die Freiheit nahm? Unsere Ehre? Unser Leben? Nein, eines solchen Herren Knecht wollen wir nicht sein!«

Nun wurde auch Eberwins Stimme ein wenig lauter, wie eine Sommerbrise zum Vorboten eines Sturmes auffrischte. »Also hast du jede Hoffnung auf Erlösung aufgegeben?«

Hagen trat wütend zu ihm und packte ihn am Kragen, bevor er merkte, was er tat. »Es gab nie Hoffnung!«, rief er, ließ Eberwin aber sogleich wieder los und sagte traurig: »Es gab sie nie …«

Doch Eberwin ließ nicht locker: »In der Stunde deines Todes …«

Hagen, der bereits auf dem Weg zu dem kleinen Durchgang aus der Dachkammer war, wirbelte herum, machte zwei schnelle Schritte auf den Bletzer zu und spie ihm die Worte förmlich ins Gesicht: »Ich werde *niemals* sterben!«

Einen Moment sahen sie sich stumm an, dann setzte Hagen

ruhiger hinzu: »So einfach ist das. Also, bist du auf meiner Seite, oder muss ich den sechsten Zacken mit einem anderen Freund besetzen?«

»Ich diene dir treu«, versprach Eberwin, und runzelte die Stirn, als Hagen lachte und ihn umarmte.

»Nein, Eberwin! Du sollst nicht mehr dienen. Kämpfe! An meiner Seite!« Er ließ seinen Freund los, trat zurück, und seine Hochstimmung kehrte langsam wieder.

Eberwin nickte, und ein mattes Lächeln erschien nun auch auf seinen Lippen. »Ja … an deiner Seite!«

Hagen öffnete die Tür, und diesmal war es ihm egal, wie laut sie dabei knarrte. »Schicke Carteaumois aus, die anderen zu holen!«

Ohne sich noch einmal umzusehen, ging er die Stiege hinunter und direkt zu Rosers Schlafkammer. Er trat die von innen verriegelte Tür auf, die mit lautem Krachen gegen die Wand schlug, und rief: »Schnell, Herr!«

Roser ruckte hoch, die Schlafmütze tief ins Gesicht gezogen, und blickte sich verwirrt um. Hagen trat an sein Bett und verpasste ihm einige leichte Ohrschellen.

Jetzt war Roser wach, und das vom Schlaf zerknautschte Gesicht des kleinen Mannes wurde sofort puterrot.

»Was bildet Er sich ein? Er entschuldigt sich sofort!«

»Verzeiht, Herr, aber Sie müssen aufstehen«, sagte Hagen eindringlich. »Wichtige Dinge liegen an!«

Roser schlug die Decke zurück. »Was? Was ist mitten in der Nacht so dringend? Wenn es nicht wirklich wichtig ist, dann gnade Ihm Gott!«

»Das können Sie bald selbst mit ihm besprechen«, zischte Hagen und packte den kleinen Mann an der Kehle, zerrte ihn aus dem Bett und hielt ihn hoch wie einen Hahn vor dem Schlachten. »Von Angesicht zu Angesicht.«

Er wartete, bis die Angst in den Augen des Vogtes den Trotz besiegte, spürte die wohligen Wellen der nahenden Rache und versagte sich jede Regung seines Gewissens. Dann schlug er den Mann mit dem Hinterkopf gegen den Bettpfosten.

FAMILIENZUWACHS

Hagen löste den Blick nur mit Mühe von dem sich am Boden windenden Roser. Gefesselt, im mittlerweile vom schmutzigen Wasser stellenweise durchsichtigen Nachthemd lag er zitternd auf dem kalten Boden. Hagen wusste selbst nicht genau, warum es ihm so ein Hochgenuss war, den kleinen Mann leiden zu sehen. Vielleicht weil er in seiner Arroganz für die ganze boshafte Selbstsucht der Wariwulf stand. Vielleicht aber auch nur, weil er ein so widerwärtiger Mensch war, dass Hagen es beinahe für seine Pflicht hielt, das Antlitz der Erde von dieser schwärenden Pestbeule zu befreien. Wenn Gott selbst unter seinen treuesten Kindern die Spreu nicht mehr vom Weizen trennte, so musste man ihm diese Arbeit eben abnehmen, auch wenn kein Dank dafür zu erwarten war.

Der Zirkel war vollständig anwesend und hatte unter Eberwins Anleitung den Ritualkreis bereitet. Das Kirchengold schimmerte im Licht der Kerzen und rief gelbe Flecken auf den schmutzigen Gobelins des Herrenhauses hervor, das sie ausgewählt hatten.

»Wir beginnen«, rief Hagen und wies mit knappen Gesten jedem der anwesenden Bletzer seinen Platz zu. Volpert, nach Eberwin der Älteste, würde den Platz des Siegels einnehmen und verhindern, dass die Magie wie ein Leuchtfeuer in die Nacht hinausschien und Hagr anlockte. Der kräftig gebaute Krieger, der einst im ersten Kreuzzug an der Eroberung Jerusalems beteiligt gewesen war, legte seine Dienerlivree ab, die so wenig zu ihm passte wie Kükenflaum zu einem Löwen.

Die gegensätzlichen Seiten von Sünde und Tugend wurden von Staller und Linsheimer eingenommen, die auch in ihrer Gestalt gegensätzlich waren. Staller hatte es geschafft, einen stattlichen Bauch gegen fast dreihundert Jahre Bletzerdarbnis zu behaupten. Er stieg aus der einfachen Kleidung eines Knechts.

Linsheimer hingegen war dünn wie ein Stock und eben damit beschäftigt, die Uniform eines herzoglichen Dieners abzulegen, um sie fein säuberlich gefaltet auf den gegen die Nässe ausgebreiteten Mantel zu legen.

Die Position der Ewigkeit war Jeronimus vorbehalten, der die schmutzigen Lumpen bereits abgeworfen hatte, in die man ihn bei seiner niederen Tätigkeit als Ledergerber hüllte. Er, der einst unter Maximilian II. gegen die Türken geritten war, musste eine solche Arbeit verrichten! Aber das wäre bald vorbei, schwor sich Hagen.

Das letzte Gegensatzpaar waren Leben und Tod. Das Leben wurde durch den Jüngsten in der Runde repräsentiert, Melchior. Er hatte mit kaum vierzig Jahren des Bletzerdaseins den Geschmack des Lebens noch auf der Zunge und konnte ihm nachspüren.

Für Eberwin blieb der Platz des Todes, den er trotz seiner Blöße mit äußerster Würde einnahm.

Auch Hagen schälte sich nun aus der geckenhaften Kleidung, warf sie achtlos auf den Boden außerhalb des Kreises und sah sich um.

Wie er auf all die bleichen Körper und in die fahlen Gesichter sah, in die das Kerzenlicht tiefe Schatten malte, dachte er vorfreudig: *Wahrlich, die Apokalypse der Wariwulf ist nah, denn siehe, die Toten erheben sich!*

»Dieser kleine Wicht soll unser Soldat werden?«, fragte Volpert verwundert und wies auf Roser.

Hagen wandte sich ihm zu, wobei er den kalten Wind, der

durch die Löcher im alten Haus fegte, kaum wahrnahm. Die Kälte konnte Bletzern nichts anhaben, denn in ihnen brannte die Glut der Hölle. Und der wollte Hagen noch etwas mehr Zunder geben. »Nein. Er ist nur das Opfer.«

Er stieß einen Pfiff aus, und Carteaumois betrat den Raum. Er trug Emma Roser auf dem Arm, die friedlich schlummerte. Emma in ihrem weißen Büßerhemd und der Söldner mit seinem weißen Beinkleid und Hemd wirkten wie das perfekte Paar – ein Abbild der Unschuld.

Hagen sah zu Eberwin hinüber, dessen Blick auf Emma ruhte. Sein Gesicht zeigte keine Regung, aber Hagen spürte die wachsende Ablehnung.

»Eine Frau?«, fragte Staller verwundert.

»Ja, eine Frau«, sagte Hagen scharf. »Gibt es ein Problem damit?«

Eberwins Blick ruckte zu Hagen herum, und er machte einen kleinen Schritt vor, das Gesicht nun angespannt.

»Eberwin? Du hast etwas zu sagen?« Hagen trat zu ihm, hielt aber an der Linie inne, die den Zacken des Drudenfußes vom Zentrum trennte. »Nun? Sag mir, ob ich mir einen anderen Bletzer suchen muss, der mir den Tod darstellt. Sag mir, ob du mich nach zweihundert Jahren, am Ziel unserer Reise, im Stich lassen willst. Sag mir, ob du zu mir stehst, wenn ich Emma das größte aller Geschenke mache.«

Einen Augenblick maßen sie sich mit den Blicken, dann trat Eberwin zögerlich zurück. Für den Moment war er auf seinen Platz verwiesen, aber Hagen musste ihn im Auge behalten. *Treuer Eberwin*, dachte er traurig, *dein Herz ist zu weich für diese Welt. Lass es mich stählen.*

Hagen nickte ihm einmal zu, sah sich zu den anderen Bletzern um, die allesamt hinreichend entschlossen wirkten, und dann bedeutete er Carteaumois, die Zwanzigjährige vor ihm auf den

Boden zu legen. Kurz ließ er seinen Blick auf dem entspannten Gesicht der Frau ruhen, ihn über die rosige Haut und die weißen Zähne wandern, die sich im kleinen Mund zeigten.

Wollte er sie wirklich der Qual der Umwandlung aussetzen? Er sah zu Carteaumois, der ihm den kleinen Lederkoffer mit den Ingredienzien reichte, sah die Eleganz seiner Bewegungen, die Kraft in den Muskeln, die unter der bleichen Haut spielten.

Man muss durch das Feuer gehen, um neu geboren zu werden, dachte er und kniete sich hin, damit er den Koffer vor sich auf dem Boden öffnen und alles bereitlegen konnte. Noch einmal ging er das Ritual im Geiste durch, die Gesten, die Worte, vor allem aber das Schwanken der magischen Strömungen, die es zum rechten Zeitpunkt mit dem richtigen Aspekt zu verbinden galt. Er hatte die Grenzen der Bletzermagie stetig ausgeweitet, und doch: Was er heute versuchen wollte, war reines Hecetissenwerk.

Er richtete sich auf und ließ den Blick über die Gesichter seiner Gefährten wandern. Zuversicht und Entschlossenheit überall. Nur in Melchiors Miene schimmerte Verunsicherung. Hagen lächelte ihm aufmunternd zu, sprach aber zu allen: »Freunde! Vor uns liegt die größte Errungenschaft, derer sich die Bletzer jemals rühmen durften. Wir haben es oft genug durchdacht. Ihr alle habt euch zur Genüge in den dunklen Kräften geübt, seid erstarkt, um unseren Brüdern die Freiheit zu bringen.«

Er trat zu Melchior und legte ihm beruhigend eine Hand auf die Schulter. »Heute Nacht streifen die Bletzer ihre Ketten ab.« Er sah dem jungen Mann in die Augen und sagte mit einer Zuversicht, die er nur zum Teil wirklich verspürte: »Es wird gelingen!«

Um Melchiors Lippen zuckte ein Lächeln, und er nickte entschlossen. Hagen klopfte ihm noch einmal auf die Schulter und ging dann wieder an seine Position in der Mitte des Kreises. »Also beginnen wir!«, sagte er, worauf die Bletzer anhoben, die magischen Formeln zu murmeln. Hagen spürte die Macht langsam aufperlen wie Teufelswein, stimmte sich darauf ein, begann dann selbst die alten Worte zu sprechen, und während er dem Echo in den leeren Räumen des verlassenen Hauses nachhorchte, zog das Ritual ihn in seinen Bann.

Während er das weiße Kleid aufschnitt und die ansehnliche Gestalt Emmas freilegte, gab es einen Moment des Zögerns, doch dann spürte er, wie die Magie ihn ergriff, etwas von ihm forderte. Wie unter einem unaufhaltsamen Zwang formten seine Lippen schließlich die Worte: »*Fasti, sagwja, uzbeitan!*«

Dann stach er das Messer in den schmalen Brustkorb der Frau und eröffnete ihn. Das verlockende Bouquet ihres Blutes stieg ihm in die Nase, ließ den vom Ritual geweckten Wolf aufheulen, und er riss der Frau das zuckende Herz mit solcher Gewalt heraus, dass er es beinahe zerquetscht hätte. Der rote Saft, der ihm über die Hand den Unterarm entlangrann, trübte seine Sinne weiter, und das Folgende geschah mit schicksalhafter Unausweichlichkeit. Selbst wenn Hagen oder einer der Bletzer das Ritual hätte abbrechen wollen, es wäre nun nicht mehr möglich gewesen. Die Formeln, aus den Vibrationen des Schicksals herausgelesen, errechnet aus der dem Dasein zugrunde liegenden Ordnung, hatten ein eigenes Leben entwickelt. Die magischen Ströme, von den Bletzern heraufbeschworen, wurden zu schnell, um sich ihnen zu entziehen. Nun gab es nur noch Erfolg … oder Verderben!

Hagen badete im schalen Blut seiner Gefährten und setzte dann das Wolfsherz in Emmas Brust. Schließlich nahm er von Carteaumois den ohnmächtigen Roser entgegen und legte ihn neben seine Tochter. Zum blutigen Rausch gesellten sich Hass und Abscheu, trieben ihn zweihundert Jahre der Verbitterung und Racheschwüre an. Darum schnitt er dem Mann ohne zu zögern in den Unterarm, presste die Wunde auf Emmas kleinen Mund und weckte Roser schließlich mit einem gedanklichen Schlag.

Die Frau begann sofort zu trinken, und nach einem kurzen Augenblick der Verwirrung bemerkte Roser, was geschah. Hagen stemmte sich auf den kleinen Körper und hielt ihn mühelos am Boden, obwohl Roser kreischte und sich in Panik wand. Immer wieder rief er den Namen seiner Tochter, doch die sog voller Genuss das Blut aus ihrem Vater. Über seine Schreie hinweg, die langsam matter wurden, hörte Hagen das Knirschen der sich schließenden Wunde des Mädchens.

Als Emma nach einiger Zeit, blutbeschmiert und bleich zwar, aber ansonsten unversehrt, dalag, leicht aufgerichtet, um den Mund auf den Unterarm ihres Vater gepresst zu halten, drückte ihr Hagen die Hand auf die Stirn und sagte: »Lass ab!«

Nach einem winzigen Moment des Widerstands sank sie zurück, die roten Lippen zu einem Lächeln verzogen, die Augen abwesend, aber glänzend. Hagen hielt ihren Geist ruhig.

»Sie soll ihr Leben nicht mit einem Mord beginnen«, erklärte er dem verwirrt dreinblickenden Carteaumois und richtete sich auf. Roser, vom Blutverlust geschwächt, japste erleichtert auf, doch da packte ihn Hagen und warf ihn aus dem Kreis. Der kleine Körper des Mannes schlug hart auf den Boden.

Es klirrte leise, als Hagen im Vorbeigehen den Schürhaken auflas, den er bereitgelegt hatte. Er hielt ihn Roser vor, damit er ihn gut sah. »Kennst du den noch?«

Der Vogt schob sich keuchend rückwärts und zog dabei aus dem offenen Handgelenk eine Blutspur hinter sich her. Hagen trat zu ihm, musterte das hochrote Gesicht. Ein unheiliges Hochgefühl erfüllte ihn, schwemmte Zweifel und Skrupel hinweg. Er erlaubte dem Gefühl der Macht und der Wut, sich in seinem Blut auszubreiten, bis es sich unter der Haut ansammelte, sich vibrierend aufstaute. Dann ließ er es entweichen, schlug zu, drei, vier, fünf Mal, und spürte den Kopf des Mannes unter seinen Hieben zerbersten. Er legte all seine Enttäuschung, seine Wut und die

Schmach seiner untoten Existenz in diese Hiebe – und doch war das erst der Anfang seiner Rache.

Mit grimmigem Gesicht wandte er sich zu den erschöpften Bletzern um, die ihn teils verwundert, teils erfreut ansahen. Den blutigen Eisenhaken hielt er noch immer umklammert, und seine Hand zitterte leicht unter dem Ansturm des grimmigen Triumphs, der seine Seele erfüllte. Anders als bei den Hexen wären seine Gefährten schon in wenigen Stunden in der Lage, den nächsten Soldaten zu erschaffen, wenn es sein müsste. Die Wariwulf waren zum Untergang verflucht!

»Gebt Order, dass unsere Brüder sich erheben mögen. Sie sollen *Bluotvarwes* schaffen, so viele ihnen möglich sind.« Hagen zögerte kurz, doch die Notwendigkeit des Befehls trieb ihn durch seine Lippen. »Und sie sollen alle Wariwulf töten, derer sie habhaft werden können.«

»Nein!«, rief Eberwin entsetzt.

Hagen wirbelte zu ihm herum.

»Das ist nicht recht!« Eberwin trat zu ihm, sprach nun eindringlich. An seiner Seite klaffte der beim Ritual beigebrachte Schnitt wie die Speerwunde Christi. »Wir wollen uns befreien, kein Blutbad anrichten.«

Hagen lachte trotzig auf: »Wir sind im Krieg, Eberwin. Da nutzt man jeden verfügbaren Vorteil. Was bringt uns die Freiheit, wenn die Vernichtung ihr auf dem Fuße folgt? Wir müssen die Reihen der Gegner ausdünnen.«

Eberwin schüttelte ungläubig den Kopf. »Was ist nur aus dir geworden? Hat Blutdurst deinen Verstand getrübt? Du willst die Streiter Gottes hinschlachten! Und sie …« Sein Finger wies anklagend auf die am Boden liegende Emma. »Sie war unschuldig!«

Hagen brüllte auf, ein Laut äußerster Wut und Enttäuschung, der das alte Haus gänzlich auszufüllen schien. »Das war ich auch!«, rief er dann. »Und sie haben mich trotzdem gerichtet.«

»Ich werde das nicht zulassen«, sagte Eberwin und wandte sich ab, machte einige erschöpfte Schritte dem Ausgang zu. »Du verlierst deine Menschlichkeit!«

»Ich war nie ein Mensch«, rief Hagen wütend, sprang vor und schlug mit dem Schürhaken zu. Der Hieb traf den dünnen, nackten Bletzer in den Nacken und sandte ihn auf die Knie. »Verräter!«

Der zweite Schlag brach Eberwins abwehrend erhobenen Arm, der nächste traf die Schläfe und warf ihn zu Boden.

»Du weißt, was wir mit *Dienestbietæren* machen!«, grollte Hagen, außer sich vor Zorn, und hob den Haken zu einem weiteren Schlag.

Da hob Eberwin den Kopf, und eine einzelne blutige Träne rann über seine Wange. »Du bist genau wie er«, sagte er mit trauriger Stimme und wies auf den toten Roser.

Hagen erstarrte, den Arm zum Schlag erhoben. Was tat er da? Das war Eberwin, sein Mentor, sein Gefährte, sein … Freund. Er ließ den Arm langsam sinken. *Aber ist er das wirklich noch?*

Eberwin zog mit schmerzverzerrtem Gesicht den gebrochenen Arm an sich, kniete sich hin und hob stolz den Kopf. »Tut es schnell«, bat er. »Das wenigstens seid Ihr mir schuldig … Herr.«

Hagen ließ den Schürhaken klirrend zu Boden fallen und blickte dem Älteren ins bleiche Gesicht, entsetzt über den Verrat und seine Hiebe gleichermaßen.

Ungesprochen hing die Frage in der Luft. Hagen blickte Eberwin beinahe flehend an, doch der schüttelte unmerklich den Kopf. Er würde Hagens Weg ab hier nicht mehr teilen, selbst wenn es seinen Tod bedeutete.

»Geh!«, sagte Hagen matt und musste alle Willenskraft zusammennehmen, um unter der Last der Erschöpfung, Trauer und Enttäuschung nicht zusammenzubrechen.

Eberwin sah ihn verwirrt an, wartete noch immer auf den nächsten Schlag.

»Geh und komm nie wieder. Vom heutigen Tage an gehörst du nicht mehr zur geheimen Bruderschaft der Bletzer!« Hagen wies auf die in den Angeln hängende Tür.

Eberwin erhob sich langsam, nahm seine Kleidung auf und ging. Unter seinen nackten Füßen knirschten Dreck und Schutt, die sich in dem alten Haus angesammelt hatten. Als er die Tür fast erreicht hatte, brachte Hagen beinahe tonlos hervor: »Denk an deinen Schwur, Bletzer! Ich will dich nicht töten.«

Eberwin wandte sich um und blickte ihn einen langen Moment an. Dann sagte er: »Ich schwor bei Gott …« und trat hinaus.

Hagen sah ihm lange nach, doch es war, als habe der Bletzer alle Gefühle mit sich genommen. Er fühlte sich leer, dumpf, und trotz der anderen Untoten im Raum einsam. Eberwin war immer an seiner Seite gewesen, mit Rat, Tat und Trost. Und jetzt war er fort, der Mann, für den er die Freiheit ebenso hatte erstreiten wollen wie für sich selbst. Doch Eberwin war so sehr mit seinem Joch verwachsen, dass er sich nicht davon lösen konnte, und kehrte, mit der Freiheit in Reichweite, glücklich unter die Knute zurück.

Hagen wandte sich ab. Er war allein, wie es ein wahrer Heerführer immer war. Da fiel sein Blick auf Carteaumois, der Emma lächelnd auf die Beine half, darauf achtend, dass ihre blutverschmierte Gestalt seine weißen Kleider nicht beschmutzte.

Nein, er war nicht allein. *Ich habe meine … Kinder.*

INTERLUDIUM: UNGEBORENER TOD

Als Georg über das große Rolltor am Hintereingang der Universität kletterte, spürte er die Strapazen des Abends und der fast dreistündigen Fahrt deutlich in den Knochen. Er hielt sich in Form, war sogar, wenn auch nicht nach Rigel-Maßstäben, ziemlich fit. Aber nachdem er bis in den Sichtschutz eines kleinen Transformatorhauses gelaufen war, keuchte er nun wie ein rachitischer Straßenhund und musste sich an die Wand lehnen, um zu Atem zu kommen. *Nicht geschlafen und dann die Visionen*, entschuldigte er sich. Bei wem, wusste er nicht zu sagen.

Der riesige, fensterstarrende Bau der Uni lag dunkel und verwaist da, was um – er sah auf die Breitling - drei Uhr Nachts nicht verwunderlich war. Die Sicherheitsvorkehrungen waren lächerlich gering, und nach einem kurzen Gespräch mit einer Putzkraft, die auf der Informantenliste der Korrektoren stand, kannte er nun auch den Zugangscode des anatomischen Instituts. Noch funktionierten seine »heiligen« Passwörter …

Georg huschte los, drückte sich an einigen braunen Büschen vorbei, zu deren Füßen so viel Müll lag, dass man den Eindruck gewann, sie sollten damit gedüngt werden. Nachdem er mit einem großen Schritt über eine Kakaopfütze mit eingestreuten Flaschenscherben gestiegen war, verzog er das Gesicht und holte sein Handy heraus, um es auszuschalten. Er hinterließ durch den Mietwagen und die Anfragen an die Korrektoren-Datenbanken so schon eine sehr deutliche Spur – da musste er nicht auch noch über ein aktives Handy angepeilt werden können.

Als in einem der oberen Stockwerke des Hauptbaus ein Licht aufschien, verharrte er. Zimmer für Zimmer bewegte es sich weiter, also war es vermutlich der einsame Wachmann, der für die Sicherheit auf dem gesamten Campus verantwortlich war. Ein Wunder, dass die Universität nicht regelmäßig leer geräumt wurde.

An der Eingangstür des anatomischen Instituts hingen Plakate, die für verschiedene Ausstellungen des integrierten Museums warben. Unter anderem für die Wanderexponate »Ungeborenes Leid«, die ausgerechnet am heutigen Vormittag aus Italien eingetroffen waren – genauer gesagt: aus Rom.

Georg tippte die Kombination in das Tastenfeld an der Tür ein, und sie öffnete sich mit einem viel zu lauten Summen.

Der Plan zeugte von genialer Perversität oder perverser Genialität, Georg konnte sich nicht so recht entscheiden, wie er es benennen wollte. Eine gestohlene Reliquie, nach der Sondertrupps des Vatikans ebenso suchten wie die Polizei, in einem Präparat zu verstecken und sich als morbide Frachtpost zuschicken zu lassen, zeigte, wie weit von Stein jeder menschlichen Regung entwachsen war.

Schnell trat Georg in den kurzen, schleusenartigen Zugang und tippte eine zweite Kombination ein. Das Gerät piepste, und die rote Diode leuchtete auf. Schlagartig wurde er sich der kaum einen Meter entfernten Betonwände zu seinen Seiten bewusst. Die Tür vor ihm war beinahe vollständig mit Plakaten verklebt, bot keinen Ausblick, keine Weite. Schweiß trat ihm auf die Stirn, sein Herz raste. Er wollte sich umdrehen, wollte in die grenzenlose, kühle Nacht fliehen, doch er konnte sich nicht abwenden. Es war fast, als halte ihn ein festgelegtes Schicksal gefangen, und nicht zum ersten Mal befürchtete er, lediglich ein Spielball höherer Mächte zu sein. Viel zu oft schien nicht er es zu sein, der mit seinen Entscheidungen sein Leben bestimmte. Beinahe, als sei alles vorherbestimmt.

Atmen, mahnte er sich und schaffte es, den Anfall von Klaustrophobie und Paranoia weit genug niederzukämpfen, dass er die Ziffern ein weiteres Mal eingeben konnte, diesmal langsam und sorgfältig. Vielleicht hätte er sie sich doch aufschreiben sollen. Er stellte sich vor, wie von Stein ihn hier erwischte, wie einen Karpfen im Aquarium des Fischverkäufers. Diesmal aber öffnete sich die Tür, und er sprang beinahe hindurch, ins Innere des Instituts.

Eine Gestalt stand vor ihm im zwielichtigen Foyer, das nur von einer entfernten Straßenlaterne mattes Licht abbekam, den Arm drohend erhoben. Georg griff mit einem leisen Fluch nach seiner Waffe, aber dann erkannte er, dass dieser Mann ihm keine Gefahr mehr war, denn man hatte ihm die Haut abgezogen. *Hoffentlich keine Gefahr mehr,* fuhr es ihm durch den Kopf, und kurz erschien es ihm so, als habe der Tote sich umgewendet. Er musste an Dräger denken, an die grausamen Tätowierungen, die vorgetäuscht hatten, was bei diesem Mann tatsächlich durchgeführt worden war.

Georg überwand sein Schaudern und trat näher an die Figur heran, um die präparierten Muskeln und Sehnen zu betrachten. Kein Glas hinderte ihn daran, den Mann zu berühren, und er hob die Hand, doch nach einem kurzen Moment ließ er sie wieder sinken. Es gehörte sich nicht, Tote zu befummeln, auch wenn sie sich freiwillig zur Verfügung gestellt hatten.

Georg wandte sich ab und blickte auf die mintgrünen Hinweistafeln, die ihm den richtigen Weg weisen sollten.

Genau diese Pietät des normalen Menschen wäre der Garant dafür, dass die Zöllner die toten Kinder in ihren Gläsern nicht durch die Röntgenmaschine schieben und sie noch weniger herausholen würden, um die zweifellos feinen Nähte oder die zugeklebte Wunde zu erkennen.

Natürlich nahm er die Treppe, aber diesmal hatte er eine passende Ausrede. Fahrstühle fuhren nicht von selbst herum.

Er ließ den Aufstieg gemächlich angehen, nicht, weil er glaubte, Zeit zu haben, sondern weil er nicht völlig abgekämpft oben ankommen wollte. Als er die letzte Treppe vor dem Stockwerk mit den Präparationskammern hinaufstieg, wurde er noch langsamer, denn er fragte sich, was, bei allen Heiligen, er hier tat. Wenn die Reliquie noch da war, gut – aber würde er es über sich bringen, ein totes Kind aufzuschneiden? Oder mehrere, wenn es nötig war, denn vielleicht deckten sich seine Vision und die Wahrheit nicht so sehr, wie er hoffte. Fast wünschte er sich, dass sie bereits geholt worden war, damit er diese Entscheidung nicht treffen musste.

Doch dann stiegen wieder die Bilder der schrecklichen Vision in ihm auf, drängten ihn, schneller zu laufen, dieses Übel zu verhindern. *Ich habe doch meine Erinnerungen nicht aufgegeben, um jetzt den Schwanz einzuziehen*, machte er sich Mut.

Er stemmte die Feuerschutztür auf und trat auf einen langen Flur. *Es kann immer schlimmer kommen*, dachte er grimmig und zog seine Waffe, denn er hörte Stimmen miteinander reden. Die Lautstärke wies deutlich darauf hin, dass sich die Einbrecher nicht darum scherten, ob man sie bemerkte.

»Welches isses denn jetzt?«, fragte ein tiefer Bass.

»Die, mein Lieber, mit dem Buckel. Such weiter!«, antwortete eine wohlklingende Frauenstimme.

Georg verfluchte Germann, sich selbst und Rigel, dass er keinen Pflock bei sich hatte, nicht einmal eine Sonnenlichtlampe. Er schlich leise näher, dicht an der Wand, die Waffe erhoben, und zuckte zusammen, als etwas klirrend zu Bruch ging.

»Pass doch auf!«, schalt die Frau, und ihr Begleiter brummte: »'tschuldigung. Aber guck mal, dem ragt ein Kopf aus der Brust.«

»Igitt Und wie das stinkt!«

Inzwischen hatte Georg die Tür erreicht und wagte einen schnellen Blick ins Innere. Die Männerstimme gehörte zu einem breit gebauten Mann. Seine mit Nieten besetzte Lederjacke, die blondierte Fönfrisur, vor allem aber der Schnäuzer ließen ihn wie einen drittklassigen Rocker aus einem Film der Achtzigerjahre wirken.

Die Frau konnte Hagen von seiner Position aus nicht sehen. Schnell zog er den Kopf wieder zurück. Waren das Vargr? Oder *Bluotvarwes*? Bletzer oder Hexen waren es nicht, sonst hätten sie seine Anwesenheit vermutlich schon gespürt.

»Ah, da ist er ja!«, rief die Frau erfreut aus, und Georg zuckte zusammen, weil er kurz glaubte, er sei gemeint. *Tu was!*, trieb er sich dann an und fällte eine Entscheidung.

Er klemmte sich die Waffe unter den Arm und zog die Wolfsbann-Granate hervor, die er seit dem Sturm auf die Kultisten in der Tasche hatte. Er dachte an den Soldaten, der sie ihm gegeben hatte, und der nun tot war. Georg verdrängte den Gedanken und entsicherte sie. *Eins, zwei* … Er wagte es nicht, bis drei zu zählen, sondern rollte das eigroße Ding eilig in den Raum, wo es sofort zu zischen begann.

»Was …?«, rief der Mann überrascht. Georg wartete einen Moment, doch es erklang kein Keuchen und Husten. Also Vampire!

Tolle Idee, dachte er noch, als erste scharf riechende gelbliche Schwaden aus dem Zimmer trieben, dann flog plötzlich eine dunkle Gestalt aus der Tür, stieß sich an der gegenüberliegenden Wand ab, die unter dem Ansturm eingedrückt wurde, und landete im Flur vor ihm.

Es war die Quelle der weiblichen Stimme, eine sehr zierliche junge Frau in einem hautengen Catsuit. Der Reißverschluss stand bis zu ihrem Bauchnabel offen und erlaubte so den Blick auf die Tätowierung einer grausam lachenden Sonne auf ihrer bleichen Haut.

»Korrektor«, grüßte sie ihn und senkte für einen Moment in einer spöttischen Begrüßung den geschorenen Kopf, sodass Georg darauf das Bild lodernder Flammen sah. Dann spannten sich die

Lippen des kleinen Mundes über dem haiartig sprießenden Gebiss, und ihre spitze Himmelfahrtsnase wurde noch weiter nach oben gedrückt. »So allein hier?«

Georg schoss, bevor sie sich in Bewegung setzte. Ob es Glück war, oder er in der Stunde der Not über sich hinauswuchs, konnte er nicht sagen, aber der erste Schuss durchschlug den Hals und stoppte ihre Vorwärtsbewegung wie ein Hammerschlag, der zweite zerfetzte das arrogant wirkende Gesicht und sandte sie zu Boden, sodass der dritte über sie hinwegfegte.

Georg gab sich nicht der irrigen Hoffnung hin, er könne die Vampirin getötet haben. Sie zuckte, gab würgende Geräusch von sich, und schon wuchs das zertrümmerte Antlitz knirschend nach. Georg trat mit vor Ekel verzogenem Gesicht vor und hob die Waffe, um ihr den Garaus zu machen, da traf ihn wie aus dem Nichts ein Tritt.

Georg wurde zur Seite geschleudert und krachte gegen die Rigipswand, die unter seinem Gewicht nachgab. Die Luft wurde ihm aus den Lungen gepresst, und Sterne tanzten vor seinen Augen, aber er schaffte es dennoch, die Waffe nicht fallen zu lassen, während er aus seinem eigenen Abdruck in der Platte rutschte und, an die Wand gelehnt, sitzend zur Ruhe kam.

Der Rocker beugte sich über die blutige Masse, die sich nur widerstrebend zum Gesicht seiner Gefährtin formte. In der Armbeuge hielt er, wie ein amerikanischer Footballspieler den Ball, ein großes Glas, in dem ein unterarmlanger Säugling in trüber Flüssigkeit schwamm. Als wolle es Hilfe suchen, trieb das tote Kind nun an die Scheibe, und seine grotesk vergrößerte Hand wurde dagegen gepresst. Ein großer Buckel krümmte den bleichen Rücken des bedauernswerten Wesens.

»Scheiße, Emma«, sagte der Vampir und kicherte. »Jetzt siehste fast besser aus.«

In dem Moment schoss Georg. Er versuchte gar nicht erst aufzustehen, sondern stützte die Pistole mit seinem zitternden linken Unterarm und feuerte. Die Schüsse schlugen in den Leib des Vampirs ein, und der Untote zuckte, als tanze er zu einem besonders hektischen Stück der *Bee Gees*. Das Glas entglitt seinem Griff, zerschellte auf dem Boden, und das Kind wurde von der Welle scharfer Konservierungsflüssigkeit ein Stück über den gebohnerten Boden geschwemmt.

Sechs Schuss rissen blutige Löcher in den Vampir, doch der Mann spürte sie kaum. Georg mahnte sich zur Ruhe, zielte auf den Kopf, machte sich bereit zu schießen, wenn der Mann vorsprang.

Dann war er plötzlich direkt vor Georg, stand neben dem Lauf der Pistole und hielt böse grinsend kurz inne, um zu sagen: »Licht aus!« Dann zischte sein erhobener Cowboystiefel auf Georgs Kopf zu.

Georg warf sich zur Seite, der Stiefel traf trotzdem, aber statt mit unmenschlicher Kraft klopfte der Absatz nur leicht, wenn auch schmerzhaft an seine Stirn.

»Genau«, sagte eine helle Stimme. »Licht aus!«

Wie ein Rachengel trat Lea aus dem Dunst, der noch immer den Präparationsraum füllte. Die trägen safranfarbenen Schwaden wurden von ihrem langen Wollmantel mitgezogen und sickerten wie Trockeneisnebel über das tote Kind.

»Lea!«, rief Georg erfreut. »Danke!«

Lea blickte ihn an, und er wartete vergeblich auf ein Lächeln in ihrem Gesicht. Wortlos bückte sie sich nach dem toten Kind und hob es hoch, tastete es ab, bis sie eine Öffnung in dem runden, blauweißen Bauch gefunden hatte. Ohne zu zögern steckte sie die Hand hinein und zog eine kleine, mit Silberdraht umwickelte Phiole heraus.

Georg musste gegen eine Welle der Übelkeit ankämpfen, während seine Gedanken rasten. War sie ihm gefolgt? Oder war sie über die Vision selbst darauf gekommen? Und was wollte sie hier, das hatte doch nichts mit DeWulfen zu tun!

»Lea, was soll das?«, fragte er, meinte damit vor allem ihre Skrupellosigkeit dem toten Kind gegenüber und stemmte sich schwer atmend hoch. Das Gesicht der Vampirfrau war nun beinahe wiederhergestellt, aber es lag ein stumpfer, abwesender Ausdruck darauf. Lea hielt die Bestien im Bann.

»Von Stein wird schon dafür sorgen, dass DeWulfen seine gerechte Strafe erhält«, sagte sie und legte das geöffnete Kind vorsichtig auf dem Boden ab. »Wenn er entsprechend motiviert wird.« Sie hielt die Phiole hoch.

»Aber …« Georg machte einen Schritt auf sie zu und trat dabei auf knirschende Scherben. »Du kannst ihm die Reliquie nicht geben; gerade weil er sie so dringend haben will. Das hieße einen Pakt mit dem Teufel schließen.«

Lea schüttelte, noch immer völlig ernst, den Kopf: »Nein, Georg. Der Teufel sitzt in Rom auf dem Petrusthron!«

Dann wandte sie sich ab und sagte: »Leb wohl, Georg, ich wünsche dir viel Glück! Du wirst es brauchen.«

»Halt!«, rief Georg und zielte mit der Pistole auf ihren Hinterkopf. Schweiß rann ihm den Rücken herunter.

Tatsächlich blieb sie stehen, drehte sich um und kam auf ihn zu. Dabei fiel ihm wieder auf, wie schön sie war, selbst jetzt, wo ihre vollen Lippen aufeinandergepresst waren und ihre verschiedenfarbigen Augen wütend funkelten.

»Neun Schuss. Du hast ohnehin keine Kugel mehr da drin!«, sagte sie und wies auf die Makarov. »Karl hat mir auch einiges beigebracht.«

Georg atmete tief durch und sagte: »Nicht genug – das hier ist die PMM. Zwölf Schuss und einen im Lauf.«

Für einen Moment kniff sie die Augen zusammen, versuchte zu ergründen, ob er bluffte, und dann wusste sie, dass dem nicht so war. Trotzdem kam sie den letzten Schritt näher und drückte ihre Stirn gegen den Lauf der Waffe. »Dazu bist du nicht fähig, Georg von Vitzthum.«

»Gib mir die Reliquie«, flehte Georg, und seine Hand zitterte stärker. Sie schien von der Last der Entscheidung tonnenschwer zu werden. »Wir können zusammen …«

»Nein!«, rief sie scharf, und ihre Augen füllten sich für einen Augenblick vollständig wie mit einer schwarzen Flüssigkeit. »Du hattest deine Chance, Georg.«

»Bitte! Das hier muss nicht so enden …«

»Doch, das muss es«, widersprach sie. »Wenn du mich aufhalten willst, musst du mich schon erschießen!«

Georg blickte ihr in die Augen, sah den Hass und die Entschlossenheit darin, die so gar nicht zu ihrem sanften Gesicht passten. »Ich bin Korrektor«, sagte er, vor allem, um sich selbst an seine Pflicht zu erinnern. Dann drückte er ab.

Die Waffe klickte, obwohl sie feuern sollte, und Georg ließ sie verzweifelt sinken. Noch einmal fände er nicht die Kraft, auf die junge Hexe zu schießen.

»Arschloch«, sagte sie emotionslos und machte eine Handbewegung, als wolle sie ihn ohrfeigen. Georg wurde zur Seite gerissen, doch noch bevor er auf dem Boden aufschlug, verlor er das Bewusstsein.

ACHTER TEIL:

AUFSTAND!

Anno Domini 1641, in dem der Dreißigjährige Krieg unvermindert tobt, man aber mit Schweden Friedensverhandlungen vereinbart; René Descartes die »Meditationen über die Grundlagen der Philosophie« veröffentlicht; Japan seine Häfen für Ausländer verschließt, um sie erst zweihundert Jahre später wieder zu öffnen, und der Sohn Galileo Galileis die erste Pendeluhr nach Entwürfen seines Vaters baut.

TRAUTES HEIM …

Das Gelächter der *Bluotvarwes* und Bletzer überdeckte das leise Plätschern des Wassers in der dunklen Grotte. Sauberes Grundwasser, obwohl nur eine Steinwand entfernt die Fäkalien von ganz Wien an ihnen vorbeiflossen; brusthoch schoben sie sich an manchen Tagen brackig und stinkend durch die Kanäle. Hagen musterte die gebrochenen Spiegelungen der wenigen Lampen, die ihren toten Augen genug Licht spendeten und deren Abbilder sich auf der graubraunen Wand der unterirdischen Höhle zeigten. Es machte keinen Unterschied, ob es sauberes oder schmutziges Wasser war – das Blutvolk trank anderes.

»Mir ist so fad!«, rief Emma mit übertriebenem Wiener Akzent und provozierte damit den nächsten Schwall Gelächter, der in der Höhle nachklang. Sie genoss ihre Rolle als einzige Frau unter fast zwanzig Männern, und sie genoss die Macht, die ihre neuen Fähigkeiten ihr boten. Es war fast, als habe sie eine Verpuppung abgeworfen und als wäre aus ihrem Menschenleib ein blutiger Schmetterling aufgestiegen, der nur auf seine Befreiung gewartet hatte. Carteaumois hatte sie unter seine Fittiche genommen und gut gelehrt. Zu gut, möglicherweise …

Hagen wurde sich der verstohlenen Blicke bewusst, die man ihm immer wieder zuwarf. Er saß abseits der rastlosen Gruppe auf einer Stufe, von der er fein säuberlich die Gebeine der Toten auf den Boden geräumt hatte. Überall stapelten sich menschliche Überreste, die jüngsten mindestens einhundert Jahre alt. Irgendwann hatte man aufgehört, hier seine Toten zu bestatten, und diese Höhle war, wie so viele Teile des unterirdischen Wiens, in Vergessenheit geraten.

Carteaumois tauschte einige stumme Blicke mit seinen Gefährten, die Hagen so deutlich las, als hätten sie ihre Gedanken laut hinausgeschrien: *Geh du ihn fragen!*

Langsam näherte sich der junge Mann, wie immer ganz in unschuldiges, makelloses Weiß gekleidet, und ließ sich nach einem unbeantworteten fragenden Blick neben Hagen nieder. Einen Moment musterte der Franzose, der einzige hier anwesende männliche *Bluotvarwes* von Hagens Blut, sein Gesicht. Als sein Erschaffer nicht aufsah, fragte er: »Wann schlagen wir los?«

Hagen zog seine Uhr aus der Tasche und blickte darauf. Sein fahles Gesicht spiegelte sich im Glas, und der Anblick verwunderte ihn nicht – er wirkte so trübselig, wie er sich fühlte. Dies sollte der Augenblick seines größten Triumphs werden, die Nacht, in der sich Bletzer im ganzen Land erheben und das Joch abwerfen würden, unterstützt von ihren neuen Gefährten, den *Bluotvarwes*. Doch er konnte nur daran denken, dass er zum ersten Mal seit seinem Tod den Tag des heiligen Silvester ohne Eberwin begehen müsste.

Es war noch eine Viertelstunde bis Mitternacht. »Jetzt«, sagte Hagen und erhob sich. Seine Gefolgsleute taten es ihm gleich, ergriffen die Waffen und die Ranzen, in denen ihre restliche Kampfausrüstung ruhte.

Es erschien ihm passend, dass die neue Ordnung mit dem Beginn des neuen Jahres eingeläutet werden sollte, obwohl er sich auch nach nunmehr bald sechzig Jahren noch nicht daran gewöhnt hatte, das neue Jahr am einunddreißigsten Dezember und nicht am Luziatag, dem dreizehnten, zu begrüßen. Manchmal, in ruhigen Stunden, mutmaßte er, ob man ihm die zehn Tage, die ihm die Umstellung auf den gregorianischen Kalender genommen hatte, jemals wieder zurückgeben würde. *Vielleicht schreibt man sie mir aufs Fegefeuer gut*, dachte er grimmig und sammelte sich. Jetzt war nicht die Zeit, sich auf den eigenen Gedanken treiben zu lassen.

Er ließ den Blick über seine überschaubare, aber umso schlagkräftigere Streitmacht gleiten. In diesem Moment der Aufregung und Vorfreude – sie hatten die *Bluotvarwes* sorgfältig nach Kampferfahrung und Blutgier in jedem Wortsinn ausgewählt – strahlten sie fast so etwas wie Lebendigkeit aus.

»Macht euch bereit, Männer«, sagte Hagen und erwartete fast, dass Emma aufgrund ihres neuen Selbstbewusstseins eine eigene Anrede verlangen würde, aber sie schwieg. *Gutes Kind*, dachte er und sprach weiter: »Heute Nacht wird eine neue Zeitrechnung anbrechen. Es beginnt die Zeit des Blutvolkes!«

Er reckte die Hand in einem Triumph in die Luft, den er nicht fühlte, aber in ihrer Begeisterung bemerkten dies nicht einmal die alten Bletzer, als sie nun mit ihren Nachkommen zusammen jubelten.

Er ging zu den breiten, am steilen Ufer der Grotte vertäuten Nachen und stieg hinein. Der Rest verteilte sich auf die drei Boote, die trotz des Gewichts kaum weiter einsanken. Der geringe Tiefgang stellte sicher, dass man mit ihnen auch die seichteren Kanäle befahren konnte. Carteaumois nickte Julius zu, dem jüngsten Zuwachs ihrer Gemeinschaft, einem vierschrötigen Kerl mit kantigen Schultern, der ihm wie eine Klette am Rocksaum hing und ihn bewunderte. Sofort nahm dieser geborene Diener den Staken und stieß das Boot damit in die Grotte hinaus. Nur eine trübe Lampe am Bug spendete Licht, das wie ein unwirklicher Schimmer über den Fels glitt. Das Muster der hellen Flecken änderte sich, als sie die Höhle verließen und wenig später in den Kanal fuhren, wo das Licht auf den algenbewachsenen Mauersteinen und an der halbrunden Decke tanzte. Im stinkenden, brackigen Wasser, in dem Verdautes und Unverdautes immer wieder an die Oberfläche trieb, verlor sich der goldene Schein des Lichts und wurde ebenso schmutzig wie die Brühe.

»Puh, wie es hier stinkt!«, protestierte Emma.

»Dann atme nicht«, schlug Carteaumois vor und erntete ein Lachen der übrigen Männer im Boot. Sie waren so aufgeregt und tatendurstig, dass sie über alles gelacht hätten. Hagen ließ einen Augenblick zu, dass sich ihre Anspannung löste, dann blickte er sich um und brachte sie damit zum Schweigen.

Nur das leise Klatschen des Wassers an die Seiten der dahingleitenden Boote und das gelegentliche Pochen, wenn eines mit dem Stecken von der Wand abgehalten werden musste, begleitete ihre Fahrt.

Mit einem Mal flackerte vor ihnen ein Licht. Im Näherkommen erkannte Hagen auf einer mehrere Meter langen Einbuchtung neben dem Kanal einen Mann in schmutzigen Lumpen. Er kniete am Boden und tauchte immer wieder ein aus Schnüren und Stöcken gefertigtes krudes Netz ins schmutzige Wasser. Schorf und Schwären verunzierten ein aufgedunsenes Gesicht, und Hagen musste einen Schauder unterdrücken, als der Mann das Netz anhob, um den Inhalt zu betrachten. Er griff hinein, fischte zwischen Unappetitlichem einen halb abgenagten Knochen heraus und legte ihn neben sich in eine Tasche. Dann wischte er sich mit der schmutzigen Hand Schweiß von der Oberlippe, senkte das Netz wieder ins Wasser und legte die Zunge in äußerster Konzentration in den verschmierten Mundwinkel.

Der Mann war einer der vielen Fettfischer, die ihre magere Beute für noch kläglicheren Erlös an die Seifenmacher verkauften. Es war eine Ironie der Natur, dass sich das feine Volk, wenn es sich denn schon einmal wusch, praktisch doch wieder mit dem eigenen Dreck einrieb.

Hagen wies auf Emma, die zusammenzuckte, dann aber entschlossen nickte. Sie trat an den Bug des Kahns, und Hagen spürte ihre Konzentration, fühlte ihr Blut vibrieren, während sie den Geist des Mannes zu trüben versuchte. Aber ihre Fäden vergingen im Halbdunkel, faserten auf wie Nebel in der Morgensonne. Um wie viel weniger doch die *Bluotvarwes* in der Lage waren, den Geist der Menschen zu beeinflussen!

Dann waren sie auf wenige Meter heran. Der Mann hob den Kopf und rief erstaunt aus: »Hohe Herrschaften! So was. Hier!« Er schluckte, dann erkannte er seine Chance: »Eine Gabe, bitte?«

Hagen seufzte leise und winkte mit einer Hand. Sie durften keine Zeugen hinterlassen …

Das Boot schwankte, als die *Bluotvarwes* heraussprangen, um sich auf den Mann zu stürzen. Hagen ergriff den Stecken, bevor er ins Wasser gleiten konnte, und verschloss seine Ohren vor dem viehischen Knurren seiner Soldaten. Auch verhärtete er sein Herz gegen die erst ängstlichen, dann schmerzerfüllten Schreie des Fettfischers. In der heutigen Nacht würde für das große Ziel so viel Blut vergossen, dass er sich besser schon jetzt daran gewöhnte.

Das Boot trieb langsam weiter, und Hagen blickte sich nicht um. Kurz bevor die Bucht endete und das Wasser wieder in die Enge des Kanals floss, sprangen die *Bluotvarwes* an Bord, leise und geschmeidig wie Schatten. Der Nachen schwankte nicht einmal, als sie ihre Plätze wieder einnahmen. Sie wischten sich Blut vom Mund, und Emma kicherte leise, als sie sagte: »Wie bei einer Kohlroulade – außen widerlich, aber das Innere ist lecker und saftig!«

Hagen unterdrückte den Impuls, sich zu ihr umzudrehen und sie aus dem Boot zu werfen. Sie war jung, in jeder Hinsicht, sie würde es noch lernen, das menschliche Leben zu respektieren. Aber jetzt war der falsche Zeitpunkt, es ihr beizubringen, denn heute Nacht würden sie ebenso wie Hunderte anderer Bletzer und *Bluotvarwes* im ganzen Land ein besonderes Mahl verzehren. Es wäre das erste Mal, dass sie sich an Wariwulf-Blut labten!

WOLFSBLUT

Als Carteaumois vor Hagen die Tür eintrat und an der Spitze des halben Dutzends Soldaten hineinstürzte, stand der Vater bereits neben dem Tisch, und seine Kleidung riss über schwellenden Muskeln. Wie Tropfen in weichem Wachs schlugen die Schüsse aus den Musketen in seinen Leib ein, rissen blutige Krater, die sich jedoch sofort wieder schlossen. Brüllend fegte der gewaltige, nun gänzlich verwandelte Wariwulf den Tisch mit dem üppigen Silvesteressen beiseite. Ein fetter, halb verzehrter Karpfen klatschte neben Brot und Soße auf den Boden, das teure Geschirr zerbarst klirrend. Frau und Sohn, beide bleich vor Schreck, wichen zurück, um dem Vater Platz zu machen, der vor sie sprang, nun vorgebeugt und mit sprießendem Fell übersät. Hagen erkannte an der Dauer seiner Verwandlung, dass er sie selten geübt hatte.

Der Mann schien verwundert, dass die Angreifer nicht einmal zögerten, konnte sich aber nicht dazu bewegen, vorzuspringen und seine Familie damit zu entblößen.

Der Zwirn der Angehörigen war fein und mit silbernen Schmucknähten versehen. Offenbar war es auch für einen Wariwulf einträglich, sich dem Kriegsdienst und damit der göttlichen Aufgabe zu entwinden und als Beamter am Hofe bei falschen Herren Speichel zu lecken.

Hagen schleuderte den dünnen, prall gefüllten Beutel auf den Kopf des Gegners zu. Dieser schlug ihn mühelos aus der Luft, doch das Tuch riss, und der gelbliche Wolfsbannnebel füllte die Luft wie der Schwefelrauch des Teufels. Das erdbraune Ungetüm jaulte auf und schlug sich gar die eigenen Krallen in die Schnauze, um das Brennen loszuwerden.

Jetzt stürmten die *Bluotvarwes* vor. Sie beachteten die schreiend zurückweichende Frau nicht, die ihren Sohn mit sich schleifte. Der Junge war zu Boden gefallen.

Die Untoten stießen dem sich windenden Wariwulf die Bajonette in den Leib, und einer warf sich ihm gar auf den Rücken, rammte die scharfen Zähne in den pelzigen Rücken. Der Wariwulf wand sich unter den Angriffen, bekam Julius' kantige Gestalt zu fassen und schleuderte ihn an die Wand.

Doch der Gotteskrieger sah und roch nichts mehr, und die Schmerzen in seinem Kopf würden ihn in den Wahn treiben. Hagen erschauderte, als er an die Qualen dachte, die er sich mit dem Wolfsbann selbst zugefügt hatte, als er damals im Kloster Buße getan hatte.

Er zog den verzierten Säbel und schritt ruhig auf das Getümmel zu. Ein Prankenhieb riss Carteaumois von den Füßen, der dem Wesen wieder und wieder die Klinge in den Leib rammte. Doch bis Hagen die wenigen Schritte zu dem Wariwulf zurückgelegt hatte, war der schon wieder auf den Beinen, und die Wunde am aufgerissenen Bauch schloss sich zusehends.

Hinter dem Sterbenden kreischte die Frau, aber Hagen beachtete sie nicht – es war der Junge, auf den sein Blick fiel. Der vielleicht Achtjährige lag würgend und hustend am Boden, sein Brustkorb zog sich krampfartig zusammen, und seine Glieder zitterten. Er war ein Wariwulf, wenn er sich auch noch nicht verwandeln konnte.

Hagen wandte sich ab und suchte nach einer Lücke in den unablässigen Angriffen der *Bluotvarwes*, die den Leib des vom Wolfsbann außer Gefecht gesetzten Wariwulf mittlerweile so oft durchlöchert hatten, dass die Heilung der Flut an Wunden nicht mehr Herr wurde. Das einst prächtige Geschöpf war blutüberströmt,

Reste der Kleidung klebten an dem mittlerweile roten Fell. Mit einem Brüllen riss es die langen Arme auseinander, warf sich vor, wollte durch die Kette der Angreifer brechen, aber Carteaumois stach ihm das Schwert durch das Bein, und das Vieh sackte auf die Knie. Seine Krallen hatte es in zwei Gegner gebohrt, doch jetzt klammerte es sich eher an sie, um nicht vollends zusammenzubrechen.

Als sich Platz bot, trat Hagen vor und hieb dem Wariwulf in den Nacken. Das Wesen jaulte auf, wollte sich aufbäumen, aber gnadenlos schlug Hagen weiter zu, bis der Kopf vom Körper getrennt war und dieser zu Boden sackte.

Hagen lauschte. Draußen überdeckte noch immer das Knallen und Lärmen der Menschen Wiens jeden Laut ihres Angriffs. Sie suchten das alte Jahr mit Lärm und Lichtern zu vertreiben.

Hagen griff in den entsetzten Geist der Frau und hieß sie sich schweigend auf einen der Stühle setzen. Das leise Wimmern, das aus ihrer Seele an seinem Einfluss vorbeisickerte, beließ er ihr.

Der riesige Leib des Wariwulf vor ihm schrumpfte in sich zusammen, wurde im Tode kleiner und blieb als halb nackter, toter Mensch von schmächtiger Gestalt zurück.

Carteaumois hob den Kopf des Mannes an den halblangen braunen Haaren hoch und schwenkte ihn wie eine Trophäe, was Jubel bei den anderen *Bluotvarwes* hervorrief. Er selbst konnte wenig Freude dabei empfinden, denn dieser Tod war nur der Anfang einer langen Kette des Mordens.

Hagen wandte sich dem Jungen zu. Der ebenfalls braunhaarige Knabe weinte laut und krümmte sich noch immer unter den Auswirkungen des Wolfsbanns. Ein Wariwulf, zweifellos, auch wenn er seine erste Verwandlung noch vor sich hatte. *Er wird sie nicht mehr erleben*, dachte Hagen und lauschte dem Bedauern nach, das er glaubte verspüren zu müssen, doch es regte sich nur sacht und wurde vom Hass auf die Wariwulf mit Leichtigkeit überflutet.

Er sah sich um und war nicht überrascht, Julius vor dem Hals des Mannes hocken und das herausströmende Blut wie Wasser aus einer Quelle schöpfen zu sehen.

»Keine Zeugen«, wiederholte Hagen ihr Motto für die heutige Attacke und wies auf die Frau. Sofort sprangen zwei seiner Soldaten vor und rammten ihr zu beiden Seiten des Halses die Zähne ins Fleisch.

Emma trat zu ihm und hakte sich in den blutbeschmierten Arm ein. »Den Jungen auch?«, fragte sie zweifelnd.

Hagen musterte das leidende Kind und wartete. Auf die Zweifel, auf das Mitleid. Es blieb fern. Fast schien es, als habe Eberwin auch diese Gefühle mit sich genommen, indem er gegangen war. »Heute ist er ein Kind, in zehn Jahren wird er uns für das hassen und jagen, was wir heute getan haben.«

Emma nickte, löste sich dann aber und trat zurück. »Ich… ich kann das nicht.«

Hagen nickte und wollte das Schwert heben, aber auch er war dazu nicht fähig. Er verzog wütend das Gesicht, wusste aber nicht, ob er dem Akt zürnte oder sich selbst, weil er es nicht über sich brachte. Notwendig war es indes – für den Sieg, für die Freiheit, für die Sache.

Er steckte das Schwert weg und fing Carteaumois' Blick auf, der vornehm und kaum besudelt etwas abseits stand und lächelnd auf das Blutbad blickte. Dann wies Hagen mit dem Kopf auf das Kind. Während der Franzose zu seinem Nachtmahl schlenderte, ging Hagen hinaus in die erste Nacht des neuen Jahres. *Nein, des neuen Zeitalters!*

INTERLUDIUM: AHNENKUNDE

Als Georg wieder zu sich kam, konnte er einen Augenblick lang nicht glauben, dass er noch lebte. Im nächsten Moment bedauerte er genau das, denn mit dem Bewusstsein kam auch der Schmerz. Sein Körper fühlte sich wund und ausgelaugt an, wie nach einem Marathonlauf auf Scherben, und sein Kopf sandte bei der geringsten Bewegung Übelkeit erregende Wellen aus. Er lag noch immer auf dem Gang der Universität.

Vorsichtig sah er sich um, doch von den Vampiren war nichts zu sehen. Er lauschte – außer seinem eigenen schweren Atem war es still. Georg verdrängte die Frage danach, warum sie ihn nicht getötet hatten, auf einen späteren Zeitpunkt und begnügte sich für den Moment damit, Gott für diese Fügung zu danken.

Unendlich langsam kämpfte er sich an der Wand in eine sitzende Position hoch und wartete darauf, dass die Welt aufhörte, sich um ihn zu drehen. Der stechende Gestank der Formaldehyd-Schwaden bot eine Erklärung für den Brechreiz und die Kopfschmerzen, was sie aber nicht erträglicher machte. Mit getrübtem Blick sah er auf die Scherben des Bottichs, in denen der geöffnete, bleiche Leichnam des verunstalteten Kindes nahezu friedlich lag. Beinahe hätte er den Kampf mit seinem Magen endgültig verloren. Er musste an die frische Luft!

Er brauchte drei schmerzhafte Versuche, um auf die Beine zu kommen. Mit schweren Schritten schleppte er sich auf den Ausgang zu. Vor den Fenstern des Präparationsraumes, dessen Tür er unterwegs passierte, war es dunkel, was hoffentlich bedeutete, dass noch reichlich Zeit war, bis die ersten Studenten oder Mitarbeiter eintrafen.

Georg blieb vor der Treppe stehen, blickte lange durch die gemaserte Sicherheitsscheibe in der Tür auf die zahllosen Stufen und wandte sich schließlich doch dem Fahrstuhl zu. Es galt das kleinere von zwei Übeln zu wählen. Mit einem in jeder Hinsicht schweren Schritt trat er in die geräumige Kabine, die jedoch schon als sich die Türen schlossen, zu schrumpfen schien. Das unregelmäßige Rucken des anfahrenden Aufzugs schüttelte seine Gedärme durch, und kurz tanzten schwarze Punkte in seinem Blickfeld.

Denk nach, lenkte er sich ab. Lea hatte die Reliquie und wollte sie Hagen von Stein im Tausch für eine Hetzjagd auf DeWulfen übergeben. Das konnte er kaum verhindern, und auf Hilfe von der Abteilung durfte er nicht hoffen. Selbst wenn er all seine anderweitigen Kontakte spielen ließe, käme dabei keine Einsatztruppe heraus, mit der man eine vorbereitete Hexe besiegen konnte.

Er musste herausfinden, was von Stein genau vorhatte. Georg war sicher, dass es etwas mit seiner Weihe zum vollwertigen Wariwulf zu tun hatte … Er musste in den Chroniken nachlesen!

Der Fahrstuhl hielt und wippte wenig Vertrauen erweckend auf und nieder. Der Weg aus dem Gebäude in die frische Nachtluft und schließlich zu seinem Mietwagen dauerte zwei bis drei gefühlte Ewigkeiten voller Schmerz und Würgereiz. Er wusste nicht mehr, wie er das verschlossene Tor überwunden hatte, aber die harte Landung auf der anderen Seite war ihm deutlich in Erinnerung geblieben. Sie rangierte auf einem der oberen Plätze der Liste unangenehmer Erlebnisse.

Dann endlich konnte er sich in den Fahrersitz gleiten lassen, nur um zu erkennen, dass er in seinem Zustand unmöglich fahren könnte.

Er nahm sich die Zeit für eine kurze Bestandsaufnahme. Obwohl es überall pochte und zog, schien nichts gebrochen und kein Muskel gerissen. Die Benommenheit war jenseits der giftigen Gase etwas von ihm abgefallen, aber einen Leichtathletik-Wettbewerb würde er in den nächsten Tagen wohl kaum gewinnen. *Oder einen Wettbewerb im Geradestehen …*

Mit zitternden Fingern drehte er den Rückspiegel so, dass er sein Gesicht darin betrachten konnte. Für einen Moment glaubte er jemanden auf dem Rücksitz zu sehen und erstarrte. Doch es war nur die hochgeschobene Kopfstütze. Er atmete auf und drehte den Spiegel weiter. Zu seiner Verwunderung war sein Gesicht unverletzt. Keine blauen Flecken, keine Schwellungen oder Platzwunden. Abgesehen von der blassen Gesichtsfarbe und dem kalten Schweiß auf seiner Stirn deutete nichts darauf hin, wie beschissen es ihm ging.

Er musterte sich einen weiteren Augenblick, sah sich selbst in die Augen und versuchte angesichts dessen, was er vorhatte, zu ergründen, ob er völlig verrückt geworden war oder nur größenwahnsinnig. *Vermutlich eine gesunde Mischung aus beidem,* dachte er, wischte den Schweiß weg und sah auf die Uhr: kurz vor fünf.

Dann fischte er sein Handy hervor und verzog das Gesicht, denn quer über die Schutzschale zog sich ein langer Riss. Dessen ungeachtet funktionierte das Display tadellos.

Es klingelte lange, dann nahm Rigel ab: »Ja?«

»Haben Sie geschlafen?«, fragte Georg, und seine Stimme zitterte.

»Machen Sie Witze?«, fragte Rigel rau zurück.

Das ist keine Antwort, dachte Georg, sagte aber: »Ich muss in den Chroniken lesen.«

»Ich schicke Ihnen die Texte zu. Haben Sie eine E-Mail-Adresse außerhalb des Korrektorensystems?«

»Nein«, sagte Georg, »ich muss im Original lesen!« Er konnte nicht sagen, warum, aber er wusste so sicher, wie er das Vater Unser kannte, dass es das tatsächliche Buch sein musste.

Rigel schwieg, und fast, als hätte er telepathische Kräfte, ahnte Georg, was seinem Kollegen durch den Kopf ging: *Sind Sie völlig bescheuert? Sie sind suspendiert! Das ist ein wertvolles Buch. Der Chef wird ausrasten.*

Doch er sagte: »In Ordnung. Ich spreche mit Jasper. Sind Ihre Codes deaktiviert?«

»Vor einigen Stunden waren sie es noch nicht.«

»Ich prüfe das.«

Wieder gab es eine kurze Pause.

»Sie wissen, dass Sie Ihren Job riskieren?«, fragte Georg dann, nur um sein Gewissen zu beruhigen.

»Der Chef kommt nicht ohne mich aus«, sagte Rigel im Brustton der Überzeugung. »Wir treffen uns in einer Stunde vor dem Café *Ströter*!«

Dann hatte der Korrektor aufgelegt, und Georg sank im Fahrersitz zusammen. Angestrengt spähte er in den wieder ausgerichteten Rückspiegel, dann auf die Straße vor sich – kein Wagen weit und breit. Also startete er den gemieteten Golf und ließ ihn langsam, in Schlangenlinien, auf den Parkplatz der Uni rollen. Dann rief er sich ein Taxi und schleppte sich zur Bushaltestelle, zu der er es bestellt hatte. Er sehnte sich nach einem heißen Bad, Sportsalbe und einem guten Whiskey. Stattdessen würde er sich in seine eigene Dienststelle schleichen müssen.

Die Infiltration stellte sich als nicht sonderlich schwer heraus. Scheinbar verließ sich Germann darauf, dass sein Untergebener genug gesunden Menschenverstand besaß, um sich an die Suspendierung zu halten. *Böser Fehler, Chef*, dachte Georg grimmig, als er sich am verschlafenen Jasper vorbei in den Raum drückte. Der kleine, magere Computerfachmann gähnte, während er sich hinter Georg in den Leseraum bewegte. Es war das vorwurfsvollste Gähnen, das Georg jemals gehört hatte.

Er konnte sich gerade noch davon abhalten, den Kopf zu den Sicherheitskameras zu heben und sich so verdächtig zu machen. Alle seine Codes waren noch aktiv, das Sicherheitssystem hatte ihn anstandslos passieren lassen, und keiner außer Rigel und dem Chef schien bisher von seiner Suspendierung erfahren zu haben. *Es nicht selbst ansprechen heißt nicht lügen*, versuchte er sein schlechtes Gewissen zu beruhigen, aber es gelang ihm nur mäßig.

»Da«, murmelte Jasper und wies auf das große Buch mit dem ledernen Einband. Es lag auf einem antistatisch gepolsterten Stehpult, und während Georg darauf zuging, erinnerte er sich an die verregnete Nacht vor dem Kölner Dom, in der er den Folianten aus den Händen der alten Roma-Hagr erhalten hatte; an ihren zerschnittenen, toten Körper, den er wenig später hatte sehen müssen, beziehungsweise das, was Carteaumois' Hecetisse davon übrig gelassen hatte.

Er blickte zu Jasper, aber der rieb sich gerade die rot geäderten Augen und murmelte dabei missbilligend: »Sechs Uhr morgens …«

Also atmete Georg tief durch und griff nach dem Buchdeckel. Er würde die Seiten rund um das Weiheritual lesen müssen – vielleicht ergaben sich daraus Hinweise.

»Halt!«, rief Jasper entsetzt, »Handschuhe!«, aber da war es schon zu spät. Georgs Finger berührten den Deckel, schlugen ihn auf, und im selben Augenblick stürzte er kopfüber auf das aus vier Kreisen bestehende Signum der übernatürlichen Weltsicht zu. Der Kreis der Wariwulf, der Bletzer, der Hexen, und in der Mitte das kleine Rund der Menschen rasten gegen und in ihn.

Blutrote Schleier zogen an ihm vorbei, nahmen die Kammer, das Buch, Jasper mit sich, rissen alles fort. Die Nebelfäden schienen seinen Sturz bremsen zu wollen wie Äste eines Baumes, aber die Wucht war zu groß. Alles drehte sich um ihn, grausam verzerrte Fratzen stürmten auf ihn ein und durch ihn hindurch. Und dann landete er.

Einen Augenblick fühlte er sich … doppelt. Ihm fiel kein Begriff ein, der besser passte. Plötzlich waren da undeutliche Formen vor ihm. Blutiger Regen fiel und färbte das Bild vor seinen Augen rot. Er blinzelte, und der verschwommene Schemen vor ihm klärte sich zu einem wunderschönen, mädchenhaften Gesicht. Die Augen der schlanken Frau waren groß, und obwohl alles einen roten Stich hatte, konnte er ihr helles Blau erkennen. Jetzt klimperte sie mit langen Wimpern und strich sich eine Strähne des langen schwarzen Haars aus dem Gesicht.

»Na, aufgewacht, von Vitzthum?«, fragte sie in hellem Singsang. »Das wird auch Zeit! *Litha* ist nah!«

Litha, die Sommersonnenwende? War es schon Juni? Wie kam er hierher? Das musste ein böser Traum sein! Georg schüttelte den Kopf und blinzelte wieder.

»Na, wirst du wohl bei uns bleiben, Bursche? Wir haben doch dein neues Gewand schon bereitgelegt.«

Sie trat beiseite, um den Blick auf ein riesiges Wariwulf-Fell samt Schädel freizugeben, das zwischen zwei Pfosten aufgespannt war. Es musste der bemitleidenswerten Kreatur bei lebendigem Leib abgezogen worden sein, denn nach dem Tod nahmen die Wariwulf stets ihre menschliche Form an.

»Lothar! Bleib bei uns!«, forderte die Frau ihn auf. *Lothar? Ja!*, schoss es Georg durch den Kopf. *Lothar von Vitzthum, mein Urur… und noch ein paar Mal Urgroßvater!* Inquisitor wie er selbst, in jungen Jahren, kurz nach der Geburt seines zweiten Kindes, in den Wirren des Dreißigjährigen Krieges verschollen.

»Anelma, wir sollten beginnen!«, rief eine atemlose Stimme hinter der Frau.

Anelma, die Hecetisse!, erkannte Georg sie nun von den Stichen in den Büchern seiner Ahnen. Sie wandte sich mit einer ungeduldigen Geste zu einer kleinen Gestalt um, die einen Rabenkopf besaß. *Oder ist es eine Maske?*

»Ist alles vorbereitet?«, wollte die Hecetisse wissen, und die Vogelköpfige nickte, zählte auf, als wolle sie sich selbst vergewissern, dass die Liste vollständig abgearbeitet war: »Der Kreis ist vorbereitet, der Hund geschlachtet, sein Herz liegt in der Bronzeschale, das Messer wurde geweiht, und alle Schwestern sind anwesend. Es fehlt nur noch das Blut.«

Anelma drehte sich um und klatschte in die Hände, aber das Geräusch erreichte Georgs Ohren seltsamerweise nicht. »Entspann dich, Lothar! Bald wirst du dich fühlen wie … neugeboren.« Sie stellte sich auf die Zehenspitzen und küsste Georg auf den Mund. Er wollte den Kopf abwenden, aber dies war nicht sein Körper, und so gelang es ihm nicht. *Das ist eine Vision!*, erkannte er erleichtert, doch dann hob die Hexe ein Messer, und das beruhigende Gefühl verschwand. Was, wenn er mit seinem Ahnen zusammen stürbe?

Er spürte den Geist seines Vorfahren sich in der eisernen Umklammerung von Hexenmagie winden. Wie viele Gräuel hatte er wohl schon mit ansehen müssen? Und wie viele würden es noch, die auch Georg miterleben müsste? Es schien ihm, als klinge Lothars Geist in und um ihn wie ein Glas kurz vor dem Zerspringen.

Plötzlich trat eine große, hagere Gestalt in einer grauen Kutte in sein Blickfeld. Georg erkannte Eberwin sofort, hatte sein markantes Gesicht mit der Raubvogelnase schon auf zahlreichen Stichen und Steckbriefen gesehen. Einst treuster Freund, dann ärgster Feind des Hagen von Stein.

»Also, mein Bester, das Blut, bitte!«, forderte Anelma und sprang mit behänden Schritten zu dem Bletzer, um sich an ihn zu drängen und zu hauchen: »Bitte … ich werde auch besonders dankbar sein.«

Georgs Gedanken trudelten, als ihm bewusst wurde, welches unerhörte Ereignis er da gerade miterlebte. Eberwin streckte kommentarlos den Arm aus, und mit einer schnellen Bewegung, das Gesicht zu einer hämischen Grimasse verzerrt, zog die zierliche Frau das Messer über den Unterarm des Untoten und hielt dann eine bronzene Schale darunter, die ihr von der Rabenköpfigen gereicht wurde. Rotes Blut tröpfelte hinein.

»Du wirst sehen, wir haben das Ritual deines ehemaligen Herrn stark verbessert«, sagte Anelma, tauchte den Zeigefinger in das Blut und strich es sich versonnen auf die Wange, wie man eine Nachtcreme auftragen würde. »Du wirst begeistert sein.«

Eberwin blickte sie düster an. Dann sprach er, und seine flache, gefühllose Stimme dröhnte in Georgs Geist. »Solange ihr die *Bluotvarwes* aufhaltet …«

Anelma kicherte und bestrich sich auch die andere Wange, während der Blutstrom langsam versiegte. »Welch ein schweres Los, dass du dich mir andienen musst, um die zu schützen, die dich töteten.«

Die Hexe wandte sich ab und tanzte in Pirouetten in die Mitte eines Drudenfußes, von dessen fünf Zacken bereits vier von tierköpfigen, nackten Frauen besetzt waren. In den letzten trat nun die Rabenköpfige und ließ ihre Kutte ebenfalls zu Boden sinken.

Eberwin trat mit einem Messer an Georg heran und sagte leise: »Es tut mir leid!« Die Lider flatterten unruhig über den bleichen Augen.

Dann schnitt der Bletzer die Fesseln los, die Georgs Hände über dem Kopf gehalten hatten, wie er jetzt erst bemerkte, und warf ihn sich über die Schulter, um ihn vor Anelmas Füßen in der Mitte des Kreises wieder abzulegen.

Als das Messer der Hexe in Lothars Brust schnitt, schrie Georg auf … und war mit einem Mal wieder in seinem eigenen Körper, der den Schrei aufnahm. Er sah Rigel und Jasper sich über ihn beugen, Letzteren mit beinahe vorwurfsvollem Blick.

»Was haben Sie gesehen?«, fragte Rigel leise.

Danke, es geht mir gut, dachte Georg, aber dann wurde er von dem überwältigt, was er gerade erfahren hatte: »Mein Urahn war der erste Vargr!«

NEUNTER TEIL:

SCHLACHT DER WÖLFE

Anno Domini 1642, in dem der englische Bürgerkrieg ausbricht; Tasmanien unter dem damaligen Namen Van Diemen's Land entdeckt wird; Blaise Pascal eine Rechenmaschine baut; Galileo Galilei und der Herzog von Richelieu sterben.

MORGENGRAUEN

Hagen trat zur Seite, als zwei blonde Knaben, Zwillinge offenbar, durch die schmale Gasse auf ihn zustürmten, die zwischen eilig errichteten Zelten und nachlässig abgestellten Lastenwagen blieb. Das Lächeln auf den schmutzigen Gesichtern schien ihm unpassend, hier, mitten im Heerlager der kaiserlichen Truppen und in der Nacht vor einer großen Schlacht.

Der Atem der Kinder schlug sich als graue Wolken in der kühlen Novembernacht nieder, als sie nun langsamer wurden und zu Hagen hinaufsahen. Er konnte Läuse in ihren halblangen, verfilzten Haaren und Flöhe in ihrer verdreckten Kleidung sehen. Hatten sie noch Vater oder Mutter? Oder wurden sie, wie so viele Waisen, vom Tross des gewaltigen Heeres durchgefüttert?

Die beiden Jungen, wohl nicht älter als sechs oder sieben Jahre, standen wie angewurzelt und stierten ihn an. Der eine wandte sich dem anderen zu und flüsterte: »Der Mann atmet nicht.«

Hagen holte Luft, wobei ihm der Gestank des Lagers nach Kot, Schweiß, Blut und Krankheit beißend in die Nase trat. Dies war die Note des Krieges, der Geruch der Schlacht, und sie trug Zeugnis davon, was nach dem Ruhm kam.

Er hob drohend die Faust und blaffte die Jungen in einer dünnen Atemwolke an: »Macht, dass ihr weiterkommt, ihr Hosenscheißer!« Dass sein Atem weit weniger heiß dampfte als ihrer, bemerkten die Knaben nicht, als sie mit einem erschrockenen Quieken das Weite suchten.

Hagen ging weiter, musterte die Ausblicke auf das Heer, die

ihm immer wieder zwischen Zelten und Wagen hindurch zufielen wie Laute, die aus weiter Ferne drangen. Abgerissene Söldner, nicht wenige mit blutigen Verbänden, die um kleine Feuer hockten, um die nächtliche Kälte abzuwehren. Die meisten trugen alle Kleidungsstücke auf dem Leib, die sie besaßen, und es war nicht viel. Glücklich, wer ein zweites Hemd sein Eigen nannte. Die Rum- und Weinflaschen zogen in jeder dieser kleinen Gruppen ihre Runden und spendeten den Kaiserlichen nicht nur Mut für die bevorstehende Schlacht, sondern auch etwas Wärme.

»Warmes Tuch, Herr?«, fragte eine dicke Marketenderin und lehnte sich dabei weit über den Rand ihres Leiterwagens. Sie schlug das Schultertuch beiseite, sodass ihre teigigen Brüste sichtbar wurden, die sich wie bleiche Weinschläuche unter dem aufgeschnürten Hemd zeigten. »Oder etwas warme Haut?« Blaue Flecken überall an ihrer zur Schau gestellten Haut zeigten, dass ihre Kunden sich nicht die Mühe machten, zärtlich zu sein. Sie lächelte, und nur wenige schwarze Zähne behinderten den Blick in den Rachen. Hagen schüttelte stumm den Kopf, und sofort hüllte sich die Frau wieder in das Tuch und glitt zu ihren Kindern auf die Liegefläche des Wagens.

In dieser Nacht schlief kaum einer der fast zwanzigtausend katholischen Soldaten. Zu bald würde sich der Himmel erhellen, und der Befehl zur Formierung würde sie auf die Beine rufen. Die Truppen gierten danach, die Schmach zu tilgen, die ihnen genau hier, bei Breitenfeld, vor elf Jahren beigebracht worden war. Damals hatten die Schweden das kaiserliche Heer vernichtend geschlagen, nachdem Pappenheim eine Schlacht provoziert hatte.

Da hatten es die beinahe ebenso zahlreichen Mitglieder des Trosses, die Familien der Soldaten, die Invaliden, Marketender und Betrüger etwas besser. Ihnen war Schlaf vergönnt, mussten sie sich doch nicht mit dem Feind messen, sondern ihn nur fürchten, wenn man verlor.

Hagen wandte sich von dem gewundenen Weg ab und ging zwischen zwei Zelten hindurch. Auf dem Boden vor ihm lag ein Mann, mit dem Gesicht nach unten im harten Gras. Hagen hielt kurz inne, lauschte vorbei am immerwährenden Schnauben der Pferde, Blöken des Viehs, den Rufen und Gesängen der Soldaten, doch da war kein Herzschlag mehr. Der geschwärzte Kürass des Mannes war silbern geworden vom Reif, und die Läuse in seinem spärlichen Haar lagen ruhig und erfroren wie ihr einstiger Herr.

Mit dem Fuß drehte er den Mann auf den Rücken und scheuchte damit zwei fette, schwarze Ratten auf, die schon dabei waren, sich durch das Leder der Hose zu nagen, um an die saftigen und noch warmen Innereien zu kommen. Bis auf eine bereits schwarz gewordene Beule am Kopf waren keine Wunden zu sehen, der Hals war unversehrt. An ihm hatte sich niemand gelabt. Vermutlich hatte man ihn niedergeschlagen und zum Erfrieren liegen lassen. So ein Heer war, obwohl der gemeinsame Gegner es einte, eine Brutstätte für Feindschaften und Intrigen. Mancher hier wäre besser damit beraten, den Rücken dicker als die Brust zu panzern.

Hagen stieg über die Leiche und umrundete ein breites Zelt, vor dem ein bibbernder Soldat tapfer Wache hielt. Die dunkelgrüne Standarte mit dem liegenden Löwen darauf, daneben in die gefrorene Erde gesteckt, zeigte an, dass hier der Anführer eines sächsischen Fähnleins ruhte. Hagen bestaunte die Seelenruhe des Mannes, dass er kurz vor der Schlacht so sanft schlummerte – noch vor wenigen Tagen hatten die Schweden vor Leipzig gestanden, sogar schon die Mauern eingerannt, und nur das Herannahen des kaiserlichen Heeres hatte sie abziehen lassen, ohne die Stadt zu schleifen – vorerst. Unterlag das Heer unter Piccolomini und Erzherzog Leopold ein zweites Mal bei Breitenfeld, wäre Leipzig an die Schweden verloren. Und es konnte als sicher gelten, dass Torstenssons Truppen keine Gnade würden walten lassen.

Hagen trat an den breiten, tief liegenden Kastenwagen, dessen einziges kleines Fenster mit den Laden versperrt war. Aus dem Innern schimmerte kaum wahrnehmbar das Licht einer Kerze hinaus. Er ging zur niedrigen Tür an der Rückseite, öffnete sie und zog sich ohne Zuhilfenahme der Stufen ins Innere. Um einen niedrigen kleinen Tisch mit einer Sturmlaterne saßen drei Gestalten und blickten stumm auf.

Hagen ließ sich auf eines der Kissen sinken und richtete ebenso schweigend den Blick auf Volpert, dessen kräftige Gestalt in einem Sammelsurium bunter Kleidung steckte. Wie bei den Söldnern üblich, hatte der Bletzer Schlitze in die Stücke geschnitten, die ihm zu klein waren, sodass die darunter befindliche Lage sichtbar wurde. Eigentlich aus der Not geboren, hatte die feine Gesellschaft diese sogenannte Landsknechtkluft jedoch vor Langem schon zur Mode erhoben.

»Er ist sich seines Sieges zu sicher«, verkündete der erfahrene Stratege. »Leopold lässt kaum Rückzugspunkte sichern und plant keinen Nachschub ein. Er will alles in die Schlacht werfen, was er hat, und so die Überzahl nutzen.«

Den zweiundzwanzigtausend kaiserlichen Soldaten standen geschätzt zwanzigtausend Schweden gegenüber.

»Darauf will er sich verlassen?«, fragte Hagen ruhig.

Volpert lehnte sich an die raue Holzwand des Wagens und nickte leicht.

»Wird er gewinnen?«, fragte Hagen weiter.

Volpert zuckte mit den Schultern. »Das weiß Gott allein. Die Schweden sind schnell und wendig, aber wenn er sie vor die Rohre der Artillerie bekommt, hat er gute Chancen.«

Hagen wandte den Blick auf den dürren Linsheimer, der wie Hagen in die einfachen Leinensachen eines Bauern gekleidet war.

Seine volle Stimme strafte seine Gestalt lügen: »Es stehen gut ein Dutzend Wariwulf auf der Seite der Kaiserlichen, auch Gesche von Stettler. Sie reitet mit der schweren bayrischen Kavallerie.«

Hagen erwiderte den Blick des Bletzers, der ihm wie Volpert während es Aufstands treue Dienste geleistet hatte. Etwas Lauerndes lag hinter den trüben, für das schmale Gesicht viel zu großen Augen.

»Warten wir ab, wie die Schlacht verläuft. Aber wir sind hier, um Informationen zu sammeln, nicht, um ihre Zahl weiter auszudünnen.«

»Jeder, der überlebt«, mischte sich Volpert ein, »ist eine Gefahr.« Er hob die Hand in einer zackigen Geste und ballte die Faust. Dabei zerriss der helle Stoff über seinem anschwellenden Oberarm.

»Wir können sie nicht alle töten«, sagte Hagen scharf, löste den Blick aber nicht von Linsheimer. »Das wisst ihr so gut wie ich.«

Die Bletzer hatten in der Silvesternacht blutige Ernte gehalten, zahlreiche Wariwulfgeschlechter mit Stumpf und Stil ausgerottet, anderen erheblichen Schaden zugefügt. Es würde Jahrzehnte dauern, bis sich die Gesellschaft der Wariwulf davon erholt hatte – wenn sie es zulassen würden, was Hagen nicht vorhatte. Auf ihrer eigenen Seite waren die Verluste überschaubar geblieben; eigentlich nur wo Hagren den Wölfen beigestanden hatten, hatten die Wariwulf den geistigen Ketten der Bletzer und den Waffen der *Bluotvarwes* lang genug widerstehen können, um selbst einige von Hagens Leuten in Stücke zu reißen und so den wahren Tod erleiden zu lassen.

Doch jetzt waren die Wariwulf auf der Hut, ließen die *Dienestbietære* nicht aus den Augen und keinen anderen Bletzer mehr in ihre Nähe, von *Bluotvarwes* ganz zu schweigen. Die Hagren suchten nach Wegen, den Bletzerfluch aufzuheben, aber das würde Gott nicht zulassen.

»Nicht alle – oder nicht Gesche?«, fragte Volpert, und nun wandte Hagen sich ihm zu. Der ehemalige Kreuzritter war nun, da Eberwin desertiert war, der älteste unter ihnen. Daraus leitete er einen Herrschaftsanspruch ab, den Hagen weder dulden wollte noch durfte. Er war der Heerführer der Bletzer, er war der geistige Vater aller *Bluotvarwes*, und so würde es bleiben.

»Wenn es mir gefällt, die Tochter meines ehemaligen Peinigers für mich zu verlangen, ist das nicht deine Sache, richtig?« Er ruckte mit den Augen einmal kurz zu Emma hinüber. Was er einmal getan hatte, könnte er wieder tun. *Dem Kaiser, was des Kaisers ist.*

Einen Augenblick herrschte angespanntes Schweigen, dann sagte Volpert mühsam beherrscht: »Richtig.«

Hagen nickte und sah dann Emma an, die mit untergeschlagenen Beinen dasaß und grinsend dem Gespräch folgte. Ihr kleiner Mund schien dabei fast bis zum Reißen gespannt. Das Haar war zurückgebunden, um das weit aufgeschnürte Dekolleté ihres freizügigen Kleides und die darin beinahe verloren wirkenden kleinen Brüste zu präsentieren. Sie machte sich nicht für Hagen die Mühe, sich so in Szene zu setzen. Die amourösen Gefühle, die sie dereinst für ihn gehegt hatte, hatten sich seit ihrer Verwandlung zur *Bluotvarwes* gewandelt. Seit er nicht mehr ihr Knecht, sondern ihr Herr war, hatte er seinen Reiz verloren. Jetzt zeigte sie ihm gegenüber nur den Respekt, der einem Familienvater zustand, und das war Hagen sehr recht.

Es dauerte einen Augenblick, bis Emma an den Blicken erkannte, dass der Spaß vorbei war und nun sie Bericht erstatten sollte.

»Die Kanonen werden bei den ersten Strahlen der Sonne ausgerichtet und mit Kettenkugeln bestückt.« Sie ließ die Zeigefinger umeinanderwirbeln, um die Bewegung der Geschosse nachzuahmen.

»Sie haben Befehl zu feuern, sobald sich der erste schwedische

Reiter zeigt.« Sie hielt kurz inne und hob die Hand an den Mund, um albern zu kichern und dann den gebogenen Zeigefinger hochzuhalten. »Der Hauptmann hatte einen völlig verdrehten …«

Hagens Blick brachte sie zum Schweigen, sie ließ die Hand wieder sinken und schmollte ein wenig vor sich hin. Emma fehlte das Talent, die Geister der Menschen zu verwirren, aber seit ihrer Verwandlung hatte sie großen Gefallen an der körperlichen Liebe gefunden und war dabei nicht wählerisch. Hagen gefiel es nicht, seine Tochter als Hure auszuschicken, um Informationen zu sammeln, aber der Krieg verlangte nun einmal Opfer.

Eine Weile herrschte Schweigen, denn es gab nichts zu entscheiden. Sie würden sich in den Kampf nicht einmischen, weil es ihnen gleich war, welche Seite gewann. Sie waren nur durch die Gerüchte unter den *Mitewist* hierhergelockt worden, die ihnen in Wien zugetragen worden waren, als die Schweden kurz vor der Stadt standen. Von einer großen Zahl bislang unbekannter Wariwulf war da die Rede gewesen, von Wölfen, die in keiner der Listen verzeichnet waren und von deren Geschlecht die Hagr noch nie gehört hatten.

Darum war Hagen mit einer kleinen Schar den Kaiserlichen hinterhergezogen, und man hatte sie schließlich kurz vor der sächsischen Grenze eingeholt. Wenn es eine Brutstätte von Wariwulf gab, die gegen die Rechtgläubigen stritten, musste man herausfinden, ob sie Verbündete oder weitere Feinde waren. Derzeit konnten sich *Bluotvarwes* als Bletzer und Bletzer als *Dienestbietære* ausgeben. Wenn man jedoch Wariwulf-Spione und Meuchler in den eigenen Reihen hätte …

Emma zurrte ihr Kleid zu und fragte gereizt: »Wo bleibt Edgard?«

Ihre unruhigen Blicke zum Fensterladen zeigten, dass sich der Morgen näherte und damit die Stunde, in der die *Bluotvarwes* sich in den Schutz der künstlichen Dunkelheit flüchten mussten.

Niemand antwortete ihr, denn alle außer ihr spürten, dass sich der Franzose bereits näherte. Da schwang auch schon die Tür auf, und er trat ein, schloss sie hinter sich und legte den blütenweißen Mantel ab. Darunter trug er ein blaues Hemd mit gelb leuchtenden Schlitzen und eine ebenfalls blaue, knielange Hose – die Farben des schwedischen Heeres. Auf dem Kopf ruhte ein grauschwarzer Hut mit einer einsamen Rabenfeder.

»*Bonjour*, meine Herren, Schwesterherz«, grüßte er, küsste Emmas Hand und ließ sich auf den Boden sinken.

Hagen entdeckte dunkle Flecken auf dem blauen Stoff, aber als Carteaumois seinem Blick folgte, lachte er auf und sagte: »Nur Wein, lieber Vater, nur einfacher Wein.«

Hagen hatte strickte Order gegeben, von niemandem zu trinken. Es waren Hagr im Heer, und nur ihre Vorsicht und der Schutz der drei Bletzer bewahrte sie vor einer Entdeckung.

»Du hast mit den Schweden getrunken?«, fragte Emma ungläubig.

»*Naturellement, mes amis.*« Er lachte wieder und löste das Waffengehänge mit dem Säbel daran, um es neben sich zu legen und einen bequemeren Sitz zu finden. »Sie waren sehr gastfreundlich, auch wenn sie etwas geschäftig sind. Sie werden beim ersten Strahl der Sonne angreifen.«

»Waren es *Mitewist*?«, wollte Linsheimer wissen, und die Haut über den Wangen des totenkopfgleichen Schädels flatterte bei diesen Worten.

»Unter anderem.«

Carteaumois genoss die Aufmerksamkeit, suhlte sich in der Anteilnahme und der Wissbegierigkeit der so viel älteren Bletzer, doch als Hagen seinen Blick auffing und kurz auffordernd mit dem Kinn ruckte, berichtete er: »Die fünf Wariwulf, mit denen das schwedische Heer nach dem Debakel bei Neuenburg vor dem Walde noch aufzuwarten hatte, sind unter mysteriösen Umständen verschollen. Drei davon haben durch unsere Leute ihr Ende gefunden. Zwei aber kann auch ich mir nicht erklären, ebenso wenig wie das Verschwinden von Kleinberg und seinen beiden *Bluotvarwes*. Dafür macht man einen großen Aufstand um die sogenannten roten Kürassiere, die weitgehend geheim gehalten werden.«

Carteaumois blickte kurz zum Fensterladen, und Emma stand auf, um das schwere Tuch davorzuhängen. Obwohl es draußen noch finster war, wirkte der Raum nun noch düsterer.

»Sie unterstehen Torstensson direkt. Der übrigens hat die letzten Monate praktisch ausschließlich auf seiner Krankentrage verbracht, weil ihn die Gicht so quält, doch plötzlich geht es ihm so viel besser, dass er vorhat, den Sturm selbst hoch zu Ross anzuführen.«

»Eine Hecetisse«, vermutete Volpert, und der Franzose nickte.

Hagen richtete sich auf und gab Befehle: »Linsheimer, Pferde. Volpert, Kundschaftspunkt – ich will nicht in den Beschuss geraten, aber wenn die Blankwaffen zum Einsatz kommen, werden wir in der Nähe sein. Diese rote Kompanie will ich mir einmal ansehen. Und haltet euch vom inneren Kreis fern! Bei den Feldherren treibt sich mindestens eine Hagr herum – ich spürte die spinnseidenen Fäden, mit denen sie nach uns sucht.«

Emma und Carteaumois brauchten keine Anweisungen. Sie waren, ebenso wie die zwei Dutzend *Bluotvarwes*, die sich zur Sicherheit in anderen Wagen fernab des Heeres versteckten, in ihrem Tun auf die Nacht beschränkt und würden die Schlacht inmitten des abseits stehenden Trosses aussitzen müssen.

Dagegen erhoben sich die beiden Bletzer, um seine Befehle auszuführen. Volpert hielt einen Augenblick inne, bückte sich zur einsamen kleinen Truhe in der Ecke und entnahm ihr zwei Beutel mit Wolfsbann. »Zur Sicherheit«, verkündete er und war in der grau werdenden Nacht verschwunden.

Hagen zog die Tür zu und spürte dabei den Blick des ersten *Bluotvarwes* im Rücken. Er drehte sich um und erwiderte ihn mit gehobenen Augenbrauen.

»Volpert wird etwas sehr forsch, hm?«, fragte Carteaumois betont unschuldig und hatte mit einem Mal einen unterarmlangen, angespitzten Stock aus dunklem Holz in der Hand. Emma schnappte überrascht nach Luft und legte dann kichernd die Hand vor den Mund.

»Er ist doch gut fünfhundert Jahre alt?« Carteaumois ließ den Pflock um den Finger kreisen, und Hagen hatte keinen Zweifel, dass er aus dem passenden Holz gefertigt war, um den Dorn in Volperts Herz anzuziehen.

»Hast du einen solchen Pflock auch für mich bereit?«, fragte Hagen ruhig und hob herausfordernd das Kinn.

Der Stock fiel polternd zu Boden, und der Franzose wirkte aufrichtig entsetzt. »Nein … ich … aber nein. *Mon dieu!*«

Er sprang auf und fiel neben Hagen auf die Knie. »Du hast mir dieses bessere Leben geschenkt, Hagen … Vater! Ein Leben ohne Krankheit oder Schwäche, ohne die tägliche Mühsal, einen minderwertigen Körper erhalten zu müssen. Wie könnte ich da nach deinem trachten?« Er senkte den Kopf.

Hagen lächelte matt und legte eine Hand auf Cartemois' Schopf. »Ja, dir kann ich trauen«, sagte er, doch er war sich nicht mehr sicher. Seit Eberwin fort war, wagte er es nicht mehr, bedingungslos zu vertrauen.

Die Kerzenflamme flackerte und ließ ihre Schatten wie im irren Reigen über das fahle Holz tanzen.

»Volpert ist wie ein Kind, das sich bei einer Gesellschaft auf den Boden wirft und schreit. Er will Aufmerksamkeit, aber im Augenblick nützt er uns mehr, als er schadet. Achte jedoch darauf, dass er sich nicht zu sehr mit anderen ins Einvernehmen setzt, er soll kein Netz spinnen können. Noch aber will ich nicht, dass weitere Bletzer sterben. Dafür gibt es zu wenige von uns und zu viele Feinde.«

Hagen hob den Kopf, als etwas scharrte, und sah, dass Emma den Pflock aufgehoben hatte. Ihre Blicke trafen sich, und ein rotes Funkeln in ihren Augen ließ den Wolf in seinem Innern im Schlaf leise aufjaulen. Dann verlosch die Kerze gänzlich, und in der Dunkelheit fühlte sich Hagen einsam … und tot.

DIE SCHLACHT VON BREITENFELD

»Meiner Seel«, hauchte Linsheimer ungläubig und fasste sich an die Stirn, während er den Blick über das bunte Gewimmel in der flachen Senke unter ihnen gleiten ließ.

Auch Hagen, der manche Schlacht geschlagen hatte, wusste kaum, wohin er den Blick wenden sollte. Und sogar Volpert, dereinst in erster Front bei Jerusalem vor einem gewaltigen Heer, warf Hagen einen kurzen unsicheren Blick zu.

Hagen spürte die aufgepeitschte Wut der Heere wie den Gestank verbrannten Fleischs aufsteigen. Dort unten, kaum eine Pfeilweite entfernt, marschierten sie unaufhaltsam aufeinander zu. Der Lärm von rund vierzigtausend Mann und mehreren tausend Pferden war ohrenbetäubend, und doch würde er wie das leise Säuseln eines Wiesenbachs wirken, wenn erst die Kanonen sprachen. Die Blutgier und der Hass der Soldaten zerrten an seinen Nerven. Es drängte ihn, sich bei den Kaiserlichen einzureihen und in Gottes Namen die ketzerischen Protestanten in die Schranken zu weisen. Ein trockenes, bitteres Lachen verreckte in seiner Kehle. Gott hatte keinen Platz mehr für ihn in seinem Heer. Vielleicht sollte er sich dereinst endgültig beim Widersacher einschreiben.

»Man kann sie kaum auseinanderhalten«, sagte der alte Bletzer leise, und Hagen musste ihm recht geben. Auch wenn hier und da Einheiten zu sehen waren, deren Kleidung weitgehend die gleiche Farbe trug, war doch die Mehrheit in buntes Tuch gehüllt. Zudem gab es auf beiden Seiten rote, blaue und grüne Regimenter, sodass im Getümmel auch das kein eindeutiges Zeichen wäre.

»Man wird nur wissen, wer der Feind ist, wenn man sich merken kann, aus welcher Richtung man selbst kam«, sagte Hagen und setzte nach einem Augenblick hinzu: »Oder ein gutes Gedächtnis für Flaggen hat.«

Auf je etwa fünf Dutzend Mann kam eine Standarte oder eine Fahne, die wie Mahnmale an Stangen von vier Metern Länge und mehr über die Köpfe der Soldaten ragten. Nur in den Pikeniereinheiten wurden sie von einem Meer von Speerspitzen umrahmt. Doch auch diese Flaggen, beispielsweise die blauweiße der Bayern oder der kaiserliche Doppeladler, wurden auf der Feindesseite ebenfalls in ähnlicher Form verwendet. Die Farben würden den Soldaten in dieser Schlacht also keine Hilfe sein, und ob auf der bunten Kleidung die farbigen Brust- und Armbinden etwas nutzten, blieb zu bezweifeln.

»Unmöglich, hier nicht auch den eigenen Mann zu treffen!«, murmelte er und Volpert schnaubte mit seinem nervös tänzelnden Pferd um die Wette.

»Da hatten wir es damals einfacher. Jeder, der ein Kreuz trug, war ein Freund!«

»Die Zeiten sind vorbei«, sagte Hagen bedauernd, und beide Bletzer sahen ihn einen Augenblick an.

Dann donnerte die schwere Artillerie, die Erzherzog Leopold vor dem sich noch formierenden kaiserlichen Heer hatte aufbauen lassen, und sandte ihre tödliche Fracht in die Reihen der Schweden.

Die dicken grauen Rauchschwaden der Kanonen stiegen zum Himmel auf, als wollten die Schützen gleich mit einem Weihrauchopfer Gnade für ihr Töten erflehen. Und sie hielten grausame Ernte. Eine weitere der riesigen Kanonen, die nur mit zehn Pferden bewegt werden konnten, schoss donnernd, und Hagen folgte der Kugel mit dem Blick. Kaum aus dem Laufe, spaltete sie sich auf und rotierte, da beide Teile mit einer Kette verbunden waren, bis sie auf die vorpreschende Reiterei der Schweden traf. Hagen bildete sich ein, das schmerzerfüllte Wiehern der Pferde und die Schreie der Reiter selbst über das Donnern der Kanonen und das nun einsetzende hohle Knallen der ersten Musketensalven hinweg hören zu kommen. Bis in die vierte, fünfte Reihe der Infanterie schlugen die Kanonenkugeln durch.

»Das Blut wird die Erde in Schlamm verwandeln«, prophezeite Linsheimer nach einem kurzen Augenblick des Schweigens, in dem auch das schwedische Heer innehielt. Genau das hatte Leopold mit der Kanonade beabsichtigt, erkannte Hagen, als Volpert zum linken Flügel der Kaiserlichen wies. Die Reiterei war noch immer dabei, sich zu formieren, sie brauchten Zeit. Zeit, die ihnen die Schweden nur geben würden, wenn sie genug Ehrfurcht vor den Geschützen hatten.

Wieder krachten Kettenschüsse in die Menge des schwedischen Heeres, und tatsächlich zog der Eindringling sich etwas zurück. Hagen war verblüfft über die Geschwindigkeit, mit der die Soldaten wichen, was wohl auf die neue Art der Formation zurückzuführen war. Während Leopold und Piccolomini ihre Truppen auf die alte spanische Weise aufstellten, trutzig und fest in Terzios mit bis zu zwanzig Reihen und fünfzig Gliedern, waren die schwedischen Einheiten mit manchmal nur drei Reihen und zwanzig Gliedern schneller und wendiger.

»Er fällt nicht drauf rein«, sagte Linsheimer da und wies auf die Schweden, aus deren Verbund sich jetzt die Infanterie löste und ungeachtet des spärlicher werdenden Beschusses auf den linken Flügel losstürmte. Schlachtrufe erfüllten die Luft. Da setzten sich auch die Kaiserlichen in Bewegung. Hagen erschien es eine unendlich lange Zeit, bis die Heere aufeinandertrafen und sich wie bunte Murmeln aus zwei Beuteln vermischten. Das Donnern von Musketen, dann das Klirren von Klingen, die Wut- und Schmerzensschreie, die gebrüllten Losungen und Befehle, das Rühren der Trommeln – all das verband sich zu einem undurchdringlichen Klangteppich, der sie einhüllte.

Wie oft schon hatten sich vor Hagens Augen solche Schlachten entsponnen, wie oft schon hatte er zugesehen, wie Menschen unter Waffen fielen. Doch diese Scharmützel der Menschen erschienen ihm heute beinahe kindisch. Ein Schwertstreich, eine Kugel reichten aus, um sie niederzumähen, und die Gründe, aus denen sie sich gegenseitig massakrierten, verblassten vor dem Widerstreit des Übernatürlichen. Dieser Strudel der Macht, der sich um ihn selbst bildete und all die Wölfe und Bluttrinker und Hexen einsog, ließ sämtliche Schlachten der Menschheit bedeutungslos erscheinen.

»Haltet Ausschau nach ihnen«, musste Hagen rufen, um zu seinen Gefährten durchzudringen. Auch er selbst ließ den Blick unablässig über das Gemetzel zu seinen Füßen gleiten, auf der Suche nach der Flagge eines der Wariwulf. Nach einem Gesicht Ausschau zu halten, war vergebens. Der Rauch der Feuerwaffen hatte die Luft getrübt und im Hin-und-her-Wogen des Kampfes waren Gesichter nur rosige Blitze in buntem Gewirr.

Hagens Hand wanderte zu dem Messer an seinem Gürtel, das ihm mit der systematischen Vernichtung des Krieges vor Augen lächerlich klein erschien. Und doch hatte es eine verheerendere Wirkung als alle Kanonen auf dem Schlachtfeld zusammen.

Hagen spürte den furchigen Hirschhorngriff, den er an die uralte Waffe hatte anbringen lassen. Es war die Klinge, mit der dem heiligen Achilleus dereinst die Männlichkeit genommen worden war, damit er als Eunuch der Flavia Domitilla dienen konnte, einer Nichte des Kaisers Diokletian. Mit ebendiesem Messer hatte man ihm dann während der Domitianischen Christenverfolgung im vierten Jahrhundert auch noch die tödlichen Schnitte beigebracht, und so war die heilige Kraft des Märtyrers auf den Stahl übergegangen.

Seit jenem Tag heilte jede Wunde, die mit der Waffe geschlagen wurde, nur unter heiligen Schmerzen und sehr langsam – auch bei Wariwulf.

»Dort, das zweite Infantrie-Regiment Holk-Janssen!«, rief Volpert und wies auf die ineinanderverkeilten Soldaten. Tatsächlich, dort ragte die rot-gelb-schwarze Flagge der Holker aus der Menge. Seit der Graf von Holk an der Pest verstorben war, wurde es von Theoderich Janssen angeführt, einem dänischen Wariwulf. In diesem Moment fiel die Standarte und verschwand in dem wilden Reigen der Leiber.

Die Schlacht dauerte an, bald waren es zwei Stunden des immerwährenden Sterbens. Hagen wurde unruhig, hatte genug davon, als eitler Zuschauer hinabzustarren, doch er musste über den Verlauf im Bilde bleiben. Zu wichtig war der Ausgang der Schlacht für seine Pläne.

Die kaiserliche Kavallerie hatte sich den Schweden mit wildem Mut entgegengedrängt, und auch wenn die kleineren feindlichen Kanonen immer wieder neu in Stellung gebracht wurden – ihnen genügte ein Reiter für den Wechsel –, war offensichtlich, dass hier kein Sieg zu holen war. Doch da entschied sich das Ringen an der linken Flanke.

»Sie fallen!«, rief Volpert, der, ganz alter Feldherr, mit dem Kampfgeschehen mitfieberte. Tatsächlich drängte sich die schwedische Infanterie mit ihren leichten Musketen, die sie ohne Stütze, in drei Reihen – kniend, hockend, stehend – und als Salve feuerten, immer weiter in die kaiserlichen Truppen. Schon lösten sich einzelne Verbände auf und flohen.

»Sie verlieren die linke Flanke«, erkannte Hagen. Das würde ihr Zentrum offen legen und den Schweden erlauben, es in die Zange zu nehmen.

Strömungen gleich glitten die Heere ineinander, und wäre nicht der allgegenwärtige Gestank von Blut und Schießpulver gewesen, der sich sogar ohne Atem in die Nase drängte, Hagen hätte es für ein Naturschauspiel halten können.

Mit einem Mal kristallisierte sich aus dem bunten Gemisch der Truppen ein roter Keil heraus. Ein gutes Dutzend ganz in Rot gekleideter schwedischer Kürassiere, sogar die Panzer mit nun größtenteils zerfetztem roten Tuch bespannt, drang an der schwächsten Stelle der Flanke ein und trieb zielstrebig auf das Zentrum und damit auf die Leibgarde des Erzherzogs und ihren Herrn selbst zu.

Hagen kniff die Augen zusammen, konzentrierte sich ganz auf die Reiter, auf ihren Anführer, einen bulligen Kerl, dessen langes blondes Haar unter dem Helm hervorwallte. Wild hieb dieser zu beiden Seiten auf die Soldaten ein, trieb sein Pferd gnadenlos weiter und trat aus dem Weg, wen er mit der Waffe nicht verscheuchen konnte. Dabei machte er wenig Unterschied zwischen Freund und Feind. Ein Pikenier brachte seine Lanze in Anschlag und rammte sie dem roten Reiter in die Brust. Die Waffe drang tief ein und wurde offenbar erst von der Rückenplatte aufgehalten.

Dann kamen Hagen andere Reiter mit flatternden Fahnen in den Weg, doch als er den Anführer wiederfand, drängte sich dieser bereits wieder durch die Menge, und nur das am Panzer herabrinnende Blut wies noch auf die Lanze hin, die er sich augenscheinlich aus der Brust gerissen hatte.

»Die roten Kürassiere sind Wariwulf«, rief Hagen und wies auf die Einheit hinab.

»Das ganze Dutzend?«, fragte Linsheimer, und Hagen konnte ihm das Zittern in der Stimme verzeihen.

Volpert schnaubte wütend. »Sonst wären sie nicht so weit gekommen.«

Hagen blickte wieder hinab. Langsam lichtete sich das Feld vor den roten Soldaten, man wich vor ihnen zurück. Hagen folgte ihrer Stoßrichtung weiter und sah eine andere berittene Einheit, die sich ihnen entgegenbewegte. Das Banner war in der Mitte zerrissen, aber das Blau-Weiß und der geteilte Adler darauf, dem nur einer seiner beiden Köpfe geblieben war, wiesen deutlich die bayrische schwere Reiterei aus.

Gesche war die einzige Wariwulf in ihren Reihen – wenn sie sich den schwedischen Wölfen stellte, würde sie sterben. Und wenn er zwischen zwei Wariwulf wählen musste, dann bevorzugte er den mit dem rechten Glauben. Man musste sie warnen!

Er dachte an Emma, die im abgedunkelten Wagen bei Carteaumois lag, ihm womöglich sogar beiwohnte, um sich die Zeit bis zum Abend zu vertreiben, und musste erkennen, wie wenig sie mit der Tochter gemein hatte, die er sich wünschte. Außerdem hatte er mit einem Mal das Gefühl, dass er es Richard Stettler schuldig war.

»Ich will Gesche für mich!«, sagte Hagen. Es dauerte einen Augenblick, bis die beiden Bletzer die Lage erfassten und begriffen, was seine Worte bedeuteten.

»Hättest du dir das nicht früher überlegen können?«, beschwerte sich Linsheimer.

»Haltet mir den Rücken frei«, verlangte Hagen, dann gab er seinem Pferd die Sporen und preschte die flache Anhöhe hinab, auf die tobende Schlacht zu. Er blickte sich nicht um, ob die anderen ihm folgten. Es machte keinen Unterschied.

Hagen trieb sein Pferd an, musste es mit harter Hand führen, denn obwohl es ein ausgebildetes Schlachtross war, drohten die natürlichen Instinkte die Oberhand zu gewinnen. *Kluges Tier*, dachte er, als sich aus der verrauchten, bunten Front einzelne Figuren herausschälten, mit blutverschmierten Säbeln in der Hand. Seitlich von ihm sickerte eben eine Abteilung schwedischer Musketiere aus dem Schlachtenhaufen und nahm besorgniserregend schnell Stellung. Es waren gut sechzig Mann, allesamt mit gelber Armbinde. Um ihren Hals und an den Knöpfen ihrer Kleidung waren unzählige kleine Schwarzpulverbehälter aus Holz und Horn angebracht, die bei jeder Bewegung schwankten wie die Zapfen einer Tanne im Sturm.

Die Waffen waren bereits geladen, erkannte Hagen und zügelte sein Pferd, um nicht in die Schusslinie zu geraten. Aus dem Augenwinkel bemerkte er erleichtert, dass die beiden Bletzer aufschlossen.

Hagen wartete, bis die Schützen in drei Salven ihre Kugeln in die ausfasernde Flanke der Fußsoldatenfront geschossen hatten. Der Pulk war mittlerweile so dicht, dass sie nicht verfehlen konnten. Hagen sah Kaiserliche fallen, einige mit überraschtem Gesichtsaudruck, als könnten sie sich nicht erklären, wo der Angriff herkam.

Sofort gab Hagen seinem Pferd die Sporen, trieb es mitten auf die Kaiserlichen zu, um die Deckung der anderen Soldaten zu erreichen, bevor die Schützen nachgeladen hatten. Nun löste sich ein Trupp Infanterie aus dem kaiserlichen Haufen, eine rot und dunkelblau gewellte Flagge mit einem aufgerichteten Bären stolz vor sich hergetragen, und stürmte brüllend auf die Musketiere zu.

Das Schicksal treibt einmal mehr sein Spiel mit mir, dachte Hagen, als er die Fahne als dem Kur-Sachsener Infanterie-Regiment der Vitzthums zugehörig erkannte.

Dann hatte Hagen die Menge erreicht. Er hob die Hand, und spürte, wie die beiden Bletzer Furcht und Fluchtgedanken wie einen Keil in die Männer vor ihm trieben. Die Kaiserlichen wichen beiseite und bildeten eine Gasse, die gekränzt war von erschrockenen, erschöpften Gesichtern mit vor Angst und Mordgier fiebrigen Augen. Ein junger Pikenier kam nicht rechtzeitig aus Hagens Weg und prallte mit einem dumpfen Schlag an der Brust des Pferdes ab. Das Tier wieherte erschrocken und drohte voller Panik in die Menge der Zurückweichenden zu preschen, aber Hagen konnte es in der schmalen Gasse halten, die sich bildete. Mehr als einmal musste er über Leichen setzen, einige von Kugeln zerfetzt, deutlich mehr von Klingen zerschnitten. Dieser Anblick zumindest war ihm wohl vertraut.

Vor sich sah Hagen mehrere blauweiße Standarten aus dem Heer der Kämpfenden ragen, das sich nun lichtete, als die Schweden an der Front weiter zurückwichen und die ersten kaiserlichen Truppen am linken Flügel die Flucht ergriffen. Es war ein tödliches Wettrennen. Erreichten die Schweden das Zentrum der Schlachtenordnung, bevor ihrerseits die vorgerückten Kaiserlichen ihre Truppen aufreiben konnten, siegten die Protestanten. Und bisher sah alles danach aus.

Hagen zügelte sein Pferd, das wiehernd stieg und sich dabei einmal um die eigene Achse drehte, bevor die Hufe auf den aufgewühlten und blutgetränkten Boden donnerten. Er wies und ritt in die Richtung, in der er den Adler der bayrischen Reiterei und keine zehn Meter entfernt die Standarte der roten Kompanie entdeckt hatte. Da sprangen vor ihm einige Fußsoldaten beiseite, und sein Blick fiel auf eine der leichten schwedischen Kanonen. Sie war etwas mehr als einen Meter lang, und unter einer dicken Lederhülle, die der Stabilität dienen sollte, schimmerte Kupfer.

»Schafft Platz!«, rief Hagen Volpert und Linsheimer zu, während er sein Pferd neben der kleinen Kanone zum Stehen brachte. Er sprang neben ihr ab, sah ins Rohr und fand sie geladen vor. Der Zündstab lag daneben, in den Boden eingetreten, aber als Hagen ihn aus dem Erdreich holte und anblies, glomm die Spitze wieder auf. Er steckte ihn in den Boden und blickte den Bletzern nach, die in diesem Augenblick zu beiden Seiten vor den heranstürmenden Reitern abbogen. Der Weg zur roten Kompanie war frei. Hagen sprang zur Gabel am hinteren Ende des Kanonenwagens, an der ein Pferd oder ein halbes Dutzend Männer die Kanone bewegen konnten. Er rammte die Stiefel in den Boden und hob sie dann mit einem Schrei äußerster Anstrengung an, spürte seine Muskeln schwellen und brennen und schob die Kanone herum.

Die Reiter hatte einander nun fast erreicht. Hagen zielte durch die Gasse zwischen den Soldaten auf den Hauptmann, der mit verbogenem Säbel, weit im Sattel vorgebeugt, in Sicht kam. Auf der anderen Seite preschte Gesche heran, die Klinge ebenfalls erhoben. Sie steckte in einem Kürass, der ihr angepasst worden war, und im Gegensatz zum Schweden war ihrer noch nicht durchlöchert. Ihr folgten etwa vierzig Reiter in die Schlacht, aber diese Überzahl würde ihr nichts nützen, waren es doch nur schwache Menschen.

Hagen ließ die Gabel fallen, als die Kanone ausgerichtet war, und zog den Zündstab aus der Erde, um ihn in derselben Bewegung auf die Lunte zu pressen. Es zischte, die Kanone buckelte mit einem ohrenbetäubenden Knall, und die ungesicherte Gabel peitschte hoch. Hagen warf sich zur Seite, doch im Flug sah er die faustgroße Kugel treffen. Sie schlug in den Leib des Reiterkommandanten ein, und er wurde aus dem Sattel gegen zwei Kameraden geschleudert, von denen er einen mit hinabriss. Die Kugel hatte noch genug Wucht, um in die Reihen der Schweden jenseits der roten Kompanie einzuschlagen.

Die Soldaten dahinter überritten die Gestürzten im gestreckten Galopp und wurden auch nicht langsamer. Dann trafen die Einheiten aufeinander. Pferde wieherten, als ihre Körper zusammenprallten, und die Soldaten ließen die Säbel sprechen. Bald waren die Roten unter die bayrischen Reiter gefahren wie heißer Stahl in Butter.

Hagen wartete nicht ab. Er sprang auf sein Pferd und trieb es auf Gesche zu, die eben von einem Feind angesprungen und vom Pferd gerissen wurde. Um sie herum fielen die Bayern wie Gras vor der Sense. Mit gewaltigen Sprüngen rissen die Wariwulf sie vom Pferd, zertrümmerten ihre Glieder und spießten sie auf, völlig ungeachtet der Treffer, die sie selbst dabei erlitten.

Hagen verspürte ein klammes Gefühl im Magen und erkannte es verwundert als Sorge. Er befürchtete, dass Gesche, die erste und bisher einzige Wariwulf, die er getroffen hatte, die Schwester seines … ja, seines Freundes Richard, sterben könnte. *Sentimentaler Narr*, schalt er sich selbst und war doch erleichtert, als er sie im Getümmel am Boden entdeckte.

Noch lebte sie, doch sie wurde von zwei Männern niedergehalten, während ein dritter den Säbel hob, um ihr den Kopf abzuschlagen. Im vollen Ritt stellte Hagen die Füße auf den Sattel und sprang los. Er krachte Stiefel voraus gegen den Möchtegern-Henker und spürte seine Beine schmerzhaft protestieren. Gleichzeitig ritt Hagens Ross den Mann an Gesches Seite um, und die junge Wariwulf nutzte die Gelegenheit, um sich loszureißen, den Mann von den Füßen zu heben und selbst auf die Beine zu springen. Sie ergriff den als Mordwaffe gedachten Säbel, der zitternd im Boden steckte, und rammte ihn dem am Boden Liegenden ins Auge.

»Es sind alles Wariwulf«, rief Hagen ihr zu. »Wir müssen fliehen.«

Gesche blickte ihn misstrauisch an und schleuderte mit einem Fuß eine andere Klinge in die Luft, um sie zu fangen und auf Hagen zu richten. Der sah ihr in die Augen. »Später!«, mahnte er, und für einen Moment schien es, als verharre die Schlacht um sie herum, als hielten beide Heere den Atem an.

»Mörder …«, sagte sie so leise, dass Hagen das Wort eher in ihrem Kopf als in seinen Ohren hörte.

Dann sprang der Soldat mit dem Säbel im Auge auf, riss sich die Waffe heraus und stürzte sich auf Gesche, die seinen Hieb mit ihrer Unterarmschiene abwehrte.

Hagen zog das Messer des heiligen Achilleus und rammte es dem Mann unzeremoniell in den Rücken. Der Gegner brüllte auf und taumelte vorwärts, von Hagen weg. Sekundenbruchteile später wurde seine Verwirrung offenbar, als sich die Wunde nicht schließen wollte. Hagen nutzte seine Erschütterung, drang mit Gewalt in den Geist des Wariwulf ein und wollte ihn zur Flucht bewegen. Doch aus den aufgewühlten Gedanken stieg ein Gefühl auf, eine magische Fährte, die er niemals mehr zu spüren erwartet hatte. Dieser Mann da vor ihm schmeckte, roch nach Anelma!

Gesche sprang ihn an. Er war zu verblüfft von der Spur der Hexe, um sich zu wehren, wurde umgerissen, und bemerkte erst da den heranstürmenden Reiter, der nun im Sprung über sie wegsetzte, da sein Pikenstoß ins Leere ging.

»Wir müssen fliehen!«, wiederholte er, schüttelte die Verwirrung ab.

Als er Gesche mit sich auf die Beine zog, blickte sie sich um, sah ihre Kumpanen vergehen wie Späne im Feuer, und schüttelte den Kopf. »Ich lasse sie nicht hier sterben.«

»Sie sind bereits tot!«, brüllte ihr Hagen entgegen. »Du kannst sie rächen, aber nicht allein gegen ein Dutzend Wariwulf!«

Er zerrte sie auf zwei verwaiste bayrische Pferde zu, die nirgendwohin fliehen konnten, weil um sie herum die Schlacht tobte.

Die Bayern schafften es für den Moment, die rote Kompanie durch verzweifelten Mut zurückzutreiben, aber sie würden ihr nicht lange standhalten. Wo blieb Volpert mit dem Wolfsbann?

Gesche nickte und schwang sich auf eines der Pferde. Kaum saß Hagen auf dem anderen, lösten sich drei der Roten aus den Reihen und drängten sich hackend und stechend auf sie zu.

»Dort!«, rief Gesche und wies auf eine Lücke, die sich bildete, weil eine andere kaiserliche Reitereinheit ihre Waffen niedergeworfen und sich zur Flucht gewendet hatte. Die Schweden hatten gewonnen, es war nur noch eine Frage der Zeit, bis alle es erkannten.

Hagen blickte sich rasch um, aber Volpert und Linsheimer waren nirgendwo zu sehen, also spornte er sein Pferd an. Immer schneller preschten sie durch die beiden ineinanderverkeilten Heere, und Hagen konnte im ohrenbetäubenden Lärm der Schlacht seine eigenen Gedanken kaum noch hören.

WOLFSDUELL

Endlich ließen sie die dichten Reihen der Kämpfenden hinter sich, preschten über den aufgerissenen Boden, an Toten und Sterbenden, Fliehenden und Kämpfenden vorbei.

Hagen schüttelte über sich selbst den Kopf. Was tat er hier? War es Ausdruck eines irregeleiteten schlechten Gewissens, dass er diese eine Wariwulf retten wollte? Wollte er Buße tun, obwohl er doch aufrichtig überzeugt war, dass der Tod der Wariwulf der einzig gangbare Weg war, um seine Ziele zu erreichen? *Das Büßen hat schon früher nicht recht funktioniert*, dachte er und warf einen nachdenklichen Blick auf Gesche.

Gerade als Hagen zu hoffen begann, sie könnten es schaffen, trat Gesches Pferd auf eines der weggeworfenen Schwerter und wieherte auf. Gesche trieb das Tier mit kräftigen Stiefelstößen an, obwohl es nun erheblich lahmte.

Hagen blickte sich um, die Roten holten auf, hatten wie sie die Schlacht hinter sich gelassen, und Gesches Pferd wurde mit jedem Schritt langsamer. Er wies auf einen der zahlreichen kleinen Waldflecken, die das Feld umgaben. »Dorthin! Wir müssen einen Hinterhalt legen!«

Gesche nickte und lenkte ihr Pferd um. Wieder blickte Hagen zurück. Sie würden es nicht schaffen! Der Abstand schmolz dahin … Schon konnte er die blitzenden Augen unter den Helmhauben der Männer erkennen, das blonde Haar und die Pistolen, die sie noch ungenutzt am Bandolier trugen.

Vor ihnen hatte sich eine kleine Gruppe zerschlagener sächsischer Musketiere zusammengefunden und lud hektisch die Waffen nach. Hagen konzentrierte sich auf den Einzigen, der nicht lud und den er darum für den Hauptmann hielt. Den Helm hatte der Mann verloren, und aus einer breiten Platzwunde an der Schläfe lief Blut auf seine blassgrüne Jacke. Hagen erfasste den Lebenssaft, erst mit dem Blick, dann mit dem Geist. Einer Spinne gleich, kletterte er an dem roten Faden hinauf, in die Wunde des Mannes und von dort in seinen Kopf. Er zwang den Blick des Hauptmanns von seinen Soldaten zu den leuchtend roten Reitern.

Töte sie!, dachte er in den Mann hinein, und sein Befehl fiel auf fruchtbaren Boden. Sofort brüllte der Mann Kommandos, rissen die Soldaten ihre bereits fertig geladenen Waffen hoch. Kurz folgten die langen Läufe, auf die Zielgabeln gelehnt, den Reitern, dann feuerten sie. Einer der Schützen, dessen Helm so stark eingebeult war, dass es sein Kopf auch sein musste, hatte den Stopfer im Lauf vergessen, und es zerriss seine Waffe mit einem unangenehmen Kreischen. Der Mann wurde nach hinten geworfen.

Ihre Verfolger und vor allem ihre Reittiere wurden von Kugeln getroffen und zu Boden gerissen. Hagen beobachtete sie nicht weiter, denn vor ihm brach nun auch Gesches Tier in die Knie. Mit einem erschrockenen Aufschrei stieß sich die Wariwulf ab und rollte ächzend über den Boden. Hagen zügelte sein Pferd neben ihr und hielt ihr die Hand hin, die sie noch im Aufstehen ergriff, um sich mit einem Keuchen hinter ihm in den Sattel ziehen zu lassen. Dabei war wenig Kraft in ihrem Arm, und als sie aufstöhnte und es knirschte, erkannte Hagen, dass die Schulter ausgerenkt gewesen war. Aber sie war eine Wariwulf, und so war die Verletzung bereits vergessen, als sein Pferd antrabte.

Sie erreichten den Wald, und kurz bevor die grünen Blätter sie verschluckten, blickte sich Hagen noch einmal um. Die Roten waren schon wieder auf den Beinen und rannten schnell wie Windhunde hinter ihnen her.

Einer löste sich aus der Gruppe, um im hohen Bogen einen Reiter anzuspringen. In wenigen Augenblicken hätte auch er wieder ein Pferd.

Sie hatten zwei, vielleicht drei Minuten Vorsprung, und die scharfen Sinne der Wariwulf machten es unmöglich, sie abzuschütteln. Mit einem hätte er fertig werden können, und vor mehr sich verstecken, wenn nicht Gesche wäre …

Für einen Moment spürte er ihr Gewicht und den harten, kühlen Druck ihres Panzers unangenehm im Rücken. Sollte er sie vielleicht zurücklassen? Aber dann trat ihm wieder Richard von Stettlers blasses Gesicht vor Augen, von dunklen Pestbeulen verunziert, wie es von den Flammen umlodert wurde. Das dumpfe Gefühl des Verlustes, das ihn stetig und oft unbemerkt wie der eigene Herzschlag erfüllte, flammte auf. Hätte Richard noch einige Jahre gelebt, vielleicht säße er jetzt an Carteaumois' Stelle im Wagen und würde auf ihn warten.

Der Wald umfing sie, aber das würde die Wariwulf nicht abhalten. Sie brauchten ihre Augen nicht, um einer Fährte zu folgen. Hagen glitt aus dem Sattel, und Gesche tat es ihm nach. Der Wald wurde zu dicht, um zu reiten.

Hagen blickte sich suchend um und wollte schon vorschlagen, dass sie sich trennten, da öffnete sich der Wald auf eine kleine Lichtung, in deren Mitte ein alter, umgestürzter Baum lag. Er war in der Mitte aufgebrochen und bereits braun-grün von Moos überwachsen.

»Hier empfangen wir sie!«, sagte Hagen und wies auf die Lichtung. »Verwandle dich! Vielleicht überrascht sie das.«

»Und du?«, fragte Gesche, und Hagen glaubte neben Trotz und Wut auch einen Funken Sorge zu spüren.

»Das soll meine Sache sein!« Damit ließ er die Zügel des Pferdes fahren und verschwand im Dickicht. Es dauerte einen Augenblick, bis er den richtigen Baum gefunden hatte, einen, dessen ausladende Krone bereits dabei war, sich den freien Platz zu erobern, den sein gestürzter Mitstreiter geschlagen hatte.

Während er sich leise auf einen der Äste zog, vorsichtig prüfend, ob er sein Gewicht auch hielt, spürte er mit einem Mal eine längst vergessene Aufregung. Endlich einmal tat er wieder etwas, mit eigenen Händen, befahl es nicht nur oder überwachte andere dabei. Irgendwann über die Jahre war er vom Kämpfer zum Feldherrn geworden. Zweifelsohne waren seine Talente als Anführer heute wertvoller als seine Fähigkeiten als Krieger, und dennoch tat es gut, auch diese wieder einsetzen zu können.

Er sah einige Meter unter sich Gesche das Pferd mit einem Schlag auf die Kruppe davonjagen, wohl in der Hoffnung, die Verfolger würden sich davon ablenken lassen. Eigentlich müsste sie wissen, dass es unnütz war – sie selbst würde auf eine so plumpe Finte auch nicht hereinfallen.

Dann legte sie die Platte ab und auch ihr blutverschmiertes, ehemals weißes Hemd darunter. Selbst Stiefel und Hose wichen. Mit einem Mal grollte sie auf, und ihr Körper explodierte förmlich in alle Richtungen. Die von den Mühsalen des Krieges kantige, dünne Gestalt wölbte sich schlagartig aus, die Muskeln spannten die Haut, ließen sie über den Gelenken reißen, und im Heilen presste sich staubgraues Fell hindurch. Das trotz aller Entbehrungen runde Gesicht drängte vor, und als sie nun den Kopf hob, um dem Schmerz der Verwandlung mit einem abgehackten Heulen Tribut zu zahlen, färbte sich die Nase schwarz, und aus dem grau werdenden Haar schoben sich große, im Innern rosige Wolfsohren.

Mit einem wankenden Schritt glich sie das schmerzhafte Auseinanderstreben ihres Körpers aus, stolperte, da in diesem Augenblick die Fußgelenke umbrachen, rollte sich ab und kam sofort wieder auf die Beine, ein graues Ungetüm, das hockend, witternd auf der Lichtung saß.

Als die Wariwulf nun mit schnellen Sprüngen hinter den Baumstamm eilte und sich dort, einem lauernden Wolf gleich, flach auf den Boden gleiten ließ, die Muskeln zum Sprung gespannt, fragte sich Hagen, ob es möglich sei, einen Wariwulf in der Wolfsgestalt zu zeugen.

Unfug, schalt er sich in Gedanken. Er war nicht hier, um über neues Leben nachzudenken. Er musste Bestehendes beenden, wenn sie beide diese Lichtung wieder verlassen wollten. Zudem gab es für ihn nur das Ritual der *Bluotvarwes*, um Nachkommen zu zeugen und sein Blut weiterzugeben. Für einen winzigen Moment glaubte er erneut den nussigen, süßen Geschmack zu erleben, den auch Ströme von Blut nicht aus der Erinnerung seiner Zunge hatten verbannen können. Der Geschmack seines eigenen Fleisch und Blutes …

Ein lautes Krachen riss ihn aus seinen Gedanken, und er war beinahe dankbar dafür. Die drei Schweden kamen, roten Irrlichtern gleich, durch das Unterholz geprescht. Einer zerrte ein Reittier gnadenlos hinter sich her; es rollte mit den großen Augen und legte die Ohren nervös an. Kaum auf freiem Feld, sprang der Mann wieder in den Sattel.

Sofort griff Hagen nach ihren Geistern und traf auf ungezügelte Mordlust, auf eine so tief gehende Verachtung für alles, was nicht Teil ihres Rudels war, dass seine magischen Fäden zurückzuckten wie bleiche Kinderfinger von einem heißen Topf. Doch dann drängte er sich hinein, ritt auf den aufgewühlten Gedanken wie auf einem wilden Ross und verhinderte, dass sie nach oben sahen. Um die geringe Witterung, die sein toter Körper trug, müsste er sich keine Sorgen machen, wären da nicht der beißende Gestank von Schwarzpulver und die lockende Note des Blutes, die von Haar und Kleidung ausging. Also befahl er auch ihren Nasen, ihn nicht zu erkennen.

Von oben, wie Galilei durch sein neumodisches Mikroskop, sah

Hagen auf die Szenerie. Gesche grub die Krallen in den Boden, und das leise Scharren der Steine, für Hagen nur erahnbar, reichte aus, um dem Gegner die Lage zu verraten. Mit einem wilden Aufschrei trieb der Reiter sein Pferd voran und ließ es über den Baumstamm springen. Im selben Moment richtete sich Gesche auf, warf das springende Tier mit der Schulter förmlich beiseite und schlug dem Mann die Krallen in die Brust, um ihn aus dem Sattel zu heben. Die Steigbügel wurden mit lautem Knall zerfetzt, und als das Pferd schmerzerfüllt wiehernd und mit zerschmetterter Brust auf dem Boden schlug, ließ auch Gesche ihr Opfer auf die schüttere Waldwiese krachen, drückte mit ganzem Gewicht den Brustkorb ein und senkte den Kopf, um ihm die Kehle herauszureißen. Hagen musste ihr, nicht ganz ohne Widerwillen, Respekt zollen für diesen schnellen und gezielten Angriff.

Doch da zog ein Heulen seinen Blick auf die beiden anderen Männer. Sie liefen auf die Wariwulf und ihr Opfer zu. Im Lauf spross schwarzes, struppiges Fell aus ihrer Haut, und während der eine es noch rechzeitig schaffte, die Schnallen des Kürass aufzureißen, spannte sich der verbeulte und durchlöcherte Panzer bei dem anderen über einem unnatürlich schwellenden Brustkorb. Mit einem Knall platzte die Rüstung von seinem Körper und sirrte unter metallischem Klingen über die Lichtung.

Wie eine Woge traf Hagen die unheilige Magie. Anelmas beißende Süße war darin unverkennbar, doch auch das bitterzarte Gefühl der *Bluotvarwes* strich an seinem Geist entlang wie blutverschmierte Seide. Dies waren keine Wariwulf!

Gesche ließ sich von dem Gebrüll nicht ablenken, und auch als der zerschmetterte Brustkorb ihres Opfers sich ihr entgegenwölbte und sein Körper wuchs, hielt sie nicht inne. Der Biss zerfetzte die sich ausdehnende Kehle. Als sie erneut ansetzte, brachte der Mann eine noch kümmerlich wirkende Kralle hoch und riss ihr eine blutige Strieme durchs Gesicht, die sie ein Auge und einen

Großteil der Lefze kostete. Sie brüllte vor Schmerz, doch wieder bewies sie ein Kriegerherz, denn sie nutzte das so aufgerissene Maul, um den wachsenden Kopf zu zermalmen. Das spitz und haarig gewordene Gesicht verschwand in ihrem Schlund, passte kaum noch hinein und wurde doch mit dem Geräusch einer faulen Nuss geknackt.

Unterdessen hatten die Schweden alles Menschliche abgeworfen. Ihre Kleidung und Ausrüstung lag hinter ihnen verstreut, doch nicht die stolze, langarmige Mordform der Wariwulf war zum Vorschein gekommen. Die Roten standen in Größe und Kraft ihren Vorbildern in nichts nach, aber sie erinnerten eher an riesige Hunde mit gekrümmtem Rücken, liefen auf allen vieren, und ihre Schnauzen wirkten zu breit für den Schädel. Die Zähne des einen standen lang und schief aus seinem Maul. Der andere hatte nur ein faulig wirkendes Loch dort, wo seine Rute ansetzen sollte. Sie wirkten wie grausame Karikaturen eines wahren Kriegers Gottes.

Und nun, da ihre wilden Geister den seinen fast zu überfluten drohten, spürte er in ihnen ein Laster, das er selbst erlebt und seit jenem Tag stetig verflucht hatte: die Gier nach Menschenfleisch …

Wut stieg in Hagen auf, als er erkannte, dass diese Kreaturen eine Schmähung all dessen darstellten, was er einmal geglaubt hatte, all dessen, was er noch heute an den Wariwulf lobte, selbst wenn er sie sich ein für alle Mal zum Feind gemacht hatte. Diese Monstren lästerten Gott auf niederste Weise, und er war sicher, dass Anelma an ihrer Erschaffung beteiligt gewesen war. Ihre Magie haftete an ihnen wie der Gestank alten Schweißes.

Der heilige Zorn, so viele Male auf den Schlachtfeldern seiner Zeit geübt, packte Hagen, und er ließ sich fallen. In dem kurzen Augenblick, den er durch kühle Luft glitt und Achileus' Klinge zog, drang er wie eine Axt in den Schädel des Wesens ein, beschwor die tiefsten Ängste herauf und landete auf dem Rücken des Hundwolfes.

Das Wesen bäumte sich auf, als die Instinkte den Geist von der Furcht reinigten, doch Hagen hielt sich mit der freien Hand im struppigen Fell fest. Eisenharte, glühende Muskeln bewegten sich unter seinem kalten Körper wie eine Steinlawine. Dann stieß Hagen zu, trieb die Klinge in den breiten Nacken des Wesens. »*In nomine patris*«, schrie er dabei; stieß erneut zu: »*et filiis*«; der Gegner, die fleischgewordene Lästerung Gottes, versuchte mit den wie Tierbeine nach vorn gerichteten Gliedern seinen Rücken zu erreichen, aber Hagen blieb außer Reichweite. »*Et spiritus sancti*«, brüllte er und legte all seine Verachtung in den dritten Stoß. Das Messer glitt das kantige Rückgrat des Wolfswesens entlang, durchschnitt Fell und Fleisch so mühelos, als wäre es feinster Sonntagsbraten, und sank mit einem Ruck unter dem Schädel ein.

Das Wesen bäumte sich auf, doch das Brüllen wurde abgeschnitten, die stämmigen Hinterläufe gaben nach, und mit einem feuchten Schnauben fiel es hintenüber.

Hagen stieß sich von dem blutigen Körper ab, segelte, die Beine unter dem stürzenden Leib wegziehend, durch die Luft, um sich dann im Gras abzurollen und sofort wieder aufzuspringen.

Der dritte Schwede hatte Gesche erreicht, die ihn mit ausgebreiteten Armen erwartete, als wolle sie ihn herzlich begrüßen. Hagen versuchte den Geist des Angreifers zu erreichen, aber gleißende Wut trieb ihn hinaus wie das Fegefeuer selbst.

Dann eben so, dachte er und lief los, die Waffe zum Stoß vor sich haltend.

Der Schwede täuschte einen hohen Sprung an, doch im letzten Moment duckte er sich, und Gesches wuchtiger Prankenhieb ging ins Leere. Dann prallte der Angreifer gegen ihren Bauch und biss mit einem blutgurgelnden Knurren zu. Die Bauchdecke samt den sechs kleinen Zitzen wurde vom Körper gerissen, als Gesche unter der Wucht des Ansturms zurücktaumelte. Schmerzerfüllt jaulend fiel sie zu Boden auf die nun wieder menschliche Leiche des ersten Angreifers.

Doch kaum war sie zu Boden gegangen, schlug sie wieder und wieder mit den Krallen nach dem Kopf des über ihr stehenden Feindes, riss tiefe Striemen über dessen Schnauze und die Kehle, die sich jedoch beinahe so schnell schlossen, wie die Wariwulf sie schlagen konnte. Im Gegenzug hatte auch Gesches Körper die Wunde geschlossen und ließ Fell auf der rosigen Bauchhaut wachsen.

Hagen lief auf den Baumstamm zu, der ihn von den Kämpfenden trennte, stemmte den Fuß im vollen Lauf darauf, stieß sich ab und prallte, die Waffe vorgestreckt, gegen die Seite des Schweden. Die Klinge schnitt springend über die Rippen und ließ die Haut blutig aufklaffen.

Das Wesen traf Hagen, noch bevor er wieder festen Boden unter sich spürte, fischte ihn gleich einer spielenden Katze aus der Luft und schleuderte ihn auf den Baumstamm. Unter dem Ansturm gab die faulige Rinde der toten Kastanie nach und dämpfte so den Schlag. Schmerz schnitt in Hagens Seite, und er spürte, dass die Krallen tief eingesunken waren, aber nichts herausgerissen hatten. Sein Bein jedoch war eine Gluthölle, und er konnte den gesplitterten Knochen durch den Stoff an seiner Wade ragen sehen.

Gesche hatte nun Ober- und Unterkiefer des Gegners mit je einer Hand gepackt und stemmte das Maul auf. Dabei grub sie mit den Krallen der Hinterläufe förmlich im Leib des Untiers, was dieses jedoch kaum zu spüren schien.

Einen Fluch unterdrückend, biss Hagen die Zähne zusammen und stemmte sich an dem Baum hoch, bis er auf dem gesunden Fuß stand. Der andere baumelte nutzlos wie ein Puppenglied und schmerzhaft wie ein Gluteisen an seinem zertrümmerten Unterschenkel.

Mit einem verzweifelten Schrei sprang Hagen, zog aus seiner Abscheu die Kraft, seine Verletzungen zu ignorieren, und wollte dem Wesen das Messer ins Auge rammen, doch er glitt am harten Schädel ab. Er packte zu, hielt sich an einem der handtellergroßen Ohren des Wolfshunds fest, doch der ruckte so schnell mit dem Kopf herum, dass das Ohr riss und Hagen mit einer Handvoll rosiger Haut zu Boden glitt.

Die riesigen Fänge schlossen sich bereits halb um Gesches Schulter und Kopf, da rammte sie dem Schweden die Pranke durch den Oberkiefer und riss seinen Kopf beiseite. Die Kiefer schnappten nur fingerbreit vor Hagens Gesicht zusammen, dann landete der Bletzer auf dem blutigen, aufgewühlten Boden. Er stach erneut zu, erreichte jedoch nur den Oberschenkel des Vorderlaufs und hinterließ keine tiefe Wunde. Gesche brüllte auf, schlug ihre Pranke in den Rücken des Gegners und nutzte ihren Griff an Schnauze und Körper, um den gewaltigen hündischen Leib herumzureißen und von sich herunterzuschleudern.

Die Kreatur überschlug sich zweimal, dann sprang sie auf die Beine. Blut aus den von Hagen gerissenen Wunden troff ins Gras, die Treffer von Gesches Krallen waren bereits wieder verheilt. Das Wesen bellte rau, ließ den Blick zwischen der sich erhebenden Wariwulf und dem Bletzer hin und her wandern. Dann schnaubte es, wirbelte herum und sprang mit langen Sätzen in den Wald. Gesche setzte ihm nach, doch als sie den Waldrand erreichte, hielt sie inne. Schwer atmend, das graue Fell von roten Striemen verunziert, drehte sie sich um und ging drohend auf Hagen zu.

Der Bletzer zog sich mit schmerzverzerrtem Gesicht zu dem eingedrückten Baumstamm zurück und ließ die Hand mit dem blutverschmierten Messer sinken. So dumm, die einzige Waffe aus der Hand zu legen, die ihm gegen Gesche etwas nutzen würde, war er jedoch nicht.

Der Ansturm auf diese verdrehten, widerwärtigen Wariwulf hatte ihn geistig ebenso sehr angestrengt wie körperlich, und so konnte er ihre Wut und Verärgerung zwar erspüren, aber nicht feststellen, wie weit sie gehen würde.

Doch noch während sie näher kam, glättete sich das gesträubte Nackenfell, schrumpfte ihre Gestalt und färbten sich das Kopfhaar und ihre Scham blond, während der Rest des Fells sich in ihre Haut zurückzog, als fürchtete es das Tageslicht.

Dann hatte sie ihn erreicht, sah ihm in die Augen und verschränkte die von Jahren des Kämpfens sehnig und muskulös gewordenen Arme vor der Brust. »Warum?«, fragte sie leise, aber bestimmt.

»Ich war es deinem Bruder schuldig«, sagte Hagen, um sich und ihr zu beweisen, dass hier keine Schuldigkeiten mehr bestanden. Gesche hatte ihn und Eberwin verschachert wie Vieh. Und doch wünschte er ihr nicht den Tod.

»Nein«, sagte sie, schüttelte den Kopf müde und fragte erneut: »Warum?«

Da begriff Hagen. »Wir waren Sklaven. Ihr hättet uns niemals ohne Kampf ziehen lassen.«

Gesches Muskeln arbeiteten, als sie um Fassung rang. »Das war kein Kampf … es war Meuchelmord.«

»Wir sind keine Wariwulf«, antwortete Hagen, und die Worte schnitten auch heute noch tief in seine Seele. Sie in der Wolfsgestalt kämpfen zu sehen, hatte alte Leidenschaften, alten Neid wieder aufleben lassen.

Nun ließ Gesche die Arme sinken, und die Muskeln an Armen und Bauch spannten sich weiter. »Ihr seid Bletzer. Büßende. Sünder. Menschenfresser.«

»Nein!«, sagte Hagen scharf und rutschte, das Messer drohend vor sich haltend, bevor er bemerkte, was er tat, vom Baum auf sein gesundes Bein. »Ich bin kein Menschenfresser. Man hat mich hereingelegt, zu Unrecht verurteilt.«

Sie standen sich gegenüber, und es hätte der kleinsten Bewegung, nur eines geringschätzigen Augenzuckens bedurft … doch stattdessen schnarrte eine Stimme vom Waldrand her: »Nach zweihundert Jahren noch immer kein neues Lied gelernt, was?«

Hagen wandte den Kopf und ließ vor Schreck beinahe das Messer fallen. Dort, zwischen den niedergetretenen Ästen, trat die Hagr aus dem Wald, das davongescheuchte Pferd am Zügel. Die Hagr seiner Jugend, der Burg Aichelberg!

Sie war älter geworden, die Falten hatten sich so tief in ihr Gesicht geschnitten, dass man fast erwartete, Knochen zwischen der trockenen, von Altersflecken braunen Haut aufblitzen zu sehen. Noch immer trug sie mehrere Lagen Kleidung übereinander, aber das Beige und Weiß der Leinenkleider war einem Gemisch verschiedenster Stoffe gewichen, die mit grellbunten Farben wie das Balzkleid eines Pfaus wirkten.

»Du lebst noch«, stieß Hagen erstaunt aus. Der Anblick der Alten, die ihm damals alles genommen hatte, hätte ihn wütend machen sollen. Doch in ihm breitete sich Kälte aus, die sein Inneres umhüllte und versteifte. *Das ist Angst*, erkannte er den alten, überwunden geglaubten Feind.

»Du doch auch«, gab die Hagr barsch zurück, »also tu nicht so, als wäre das etwas Besonderes.«

Sie kam langsam näher, einen verdrehten Stock vorsichtig als Stütze nutzend. Bei dem von Hagen erstochenen und mittlerweile wieder zu einem nackten Mann gewordenen Schweden hielt sie kurz inne, tätschelte das Pferd und ließ die Zügel los.

Dann hob sie den Kopf, als bemerke sie die anhaltenden Blicke erst jetzt, und winkte mit der faltigen Hand, an der die Fingerknöchel wie Gebetsperlen an einem Rosenkranz hervorstachen.

»Lasst euch von mir nicht aufhalten. Ihr wart gerade dabei, euch gegenseitig umzubringen.« Sie kicherte. »Das verspricht spannend zu werden.«

Hagen bemerkte, dass Gesche ihn anblickte, aber er brachte es nicht fertig, den Blick von der kleinen, mittlerweile buckeligen Hagr zu nehmen, die mit vorsichtigen Schritten immer näher kam.

»Ich …«, sagte Gesche, und hielt kurz inne, bevor sie fortfuhr: »Ich werde ihn nicht töten.« Sie klang, als sei sie selbst von dieser Erkenntnis überrascht.

Die Alte war mittlerweile auf der andere Seite des Baumes angelangt, auf Armesweite. Hagen könnte mühelos die Hand heben und der Hagr die Klinge in die Kehle rammen. Doch die Waffe schien schwer wie ein Mühlstein.

Die Hexe blickte auf, den Kopf schräg gelegt wie ein Rabe, um ihm trotz des krummen Rückens in die Augen sehen zu können. Sie lächelte ein zahnloses, freundliches Lächeln, das Hagen beinahe erwidert hätte. Dann sagte sie: »Also werde ich es tun.«

Bevor Hagen die Bedeutung dieser Worte ganz erfasst hatte, wies die Alte mit einem Finger auf seine Brust und murmelte düstere Worte. Ohne Vorwarnung zuckte der Dorn in seinem Herzen, gleißte auf, und der Schmerz ließ ihn stöhnend zu Boden sinken. Der Wolf in ihm jaulte mitleiderregend, und das Echo des Lautes schlug sich als Wimmern auf seinen Lippen nieder. Viel zu behände machte die Alte einen Satz auf den Baumstamm, um den Finger weiterhin wie eine Waffe auf ihn gerichtet zu halten. Rauch stieg von seiner Brust auf, und das Hemd färbte sich über seinem Herzen dunkel, als die Hitze des kochenden Dorns es erfüllte.

Er sammelte seine letzte Kraft, stieß voller Wut und Schmerz mit magischen Dolchen in den Geist der Hexe, aber sie unterbrach nicht einmal ihre undeutliche Litanei.

Mach dich nicht lächerlich, Hagen von Stein!, peitschte ihre

Stimme wütend durch seinen Kopf. *Zweihundert Jahre sind ein Augenblick für mich.*

Hagen ließ das Messer sinken, das er in ohnmächtigem Versuch in ihre Richtung gestreckt hatte, und schrie, als der Dorn an seinem Herzen riss, sich hindurchbrennen wollte.

Deine Sünden haben dich einmal mehr eingeholt, Bletzer, und wieder ist es an mir, dich zu richten. Ich werde dessen müde!

»Nein!«, sprang Gesche vor und drückte den Arm der Hagr beiseite, die sie wütend anzischte. Es änderte nichts an Hagens Pein.

»Bitte, nein«, wiederholte Gesche und ließ die Hagr los, wich demütig zurück.

Die Alte kniff die Augen zusammen, den Arm nun wieder auf Hagen gerichtet, den Blick jedoch auf die nackte Frau. »Er hat deinesgleichen getötet«, erinnerte sie Gesche.

»Heute hat er mich gerettet!«

Hagen spürte, wie das Feuer in seinem Herzen verglomm. Die Hagr öffnete die Hand und strich der jungen Frau traurig lächelnd über die Wange. Ihre Stimme war voller Güte: »Das für deine Güte.«

Dann schlug sie Gesche eine schallende Ohrfeige. »Und das für deine Dummheit.«

Gesche blickte sie empört an, während Hagen, endlich wieder Herr seiner Sinne, rückwärts davonkroch.

»Mein Bruder liebte ihn«, versuchte Gesche sich zu erklären, doch die Hagr schüttelte den Kopf und wies kurz mit dem Finger auf Hagen. »Na!«, sagte sie scharf, und in Hagens Brust explodierte ein Schmerz, der ihn zusammensinken ließ.

»Der Teufel«, fuhr die Hagr an Gesche gewendet fort, »findet immer einen Weg, uns lieben zu machen.«

In Gesches Augen schimmerten Tränen.

»Nun gut«, grollte die Hagr. »Um deines Seelenfriedens willen. Der Tag, an dem die Welt bereuen wird, dass wir unser Werk heute nicht zu Ende brachten, ist fern. Du wirst ihn nicht mehr erleben«, erklärte sie Gesche mit sanfterer Stimme.

Hagen blieb liegen. Er erkannte, dass er der Hagr nicht entkommen würde, wenn sie es nicht wollte.

Die Alte seufzte. »Und ich werde ihn nicht überleben.«

Als sie Gesches erschrockenes Gesicht sah, lachte sie keckernd. »Na, mach dir keine Sorgen, wenn ich sterbe, bist du schon lang Staub und deine Kindeskinder ebenso. Du!« Sie wirbelte herum, sprang von dem Baumstamm, um dann langsam auf Hagen zuzugehen. »Du bist dem Teufel für heute vom Dreizack gesprungen. Doch glaub mir, er ist geduldiger als ein Säufer auf der Suche nach Wein.«

Hagen hob trotzig das Kinn und kam sich vor wie ein kleiner Junge, der im Angesicht einer Schelte tapfer blieb.

Damit wandte sie sich um, winkte noch einmal zur Wariwulf hinüber und rief: »Zieh dir etwas an, Mädchen. Du holst dir noch den Tod. Oder ein Schwedenkind, wenn dich die Soldaten sehen.« Sie lachte noch immer, als sie endlich im Wald verschwand.

Hagen erschauderte, als ihm bewusst wurde, dass er sie die ganze Zeit über nicht hatte spüren können. Die Alte hatte ihren Geist zu einer Festung ausgebaut, deren Existenz seine Magie nicht einmal wahrnehmen konnte. Wie alt mochte sie sein? Wie mächtig?

Gesche trat zu dem Pferd und führte es am Zügel zu Hagen. Der schaffte es unterdessen, seinen Schrecken und die Schmerzen weit genug abzustreifen, dass er sich keuchend auf das gesunde Bein erheben konnte.

Sie reichte ihm die Zügel, hielt sie jedoch etwas länger fest als nötig. Erst als er dankend nickte, ließ sie das Leder los.

»Das nächste Mal, wenn wir uns sehen, töte ich dich!«, sagte sie leise, aber es klang eher gottergeben als zornig.

»Ich weiß«, sagte Hagen und nickte.

Sie wandte sich ab, ging zu ihren Sachen und kleidete sich an. Da er keine weitere Hilfe zu erwarten hatte, steckte Hagen das Messer weg, biss die Zähne zusammen und zog sich in den Sattel. Er wagte es nicht, zurück zum Heerlager zu reiten. Was, wenn die Hagr des Erzherzogs die seine war? Noch einmal würde sie sich nicht von der Bitte eines Wariwulf erweichen lassen. Oder besser: Noch einmal würde kein Wariwulf Fürbitte seinetwegen halten.

Sie mussten den Wagen mit den *Bluotvarwes* so schnell wie möglich dort wegschaffen, bevor noch jemand auf ihr Geheiß hin ein Feuerchen legte. Ihm blieb nur zu hoffen, dass Volpert oder Linsheimer die Schlacht überlebt hatten.

Er ritt langsam los, und jede Bewegung des Tieres war wie ein Peitschenhieb auf das zertrümmerte Bein. *Reiß dich zusammen*, ermahnte er sich. Er hatte schon Schlimmeres überlebt. *Schlimmeres als die Erkenntnis, dass die Hagr dich mit einem Fingerzeig vernichten kann?*

Er vertrieb diesen Gedanken aus seinem Kopf. So würde er denn doch auch im Tod mit der Angst leben müssen. Vielleicht war es besser so. Alte Freunde sollte man nicht vergessen.

Gesche hob den Kürass vom Boden und legte ihn mit langsamen, bedächtigen Gesten an. Vielleicht wollte sie ihm Zeit lassen abzuziehen. Vielleicht erlaubte auch der Kampf, der ihr noch in den Gliedern steckte, keine schnelleren Bewegungen. Er beneidete sie, nicht nur um ihr Erbe, das ihm gestohlen worden war, sondern auch um die Gewissheit, gegen wen es zu kämpfen galt. Die Wariwulf würden ihn und seine Brüder jagen, doch waren sie wirklich ihre Feinde? Und diese neuen Kreaturen … sie machten offenbar Jagd auf Wariwulf. Waren sie damit – als Feind des Feindes – ihr Freund? Nein … solche Perversion würde Hagen nicht auf Erden dulden. Wenigstens das war ihm bewusst: Die nächste

Jagd ginge nicht auf Wariwulf. Es galt einer Puppe den Kopf abzudrehen und die hübschen Augen für immer zu schließen.

Hagen ritt in vermeintlich sicherer Entfernung neben Gesche und sagte leise: »Danke.«

Die scharfen Sinne der Wariwulf hörten es mühelos. Sie hob den Kopf und sah ihn einen Augenblick an. Dann sagte sie: »Ich bete für dich, Hagen von Stein.«

Hagen lächelte traurig, und antwortete, bevor er das Pferd antrieb: »Auf diesem Ohr ist Gott leider taub.«

INTERLUDIUM: IN VINO VERITAS

Wir müssen uns ein bisschen beeilen, in einer Stunde macht meine Praxis offiziell auf, bis dahin solltet ihr weg sein«, sagte der untersetzte Arzt, und sein Jean-Pütz-Gedenkbart wippte dabei unter der Säufernase.

Georg nickte vorsichtig und bereute es sofort – Übelkeit wanderte seinen Hals hinauf und zwang seinen Mund zu einem trockenen Würgen.

»Dass ihr mal zu mir kommen würdet!«, lachte der Mann, dem ohne Arztkittel jede Aura eines Gottes in Weiß abging. »Habt endlich eingesehen, dass eure Leute Stümper sind, was?«

Georg warf ihm einen finsteren Blick zu. »Haben Sie beim hippokratischen Eid eigentlich die Finger gekreuzt?«

Dr. Feldmann lachte nur und legte Georgs Arm vorsichtig wieder auf der Untersuchungsliege ab, als wären keine fragwürdigen Flecken darauf. Die Tür ging auf, und Rigel musste in dem kleinen Sprechzimmer beiseitetreten, um die junge, verschlafene Sprechstundenhilfe vorbeizulassen. Sie reichte dem Arzt weitere Röntgenbilder. »Das sind jetzt die letzten«, murmelte sie und drückte sich wieder hinaus. Dabei glitt ihr Blick kurz – wohlwollend, wie er sich einbildete – über Georgs halb nackten Körper. Er unterdrückte den Drang, die Muskeln anzuspannen.

Feldmann nahm die Bilder von Georgs Schulter aus der hinterleuchteten Vorrichtung an der Wand und steckte die neuen hinein. Sie zeigten weiß vor schattig grauem Hintergrund Georgs Halswirbelsäule, stellenweise überdeckt von seinem Kiefer, von vorne und von der Seite. »HWS in zwei Ebenen« nannte sich das im Ärztedeutsch.

Der Arzt starrte eine ganze Weile darauf und brummte.

Georg warf Rigel einen Hilfe suchenden Blick zu, und der muskulöse Kerlinger trat einen halben Schritt vor: »Wie sieht es aus?«

»Diese Hecetisse muss ihn lieben«, sagte Feldmann, als sei Georg nicht anwesend. »Keine Frakturen, keine ernst zu nehmenden Quetschungen, keine gerissenen Innereien. Die hat ihn mit Samthandschuhen angefasst.«

Georg war da gänzlich anderer Meinung, sowohl was die Liebe als auch was die Art der Behandlung anging.

Jetzt wandte sich Feldmann wieder seinem Patienten zu. »Die Muskeln sind ordentlich durchgewalkt und die eine oder andere Stauchung ist dabei, aber das ist in ein paar Tagen ausgestanden. Reiben Sie sich mit Franzbranntwein ein, nehmen Sie Magnesium, und schonen Sie sich ein bisschen. Wenn es zu sehr wehtut, können Sie *Tetrazepam* einnehmen.«

Georg schnaubte und richtete sich mühsam auf, schaffte es aber, dabei nicht zu stöhnen. Er dachte an die warme Berührung der Reliquie, die wie ein reinigender Regen all die Mühsal binnen weniger Augenblicke von ihm abgewaschen hätte. Aber die war unerreichbar, vermutlich lag sie schon wieder in einem Tresor des Vatikans, um dort zu verstauben, bis wieder einmal etwas wichtig genug war, um sie hervorzuholen. Es war eine Schande!

»Ach«, sagte der Arzt und trat an das weiße Regal, in dem die Verbrauchsgüter des täglichen Arztgeschäftes aufgestapelt waren: Bandagen, Zungenstäbchen, Salben und anderes. Er griff dahinter, hantierte einen Augenblick herum und zog das ganze Regal dann vor. Es schwang, auf zwei großen Scharnieren gelagert, beiseite und offenbarte den Blick in eine kleine Kammer. Das grelle Neonlicht des weißen Untersuchungszimmers schien hinein und machte den Kontrast noch deutlicher: In dem kleinen Raum lagen auf verzogenen alten Holzregalen Dinge, die sich auch in der Hütte eines primitiven Medizinmanns gut gemacht hätten. Schrumpfköpfe, Knochen, Tierteile, Innereien in einfachen Einmachgläsern, aber auch einige Schriftrollen und Bücher sowie unzählige, zum Teil aufeinandergestapelte kleine Behälter. Der Arzt schob nach kurzem Suchen eine getrocknete, auf dem Rücken liegende Eidechse beiseite und ergriff eine alte Colaflasche. Georg hätte fast geschmunzelt. Es war Jahre her, dass er eine aus Glas und nicht aus »unkaputtbarem« Plastik gesehen hatte.

Feldmann kam heraus und schüttete ein wenig graugrünes, grobkörniges Pulver aus der Flasche in einen kleinen Plastikbeutel. Auf den darauf angebrachten Aufkleber schrieb er: »2x tgl. vor den Mahlzeiten« und reichte ihn Georg.

»Das bringt Ihr Chi wieder ins Lot.«

Georg hob sich das Tütchen vors Gesicht und betrachtete den Inhalt. Ein muffig-bitterer Geruch ging von ihm aus.

»Was ist das?«

Der Arzt winkte ab. »Das wollen Sie nicht wissen. Nicht mit Milch nehmen.«

Er trat zur Tür und öffnete sie demonstrativ. Zeit zu gehen. Georg glitt langsam von der Liege auf den empfindlich kalten Linoleumboden und ging dann vorsichtig zum Stuhl, auf dem seine Sachen lagen. Auf die Socken und das T-Shirt unterm Pullover verzichtete er, und auch die Jacke warf er sich nur über den Arm.

»Was bin ich schuldig?«

»Fünfzig Euro für das Pulver. Den Rest können wir über die Krankenkasse abrechnen«, sagte der Arzt und klopfte ihm vorsichtig auf die Schulter. »Zahlen Sie vorn bei meiner Assistentin.«

Georg musste schmunzeln, als er sich einen Krankenkassen-Mitarbeiter vorstellte, der verblüfft auf den Posten »eingekochtes Sekret von Teufelsvipern und gestoßene Spinnenbeine – 11,2 Punkte laut EBM« blickte.

»Beehren Sie uns bald wieder!«, rief ihm der Arzt lachend nach, als Georg neben Rigel den kurzen Gang bis zur Rezeption schlich. Bunte surrealistische Bilder wirkten auf dem Klinikweiß der Wände unangemessen fröhlich.

»Er scheint sein Handwerk zu verstehen«, sagte Georg, während er das Geld aus der Tasche zog.

»Er treibt auch ohne zu zögern ab und besorgt Ingredienzien für Hecetissen«, erinnerte ihn Rigel ernst und ignorierte den vorwurfsvollen Blick der Sprechstundenhilfe.

Dieserart halb eingeweihte Ärzte und Scharlatane gab es erschreckend oft, und wäre er nicht offiziell suspendiert, hätte er sich niemals zu einem solchen gewagt.

»Sie sollten jetzt schlafen, und ich muss versuchen, Ihre Spuren zu verwischen«, sagte Rigel, als Georg mit seiner Quittung über 10 Euro Praxisgebühr in der Hand hinter ihnen die Tür schloss. Er hatte nicht genug Energie, um dem Soldaten zu widersprechen, also nickte er nur. Schlaf war in letzter Zeit wirklich zu einem Genussmittel geworden.

Er wusste, dass dies kein gutes Zeichen war. Langsam bröckelte der während seiner Ausbildung errichtete Schutzwall seines Geistes, bekam Risse unter dem Ansturm der Dinge, die nicht sein sollten, nicht sein durften. Das Wissen um die Existenz all dieser Monstren, die im Dunkeln lauerten, war schlimm genug. Doch jetzt war er vom Schäfer zum Schaf geworden … oder eher zum Wolf? Er war Teil ihrer Welt geworden, hatte Kontakt zu Hexen und Hexern … er könnte nicht einmal sagen, ob der zu Lea intimer gewesen war als der zu Acheloos, der nun seine Erinnerungen in sich trug. Der alte Mann erinnerte sich an seinen, Georgs, dritten Geburtstag, an seine Haustiere, an seine Sternstunden. Und er hatte dafür Nerven zerfetzende, blutige Visionen in Dolby-Surround.

Georg musste ein hysterisches Kichern unterdrücken. *Das ist ganz eindeutig kein gutes Zeichen!*, dachte er und atmete tief durch. Erst einmal schlafen, dann würde alles viel klarer, weniger überwältigend sein. Hoffentlich …

Als er erwachte, war es schon wieder dunkel. Das hieß jedoch im März nicht viel, wo sich die Sonne schon um sieben vor dem Elend der Welt verbarg. Die Breitling, die abzunehmen ihm ebenso die Kraft gefehlt hatte wie sich auszuziehen, zeigte kurz nach neun. Er hatte fast zwölf Stunden geschlafen!

Langsam setzte er sich an der Bettkante auf. Er fühlte sich körperlich schon deutlich besser, aber sein Geist fing sofort wieder an zu rasen, nun, wo er ausgeruht war. Es gab so viel zu bedenken. Wie sollte er weiter vorgehen? Gab es eine Chance, Lea aufzuhalten, bevor sie von Stein die Reliquie übergab? Hätte er sich besser vorbereiten können? War seine Karriere ein für alle Mal im Eimer? Und wie lange würde es dauern, bis diese Visionen seinen Verstand zernagten?

Er seufzte und stand auf. Die Unordnung, die in seiner kleinen Wohnung herrschte, ignorierte er, duschte aber, aß etwas, und nachdem er sich in eine saubere schwarze Hose, sein letztes intaktes Markenhemd und ein legeres Jackett gekleidet hatte, fühlte er sich fast wieder wie ein Mensch. Sein Abendessen bestand aus einer Mikrowellenlasagne, die drei Tage über dem Haltbarkeitsdatum war. Das konnte den Geschmack nur verbessern.

Während er auf den gummiartigen Nudeln und dem versalzenen Hackfleisch herumkaute, versuchte er die Dinge zusammenzupuzzeln. Man musste vom Schlimmsten ausgehen: Mittlerweile hatte Hagen vermutlich alle Elemente seiner Weihe zusammen. Die Reliquie, Blut der vier beteiligten Familien … Aber was wollte er damit? Wollte er einem streunenden Wariwulf die Weihe geben, ihn in die Reihen seiner Feinde einschleusen? Unfug, das würde niemals klappen.

Georg ließ die letzten Bissen in der laminierten Pappschale, schob sie angewidert von sich und sah sich in seiner Küche um. Die schmutzigen Teller in der Spüle hatten sich bereits einen feinen grünen Pelz wachsen lassen. Er seufzte und warf die Gabel vom kleinen Tisch aus im hohen Bogen zu den Tellern. Das war der Lohn seiner Arbeit. Kein Privatleben, Schreckensvisionen, und jetzt hatte man ihn auch noch auf die Straße gesetzt, wenn auch hoffentlich nur vorläufig. Kurz durchfuhr ihn der Schreck, als er sich fragte, ob man ihm auch das Gehalt streichen würde. Aber selbst wenn – er hatte genug angespart.

Vorsichtig streckte er sich und ließ vergeblich den Kopf rollen, um den Nacken zu lockern. Er fühlte sich an, als habe jemand Tennisbälle unter seine Haut geschoben.

Georg stand auf und zog sich dunkle Wildlederschuhe und einen braunen Mantel im Trenchcoatschnitt an. Es war einfach zu voll in seinem Kopf, die Gedanken hatten keinen Platz, sich zu ordnen. Da half nur eines: ein cerebraler Neustart!

Auf dem Weg nach unten rief er Rigel an. Die Mailbox antwortete mit der Ansage der Telefonnummer durch eine weibliche Computerstimme.

»Hallo, Rigel. Ich bin wach und gehe mich jetzt betrinken. Wir sprechen uns morgen früh«, hinterließ er.

Die Abendluft roch nach orientalischen Gewürzen, was bedeuten musste, dass Familie Nam im Nachbarhaus mal wieder bei offenem Fenster kochte. Während er zur kleinen Eckkneipe schlenderte, dachte er darüber nach, ob er erst den Leihwagen abholen sollte, entschied sich aber dagegen. Er brauchte jetzt einen Drink.

BEIM ECK stand, von einem einsamen und viel zu schwachen Strahler angeleuchtet, über der Tür der Kneipe. Die altgotischen Buchstaben gaukelten Tradition vor, dabei war das Etablissement erst vor ein paar Monaten eröffnet worden. Georg trat durch die

Schwingtür in den Geruch von Bier und Rauch. Das Ambiente war eine Mischung aus Hotelbar und Eckkneipe, mit einem klobigen Tresen, aber gestuftem Aufbau des Hauptraumes. Auf unterschiedlicher Höhe fanden sich frei stehende Tische, aber auch einige mit Holzgittern abgetrennte Nischen. Zusammen mit dem lockeren Lounge-Jazz und einer überraschend hochwertigen Auswahl an Single-Malts ergab dies ein Lokal, das seinem altbackenen Namen zum Trotz eine ganz angenehme Atmosphäre hatte.

Er setzte sich an den Rand der Bar, um keinen der spärlich gesäten leeren Tische zu blockieren. Neben ihm waren zwei Plätze frei, dann kam ein wild turtelndes junges Pärchen, die hier ihrem Party-Outfit nach zu schließen nur für einen längeren Abend »vorglühten«.

Die Bedienung hinter der Theke, eine ebenfalls junge Frau mit weißem Hemd und schwarzer Weste, deren kurzes Haar absichtlich drei Schattierungen Blond zeigte, begrüßte ihn mit einem kurzen Lächeln und beugte sich in der international gebräuchlichen »Was darf ich Ihnen bringen«-Geste vor.

»Cragganmore ohne Eis«, bestellte er und überbrückte die Wartezeit damit, seinen Mantel im Sitzen auszuziehen und gefaltet über die Rückenlehne zu legen. Dann stand das schwere Glas mit der goldenen Flüssigkeit auch schon vor ihm. Er prostete sich im Spiegel hinter den ausgestellten Spirituosen der Bar selbst zu, bemerkte, dass ihm der Dreitagebart eigentlich ganz gut stand, und ließ einen Schluck des kräftigen Whiskys auf der Zunge zergehen. Das rauchige Aroma tanzte auf seinen Geschmacksnerven, und dann schmeichelte sich die Flüssigkeit mit einem vornehmen Abgang die Kehle hinab.

Einfache Freuden für einfacher Geister, dachte er grimmig. Dabei musste er an die einfachen körperlichen Freuden denken, die er mit Lea geteilt hatte. Machten sie ihre jüngsten Taten zu einer Hecetisse? Oder war sie stets eine gewesen und hatte ihn und auch Karl an der Nase herumgeführt? Überhaupt, was genau unterschied eine Hecetisse von einer Hagr?

Neben ihm legte eine Hand mit langen, rot lackierten Fingernägeln eine Schachtel *Pall Mall* ab, wobei zahlreiche silberne Ringe auf das zerkratzte Holz klapperten. Ein schmuckloses Billigfeuerzeug war in die Packung gesteckt und hielt den Deckel offen. Für einen Augenblick glaubte er, mit seinen Gedanken eine Hexe herbeigerufen zu haben, aber dann streifte er die Paranoia ab.

Die zur Hand gehörende Frau ließ einen Platz zwischen Georg und sich frei. Sie schlug schlanke Beine in einer dunklen Strumpfhose übereinander, zog den Saum eines recht kurzen Rocks herunter und bestellte dann mit rauchiger, angestrengter Stimme über ein Trompetensolo von Miles Davis hinweg einen Wodka mit Eis.

Georg nahm den zweiten Schluck von seinem Whisky, leerte das Glas damit und bedeutete der Barkeeperin stumm, dass er das Gleiche noch mal wollte. Die Frau exte ihren Wodka und forderte mit der gleichen Geste ebenfalls Nachschub, was Georg dazu brachte, sie genauer zu betrachten.

Sie versuchte mit reichlich Make-up einen anderen Eindruck zu erwecken, aber die dunklen Ränder unter ihren Augen und die geplatzten Äderchen in der Haut darunter waren deutlich zu erkennen und wiesen sie zusammen mit ihrem Zug als erfahrene Trinkerin aus.

Sie wandte den Kopf und lächelte ihn an. Offenbar verstand sie sein Interesse falsch. Georg lächelte kurz und höflich, dann blickte er auf den Whisky, der vor ihm abgestellt wurde. Ob er auch einmal so enden würde? Als Alkoholiker in einer Bar, die frühere Schönheit – er war nicht bescheiden genug, um sich selbst nicht gut aussehend zu finden – ruiniert, auf der Suche nach etwas menschlicher Wärme? Wenn sein Leben weiter so wilde Kapriolen schlug, konnte er das nicht ausschließen. Aus dem Augenwinkel sah er sie wieder nach vorn blicken. Frauen wie sie waren die bevorzugte Beute von *Bluotvarwes*, denen die Gabe fehlte, die Gedanken der Menschen zu manipulieren.

Womit wir wieder beim Thema wären, dachte Georg. Die angenehme Wärme des Whiskys schien seinen Geist tatsächlich zu beruhigen. Also, wie war das alles zusammenzubringen? Carteaumois, der seines Wissens nach zum ersten Mal recht offen gegen von Stein arbeitete. Der Bletzer selbst, der scheinbar seine Weihe nachstellen wollte. Die Vampiropfer und im Gegensatz dazu die Vargr, die sich in letzter Zeit erstaunlich ruhig verhalten hatten. Was war mit den Wariwulf? Waren sie noch immer in interne Streitereien verwickelt? Und vor allem: Wie passte die Frau dazu, nach der die Vampire anhand einer Zeichnung so eifrig suchten? War sie eine Hecetisse, Hagr, Vargr, Wariwulf, Bletzer, oder wollte man sie gar zur *Bluotvarwes* machen? Georg hatte den Eindruck, dass er vor einem Berg an Puzzleteilen saß und sie einfach nicht zusammenbekam.

Er trank einen weiteren Schluck Whisky, ließ ihn über die Zunge rollen, bis sie leicht taub wurde. Mittlerweile war er nicht einmal mehr sicher, dass die Teile zu einem einzigen Puzzle gehörten.

Jamiroquai löste mit »Too Young to Die« die Klassiker aus den Boxen ab und sang grammatikalisch falsch, aber inhaltlich sehr richtig: »Everybody don't want no war …«

Leider sah alles danach aus, als würden die Konflikte der übernatürlichen Welt mal wieder hochkochen, durch die Reliquie – die er Dummkopf sich hatte abnehmen lassen – nur noch angeheizt. Er könnte sich ohrfeigen – oder besser Germann, der nicht auf ihn hatte hören wollen. Vielleicht hatte Hagen von Stein den Chef ja schon in der Tasche?

Quatsch, maßregelte er sich. Wie immer wären Georg und seine Kollegen, und dazu zählte er widerstrebend auch Germann, der einzige Puffer zwischen ihnen und den Menschen. Sie waren praktisch der schützende Rand des mittleren Kreises.

Ein sich wiederholendes Klicken riss ihn aus den düsteren Gedanken. Die Frau neben ihm versuchte ihrem Feuerzeug einen letzten Funken zu entlocken, um die Zigarette zwischen ihren Lippen zu entzünden. *Klicken, Schütteln, Klicken, Klicken* … Georg erbarmte sich und gab ihr mit dem Zippo Feuer. Sie zog den Rauch ein, lächelte, und mit einem »Danke« blies sie ihn wieder aus. Ihre Stimme klang nach einer Menge Wodka und Zigaretten.

Georg nickte, ließ das Feuerzeug wieder in der Tasche verschwinden und wandte sich dem goldenen Ambrosia in seinem Glas zu. Aus dem Augenwinkel sah er, dass die Frau ihr Glas auf den Platz direkt neben ihm schob und sich erhob, um näherzurücken. Georg überlegte schon, wie er einigermaßen höflich einen Flirt abblocken konnte, da packte eine große Hand das Glas der Frau, schob es wieder an die von einem Wasserkranz auf dem dunklen Holz markierte Stelle zurück, und Rigels raue Stimme sagte bestimmt: »Verzeihung, besetzt!«

Die Frau sah Georg empört und Hilfe suchend an. Der lächelte entschuldigend, zuckte aber mit den Schultern und blickte dann zu Rigel auf, der sich auf den Hocker neben ihm gleiten ließ. Das kantige Gesicht blieb beinahe ausdruckslos, und in Anzug und Krawatte wirkte der Kerlinger wie so oft höchstoffiziell.

»Was ist das?«, fragte er und wies auf Georgs Glas.

»Whisky«, sagte Georg.

Rigel blickte ihn an, und Georg sah in seinen extrem blauen Augen kurz sein eigenes Spiegelbild.

»Cragganmore«, konkretisierte er und setzte hinzu: »Gut.«

Rigel nickte und winkte mit zwei Fingern der Bedienung, die kurz darauf jedem von ihnen ein Glas vorsetzte.

»Wie haben Sie mich gefunden?«, fragte Georg.

»Ich wusste, Sie kommen nicht weit.«

Georg lachte auf, leerte sein zweites Glas, schob es zur Seite und zog das von Rigel bestellte dritte zu sich. Vielleicht sollte er es etwas langsamer angehen lassen, immerhin war sein Körper ziemlich geschlaucht. Man wurde nicht jeden Tag mit einem Hecetissenzauber in die Mangel genommen. Hatte Lea ihn eigentlich töten wollen? Irgendwie konnte er sich das nicht vorstellen. Oder wollte er nur nicht? *Wirst auf deine alten Tage noch romantisch, was?*, verspottete er sich selbst.

Eine Weile blickten sie, die Gläser in der Hand, vor sich hin. Dann kam Georg eine Idee: »Wollen Sie Bruderschaft trinken?«

Sie kannten sich schon so lange, hatten so viel miteinander durchgemacht. Der Soldat warf ihm einen Blick zu. »Lieber nicht«, meinte er in neutralem Tonfall.

»Oh«, sagte Georg, blickte auf sein Glas und dann in den Spiegel. Dort sah er, dass Rigel ihn noch immer musterte, eine Ansammlung kantiger Formen, der Kopf, die Schultern … also wandte er sich ihm wieder zu.

»Ist nichts Persönliches«, sagte der Kerlinger. »Nur … Menschen sterben.«

Georg hob die Augenbrauen, aber Rigel war fertig mit seiner Erklärung und blickte wieder geradeaus. Der harte Kerl wollte sich offensichtlich nicht zu sehr an jemanden binden, wollte keinen so nah heranlassen, dass der Verlust ihm zu Herzen ginge.

»Sie müssen sehr einsam sein«, sagte Georg leise. Wenn Rigel es gehört hatte, zeigte er es nicht. Stattdessen fragte er einige Augenblicke später: »Hat es etwas gebracht?«

Georg nickte, schüttelte dann den Kopf, zuckte schließlich mit den Schultern. »Ich kriege es nicht zusammen.«

Rigel zog wortlos sein Handy heraus und tippte darauf herum. Dann hielt er Georg ein Bild vor. Es zeigte eine junge Frau nur in Unterwäsche, vermutlich nicht einmal volljährig, die mit ausgebreiteten Armen in einer öffentlichen Toilette lag, sodass ihr Körper ein Kreuz bildete. Aus einer tiefen Bisswunde an der Vorderseite ihres Bauches war etwas Blut auf den Boden gelaufen. Sie war bleich und eindeutig tot – Opfer eines *Bluotvarwes*!

»Wenn Ihre Sache etwas damit zu tun hat, dann sollten Sie sich besser beeilen.«

Georg sah auf das Handy, und plötzlich wurde ihm heiß und kalt zugleich, als sich etwas durch das Mitleid für die Verstorbene arbeitete. Eine Erinnerung: die Gothic-Frau, zuckend am Boden, in einer Kneipe wie dieser, Worte in fremder Zunge stammelnd. Was hatte sie noch gesagt?

Rigel öffnete den Mund, aber Georg verbat ihm mit einer scharfen Geste das Wort, wandte sich ab und starrte zu Boden, um sich zu erinnern. *Ein unendliches Leben wird endlich* …

»Natürlich!«, rief Georg, sprang auf, warf einen Fünfziger auf die Theke und nahm seinen Mantel. »Kommen Sie!«

Rigel sah ihn skeptisch an und nippte zum ersten Mal an seinem Whisky.

»Kommen Sie schon! Ich weiß, was er vorhat.«

Rigel machte immer noch keine Anstalten aufzustehen. Offensichtlich hatte Georg mit dem letzten Vertrauensvorschuss sein Konto an die Dispogrenze gebracht. Er trat nah an den nach Deo riechenden Mann heran und sagte leise: »Hagen von Stein will wieder zum Wariwulf werden!«

ZEHNTER TEIL:

DER HEXE FLUCH

Anno Domini 1643, in dem Ludwig XIV. mit vier Jahren den Thron Frankreichs besteigt; die Weihnachts- und Fidschi-Inseln entdeckt werden; Otto von Guericke den statischen Luftdruck mit metallenen Halbkugeln nachweist und Karl I. in England eine Getränkesteuer erhebt.

DIE LAST DER SÜNDEN

Die Apfelbäume duckten sich unter der weißen Haube, die ihnen der eisige Winter beschert hatte. Im Licht des Dreiviertelmondes am wolkenlosen Himmel schimmerte der Schnee so hell, dass man fast glauben konnte, es sei Tag.

Hagen hatte erwartet, dass die Bäume mittlerweile weit ausladend sein würden, doch die meisten waren nicht größer, als sie zu seinen Lebzeiten gewesen waren. Vermutlich hatte auch sie das Feuer im Jahr 1514 in Mitleidenschaft gezogen, dem das Kloster zum Opfer gefallen war.

Er warf einen Blick auf Carteaumois, der aufrecht und stolz neben ihm ritt. Die eisige Kälte, die ihren verschwitzten Pferden schwer zu schaffen machte und das Leder ihrer Sattel knarren ließ, machte ihm so wenig aus wie Hagen selbst. Seine Kleidung, die er bei beinahe jeder morgendlichen Einkehr in einer Stadt oder einem Gasthaus waschen ließ, war so weiß, dass sogar der Schnee grau daneben wirkte.

Als Hagen den Blick wieder nach vorn richtete, sah er die Trümmer des Klosters am Ende der Baumreihen aufragen. Hier stachen sie wie die Triebe junger Schneeglöckchen, dort eher wie die gezackten Fänge eines gewaltigen Raubtiers durch die weiße Decke.

»Das ist es?«, fragte Carteaumois.

Hagen nickte stumm. Er wehrte sich vergeblich gegen die Erinnerungen, die aus einem wohl verschlossenen Teil seines Geistes aufstiegen. An die Nonnen und an die zugleich so schweren wie erfüllenden Tage, die er in diesen heiligen Mauern verbracht hatte. Eine Zeit, in der er noch Hoffnung im Herzen getragen hatte – auf Vergebung, auf eine Familie und auf Glück. All das war ihm nun ferner, als es selbst zweihundert Lebensjahre erklären konnten.

»Gut«, sagte der *Bluotvarwes*. »Verrätst du mir dann jetzt, was wir hier wollen?«

Hagen starrte auf die Stelle, an der das Gästehaus gestanden hatte, das letzte Heim, das er wirklich ein Zuhause genannt hatte. In dem ihm sein von Gott gegebenes Erbe von Wariwulf- und Hagr-Hand entrissen worden war. Bis zum heutigen Tag erdreistete sich die Alte aus dem Wald, Recht im Namen Gottes zu sprechen, und war dabei ebenso blind für Ungerechtigkeit wie die Inquisitoren, die unschuldige Männer und vor allem Frauen dem Feuer überantworteten.

»Hagen?«, wiederholte der Franzose ungeduldig. »Was, zur Hölle, wollen wir hier?«

»Fluche nicht!«, warnte ihn Hagen scharf. »Wir betreten heiligen Boden.«

Carteaumois lachte auf, doch als Hagen ihn grimmig ansah, verstummte sein Lachen, und er sagte ungläubig: »Du meinst das ernst!«

Hagen wandte sich ab und führte sein Pferd bis an die erste eingefallene Mauer. Die Hufe des Tieres sanken tief in den lockeren Schnee ein. Dann stieg er ab und band es an.

Hagen zog die in Tuch eingewickelten Schaufeln aus der Halteschlaufe und legte sie sich über die Schultern.

Der Franzose war nie wirklich ein Mann Gottes gewesen und fand sich mit der Verdammnis seiner Existenz mühelos ab. Er würde es nicht verstehen.

Hagen ging die vom Ruß geschwärzte und von einem Muster aus dürren, braunen Weinwurzeln überzogene Mauer entlang und versuchte zu ergründen, wo im Kloster er sich befand. Er erreichte eine Lücke in der Mauer und erkannte darin die Eingangstür. Wenn er drei oder vier Schritte zur Seite machte, stünde er im Gästehaus, wo …

Er verdrängte den Gedanken, der dafür sorgte, dass ihm das Wasser widerwärtig und unheilig im Mund zusammenlief, und hob den Fuß, um die Schwelle zu überschreiten. Mit einem Mal kamen ihm die Worte Eberwins in den Sinn, der an ebendieser Schwelle umgekehrt war: *Heiliger Boden ist nicht für meinesgleichen.*

Hagen spürte einen Widerstand, doch er wusste nicht zu sagen, ob er real war oder nur vorhanden, weil er ihn erwartete. Dann war sein Fuß über die Schwelle, und beinahe kam es ihm so vor, als begrüße die verkohlte Leiche des Klosters ihn wie einen alten Freund. Oder waren nur die Bann- und Segenssprüche der Schwelle zu lange nicht mehr erneuert worden?

Carteaumois trat mühelos ein und stellte demonstrativen Trotz zur Schau. Offenbar hatte er die Hoffnung aufgegeben, eine Antwort auf seine Fragen zu erhalten.

Hagen lief über den Schnee. Nun, wo er einen Anhaltspunkt hatte, war der Weg leicht zu finden. Er musste nicht einmal seine Schritte zählen, so genau erinnerte sich sein Körper an die Wege, die er viele hundert Mal gegangen war. Hier war der Hof gewesen, dort der Holzklotz, an dem sich Bruder Lorenz das Bein zerhackt hatte. Schnell wandte er den Kopf, aber zu spät – die Gedanken an Ulda hatten bereits einen Weg aus ihrem eisernen Gefängnis in seinem Herzen gefunden und füllten seinen Geist. Ihr Gesicht stand ihm so deutlich vor Augen, als betrachte er ein Gemälde. Das rote Haar in Wellen um ihr feines Antlitz, die von Trauer so tiefen und doch vor Lebensfreude strahlenden Augen wie Leuchtfeuer in der Dunkelheit seiner Seele.

Hagen hörte ein leises Knirschen, doch es waren nicht ihre

Schritte im Schnee, denn er war stehen geblieben. Es waren seine vereisten Handschuhe, die von den Fäusten zusammengepresst wurden. Er nahm einen Zug der eisigen Nachtluft und ließ ihn langsam ausströmen. Fast erwartete er, die vom Gedanken an Ulda hervorgerufene Wärme in seinem Herzen müsse den Atem so sehr erhitzen, dass sich deutliche Wolken niederschlugen, doch sein Leib war leichenkalt wie immer.

»Du erlaubst, dass ich mich setze? Das scheint ja länger zu dauern«, höhnte Carteaumois und suchte sich einen Mauerrest, auf dem er Platz nehmen könnte.

Hagen knurrte unwillig, wandte sich ab und ging weiter. Mit Ulda waren die Nonnen wieder in seinen Geist gekommen, die liebenswerte Heilwig, die stämmige Walburga, sogar die kurzsichtige Eufemia, all jene gottesfürchtigen Frauen, die um sein Seelenheil gekämpft hatten und lange tot waren. Hagen war froh, dass wohl nur die Jüngsten den Untergang des Klosters miterlebt hatten, als aufgebrachte Tagelöhner und Besitzlose es überfallen, die Nonnen geschändet und schließlich ebenso wie die Laienbrüder hingeschlachtet hatten. Sie hatten alles geplündert, was nicht niet- und nagelfest gewesen war, und die heiligen Hallen schließlich in Brand gesetzt. Den »Aufstand des Armen Konrad« nannte man die damaligen Unruhen heute. Doch egal welchen Namen man den Gräueltaten gab, sie waren mit Sicherheit schlimmer als sein Vergehen. Aber die Tagelöhner hatten damals keine Hagr, kein Richter und auch Gott selbst nicht gestraft. *Genug Selbstmitleid*, ermahnte er sich und blieb schließlich stehen.

»Hier graben wir!«, befahl er und wickelte die Schaufeln aus.

»Graben«, sagte Carteaumois und klang beinahe beleidigt. »Warum lassen wir das nicht irgendwelche Tagelöhner machen?«

Hagen reichte ihm die zweite Schaufel und blickte ihn misstrauisch dabei an. Waren die Gaben des Mannes schon so weit gediehen, dass er seine Gedanken auffangen konnte? Carteaumois besaß unter den *Bluotvarwes* die ausgeprägteste Gabe für die Beeinflussung der Menschen und konnte sich sogar mit den besseren Bletzern messen. Vielleicht hatte er es der Muttermilch gleich mit dem Blut eingesogen, das Hagen ihm mehrmals gegeben hatte. Vielleicht auch mit den Eimern an Menschenblut, die über die Jahre ihren Weg in seinen gierigen Schlund gefunden hatten. Vielleicht waren es aber auch Veranlagung und Talent oder sein immerwährender Ehrgeiz, in den unheiligen Gaben seiner neuen Existenz hervorzustechen. Andere, wie Emma, waren in dieser Hinsicht eine herbe Enttäuschung, was der Grund war, warum nur der Franzose ihn auf seiner Reise begleitete. Kein anderer *Bluotvarwes* und nicht einmal Volpert wäre in der Lage gewesen, sich vor den Sinnen einer Hecetisse oder Hagr so gut abzuschirmen.

»Weil wir etwas Wertvolles suchen, etwas sehr Geheimes.«

Carteaumois bedeutete Hagen mit einer enervierten Geste weiterzusprechen.

»Ein Buch.«

Der Franzose lachte auf. »Ein Buch? Dafür der wochenlange Ritt, die Entbehrungen; dafür lassen wir die anderen in dieser schwierigen Zeit allein? Ganz zu schweigen davon, dass Linsheimer schon gewaltig an deinem Thron sägt. Man sollte doch meinen, du hättest mittlerweile genug Bücher.«

Hagen beugte sich vor und rammte den Spaten in die vereiste Schneedecke. »Nicht ein solches. Grab!«

Carteaumois zögerte kurz, dann folgte er der Anweisung. Obwohl sie beide schnell gruben und bald auf schweren, von Eis verklebten Schutt stießen, gerieten sie nicht ins Schwitzen oder außer Atem.

»Und was für ein Buch ist es?«, fragte der Franzose nach einer Weile.

Hagen schmunzelte. Dem Mann ging die Geduld, die ein unsterbliches Leben ermöglichte, völlig ab. »Ein Buch«, erlöste er ihn, »mit mächtigen heiligen Segenssprüchen und verbotenen schwarzmagischen Ritualen.«

Sein Gegenüber hielt im Graben inne und richtete sich auf. »So etwas liegt hier? In einem Kloster?«

Hagen nickte. Er hatte das Buch *Barach* – benannt nach dem im Alten Testament verwendeten hebräischen Wort für den Segen Gottes bei der Schaffung der Menschheit – nur einmal gesehen, kurz, als er die Mutter Oberin besucht hatte. Sie hatte es gleich vor ihm verborgen, und Hagen, damals noch ein Mann, der Büchern nichts abgewinnen konnte, hatte es vergessen. Doch vor wenigen Jahrzehnten hatte er davon im Tagebuch eines Inquisitors gelesen, der ein nahes Kloster aufgesucht hatte, um sich in die Abwehr eines bösen Fäulefluches einweihen zu lassen. Der Inhalt dieses Buches gehörte, obwohl es auch zum Bösen genutzt werden konnte, seit mehr als fünfhundert Jahren zum Handwerkszeug der Klöster. Mit ihm schützten sie ihre Gemeinden vor bösen Hecetissen und anderen Wesen mit unheiliger Macht. Doch sie zahlten mit schwerer Sündenlast auf ihren eigenen Schultern dafür …

Schweigend gruben sie weiter. Die offensichtliche Frage, warum Hagen ein solches Buch in seinen Besitz bringen wollte, konnte sich Carteaumois selbst beantworten.

Endlich stießen sie auf festgeklopften Boden. Hagen bedeutete seinem Untergebenen innezuhalten, ging in die Hocke und kratzte die gefrorene Erde vorsichtig mit der Schaufel auf. Es kam nur weiterer festgetretener und durcheister Dreck zum Vorschein.

»Versuchen wir es weiter dort drüben«, sagte Hagen und machte einen Schritt zur Seite, um erneut mit dem Graben zu beginnen. Bald krachten wiederum zwei eiserne Schaufelblätter laut in die Trümmer.

Hagen hatte lange nach einem Exemplar des Buches *Barach*

gesucht, war jedoch nicht fündig geworden. Wie es schien, waren die Besitzer angewiesen, es zu verbrennen, bevor es anderen in die Hand fallen konnte, und Abschriften durften nur in den geschützten Kammern Roms angefertigt werden. Dann aber hatte er erfahren, dass die Obristin des Pfauhausener Klosters eine der Ersten gewesen war, die dem überraschenden Überfall der Plünderer zum Opfer gefallen war und somit das Buch vermutlich nicht mehr hatte vernichten können.

»Das Buch liegt hier einfach so im Dreck?«, vergewisserte sich Carteaumois.

»Nein. Wir suchen eine geheime Kammer im Boden.« Wieder erreichten sie den Grund, wieder blieb es bei Dreck.

Hagen versuchte sich zu erinnern, an welcher Stelle er die Schlitze im Boden bemerkt hatte, als er die Kammer der Obristin gefegt hatte. Doch ohne Anhaltspunkt durch die Mauern, die hier wegen des Schnees von anderen sanften Erhebungen nicht zu unterscheiden waren, war es schwer. »Hier noch einmal.«

Sie gruben bis kurz vor Sonnenaufgang, und Carteaumois wurde zunehmend nervöser. In der Nähe gab es kaum Gehöfte, und er hatte vermutlich wenig Lust, sich wieder in einen Fuchs- oder Dachsbau zu quetschen und sich von Hagen eingraben zu lassen, um der Sonne zu entgehen.

Doch als der *Bluotvarwes* längst öfter zum Himmel aufsah, als den Spaten niedersausen zu lassen, trafen die eisernen Blätter endlich dumpf auf einen Hohlraum im Boden. Hagen warf aufgeregt die Schaufel beiseite, zog die Handschuhe aus und grub mit den Händen. Erst als Carteaumois sich räusperte und ihm bedeutete, zur Seite zu gehen, bemerkte er sein kindisches Verhalten.

Mit einem kräftigen Spatenstoß zertrümmerte der *Bluotvarwes* die Steinfliese, die über das Loch im Boden gelegt und mit Dreck verborgen worden war. Die Einzelteile fielen ins Innere des nur ellentiefen Lochs, und Hagen beugte sich rasch vor, um sie beiseitezuräumen. Darunter kam eine schlichte eckige Holztruhe zum Vorschein, die er an verrosteten eisernen Trageringen zu beiden Seiten aus dem Loch zog. Das Holz war morsch, und die Scharniere brachen heraus, als er den Deckel öffnete. Im Innern fand er zwei in ein erstaunlich intaktes Öltuch geschlagene Bücher. Das eine war das Buch *Barach*, man erkannte es sofort an dem großen, silbernen Kreuz auf dem Deckel und den ledernen Seiten. Es wirkte bis auf einige Stockflecken so, als sei es gestern erst gebunden worden.

Das andere hingegen war ein Buch mit Papyrusseiten, dem die Zeit deutlich schlimmer mitgespielt hatte. Teile davon zerbrachen unter Hagens Griff, und obwohl er versucht war, beide auf der Stelle zu studieren, schlug er sie doch wieder in das Öltuch und dann zusätzlich in das Tuch, in dem er die Schaufeln befördert hatte. Die Werkzeuge brauchten sie nun nicht mehr.

Selbst Hagen spürte nun den Druck der Sonne, die sich unaufhaltsam näherte, und erhob sich. »Wir brechen auf.«

»Gut! Wir sollten es wohl noch bis zu dieser Burg schaffen, die wir passierten. Dort …«

»Nein«, unterbrach ihn Hagen scharf. »Wir reiten in den Wald, dort finden wir eine Höhle, die tief genug ist.«

Carteaumois warf die Schaufel beiseite und verschränkte die Arme vor der Brust. »Mich dürstet. Und ich will in einem Bett erwachen, nicht auf kaltem Stein.«

»Auf Burg Aichelberg wirst du gar nicht erwachen«, sagte Hagen und schritt weit aus zu den Pferden. »Dort liebt man die Wariwulf!«

VERGANGENES GLÜCK

Hagen warf einen Blick auf den roten Schimmer, der den Boden der Höhle erhellte, und versuchte abzuschätzen, ob die Strahlen der tief stehenden Wintersonne bis in den hinteren Bereich der Höhle reichen würden. Er war damals immer nur im Sommer hier gewesen, hatte sich, erst mit Albrecht, irgendwann allein hier verkrochen, wenn er etwas angestellt hatte oder nachdenken wollte.

Jetzt lag Carteaumois reglos im hinteren Bereich, zur Sicherheit unter zwei Pferdedecken. Je länger er existierte, umso träger wurde der Mann, wurden alle *Bluotvarwes* während der Tagesstunden. Als wolle sie ihr Körper daran erinnern, dass er eigentlich tot sei, man ihm zu Unrecht die ewige Ruhe versage, wurde er des Tages schwer. Zur Mittagszeit gar schlief der Franzose ganz ein, und wenn er Träume hatte, so waren es sicher keine guten.

Hagen musterte die unförmige Erhebung noch eine Weile, dann zog er das Bündel mit den Büchern zu sich heran und faltete es auf. Vorsichtig, damit das malträtierte, alte Papier nicht unter seinen Fingern zerfiel, schlug er das ältere Buch auf. Schimmel- und andere Flecken und sogar Brandlöcher verunzierten es, an den Rändern war der Papyrus bis weit in die Seite ausgefranst. Dennoch konnte Hagen vieles lesen, und so wurde ihm bald klar, dass er ein geheimes Jahresbuch der Obristinnen in den Händen hielt. In ihm wurde seit dem Jahr 1403 all das verzeichnet, was die einfachen Nonnen nicht erfahren durften und was seinen Platz nicht in den offiziellen Chroniken des Klosters fand.

Er überflog einige Seiten, bis sein Blick auf seinen eigenen Namen traf.

»Den Wariwulf Hagen von Stein zur Buße aufgenommen. Einige Schwestern sind eingeweiht. Man glaubt, ich sei es nicht«, stand dort in der Schrift der Mutter Oberin. Da hatte sie die ganze Zeit über ihn Bescheid gewusst …

Eilig las er weiter, fand jedes bedeutsame Ereignis kurz umrissen, die Qualen und Freuden seines im Rückblick so kurzen Aufenthalts im Kloster in einem Satz verzeichnet.

»Hagen von Stein und Ulda, die Seherin, kommen sich näher. Gottes Segen wird stark in ihren Kindern ruhen«; »Hagen von Stein geht den Pilgerpfad nach Santiago de Compostela«; »Hagen von Stein kehrt zurück«; »Hagen von Stein zum Bletzer gemacht. Die *Mitewist*-Schwestern und ich beten für seine Seele. Der Rest betrauert sein Verschwinden – er war hier wohlgelitten. Wenke, die Hecetisse, tot. Ulda in Obhut genommen.«

Der letzte Satz brannte in seinen Augen, als hätte man ihn mit glühendem Stahl hineingeschrieben. Er streichelte mit zitterndem Finger über den geschwungenen Namen. Dann blätterte er so schnell weiter, dass zwei Seiten ausrissen. Er ließ sie achtlos zu Boden fallen, zügelte sich aber dann doch, überflog die Seiten auf der Suche nach weiteren Nachrichten über die Frau, die er geliebt hatte – nein, die er liebte. Im Augenblick konnte er nicht begreifen, warum er lebte und sie nicht.

»Das Dornenkreuz Christi nach Rom geschickt. Eine solch wundertätige Reliquie lastet zu schwer auf unserem kleinen Kloster«, sprang ihm ins Auge und dann endlich fand er ihren Namen wieder. Jahrzehntelang unerwähnt, tauchte er kurz vor der letzten beschrieben Seite auf: »Ulda, die Seherin, in der vergangenen Nacht im Zustand höchster Seligkeit verstorben. Ihre letzten Worte waren, ihr Mann möge ihr verzeihen.«

Hagen blickte auf, sah, dass die nun bleiche Wintersonne seine

Füße erreicht hatte und darauf lag wie eine freundliche Berührung. Doch Hagen fand keinen Trost darin, richtete den Blick erst auf die moosbewachsene Höhlenwand, dann wieder auf das Buch. Warum hatte er nie versucht, sie wiederzusehen? Warum war er nicht aus der Sklaverei geflohen, um ihr Lebwohl zu sagen? Warum hatte er sie mit dem Gedanken sterben lassen, er habe ihr womöglich nicht verziehen?

»Ich habe dir lang verziehen«, sagte Hagen leise. »Und wenn die Engel erlauben, dass meine Worte dich erreichen, so bitte ich dich: Verzeihe du mir!«

Die Buchstaben verschwammen, als Tropfen darauf fielen und die Tinte aus dem Papyrus wuschen. Mochten seine Tränen den Satz auch auslöschen, in seinem Herzen bliebe er für alle Ewigkeit als weitere Last erhalten. Wenn es eine Sünde gab, für die er gestraft werden musste, dann diese.

ABENDSTUND

Ein freundlicher Spätwintertag lag hinter ihnen, der so gar nicht zu Hagens Laune passte. Je länger die Jagd auf die Hecetisse ging, umso gereizter wurde er. An beinahe jeder Front tauchten sie nun auf, die neuen Wariwulf. Vargr nannte man sie, nach den altkeltischen Sagen von Männern, die sich durch das Überwerfen eines Wolfsfells oder mit Hilfe eines verzauberten Fellgürtels verwandeln konnten.

Der in diesen Sagen schlummernde Wunsch der Menschen, sich Gottes größten Segen mit Magie zu erschleichen, war dank Anelmas widerwärtiger Taten erfüllt worden. Nun konnte jeder Mensch zu einem Wolf werden. Doch zu welchem Preis?

Jeden einzelnen dieser Vargr empfand Hagen als Beleidigung gegen Gott und persönliche Unflat gegen sich selbst. Und mochte der Herr auch untätig zusehen, Hagen würde dem ein Ende setzen, würde wie der Zorn Gottes über die Ketzer kommen. Nicht zuletzt, weil er zu der Überzeugung gelangt war, dass Anelma sein Ritual missbrauchte.

So wie die *Bluotvarwes* die Imitation des göttlichen Fluches der Bletzer waren, ahmten die Vargr den Segen des Herrn nach, aber auf eine grausame, verdrehte Weise. Sie hatten mit edlen Wölfen nichts gemein, waren wenig mehr als gewaltige räudige Köter; Höllenhunde, die sich an Menschenfleisch labten und im gedankenlosen Blutrausch allen Tugenden spotteten; widerwärtige Gernegroße, die sich die Haut eines Helden umwarfen und dadurch doch nur ihre Minderwertigkeit betonten, wie ein schmutziger Bettler, der sich in Seide hüllte. Er würde nicht erlauben, dass sie auf seiner Erde wandelten, und er würde dieses wuchernde Unkraut an seiner Wurzel ausreißen, es mit Stumpf und Stiel ausrotten, indem er Anelma beseitigte.

»Steh auf«, rief Hagen grob und trat Carteaumois in den Rücken. Der Franzose lag unter einem Panzer aus mehreren Decken auf dem einfachen Strohsack, den man in dieser schäbigen Unterkunft am Wegesrand als Bett ausgab. Erst beim zweiten Tritt regte er sich, schlug die Lagen zurück und stand unsicher auf. »Es ist noch hell«, protestierte er wie ein trotziges Kind, das man zu früh weckte.

Wie leid Hagen es war, an jedem Tag Unterschlupf zu suchen! Er sehnte sich nach Eberwin, dem Unermüdlichen, stets Strebsamen. Mit ihm hatte er Tag und Nacht reisen und alles besprechen können. Der *Bluotvarwes* hingegen war bei aller Kampfeskraft doch eher ein Klotz am Bein, der ihn verlangsamte. Und wie jeder gute Soldat konnte er Befehle befolgen, aber als Ratgeber taugte er wenig.

All die aufgestaute Wut und die wachsende Unruhe blieben jedoch in Hagens Innerem gefangen. Weder Miene noch Körperhaltung verrieten sie, war doch sein toter Leib mittlerweile so sehr daran gewöhnt, nichts preiszugeben.

»Bis du angekleidet bist und wir aufbrechen, ist die Sonne untergegangen«, erklärte Hagen und wies befehlend auf die fein säuberlich gefalteten und über den einzigen wackeligen Stuhl gelegte Kleidung. Das reine Weiß hatte auf der Reise etwas gelitten, weil Hagen nicht mehr willens gewesen war, teilweise bis in die Nacht darauf zu warten, dass die gewaschene Kleidung trocken wurde.

Carteaumois grunzte unwillig, zog sich dann aber an. Das weiße Hemd zuerst, daran knöpfte er die Ärmel, darüber kam der weiße Gehrock. Die schneefarbene Hose war an den Oberschenkeln mit Schlamm und Schmutzspritzern übersät. An den Waden hatten sie die hohen Stulpenstiefel davor bewahrt. Sie waren dunkelbraun und das Einzige, was unter dem weißen Reitermantel hervorlugte, wenn er geschlossen war. Am weißen Hut steckte, als Epitaph seiner Söldnereinheit – längst in den Schlachten des Krieges aufgerieben –, eine schwarze Rabenfeder.

Hagens Kleidung nahm sich dagegen beinahe ärmlich aus und entsprach in keiner Weise der aktuellen Mode. Ein breiter Hut ohne Schmuck, ein brauner, lederner Reitermantel, darunter Hemd und Hose aus grobem dunklen Stoff mit Hornknöpfen. Die wadenhohen Stiefel waren abgeschabt und wiesen Schattierungen von Hell- bis Dunkelbraun auf. Einen edlen Herrn hätte man ihm nicht abgenommen, aber das war Hagen egal. Wahren Adel trug man im Herzen und nicht am Leib.

Carteaumois zog sich eben den zweiten Stiefel über, nahm dann den Säbelgurt auf und legte sich die Bandolier mit zwei Pistolen und einem halben Dutzend Pulverfläschchen um. Man könnte meinen, sie zögen in den Krieg. Doch bei der Schlacht, die vor ihnen lag, brauchte es mehr als Schwarzpulver und eiserne Kugeln.

»Komm, wir treffen Upuaut um Mitternacht. Er schätzt es nicht, wenn man sich verspätet.«

Hagen trat aus der nach feuchtem Stroh und dem Schweiß erschöpfter Reisender stinkenden Dachkammer, ohne sich noch einmal umzusehen.

Auf dem Treppenabsatz wartete er, bis Carteaumois die Decke von dem kleinen Fenster gezogen und auf den Boden geworfen hatte, um dann hinter ihn zu treten.

Gemeinsam stiegen sie die knarrende Stiege hinab, an zwei anderen Kammern vorbei, bis sie zu ebener Erde den Schankraum erreichten. Er war dreimal so tief wie breit, und man musste sich an den bereits voll besetzten Tischen vorbeidrängen, um von der Stiege zum Ausgang zu gelangen.

Der Gastwirt, ein Mann gut über fünfzig, und seine beiden Söhne eilten durch die volle Stube und stellten Bier und Wein, aber auch Eintopf vor den einfachen Leuten ab. Ein Mann in besserer Kleidung, der vorherrschenden Mode nach mit einer *Rhingrave*, einem »Krawatte« geheißenen zweigeteilten Kragen, und einer langen blonden Perücke angetan, hatte ein abgenagtes Hühnergerippe vor sich stehen und wirkte satt.

Hagen verzog den Mund. Für jeden, der sich hier den Wanst vollstopfte, lag dort draußen im Land ein Dutzend im kalten Grab, das dank plündernder Soldaten – Freund und Feind gleichermaßen – und des Verlusts von kräftigen Männern für die Feldarbeit den harschen Winter nicht überlebt hatte. Manch eine Familie würde in der Not gar die eigenen Toten verspeisen müssen.

Hagen befahl den Wirt stumm zu sich. Gehorsam wie ein Jagdhund kam er heran, den Kopf leicht gesenkt, die Finger beider Hände umtanzten sich, als suchten sie nach einem Hut, den sie kneten könnten. Das runde Gesicht mit den vor Eifer geröteten Wangen wurde vom ausladenden grau melierten Bart noch kreisförmiger gestaltet. »Herr?«, fragte er mit belegter Stimme.

Hagen drückte dem Mann wortlos einige Groschen in die Hand und ging auf den Ausgang zu.

»Dank, Herr«, sagte der Wirt. Da trat der jüngste Sohn heran, selbst schon gut dreißig und mit dem gleichen Mondgesicht gestraft, und fragte: »Herr, wollen Sie nicht noch …«

Weiter kam er nicht, denn der Wirt schlug ihm mit der flachen Hand auf den Hinterkopf. Als Hagen sich kurz umwandte, um beide anzusehen, erkannte er die Angst in den Augen des Wirtes, die aus der unterschwelligen, an der Seele nagenden Erkenntnis erwuchs, mit ihm, Hagen, etwas Unnatürliches, Bedrohliches in sein Haus geholt zu haben. *Gut*, dachte er. *Furcht ist besser als Verachtung.*

Er trat in die kühle Nacht hinaus. Der beißende Winterfrost

hatte die Stellung aufgegeben und befand sich auf dem Rückzug, doch der ständige feine Regen und die stürmischen Windböen waren ein schlechter Tausch. *Vom Regen in die Traufe,* dachte Hagen, als der durch Gewitterwolken bereits dunkle Abend sie auch heute wieder mit nadelfeinen Tropfen begrüßte.

»Gut nur, dass wir uns nicht mehr den Tod holen können, was?«, fragte Carteaumois und lachte. Als Hagen nicht einstimmte, zuckte er die Schultern und ging auf den Unterstand zu, in dem die Pferde den Tag überdauert hatten. »Früher hattest du einmal Sinn für Humor.«

Hagen schloss zu ihm auf und kniff die Augen zusammen, als die Pferde vor seinem düsteren Zorn schnaubend zurückwichen. »Ich lache, wenn ich der Hexenhure den Kopf abgeschlagen habe«, sagte er gepresst und verzog das Gesicht zu einer vorfreudigen, grausamen Grimasse.

»Und wenn wir sie nicht finden?«, fragte Carteaumois mit neckendem Unterton. »Sie ist immerhin eine fähige Hecetisse.«

»Einem Wolf, der sich auf die Fährte gesetzt hat, kann niemand für lange Zeit entgehen.« Hagen wollte nicht einmal sich selbst gegenüber den geringsten Zweifel daran zulassen, dass sie Anelma aufspüren und für ihre Untaten bestrafen würden.

»Aber wenn sie sich mit Magie …«, setzte Carteaumois an und klang wie ein fauler Knecht, der sich vor der Arbeit drücken wollte.

»Unwichtig«, unterbrach ihn Hagen scharf. »Nötigenfalls haben wir eine Ewigkeit Zeit, um nach ihr zu suchen!«

HANDWERKSZEUG

Upuauts großes Zelt stand auf einer vom Regen aufgeweichten Wiese am Ufer der bedrohlich angeschwollenen Elbe. Orientalische Zeichen und Tierbilder auf den Tuchbahnen unterstrichen in bunten Farben die Fremdartigkeit der Unterkunft.

Die Pferde hatten Mühe, ihre Hufe aus den volllaufenden Abdrücken zu ziehen, und als Hagen nun anhielt und aus dem Sattel sprang, sank auch er tief ein.

»Ein hübsches Plätzchen hat er sich ausgesucht!«, höhnte Carteaumois und ließ sich langsam zu Boden gleiten.

Beim Zelt stand ein großes Kaltblut angebunden, neben dem die beiden Berber-Stuten beinahe wie Spielzeuge wirkten. Hagen konnte sich nicht helfen, aber während der riesige Rappe, vermutlich vom Allstedter Gehöft, den Regen stoisch ertrug, der an seinem braunen Fell und dem helleren Fesselbehang herablief, wirkten die beiden Schimmel bedrückt.

Hagen witterte. Der Duft von exotischen Kräutern und gebratenem Fleisch sowie ein leises melodisches Klirren lagen in der Luft. Er hörte Schritte, dann Upuauts Stimme auf Französisch: »Kommt doch herein, liebe Gäste.« Im nächsten Augenblick wurde der vom Regen schwere Eingang des Zeltes beiseitegeschlagen, das mit den stützenden Holzpflöcken und dem spitzen Dach beinahe wie eine Unterkunft aus der Zeit der Kreuzzüge wirkte. Der dunkelhäutige kleine Mann stand wartend dort, den muskulösen Oberkörper trotz der Kälte der Nacht nackt, sodass schwarze, wulstige Narben zu erkennen waren. Sie bildeten kleine Echsen und Spiralen auf seiner Haut. Seine Hose war weit und bis zu den nackten Füßen mit Silberfäden und kleinen Spiegeln bestickt. Goldene Armreifen klirrten an seinem Handgelenk, als er eine einladende Handbewegung machte.

Hagen verbeugte sich tief und trat näher. Der buschige Bart des Mannes war nun auf einen halben Finger gestutzt und am Hals ausrasiert. Als der Händler Hagens kurzen Blick bemerkte, lachte er und sagte: »So gefällt es meiner Gattin besser.«

Hagen duckte sich an Upuaut vorbei in das Zelt und blieb gleich wieder stehen, um die Stiefel auszuziehen. Das achteckige Innere war mit feinsten orientalischen Teppichen ausgelegt, die er trotz des Wetters und des Untergrundes, auf dem das Zelt stand, trocken und warm unter den Füßen spürte. In der Mitte stand ein niedriger Tisch, umgeben von Kissen auf dem Boden, auch sie mit Stickereien von Elefanten, Löwen und anderem fremdartigen Getier verziert. Der hintere Bereich war mit einem dunklen Tuch abgeteilt.

»Dies«, sagte Hagen und wies auf Carteaumois, der nach kurzem Zögern ebenfalls die langen Stiefel vom Fuß zog, »ist Edgard Carteaumois.«

Upuaut deutete eine kurze Verneigung an. »Natürlich ist er das, Ewiger. Dein zweiter Sohn.«

Hagen ballte die Fäuste ob dieser Andeutung auf den Knaben, den Ulda in seiner Abwesenheit geboren hatte. Er bedauerte so sehr, sie verloren und ihn nicht aufwachsen gesehen zu haben. Wie sehr grämte es ihn, niemals eine Familie gehabt zu haben, ohne dass bei diesem Wort nicht stets der Tod mitschwang, als Ende oder als Anfang des Ganzen.

Doch in Upuauts Stimme waren weder Spott noch eine Herausforderung zu erkennen. Der angespannte Moment wurde unterbrochen, als das Tuch beiseiteglitt und eine zierliche, dunkelhäutige Frau mit einem silbernen Tablett in der Hand dahinter hervorkam. Sie trug einen halb durchsichtigen Schleier an goldener Kette, sodass nur ihre dunklen Augen zu erkennen waren. Doch ihr zierlicher, noch jugendlicher Körperbau und die flache Brust deuteten darauf hin, dass sie kaum vierzehn Jahre sein konnte. Um ihre Fesseln und den nackten Bauch trug sie silberne, mit Schellen behängte Ketten.

»Meine elfte Frau, Adilah«, stellte Upuaut sie vor und nahm auf den Kissen Platz, während das Mädchen drei Tontassen vom Tablett nahm und aus einer eisernen Kanne ein schwarzes Gebräu eingoss. Sie hielt den Blick dabei stets auf ihre Hände gerichtet. Schon als Hagen und Carteaumois Platz genommen hatten, wandte sie sich wieder ab und verschwand hinter dem Vorhang. Auf ihrem unteren Rücken, über dem weiten, bunten Rock und unter dem halblangen, ärmellosen Seidenhemd, sah Hagen zwei große Muttermale, die ihn wie die Augen einer Schlange anzustarren schienen.

»Sie ist sehr jung«, sagte Carteaumois bemüht gleichgültig, und Hagen sah ihn verblüfft an. Zu seiner, Hagens, Zeit waren viele edle Frauen in diesem Alter bereits verheiratet gewesen und hatten Kinder gehabt. Heute ließ man sich dabei zumindest in Europa mehr Zeit. Aber warum das den hartgesottenen Mörder so anfocht, wusste er nicht zu sagen.

Upuaut schien keinen Affront in der Aussage des Franzosen zu sehen. »Anfangs sind sie es alle. Dann werden sie Mütter und schließlich Großmütter, die in meinen Armen sterben. Dieses traurige Los werden auch Sie erleiden, wenn Sie sich eines Tages eine Gattin nehmen. Ein Menschenleben ist zu kurz, um eine gute Frau so zu lieben, wie sie es verdient. Und doch muss man es versuchen.«

Also war der mysteriöse Händler deutlich älter, als Hagen geahnt hatte. Elf Menschenleben zumindest … oder hatte er mehrere Frauen zugleich gehabt?

Upuaut lächelte und wies auf die Tassen, ergriff selbst eine und hob sie an: »Auf die Frauen!«

Hagen ergriff das heiße Behältnis und schnupperte an der dunklen Flüssigkeit. Sie roch erdig und ein bisschen nach Schmiedeschlacke, der Geschmack war nussig-bitter und stark, aber nicht unangenehm.

Upuauts Augenbrauen zuckten kurz in Richtung seiner Nasenwurzel, als Carteaumois die Tasse abstellte, ohne zu trinken. »Meine Nachfahren benötigen eine besondere Kost«, erklärte Hagen. »Die Freuden gemeiner Nahrung sind ihnen versagt.«

Auch dies war eine Entwicklung, die erst mit der Zeit eingetreten war. Nach einigen Jahren weigerte sich der Körper der *Bluotvarwes* zunehmend, etwas anderes als Blut aufzunehmen.

»So wiederholt sich die Geschichte ein weiteres Mal«, sagte Upuaut stirnrunzelnd, doch bevor Hagen nachfragen konnte, fuhr er fort: »Ich habe, lieber Freund, die Dinge, nach denen Sie schickten.« Er wies auf einen ledernen Ranzen, der hinter ihm lag.

»Ich bedanke mich. Und hier habe ich die Bezahlung.« Hagen zog einen prall gefüllten Geldbeutel aus der Tasche und legte ihn auf den Tisch. Dann nippte er noch einmal an seiner Tasse und fragte, um anzuzeigen, dass er noch nicht aufzubrechen gedachte: »Wie nennt man dieses Getränk?«

»*Bunchum*«, sagte Upuaut. »Mein Volk nutzt seine belebenden Kräfte seit Jahrhunderten. Seit einiger Zeit nennt man es auch Kaffee. In London und Amsterdam hat man es bereits schätzen gelernt. Auch die Deutschen werden es sicher bald lieben.«

»Es ist köstlich, doch für den deutschen Mann zu bitter«, wandte Hagen ein. »Verzeihen Sie meine Skepsis, aber ich kann mir die Menschen dieses Landes nicht dabei vorstellen, wie sie jenes schwarze Gold trinken.«

Upuaut lächelte unverbindlich und trank einen Schluck. Auch er hatte offenbar keine Eile, und so zog Hagen den Ranzen zu sich und untersuchte einen Augenblick schweigend den Inhalt. Es war alles da, was das Buch *Barach* verlangte. Er vertraute Upuaut, doch er konnte nicht riskieren, im entscheidenden Augenblick feststellen zu müssen, dass etwas fehlte.

Zufrieden schnürte er den Ranzen wieder zu, nippte erneut am Kaffee und beschloss dann, dass er den Vorstoß wagen konnte. »Ich hätte eine weitere Bitte, edler Reisender.«

Der Dunkelhäutige hob beide Hände in einer einladenden Geste.

»Ich weiß, dass Sie auch andere mit dem versorgt haben, was Sie mir unlängst in großer Menge zukommen ließen – oder mit sehr Ähnlichem.«

Unlängst, dachte Hagen, kaum dass er es ausgesprochen hatte. Mit diesem Wort konnten wohl nur Unsterbliche untereinander fast eine Dekade beschreiben.

Er wartete kurz, aber Upuaut stimmte weder zu, noch leugnete er, also fuhr Hagen fort: »Ich muss wissen, wer außer mir diese Güter erhalten hat.«

Upuaut leerte nachdenklich seine Tasse und schnippte laut. Wenige Augenblicke später kam die junge Frau geschmeidig herbeigeeilt, nahm die Kanne vom Tisch und füllte beide Tassen nach. Als sie bemerkte, dass die dritte unangetastet geblieben war, legte sie die Stirn unter den langen schwarzen Haaren in Falten. Doch sie sagte nichts, und als Upuaut sie nicht ansprach, zog sie sich mit klingenden Schritten wieder hinter den Vorhang zurück.

»Sie sind mir ein guter Kunde und Freund geworden, lieber Hagen von Stein«, sagte Upuaut dann. »Doch muss ich meinen Ruf bewahren. Soviel will ich Ihnen verraten: Ja, es gibt einen Mann, der große Mengen jener Ingredienzien bei mir orderte und sie auch erhielt. Doch wer es ist, das kann ich Ihnen nicht sagen.«

»Ein Mann?«, fragte Hagen, und Upuaut nickte. Also nutzte Anelma einen Unterhändler.

»Ich bin gewillt, Ihnen einen angemessenen Preis zu bieten.«

»Keine Münze ist so viel wert, dass sie meinen Verrat erkaufen kann«, sagte Upuaut bestimmt, und seine höfliche Fassade bekam Risse. »Keine!«

Hagen senkte beschwichtigend den Kopf und als er ihn wieder hob, traf sein harter Blick auf die abwartenden dunklen Augen des Händlers: »Keine Münze also … aber wie wäre es mit einem Hecetissenherz, unmittelbar nach dem Tode ihrem noch warmen Leib entrissen und in Weihwasser gebadet?«

Sein Gegenüber riss die Augen so weit auf, dass die schwarzen Pupillen wie Tintenkleckse auf weißem Papier wirkten, und Hagen wusste, dass einmal mehr die Gier über die Ehre gesiegt hatte.

O SEGENSREICHE NACHT

Als Hagen und Carteaumois die Mauer um die kleine Kapelle erreichten, war der unablässige feine Regen durch fingerdicke Tropfen ersetzt worden. Am Himmel wirbelten schwarze Wolken umeinander und hatten schon lange jeden Schimmer des vollen Mondes verschluckt. Als wolle die Natur sich gegen den kommenden Frevel stellen, peitschte der Regen von Sturmböen getrieben auf sie nieder, und ein ferner Blitz erhellte die aus rotem Stein errichtete Kirche hinter der Mauer.

Da musst du schon mehr aufbieten, dachte Hagen mit grimmigem Lächeln. Er war bereit, zu tun, was immer nötig war, um die Hexe ein für alle Mal aufzuhalten.

Nun kletterte er auf den Sattel und sprang von dort mühelos auf die Mauer. Carteaumois, der bereits abgestiegen war, brauchte dafür nicht einmal das Tier als Tritt. Mit einem gewaltigen Satz, bei dem über das Wüten der Natur hinweg nur das Rauschen seines Mantels zu erahnen war, landete er geduckt auf der Mauer.

Der Boden auf der anderen Seite war aufgeweicht, und so sanken sie bei der Landung tief ein. Erneut blitzte es, näher diesmal, und die kleine Kirche präsentierte sich stolz. Es gab an dem noch jungen Bau nur wenige kleine Bleiglasfenster. Der eckige Turm war ganz ohne Öffnung, lediglich knapp unter dem geschwungenen Dachrand klaffte ein Loch – vermutlich wartete es darauf, einst mit einer Uhr gefüllt zu werden. Der kurze grelle Schimmer verging zu Dunkelheit, aus der sich das Gebäude nur dank Hagens scharfer toter Augen als grauer Schemen hervorhob.

»Dort«, sagte Carteaumois und wies auf ein einstöckiges Haus auf der Westseite der Kirche. Trotz der späten Stunde brannte hier ein Licht, das schwach durch die Vorhänge und Glasfacetten des Fensters schimmerte.

»Da arbeitet wohl noch jemand an der Predigt«, sagte Carteaumois gut gelaunt. »So lobe ich mir das.«

Hagen nickte und holte seine Taschenuhr hervor, blickte darauf und zog sie dann ein wenig auf. Es war kurz nach Mitternacht, also bereits Sonntag. *Am heiligen Tag, auf heiligem Grund, vom heiligen Mann*, erinnerte er sich an die Beschreibung im Buch *Barach*. »Gehen wir. Ich will es hinter mich bringen.«

Er schob die gewachste Ledertasche nach hinten, um im Schlamm besser laufen zu können, und ging auf das Pfarrhaus zu. Es war aus den gleichen rostroten Steinen erbaut wie die Kirche selbst und das einzige Haus im Innern der Mauer. Im hinteren Teil des ummauerten Bereichs konnte Hagen Grabsteine und ein weißes Mausoleum mit Heiligenstatuen neben dem Eingang ausmachen.

Carteaumois überwand den matschigen Boden mühelos, glich die widrigen Umstände mit dem Geschick und der Kraft des geborenen Raubtiers aus, und erwartete ihn neben der Tür. In der weißen Kleidung wirkte er fast wie die seligen Grabwächter drüben auf dem Totenacker. Hagen lächelte grimmig – wie der Schein doch trügen konnte.

Er nickte dem *Bluotvarwes* zu, und der wirbelte herum, riss die schwere Tür mit einem wuchtigen Tritt aus den Angeln und huschte hinein. Hagen folgte ihm schnellen Schrittes und fand sich in einer niedrigen Stube wieder. Der junge Priester an dem Nussholz-Schreibtisch hatte sich gerade erst so weit vom Schreck erholt, dass er aufstand. Dabei warf er den hochlehnigen Polsterstuhl um.

Etwas zerschellte, als Carteaumois die ebenfalls junge Haushälterin von hinten umfasste. Sie war gerade dabei gewesen, Geschirr vom Esstisch zu räumen. Eine Porzellankanne lag nun zerbrochen auf der weißen Spitzendecke, und die auslaufende Milch schien ihm kurz wie Carteaumois' Blut, als der Franzose eine der Scherben in die Hand nahm und der verängstigten Frau an den Hals presste. Er hielt sie mühelos mit dem Rücken an sich gedrückt.

»Bitte …«, sagte der Priester mit leiser Stimme, und wich zurück, als Hagen auf ihn zukam. Die vollen Lippen im ansonsten schmalen Gesicht, das bleich über dem Schwarz der Soutane prangte, zitterten, und grüne Augen füllten sich mit Tränen. Seine Gedanken waren ein wilder Strudel aus Angst und Wut, doch als Hagen eintauchte, erhoben sich aus dem Sog lateinische Worte, und der Geist des Mannes zog sich am *Pater Noster* empor und gewann wieder Fassung.

»Ihr seid keine Plünderer«, erkannte er, doch es klang nicht erleichtert. Mit einem verzweifelten Aufschrei stemmte er sich auf die Schubladen, die über der Platte des Schreibtisches aufragten, und streckte sich, um ein Kreuz von der Wand zu reißen. In seinem Geist spürte Hagen die Erkenntnis des Priesters, dass mit ihnen das Böse ins Haus gekommen war. *Das kommt immer darauf an, wie man es sieht*, dachte Hagen verächtlich.

Er ließ ihn gewähren, und der Priester hielt ihm das schlichte Kreuz mit dem leidenden Jesus entgegen, rief entschlossen: »*Vade retro Satanas*.«

Hagen lachte auf. »Satanas? Zu viel der Ehre, Vater!«

Dann entrang er dem Mann das Kreuz und warf es hinter sich auf den feuchten Tisch. Es zu zerbrechen brachte er nicht über sich.

Der Mann wich weiter zurück, presste sich an die Wand, doch obwohl er vor Angst außer sich war, zuckte sein Blick immer wieder an Hagen vorbei auf eine der abgehenden Türen. Langsam drehte Hagen den Kopf, um einen Blick darauf zu werfen. Sie stand einen Spalt offen, und unter seinem Blick wich dahinter eine kleine Gestalt zurück.

Mit zwei Sätzen war Hagen bei der Tür, stieß sie auf und blickte auf einen Jungen von vielleicht sechs Jahren. Er zitterte vor Kälte und Furcht, und als Hagen ihn nun am Arm packte, kreischte er auf, und vorn an seinem weißen Nachthemd breitete sich ein dunkler Fleck aus.

Hagen griff in den kindlichen Geist, brachte ihn zur Ruhe und hob ihn an einem Arm hoch, um ihn vor dem Priester abzustellen. Mit großer Willensanstrengung löste sich der Mann von der Wand und zog den Jungen hinter sich.

Die dunklen Haare, die grünen Augen, die an den Seiten abflachende, aber spitze Nase … Es war unverkennbar, dass dieser Junge der Spross des Priesters war, ein Bastard, gezeugt von einem Mann, der im Namen Gottes Enthaltsamkeit und Keuschheit geschworen hatte. Hagen spürte den Wolf in seinem Innern vor Wut die Zähne fletschen. Er hatte diese Bigotterie so satt, mit der die Pfarrer vorgaben, Gottes Wort zu folgen, und sich das Recht vorbehielten, Sünden zu erlassen. Darin waren sie wie die Hagren – eine schnelle Verdammnis war gern zur Hand, doch die eigenen Fehlnisse wurden mit anderem Maß gemessen.

»Wir nehmen das Kind«, sagte Hagen zu Carteaumois und zuckte zusammen, als der die Frau losließ und mit einem Rückhandschlag zu Boden schickte. Kurz blickte der Franzose lüstern auf die vom schlichten weiten Kleid freigelegten Beine der ohnmächtigen Frau, dann gierig auf das Blut, dass aus ihrem Mundwinkel sickerte.

»Nein«, schrie der Pfarrer und warf sich in blindem Gottvertrauen auf Hagen. Der fing den linkischen Hieb mühelos ab, packte den Mann am Kiefer und knallte ihn auf die Platte des Schreibtisches, die dabei mit einem Krachen anbrach. Ein tiefer

Riss zog sich durch das rotbraune Nussholz, und Hagen witterte Jahrzehnte des Öls, mit dem das Möbelstück gepflegt worden war, als er seinen Hut auf die Oberseite des Schreibtischaufbaus legte und sich zu dem Mann herunterbeugte. Aus einer Platzwunde an der Stirn lief Blut in den Riss und wurde vom Holz aufgesogen.

»Hör mir zu, Gottesmann«, flüsterte er ihm ins Ohr, so wütend darüber, dass die Sünde des Priesters ihn zu Abscheulichem zwingen würde.

»Es liegt an dir, ob sie leben oder sterben werden. Alles was du tun musst, ist für uns ein wenig mehr zu sündigen. Das sollte dir doch nicht schwerfallen, oder?« Er drehte den Kopf des Mannes so, dass er seinen Sohn ansehen musste. Der Junge kauerte, den Kopf in das nasse Tuch zwischen seinen Knien gepresst, am Boden und wippte vor und zurück. Mitleid flammte in Hagens Herz auf, doch er verlöschte es mit der Erkenntnis, dass dieser in Sünde gezeugte Bastard, dessen Existenz jeden Gottesdienst beschmutzte, den der Priester hielt, dereinst ins Himmelreich eingehen würde. Ganz im Gegensatz zu Anelma, die der eigentliche Grund für all dies war. Der Hass auf die Hecetisse gesellte sich zu seiner Wut und wappnete sein Herz vollends gegen das Bedauern.

»Also, entscheide dich«, forderte er grob, ließ den Mann los, setzte sich den Hut wieder auf und trat mit erhobenen Händen einen Schritt zurück.

Der Mann presste eine Hand auf die blutende Stirnwunde und richtete sich langsam auf. Sein Blick wanderte von seiner Mätresse zu dem Kind und zurück. Dann nickte er.

»Gut«, sagte Hagen und packte ihn hart am Arm, um ihn auf die noch offen stehende Tür zuzuschieben. »Bring das Kind mit«, befahl er Carteaumois, dann stieß er den Pfarrer in das Unwetter hinaus. Der Mann stolperte im Matsch und fiel in das brackige Wasser. Ein Blitz erhellte ihn, als er sich mit verzweifelter Miene wieder aufrappelte. Hagen spürte, wie sich seine Wut in kalte Verachtung verwandelte, und gab dem Priester einen Tritt, der ihn erneut zu Boden sandte. Dann ging er an ihm vorbei und packte ihn am Kragen, um den zappelnden Mann durch den kalten Schlamm hinter sich her auf die Kirche zuzuziehen. Dabei ignorierte er sein Flehen um Gnade.

Carteaumois überholte ihn, den Jungen mit einer Hand an den Handgelenken umfassend. Hagen spürte, wie die dunklen Spitzen des *Bluotvarwes*-Geistes in den des Kindes eindrangen und es bewegungslos hielten. Dies hatte nichts mit dem Locken und Überreden der Bletzermagie zu tun. Es war ein reiner Machtbeweis.

Vor den flachen Stufen des roten Baus zog Hagen den Priester auf die Beine. Der Mann atmete schwer durch den offenen Mund und taumelte nach einem weiteren Stoß die Treppe hinauf. Der Regen wusch den braunen Dreck aus Haaren und Stirn, und so sprühte brackiges Wasser von seinen Lippen, als er nun heulte: »Warum? O Gott, warum?«

Hagen zog ihn mit zur Tür und sagte leise: »Wenn er antwortet, gib mir Bescheid. Ich habe auch noch einige Fragen an ihn.«

Carteaumois stieß das zweiflügelige Kirchentor auf, und gemeinsam traten sie ein. Ein Blitz erhellte das Innere der Kirche und brach sich auf dem gigantischen runden Leuchter, der tief von der Decke hing und aus dessen bronzenem Rund eiserne Kerzenhalter wie die Beine eines Insekts ragten. Auch die silbernen Leuchter auf dem Altar in der kleinen Apsis schimmerten hell. Dann hallte der Donner im Innern des Kirchenraumes nach und vertrieb jedes Licht. Zurück blieb ein düsterer Raum mit gut einem Dutzend Bänken auf jeder Seite.

Vom Gewicht jahrelanger Wiederholungen gezogen, sank der Priester auf ein Knie und schlug ein Kreuz. Hagen ließ ihn gewähren, immerhin brauchten sie einen heiligen Mann. Er hoffte nur, dass er den Bruch des Zölibats und das Zeugen eines Bastards gebeichtet hatte. Sonst würde das Ritual womöglich nicht funktionieren.

Carteaumois trat ans Weihwasserbecken und tauchte einen silbernen Flakon ein. »Hm«, sagte er verwundert und hielt die tropfende Flasche hoch. Im nächsten Blitz des wilden Gewitters sah Hagen, dass seine Finger sich rot gefärbt hatten, als habe er in ein Feuer gefasst. Eine weitere Nebenwirkung seiner neuen Existenz? Man würde sich später damit befassen müssen.

»Weiter«, befahl er, und der Priester taumelte, von Stößen getrieben, durch den Mittelgang auf den Altar zu, an der schlichten, nur wenig erhöhten Kanzel vorbei.

Er fragt sich, warum wir heilige Erde betreten können, erkannte Hagen amüsiert. »Auch wir sind Gottes Kinder – wenngleich die ungeliebten«, erklärte er. Im von Schmutzschlieren überzogenen Gesicht des Mannes begann es zu zucken, als er erkennen musste, dass auf seine Gedanken geantwortet wurde.

Der Priester fiel vor dem Altar auf die Knie und schluchzte leise Gebete. Hagen bedeutete Carteaumois, den Jungen auf den steinernen Tisch zu legen. Er kam der Aufforderung grob nach und fegte mit dem erschlafften Leib des willig gemachten Knaben den Altarschmuck herunter. Unter dem nassen Hemd des Kindes zeichneten sich seine dünnen Glieder ab.

Hagen warf dem Franzosen die Tasche zu, und der leerte sie vorsichtig neben dem Kind aus.

»Was wollt ihr von uns?«, fragte der Priester verzweifelt und zugleich wütend, duckte sich aber sofort hinter die hochgerissenen Arme, als Hagen ihn erneut im Nacken packte und auf die Füße zog. Seine durchnässte Soutane riss ein.

»Jetzt spielen wir Hiob«, sagte Carteaumois fröhlich und warf Hagen ein mit Muscheln besetztes kurzes Brett zu. Der fing das Überbleibsel eines bei den Kreuzzügen gesunkenen Bootes mit einer Hand auf und knallte es so laut auf den Altar, dass es wie ein Schuss klang. Der Priester zuckte zusammen und keuchte auf.

Hagen zog das Buch *Barach* heraus und schlug die entsprechende Seite auf. »Lies das. Tu, was von dir verlangt wird. Und denke immer daran: Der Tod steht bereits an der Schwelle, und beim geringsten Fehler hole ich ihn in dein Haus!«

Der Priester sah Hagen flehend an, doch der drückte ihm nur das Buch in die Hand. Das schmutzige Wasser, das an den Armen des Mannes herabrann, perlte auf den Seiten wie auf dem Rücken einer Ente ab.

»Ihr werdet uns ohnehin töten«, flackerte Widerstand in seiner Stimme auf.

Hagen lächelte grimmig. »Du wirst mir keinen Schwur glauben, darum erspare ich ihn mir. Doch glaube mir: Tust du nicht wie dir geheißen, wird dein Sohn einer von uns!«

Carteaumois stieß ein heiseres Lachen aus, und als der Priester ihn erschrocken ansah, hielt er darin inne, schwarze Kerzenstumpen um den Altar zu verteilen, und zeigte seine unzähligen scharfen *Bluotvarwes*-Fänge.

»O Herr im Himmel«, keuchte der Gottesmann, und seine Knie drohten nachzugeben. Hagen fing mit der einen Hand das Buch auf und stützte mit der anderen den Mann. Je länger er sich zierte, umso wütender wurde Hagen. Wäre er fest in seinem Glauben, würde er nicht zaudern und nicht wanken, sondern sich dem stellen, was Gott für ihn vorgesehen hatte. Und wenn dies nun einmal war, durch die Hand der Verfluchten zu sterben …

Jetzt aber nickte der Priester willfährig und murmelte: »Ich tue es ja, ich tu's, aber gebt den Knaben frei.«

Hagen spürte ein heißes Stechen in seiner Brust und beugte sich vor, mit einem Mal erpicht darauf, den Mann für seine Sünden leiden zu sehen. »Das hätten wir getan, wärest du nicht so ein schwacher Mensch. Wir brauchen einen, der ohne Fehl ist – dein

Sohn beweist, du bist es nicht. Aber keine Angst – er wird nicht sterben!«

Tränen liefen nun aus den Augen des Mannes und ersetzten die versiegten Regenströme aus seinem Haar. Carteaumois erhob sich und nickte. Die Kerzen waren aufgestellt und brannten. Nun reichte der Franzose ihm ein kleines Bleischälchen mit der einen und einen Nagel und einen Hammer mit der anderen Hand.

Hagen nahm beides entgegen und befahl dem Priester: »Fang an!«

»Bitte, Herren, ich bitte Sie … Erbarmen.«

Hagen verzog den Mund. »Hab keines erfahren, werd keines gewähren. Los!« Er wies auf die Seite des Buches.

Der Priester suchte noch einen verzweifelten Augenblick lang nach Gnade in Hagens Augen, doch er fand nur kalte Verachtung. Er hatte sich selbst zuzuschreiben, was nun geschah. Seine Sünde erzwang das Leiden des Knaben, Hagen wusch seine Hände in Unschuld.

Nach einem weiteren Blick auf seinen Sohn begann der Mann zu lesen.

Das Ritual bestand im ersten Teil aus dem Vater Unser, dann folgte ein Segensspruch und ein weiteres Vater Unser, dieses Mal jedoch rückwärts. Der Priester schaffte es bis zur Mitte des Textes, bevor er erkannte, was die scheinbar unsinnigen Worte darstellten. Er verstummte entsetzt, und Hagen spürte, wie er mit sich rang. Ein kurzes Zucken des Kopfes reichte aus, und Carteaumois packte den Jungen am Hals. »Nur weiter«, sagte der Franzose fröhlich, beinahe ermunternd.

Als wolle Gott ihn vor dem kommenden Frevel warnen, hallte ein langer Donner durch die noch immer offene Tür herein.

»*Munaiditoc murtson Menap*«, fuhr der Priester trotzdem eilig fort, und als er mit »Nema« endete, stellte Hagen die Bleischale ab und hielt das Buch für ihn. Erst sah ihn der Priester verwundert an, dann las er weiter und stöhnte entsetzt auf. »Das könnt ihr nicht von mir verlangen.«

Hagen hielt ihm Hammer und Nagel hin: »Tröste dich damit, dass wir mit deiner Hilfe Gutes tun werden!«

»Das kann ich nicht!«

»Doch – du – kannst!«, sagte Carteaumois vorfreudig und bewegte bei jedem Wort den Kopf ein bisschen näher an die Kehle des Knaben heran, bis sein hellbraunes Haar auf die Wange des Kindes fiel.

Der Priester ergriff mit einem Schrei das Werkzeug und schluchzte auf, als Carteaumois den Arm des Kindes streckte, bis die Hand auf der Schiffsplanke lag. Zitternd hob der Priester den Nagel und setzte ihn in der Mitte der kleinen, schmutzigen Kinderhand an.

Carteaumois schnalzte ungeduldig. »Du weißt aber auch gar nichts über den Heiland, was?« Er platzierte den Nagel so, dass er unter der Handwurzel des Kindes lag. Seine Fingerspitzen verharrten auf der Ader, die auch Hagen dort pulsieren spüren konnte. Dann schob er den Nagel so, dass sie nicht von ihm durchbohrt würde.

Der Priester starrte das dunkle Metall an, um nicht in das ausdruckslose Gesicht seines Sohnes sehen zu müssen. Dann wandte sich sein Blick wieder dem Buch zu, und er verlas mit tränenschwerer Stimme: »Herr, ich befehle deinen Segen auf dieses Blut herab, das, wie Jesu es einst vergossen, aus unschuldiger Seele strömt.«

»Weiter!«, forderte Hagen, der spürte, wie Kraft um sie strich, einem flüchtigen Seidenlaken gleich. Es erinnerte ihn an den Rausch, den er verspürt hatte, als er zum ersten Mal Teil des von Anelma geführten Rituals gewesen war. »Weiter, Mann!«

»Im Namen des Vaters«, schluchzte der Priester und schlug mit dem Hammer auf den Nagel. Ein Blitz flammte auf und beleuchtete den schwarzen Nagel, ins kindliche Fleisch getrieben, das dunkle Blut, das um den Stahl heraufsickerte wie Grundwasser in eine Grube, und die zum stummen Schrei aufgerissenen Augen und den Mund des Kindes. Carteaumois' brutale Kraft drängte den Schmerz beiseite, lähmte das Kind weiter, doch seine Qual lag so deutlich in der Luft wie die Schwere des Gewitters.

»Des Sohnes«, presste der Priester zwischen zwei gequälten, beinahe irrsinnigen Schreien hervor, und mit einem weiteren Kreischen schlug er erneut zu. Im matten Schein der Kerzen blieb Hagens Augen nichts von der Folter verborgen.

Der Priester ließ den Arm hängen, wollte den Hammer fallen lassen, aber Hagen fuhr ihn an: »Bring es zu Ende!«

Der Junge begann sich zu bewegen, der Drang, sich vor Schmerzen zu winden, wurde übermächtig. Hagen wollte ihn zur Ruhe schicken, wollte ihm den Schmerz nehmen, doch das ginge erst, wenn das Ritual vollendet war. Verdammt sollte der Priester sein.

»Bring es zu Ende!«, wiederholte er, und der Mann schrie die letzten Worte heraus, während er den Hammer mit Wucht auf den Nagel herabsausen ließ: »Und des Heiligen Geistes!«

Es krachte trocken, als der Nagel in das vom Salzwasser und den Jahrhunderten strapazierte Holz drang. Nun schrie auch der Junge auf, und Carteaumois musste ihn an den Schultern niederhalten. Hagen verschloss sein Herz vor dem Leid des Kindes und hielt dessen den Arm.

»Lasst ihn!«, kreischte der Priester wie irr und stürzte vor, wollte nach dem Nagel greifen, um ihn herauszuziehen. Hagen sandte ihn mit einem Rückhandschlag zu Boden, wo er benommen liegen blieb.

Dann ergriff er die Bleischale und fing damit das unschuldige Blut auf, das von dem Brett tropfte. Es dauerte nicht lang, dann war die kleine Schale bis zum Rand voll. Hagen reichte sie

Carteaumois, der sie nahm und einen Schritt zurückmachte. Der Junge kreischte noch immer und jetzt warf er sich zur Seite, um den peinigenden Nagel loszuwerden, doch er erreichte ihn nicht. Hagen sickerte wie warme Sonnenstrahlen in seinen Geist, vertrieb die Schmerzen, sperrte sie für den Augenblick wie wilde Tiere in einen Käfig in seinem Innern und ließ das Kind in selige Ohnmacht gleiten.

Mit einem Ruck zog er den Nagel aus dem Fleisch des Jungen und wickelte ein Taschentuch um die Wunde.

»Also lassen wir sie wirklich leben?«, fragte Carteaumois. Seiner Stimme war nicht anzuhören, ob er enttäuscht oder erleichtert darüber war. Hagen drang tiefer, doch auch hier fand er keinen Hinweis. Der *Bluotvarwes* wurde unangenehm gut darin, Hagen aus seinen Gedanken auszuschließen. Ohne zu antworten, ging Hagen um den Altar herum und öffnete das schlichte Tabernakel aus dunklem Holz und Glas. Er entnahm die eckige Flasche mit dem Wein sowie eine einzelne gesegnete Hostie aus einer goldenen Schüssel.

Der Priester richtete sich mit glasigem Blick halb auf. »Frevel!«, keuchte er, als begriffe er erst jetzt, wozu man ihn gezwungen hatte. Hagen hob den Jungen vom Altar, der blutbeschmiert und damit entweiht war. Es machte wohl keinen Unterschied, kam so doch zu einem unkeuschen Priester nur eine weitere Gotteslästerung in das heilige Haus.

Hagen steckte sich die Hostie in den Mund, nahm die mit Blut gefüllte Schale von seinem Kumpan entgegen und zog den gläsernen Stopfen mit den Zähnen aus der halb leeren Flasche. »Blut zu Blut«, sagte er und schüttete einen Schluck der roten Flüssigkeit in die Schale. Zwar wurde der gesegnete Teil des Weins im Gottesdienst stets ausgetrunken, weil er nicht vergossen werden durfte, aber durch den Aufenthalt im Tabernakel war den Anforderungen des Rituals Genüge getan.

Die Schale floss über, und blutiger Wein ergoss sich über seine Hand und tropfte auf den Boden der Kirche.

»Um in deinem Namen das Böse zu bekriegen, Herr, verlangen wir deinen Segen!«, sprach Hagen an der Hostie vorbei, nahm ein silbernes Kreuz und den goldenen Zacken einer Monstranz von Carteaumois entgegen und ließ sie in die Schale sinken. Mehr rote, köstlich riechende, warme Flüssigkeit rann seine Hand und den Unterarm herab. Dann ballte er die Faust, und das weiche Blei der Schüssel gab bereitwillig nach. Er spürte die harten Formen unter dem Metall. Eigentlich hätte nun die restliche Flüssigkeit auslaufen müssen, doch das Metall sog sie auf wie ein trockenes Tuch.

»In deinem Namen wollen wir handeln. In deinem Namen wollen wir strafen. Denn dein Reich komme, dein Wille geschehe! Amen!«

Mit dem letzten Wort schluckte er die zu grobem Brei gewordene Hostie und riss die Faust mit der Bleiform darin in die Luft. Eine Windbö peitschte in die Kirche, bis zum Altar hinauf, und blies die Kerzen aus. Der Ansturm mächtiger Magie, der in seine Hand strömte, ließ Hagen auf die Knie sinken. Sein Unterarm loderte kurz vor Schmerz, dann wurde er kalt und taub. Ein heiserer Schrei entrang sich seiner Kehle, als die Kälte sich rasant in seinem Körper ausbreitete, um dann von lodernder Hitze abgelöst zu werden. Nur mit Mühe konnte er sich aufrecht halten.

Dann verebbte der Strom, und als das Gefühl in seine Glieder zurückkroch, brachte es den Schmerz mit. Das Blei in seiner Hand pulsierte, und als er die Finger mit der anderen Hand aufbog, waren sie blutleer und farblos. Er versuchte sie zu bewegen, aber sie gehorchten nicht, und als er probehalber das Fleisch an einem Finger knetete, um das Blut zurückzulocken, riss das abgestorbene Fleisch ein.

Ein Mensch, der dieses Ritual durchführte, hätte danach mindestens den Verlust einer Hand zu beklagen. Diese Kleinigkeit hatte das Buch verschwiegen.

Sein Fleisch hingegen würde sich bald wieder erholt haben. Und die Vorfreude darauf, Anelma mit dem Ergebnis dieses Rituals eine böse Überraschung zu bereiten, versüßte den Schmerz zu einer dankbaren Opfergabe. *Du glaubst gegen uns gewappnet zu sein, du Hündin …*

Carteaumois beugte sich kichernd über seinen Herrn und musterte die vertrocknete, blauweiße Hand. »Kein Wunder, dass die Kirche diese Rituale nur in besonderen Fällen gestattet.«

Hagen schnaubte, holte an einer Schnur um seinen Hals einen kleinen Lederbeutel unter dem Hemd hervor und zog ihn mit den Zähnen und der gesunden Hand auf, um die unförmige Bleikugel hineingleiten zu lassen.

Dann erhob er sich wortlos und ging auf den Ausgang zu. »Komm. Wir müssen einen fähigen Schmied finden.«

Carteaumois folgte ihm, doch nicht ohne einen letzten hungrigen Blick auf den Priester zu werfen, der nun zu seinem Kind kroch.

Die Utensilien des Rituals ließen sie zurück, sie waren mithin wertlos geworden. Während sie durch den Mittelgang schritten, hallte das Schluchzen des Vaters durch die hohe Kirchenhalle, doch schon bald überdeckte sie das wütende Brüllen des Sturms, der die beiden Untoten draußen erwartete.

Der Krieg fordert Opfer, dachte Hagen und spürte keine Reue.

ANELMA

Der Fluss war vom ersten Schmelzwasser reißend geworden, doch davon war an seiner schwarzen Oberfläche kaum etwas zu sehen. Nur das unruhige Tanzen des sich spiegelnden Vollmonds auf den Wogen verriet Hagen, wie schnell der »Vater Rhein« in dieser Nacht an ihnen vorbeieilte.

»Dort vorn ist Bingen«, sagte Carteaumois leise. Hagen wandte den Blick vom dunklen Fluss ab und sah an dem Franzosen vorbei zur von der Nahe gespaltenen Stadt hinüber. Kurz erinnerte sie ihn mit der Burg Klopp in der Mitte an Prag, doch natürlich war Bingen um so vieles kleiner. Die Burg lag ausgebrannt da, war wie der Mäuseturm ein Opfer des Krieges geworden.

»Sankt Martin macht seine Arbeit schlecht«, sagte er leise, und als Carteaumois ihn verständnislos ansah, ergänzte er: »Martin von Tours, der Schutzheilige Bingens.«

»Dieser Tage scheint sich keiner der Heiligen besonders anzustrengen«, spottete der Soldat und sah sich um. Hagen tat es ihm gleich. An ihrer Seite erhob sich steil der Scharlachberg, auf dem noch nackte Rebstöcke wie unfertige Grabkreuze aus der im Mondlicht milchig-roten Erde ragten. Der Riesling hatte noch nicht ausgetrieben, und andere Weinsorten fand man hier kaum. So würden die Stöcke erfrorenen Soldaten gleich in Reih und Glied warten, dass sich endlich wieder eine lebendige Umarmung um sie legte.

»Da sind wir«, sagte Carteaumois. »Am Scharlachberg, mit Bingen in Sicht, wie es die Musche sagte.«

Hagen nickte. Die Tochter des Scharfrichters von Wiesbaden hatte mit ebendiesen Worten den Treffpunkt beschrieben, an dem sie Anelma die Güter von Upuaut übergeben hatte. Und nicht nur das – auch ihr Kind, aus einer Liebesnacht mit einem verurteilten Mörder entsprungen, hatte sie der Hexe vermacht. Das dumme, aber durch und durch verdorbene Ding hatte gehofft, Anelma werde sie in ihren Zirkel aufnehmen. Hagen und Carteaumois hatten sich ihr Blut geteilt.

Doch das lag schon einige Tage zurück, und jetzt suchten sie einen Hinweis darauf, wo sich die Hexe verkrochen haben könnte.

»Sie kann überall sein«, sagte Carteaumois wütend. »In einem der Häuser hier, in einer Hütte im Wald oder sogar in Bingen selbst.«

Hagen blickte über den Berg hinweg und lächelte. »Ich weiß, wo sie ist.«

»Spürst du sie?«, fragte Carteaumois.

Hagen schüttelte den Kopf. »Das brauche ich nicht.« Er wies zum Bergkamm, wo sich ein niedriges Winzerhaus dunkel vor dem hellen Nachthimmel abzeichnete. Unzählige Raben umschwirrten das Dach oder hatten sich wie Hühner auf der Stange auf dem Giebel und einem verdrehten, knorrigen Baum vor dem Eingang niedergelassen.

Hagen trieb sein Pferd zwischen die Rebstöcke, und langsam, mühselig, erklomm es den Berg. Immer wieder löste sich die lockere Erde unter den Hufen, und mehr als einmal riss das Tier im Stolpern Stöcke um. Hagen ließ es seinen eigenen Weg finden, denn um einen befestigten Pfad zu suchen, war er zu ungeduldig. Er wollte der Hecetisse endlich das Herz herausschneiden!

Das Haus wurde größer, kam ganz in Sicht und offenbarte eine mit Erkern und Nischen übersate Rückfront. Hagen spürte dunkle Magie, die wie Fäulnisgeruch aus einer Leiche von dem unbeleuchteten Bauwerk aufstieg. Eine vorbeiziehende Wolke verdeckte den Mond, und genau in diesem Augenblick stiegen die Aasvögel krächzend auf. Der Himmel war schwarz von struppigen Flügeln, und das raue Schreien hallte ohrenbetäubend über den Berg hinab.

»Schnell! Sie weiß, dass wir kommen«, drängte Carteaumois, doch Hagen trieb sein Pferd nicht stärker an.

»Hagen!«, forderte der Franzose erneut. »Wir müssen das Überraschungsmoment nutzen!«

Hagen lächelte düster. »Das gab es nie. Sie weiß, dass wir kommen. Und so soll es auch sein.«

Der Soldat schnaubte wütend und zog nacheinander seine beiden Pistolen hervor, um ihre Einsatzfähigkeit erneut zu prüfen. Er hatte sich mit Waffen ausgestattet, die eines der neumodischen französischen Schlösser anstelle des anfälligeren Radschlosses trugen. Auch die schlanke Arkebuse, die an seinem Sattel hing, war mit einem solchen Wunderwerk der Zündmechanik versehen. Lang vorbei die Zeit, da mit glühenden Lunten hantiert werden musste. Die Waffen hatten ein Vermögen gekostet, doch es war eine lohnende Ausgabe. Ganz sicher wollten sie nicht mit einem erloschenen Zündfunken vor der Hexe und ihren Monstren stehen.

Endlich hatten sie die Bergkuppe und damit das geduckte Winzerhaus erreicht. Als es in Sicht kam, erwies sich der dem Hügel abgewandte Teil des Gebäudes als ausgebrannt und eingestürzt. Im vorderen Bereich sah man durch die leeren Fensteröffnungen Trümmer von Möbeln und Geschirr, als hätten Vandalen gewütet. Offensichtlich wohnte hier niemand mehr.

»Sie ist nicht fort«, sagte Carteaumois und witterte. »Ich rieche ihre mörderischen Hunde – und Blut. Sie sind noch hier!«

Hagen stieg ab und wies auf die breite Klappe, die an der Seite des Hauses zur Treppe in den Weinkeller führte. Carteaumois nickte, zog die Arkebuse aus dem Sattel und ging darauf zu.

Mühelos hob er mit einer Hand einen der schweren Holzflügel an. Hagen duckte sich unter dem Holz hindurch und ging langsam die Stufen in den dunklen Keller hinab. Eine Reihe riesiger, ovaler Fässer erwartete ihn zu beiden Seiten der überraschend hohen, gemauerten Hallen. Da sie auf Holzsockeln ruhten, überragten sie Hagen um beinahe einen halben Meter.

Dicke Säulen, auf denen sich die Decke in kegelförmigen Wülsten abstützte, zogen sich durch die Mitte und erschwerten neben der beinahe völligen Dunkelheit die Sicht. Starker Weingeruch hing in der Luft, untermalt von harzigem Holz und Teer. Es war seltsam, dass die Soldaten den Keller nicht geplündert hatten. Indes, vielleicht war es auch nicht der Feind gewesen, der das Haus eingerissen hatte, sondern Anelmas Truppe.

Carteaumois schloss den Eingang leise hinter sich und sprang mit einem Satz die Treppe hinunter, huschte dann wie eine Katze zu Hagen. Und wirklich, als wäre er ein Kater, erklang vielstimmiges Quicken hinter den Fässern, und mit einem Mal strömten Ratten in panischer Flucht an ihnen vorbei, einige noch mit fauligen Fleischstücken im Maul.

Das Meer aus schwarz-braunen Leibern teilte sich um die beiden Untoten, nur um hinter ihnen wieder zusammenzuströmen und schließlich in unzähligen Löchern in den Wänden zu verschwinden.

Hagen bemerkte den Geruch von Tod und Verwesung. Er blickte zwischen zwei Fässern hindurch und fand dort einen fast völlig abgenagten Leib liegen. Vermutlich die vorherigen Besitzer des Hauses.

Sie erreichten eine niedrige Tür, und als Hagen kurz daran horchte, hörte er Anelmas Stimme: »Der Lauscher an der Wand hört seine eigne Schand, Hagen!«

Er wandte sich Carteaumois zu und nickte. Dann zog er den Säbel mit der Rechten und den unterarmlangen, leicht gebogenen

Dolch mit der Linken. Kurz wog er den kühlen Stahl der hervorragenden Parierwaffe in der Hand. Silberne und goldene Einschlüsse zogen sich durch den verschnörkelten Handkorb und bis auf die Klinge hinauf. Die Blutrinne war ungewöhnlich tief, um der Waffe mehr Stabilität zu verleihen, denn es war viel zu weiches Material mitverarbeitet worden.

Carteaumois zog zur Arkebuse eine seiner Pistolen und stellte sich, beide Waffen mit je einer Hand auf die Tür gerichtet, neben Hagen auf. Der machte einen Schritt zurück, trat die Tür auf und sprang dem auffliegenden Türblatt nach, rollte sich seitlich von der Tür ab und kam auf die Beine.

Vor ihm lag ein großer Raum, der mit Regalreihen voller eckiger und runder Flaschen angefüllt war. Sofort stieg ihm der Geruch frischen Blutes in die Nase und zog lockend an ihm. Carteaumois folgte schnell nach. Kaum war er im Innern angekommen, schlug hinter ihnen wie von Geisterhand die Tür zu.

»Hör auf mit den Spielereien«, verlangte Hagen laut.

Anelmas Kichern hallte an der gewölbten Decke entlang. »Ich konnte nicht widerstehen. Wir sind hier, Liebster!«

Hagen drehte den Kopf, um trotz des Halls eine Richtung auszumachen. Carteaumois schob sich vor ihn, damit er nicht versehentlich seinen Herrn erschoss, und schlich lauernd weiter. In der Mitte des Kellers waren zahllose Regale grob beiseitegeräumt worden. Die Scherben der dabei zu Boden gegangenen Flaschen knirschten unter ihren Stiefeln, doch der Wein war längst in den Boden eingesickert und hatte die Fugen der Steine rot gefärbt.

Auf dem dadurch frei gewordenen Platz stand ein großes Himmelbett, das man offensichtlich unsanft hergeschafft hatte, denn die Beine waren abgebrochen, und auch vom Baldachin waren nur noch die spitz zulaufenden unteren Teile der gedrechselten Holzstangen zu finden. An diesen hingen zwei Laternen, die den Keller in ein unstetes gelbliches Licht hüllten.

Auf dem Bett lag, von zwei nackten, blonden Männern flankiert, Anelma. Ihre zierliche Gestalt verschwand beinahe unter den kräftigen Oberschenkeln und Armen, die beide besitzergreifend über die Hexe gelegt hatten. Ihre dürren Glieder ragten aus den zerfetzten Resten eines Seidennachthemds, das von Wein- und Blutflecken übersät war.

Die beiden Männer starrten die Eindringlinge an wie Hofhunde, und nun stieg tatsächlich ein Grollen aus ihren Kehlen auf. Ihre Gesichter waren völlig gleich – Anelma hielt sich Zwillinge zu ihrem Vergnügen.

Der Geruch von Blut war beinahe betäubend und stammte von den kläglichen Überresten eines Menschen, die neben dem Bett am Boden lagen. Es war nur mehr so wenig von dem Körper übrig, dass man nicht erkennen konnte, ob es ein Mann oder eine Frau gewesen war. Ein dritter Mann, dieser gedrungen und dunkelhaarig, brach eben eine der wenigen verbliebenen Rippen heraus und nagte das feuchte Fleisch ab.

»Da bist du ja endlich. Ich hatte dich schon früher erwartet«, begrüßte ihn Anelma und befreite ihren Arm, um neben sich aufs Bett zu klopfen. Dabei glommen ihre großen Puppenaugen im Licht auf, wirkten aber glasig, wie im Rausch.

Hagen behielt die blonden Männer im Auge, die sich nun langsam aufrichteten und zu beiden Seiten aus dem Bett glitten.

»Nein?«, fragte Anelma betrübt. »Schade …«

Hagens Blick zuckte zu einem der Regale, an dem ein leises gläsernes Scharren erklang. Eine Gestalt schälte sich aus der Dunkelheit. Die Gesichtszüge des Mannes kamen ihm vertraut vor, doch erst als die Hexe erneut sprach, erkannte er die Familienähnlichkeit.

»Darf ich vorstellen? Mein treuer Freund, Lothar von Vitzthum!«

Der Mann hatte im Gegensatz zu seinen nackten Freunden

wenigstens die Reste eines Mantels um die Hüfte gebunden. Er nickte Hagen kurz höhnisch lächelnd zu, dann schlug er den Hals der Weinflasche, die er in der Hand hielt, am Regal ab und kippte sich den hellen Wein teils in den Mund, teils über die muskulöse, behaarte Brust.

Hagen spürte deutlich das Band aus dunkler Magie, mit dem Anelma den Sohn des Inquisitors, den er in Prag auf sie gehetzt hatte, unter Kontrolle hielt. Sie erlaubte nur den düsteren Impulsen des jungen Mannes, welcher der Tradition folgend ebenfalls Inquisitor war, an die Oberfläche zu steigen, und verbannte alles Gute und Reine.

Doch als der Mann in die Scherben trat, ohne mit der Wimper zu zucken, und die tiefen Schnitte an seinen Füßen schon beim nächsten Schritt wieder verheilten, wusste Hagen, dass auch für ihn jede Rettung zu spät kam.

»Du bist hier, um mich zu töten!«, stellte Anelma fest. »Das macht mich ganz rollig!« Sie richtete sich auf die Knie auf und fasste sich zwischen die Beine. Dabei rann der Samen ihrer Liebhaber an ihren Oberschenkeln hinab.

»Aber glaubst du wirklich, ich würde dir das erlauben?«

Der Inquisitor schlug die halb leere Flasche an einem Regal zu Scherben, und noch bevor die Splitter am Boden angelangt waren, hatte er einen dunklen Pflock aus seinem Schurz gezogen. Er schnitt den Arm mit den Resten der Flasche auf, ließ sie fallen und zog das Holzstück über die Wunde.

Hagen spürte den Dorn in seiner Brust vibrieren, dem Pflock zustreben. Ein guter Treffer mit dieser hölzernen Waffe wäre sein Ende.

»Das ist doch die richtige Sorte, hm?«, fragte Anelma vorgeblich unschuldig.

Die Zwillinge knurrten erneut, doch diesmal wurde der Ton schlagartig tiefer, als sich ihre Brustkörbe blähten, die Schultern krachend herabsanken und sich ihre Gesichter nach vorn wölbten.

»Glaubst *du* wirklich, ich käme unvorbereitet?«, fragte Hagen, und Carteaumois schoss. Die Kugeln trafen beide Männer in die schwellende Stirn und drangen ein wie Saat in weiche Erde. Das Knurren wurde zu einem erstickten Jaulen, und während der eine sofort hintenübersank, mitten in der Verwandlung unterbrochen, hatte der andere noch die Kraft, mit Klauenhänden in seinem eigenen Kopf nach der gesegneten Kugel zu graben, bevor er hinsank.

Carteaumois ließ die Waffen fallen und zog die zweite Pistole. Sie hatten genug gesegnetes Metall besessen für den Dolch, den Hagen in den Händen hielt, und für drei Kugeln.

Hagen sprang vor, doch Anelma riss die Arme hoch, und als fege ein Sturm durch den Keller, wurde er mitten im Sprung aufgehalten. Für einen Augenblick schwebte er beinahe schwerelos, und genau in diesem Moment schoss Carteaumois auf den Inquisitor. Doch der Mann warf sich zur Seite, und statt in seinen Leib krachte die Kugel durch eine Reihe von Weinflaschen.

Dann wurde Hagen zurückgeschleudert und schlug gegen eines der Regale an der Wand, das unter dem Ansturm erst gegen den Stein krachte und dann auf Hagen kippte. In einem Regen aus zerberstenden Flaschen ging er zu Boden, und das Gewicht der schweren Holzkonstruktion presste ihn in die Scherben, die tief in seine tote Haut schnitten.

Wütend wehrte er den magischen Angriff der Hexe mit einem flammenden Gedanken ab, doch ihre Macht war groß. Es dauerte mehrere Herzschläge, bis das unnatürliche Gewicht von ihm wich und er sich mit einem Schrei hochdrücken und unter dem Regal hervorschnellen konnte.

Als er sich dem Bett zuwandte, war Carteaumois auf der Jagd nach dem Inquisitor zwischen den Regalreihen verschwunden.

An seiner Stelle standen dort nun zwei widerwärtige Kreaturen. Die eine hockte auf viel zu kurzen Hinterbeinen, die Arme zu beiden Seiten aufgestützt; der massige Hundekopf war auf der einen Seite unförmig verdickt, auf der anderen wölbte sich der Schädel nach innen. Geifer troff von seinen freigelegten Fängen auf die Scherben am Boden. Sein Fell war, ebenso wie das seines Kumpans, hellbraun und scheckig. Der zweite Vargr stand auf allen vieren, das knöchrige Rückgrat nach oben durchgebogen wie eine buckelnde Katze und das Maul kurz, beinahe wie in seinen Kopf zurückgetrieben.

Hagen verzog angewidert das Gesicht beim Anblick dieser Gestalt gewordenen Blasphemie. Menschenfressende, verdrehte Karikaturen der Wariwulf – sie beschmutzten selbst das wenige, das Hagen an Stolz auf seine Herkunft geblieben war.

Er sah neben dem Bett noch immer die muskulösen Leichen der blonden Zwillinge liegen. Das hier waren also zwei andere Vargr.

»Ich war fleißig«, sagte Anelma und klatschte in die Hände. »Nun, Kinderchen, jetzt wollen wir den lieben Onkel mal in Stücke reißen, ja?«

Die Untiere sprangen vor, aber im selben Augenblick krachte Carteaumois mit dem seitlichen Weinregal auf den freien Zwischenraum. Der Inquisitor, noch immer in menschlicher Gestalt, landete auf seiner Brust, das Messer von Achilleus quer durch den Arm gestochen, doch die Wunde störte ihn kaum. Mit dem anderen Arm rammte er dem *Bluotvarwes* immer wieder den Pflock ins Herz, aber der lachte nur, rollte sich herum und schleuderte den Inquisitor über sich hinweg. Der Mann drehte sich im Flug, stieß sich mit den Füßen an einem Regal ab, das von der Wucht ebenfalls umgerissen wurde, und landete stehend. Für einen Augenblick hielten alle inne, dann zog von Vitzthum das Messer aus seinem Arm, runzelte die Stirn, als sich die Wunde nicht schloss, und verzog die vom wilden Bart umrahmten Lippen zu einem Lächeln. »Dann eben hiermit!«

Darauf brach die Hölle los. Der bucklige Vargr ließ sein gespanntes Rückgrat federn und katapultierte sich so auf Hagen zu. Der andere drehte sich zu Carteaumois um und hieb ihm die Krallen von hinten in die Stirn, um seine Kehle freizulegen. Der Inquisitor stürzte sich, das Messer zum Angriff vorgestreckt, auf den Franzosen. Und über all dem hallte das schrille Lachen Anelmas, die sich wie eh und je zutiefst über Leid und Verderben amüsierte.

Hagen duckte sich unter dem Maul des Buckeligen hinweg und musste sich sehr zusammennehmen, um nicht mit dem gesegneten Dolch zuzustoßen. Stattdessen rammte er den angestauten Willen in den Geist des Gegners, zerriss Anelmas zähe Fäden aus Lust und Magie, mit denen sie ihn band, und ließ ihn von Vitzthum als Inquisitor erkennen. Der viehische Geist, von dem Ansturm verwirrt, vermochte nicht mehr zu unterscheiden, wer Vargr und wer Feind war, und so gewann der Zorn der Kreatur auf das Heilige die Überhand.

Mit einem Brüllen schwenkte das Monstrum im Landen um und verbiss sich in den Oberschenkel des ehemaligen Kirchenmannes. Der zog seinem Gefährten ohne zu zögern das heilige Messer über die Schnauze, dass er jaulend zurücksprang.

Dies waren die Augenblicke, die Hagen brauchte. Er sprang mit schnellen Schritten von Brett zu Brett das am Boden liegende Regal entlang, ließ den nutzlosen Säbel fallen und sprang auf Anelma zu.

Die Hexe kreischte auf und wich zurück, stolperte auf dem weichen Lager und fiel, doch bevor sie noch auf der Matratze landete, stieß Hagen gegen sie. Gemeinsam wurden sie vom Bett gerissen, rollten über den toten Leib eines Zwillings, bis Hagen unter Anelma in den Scherben zum Liegen kam. Im letzten Moment vor dem Aufprall schaffte er es, den Kopf anzuheben. Den Schmerz des Glases, das in seinen Rücken und die Oberschenkel schnitt, spürte er kaum.

Anelma griff nach der Hand mit dem Messer und bekam das Handgelenk zu fassen. Hagen packte im selben Augenblick ihren Unterarm, an dem sie die langen Fingernägel wie die Zähne einer giftigen Schlange gespreizt hatte, um ihm die Augen auszustechen.

»O ja, du liebst es grob, gib es endlich zu!«, keuchte sie und senkte den Kopf, um ihn ins Gesicht zu beißen. Hagen ruckte hoch, und so rammte sie ihr Gesicht auf seinen harten Schädel.

Als er den Kopf wieder senkte und Luft holte, um die unnatürlich starke und schwere Frau von sich herunter in die Scherben zu schleudern, fiel ein einzelner Blutstropfen von einer Platzwunde auf ihrer Stirn in seinen Mund.

Sofort spürte er den Rausch der Macht, die blutige Wollust von Hecetissenblut in sich aufsteigen wie das Erwachen nach einer erholsamen Nacht. Er riss die Augen auf, und sah, dass Anelma es ihm gleichtat. Sie waren verbunden – lang genug, um die Hexe in seinen Geist eindringen zu lassen.

Sie durchdrang mit dem Blut seine Abwehr, fror seinen Körper ein, beherrschte ihn, doch nicht genug, um den Dolch zur Seite zu drücken.

»Hagen, das hier muss nicht so enden!«, säuselte sie, und er spürte ihr Gift in seinen Verstand sickern. »Wir wären ein unschlagbares Paar! Ich deine Delila, du mein kleiner Samson.«

Sie schnappte nach Luft, als seine Wut über den Spott ihre tastenden, klebrigen Fäden an den Enden versengte. »O ja, dein Zorn schmeckt köstlich. Er ist so viel länger gereift, so viel vollmundiger als das kindliche Wüten der Vargr.«

Aus der Ferne hörte Hagen Carteaumois schreien und den Inquisitor mahnen: »Lasst den Arm, fressen könnt ihr später!«

Hagen verlor an Kraft, die bleichen, zarten Finger, die fest wie eine Daumenschraube sein Handgelenk umklammerten, drückten den Dolch langsam beiseite. Sie beugte sich zu ihm herunter und lockte: »Ich kann sein, was immer du willst!«

Sie nahm ihm das Augenlicht, ersetzte, was er sah, durch das, was er sehen wollte. Welche Macht sie in den letzten Jahren angesammelt hatte! Er spürte sie überall vibrieren, selbst in den von Blutlust wilden Vargr spürte er ihre Macht widerklingen.

Nun war es eine dralle Brünette, die auf ihm hockte, und bei jeder Bewegung wogten ihre vollen Brüste; dann eine groß gewachsene Blonde mit zartem Gesicht; eine kleine Schwarzhaarige mit ebenso dunkler Haut.

»Nein …«, hauchte ihm die dunkle Schönheit ins Ohr, und er hatte Mühe, gegen den süßen Ansturm ihrer Magie den Dolch umklammert zu halten. »Nein, ich weiß, wonach du dich sehnst!«

Dann war es Ulda, die auf ihm saß. Zart und verletzlich, die Wangen so rot wie ihr Haar, das einfache Leinenkleid so weit aufgeschnürt, dass er die Rundung ihrer wohlgeformten Büste erahnen konnte. Ulda, nach der er sich so lange Jahre verzehrt hatte. Endlich, endlich war sie wieder da. Nun könnte er gutmachen, was ihr seinetwegen angetan wurde, und könnte ihr verzeihen, wozu man sie benutzt hatte.

Er wollte die Hand heben und ihr durch das Gesicht streicheln, doch er hatte etwas Wichtiges in der Hand, und die andere war gebunden. »Meine Ulda«, sagte er leise und spürte Tränen aus den Augenwinkeln und über die Seite des Kopfes rinnen. »Ulda …«

Doch etwas stimmte nicht. Die lauten Schmerzenschreie, der Gestank nach Blut und Geilheit, nach wildem Tier und Tod. In so einer Umgebung hätte Ulda nicht gelächelt. Hätte sie schon gar nicht begonnen, an seiner Hose zu nesteln und zu keuchen: »Endlich! So lange warte ich schon darauf! Wie werden wohl unsere Kinder aussehen?«

Kinder! Ein kleiner, von der Hitze verzogener Kopf, der über den Boden rollt. Eintopf, so süß und saftig … und der Preis ist die Seele. Nein, das war nicht Ulda!

Ihr Bild schmolz und tropfte von einer dünnen, blonden Frau herab, die mit der Zunge im Mundwinkel den Gürtel seiner Hose zerriss – Anelma! Einen Augenblick lang wünschte er sich, er hätte das Trugbild der Hecetisse nicht durchschaut, hätte sich ihm ergeben. War es denn ein Unterschied, ob man glaubte, glücklich zu sein, oder glücklich war?

Doch dann explodierte die Wut über diesen Frevel in seiner Brust. Wie konnte die Hexe es wagen, das Andenken seiner Frau auf diese Weise zu beschmutzen?

Anelma riss den Kopf hoch. Ihr blieb Zeit, einen entsetzten Schrei auszustoßen und sich nach hinten zu werfen, bevor Hagen sich aufrichtete, um mit dem Dolch zuzustoßen.

Es gab ein Geräusch wie von in Wasser gelöschtem glühenden Eisen, und die weiche Klinge des Dolches glomm auf, bevor sie in den Leib der Hexe eindringen konnte. Die Zeit schien sich zu dehnen, schien Hagen ermöglichen zu wollen, jeden Moment seiner Rache zu genießen.

Das Eisen der Waffe verdampfte in silbernen Schwaden, doch dann erreichte die Glut das eingearbeitete gesegnete Metall. Aus dem Zischen wurde ein Fauchen und Prasseln, als Funken stoben, und dann drang der scharfkantige Rest der Klinge mit einem feuchten Knirschen in ihren Körper ein.

Hagen glaubte durch den Griff des Dolches zu spüren, wie sich das Herz über der Spitze spannte und dann, einer Schweinsblase voll Wasser gleich, zerplatzte.

Anelma wurde von der Wucht des Treffers von ihm heruntergerissen und auf die Scherben geschleudert. Hagen warf sich sofort auf sie, doch schon als er auf ihren kleinen, verdrehten Körper prallte, wusste er, dass sie tot war. Ihr Herz stand still, das eilige

Klopfen verstummt, und die Luft, die sein Gewicht aus den Lungen presste, sog kein Atem wieder ein.

Er hob den Kopf, was eine beinahe unmögliche Kraftanstrengung darstellte, und sah Carteaumois umringt von drei Vargr am Boden. Auch der Inquisitor hatte nun, vom Blutrausch gepackt, seine Viehgestalt angenommen und zu Carteaumois' Glück das Messer verloren. Von Vitzthum wirkte beinahe wie ein Wariwulf. Wäre der Rücken etwas weniger gebeugt und das Fell weniger räudig gewesen, er hätte ein echter Krieger Gottes sein können. Ein weiteres Rätsel, das Hagen zu entschlüsseln gedachte …

Sie hatten dem Franzosen die Glieder vom Leib gerissen und fraßen seine Innereien, schienen im Wahn kaum zu bemerken, dass die Gedärme schneller nachwuchsen, als sie diese herunterschlingen konnten. Der brüllende *Bluotvarwes* lebte noch, und nun drängten sich auch schon, wie bei einer Geburt, noch ungeformte Glieder aus den blutenden Stümpfen.

Da saugte unter ihm die Hecetisse Luft in ihre Lungen. Entsetzt blickte Hagen auf sie hinab, und sah ein bösartiges Grinsen auf ihren Lippen. Heiser und angestrengt presste sie erst Blut, dann Worte aus ihrer Kehle: »Du kannst es nicht mehr aufhalten, Hagen!«

Hagen spürte die kalte Umarmung des Todes, der knöcherne Finger um die schwarze Seele der Hexe legte, doch sie hielt ihn mit purer Magie ab. Ihr Herz schlug nicht, das spürte Hagen. Es war der schwärzeste aller Zauber, mit dem sie sich am Leben hielt.

»Das Geheimnis der Vargr ist verbreitet«, röchelte sie.

Die Vargr jaulten auf, der Buckelige drehte sich irr im Kreis, als wolle er seinen Schwanz jagen, und rollte mit den Augen. Dann fiel er, und seine Haut schrumpfte um die Knochen, die Augen trockneten aus, und die unzähligen Wunden, die er geheilt hatte, brachen auf einmal an seinem toten Leib auf, als Anelma die

Magie, die sie ihm eingeflößt hatte, selbstsüchtig wieder an sich nahm und verbrannte, um ihr Lebenslicht damit zu speisen.

»Du kannst uns nicht alle töten, mein Lieber«, stöhnte Anelma und verschwendete Luft auf ein hohles Lachen. Der zweite Vargr brach in sich zusammen, ein Klumpen aus rohem Fleisch und Knochen.

»Ich werde nicht eher ruhen, bis der letzte Vargr vernichtet ist!«, rief Hagen wütend.

Der Inquisitor jaulte auf und brach über dem noch immer schreienden Carteaumois zusammen. Der Laut aus der Kehle des des Vargr klang beinahe wie ein letztes »*Mea culpa*«.

»*Du* wirst niemals ruhen, Bletzerkönig!«, lachte ihm Anelma ins Gesicht. »So will es der Fluch!«

Dann endlich versiegten ihre unnatürlichen Kräfte, und sie starb. Beinahe beneidete Hagen sie darum, denn er fürchtete, was die Zukunft brachte.

EPILOGIUM: EIN ENDE MIT SCHRECKEN

Anno Domini 1699, in dem der große Türkenkrieg mit dem Frieden von Karlowitz beendet wird; der Sextant erfunden wird; Europäer zum ersten Mal eine Beschreibung des Orang-Utans lesen und ein Erdbeben Jakarta zerstört.

Anne wusste, dass es mit ihr zu Ende ging. Vielleicht lag es daran, dass nach Tagen, in denen sie um jeden Atemzug hatte kämpfen müssen, sich ihre Lungen nun bereitwillig weiteten und die kühle Luft der mondlosen Dezembernacht willkommen hießen wie einen alten Freund.

Auch die Schmerzen in ihren geschwollenen und knotigen Gelenken waren abgeebbt. Der Körper ahnte wohl, dass es keinen Wert mehr hatte, Kraft auf diese Warnsignale zu verschwenden, und ergab sich in sein Schicksal.

Möglicherweise konnte sie aber auch, wie man es alten Menschen nachsagte, die Anwesenheit des Todes spüren, denn seit einigen Augenblicken war ihr, als beobachte sie aus der dunklen Ecke des Raumes etwas mit gierigen Augen.

So also endet es, dachte Anne Grete von Hrobschitz, geborene von Haugwitz, und lächelte. Sie hatte ein gutes Leben gehabt. Ihr Gatte hatte sich, wider Erwarten, als passables Mannsbild herausgestellt, unter dessen geiziger und blasierter Schale ein liebevoller Gemahl gesteckt hatte.

Wie schnell hatte sie ihm da die mühselige Hinreise verziehen, auf der sie sich nicht nur mit schmutzigen Herbergen und unverschämten Kerlen hatte herumschlagen müssen, sondern sich auch am Arm verletzt hatte. Noch heute war eine dünne Narbe dort sichtbar.

Doch das hatte ihr Mann schnell wieder wettgemacht, auch durch seine Künste im Bett … *Oh lala!*

Sie kicherte leise beim Gedanken an die körperlichen Freuden, die nun schon so weit zurücklagen und ihr stolze fünf Kinder beschert hatten. Nicht einmal ein Drittel ihres nun über einhundert Jahre währenden Lebens lang waren Intimitäten wichtig gewesen. Und doch schien sich die Welt oft um nichts anderes zu drehen. Sie kicherte erneut, als ihr der Schreck ins Gedächtnis kam, mit dem sie, kaum vierzig, erkannte, dass die Männer in ihr keine schöne Frau mehr sahen. Er hatte einige verzweifelte Jahre angehalten, in denen sie ohne Erfolg Salben, Tränke und Puder in großer Zahl bemüht hatte.

Klara regte sich bei dem leisen Geräusch ihres Lachens auf dem Lehnstuhl, in dem sie eingeschlafen war. Das süße, junge Geschöpf! Kaum siebzehn war sie und von der blassen, zarten Schönheit der reichen Mädchen, die kaum an die Luft und noch seltener in die Sonne kamen. Ihre in der Jugend so makellosen Brüste ragten wie zwei zartrosafarbene Hügel aus dem Ausschnitt des weißen, mit Spitzen und Perlen verzierten Kleides und hoben sich bei jedem ihrer ruhigen Atemzüge. Ihre Beine waren gänzlich undamenhaft gespreizt, um zu verhindern, dass sie aus dem Stuhl auf den Teppich rutschte, und unter dem abgesetzten Rocksaum schimmerten ebenfalls mit Perlen verzierte Schuhe und teure Strümpfe. Sollte sie ruhig schlafen. Das liebe Kind hatte schon so viele Nächte an ihrem Bett gewacht, und es gab nichts mehr zu sagen. Anne hatte ihr Totenbett wohl genutzt.

Klara schnaubte im Traum. Die arme Kleine – so mit Schönheit geschlagen, würde sie die Mängel der Männer in ihrem Leben oft zu beklagen haben. Gern wäre Anne noch geblieben, hätte ihr aus ihrem großen Schatz an guten wie schlechten Erfahrungen mit Freuden Munition gereicht, die ihr das Leben leichter machte. Doch der kühle Zug des Grabes hauchte nun deutlich über ihre trockene und spröde Haut. Die Jahre hatten die Geschmeidigkeit herausgesaugt und dafür Altersflecken und Falten hinterlassen.

Wieder schmunzelte Anne. Was hatte sie nicht alles gesehen in ihrem Leben? Sie hatte die Entdeckung des Sternenhimmels miterlebt, war vor Ort gewesen, als man in London die Leiche von Oliver Cromwell ausgrub und zwei Jahre nach seinem Tod hinrichtete. Sie hatte alle sechs Kaiser ihrer Lebzeit persönlich kennengelernt und war in drei Kriegen mehr als einmal dem Tod von der Schippe gesprungen – auch darum kam er ihr wohl so vertraut vor.

Sie hatte ferne und nahe Länder bereist, wundersame Tiere und Völker gesehen. Nein, sie konnte sich beim besten Willen nicht vorwerfen, ihr Leben nicht gut genutzt zu haben. Das Einzige, was sie ein bisschen fuchste, war die Tatsache, dass sie nur noch wenige Tage hätte aushalten müssen, um in drei Jahrhunderten gelebt zu haben. Aber sie war müde.

Die einsame Kerze, deren Licht auf die mit Blumenmuster bedruckte Tapete und die schwere Decke schien, die man ihr gegen die Kälte auferlegt hatte, begann zu flackern. Anne drehte den Kopf und sah, dass sie kurz davor war, zu verlöschen. Sie erschrak – zwar hatte sie keine Angst vor dem Tod, aber im Dunkeln wollte sie dann doch nicht sterben. Wie sollte sie sonst den Unterschied bemerken? Sie mochte nicht in stiller Düsternis liegen, und sich fragen, ob sie bereits gestorben war.

Sie holte Luft, um ihre brüchige Stimme über ein Flüstern zu erheben und Klara nun doch zu wecken, aber da hörte die Kerze mit einem Mal auf zu flackern. Verdutzt wandte sie den Kopf und sah eine neue Kerze im Ständer brennen, jungfräulich wie die noch immer schlafende Klara.

War sie eingenickt und hatte nicht mitbekommen, wie ihre Enkelin die Kerze ausgetauscht hatte? Aber nein, sie saß unverändert.

Hatte Anna Wahnvorstellungen, verlor so kurz vor dem Ende nun doch den Verstand, den sie gnadenvoll bisher behalten hatte?

Nein, erkannte sie, doch es schien ihr, als sprächen ihre Gedanken mit der Stimme eines Mannes. Ihre Hand fuhr an die schmale, von Falten wie ein sich windender Fluss verzogene Narbe an ihrem Unterarm. Warum musste sie ausgerechnet jetzt an diesen unsäglichen Abend kurz vor ihrer Hochzeit denken, an dem sie sich in einem Gasthaus betrunken und im Rausch geschnitten hatte?

Ich war nicht die Einzige, die an diesem Abend Rotes trank, fuhr es ihr durch den Kopf, und Erinnerungen, verborgen unter der Last eines langen Lebens, stiegen auf. *Ein wunderschöner Herr … starke, muskulöse Arme, die sie in eine Umarmung zogen … die Wonne entschlossener, kühler Hände.* Sie erkannte, dass dies der Mann aus den schwülstigen, bedrückenden Träumen war, die sie zeitlebens immer wieder heimgesucht hatten.

Die Flamme am Docht erreichte nun den dickeren Teil der Kerze, sog sich mit Wachs voll und wuchs. Im goldenen Licht, das sich wie warmer Honig in die Dunkelheit ergoss, sah sie plötzlich eine Gestalt neben der Tür stehen. Ein leiser Aufschrei erstarb in ihrem zahnlosen Mund.

Dann näherte sich der Schatten, zögerte, bevor er ganz in den Schein der Kerze trat. *Er* war es.

»Bist … du der Tod?«, hauchte Anne.

Der Mann, noch immer so groß und anziehend wie an jenem Abend im schmutzigen Gasthauszimmer, schüttelte stumm den Kopf.

Nur sein Gehilfe, dachte Anne. Unvermittelt fraß sich Schmerz von der Narbe ausgehend in ihren Unterarm. Sie hob ihn an, und Blut sickerte durch die weiße Haut, wurde an der Decke abgewischt, als ihre Kraft schwand, und sie den Arm sinken lassen musste.

»Was willst du hier?«, fragte sie den Mann, dessen dunkle Augen sie aus einem ausdruckslosen Gesicht musterten. Dann verzogen sich die vollen, sinnlichen Lippen zu einem schmalen Lächeln, und der Geheimnisvolle wandte den Blick auf die schlafende Klara.

»Nein!«, hauchte Anne entsetzt, und weitere Erinnerungen wallten auf. *Der Mund des Mannes auf ihrer Wunde … wollüstiges, fast tierisches Keuchen … rotes Glühen in den dunklen Augen …*

»Nein«, wiederholte Anne erneut und spürte, dass ihr Herz wie das eines kleinen Vogels schnell und doch leicht schlug. Tränen verschleierten ihren Blick. Sie versuchte sich aufzusetzen, aber ihr Körper versagte ihr den Dienst. Dann verstummte der Rhythmus in ihrer Brust.

Das Licht schwand langsam, wurde trüb und schleierhaft. *Nein*, dachte sie voller Angst, doch dann streichelte etwas beruhigend über ihre Seele, ließ Zuversicht und Hoffnung für ihren letzten Schritt in sie fließen. Es fühlte sich an wie die tröstende Berührung eines Engels.

Sie sah noch schemenhaft, wie sich der Mann über Klara beugte, und ihr letzter, schmerzlicher Gedanke war: *Hätte ich doch nie erfahren, was im Schatten lauert!*

Ende des zweiten Buches

Lesen Sie weiter in:

André Wiesler

Wolfsfluch

Die Chroniken des Hagen von Stein 3

GLOSSAR

Apsis: Der halbrund geformte Abschluss des Kirchenraumes.

Ärmelrock: Eine unserem Jackett vergleichbare Herrenoberbekleidung.

Ärmelwams: Ein Wams, an dem mit Bändern oder Knöpfen Ärmel befestigt werden.

ASAP: As soon as possible, wörtlich: »So bald wie möglich« (Englisch).

Bletzer: Werwolf, der aufgrund seiner Sünden zum ewigen Leben als Diener der Werwölfe verflucht wurde.

Bluotvarwes: Durch ein schwarzmagisches Ritual aus einem Menschen geschaffener Bletzer, wörtlich: »Die von Blut Gefärbten« (Mittelhochdeutsch).

Bonddog: Alter Name für die Hunderasse der Bulldogen.

Brachpilz: Champignonart.

Correctores Haereticorum: Geheime Inquisitionsabteilung, wörtlich: »Verbesserer (Korrektoren) der Häretiker« (Latein).

CPD: Chicago Police Department.

Dienestbietære: Den Wariwulf treu ergebener Bletzer, wörtlich: »der seinen Dienst bietet« (Mittelhochdeusch).

EBM: Einheitlicher Bewertungsmaßstab der Krankenkassen, jeder Punkt entspricht einer bestimmten finanziellen Erstattung.

Entsatzheer: Wird ausgeschickt, um eine belagerte Stadt oder Festung zu »entsetzen« (Gegenteil von »besetzen«), also zu befreien.

ETA: Estimated Time of Arrival, Geschätzte Ankunftszeit.

Frugal: Einfach, bescheiden, ärmlich.

Geldkatze: Geldbeutel.

Hagr: Hexe, die den Menschen hilft und sich auf ihre Seite stellt.

Hecetisse: Hexe, die Menschen für ihre Zwecke, oft skrupellos, benutzt.

Index Observandum: Liste von Personen, die es zu beobachten gilt (Latein).

Kerlinger: Bewaffnete Einsatztrupps der *Correctores Haereticorum*, benannt nach Walter Kerlinger, einem besonders gnadenlosen Inquisitor.

Klementinum: Ehemaliges Inquisitionsgebäude in Prag, seit dem 16. Jahrhundert im Besitz des Jesuiten-Ordens.

Knoblauchtest: Aberglaube. Vor dem Zubettgehen führt die Frau, die sich über ihren Zustand im Unklaren ist, eine Knoblauchzehe in die Vagina ein. Wenn sie am Morgen den typischen Geruch ausatmet, kann sie nicht schwanger sein, denn die Anwesenheit eines Embryos würde eine solche Ausbreitung durch den Körper verhindern.

Koller: Ein Kleidungsstück, das als eine Art loses Überwams (Kragen) um den Hals und über den Schultern getragen wird, und teilweise auch Brust, Rücken oder Hals bedecken kann.

Kreuzbandelier: Kreuzgurt, an dem Waffen befestigt werden.

Luxuria: Wollust, eine der Todsünden (Latein).

Norne: Schicksalsfrauen in der germanischen Mythologie.

Nössel: Sächsisches Hohlmaß, rund 0,23 Liter, ein Viertel einer »Kanne« (0,92 Liter).

Pingenbruch: Einsturz eines tagebauartigen Bergwerks.

Regenholz: Ein mit Sand gefülltes Stück Holz, in dem der Sand beim Herumdrehen ein regenartiges Geräusch erzeugt.

Rhingrave: Auch Rheingrafenhose; ein Hosenrock für Männer.

Steinbrücke: Eine Brücke in Prag, heute: Karlsbrücke. Bis 1836 die einzige Brücke über die Moldau in der Stadt.

Suburbium: Vorstadt, Vorburg, die einer Burg vorgelagert ist.

Superbia: Hochmut, Stolz, eine der Todsünden (Latein).

Terzios: Formation auf dem Schlachtfeld: Quadratische Aufstellung, aus der Piken herausragen.

Teufelsdutzend: Bezeichnung für die Zahl Dreizehn.

Teufelswein: Schaumwein, von den Winzern wegen der Korken, die der gärende Wein aus den Flaschen schleuderte, auch Wein des Teufels genannt.

Trincomalee: Hafenstadt auf Ceylon, heute Sri Lanka.

Vargr: Ein dem Werwolf ähnliches Wesen, das nicht durch Geburt, sondern durch ein Ritual geschaffen wird.

Wariwulf: Ein Werwolf. Krieger Gottes mit christlichem, oft katholischem Hintergrund.

Windspiel: Windhundrasse, früher Bezeichnung für alle Windhundarten.

Fremdsprachliches

Barach = Göttlicher Segen (Hebräisch).

Dialogo di Galileo Galilei sopra i due Massimi Sistemi del Mondo Tolemaico e Copernicano = Dialog von Galileo Galilei über die zwei wichtigsten Weltsysteme, das Ptolemäische und das Kopernikanische (Italienisch).

Exempli gratia = Zum Beispiel (Latein).

Insanabilis = Unheilbar (Latein).

Mea Culpa = Ich bin schuld (Latein).

Quid pro quo = Eine Hand wäscht die andere, wörtlich: dieses für das (Latein).

Quidquid id est timeo Danaos et dona ferentes = Was auch immer es ist, ich fürchte die Danäer, auch wenn sie Geschenke bringen (Latein).

Rubus ardens = brennender Busch (Latein).

DANKSAGUNG

Mein Dank für ihre Unterstützung gilt: meiner Frau Janina, Ursula Bergenthal, Angela Kuepper, Stephan Packard, Johannes von Vacano, Mareen Göbel, Daniela Knorr, Karsten Müller, David Grade, David Grashoff, Thomas Echelmeyer, Gabriele Beusker, Doris Schuck, Gisela Frerichs und Natalja Schmidt.

Elfen, Zwerge und Trolle

Das phantastische Buchpaket für jeden Tolkien-Fan

Unsere Besten – mit über einer Million verkauften Exemplare die erfolgreichsten Fantasy-Romane der letzten Jahre:

Bernhard Hennen
Elfenritter – Ordensburg
978-3-453-52333-3

Morgan Howell
Die Königin der Orks – Söldner
978-3-453-52346-3

Dennis L. McKiernan
Zwergenmacht
978-3-453- 53009-8

Patricia Briggs
Drachenzauber
978-3-453-52309-8

978-3-453-53001-2

978-3-453-53237-3

HEYNE